D1877518

सागर
मन्थन

सागर-मन्थन

नरेन्द्र कोहली

वाणी प्रकाशन

वाणी प्रकाशन
4695, 21-ए, दरियागंज, नयी दिल्ली 110 002
फ़ोन : +91 11 23273167 फ़ैक्स : +91 11 23275710
शाखाएँ
अशोक राजपथ, पटना 800 004, बिहार
कॉफ़ी हाउस कैम्पस, महात्मा गांधी मार्ग, इलाहाबाद 211 001, उत्तर प्रदेश
महात्मा गांधी अन्तरराष्ट्रीय हिन्दी विश्वविद्यालय, वर्धा 442 001, महाराष्ट्र
www.vaniprakashan.in
marketing@vaniprakashan.in
sales@vaniprakashan.in

SAGAR-MANTHAN
by Narendra Kohli

ISBN : 978-93-88434-64-5
Novel

© 2018 नरेन्द्र कोहली

प्रथम संस्करण
मूल्य : ₹ 695

इस पुस्तक के किसी भी अंश को किसी भी माध्यम में प्रयोग करने के लिए प्रकाशक से लिखित अनुमति लेना अनिवार्य है।

सिटी प्रेस, दिल्ली-110 095 में मुद्रित
वाणी प्रकाशन का लोगो मक़बूल फ़िदा हुसेन की कूची से

अमृता पूछ–पूछ कर हार चुकी थी; किन्तु उसका मन था कि थकता ही नहीं था। वह एक चंचल और उपद्रवी शाखामृग के समान कूद–फाँद मचाता ही रहता था। कभी–कभी तो अपने नखों से उसके अन्तस को छील ही देता था।... सारा भारतीय दर्शन कहता है कि आत्मा आनन्द–स्वरूप है; किन्तु अमृता को लगने लगा था कि उसकी आत्मा भी दुखी हो चुकी थी...

आज उसे विचित्र–सी बेचैनी हो रही थी। मन मान ही नहीं रहा था। वह तो फ़ोन करेगी ही, चाहे झगड़ा ही क्यों न हो जाए...

उसने घड़ी देखी, इस समय दिल्ली में प्रातः के साढ़े छह बजे थे। हिसाब लगाया..., सियैटल में शाम के छह और सात के बीच का समय होगा। यही उपयुक्त समय है। विभु अपने काम से मुक्त हुआ होगा। देर कर दी तो वह रात के भोजन के लिए या तो किसी रेस्ट्रां में जा घुसेगा या फिर किसी थियेटर में नाटक देखने चला जाएगा।... उसके पास अपनी माँ के लिए समय ही कहाँ था। वे और लोग हैं, जिनके बच्चे प्रतिदिन फ़ोन कर उनका हाल पूछते हैं। उसका बेटा तो जैसे परिवार से अपने सम्बन्ध–सूत्र को बड़ी कठिनाई से निभा रहा था। वह तो परिवार को छोड़ ही चुका था; अब परिवार ही उसे न छोड़े, तो न छोड़े...

अमृता ने अपनी काँपती अंगुलियों से विभु का नम्बर डायल किया।

आश्चर्य ही था कि रिकार्डिंग के स्थान पर विभु का अपना स्वर सुनाई दिया, "हाँ माँ।"

"कहाँ है बेटा इस समय?"

"ऑफ़िस से निकला हूँ। आज रिहर्सल है। वहीं जा रहा हूँ।"

"एक प्रश्न पूछूँ, उत्तर देने का समय है तेरे पास?"

"पूछिए माँ। वैसे संक्षिप्त टिप्पणी वाला प्रश्न हो तो अच्छा है। पूरे पन्द्रह अंकों का निबन्ध लिखने वाला प्रश्न लम्बा हो जाएगा।" आज

उसका स्वर शान्त ही नहीं था, उसमें थोड़ा परिहास भी था; जैसे संकल्प किए बैठा हो कि माँ से झगड़ा नहीं करेगा।

"रिहर्सल और नाटक ही करता रहेगा कि वास्तविक जीवन भी जिएगा?"

"क्या मतलब?"

"विवाह भी करेगा या मंच की प्रेमिकाओं से ही काम चला लेगा।"

वह क्षण भर के लिए मौन रहा। फिर बोला, "मैं आपको बताना ही चाह रहा था कि मेरी एक गर्लफ्रेंड है माँ।"

अमृता को सहस्रों वोल्ट का झटका लगा : क्या कह रहा है। आज तक तो लड़की या विवाह के नाम से ही बिदक जाता था; और आज सीधे ही गर्लफ्रेंड पर आ गया।

"शादी कब करनी है?"

"मैंने कहा, 'गर्ल–फ्रेंड' है। मंगेतर नहीं है।" वह रुका, "अधिक सपने मत पालना माँ। उसे अपनी बहू मत मान बैठना। अभी वह मात्र गर्लफ्रेंड है। आगे ऊँट किस करवट बैठेगा, उसका पता नहीं है। बात किस ओर बढ़ेगी, कह नहीं सकता। जल्दी मचाने से या विवाह की चर्चा से वह बिदक भी सकती है। यहाँ की लड़कियाँ तो विवाह के लिए चर्च में पहुँच कर भी भाग जाती हैं। उपहारों के बड़े–बड़े पैकेट ढो कर लाये बेचारे अतिथि उन पैकेटों को ढो कर वापस भी ले जाते हैं।..." वह कह रहा था, "मन्थर गति से चलना होगा माँ। आदमी जिस समाज में रहता है, उसी के रीति–रिवाज के अनुसार चलना पड़ता है। यहाँ का यही चलन है। आगे जो भाग्य में होगा। ...अच्छा माँ। मैं थियेटर तक पहुँच गया हूँ।"

"अरे बेटा, लड़की के विषय में कुछ और भी तो बता।"

"चित्र भेज दूँगा। देख लीजिएगा।"

उसने फ़ोन काट दिया।

अमृता कुछ समझ नहीं पा रही थी। मन था कि किसी अति ऊर्जावान समुद्र के समान लहरों के हिंडोले पर डोल रहा था, जैसे समुद्र में कोई भयंकर तूफ़ान आया हो–सुनामी हो, कैटरीना हो, फैलिनी हो...। सैकड़ों विचार समुद्र की छोटी–बड़ी लहरों के समान हिल्लोलित थे।... वह कब से भगवान को मना रही थी कि वह इस लड़के को सद्बुद्धि दे। ...इतने दिनों तक चुप्पी साधे बैठा रहा और आज अचानक ही...किन्तु उसने यह क्यों नहीं कहा कि उसने एक लड़की पसन्द की है। उसने कहा कि

उसकी एक गर्लफ्रेंड है। यह शब्द सहज ही अमृता को ग्राह्य नहीं था। कोई अपनी माँ को भी इन शब्दों में सूचना देता है। अमृता को इसमें एक लड़के और लड़की को एक–दूसरे को पसन्द करने की ध्वनि सुनाई नहीं देती थी। वे एक–दूसरे को प्रेम करते हों, ऐसा भी सुनाई नहीं पड़ता था। वह सखी नहीं थी, प्रिया नहीं थी, प्रेमिका नहीं थी...इस 'गर्ल–फ्रेंड' में जाने क्यों उसे भावना नहीं, शरीर–सम्बन्ध अधिक व्यंजित होता लगता था। वर्तमान के लिए ही नहीं, भविष्य में भी उसका विवाह की ओर मुड़ना अनिवार्य नहीं लगता था। ...क्या वह शब्द, रक्षिता, रखैल या उसके जैसा कोई भाव दर्शाता था? पर वह यह सब नहीं चाहती थी। वह तो अपनी बहू चाहती थी। अपने बेटे की पत्नी, अपने पोतों–पोतियों की माँ। ...किन्तु विभु ने कहा था कि व्यक्ति जिस समाज में रहता है, उसी के रीति–रिवाज और प्रचलन के अनुसार उसे चलना पड़ता है। ...वह अमरीका में रह रहा है या अमरीकी समाज में? अमरीका में रहने वाले भारतीय यह नहीं कहेंगे कि वे जिस समाज में रह रहे हैं, उसका चलन उनके अपने समाज से कुछ भिन्न है। देश अलग है, वहाँ के लोग अलग हैं; किन्तु वह उनका समाज नहीं है। उनका अपना समाज तो भारतीय समाज ही है, चाहे भारत में रहें, या अमरीका में। पर विभु क्या कह रहा है...

अमृता के मन की आँखों के सामने पिछले कई वर्ष घूम गये। वे लोग कब से प्रयत्न कर रहे थे। समाचार–पत्रों में विज्ञापन दिये। इंटरनेट पर कितने ही वैवाहिक अड्डों पर छापा मारा। पर यह लड़का कहीं आगे बढ़ता ही नहीं था। हर बार 'न' में सिर हिला देता था। कभी–कभी तो मन में विचित्र प्रकार के सन्देह होने लगते थे। लड़का नपुंसक या समलैंगिक तो नहीं है? ...अध्यात्म में डूबा हुआ तो नहीं है? ब्रह्मचर्य का आकर्षण तो नहीं है?

एक स्थिति यह भी आयी कि उसे पुत्र के स्थान पर पति पर क्रोध आने लगा। उसे पक्का विश्वास हो गया कि यदि कनिष्क प्रयत्न करेंगे तो यह बात अवश्य आगे बढ़ेगी। उसके पति–परमेश्वर चाहेंगे तो परमेश्वर भी उसे टाल नहीं सकेगा। ...

पर मैं सदा ही उसे उसका बचपना मान कर हँस कर टाल देता था।

"लो आज पति पर इतनी आस्था हो गयी कि वह परमेश्वर से भी ऊँचा हो गया। कलियुग में तो ऐसी पत्नी दूसरी होगी नहीं।"

किन्तु वह अपनी बात पर अड़ी रही थी, "आप जो चाहते हैं, अपने

राम जी से मनवा लेते हैं कि नहीं। जब राम जी आपकी बात नहीं टालते तो विभु क्या टालेगा। वह आपकी बात नहीं टाल सकता; किन्तु आपको पुत्र के विवाह की चिन्ता ही नहीं है। अपने ही कामों से अवकाश नहीं है। इतना भी क्या लिखना, पढ़ना, छपना, गोष्ठियाँ, समारोह...आदमी को इतना भी आत्मकेन्द्रित नहीं होना चाहिए।... स्वार्थी होना समझदारी का लक्षण नहीं है।"

वह कहती नहीं थी; किन्तु मन में सोचती अवश्य रही होगी कि अभी तो भगवान की कृपा थी कि उसके मन में यह कीड़ा नहीं रेंगा था कि मेरा साहित्य भी सखी–सहेलियों से मिलने का बहाना था। कहीं भी जाता था तो कितनी ही महिलाएँ घेर लेती थीं। फ़ोन करती थीं। पत्र लिखती थीं। मिलने के लिए घर भी चली आती थीं।...क्या इसी कारण से मुझे परिवार की सुध नहीं रहती?...

एक दिन वह मुझ पर मूसलाधार बरसी, जैसे इन्द्र ब्रज पर बरसा था। बहुत बरसी; किन्तु कुछ हुआ नहीं। ब्रज में बाढ़ नहीं आयी। किसी को गोवर्धन नहीं उठाना पड़ा।... जितना काम वह मुझ पर डालती, मैं कर देता था; किन्तु उसे सदा ही सन्देह था कि मैं अपना मन लगा कर इस सन्दर्भ में कुछ नहीं करता था।

मैं हर बार कह देता था कि यदि विभु स्वयं ही नहीं चाहेगा तो कोई दूसरा क्या कर लेगा। वह किसी लड़की से मिलना नहीं चाहता। पाँच किलोमीटर की दूरी तक जाना नहीं चाहता। अधिकांश भारतीय परिवार न्यूयॉर्क के आस–पास थे। न्यूयॉर्क उसके नगर से विमान से भी आठ घंटे की दूरी पर था। वह न्यूयॉर्क तक कहाँ जाता? अन्त में तो स्थिति यह हो गयी कि उसने कह दिया कि हम लोग इस सन्दर्भ में कुछ न करें। जो कुछ करना होगा, वह स्वयं ही करेगा। अमृता ने एक बार उसे सियैटल की ही एक लड़की के विषय में लिखा और सूचना दी कि उसने उस लड़की को एक मेल भी भेजी है। वह उससे मिल ले।

विभु बुरी तरह भड़क उठा, "मैं जानता हूँ उस लड़की को। सियैटल की लड़की से सम्पर्क करने से पहले इतना तो सोचा होता माँ कि मैं उसे अस्वीकार कर चुका हो सकता हूँ। सम्भव है वह मुझे तिरस्कृत कर चुकी हो। भविष्य में ऐसा कभी मत कीजिएगा।"

ऐसे में अमृता क्या कहती।

अब वह कह रहा है कि उसकी एक गर्लफ्रेंड है। अमृता के मन में

पहली आशंका मेरे विषय में उठी होगी। जाने मैं क्या कहूँगा। वह जाने या न जाने पर मैं जानता था कि यदि मैंने अपनी टाँग अड़ाई तो पत्नी का दिल ही नहीं टूटेगा, मेरी टाँग भी टूट जाएगी। वह झगड़ा कर बैठेगी। पत्नी–धर्म का निर्वाह करेगी और अपनी बात मनवा कर रहेगी।

पति–परमेश्वर वाला वह क़िस्सा मेरे मन में भी ग्रन्थि बन कर बैठा हुआ था...क्या सचमुच अमृता को अपने पति पर इतना विश्वास था या फिर यह किसी प्रकार का कोई दौरा था; या मुझे अपनी इच्छानुसार चलाने की विधि थी। ...मैं तो उसकी इच्छानुसार चल सकता था; किन्तु न विभु को अपनी इच्छानुसार चला सकता था, न भगवान को। मैं स्वयं कभी किसी की इच्छानुसार नहीं चला तो विभु को कैसे बाध्य करता। मैं सदा से मानता आया था कि दूसरों को स्वतन्त्रता दो और स्वयं भी स्वतन्त्र रहो।

2

अभी प्रातः के साढ़े छह बजे थे। मैं अपनी दिनचर्या के बीच में था। इस समय तक मेरा कोई फ़ोन भी नहीं आता था। आ जाए तो मैं उठाता नहीं था। मैं नहीं चाहता था कि नौ बजे से पहले कोई मुझे पुकारे अथवा मैं किसी की बात सुनूँ। नौ बजे तक का समय या तो मेरा अपना था या फिर मेरे भगवान का। बाध्यता में उस समय के मध्य कोई आ धँसे और मुझे उसकी बात माननी ही पड़े तो वह मेरे लिए तनिक भी सुखद नहीं होता था।...

मैं सामने पड़ा तो अमृता ने कहा, "विभु का फ़ोन आया था।"

मैंने अमृता की ओर देखा, "तुमने किया था या उसने?"

"किया तो मैंने ही था; पर उसकी मशीन से नहीं, विभु से बात हो गयी।"

"ठीक–ठाक है? सकुशल?"

"आप तो ठीक–ठाक से आगे बढ़ते ही नहीं हैं। अरे एक बड़ा समाचार है।"

"उसने कोई लड़की पसन्द कर ली है क्या?"

"ठीक समझे, उसने स्वयं मुझसे कहा कि उसकी एक गर्लफ्रेंड है।..."

मैं सोच रहा था कि मैं गर्लफ्रेंड, और ब्वॉयफ्रेंड जैसे शब्दों को अब तक सभ्य और शालीन शब्द नहीं मानता था...पर समय बदल गया है।

बेटा स्वयं अपनी माँ को सूचना दे रहा है कि उसकी एक गर्लफ्रेंड है।

कुछ वर्ष पहले हम–मैं और अमृता–कैनेडा में अपने एक मित्र के पास गये थे। उन्होंने बताया था कि उनका बेटा अपनी एक कैनेडियन गर्लफ्रेंड के साथ रह रहा है। विवाह के बिना ही दोनों साथ रह रहे हैं; इसलिए वह लड़की न उनको अपने सास–ससुर मानती थी और न उनसे कोई सम्बन्ध रखना चाहती थी। उन्होंने कई बार उन लोगों को घर आने को कहा; किन्तु वे नहीं माने। मित्र ने स्वयं उनके घर जाने की अनुमति माँगी तो उस लड़की ने पूछा, "वाय दिस ओल्डमैन वांट्स टू कम टू आवर हाउस।"

वे उसके ससुर नहीं थे। बस एक ओल्डमैन थे।

उन्होंने बेटे को समझाया कि तुम्हें वह लड़की पसन्द है और वह तुम्हें पसन्द करती है। इतने समय से साथ रह रहे हो, तो विवाह क्यों नहीं कर लेते।

बेटे का उत्तर था, "वाय स्पॉयल दि फन।"

"क्या मतलब।"

"अरे दोनों अपनी–अपनी ज़रूरत से साथ रह रहे हैं। पत्नी बन गयी तो छाती पर बैठ कर मूँग दलेगी। हुकुम चलाएगी। अपनी माँगों की सूची बढ़ाएगी। दंगा–फसाद करेगी। पुलिस और कोर्ट–कचहरी की धमकी देगी। उससे तो हम ऐसे ही भले। रहती है, रहे। जाती है, जाए...। उसका मुझ पर कोई कानूनी अधिकार नहीं, मेरा उस पर कोई कानूनी हक नहीं।"

...तो यह सारा भय कानूनी अधिकार का है; प्यार का कोई सम्बन्ध नहीं है। आवश्यकताओं के कारण एक साथ रह रहे हैं। आवश्यकता भी केवल यौन सम्बन्धों की है। न तो वह इसका खाना पकाती है, न कपड़े धोती है। न दोनों की सन्तान होगी, जिसका सम्मिलित दायित्व हो और एक साथ मिल कर उसे पालें। न इसके पैसों पर उसका अधिकार है। दोनों अपने–अपने पैसों का अलग हिसाब रखते हैं। यह पति–पत्नी का सम्बन्ध नहीं है। सुख का साथ है। न दायित्व का साथ है। न दुख का साथ है।...और शायद यह केवल युवावस्था का ही साथ है। प्रौढ़ होंगे, वृद्ध होंगे तो जाने क्या होगा।..."

मेरा ध्यान फिर विभु की ओर चला गया। वह भी इसी मार्ग पर चल रहा है क्या।...जाने वह लड़की कौन है। भारतीय तो नहीं ही होगी, नहीं तो गर्लफ्रेंड न होती।...

मुझे लगा कि मेरे मन में एक साथ ही कुछ भय और कुछ–कुछ प्रसन्नता का उदय हुआ है। चाहता तो मैं भी हूँ कि उसका विवाह हो। उसके साथ उसकी पत्नी हो। बच्चे हों, परिवार हो। लड़की अमरीकी हो तो कोई बात नहीं, अमरीकी होगी तो ईसाई होगी, कोई बात नहीं। ...किन्तु वह उसकी पत्नी हो, गर्लफ्रेंड न हो।...

मैं नहा–धो कर ऊपर मन्दिर में चला गया; किन्तु भगवान से अधिक उनकी माया लुब्ध करती रही। एक ही विचार मन में था कि यह लड़की कौन है और विभु ने उसे गर्लफ्रेंड क्यों कहा है...मैं उस लड़की के विषय में अधिक–से–अधिक सूचनाएँ प्राप्त करना चाहता था।

लड़की अमरीकी थी तो भी मुझे किसी प्रकार की आपत्ति नहीं थी। अमरीकी थी तो ईसाई अथवा यहूदी होगी। उसमें मुझे कोई आपत्ति नहीं थी; किन्तु यदि अफ्रीकी मूल की हुई तो? उसने अपना धर्म विभु या अपने बच्चों पर आरोपित करना चाहा तो...

मुझे राजू याद आ गया।

उसके पिता तैलंग ब्राह्मण थे। बड़े कर्म–कांडी और आस्थावान। आज तक अपने नियम का निर्वाह कर रहे थे; किन्तु अपनी युवावस्था में एक ईसाई लड़की से पहले प्रेम और फिर विवाह करने की भूल कर बैठे थे। आरम्भ में तो कोई कठिनाई नहीं हुई। वह रविवार को चर्च चली जाती थी तो वे उसे रोकते नहीं थे। उसने कभी हठ नहीं किया कि वे भी उसके साथ चर्च चलें। वे मंगलवार को मन्दिर जाते थे उसने न उन्हें जाने से रोका, न स्वयं साथ गयी।...पर जब पहला पुत्र हुआ तो उसे गोद में लिए–लिए ही वह चर्च जाने लगी। वे उस समय उसे कैसे रोकते। गोद का बच्चा था। उसे स्तनपान भी कराना होता था। वह सामर्थ्य उसमें ही था। ...और न वे यह चाहते थे कि वे उस छोटे से बच्चे को घर बैठे बोतल से दूध पिलाते रहें और वह वहाँ चर्च में अपनी सहेलियों के साथ गप्पें मारती रहे या मेले–ठेले में चली जाए। बच्चा, बड़ा हुआ तो माँ की अंगुली पकड़ कर चर्च जाने लगा। पिता ने रोकने का प्रयत्न किया तो वह "माँ–माँ" कर गला फाड़ने लगा।...और जब तक वह कुछ समझने योग्य हुआ, उसे चर्च के स्कूल में भर्ती करा दिया गया था। अब वह घर पर भी अपनी माँ के साथ स्कूल में सिखाए गये गाने गाता दिखायी पड़ता था; वहाँ सुनी हुई कहानियाँ सुनाता था।...पिता ने बहुत प्रयत्न किया कि वे उसे रामायण, महाभारत और भागवत की कथाएँ सुनाएँ; किन्तु न वह

तेलुगु समझता था, न संस्कृत और न हिन्दी। वह तो अंग्रेज़ी के राजपथ पर सरपट दौड़ रहा था और उसकी माँ उसे अंग्रेज़ी में बाइबल की कहानियाँ सुनाया करती थी। पिता ने उसका नाम जयकिशन रखा था और उन्हें पता ही नहीं लगा कि वह स्कूल में कब और कैसे जैक्सन हो गया है।.... हसरत ही रह गयी कि अपने पुत्र को उपनिषद अथवा गीता का कोई श्लोक सिखा सकते।

दूसरे पुत्र के जन्म के समय से ही वे सावधान हो गये। बेटे का नाम राजकुमार रखा। घर और स्कूल में वह राजू बना रहा। उसे उन्होंने रोजर नहीं बनने दिया। माँ का चर्च जाने का समय होता तो वे उसे कोई कथा सुनाने बैठ जाते। माँ उसे चर्च ले जाने के लिए लुभाने का प्रयत्न करती; किन्तु वह कथा–रस के मारे वहाँ से नहीं उठता। ...जैसे–जैसे समय बीतता गया राजू के पिता मानते गये कि वह हिन्दू संस्कारों में पला है, अब उसके ईसाई होने का संकट टल गया है।

बड़े भाई के विवाह का समय आया तो एक और कठिनाई सामने आयी। तैलंग ब्राह्मणों के समाज में वे लोग ऐसा कोई परिवार नहीं खोज पाये, जो अपनी हिन्दू बेटी ईसाई सास को सौंप देता। ईसाई परिवारों से सम्बन्ध आ रहे थे। अन्ततः बड़े भाई ने एक ईसाई लड़की पसन्द कर ली। लड़की वालों की शर्त थी कि विवाह चर्च में होगा और ईसाई रीति से होगा। बड़े भाई ने स्वीकृति दे दी। माँ तो चाहती ही वही थी। पिता कुछ नहीं कर सके। वे अपने बेटे को अविवाहित नहीं रख सकते थे। और विवाहित होने का अर्थ था कि जैसे उन्होंने अपने बेटे को आधा ईसाई देखा था, वे अपने पोते–पोतियों को पूरी तरह ईसाई होते देखें।...

वे मौन रह गये। आरम्भ तो उन्होंने ही किया था। उन्होंने एक ईसाई लड़की से विवाह किया था और स्वयं पूर्ण हिन्दू रहते हुए भी उसे हिन्दू बनाने का कोई प्रयत्न नहीं किया था। यदि उन्होंने उस समय उस ईसाई लड़की का मोह छोड़ दिया होता या विवाह से पहले उसके हिन्दू बनने पर बल दिया होता तो ऐसी समस्या नहीं आती।...किन्तु अब क्या हो सकता था।

बड़े बेटे ने चर्च में विवाह के लिए स्वीकृति दी तो चर्च की पहली शर्त यह थी कि वह बपतिस्मा ले; क्योंकि गैर–ईसाई लड़के का विवाह चर्च में नहीं हो सकता था। बड़े बेटे ने यह नहीं कहा कि उसके पिता ने हिन्दू रहते हुए बिना बपतिस्मा लिए, ईसाई लड़की से चर्च में विवाह

किया था; बस चुपचाप स्वीकृति दे दी। पिता सदा के समान मौन रहे। वे यह मान चुके थे कि यह प्रवाह इसी प्रकार आगे बढ़ेगा, वे उसे पलट नहीं सकते थे।

किन्तु राजू अपने विवाह के समय संकल्पबद्ध था कि चाहे कैसी भी लड़की मिले; किन्तु वह ईसाई लड़की से विवाह नहीं करेगा। वह ब्राह्मण का पुत्र और स्वयं मन से पूरा हिन्दू होते हुए भी अपने परिवार को क्रमशः ईसाई होते हुए देख रहा था और अब तो उसका परिवार पूरा ईसाई हो चुका था। पर सारा प्रयत्न करने पर भी वह अपने लिए कोई हिन्दू लड़की नहीं खोज सका। उसके पिता पूरी तरह तटस्थ हो चुके थे; और माँ और भाभी तुली हुई थीं कि उसका विवाह ईसाई लड़की से ही हो। उसके लिए आवश्यक था कि वह भी चर्च में जा कर बपतिस्मा ले। ...कोई विकल्प न पा कर उसने वही किया, जो उसकी माँ और भाभी चाहती थीं। उसका बपतिस्मा भी हुआ और विवाह भी।

विवाह के पश्चात वह मुझसे मिलने आया था। आया तो अपने विवाह का समाचार देने ही था; किन्तु लगता था, जैसे किसी शोक–सभा से उठ कर आया हो।

"विवाह हो गया, भई बधाई हो।"

"विवाह तो हो गया।" वह बोला, "किन्तु मेरे मन की तो कोई बात नहीं हुई।"

"देखो, धर्म और आस्था मन की बातें हैं।" मैंने कहा था, "यदि तुम मन से हिन्दू हो तो हिन्दू हो। उन्होंने बपतिस्मा किया, तुम चाहो तो शुद्धि कर बाह्य रूप से भी पुनः हिन्दू हो सकते हो।"

"वह सब अपने भाई के सन्दर्भ में देख चुका हूँ।" वह बोला, "मैं भी वैसा ही हिन्दू रह जाऊँगा, जो हर रविवार को चर्च जाएगा। मन्दिर जाएगा तो पत्नी से छिप कर। घर में हिन्दुओं का कोई प्रतीक नहीं होगा और...। और बच्चे। वे तो पूरे ईसाई बना दिए जाएँगे। मन से भी। ...मैं इस सन्दर्भ में पत्नी का तनिक भी विरोध नहीं कर सकता; क्योंकि विवाह ही इन शर्तों पर हुआ है। विवाह तोड़ नहीं सकता। तोड़ दूँ तो क्या दूसरा विवाह होगा। जब पहला ही नहीं हुआ तो दूसरा क्या होगा...।"

मेरे मन ने मुझे राजू की सारी पीड़ा से गुज़ार दिया। ...अभी मैं यह भी नहीं जानता था कि विभु की गर्लफ्रेंड कौन है, किन्तु ईसाई लड़की से उसके विवाह के सारे संकटों को मैं झेल गया। मेरा स्वभाव ही ऐसा था।

मैं काल्पनिक दुर्घटनाओं से भी पीड़ित होता रहता था। किसी दुर्घटना की आशंका से ले कर वास्तविक दुर्घटना होने या न होने तक मैं पचीसों बार उस पीड़ा से गुज़र चुका होता था। माँ अस्वस्थ थीं और मैं उनके सम्भावित देहान्त की पीड़ा से आशंकित रहता था। वास्तविक देहान्त से पहले ही मैं उनके देहान्त की पीड़ा से सैकड़ों बार गुज़र चुका था।

अब मेरे लिए जल्दी से जल्दी यह जानना आवश्यक हो गया था कि वह लड़की कौन है। ...मैं जानता था कि वर्तमान परिस्थितियों में मैं लड़की के चुनाव में किसी प्रकार का हस्तक्षेप नहीं कर सकता था। ...आज तक तो वह किसी लड़की को देखने को ही तैयार नहीं था। अब दस–बारह वर्षों के ऊहापोह के पश्चात् उसने एक लड़की चुनी है, तो मैं आनाकानी कैसे कर सकता था। वैसे भी मैं उसको कह चुका था कि वह जो भी लड़की चुन कर ले आएगा, मैं उसे आशीर्वाद दे दूँगा।...

मैं इस विषय में बार–बार अमृता से बात करना चाहता था; किन्तु उसे इतनी मगन पाता था कि कुछ कहने का साहस नहीं कर पाता था। मेरी कही हुई कोई भी बात उसे बाधा और आपत्ति लगेगी। उसे लगेगा कि मैं उसके पुत्र के विवाह में रोड़े अटका रहा हूँ। ...तो फिर बात करने का क्या लाभ। वह अपने में मगन थी। बहुत सम्भव है कि वह अपनी कल्पना में विवाह के लिए बाज़ार में कुछ क्रय कर रही हो। जाने किस दुकान, शोरूम या मॉल में खड़ी हो। हो सकता है, नल्ली में साड़ियाँ ख़रीद रही हो, तानिष्क या झावेरी में गहने पसन्द कर रही हो, मंडप के लिए कोई जगह खोज रही हो, डिनर के लिए व्यंजनों का चयन कर रही हो। ...रहने ही दें।

अगले दिन विभु ने ई–मेल से लिज़ा का चित्र भेज दिया। वह लिज़ा डी–फाज़ियो थी। अर्थात उसके पूर्वज इटली से अमरीका में आये थे। उसने वाशिंगटन विश्वविद्यालय, सियैटल से 'रंगमंच' विषय ले कर एम.ए. किया था। इससे पहले उसने आस्ट्रिया के नगर 'वियना' से रंगमंच में ही स्नातक की उपाधि ली थी। ...ओह तो नाटक के चक्कर में ही इन दोनों की भेंट हुई होगी। विभु इंजीनियर था; किन्तु नौकरी के घंटे व्यतीत कर वह नाटक–नौटंकी ही था। उसके प्राण नाटक में ही बसते थे। सियैटल में भारतीय सांस्कृतिक संस्था 'प्रतिध्वनि' का मुखिया था। अंग्रेज़ी के नाटकों में अभिनय करता था। हिन्दी में नाटकों का निर्देशन और प्रस्तुतीकरण करता था। नाटक करना हो तो, करवाना हो तो...रंगमंच

सम्बन्धी कोई भी काम करवा लो। हमारे ज्योतिषी मित्र, प्रमोद शास्त्री का कहना था कि कला और प्रेम का योग एक ही होता है। विभु के लिए जब भी यह योग आता है, वह किसी कन्या की ओर झुकने के स्थान पर नाटक करने लग जाता है। अब उसे नाटक के क्षेत्र में ही यह लड़की मिल गयी है। देखते हैं, भविष्य क्या दिखाता है।

***

सन्ध्या समय न्यूयॉर्क से अजित का फ़ोन आया। सामान्य समाचार–चर्चा के पश्चात उसने पूछा, "बेटे का विवाह कब कर रहे हो?"

"विभु का?" मैंने कुछ विस्मय से पूछा।

"हाँ।"

"अभी तो कुछ निश्चित नहीं हुआ।"

"उसने लड़की तो पसन्द कर ली है।"

औचक ही मेरे मुख से निकल गया, "तुम्हें कैसे मालूम?"

"तुम्हें नहीं मालूम?" वह बोला, "उसने फ़ेसबुक पर उस लड़की के साथ अपना एक रोमांटिक–सा चित्र डाला है। तुम भी देख लो।"

"फेसबुक पर तो मैंने नहीं देखा है; किन्तु उसने हमें फ़ोन पर बताया है कि उसकी एक गर्लफ्रेंड है।" मैंने कहा, "किन्तु साथ ही यह चेतावनी भी दी है कि हम सपनों के लम्बे जाल न बुनें। अभी केवल परिचय है। यदि यह सम्बन्ध विवाह की ओर अग्रसर हुआ तो उसी मार्ग से होगा, जिस मार्ग से अमरीकी समाज में होता है।"

"देख लो।"

इस "देख लो" का अर्थ मैं समझ नहीं पाया; किन्तु मन में एक चिन्ता घर कर गयी...फेसबुक पर तो उसे इरा रूप गें रौकड़ों लोग देखेंगे। मैं किस–किस को क्या–क्या उत्तर दूँगा।...

मैंने अमृता को अजित के फ़ोन के विषय में बताया। वह चकित भाव से मुझे देखती रह गयी, "अर्थात वह स्वयं ही ढिंढोरा पीट रहा है। मैं तो सोच रही थी कि मैं लोगों की जिज्ञासाओं का क्या उत्तर दूँगी।"

"अब तो समाधान मिल गया न।"

मैं छोटी–छोटी बातों का समाधान ही खोजता रह गया और विभु की ओर से सूचना मिली कि वह तीन सप्ताह के लिए दिल्ली आ रहा है।

और हर बार उसके दिल्ली आने पर जैसे वे एक सप्ताह के लिए दिल्ली से बाहर जाते हैं। उसकी इच्छा है कि इस बार वे गोवा जाएँ। भाई के गोवा वाले बन्द फ्लैट का उपयोग भी हो जाएगा और लिज़ा भी गोवा देख लेगी।...

"तो वह उसको भी ला रहा है।"

"नहीं लाएगा तो हम लोग उससे कैसे मिलेंगे।" प्रभु ने कहा।

बात तो ठीक थी। उनका उससे मिलना भी आवश्यक था और उसके लिए वे लोग सियैटल तो नहीं जा सकते थे।

"वह यहाँ आएगी?"

"हाँ आएगी। तीन सप्ताह हमारे निकट रहेगी तो हम भी उसे कुछ जान जाएँगे और वह भी हमारे परिवार का कुछ परिचय प्राप्त करेगी। इसका अर्थ स्पष्ट है कि चुनाव चाहे उसने कर लिया हो; किन्तु विभु हमारी भी सहमति चाहता है। वह चाहता तो विवाह करके ही आता और उसे लाकर हमारे सामने खड़ा कर देता, "यह रही आपकी बहू।" स्वीकार तो हम उसे तब भी कर ही लेते।"

3

श्रीमती शैला डी–फाज़ियो की ओर से क्रिमिस कार्ड आया था। उसमें उनके सारे परिवार का चित्र था। पति–पत्नी, तीनों बेटियाँ, दोनों जामाता, पाँच बच्चे–तीन दोहतियाँ, एक दोहता और एक पोता। कार्ड की दूसरी ओर वर्ष भर के समाचार पद्यात्मक शैली में लिखे गये थे। उसमें दो मुख्य समाचार थे, पहला उनके पोते के जन्म का; और दूसरा, उनकी सबसे छोटी बेटी लिज़ा के विषय में। उसने एक भारतीय इंजीनियर के साथ डेटिंग आरम्भ कर दी थी।...

वे लोग प्रसन्न थे कि उनकी बेटी ने डेटिंग आरम्भ कर दी है...वे उसकी घोषणा कर रहे थे और हम अपने बेटे की डेटिंग को भी अभी गोपनीय रखना चाहते थे। मुझे लगा कि जैसे हम सगाई की घोषणा करते हैं, वैसे ही वे डेटिंग की घोषणा कर रहे हैं। ...तो वे जानते हैं कि उनकी बेटी ने एक भारतीय इंजीनियर चुना है। वे यह भी जानते होंगे कि वह भारतीय लड़का हिन्दू है। ...उन्हें इसमें कोई आपत्ति नहीं है। मुझे तो बताया गया था कि कैथोलिक लोग धर्म के मामले में बेहद कट्टर होते

हैं। ...होते होंगे। डी–फाज़ियो परिवार इस सम्बन्ध की घोषणा कर रहा है। अपने सारे परिचितों और सम्बन्धियों को सहर्ष इसकी सूचना दे रहा है...इसका अर्थ है कि उनमें से किसी को इसमें आपत्ति नहीं होगी...और यदि होगी तो उसका कोई महत्त्व नहीं होगा।

***

अपने पोतों–नचिकेता और भृगु–को अच्छी तरह समझा दिया था कि चाचा के साथ एक आंटी आएँगी; किन्तु उसे 'चाची' नहीं कहना है, अभी तो आंटी से ही काम चला लेना। बाद की बाद में देखेंगे। चाचा की फ्लाइट आधी रात की है, वे देर से आएँगे। तुम लोग अभी सो जाओ। प्रातः मिल लेना।

मैं प्रभु के साथ उनकी अगवानी के लिए विमानपत्तन आया था। हमारा ड्राइवर वैसे भी रात को कहीं जाने को सहमत नहीं होता। उसका कहना था कि जब रात को देर तक ड्यूटी कर अपने घर लौटता था तो मार्ग में लूटपाट और मारपीट का बहुत भय होता था। एक बार तो उसका मोबाइल फ़ोन और घड़ी छीनी जा चुकी थी। ऐसे में या तो हम उसे अपने यहाँ सोने की जगह दें या फिर लौटने के लिए स्कूटर–टैक्सी का किराया दें। ...वैसे भी यदि हम उसे लेकर जाते तो कार में एक सीट कम हो जाती। ...जाने, विभु के पास सामान कितना था। उसका सामान कम ही होता किन्तु साथ में एक लड़की थी... जाने वह क्या कुछ लाद कर लाएगी।

हम विमानपत्तन के 'अन्तर्राष्ट्रीय आगमन' के गेट के सामने खड़े थे कि विभु का फ़ोन आ गया कि वे लोग गेट संख्या पाँच से बाहर निकल रहे हैं।

वह वैसा ही था, सदा का सा पहचाना हुआ। ट्रॉली ठेलता हुआ। सामान अधिक नहीं था। दो छोटी अटैचियाँ थीं और दोनों के कन्धों पर बैग लटके हुए थे। लड़की अमरीकी थी; किन्तु साधारण थी। रंग गोरा था, आँखें भी नीली थीं; किन्तु नयन–नक्श साधारण ही थे। विभु ने मेरे पैर छुए और मैंने उसे गले से लगा लिया।

लिज़ा ने हाथ जोड़ कर नमस्ते की और मैंने उसके सिर पर हाथ रख आशीर्वाद दिया। वह विभु की ओर देखती रही।

"ही इज़ गिविंग यू हिज़ ब्लैसिंग्स।" विभु ने उसे बताया, "यू आर नॉट एक्सपेक्टेड टू डू एनीथिंग मोर। जस्ट गिव ए स्माइल।"

वह मुस्कराई, "थैंक यू डॉ. कात्यायन।"

प्रभु और विभु सामान समेत आगे निकल गये थे। उन्हें पार्किंग के पैसे चुका कर सामान गाड़ी में रखना था। मैं और लिज़ा पीछे–पीछे चल रहे थे। हम पहली बार मिले थे। मेरे मन में सैकड़ों प्रश्न थे। वह भी बहुत कुछ जानना चाहती होगी। विचित्र स्थिति थी। अभी तक कोई बात नहीं हुई थी। उन दोनों का सम्बन्ध कहाँ तक पहुँचा था, मैं नहीं जानता था; किन्तु मैं उसे अपनी पुत्रवधू के सिवाय और किसी दृष्टि से नहीं देख सकता था। उससे और कौन–सा सम्बन्ध मान सकता था? ...किन्तु उस सम्बन्ध को प्रकट नहीं होना था। नहीं तो वह मानती कि हमने उसे यहाँ बुला कर घेर लिया है। ...हो सकता है, उससे वह बिदक ही जाती। विभु उसे कुछ तो सिखा कर लाया था। वह इतना तो जानती थी कि भारत में लोगों को नमस्कार किया जाता है, सबसे हाथ नहीं मिलाये जाते। पर वह अभी मुझे डॉ. कात्यायन कह रही थी।

"अभी तो तुम दिल्ली में विमान से उतरी ही हो," मैंने कहा, "तुमने कुछ भी नहीं देखा है, इसलिए यह पूछना तो व्यर्थ है कि तुम्हें यह देश कैसा लगा।"

"मैंने भीड़ देखी है।" वह बोली।

मैं हँसा, "वैसे भीड़ तो सियैटल, न्यूयॉर्क और लन्दन के हवाई अड्डों पर भी होती है; किन्तु यह सत्य है कि भारत की जनसंख्या के कारण यहाँ एक स्थान पर बहुत अधिक लोग दिखायी देते हैं। विदेश से आने वालों को सबसे पहले भीड़ ही दिखायी देती है। कभी–कभी तो स्वयं हमें ही लगने लगता है कि असंख्य लोग किसी एक स्थान पर ठूँस दिये गये हैं।"

मेरे मन में बड़ी प्रबलता से एक प्रश्न उभर रहा था कि क्या विभु ने उसे कुछ हिन्दी सिखाई है; किन्तु मुझे स्वयं ही लगा कि अभी इतनी जल्दी नहीं मचानी चाहिए।

"अमरीका के अतिरिक्त कौन–सा देश देखा है तुमने।" मैंने पूछा।

"यूरोप के कुछ देश देखे हैं। जर्मनी, आस्ट्रिया, इटली... किन्तु वे सब एक जैसे ही हैं। एशिया के किसी देश में पहली बार आयी हूँ।" उसने मेरी ओर देखा, "मुझे हिन्दी नहीं आती। क्या मुझे यहाँ लोगों से वार्तालाप करने में कठिनाई होगी।"

"यदि तुम स्पष्ट और ठहर–ठहर कर बोलोगी तो दिल्ली में तो तुम्हारा काम अंग्रेज़ी से चल जाएगा। यहाँ तुम हिन्दी बोलने का प्रयत्न भी करोगी तो लोग तुम्हें विदेशी मान कर तुमसे अंग्रेज़ी में ही बात करेंगे।" मैंने कहा, "हाँ, दिल्ली से बाहर कुछ कठिनाई हो सकती है; किन्तु तुम्हें अकेली तो कहीं जाना नहीं है, तुम्हारे साथ तुम्हारा दोभाषिया है न। वह सब कुछ अनुवाद कर तुम्हें समझा देगा।"

वह भी हँसी, "विभु इज़ ए वेरी गुड ट्रांस्लेटर। ही ट्रांस्लेट्स साइमंटेनियसली।"

जब तक हम अपनी गाड़ी तक पहुँचे मुझे अपनी अंग्रेज़ी ठीक–ठाक लग रही थी और मैं लिज़ा से ठीक ढंग से बात कर पा रहा था। किन्तु विभु के निकट आते ही मेरी भाषा कुछ अटपटा गयी थी। वह नहीं चाहता था कि हम लोग लिज़ा की उपस्थिति में आपस में भी हिन्दी बोलें; और मेरे लिए अपने बेटों से अंग्रेज़ी बोलना बहुत ही कठिन काम था। वैसे भी मेरी अंग्रेज़ी, भारत में अंग्रेज़ों की शैली में सीखी गयी अंग्रेज़ी थी। मैं हिन्दी में सोच कर उसका अंग्रेज़ी अनुवाद करता था। लिज़ा की अमरीकी अंग्रेज़ी तो मेरी समझ में भी नहीं आती थी। मैंने यह भी देखा था कि सामान्यतः उन लोगों की अंग्रेज़ी मैं अच्छी तरह समझ पाता था; किन्तु जब लिज़ा और विभु परस्पर अपनी फर्राटेदार अमरीकी अंग्रेज़ी बोलते थे, तो मेरे लिए कुछ भी समझना कठिन हो जाता था।

गाड़ी में बैठते ही विभु से पूछा, "एयर लाइन वालों ने अच्छी तरह खिला–पिला दिया है या घर जा कर खाना खाओगे।"

"कुछ तो खाएँगे ही। भूख तो लग ही रही है। घर तक पहुँचते–पहुँचते यह भूख भड़क भी सकती है।"

"क्या खाओगे। माँ ने राजमाँ और चावल की तैयारी कर रखी है।"

"ठीक है, वही चलेगा।"

"और यह क्या खाएगी?" मैंने लिज़ा की ओर संकेत किया।

"यह भी वही खाएगी, जो मैं खाऊँगा।"

उसका उत्तर मुझे चकित करने वाला था, "वहाँ रहते हुए भी भारतीय भोजन खाना सीख गयी है?"

"प्रायः खा लेती है। बाकी अब सीख लेगी।"

मैंने घर पर अमृता को फ़ोन कर दिया कि वे लोग घर आकर खाना खाएँगे।

अपने–आप को मैंने संयत कर लिया था। यदि मेरी अंग्रेज़ी अमरीकियों के समान प्रवहमान नहीं थी तो मेरा लिज़ा से इस समय बात करना आवश्यक भी नहीं था। वे दोनों भाई आपस में और उससे बातें कर ही रहे थे। मेरे बात नहीं करने से वह स्वयं को उपेक्षित नहीं मानेगी। मैं बोलूँगा तो मेरी अंग्रेज़ी अपने ही बेटों के कानों में खटकेगी।...

रात का समय था। बाहर सड़क पर विशेष कुछ दिखायी नहीं पड़ता था। उस समय लिज़ा को दिल्ली क्या दिखानी थी। और दिखाने पर दिखता भी क्या। उसकी आँखों पर रात को देखने वाली कोई दूरबीन तो लगी नहीं थी। वैसे सड़क पर यातायात की कमी नहीं थी। घर बैठे यह कल्पना भी नहीं की जा सकती थी कि रात डेढ़–दो बजे, सड़क पर इतनी गाड़ियाँ होंगी। बावजूद सारे नियमों और पुलिस की सख्तियों के ट्रकों का धुआँ काफ़ी था। डीज़ल का धुआँ। विभु को धुएँ से एक प्रकार की एलर्जी थी। उसे धुएँ के कारण साँस लेने में परेशानी होती थी। जो व्यक्ति एक बीड़ी का धुआँ सहन नहीं कर सकता था, वह ट्रकों का धुआँ कैसे सहन करता।...

बात पुरानी है। दिसम्बर का महीना था। उन दिनों भी वह छुट्टियों में घर आया हुआ था। संयोग कुछ ऐसा हुआ कि दिनेश्वर प्रसाद, मुझसे मिलने आ गये। उन्होंने बताया कि वे आजकल कहानियों का एकल अभिनय कर रहे हैं। वे मेरी कहानी 'शटल' को इस काम के लिए काफ़ी तैयार कर चुके थे। वे उसके सार्वजनिक प्रदर्शन से पहले चाहते थे कि मेरे घर में मेरे परिवार और मेरे मित्रों के सामने उसे प्रदर्शित करें और यदि मैं उसे पसन्द करूँ तो वे श्रीराम सेंटर में भी उसकी दो–तीन प्रस्तुतियाँ करेंगे।...

मैंने अपनी स्वीकृति दे दी। मेरा घर देख कर उनका विचार था कि वे वहाँ लगभग चालीस लोगों के सामने प्रस्तुति करें। मैं चालीस व्यक्ति तो एकत्रित कर ही सकता था, प्रसन्नता इस बात की थी कि विभु भी आया हुआ था। नाटक का उसको शौक़ था, वह भी देख लेगा और उसे अच्छा भी लगेगा।...

दिनेश्वर प्रसाद समय से कुछ पहले आ गये थे। उन्होंने मंच वाले क्षेत्र में एक चारपाई बिछा कर तथा दो–एक छोटी–मोटी चीज़ें रखकर अपने उस कमरे का रूप बना लिया, जिसमें कहानी के नायक ईशरदास

को लेटना था। वे चारपाई पर लेट गये और कहानी के अनुरूप जेब से एक बीड़ी निकाल कर सुलगा ली।...

बीड़ी का सुलगना था कि विभु भी सुलग ही नहीं भड़क उठा।

"इस बन्द कमरे में ये बीड़ी पी कर सबको धुआँ पिलाएँगे।"

मुझे लगा कि वह दिनेश्वर प्रसाद का अपमान कर रहा है। कहानी में ईशरदास बीड़ी पीता है। फिर बीड़ी पीते हुए उसके धुएँ के कुछ छल्ले बनाता है। उन छल्लों को देखते–देखते बहुत कुछ सोचता है। उससे अभिनेता के लिए भी अभिनय का कुछ परिवेश बनता है...

किन्तु विभु कुछ भी सुनने को तैयार नहीं था। वह बन्द कमरे में, इतने सारे लोगों को बैठा कर एक व्यक्ति को बीड़ी पीने की अनुमति नहीं दे सकता था। नाटक हो या न हो।

"मेरा मूड नहीं बनेगा।" दिनेश्वर प्रसाद ने हल्के से कहा।

"न बने। आपके मूड के लिए हम इतने लोगों के स्वास्थ्य के साथ खिलवाड़ नहीं कर सकते।"

मुझे कहना ही पड़ा, "दिनेश्वर जी यह आपको बीड़ी नहीं सुलगाने देगा। कृपया..."

बीड़ी क्या बुझी, दिनेश्वर प्रसाद का मन ही बुझ गया। फिर भी किसी प्रकार वे अपना अभिनय कर गये...और आज तक विभु यही मानता है कि उसने कुछ भी गलत नहीं किया था।

आज भी वह गाड़ी का शीशा खोलने नहीं दे रहा था। गाड़ी के शीशे बन्द रखना और ए.सी. को चलाये रखना उसकी पहली शर्त थी। प्रभु ने एक–आध बार कोशिश भी की कि बरार स्कवेयर में खुला क्षेत्र देख कर, वह उन्हें आधी रात की दिल्ली की प्राकृतिक हवा खिलाए; किन्तु विभु के विरोध ने उसे करने नहीं दिया। ...वह छोटा अवश्य था किन्तु घर के बड़ों पर भी भारी पड़ता था। फिर प्रत्येक व्यक्ति मान लेता था कि दो–तीन सप्ताहों के लिए विदेश से आया अतिथि है। उसका मन क्या दुखाना।... और फिर इस बार तो लिज़ा भी साथ थी।

सड़क के दोनों ओर की दुकानें पूरी तरह बन्द थीं; किन्तु बत्तियों की जगमगाहट तो सारे रास्ते में ही थी। रात अँधेरी थी; किन्तु सड़क अँधेरी नहीं थी। अँधेरे का मुँह चिढ़ाने के लिए वे बत्तियाँ काफ़ी थीं। उस समय कोई भारत में बिजली की कमी की शिकायत नहीं कर सकता था।

पंजाबी बाग पहुँचकर मैंने अमृता को फ़ोन कर दिया कि हम दस मिनट में घर पहुँच जाएँगे।

"मेज़ लगा देती हूँ। खाना तैयार है।"

***

विभु प्रायः इसी प्रकार घर आकर खाना खाया करता था। कह नहीं सकता कि विमान में खाना खाए उसे देर हो चुकी होती थी और उसे भूख लग जाती थी; या विमान का खाना उसे पसन्द नहीं आता था।

बच्चे भी जाग गये थे। सबका प्रयत्न था कि वे चाचा और लिज़ा आंटी से मिल कर पुनः जा कर सो जाएँ। उन्हें प्रातः स्कूल जाना था। पर बच्चे लौटने को तैयार नहीं थे। उनकी दृष्टि चाचा की अटैची पर थी। उन्होंने चाचा को अपने लिए बहुत कुछ लाने को कहा था। वे चाहते थे कि चाचा अटैची खोलें और उनके उपहार उनके हवाले करें। प्रभु के लिए भी वह 'किंडल' लाया था।

मैं जानता था कि मेरे लिए कुछ नहीं था। उसमें विभु का कोई दोष नहीं था। चलने से पहले जब वह सबसे पूछता था कि किसको क्या चाहिए तो स्वयं मेरी ही समझ में नहीं आता था कि मैं क्या माँगूँ। अपनी आवश्यकताओं के अनुसार मेरे पास सब कुछ था। वैसे भी मैं वहाँ से मँगवाता कुछ नहीं था; स्वयं जा कर लाता था। अमरीका के अपने पिछले चक्कर में मैं अपने लिए लैपटॉप लाया था। टी–शर्ट लाने के लिए मैं अमरीका नहीं जाता था। बच्चों को कपड़े भी चाहिए थे, खिलौने भी। मुँह से कुछ नहीं कह रहे थे; किन्तु बात बड़ी स्पष्ट थी कि चाचा से अधिक उन्हें खिलौनों की प्रतीक्षा होती थी।

वह जब भी आता था, रात को इसी प्रकार का द्वन्द्व होता था। वह यात्रा से आया है, इसलिए उसे जल्दी सोने के लिए भेज दें अथवा वह इतने दिनों के बाद आया है, तो बैठ कर रातभर बातें करें। पहले तो कभी–कभी वह स्वयं ही कहता था कि वह आज रात का शेष समय जाग कर ही बिताएगा और कल रात ही सोएगा। उससे एक ही दिन में जेट–लैग का सारा झंझट समाप्त हो जाएगा।... पर आज उसके साथ लिज़ा भी थी। जाने वह जागना चाहे न चाहे। उसे हमारे परिवार की गप्प–बाज़ी में क्या रुचि हो

सकती थी। ...हम कितना भी प्रयत्न करते; किन्तु हमारी अधिकांश बातचीत तो हिन्दी में ही होती।...

"विभु, बच्चों को और प्रतीक्षा मत करवाओ।" मैंने कहा, "उनके लिए जो कुछ लाये हो, उनको दे दो, ताकि वे जा कर आराम से सोएँ।"

"उसके लिए सामान खोलना पड़ेगा पिता जी।" वह बोला, "यहाँ सामान बिखर जाएगा तो फिर उसे समेटना भी पड़ेगा।" वह रुका, "चाचा से कोई बात नहीं, बस अपनी गिफ्ट चाहिए।"

बच्चे मुस्कराए।

"चलो, फिर ऊपर चलते हैं।" उसने अटैची उठा ली।

वह जानता था कि उन सबका सोने का प्रबन्ध ऊपर के कमरों में था।

वे सब लोग ऊपर चले गये तो मेरे और अमृता के जागने का कोई अर्थ नहीं था।

"कैसी है?"

"मुझे तो ठीक ही लगी है।"

"तुम्हें ठीक लगी है, तो ठीक ही होगी।" मैंने कहा, "अभी तो वह मुझे डॉ. कात्यायन और तुम्हें मिसिज़ कात्यायन ही कह रही है।"

"हाँ।" अमृता के स्वर में कुछ उदासी थी।

"चलो सोने का प्रयत्न करते हैं। पता नहीं नींद आएगी भी या नहीं। आएगी तो प्रातः फिर पाँच बजे उचट जाएगी। और कल सारा दिन सोते–जागते ही कटेगा। तन्द्रा भी और आलस भी।"

4

मैं अपने बिस्तर पर लेटा तो आँखें बुरी तरह जल रही थीं; किन्तु उनमें नींद नहीं थी। कई बार अधिक थकान से भी नींद नहीं आती। मन में विचार उमड़–घुमड़ रहे हों तो भी नींद नहीं आती। रजोगुण नींद को भगा देता है।

पाँच वर्ष पहले भी विभु एक बार एक अमरीकी लड़की के साथ आया था। तब वह कुछ महीनों के लिए अपनी कम्पनी की ओर से मलेशिया की राजधानी कोआलालुंपूर में काम कर रहा था। वह सप्ताह भर की छुट्टी पर अपने घर आ रहा है, सुन कर उसकी डायरेक्टर भारत–भ्रमण के लोभ में उसके साथ आ गयी थी। मेरे मन में तब भी पहला प्रश्न यही उठा था कि क्या इस लड़की के साथ उसका कोई सम्बन्ध है। पर नहीं, वह

उसकी डायरेक्टर थी। पाँच साल बड़ी थी। मेरे और अमृता के प्रति उसके हाव–भाव भी ऐसे नहीं थे कि हम समझ सकते कि वह विभु से विवाह करना चाहती है। हमने उसे छूट नहीं दी थी। अलग कमरा न होने के कारण उसे अमृता के साथ उसके बेडरूम में सुलाया था। ...पर आज तो हमने न कुछ पूछा था और न किसी प्रकार की कोई आपत्ति हमारे मन में आयी थी। विभु और लिज़ा बड़े सहज भाव से ऊपर के कमरे में चले गये थे। जैसे वह उन दोनों का ही कमरा हो।

जाने मन ने कैसे मान लिया था कि वह उनकी बहू ही तो थी। आखिर सियैटल में भी तो एक साथ ही रहते होंगे ...किसी ने उस सन्दर्भ में उनसे कोई पूछ–ताछ नहीं की। बस मान लिया था। वस्तुतः मैं तो उनके सम्बन्धों को ओट में ही रखना चाहता था। जो कुछ उनका निजी था, वह उघड़ कर मेरे सामने न ही आये तो अच्छा है। मुझे उनके सम्बन्धों के पर्दे में झाँक कर कोई प्रसन्नता नहीं होती।

विभु ने कहा था, "पिता जी जिस समाज में रहना होता है, उसी के अनुरूप चलना भी पड़ता है।" इसके आगे न मैंने कुछ पूछा था, न उसने कुछ बताया था। ...किन्तु इतना तो मैं भी समझता था कि यही बात भारत में होती तो उसका रूप कुछ और होता। लड़का और लड़की एक–दूसरे को पसन्द करते। तत्काल सगाई होती और विवाह की तिथि निश्चित हो जाती; और फिर विवाह हो जाता। इस प्रकार नहीं होता कि वह उसकी सब कुछ होते हुए भी, हमारी कुछ नहीं है। वह मुझे डॉ. कात्यायन कहती है। अमृता को मिसिज़ कात्यायन कहती है। फिर भी हमारे बेटे के साथ आयी है। उसके साथ उसकी पत्नी के से पूरे अधिकार के साथ रहती और व्यवहार करती है; किन्तु सास–ससुर होंठ सिए हुए हैं। विवाह की चर्चा भी नहीं कर सकते; क्योंकि वह किसी भी मोड़ पर अस्वीकार की मुद्रा अंगीकार कर सकती है।

एक सम्बन्धी ने बताया था कि अमरीका में तो लड़कियाँ विवाह के लिए चर्च में आकर भी भाग जाती हैं। वे नर्वस हो जाती हैं। इसलिए उन पर विवाह सम्बन्धी कोई दबाव नहीं पड़ना चाहिए। ...तो वहाँ की रीति ही माननी पड़ेगी। पहले परिचय, फिर गर्लफ्रेंड, फिर साथ रहना, और फिर यदि इच्छा हो तो विवाह। न मैं इस परम्परा का विरोध कर सकता था, न विभु उसको तोड़ सकता था। हमारे सन्तोष के लिए इतना ही पर्याप्त था कि वे दोनों क्रमशः विवाह के विचार की ओर बढ़ रहे थे। ...विभु का

मन तो स्पष्ट था कि वह विवाह करना चाहता था; किन्तु लिज़ा...वह उसे परख रही थी। उसके परिवार को भी जानने की कोशिश करेगी। फिर उसके माता–पिता विभु को देखेंगे। परखेंगे। सब कुछ ठीक रहा तो विवाह की बात होगी।

"कल मुहल्ले के लोग इसे देखेंगे और पूछेंगे कि वह कौन है तो क्या बताना है। कुछ छिपाना सम्भव नहीं है और मेरा तो अपना ही मन है कि मैं अपनी सहेलियों को यह ख़ुशख़बरी दे दूँ।" अमृता कह रही थी।

मैंने अमृता की ओर देखा, "तुम्हारा बेटा फेस–बुक पर उसके साथ अपने चित्र डाल कर दुनिया में घोषणा कर रहा है कि वह उसकी गर्लफ्रेंड है और तुम अभी सोच ही रही हो कि तुम अपने मुहल्ले वाली सहेलियों को क्या बताओगी।"

"तो बता दूँ।"

"बेधड़क।"

मुझे लगा कि मुझे भी अमरीकी परम्परा से ही चलना होगा। यदि भारतीय ढंग से चलना चाहूँगा तो सबके लिए संकट पैदा करूँगा। मैं स्वयं चकित था कि मुझे स्वयं को बदलने में कोई बहुत प्रयत्न नहीं करना पड़ रहा था। मेरे अपने भीतर से कोई विरोध नहीं उठ रहा था। मैंने मान लिया था कि भारतीय रीति से उनका गान्धर्व विवाह हो चुका था। समय आने पर ब्राह्म विवाह भी हो जाएगा। मैं ही नहीं, हम सब चाहते थे कि विभु का विवाह हो जाए। कोई बाधा न आये। पैंतीस वर्ष का तो हो गया है। मेरा अपना विवाह तो पच्चीस वर्ष की अवस्था में ही हो गया था। शायद मेरी इसी इच्छा ने मुझे भीतर से बदल दिया था। मैं उसके विवाह में किसी प्रकार की रुकावट नहीं बनना चाहता था।

***

पड़ोस में निर्मला जी के घर पर एक आयोजन था। मित्रों का छोटा–मोटा जमावड़ा था। रात का भोजन भी वहीं था। विभु आया हुआ था तो या तो हम यह बहाना करते कि उसके कारण हम कहीं और व्यस्त हैं और हम में से कोई भी वहाँ न जाता। दूसरा विकल्प यह था कि हम थोड़ा–सा साहस करते और लिज़ा को भी साथ ले चलते। इस प्रकार उसे सबके सामने प्रस्तुत कर देते। अलग–अलग लोगों से उनके घर जा कर अथवा

उन्हें अपने घर बुला कर उसका परिचय देना ही था। तो इस अवसर का लाभ ही क्यों न उठाया जाए।

हमने दूसरा विकल्प ही चुना।

जो लोग पहले से आ चुके थे, उन्होंने देखा कि विभु और एक विदेशी लड़की हमारे साथ हैं। सबकी आँखों में प्रश्न थे। विभु से मिलने की गर्मजोशी दिखाते हुए, सबने ही पूछा, "कब आये? कैसे हो? कब तक रहोगे?" ...लिज़ा की ओर भी सबकी मूक दृष्टि थी; किन्तु मज़े की बात थी कि किसी एक ने भी नहीं पूछा कि यह लड़की कौन है। जिसको जो समझना था, उसने अपने आप ही समझ लिया।

विभु ने उसका परिचय कराना अपना दायित्व नहीं माना, न ही वह उससे चिपका बैठा रहा। भीड़ में उसे खुला छोड़ दिया। उसके परिचय का दायित्व मैंने अपने ऊपर ले लिया, "यह लिज़ा है। विभु की सखी। सियैटल से ही विभु के साथ आयी है।" और लिज़ा से कहा, "दीज़ आर आवर क्लोज़ फ्रेंड्स एंड नेबर्स। यू विल नो दैम वन बाई वन। एंड दैन परहैप्स यू हैव टू मीट दैम फ्रीक्वेंटली।"

मैं नहीं जानता कि विभु को मेरा दिया हुआ परिचय पसन्द आया या नहीं; किन्तु उसने कुछ कहा नहीं। 'सखी' शब्द का किसने क्या अर्थ लगाया, इसकी चिन्ता हममें से किसी ने भी नहीं की। अमृता के साथ बैठ कर खुसुर–पुसुर की शैली में किसने क्या पूछा और अमृता ने उसे क्या बताया, यह मैं नहीं जानता। स्वयं को अमृता की आत्मीय सहेलियाँ मानने वाली महिलाएँ इतनी भी जिज्ञासा न करतीं, यह तो सम्भव ही नहीं था। यदि वे कुछ न पूछतीं तो उनके पेट में मची खलबली उनको भोजन ही न करने देती। मैंने मान लिया कि अमृता ने इतना तो बता ही दिया होगा कि विभु ने यह लड़की पसन्द की है; किन्तु अभी कुछ भी निश्चित नहीं है।

उसके पश्चात् सब सामान्य हो गया। मैंने देखा महिलाएँ बारी–बारी किसी–न–किसी बहाने लिज़ा से मिल रही थीं। इतनी अंग्रेज़ी तो सबको ही आती थी कि अपना नाम–पता बता सकतीं और उसका हाल–चाल पूछ लेतीं। पुरुषों ने भी एक–एक कर परिचय प्राप्त किया। किसी ने उसे नमस्ते करना नहीं सिखाया, धड़ल्ले से हाथ मिलाया और अपना अंग्रेज़ी का ज्ञान बघारा। मैं जानता था कि उन्होंने कभी अपने निकटतम सम्बन्धों और मित्रताओं में भी किसी स्त्री से हाथ नहीं मिलाया होगा; किन्तु एक विदेशी गोरी लड़की देखकर हाथ मिलाने का अवसर वे कैसे गँवा देते।...

मेरा कुछ भी कहने का कोई अर्थ और अधिकार नहीं था। लिज़ा आज तक यूरोप–अमरीका में भी तो सबसे हाथ ही मिलाती रही थी और आगे भी मिलाएगी। तो फिर ऐसे में मेरी भारतीयता को आहत नहीं होना चाहिए था। ...स्वामी विवेकानन्द जैसे भारतीय संन्यासी भी जब अमरीका गये थे तो उन्हें भी बहुत कुछ बदलना पड़ा था। मेरी तो औकात ही क्या थी; और अभी तो आरम्भ ही था।...

विभु पूर्णतः सहज था। ऐसा नहीं लगता था कि उसने लिज़ा को किसी प्रकार के कोई संकेत या निर्देश दिये हों। उसने शायद ही उसे कभी बताया हो कि उसके पिता को क्या पसन्द आएगा और क्या पसन्द नहीं आएगा। उसने उसे खुला छोड़ दिया था कि जो कुछ वह ठीक समझे, करे; और मुझे भी स्वतन्त्र छोड़ दिया था कि मैं अपने विचारों, मान्यताओं और आस्थाओं को लेकर जितना जलना–भुनना चाहूँ, जल–भुन लूँ। शायद वह यह भी परखना चाहता था कि हम और विशेष रूप से मैं, अपनी भावी पुत्रवधू का कितना विदेशीपन सहन कर सकता हूँ।

खाने की मेज़ पर पहुँचा तो देखा कि अनेक पदार्थ मेरी रुचि के नहीं थे। मुझे उसमें से चुन कर दो–एक चीज़ें निकालनी होंगी, ताकि मैं अपना पेट भर सकूँ; किन्तु लिज़ा की प्लेट देख मुझे आश्चर्य हुआ। उसने लगभग सारी ही सब्ज़ियाँ अपनी प्लेट में परोस रखी थीं। वह सब कुछ खा रही थी, जैसे सदा से यही खाती रही हो...जैसे वह किसी नये, पराये देश में न हो; जैसे यह भोजन उसके लिए अपरिचित न हो।...

मैंने चकित भाव से विभु की ओर देखा, "वह सब कुछ खा रही है।"

"अच्छा ही है। भारतीय भोजन का अभ्यास उसके लिए हितकर ही है।"

"उसे तीखा–तीता कुछ नहीं लगेगा।"

"लगेगा तो नहीं खाएगी।"

या तो उसे उसकी चिन्ता नहीं थी या फिर वह उसके गुणों को जानता था।

मुझे अपने एक मित्र का जर्मन–प्रवास याद हो आया। थे तो वे मांसाहारी, इसलिए किसी प्रकार का परहेज नहीं था; प्लेट पूरी तरह भर ली थी। ...किन्तु अब वह उनसे खाया नहीं जा रहा था। रोटी–सब्ज़ी और दाल–भात के लिए मन मचल रहा था। किन्तु इतना सारा खाना फेंका नहीं जा सकता था। फिर भी अपनी भारतीयता में बँधे बैरे से कह बैठे, "आयम सॉरी। दिस विल गो वेस्ट।"

"नथिंग गोस वेस्ट।" बैरे ने तत्काल कहा, "पिग्स विल ईट दिस एंड यू विल ईट द पिग।"...

किन्तु लिज़ा ने अपनी प्लेट में कुछ भी नहीं छोड़ा था।

निर्मला जी के घर से लौटे तो न लिज़ा किसी के लिए अपरिचित थी, न उसके लिए हमारा कोई मित्र अजनबी रह गया था। भारतीय खाने से भी वह अच्छी तरह परिचित हो चुकी थी।... पर मैं जानता था कि अब दो–चार दिनों तक वह हमारे सारे मित्रों के घर में चर्चा का विषय बनी रहेगी। बहुत सम्भव है कि इस समाचार ने कुछ महिलाओं की आज रात की नींद ही उड़ा दी हो... सुखद बात यही थी कि किसी ने इस समाचार को छिपाए रखने की न शिकायत की थी, न कोई निर्देश दिया था।

मुझे अपने पुत्र के व्यवहार को लेकर ही अधिक आश्चर्य था। वह तनिक भी असहज नहीं था। जो लड़का फेसबुक पर अपनी गर्लफ्रेंड का चित्र निःसंकोच रूप से डाल सकता हो, वह असहज क्यों होगा। पर यह मेरी अपेक्षा से एकदम भिन्न था। मैंने स्वयं ऐसा कभी नहीं किया होता। न मैं अपने पुत्र से यह अपेक्षा करता था। इसका एक ही अर्थ था कि वह बीस वर्षों से हमसे पृथक् अमरीका में रह रहा था तो कुछ अमरीकी तो वह हो ही गया था और उतना ही हमसे और हमारी अपेक्षाओं से भिन्न भी हो गया था।

अगले दो दिन वे दोनों दिल्ली में विभिन्न स्थानों पर घूमते रहे थे। हम उन्हें गाड़ी और ड्राइवर दे देते थे और मैं अलग से विभु से पूछ लेता था कि उसे पैसों की आवश्यकता तो नहीं थी। वह फुटकर ख़र्च के लिए मुझसे भारतीय मुद्रा ले लेता था; किन्तु कोई बड़ा ख़र्च हो तो अपने क्रेडिट कार्ड का ही उपयोग करता था। ...ऐसा तो नहीं है कि वह अपनी गर्लफ्रेंड को कोई उपहार लेकर न देता हो; किन्तु यह तो स्पष्ट था कि लड़की बहुत ख़र्चीली नहीं थी, न ही कोई बड़ी माँग करने वाली थी। भविष्य का किसे पता था...विभु अभी उसका पति नहीं था; पति की तो प्रत्येक चीज़ पर पत्नी का अधिकार होता ही है।...

5

गोवा जाने का कार्यक्रम तो पहले से ही बना हुआ था। विभु और लिज़ा को तो जाना ही था। प्रभु का जाना भी आवश्यक था, नहीं तो गोवा की सैर कौन कराता। हममें से तो वही था जो गोवा को अच्छी तरह जानता

था। वैसे भी फ्लैट उसी का था। वह जाता तो फ्लैट सम्बन्धी जो वार्षिक कागज़ी कार्यवाही करनी थी, वह कर आता। बिजली–पानी के बिल, सोसायटी के बिल। वही जानता था कि रसोई का सामान कहाँ से आता है, काम करने वाली बाई का प्रबन्ध भी वही कर सकता था। ...और टैक्सी का प्रबन्ध करना, गोवा के पुराने चर्च दिखाना...

लिज़ा को वे सारे चर्च देखने थे। उसकी माँ ने उसे वहाँ के चर्चों की सूची बना कर दी थी। वह कैथोलिक होते हुए, गोवा में आकर उन चर्चों के दर्शन न करे, सन्त फ्रांसिस ज़ेवियर के शव के दर्शन कर, उसे माथा न टेके–यह कैसे सम्भव था। ...इन सब कारणों से प्रभु को साथ जाना ही था। मुझे और अमृता को विभु साथ रखना चाहता था कि लिज़ा से हमारा परिचय बढ़ सके। पाँचों के लिए टिकट आ गये थे और हमारा गोवा जाना निश्चित हो गया।

***

दूध भी चाहिए था और पीने का पानी भी। घर में सबके पीने के लिए भी और बाहर जाते हुए साथ ले जाने के लिए भी। महीना चाहे दिसम्बर का था; किन्तु गोवा में दिल्ली जैसी ठंड तो थी नहीं। प्यास लगेगी ही। जहाँ कच्चे नारियल का पानी मिल गया, वहाँ तो ठीक था, अन्यथा पानी की आवश्यकता होगी। नल का पानी तो हम स्वयं ही नहीं पी सकते थे, लिज़ा को कैसे पिलाते। अब तो विभु भी नल का पानी नहीं पीता था।...

प्रभु सड़क पार वाले गोपाल की दुकान तक गया था।

"कब आये साहब।" गोपाल ने पूछा।

"कल रात।"

"कितने दिन के लिए।"

"एक सप्ताह।"

"आज कहीं जा रहे हैं?" वह बोला, "ओल्ड गोवा तो जाना मत।"

"क्यों?"

"आज किरिस्तान लोग का कोई मेला है। उनका भगवान का फैस्ट है। सबका सब ओल्ड गोवा के चर्च में जाएगा। वहाँ पैर रखने का जगह भी नहीं मिलेगा। आज किसी बीच पर चले जाओ।"

प्रभु ने उससे यह नहीं कहा कि वह जानता है कि आज ईसाइयों का

फेस्टिवल है। क्या बताता कि हमारे साथ यह जो अमरीकी लड़की है, वह कैथोलिक है और वह किसी नगर में नहीं, अपने एक तीर्थ–स्थान पर आयी है। इसलिए वह पुराने गोवा ही नहीं जाएगी, चर्च में जाकर मोमबत्ती भी जलाएगी। हाथ भी जोड़ेगी। माथा भी टेकेगी। भीड़ चाहे कितनी भी हो। पंक्ति चाहे कितनी भी लम्बी हो।... और उसे प्राचीन गोवा के चर्च ले जाने का दायित्व उसी का है। ...वह जानता था कि उसे स्वयं चर्च जाने से किसी प्रकार का परहेज़ नहीं था। किन्तु उसमें और लिज़ा में बहुत अन्तर था। उसके लिए गोवा और उसके चर्च इतिहास का विषय थे। वे सूचनाएँ थीं। वह तटस्थ भाव से उन्हें देखता था और समझने का प्रयत्न करता था। ...किन्तु लिज़ा के लिए वे धर्म और आस्था का विषय था।...

गोपाल की दुकान से लौटते हुए प्रभु चौकीदार को कह आया था कि वह कोई काम करने वाली बाई भेज दे।

"कितने दिन के लिए आया बाबू।" उसने पूछा।

उसने कहा नहीं किन्तु वह जानना चाहता था कि बाई को कितने दिनों की नौकरी मिलेगी।

"एक सप्ताह।" प्रभु ने कहा, "पैसे पूरे महीने के दे देंगे।"

***

प्रातः गीता आयी। कुछ देर से ही सही किन्तु आ गयी थी। गीता चौकीदार की अपनी ही बेटी है। उसने उसी को भेजा था। सप्ताह भर काम करेगी और पूरे महीने का वेतन पाएगी। जहाँ पहले काम कर रही थी, वहाँ एक सप्ताह के पैसे कट भी जाएँगे तो क्या। तीन सप्ताह के पैसे तो बिना काम किये मिलेंगे।

वह रसोई में गयी और लौट आयी, "आंटी रात का बर्तन तो है ही नहीं। धो दिया क्या।"

अमृता को स्मरण हो आया : लिज़ा ने गोवा पहुँचते ही देख लिया था कि यहाँ दिल्ली के समान कोई नौकर नहीं है। वह प्रातः ही अमृता के पास आयी थी, "मिसिज़ कात्यायन। मैं आपकी सहायता कर दूँ।"

"अरे नहीं।" अमृता ने कहा, "प्रभु ने चौकीदार को कह दिया है। अभी कोई काम करने वाली आ जाएगी।"

"कोई बात नहीं।" लिज़ा बोली, "उसके लिए और काम जमा हो जाएगा।"

अब गीता की बात सुन कर प्रभु ने भी देखा : दिल्ली में उसके मन में शिकायत आयी भी थी और उसने कहा भी था कि लिज़ा मेम साहब के समान बैठी है। घर का कोई काम नहीं कर रही। किसी की सहायता नहीं करती। अपने जूठे बर्तन तक नहीं उठाती। ...अब बात कुछ और समझ में आ रही थी। वहाँ नौकर थे, इसलिए उसकी समझ में नहीं आया होगा कि उसे कुछ करना भी है या नहीं। करना है तो क्या करना है। यहाँ बात स्पष्ट थी कि सब कुछ स्वयं ही करना है। उसने इतनी–सी देर में स्पष्ट कर दिया था कि उसे काम करने से संकोच नहीं था। वह अतिथि के समान नहीं रहना चाहती थी। न वह बोझ बनना चाहती थी। यह घर भी तो उसका अपना ही था...

नाश्ते के बर्तन भी लिज़ा और विभु ने फुर्ती से उठा दिये और वे लोग बाहर जाने को तैयार हो गये।

लिज़ा को अकेली नहीं भेजा जा सकता था। उसके साथ किसी का जाना आवश्यक था। विभु तो साथ जाता ही।... उनके मार्ग–दर्शक के रूप में प्रभु को भी जाना था।

वे तैयार हो कर यथाशीघ्र चले गये।

***

मैं एक विचित्र द्वन्द्व में था। ...लिज़ा ने गोवा और पुर्तगालियों का इतिहास नहीं पढ़ा होगा। पढ़ा होगा तो ईसाई इतिहासकारों द्वारा लिखा हुआ, ईसाई पाठक के रूप में ईसाई दृष्टि और मन से पढ़ा होगा। उसे क्या मालूम था कि उन लोगों ने धर्म और शासन के नाम पर निरीह भारतीयों पर क्या–क्या अत्याचार किये थे। जो लोग हमारे लिए आक्रमणकारी, लुटेरे और हत्यारे थे, उसके लिए वे सन्त थे। वह उनकी पूजा करने गयी थी। जब वास्को डी गामा यहाँ आया था तो उसे हिन्दुओं और ईसाइयों में कोई विशेष अन्तर दिखायी नहीं दिया था। उसने अपने राजा को यही सूचना दी थी कि यहाँ के लोग भी ईसाई ही हैं, किन्तु दूसरे ईसाइयों और इनमें कुछ अन्तर है।

किन्तु पुर्तगाली अधिक दिन इस भ्रम में नहीं रहे। उन्होंने विदेशी आक्रमणकारियों और शासकों के रूप में अपने कानून बनाने आरम्भ किये

और पहला महत्त्वपूर्ण कानून यह था कि सम्पत्ति का अधिकार केवल ईसाइयों का है; इसलिए या तो अपना धर्म परिवर्तित कर ईसाई हो जाओ या फिर अपनी सम्पत्ति छोड़ दो।[1]

मेरे सामने मेरी पढ़ी हुई पुस्तकों के कुछ पृष्ठ खुल गये थे...

"नव ईसाई जेरोनीमो डायस वैद्यक का स्नातक था और गोवा में रहता था। वर्ष 1543 में वह अपने मित्रों के साथ हल्के–फुल्के वार्तालाप में संलग्न था; उस समय उसने कुछ ऐसी बातें कह दीं, जो कैथोलिक धर्म के बहुत अनुकूल नहीं थीं। तत्काल बिशप को सूचना दी गयी। बिशप ने उसे बन्दी कर उस पर मुकदमा चलाने का आदेश दे दिया। जब वह अपने उन कुछ मित्रों के साथ बन्दी कर लिया गया तो भी अपने वक्तव्य में वह कुछ ऐसे सिद्धान्तों की सच्चाई पर अड़ा रहा जो पुराने नियमों के अनुकूल थीं और कैथोलिक धर्म के विरुद्ध थीं। इससे स्पष्टतः सिद्ध हुआ कि वह यहूदी था। ...उस पर मुकदमा चलाया गया। बिशप उसे गवर्नर के सम्मुख ले गये। वहाँ काउंसिल की बैठक बुलाई गयी। उसमें अध्यापक डियागो भी उपस्थित थे। सन्त फ्रांसिस ज़ेवियर के विशेष प्रतिनिधि और प्रचारक फ्रायर एंटोनियो भी काउंसिल में सम्मिलित थे। उन लोगों ने सारे आलेख देखे और न्याय कर दिया : "पवित्र चर्च के द्वारा दिये गये दंड को देख कर, जिसमें जेरोनीमो डायस को ईशनिन्दा का दोषी पाया गया है। हम महाराज के नाम पर उसके लिए दंड की घोषणा करते हैं। कैथोलिक आस्था के विरुद्ध ईशनिन्दा करने के लिए जेरोनीमो डायस के शरीर को जीवित जला कर उसे भस्म में परिणत कर दिया जाए। यदि वह अपना दोष स्वीकार कर ले, पश्चात्ताप के लिए तैयार हो जाए और एक ईसाई के रूप में मरना चाहे तो पहले उसे फाँसी दी जाए, ताकि वह जीवित आग में जलने का कष्ट सहन करने से बच जाए।

"गवर्नर और उसकी काउंसिल जब यह न्याय कर रहे थे, तब अध्या पक डियागो ने स्नातक जेरोनीमो डायस को कठोर रूप से डाँटा। परिणामतः जेरोनीमो डायस ने अपनी भूल स्वीकार कर ली और पश्चात्ताप के लिए तैयार हो गया। इसलिए जब प्रशासन की ओर से उसे दंड सुनाया गया, उसने उसे धैर्य से सुना और सार्वजनिक रूप से अपना अपराध स्वीकार कर लिया। शीघ्र ही उसे कारागार में भेज दिया गया। वहाँ उसने

1. Goa Inquisition p.50-51, 56-57, 23-24.

अध्यापक डियागो के सामने अपना अपराध स्वीकार (कंफेस) किया। तब उसे सार्वजनिक वध–स्थल पर लाया गया। अपनी करुणा के कारण अध्यापक डियागो भी उसके साथ गये। वे तब तक उसके साथ रहे, जब तक उसे फाँसी के पश्चात् जला कर राख नहीं बना दिया गया।

''अगले रविवार को बिशप ने कैथेड्रल चर्च में एक प्रवचन किया। उन्होंने व्यासपीठ से पवित्र धर्माधिकरण (इनक्विज़िशन) का आदेश पढ़ा। और धर्म–च्युत करने के दंड के विषय में घोषणाएँ कीं; ताकि जिस किसी भी ईसाई स्त्री–पुरुष की भूलों का पता चले, जो कोई भी कैथोलिक धर्म के विरुद्ध बोले और कर्म करे, उसकी सूचना बिशप को दी जाए। साथ ही यह भी स्पष्ट किया कि अब धर्माधिकरण के दंडों का प्रयोग तब तक नहीं किया जाएगा, जब तक महाराज की ओर से स्पष्ट आदेश न मिल जाए।''

गोवा में इनक्विज़िशन की प्रथा स्थापित करने की पहली माँग सन्त फ्रांसिस ज़ेवियर ने की थी। उन्होंने पुर्तगाल के राजा को 16 मई 1545 को अपने पत्र में लिखा :

''ईसाइयों की दूसरी आवश्यकता है कि महाराज पवित्र धर्माधिकरण की स्थापना करें। क्योंकि यहाँ बहुत सारे लोग यहूदी नियमों अथवा इस्लामी पन्थ के अनुसार जीवन व्यतीत कर रहे हैं। उन्हें न ईश्वर का भय है, न समाज की लाज। वे हमारी गढ़ी में सब ओर फैले हुए हैं। अतः पवित्र धर्माधिकरण तथा अनेक प्रचारकों की बहुत आवश्यकता है। महाराज की कृपा होगी यदि वे अपनी भारत में बसने वाली निष्ठावान प्रजा के लिए ये आवश्यक प्रबन्ध कर दें।''

एक जीसुइट पादरी पी.एम. न्यून्स बारेटो ने 15 जनवरी 1551 को रोम में फादर जेनरेल को लिखा :

''यह आपके पितृत्व को सूचित करने के लिए है कि इन प्रदेशों में धर्माधिकरण की अधिक आवश्यकता है, क्योंकि यहाँ ईसाइयों को यहूदियों, मुसलमानों और हिन्दुओं के साथ रहना पड़ता है। देश भी इतना बड़ा है कि लोग अपने में व्यस्त हो धर्म के नियमों को भूल जाते हैं। धर्माधिकरण के भय से वे सात्विक जीवन जीएँगे। यदि वे ईश्वर के प्रेम में सात्विक जीवन नहीं जीते तो वे कारागार के कष्टों और मृत्यु के भय से ही अच्छा जीवन जीएँगे।''[1]

---

1. The hindus of Goa and the portguese republic.

1534 में गोवा को धर्मप्रान्त (Bishopric) का महत्त्व दिया गया। किन्तु आस्थावान ईसाइयों की संख्या बहुत कम थी और लोगों का धर्मान्तरण उस गति और सुविधा से नहीं हो रहा था, जिससे बिशप चाहते थे। इसलिए यह आवश्यक था कि बिशोपरिक के विकास के साथ–साथ the rigor of mercy, which we have commenced in Ilhas with the provision of 30 june 1541, जिसके द्वारा यह बताया जा रहा है कि ''हमारे प्रभु ने इच्छा की है कि अब तक जो देश और लोग दैत्यों के अधीन थे, उन्हें स्वतन्त्र किया जाए और उसकी इच्छा है कि मन्दिरों को गिरा दिया जाए। उन्हें पूरी तरह ध्वस्त कर दिया जाए। उनमें से एक भी बच न पाए।''

उसी वर्ष में सारे मन्दिर गिरा दिये गये और नगर में चर्च तथा ईसाई मठ बना दिये गये। नगर के बाहर चैपल बनाये गये।

मेरे सामने विकीपीडिया की पंक्तियाँ थीं :

''अनेक ईसाई प्रचारक, विशेष रूप से कट्टरपन्थी ईसाई, हिन्दू देवी–देवताओं को उनकी निन्दा कर, उन्हें दुष्ट और राक्षसी घोषित कर रहे थे। कैथलिक ईसाइयों द्वारा सन्त माने जाने वाले फ्रांसिस ज़ेवियर, हिन्दुओं को भूत–प्रेत की पूजा करने वाले और आध्यात्मिकता से शून्य प्रचारित कर रहे थे। हिन्दू सिद्धान्तों को वे घृणित और विकृत बता रहे थे। विष्णु को विरूप कर, शिव को निर्लज्ज, काली को रक्तपान को आतुर, देवताओं को एकाधिक सिरों और भुजाओं वाले राक्षस दिखा रहे थे। मन्दिरों को बीभत्स रीतियों के घर बता रहे थे।

''फ्रांसिस ज़ेवियर ने ही 1545 ई. में पुर्तगाली शासकों से इनक्विज़िशन आरम्भ करने की माँग की थी। गोवा में पुर्तगाली शासन–काल में सहस्रों हिन्दुओं को ईसाई धर्म स्वीकार करने के लिए बाध्य किया गया। ऐसे कानून बनाये गये कि हिन्दुओं का अपने धर्म का पालन करना तो दूर, जीवित रहना भी कठिन हो गया। उन्हें झूठे मुकदमे चला कर, छोटी–छोटी शिकायतें कर, उनका जीना दूभर कर दिया गया। धर्मान्तरण कर ईसाई बनने वाले और mestiços लोगों को सदा ही कानून और नौकरियों में प्राथमिकता दी गयी। उन्हें ऊँचे पद दिये गये। कहा जाता है कि 1560 से आरम्भ कर गोवा धर्माधिकरण के काल में सहस्रों हिन्दुओं की हत्या की गयी। इस धर्माधिकरण का प्रस्ताव फ्रांसिस ज़ेवियर ने रखा था।[1]

1. विकीपीडिया।

ईसाई प्रचारकों की ये गतिविधियाँ 1544 में सन्त फ्रांसिस ज़ेवियर के भारत आगमन के साथ आरम्भ हुईं। वे भारत की धरती से पूर्व के धर्मों को उखाड़ फेंकने और उनके स्थान पर ईसाई मत को स्थापित करने के दृढ़ संकल्प के साथ आये थे।

फ्रांसिस ज़ेवियर ने लिखा : जब सबका बपतिस्मा हो जाएगा, मैं उनके मिथ्या देवताओं की प्रतिमाओं को भंग कर मन्दिरों को ध्वस्त करने का आदेश दूँगा। इस कल्पना से ही मैं आनन्द में झूमने लगता हूँ।''

उनका अनुकरण विभिन्न देशों पुर्तगाल, डेनमार्क, हॉलैंड, जर्मनी और ग्रेट ब्रिटेन से आये पादरियों ने किया। पूरी 18वीं और 19वीं शताब्दी में भारत पर बलात ईसाई मत को आरोपित किया गया।[1]

मैं सारा दिन सोचता रहा...कैसी विडम्बना थी। जिनके विषय में पढ़ कर मेरा रक्त खौल उठता था, जिनके प्रति मेरे मन में तनिक भी सम्मान नहीं था, जिन्हें मैं सन्त नहीं अपना, अपने धर्म का और अपने देश का शत्रु मानता था, उन्हें यह लड़की महान् सन्त मानती थी; और उनके दर्शन करने तथा उनको माथा टेकने के लिए यह इतनी दूर से आयी थी। ...और यह लड़की मेरी बहू बन कर मेरे परिवार का अंग बनेगी। मेरे पौत्र और पौत्रियों की माँ बनेगी।...

आश्चर्य था कि उसके प्रति मेरे मन में तनिक भी रोष नहीं था। वह बेचारी क्या जानती थी कि इन सन्तों का इतिहास क्या है। उसने तो अपने शैशव से अपने चर्च, पादरी और माता–पिता से जो कुछ सुना है, वह उसी को जानती है, उसे सत्य मानती है। यदि मैं उसे अपना और इस देश का सत्य बताने का प्रयत्न करूँगा तो उसकी भावनाएँ आहत होंगी और वह हमसे दूर हो जाएगी। ...मैं अपने पुत्र से उसकी प्रिया और होने वाली पत्नी छीनना नहीं चाहता था...मेरा मन नहीं चाहता था कि मैं उसे अपने मन के घाव दिखाऊँ...

***

सन्ध्या समय वे तीनों घर लौटे तो बहुत थके हुए थे। तीनों ने इस बात की पुष्टि की कि वहाँ बहुत भीड़ थी, जैसी कि पर्व–त्योहारों के दिन

1. Freedom and Religion.

भारत में मन्दिरों में भी होती है। ऐसे में ठेलम–ठेल और धक्का–मुक्का साधारण–सी बात है। फिर भी दोनों भाइयों ने अपनी ओर से पूरा प्रयत्न किया था कि वे दीवार बन कर लोगों के धक्कों से बचाते हुए लिज़ा को उसकी इच्छानुसार सब कुछ दिखा सकें...

लिज़ा के चेहरे पर किसी पवित्र सन्त के दर्शन करके आने का आह्लाद नहीं था। मैं उसमें किसी प्रकार का कोई आध्यात्मिक आह्लाद नहीं देख पा रहा था।.... वहाँ बहुत भीड़ थी। सब लोगों को आगे बढ़ने की जल्दी थी। इसलिए किसी के भी मन में नहीं था कि इस पवित्र स्थान पर मन में करुणा को स्थान दें और अन्य लोगों को धक्के न मारें। ...फिर वहाँ उसे घूरने वाले भी बहुत थे, जैसे वे फ्रांसिस ज़ेवियर के अवशेषों को नहीं लिज़ा के दर्शन करने आये हों। उसको यह शिकायत भी थी कि लोग उससे बिना पूछे, उसके चित्र खींच रहे थे। यह तो कोई शिष्टाचार नहीं है। ...चर्च में फ़ोटोग्राफी का क्या अर्थ?

मैं जानता था कि यह सब कुछ होगा, पर उससे क्या कहता। उससे यह भी नहीं कह सकता था कि वह जिन साधारण अज्ञानी लोगों की शिकायत कर रही है, वे तो गोरी चमड़ी की लड़की को देख कर आपा खो देते हैं; किन्तु जिसकी पूजा करने वह गयी थी, उसने सहमत न होने वाले लोगों को जिस प्रकार मृत्यु–द्वार तक धकेला था, उसके विषय में तो हम कुछ कह भी नहीं सकते थे। उस सन्त के लिए जो कुछ पुण्य था, हमारी दृष्टि से वह अधम कोटि का पाप था...

और लिज़ा को सबसे बड़ा दुख यह था कि वह एक पवित्र स्थान पर मोमबत्तियाँ जलाना चाहती थी और वह मोमबत्तियाँ बेचने वाली मोटी स्त्री उसको ठगने का प्रयत्न कर रही थी। उसने उसे दुगने दाम बताये थे। वह तो विभु ने बीच में पड़ कर दाम कुछ कम करवा दिये थे और उस स्त्री ने भी कृपा भाव दिखाते हुए कहा था कि भगवान की पूजा करनी है, इसलिए वह इतने सस्ते दामों मोमबत्तियाँ दे रही है। ...जबकि बाद में अन्य मोमबत्तियाँ बेचने वाले उससे भी कम दाम में मोमबत्तियाँ दे रहे थे। वह उसे ठग भी गयी और उस पर उपकार का बोझ भी लाद गयी...

"अरे इतनी–सी बात भी नहीं समझती हो।" विभु ने कहा, "वे भक्त नहीं, व्यापारी थे। प्रातः भक्तों की संख्या अधिक थी। सन्ध्या तक ग्राहक मिलना भी कठिन हो गया था। उन्हें तो अपना माल बेचना था।"

"तो यह सब चर्च में ही करना था।"

''जब ग्राहक चर्च में हों तो व्यापार कहीं और होगा क्या।'' विभु ने कहा।

''चर्च के अन्दर खड़े हो कर यह व्यवहार।'' लिज़ा का आक्रोश कम नहीं हो रहा था।

''नियरर द चर्च, फार्दर फ्रॉम गॉड।'' प्रभु ने कहावत सुना दी।

और मैं कह ही नहीं सका कि वह नहीं जानती कि चर्च बनाने वालों ने क्या–क्या किया था।

लिज़ा ने लोगों के व्यवहार की चर्चा की। चर्च के विषय में भी कुछ शब्द कहे किन्तु मेरे ध्यान में बात बहुत साफ़ थी कि उसने फ्रांसिस ज़ेवियर के विषय में, जिन्हें वह माथा टेकने गयी थी, दो शब्द भी नहीं कहे।

''क्या बात है,'' मैंने प्रभु से पूछा, ''इसने सन्त का शरीर देखा?''

''वहाँ अन्दर प्रवेश करने के लिए दो मील लम्बी लाइन थी। उनका फैस्ट था न आज।'' वह बोला, ''उस धक्के–मुक्के में चार–पाँच घंटे खड़े रहना हममें से किसी के भी वश का नहीं था।''

''लोगों में इतनी श्रद्धा है?''

''श्रद्धा है या मेले–ठेले में धक्के खाने का शौक़, यह तो वे ही जानें, पर लिज़ा ने उधर जाने की इच्छा नहीं दिखायी। वह सामने वाले चैपल में जाकर मोमबत्तियों की वेदी पर मोमबत्ती जला आयी।''

''तो वह बेचारी वापस जा कर अपनी माँ से क्या कहेगी। वह सन्त के शरीर के दर्शन भी नहीं कर पायी।''

''अब यह तो वह ही जाने। हमने तो तनिक भी अनिच्छा नहीं दिखायी थी। वह कहती तो हम भी उस लाइन में खड़े हो जाते।''

मेला–ठेला तो मेरी समझ में आता था। श्रद्धा के भी मैं विरुद्ध नहीं था; किन्तु चकित था मैं लोगों के इतिहास ज्ञान पर। वे नहीं जानते थे कि जिस सूखे, जलाभाव में सिकुड़ गये शव या कंकाल को देखने के लिए वे घंटों लाइन में खड़े रहेंगे, यह वही व्यक्ति था, जिसने उनके पूर्वजों का सब कुछ छीन कर उन्हें अपना मत स्वीकार करने को बाध्य किया था। उनके पूर्वज शायद हिन्दू थे, वे यहूदी भी हो सकते थे, या मुसलमान भी...

किन्तु लिज़ा को यह सब नहीं बताया जा सकता था। भगवान कृष्ण ने गीता में कहा है कि किसी की श्रद्धा मत तोड़ो...

***

घर के पिछवाड़े में एक कच्चा–पक्का रास्ता था। उससे दस–एक मिनट चलने पर पक्की बड़ी चौड़ी सड़क आ जाती थी। प्रभु ने बताया कि इस सड़क पर जो सबसे बड़ी और सजी–सँवरी कोठी है, वह शायद यहाँ के सांसद की है। उसी के कारण यह सड़क इस प्रकार की बन पायी है, अन्यथा यह भी कच्ची–पक्की ही होती। उसे पार करने पर कुछ रेतीली मिट्टी का रास्ता था। रास्ता क्या पगडंडी थी। दोनों ओर झाड़–झंखाड़ थे। कहीं–कहीं मछुवारों द्वारा परित्यक्त, टूटी–फूटी उजड़ी हुई झुग्गियाँ थीं। सामने समुद्र था। और जाने कहाँ से बह कर एक जलपोत वहाँ आ फँसा था। उसके कारण खुले समुद्र का दृश्य देखने को नहीं मिलता था। प्रभु ने बताया था कि जब वह पिछली बार आया था, तब भी यह जलपोत यहीं खड़ा था। लगता था कि इसे हटाने की कोई योजना नहीं थी। मछुवारे ही अपनी आवश्यकतानुसार उसके अंग–प्रत्यंग को तोड़ कर ले जाएँगे तो वह हल्का हो जाएगा। तब चाहे वह समुद्र की लहरों के साथ बह जाए या फिर उसकी चोरी हो जाए। वाहनों के इस प्रकार के बड़े–बड़े ढाँचों को छोटे–छोटे पुर्जों में बदलने वाले चोर कहाँ नहीं होते और प्रत्येक नगर में चोर बाज़ार भी होते हैं और कबाड़ी भी। धातुओं का कुछ न कुछ मूल्य तो होता ही है।

दूर समुद्र के मध्य बिजली के बल्बों से सजी नौकाएँ तैर रही थीं। उनमें पीने–पिलाने का भी प्रबन्ध था और लड़कियों के मटकने का भी। कुल मिलाकर वह हमारे काम की चीज़ नहीं थी। हम लोग या तो सागर के किनारे टहल सकते थे या फिर घुटनों–घुटनों पानी में जा कर लहरों का आनन्द उठा सकते थे।

अमृता को वहाँ पड़ा एक पेड़ का तना मिल गया था। वह जा कर उस पर बैठ गयी थी। उसके लिए बहुत देर तक बैठना और बहुत देर तक चलना दोनों ही कठिन था। सागर–तट पर बैठ कर गीली ठंडी हवा का आनन्द ही उसके लिए बहुत था।

विभु और लिज़ा टहलते–टहलते हमसे कुछ दूर चले गये थे। निश्चित रूप से वे दोनों साथ रहना चाहते होंगे। हम भी समझते कि प्रेमी जोड़े के साथ हमारा चिपके रहना मूर्खता होती। हम साथ आये अवश्य थे, फिर भी उनको कुछ स्वातन्त्र्य और एकान्त तो मिलना ही चाहिए था।... मैं

और प्रभु कभी साथ–साथ हो जाते थे और कभी अलग–अलग दिशाओं में भी चल पड़ते थे। बीच–बीच में मैं अमृता के पास जा कर पूछ भी आता था कि उसे कुछ चाहिए तो नहीं, या वह टहलना तो नहीं चाहती...मेरा साथ चाहिए?

इस बार प्रभु मिला तो मैंने पूछा, ''चर्च में जाकर तुम्हारा लिज़ा के विषय में क्या विचार बना?''

''कैसा विचार?''

''धर्म के विषय में कितनी पक्की है?''

''आप उसे हिन्दू बनाने की बात सोच रहे हैं?''

''नहीं। मैं तो इस चिन्ता में हूँ कि विभु उसके चक्कर में बपतिस्मा ही न ले ले।''

''ऐसा कुछ नहीं लगा। अभी तो दोनों अपनी–अपनी जगह पर पक्के हैं; और एक–दूसरे की भावनाओं का विचार रख रहे हैं। मेरा विचार है कि हम भविष्य के भयावने सपने न देखें।'' वह रुका, ''वैसे भी वह चर्च में भक्ति और आस्था के स्थान पर अव्यवस्था से ही अधिक रुष्ट थी। मोमबत्ती वाली मोटी औरत गले में इतना बड़ा क्रास लटकाए उसे ठगने का प्रयत्न कर रही थी। मुझे नहीं लगता कि चर्च के हॉल के बाहर से उसे कमरे के फ्रांसिस ज़ेवियर के जलविहीन हो गये, उस सूखे शरीर की कोई झलक भी मिली हो, जिसे वह ध्यान से देखने, न देखने की बात सोचती। यदि वह शरीर लकड़ी के बक्से में होता और दिखायी न पड़ता तो शायद वह अधिक श्रद्धा से माथा टेकती।''

''पादरियों के विषय में कुछ कहा?''

''वह पादरी से अधिक ईश्वर की बात करती है।'' प्रभु ने कहा, ''कह रही थी कि मैं किसी पादरी के सम्मुख अपनी भूलों को क्यों स्वीकार करूँ। सीधे ईश्वर से ही क्यों बात न करूँ।''

''ठीक है। बहकाने का काम पादरी करता है, ईश्वर नहीं।''

सामने से विभु और लिज़ा आ रहे थे। शायद अब वापस घर चलना चाहिए था। अमृता भी थक गयी होगी और अँधेरा भी छा रहा था।

***

अगले दिन प्रातः ही मैं, विभु और लिज़ा साइंस म्यूज़ियम देखने निकले।

प्रभु को अपने फ्लैट से सम्बन्धित कुछ कामों के लिए सरकारी दफ़्तर जाना था और अमृता को, बच्चों वाले इस साइंस म्यूज़ियम में कोई रुचि नहीं थी। जिसने दिल्ली, न्यूयॉर्क और सियैटल के संग्रहालय देखे हों, उसके लिए गोवा का संग्रहालय किसी भी रूप में आकर्षक नहीं हो सकता था। मैं भी लिज़ा और विभु के बीच में हड्डी नहीं बनना चाहता था; किन्तु वे मुझे साथ घसीट ही ले गये। ...शायद विभु को लगा हो कि मैं पीछे अकेला रह कर यह प्रश्न न कर बैठूँ कि यदि मुझे घर पर ही रहना था तो मैं दिल्ली में ही क्या बुरा था।...

हम संग्रहालय के फाटक से घुसे ही थे कि चिन्ता में पड़ गये। किस दिशा में जाएँ–दायें या बाएँ? फाटक पर दरबान खड़ा था। किन्तु यदि वह कोंकणी अथवा मराठी ही बोलता हो तो?

पर फिर साहस कर हिन्दी में उससे पूछा, ''देखने योग्य चीज़ें किस ओर हैं?''

''उधरै ही जाइए।'' उसने निःसंकोच हिन्दी में उत्तर दिया।

''उधरै'' मेरा मन उस शब्द पर अटक गया।

''बिहार के हैं। क्यों?''

''कैसे बूझे?''

''तुम्हारी बोली बता रही है।'' हम उसकी बताई हुई दिशा में बढ़ गये।

नाम तो उसका साइंस म्यूज़ियम था; किन्तु वस्तुतः वह बच्चों के मनोरंजन के लिए बनाया गया पार्क सा था। मैं और विभु सोचते ही रहे कि उसमें हमारे करने के लिए क्या है; किन्तु लिज़ा मौज में थी। वह छोटे–मोटे खेल भी खेल रही थी। झूले झूल रही थी।

मैं सोच रहा था, उसकी जगह पर कोई भी भारतीय लड़की होती और उसके मन के किसी भी कोने में यह बात होती कि वह अपने होने वाले पति और ससुर के साथ आयी हुई है, तो वह कभी इस प्रकार के खेल न खेलती। वह तो मुझे रस्सा खींचने, बोझ उठाने जैसे अनेक खेलों में आमन्त्रित कर रही थी। मुझे उसकी किसी भी बात पर खीज नहीं होती थी। उसे विदेशी होने का लाभ देना पड़ता था। अमरीका में जन्मी पली लड़की भारतीय बहू की शालीनता और संकोच कैसे ला सकती थी।

दोपहर को भोजन से पहले वे दोनों अचानक ही अदृश्य हो गये थे। किसी ने भी उन लोगों को खोजना आवश्यक नहीं समझा। कहीं गये होंगे, आ जाएँगे। हम नहीं चाहते थे कि हम किसी भी रूप में उनके

एकान्त में बाधा बनें। उनकी जासूसी करें...घंटे भर के पश्चात् विभु हौले से चारों ओर सतर्क दृष्टि डालता हुआ आया। लिज़ा उसके साथ नहीं थी। इससे पहले कि कोई उससे कुछ पूछता उसने पीछे आ रही लिज़ा को कोई संकेत किया और वह तीव्र गति से छिपती–छिपाती अन्दर के कमरे में घुस गयी; किन्तु इतना तो तब भी दिख गया था कि उसका शरीर तौलियों में लिपटा हुआ था। ...सम्भवतः वे लोग स्विमिंग पूल तक गये थे। पिछली बार बच्चे भी हमारे साथ गोवा आये थे। वे समुद्र से अधिक, पूल में नहाना पसन्द करते थे। लगा कि ये दोनों भी वही कर रहे हैं। ...पर क्यों? शायद इसलिए कि सुन्दर सागर–तटों की भूमि गोवा, में आकर भी अभी हम समुद्र तक नहीं पहुँचे थे।

दोपहर का भोजन करते हुए योजना बनी कि प्रभु हमें सागर–तट के निकट ऊँची भूमि पर बना एक पुराना क़िला और एक सुन्दर सागर–तट, जिसमें तैरना भी सम्भव होगा दिखाने ले जाएगा। मैं देख रहा था कि प्रभु ऐतिहासिक दृष्टि से सबको गोवा दिखाने को उत्सुक था और विभु सागर–तट पर जाना चाहता था। ...और तभी मुम्बई से प्रतिभा जी का फ़ोन आ गया...मैंने उन्हें बताया कि हम गोवा में हैं। लगा वे तत्काल कोई फ्लाइट लेकर गोवा आ जाएँगी। मैं जानता था कि वे बेहद घुमन्तु थीं। कहीं जाने का कोई बहाना चाहिए था। ...आ जातीं तो कोई–न–कोई प्रबन्ध हो ही जाता; किन्तु मैं देख रहा था कि हमारे पास दो ही शयन–कक्ष थे। एक मेरे और अमृता के पास था और दूसरा विभु और लिज़ा के पास। प्रभु स्वयं ड्राइंग रूम में गद्दा बिछा कर सो रहा था। ऐसे में यदि कोई और अतिथि आ जाए तो हमारे संसाधन और भी सिकुड़ जाएँगे। बाथरूम भी दो ही थे।...

''आप गोवा आ रही हैं?'' मैंने पूछ लिया।

''आना तो चाहती हूँ किन्तु आ नहीं पाऊँगी।'' वे बोलीं, ''किन्तु मेरी एक सहेली है गोवा में। उसका एक बहुत ही अच्छा रेस्टॉरेंट है– 'पटियाला पेग।' एक बार वहाँ खाना खा कर देखिए। मज़ा आ जाएगा। मैं उसे फ़ोन कर देती हूँ कि आज शाम आप लोग उसके पास आ रहे हैं।''

मैंने पता लिख लिया। मन में एक सन्तोष था कि एक परिचित रेस्टॉरेंट मिला। परिचय के कारण कुछ सस्ता भी होगा ही। ...और हम अपनी पसन्द, नापसन्द भी बता सकेंगे। किन्तु वह तो रात के भोजन के लिए था।

***

खाने के पश्चात् हम सब बाहर जाने को तैयार थे। प्रभु ने टैक्सी तो बुक कर ली थी किन्तु वह अभी तक आयी नहीं थी। विभु को लग रहा था कि व्यर्थ ही देर हो रही है। समय नष्ट हो रहा है। फिर अँधेरा हो जाएगा और सागर–तट पर जाने का कोई लाभ नहीं होगा।

...उसकी उतावली को मैं समझ रहा था। सम्भव है कि उसने लिज़ा को तैरने के लिए सागर–तट ले जाने का वचन दिया हो। अब उसके लिए यह वचन संसार के सारे कामों से अधिक महत्त्वपूर्ण हो चुका था। यदि देर हो जाती और वहाँ पहुँचते–पहुँचते अँधेरा हो जाता और वे लोग सागर में तैर नहीं पाते तो? प्रेमी मन अपनी प्रिया को प्रसन्न करने के लिए कितना पागल होता है, यह मैं जानता था। ...पर प्रभु भी क्या करता। टैक्सी वाला तीन फ़ोन करके घर का मार्ग पूछ चुका था...पहुँचने का नाम नहीं ले रहा था; और उधर विभु का उतावलापन बढ़ता जा रहा था। मैं भी चिन्तित था, यदि उसका मूड उखड़ गया तो उसका उत्पात किसी का भी मूड ठीक नहीं रहने देगा। प्रिया की माया इतनी प्रबल होती है कि उसके सामने ब्रह्म भी दिखायी नहीं देता।

अन्ततः टैक्सी आ गयी।

गोवा मेरी समझ में नहीं आता। कहीं नगर है और कहीं ग्राम, कहीं जंगल, कहीं सागर। नगर के चिह्न समाप्त होते तो मैं समझता कि हम अपने गन्तव्य पर आ गये हैं; किन्तु टैक्सी चलती ही रही।

विभु भी कितनी ही बार पूछ चुका था, "कब आएगा सागर?"

"पहले हम क़िला देखेंगे।" प्रभु शान्त भाव से उत्तर देता।

"क़िला दिखाते–दिखाते तुम अँधेरा कर दोगे।"

"और अभी से सागर–तट पर जा पहुँचेंगे तो वहाँ धूप होगी।" प्रभु ने कहा, "हर काम के लिए एक समय होता है।"

विभु चुप हो गया किन्तु उसके चेहरे पर खीज थी। वह लिज़ा के सामने प्रभु के साथ लड़ना नहीं चाहता था, अन्यथा अब तक वह उलझ चुका होता। स्पष्ट था कि उसे उस पुराने क़िले में कोई रुचि नहीं थी, जो प्रभु दिखाने ले जा रहा था। मेरे मन में कई बार आया कि मैं ही प्रभु से कहूँ कि वह क़िला न दिखाए, सीधा उस सागर–तट पर ही ले चले। पर उसकी बात भी मेरी समझ में आ गयी थी। अभी धूप थी। सागर–तट

की रेत तप रही होगी। पानी सूर्य की किरणों से चमक रहा होगा। उससे आँखें चौंधिया जाएँगी। ...वह तर्क पर चल रहा था और विभु का मन एक प्रेमी का मन था, जो अपनी प्रिया की इच्छा पूरी करने के लिए उसी प्रकार मचल रहा था, जैसे सागर की लहरें मचलती हैं...

गाड़ी रुक गयी।

प्रभु ने दरवाज़ा खोला "लीजिए, क़िला आ गया।"

मैंने भी देखा : कहीं कोई क़िला नहीं दिख रहा था। ऊपर कुछ रहा होगा। चढ़ाई थी, बहुत सीधी नहीं थी। किन्तु काफ़ी ऊबड़–खाबड़ थी।

हमें थोड़ा ऊपर जाना है। चढ़ाई कठिन नहीं है; किन्तु सारा मार्ग पत्थरों की गोलियों से ढ़का पड़ा है। फिसलने का काफ़ी ख़तरा है। ज़रा सँभल कर।

"आप लोग जाइए, मैं गाड़ी में ही रहूँगी।" अमृता ने कहा।

मैं जानता था। आजकल वह चलने, ऊँचाई तथा सीढ़ियाँ चढ़ने से काफ़ी घबराने लगी थी।

"आप?" प्रभु ने पूछा।

"ये जाएँगे।" अमृता ने कहा। मेरे लिए वह स्वायं ही निर्णय कर लेती थी।

"हाँ, मैं जाऊँगा।"

मैं टैक्सी से उतर आया। चढ़ाई तो अभी आगे थी। गोल–गोल कंकड़ियाँ तो यहीं से आरम्भ हो गयी थीं। मार्ग में एक कच्ची नाली भी थी। प्रभु, विभु और लिज़ा आगे जा चुके थे। मैंने अपनी आँखों से उस नाली को नापा। मुझे लगा कि मैं उसे कूद कर पार कर जाऊँगा। एक छलाँग ही तो लगानी थी। मैंने अपना एक पैर अच्छी तरह जमाया और एक प्रकार से कूद गया किन्तु लक्ष्य प्राप्त करने में सफल नहीं हुआ। दूसरा पैर नाली के पार नहीं पड़ा। फिसल कर मैं नाली में ही घुटनों के बल आ गिरा।...

अमृता गाड़ी में से ही चिल्लाई, "देख कर।"

उस स्थिति में भी मेरा मन हुआ कि कहूँ कि "देख कर ही गिरा हूँ।" किन्तु कहा नहीं।

वे तीनों भी मुड़े किन्तु सबसे पहले लिज़ा ही मेरे पास पहुँची। उसने मेरी कलाई पकड़ी और ऊपर की ओर खींचा। मैं उसके सहारे से उस नाले से बाहर निकल आया।...

दो बातें मेरे मन में आयीं। वह लड़कों के ही समान काम कर रही थी। मेरे बेटों से पहले दौड़ कर मेरे पास आ गयी थी; और उसके व्यवहार में लड़कियों का सा कोई संकोच नहीं था। न कहीं यह आभास था कि वह सम्भवतः मेरी होने वाली बहू थी। कोई भारतीय बहू तो इस प्रकार खुली हो नहीं सकती थी। वह मेरी बाँह पकड़े, सहारा देती हुई, मुझे चला रही थी। अब तक विभु और प्रभु भी आ गये थे। इससे पहले कि वे भी मुझे पकड़ते या सहारा देते, मैंने लिज़ा से भी बाँह छुड़ा ली थी, "मैं अब ठीक हूँ। सँभल कर चलूँगा तो फिर नहीं गिरूँगा।"

"आपकी हथेलियाँ छिल गयी हैं।" विभु ने कहा।

"हाँ।" मैंने उसे नहीं बताया कि घुटना भी छिला है।

लिज़ा अपना पर्स टटोल रही थी, "मैं कोई क्रीम लगा देती हूँ।... एनी ऐंटी सैप्टिक।"

"कोई आवश्यकता नहीं है। मैं ठीक हूँ।" मैंने हाथ झाड़ कर अपने ठीक होने का संकेत दिया। अमृता की ओर मुड़कर भी हाथ हिला दिया।

"माँ के पास अवश्य ही कोई क्रीम होगी।" प्रभु ने कहा।

विभु तेज़ी से अमृता के पास चला गया। मैंने देखा, अमृता भी गाड़ी का दरवाज़ा खोल कर बाहर निकल आयी थी; किन्तु विभु ने उसे वापस गाड़ी में बैठा दिया था।

मेरी हथेली के छिले क्षेत्र पर दो–दो औषधियाँ लग गयी थीं।

मेरे बेटे चाहते थे कि या तो मैं लौट कर गाड़ी में जा बैठूँ या फिर उन लोगों का सहारा लेकर सँभल–सँभल कर चलूँ।

"मैं ठीक हूँ।" मैंने कहा, "मैं सँभल कर चलूँगा।"

"वृद्ध लोग समझते हैं कि वे ठीक हैं; किन्तु वे ठीक होते नहीं। मेरे डैड भी ऐसे एडवेंचर करते रहते हैं।" लिज़ा ने कहा और मेरी कोहनी के कुछ ऊपर से मेरी बाँह पकड़ ली, "चलिए, अब मैं आपको गिरने नहीं दूँगी।"

"तुमने मुझे वृद्ध कहा।" मैंने उसकी ओर देखा, "मैं तुमसे बड़ा अवश्य हूँ किन्तु वृद्ध नहीं हूँ।"

"नहीं। आप वृद्ध नहीं हैं।" वह हँस रही थी, "वृद्ध होते तो उस सूखे नाले में भी बह गये होते।"

मन हुआ कि कहूँ, "हँस लो। मेरे बुढ़ापे पर हँस लो।" पर कहा नहीं। बूढ़ा तो मुझे अपने आपको मानना ही नहीं था।

विभु ने आकर मेरी बाँह पकड़ ली, "मैं ऊपर ले चलता हूँ। तुम ले जाओगी और कहीं गिरने का संयोग बन गया तो तुम दोनों ही लुढ़कते दिखायी पड़ोगे।" उसने लिज़ा से कहा, "तुम चलो।" फिर वह मेरी ओर मुड़ा, "आप ठीक से चढ़ गये तो लौटते हुए हममें से कोई भी आपकी बाँह नहीं पकड़ेगा। यदि कहीं फिसल कर लुढ़क गये तो अधिक–से–अधिक यही तो होगा कि आप हमसे पहले नीचे पहुँच जाएँगे।"

दो–चार डग चलने के बाद ही मेरी समझ में आ गया कि भूमि का वह टुकड़ा पत्थरीला था। गोल–गोल कंकड़ियाँ किसी को तीव्र गति से चलने नहीं देंगी। ऐसा ही था, जैसे किसी ने सारे क्षेत्र में कंचे बिखेर दिये हों। निश्चित रूप से यह क़िले की रक्षा के लिए था। शत्रु सेना आनन–फानन उस पर धावा नहीं बोल सकती थी। उसे धीरे–धीरे ही आगे बढ़ना होगा। बीच–बीच में भूमि में कुछ पत्थर गड़े भी हुए थे। उन पर पैर जमा कर धीरे–धीरे आगे बढ़ा जा सकता था।

यह संयोग था अथवा मेरी सावधानी कि मैं पुनः न फिसला, न गिरा और ऊपर क़िले की दीवार तक जा पहुँचा। देखा, कि वहाँ किसी प्रकार का कोई भवन नहीं था। क़िले की टूटी–फूटी चारदीवारी ही बची थी। भवन कभी रहा होगा; किन्तु अब तो उसके पत्थर भी चोरी हो गये थे। आस–पास के घरों का निर्माण शायद उन्हीं पत्थरों से हुआ था। दीवार से उचक कर देखने से पता लगता था कि उसके तीन ओर समुद्र था। अपने समय में यह दुर्ग बहुत सुरक्षित और बहुत उपयोगी रहा होगा। ...इससे अधिक वहाँ देखने के लिए कुछ नहीं था। ...मैं सोच रहा था कि अच्छा ही हुआ कि अमृता ऊपर तक नहीं आयी। व्यर्थ में थकती और निराश होती।

"यह दिखाने लाये हो।" विभु बोला, "मैं कह रहा था कि हमें समुद्र में तैरने के लिए जाना है, फिर भी तुम यहाँ ले आये।"

"यहाँ एक महत्त्वपूर्ण ऐतिहासिक दुर्ग था। अब टूट गया है; किन्तु हम यह तो देख सकते हैं न कि दुर्ग बनवाने वालों की दृष्टि क्या थी।" प्रभु बोला, "वैसे मैंने कहा न कि यह समय सागर–तट पर जाने का नहीं है। वहाँ धरती और आकाश दोनों ही तप रहे होंगे। तुम चाहो तो अब हम सागर की ओर चल सकते हैं।"

वे दोनों भाई उलझते रहे। मैं दोनों को देखता रहा। यह एक सामान्य–सी बात थी। मैंने उन दोनों को उनके शैशव से इसी प्रकार उलझते और लड़ते–झगड़ते देखा था। अब, जब विभु अमरीका से आता

था और बिना किसी बड़े झगड़े–झमेले के वापस लौट जाता था, मैं भगवान का धन्यवाद करता था कि एक कार्य निर्विघ्न सम्पन्न हुआ।...

प्रभु द्वारा सुनाये गये इतिहास को सबसे अधिक ध्यान से लिज़ा ने ही सुना। शायद उसकी रुचि इसमें थी कि यूरोप से आकर जब पुर्तगालियों ने गोवा पर अधिकार जमाया तो भारत की स्थिति कैसी थी। जिस प्रकार पुर्तगालियों ने गोवा पर आनन–फानन अधिकार जमा लिया था, उससे सारे भारत की स्थिति का पता तो नहीं लग सकता था केवल यही जाना जा सकता था कि आदिलशाही सल्तनत की क्या दशा थी।

समुद्र की ओर की उस टूटी दीवार का एक चक्कर लगा कर मैंने ही कहा, ''प्रभु, अब समुद्र की ओर चलो। यहाँ न कुछ देखने को है और न ठहरने का कोई बहाना।''

''चलिए।''

हम लोग सँभल–सँभल कर नीचे उतर रहे थे। लिज़ा मेरे साथ–साथ थी। शायद वह मेरा ध्यान रख रही थी। यदि संयोग से मैं फिसल जाऊँ तो वह मुझे गिरने से बचा ले। पर मैं गिरा नहीं। मुझे उस कंकड़ीली भूमि पर चलने की विधि का ज्ञान हो गया था। हम गाड़ी के निकट पहुँचे तो अमृता बाहर निकल आयी।

''चोट अधिक तो नहीं लगी?''

''तुम अभी तक उसी की चिन्ता लिए बैठी हो।'' मैंने कहा, ''हम तो कितने ही उतार–चढ़ाव देख आये।''

''मल्हम लगा दूँ?''

''नहीं। अब कोई आवश्यकता नहीं है।''

***

सागर–तट पर पहुँचकर विभु ने टैक्सी रुकवा दी।

''आप लोग चलिए। हम कोई उपयुक्त स्थान देख कर गाड़ी पार्क करेंगे। कपड़े बदलकर पानी में चले जाएँगे।''

हम तो सागर–तट देखने आये थे। विभु और लिज़ा को तैरना था। इसलिए उन्हें कपड़े भी बदलने थे। मैं नहीं जानता था कि विभु के मन में कितना संकोच था कि लिज़ा तैरने वाले कपड़ों में मेरे और प्रभु के सामने आये। मेरे मन में तो संकोच था ही। मैंने कभी कल्पना भी नहीं

की थी कि मेरी कोई बहू–बेटी तैरने के कपड़ों में मेरे सामने आएगी। किन्तु इस सन्दर्भ में मैं लिज़ा से कुछ नहीं कह सकता था। वह बचपन से उसी परिवेश में पली थी...मैं उसे अपनी भारतीय मर्यादा के बन्धनों में नहीं बाँध सकता था। जब तक मुझे विभु की ओर से कोई संकेत नहीं मिल जाता, तब तक मैं लिज़ा के सामने भारतीयता के विषय में कुछ नहीं कह सकता था। लिज़ा तो पता नहीं कभी बदलेगी या नहीं, मुझे ही स्वयं को बदलना होगा...

एक अच्छा–सा स्थान देखकर हमने अमृता को वहाँ बैठा दिया। धूप अब भी थी, यद्यपि उसका ताप अब कम हो गया था। इतनी धूप तो थी ही कि अमृता ने कहा, ''यदि कहीं थोड़ी–सी छाया मिल जाती।''

''सागर तीरे आनन्द उठाओ।'' मैंने परिहास के स्वर में कहा, ''सहस्रों मील दूर से आकर विदेशी लोग धूप का ताप सहते हैं, ताकि वे कुछ काले हो सकें। तुम्हारे तो आँगन में धूप है और तुम्हें उससे शिकायत है।''

''थोड़ी देर में छाया ही हो जाएगी माँ।'' प्रभु ने कहा, ''विभु बहुत आतुर था यहाँ आने को। इसलिए हम लोग आ गये। मैं कुछ जल्दी ले आता तो उसे भी धूप अधिक ही लगती।''

''वह भयाकुल था कि कहीं अन्धकार न हो जाए; और वह लिज़ा को गोवा के समुद्र में तैरने का अवसर उपलब्ध न करा पाये। ऐसा हो जाता तो यहाँ से अमरीका तक उसका अपयश फैल जाता। उतना बड़ा संकट हम नहीं उठा सकते।'' मैंने कहा।

''वह ठीक है।'' वह बोला, ''किन्तु क्या वह नहीं जानता कि रात्रि से पहले सन्ध्या आती है...या कभी ऐसा हुआ है कि सन्ध्या के बिना ही रात्रि आ जाए।''

हम सागर के जल से पाँच–एक फुट दूर खड़े थे। सामने लहरें ही लहरें थीं। अनेक तैराक अपने–अपने ढंग से तैर रहे थे। कुछ लोग तो पानी से कुश्ती लड़ रहे थे। पर उन लोगों में अभी हमें विभु और लिज़ा दिखायी नहीं पड़े थे।

मैंने सिर घुमा कर पीछे देखा। अनेक स्त्री, पुरुष, बच्चे, तैराकी की पोशाक में बैठे या लेटे थे। आते हुए मैंने ध्यान नहीं दिया था कि वहाँ रूसियों का काफ़ी बड़ा जमावड़ा था। लगता था कि वहाँ किसी प्रकार का कोई रूसी होटल या गेस्ट हाउस था। वहाँ का नाम पट्ट भी रूसी में था और लोग भी रूसी ही दिखायी पड़ रहे थे।

''रूसियों का ऐसा जमघट।'' मैंने प्रभु की ओर देखा।

''इस ऋतु में वे रूस में किसी सागर–तट पर जाते तो उसका पानी छूते ही जम जाते।'' वह बोला, ''यहाँ सस्ता भी है और समुद्र का जल भी उनके लिए गर्म है। वे छुट्टियाँ मनाने यहाँ आ जाते हैं।''

''वह ठीक है किन्तु यह होटल तो लगता है कि रूसियों के लिए ही बना है।''

''मैंने भी सुना है कि किसी रूसी ने यहाँ इस प्रकार का व्यापार करने का साहस किया है।'' वह बोला, ''ऐसे स्थानों पर नशा भी होता है और वेश्यावृत्ति भी। हालाँकि अब गोवा की पुलिस बहुत सावधान और कठोर हो गयी है।''

''वह देखिए, विभु और लिज़ा।'' अमृता ने कहा।

हमने देखा। वे समुद्र में बहुत दूर तक चले गये थे।

''उन्हें रोकिए।'' अमृता ने मुझे कहा।

मैंने देखा। मेरा भी मन हुआ कि उन्हें पुकार कर कहूँ कि वे किनारे के निकट आ जाएँ। गहरे समुद्र में न जाएँ।

प्रभु हँसा, ''जब आप साथ नहीं होतीं तो जाने संसार के किस–किस सागर में वे कहाँ–कहाँ नहाते और तैरते हैं। उन्हें रोका कैसे जा सकता है।''

लहरों की ऊँचाई बढ़ गयी थी। हमें भी अपने जूते–चप्पल समेट कर पीछे हट जाना पड़ा था। विभु और लिज़ा भी कुछ पीछे हट आये थे। वे तैर नहीं रहे थे, पानी से खेल रहे थे। जब लहर आती तो वे कूद कर उस पर सवारी करने का प्रयत्न करते थे। थोड़ा–सा हाथ–पैर चलाते थे और फिर अपने पैरों पर खड़े हो जाते थे। उससे मैं अनुमान लगा सकता था कि वे जहाँ थे, वहाँ पानी की गहराई चार फुट से अधिक नहीं थी। यदि पानी का स्तर ऊँचा न उठता तो चिन्ता की कोई बात नहीं थी।

''तुम्हें नहीं नहाना?'' मैंने प्रभु से पूछा।

''नहीं। मैं तैरने के कपड़े नहीं लाया हूँ।''

''भूल गये या जान–बूझ कर नहीं लाये?''

''समझ लीजिए कि जान–बूझ कर ही नहीं लाया।'' वह बोला, ''या कहिए कि लिज़ा के कारण नहीं लाया।''

मैंने प्रायः देखा है कि एकान्त में शान्त मन से समुद्र की एक–एक लहर को देखा जाए, तो हर लहर नयी लगती है। उसमें आकर्षण होता

ही रही तो बोला, "वे अपनी घरेलू बातें कर रहे हैं। तुम्हारे लिए उनकी कोई सार्थकता नहीं है।"

फिर घर का चक्र चल पड़ा। चाय, भोजन, थोड़ा विश्राम, फिर उठ कर चाय। विभु लिज़ा को ले कर बाज़ार चला गया था। उस समय का इससे अच्छा उपयोग और कोई हो ही नहीं सकता था।...

अपराह्न की नींद मोहन भैया को आती नहीं। वे भोजन कर डायनिंग टेबल से सीधे हमारे कमरे में आ जाते थे। दीवार के साथ लगे सोफ़े पर बैठ जाते थे और अपनी मौन साधना आरम्भ कर देते थे। उनसे मैंने कई बार कहा भी कि दोपहर को थोड़ा विश्राम कर लें; किन्तु उनका एक ही उत्तर होता था कि उन्हें दोपहर को नींद नहीं आती। सो जाएँ तो फिर रात को नींद नहीं आती।... अन्ततः मुझे एक बार कहना ही पड़ा कि उन्हें नींद नहीं आती; किन्तु मुझे तो आती है। मुझे तो कुछ विश्राम करना होता है। मेरा वर्षों का अभ्यास है कि दोपहर के भोजन के पश्चात् अपने आपको नींद को समर्पित कर देता हूँ। अमृता भी दोपहर तक थक जाती है। उसे विश्राम करना होता है। ऐसे में भाई साहब को भी थोड़ा विश्राम कर लेना चाहिए। एक बार तो यहाँ तक कहना पड़ा कि अमृता को कपड़े बदलने हैं। आप यहीं बैठे रहेंगे, तो उसे असुविधा होगी। ...किन्तु अपराह्न का विश्राम कर लेने के पश्चात् हम चाय एक साथ ही पीते हैं। ऐसे में कभी–कभी मोहन भैया बोलने के मूड में आ जाते थे। उनके पास अपने शैशव की कहानियाँ थीं। दुकान के समय की दोस्तियाँ थीं। और आज–कल अपनी पुत्रवधू द्वारा किये गये दुर्व्यवहार तथा अभद्रता की कथाएँ थीं।

जब तक उन्होंने मुँह नहीं खोला था, तब तक हम मानते थे कि उनके यहाँ हर प्रकार से सुख और शान्ति है; किन्तु एक बार जब अमृता उनके घर गयी हुई थी, अनिला ने बहुत ही निकृष्ट ढंग से अपने सास–ससुर की शिकायत करनी आरम्भ की। कई अभद्र बातें भी कहीं। अमृता ने उसे समझाने का प्रयत्न किया कि इस समय वह क्रोध अथवा विषाद में है, जब क्रोध शान्त हो जाएगा और वह अवसाद से निकल आएगी, उसके मन से ये शिकायतें भी धुल जाएँगी। किन्तु वह नहीं मानी। वह बोलती ही रही। मोहन भैया और भाभी शान्त बैठे उसकी बातें सुनते रहे; किन्तु उस दिन मोहन भैया भी निर्विकार नहीं रह सके। वे अमृता को विदा करने के बहाने नीचे उतर आये और उसके साथ गाड़ी में यह कह कर

बैठ गये कि वह, उन्हें बाज़ार के पास उतार दे। और उस समय उनका मुँह खुला तो वे वह सब कह गये, जो जाने कब से वे दबाए बैठे थे। वे अपने परिवार के सम्मान की ख़ातिर अब तक सब कुछ सुनते और सहते हुए भी अपना मुँह सिए बैठे थे।

अमृता उन्हें क्या कहती। घर आकर उसने मुझे सब कुछ सुनाया। मेरे मन की धारणाओं की लकीरें भी कुछ गहरी होती गयीं। वह दिन है और आज का दिन कि भैया और भाभी अपने घर में घटने वाली घटनाओं की चर्चा बन्द ही नहीं करते। वह एक अनवरत धारा है, जो बहती ही जाती है। भाभी चुप होती हैं तो भैया बोलने लगते हैं। भैया चुप होते हैं तो भाभी बोलने लगती हैं। मैं और अमृता चुपचाप सुनते रहते हैं और कभी–कभी सुनते–सुनते सो जाते हैं। पर उनके मन की भड़ास तो निकल ही जाती है।

पिछली बार तो यहाँ तक कह गये कि दीपावली पर जब वरुण तहरान से दिल्ली अपने घर आया था तो अनिला उससे बहुत लड़ी थी। वे पटाखे छूटे कि कानों के पर्दे भी फट गये। उसने पति को न केवल गालियाँ दीं, उस पर आरोप लगाया कि वह तहरान में परायी लड़कियों के साथ ऐश कर रहा है और उसे यहाँ अपने माता–पिता और अपने बच्चों की सेवा की चक्की में बाँध रखा है। वह यहाँ पिस रही है और वह वहाँ ऐश कर रहा है। जब शब्दों के बाण समाप्त हो गये तो उसने वरुण को मारने के लिए अपना सैंडल उठा लिया। ...बड़ी मुश्किल से उन्हें पृथक् किया गया।

''तो फिर वह उसके साथ तहरान ही क्यों नहीं चली जाती। यहाँ क्यों पड़ी है?''

''कहा। वरुण ने यह भी कहा। किन्तु वह कहती है, वह तहरान नहीं जाएगी। वह ही दिल्ली क्यों नहीं आ जाता।''

''तो वह दिल्ली क्यों नहीं आ जाता?'' मैंने पूछा।

''कैसे आ जाए।'' भाभी बोलीं, ''अनिल ने यहाँ एक विला ख़रीद रखा है। उसकी किस्तें देनी हैं। हॉडा सिटी गाड़ी ख़रीद रखी है, उसकी किस्तें चुकानी हैं। अपनी कम्पनी से ही तो सारा लोन लिया है। गले तक लड़का कर्ज में डूबा है। नौकरी छोड़ नहीं सकता। यहाँ उसे इतने पैसे कौन देगा। और फिर इस लड़की को अपने ख़र्च के लिए एक लाख रुपया महीना चाहिए।''

सारी दोपहर विभु और लिज़ा, ऊपर के कमरे में ही रहे। सन्ध्या समय भैया भाभी जाने लगे तो हम उनको विदा करने बाहर निकले।

विभु ने झुक कर उनके पैर छुए तो लिज़ा ने भी मोहन भैया के पैर छू लिए। हम सब अपनी आँखों में आश्चर्य भरे उसे देखते ही रह गये।

''लो लड़की ने तो बहू बनने की स्वीकृति दे दी।'' घर में प्रवेश करते हुए, मैंने अमृता से कहा। उसकी आँखों में हर्ष के आँसू थे।

8

फेसबुक पर विभु का डाला हुआ एक नया चित्र देखा : वह घुटनों के बल बैठ कर लिज़ा को अँगूठी भेंट कर रहा था। यह तो सगाई की पश्चिमी पद्धति है। आश्चर्य हुआ। उसने सगाई को महत्त्वपूर्ण नहीं समझा या हमें बताना आवश्यक नहीं समझा।

मैं प्रायः उसकी बातों में टाँग नहीं अड़ाता था और विवाह के सन्दर्भ में तो एकदम ही नहीं। किन्तु यह बात कहीं चुभ गयी। उसके लिए अब हम इतने पराये और महत्त्वहीन हो गये हैं कि वह वहाँ बैठा सगाई कर ले; और हमें सूचना भी न दे।

दो दिन तो मैं चुप रहा और मन–ही–मन कुढ़ता रहा। किन्तु जब रहा नहीं गया, तो उसे एक मेल भेज दी कि यह क्या माज़रा है।

उसने मेरी पीड़ा भाँप ली और लिखा :

''पिता जी,

सगाई जैसी कोई बात नहीं थी। हमारा दल नाटक का पूर्वाभ्यास कर रहा था। मध्यान्तर में निर्देशक ने कहा, 'किसी को कोई प्रश्न पूछना है?'

'मैंने कहा, हाँ एक प्रश्न है किन्तु आपसे नहीं, लिज़ा से।'

'पूछो।'

मैं घुटने के बल बैठ गया और अँगूठी निकाल ली। पूछा, 'मुझसे विवाह करोगी?' उसने अपना दाहिना हाथ बढ़ा दिया और मैंने अँगूठी पहना दी। ठीक है कि बाद में मित्रों ने कुछ खान–पान का प्रबन्ध भी कर दिया।''

''तो ऐसे हो गयी हमारी सगाई। अब इसमें सूचित करना भी कठिन था और आपको इतनी–सी बात के लिए निमन्त्रित भी क्या करता। यह घटना तो हमारे नाटक के पूर्वाभ्यास का एक अंग बन गयी है।''

"ठीक है बेटा, वहाँ करोगे तो तुम्हारा विवाह भी पूर्वाभ्यास में ही हो जाएगा।"

"आप अप्रसन्न हैं।"

"नहीं। अप्रसन्न क्या होना। इतना तो निश्चित हुआ कि तुम लोग विवाह कर रहे हो।"

"हाँ। यह तो अब निश्चित है।"

"बधाई हो।"

9

अमृता प्रातः से ही अपनी सखियों को फ़ोन कर रही थी। वह चाहती थी कि संगीत के कार्यक्रम में उसकी सारी सखियाँ उपस्थित रहें, तभी तो रौनक होगी। पाणिग्रहण संस्कार में बहुत निकट के लोगों को बुलाया गया था। विभु चाहता था कि पाणिग्रहण के अवसर पर केवल वे ही लोग आएँ, जो शान्ति से बैठ कर पूरी विवाह–विधि को सुनें। लोग इधर–उधर चलते–फिरते रहेंगे, परस्पर बातें करते रहेंगे, खाते–पीते रहेंगे, तो उसके ससुराल वाले भी इस विधि को गम्भीरता से ग्रहण नहीं करेंगे। वह तो उनको एक–एक श्लोक का अंग्रेज़ी में अनुवाद कर समझाने वाला था...

पाणिग्रहण के लिए सूची तो पच्चीस लोगों की ही बनायी थी किन्तु फिर भी चालीस लोग हो ही गये थे।

रिसेप्शन रात की थी। दूरी और अँधेरे की आड़ में बहुत सारे लोग कन्नी काट जाया करते थे। इसलिए अमृता चाहती थी कि उसकी सखी–सहेलियाँ, रिश्तेदार, अड़ोसी–पड़ोसी, कॉलेज में साथ पढ़ाने वाली सेवानिवृत्त साथिनें सब ही संगीत में आ जाएँ। जो गाती थीं या गा सकती थीं, वे तो आएँ ही। भीड़ का क्या करना था। उस अवसर पर जो लोग आएँगे, उनके लिए शाम की चाय और रात के खाने का प्रबन्ध था।...

अमृता ने शान्ति को फ़ोन किया। फ़ोन शान्ति ने ही उठाया।

"कैसी है?"

"अच्छी हूँ। ठीक हूँ।" शान्ति ने उत्तर दिया, "बोल कैसे याद किया?... अरे हाँ, तेरे बेटे के विवाह का कार्ड मिल गया है। तुझे बहुत–बहुत बधाई हो।"

"यही जानना था, कार्ड मिला या नहीं। कई लोगों को कार्ड नहीं मिला

है। तुझे मिल गया, अच्छी बात है। उसके लिए डाक विभाग का हार्दिक आभार। फिर भी नोट कर 29 मार्च अर्थात् कल शुक्रवार को बहुत सारे कार्यक्रम हैं। प्रातः उबटन, मेहँदी, दोपहर का खाना, फिर संगीत, सन्ध्या की चाय, फिर संगीत और रात का भोजन। कल प्रातः से ही आ जाना।''

शान्ति ने तत्काल कुछ नहीं कहा।

''हैलो।'' अमृता ने कहा, ''क्या हुआ? चुप क्यों हो गयी, या फ़ोन ही कट गया है?''

''नहीं। फ़ोन नहीं कटा।'' शान्ति ने मन्द स्वर में कहा; और फिर उसने अपने स्वर को सहज कर लिया, ''अमृता। तुमने कहा कि कल शुक्रवार है; पर तुम्हारा ध्यान इस ओर नहीं गया कि कल गुड फ्राइडे है...''

''तो?''

''अरे बेवकूफ। जिस दिन ईसा मसीह सूली पर चढ़ा दिये गये थे, तू उस दिन मुझे गाने–बजाने में आमन्त्रित कर रही है। कहते चाहे उसे गुड फ्राइडे हैं; किन्तु है तो वह शोक का अवसर।''

अमृता सन्न बैठी रह गयी। कुछ क्षणों के पश्चात् वह चेती : अभी रिसीवर उसके हाथ में ही था। उसने रिसीवर उसके स्थान पर रख दिया।

यह क्या सुना उसने?.... चालीस वर्षों से शान्ति उसकी सहेली थी। आज तक उसकी किसी बात से अमृता को नहीं लगा था कि वह किसी भी कारण से, किसी भी क्षेत्र में, अमृता अथवा शेष लोगों से कुछ भिन्न है। आज क्या कह दिया उसने?

अमृता उसे विभु के विवाह के संगीत का निमन्त्रण दे रही थी और वह कह रही थी कि वह शोक का दिवस था। ...पर वह गलत क्या कह रही थी। वह गुड फ्राइडे था। मान्यता यही है कि उस दिन ईसा को सूली पर चढ़ाया गया था। ईसाई लोग उस दिन शोक मनाते थे। अन्तर यही था कि हिन्दू होने के कारण उसका ध्यान उस ओर नहीं गया था। उसे मुहर्रम ही कौन–सा याद रहता है। ...क्रिसमस और ईद का तो फिर भी ध्यान रहता था...तो शान्ति तो नहीं आएगी; किन्तु लिज़ा तथा उसके माता–पिता ने तो इस प्रकार की कोई आपत्ति नहीं जताई थी। यदि वे भी कल शोक मनाने लगें, चर्च चले जाएँ या...संगीत का समारोह तो एकदम ही नष्ट हो जाएगा। ...घर की बाई, चन्द्रा भी कैथोलिक है। वह भी अभी यह नोटिस दे दे कि वह कल चर्च जा रही है, तो? अमृता का सिर चकरा गया।

वह मेरे पास आयी।

"जानते हैं, कल गुड फ्राइडे है?"

"हो सकता है। मैंने ध्यान नहीं दिया।"

"देना पड़ेगा न।"

"क्यों? क्या हो गया?"

"शान्ति कह रही है कि कल शोक का अवसर है, उस दिन वह गाना–बजाना कैसे कर सकती है। वह संगीत में नहीं आएगी।"

"तो एक शान्ति के नहीं आने से क्या हो जाएगा?" मैंने कहा, "संयोग ही तो है कि तुमने अपने बेटे के विवाह का संगीत उस दिन रख दिया, जिस दिन ईसा को सूली पर चढ़ाया गया था।"

अमृता खीझ उठी, "आपका ध्यान जाने कहाँ रहता है। चिन्ता मुझे शान्ति की नहीं है; किन्तु आपके समधी भी तो कैथोलिक हैं।..."

मैं चुप रह गया। उसकी बात ठीक थी। किन्तु डी–फाज़ियो परिवार ने अभी तक तो एक भी शर्त ऐसी नहीं रखी थी, जिससे उनका हमसे कुछ भिन्न होना सिद्ध हो। कोई आपत्ति भी नहीं की थी। चन्द्रा कैथोलिक है, इसलिए होली नहीं खेलती, दीपावली पर पूजा में नहीं बैठती। यदि डी–फाज़ियो परिवार इस प्रकार की आपत्तियाँ करेगा तो यह विवाह कैसे होगा। बिना अग्नि के फेरे लिए तो विवाह नहीं होगा। ...तो फिर संगीत ...उन्हें मालूम है कि कल संगीत है, किन्तु उन्होंने एक बार भी तो नहीं कहा कि कल गुड फ्राइडे है।...

"मैं इस विषय में टोरी से बात करूँ क्या?" मैंने कहा, "एक बार पूछ देखूँ ताकि मन का संशय मिट जाए।"

अमृता ने मेरी ओर कुछ इस प्रकार देखा, जैसे मैं पागल हो गया हूँ।

"जब वे कुछ नहीं कह रहे तो आप उनसे पूछ कर उनके मन में भी यह चिंगारी सुलगाएँगे। आग जलाएँगे? उनके ध्यान में भी न हो और आप यह पूछ कर उनके मन में आग भड़काएँगे?"

"तो चलो, नहीं पूछता।" मैंने कहा, "कल तक स्वयं को सँभाले रहो, फिर देखा जाएगा, जो होगा।"

"जो होगा का क्या अर्थ?" वह बोली, "लड़की नहीं होगी। उसके माता–पिता और भाई नहीं होंगे। उसकी सहेलियाँ नहीं होंगी और मेरे बेटे के विवाह का संगीत होगा?"

"तो कौन–सा आकाश गिर पड़ेगा।" मैंने कहा, "ये सब तो आधुनिक

टशन है। पहले तो लड़के और लड़की के अपने–अपने घर में संगीत होता था। हम भी वही मान लेंगे। हम अपने घर में संगीत कर लेंगे। उनका वे जानें।...''

अमृता चुप रही। कुछ नहीं बोली किन्तु यह तो स्पष्ट ही था कि सन्तुष्ट नहीं थी। मैं उसे सन्तुष्ट कर भी नहीं सकता था। डी–फाज़ियो परिवार से पूछे बिना हमें अपने प्रश्न का उत्तर नहीं मिल सकता था; और उनसे हमको पूछना नहीं था।... वैसे भी वे घर पर नहीं थे। विभु उन लोगों को दिल्ली घुमाने ले गया था। दो–एक बाज़ार भी देख लेंगे। दिल्ली के दुकानदारों का कुछ लाभ करवा जाएँगे। ...यदि इतना भी न करवाया होता तो वे कह सकते थे कि उन्हें दिल्ली दिखायी ही नहीं। विवाह के बाद वे आगरा भी देखेंगे। ताजमहल के दर्शन, विदेशियों के लिए चार धाम के बराबर हैं।

***

सन्ध्या समय जब वे घर लौटे तो परम प्रसन्न दिखायी पड़ रहे थे। जाने विभु उन्हें कहाँ–कहाँ ले गया था। वे लोग कुतुब मीनार और लालकि़ला भी देख आये थे। कनॉट प्लेस और चाँदनी चौक भी खँगाल आये थे। कॉटेज इंपोरियम तथा बाबा खड़गसिंह मार्ग के कुछ इंपोरियम भी देख आये थे। मज़े की बात थी कि वे बाबा खड़गसिंह मार्ग के नुक्कड़ पर बना सेक्रेड हार्ट कैथेड्रल भी देख आये थे। ...शैला ने बताया कि आज वह देखना आवश्यक था, क्योंकि विवाह की रात को ही रिसेप्शन भी है। भोजन में देर होगी ही। अगली सुबह ईस्टर है। ईस्टर के दिन उन्हें प्रातः की प्रार्थना के लिए कैथेड्रल में जाना ही है। आज वह स्थान देख लिया है, वहाँ जाने का मार्ग देख लिया है। ईस्टर के दिन वहाँ जाने में सुविधा रहेगी...

तो इनको ईस्टर का ध्यान है। फिर ऐसा कैसे हो सकता है कि उन्हें गुड फ्राइडे का स्मरण न हो। तो उन्होंने शान्ति के समान उस दिन गाने–बजाने के कार्यक्रम में आपत्ति क्यों नहीं की?... वे गुड फ्राइडे को महत्त्वपूर्ण नहीं मानते अथवा विवाह में किसी प्रकार की अड़चन बनने से बच रहे हैं। क्या वे हमारे भावों का सम्मान कर रहे हैं...रोमन कैथोलिक...

फिर बात उनकी ख़रीदारी पर आ टिकी। मैंने देखा के सिवाय टोरी

के शेष सब लोगों ने विवाह की दृष्टि से भारतीय परिधान ख़रीद लिए थे। लिज़ा के लिए प्रत्येक अवसर के उपयुक्त कपड़े अमृता ने पहले से ख़रीद रखे थे। अब वह अपने लिए सामान्य अवसरों पर घर में पहनने के लिए चूड़ीदार और कुर्ते ख़रीद लायी थी। उसकी सहेलियाँ विवाह और रिसेप्शन के लिए साड़ियाँ और चूड़ीदार ले आयी थीं। इसका अर्थ है कि दुल्हन की सारी सहेलियाँ भी भारतीय परिधान में दिखायी देंगी। पर वे लोग साड़ी कैसे पहनेंगी, कैसे सँभालेंगी? आश्चर्य तो मुझे तब हुआ, जब मैंने देखा कि शैला भी कुछ कुर्ते और कुर्तियाँ ले आयी थीं। वे अपनी पतलून के ऊपर उन कुर्तों को बड़ी सुविधा से पहन सकती थीं। माईक भी कुर्ते, चूड़ीदार और जूतियों के दो जोड़े ख़रीद लाया था। अर्थात् एक टोरी ही अपने सूट और टाई में दिखायी देंगे। सूट और टाई तो कोई ऐसी चीज़ नहीं थी। अनेक भारतीय पुरुष भी सूट और टाई में होंगे।...

थोड़ा एकान्त मिला तो मैंने विभु से पूछा, ''तुम लोग विवाह के अगले दिन ही ईस्टर की प्रार्थना के लिए कैथेड्रल जाओगे?''

''ये लोग तो जाएँगे ही। मैं उनके मार्गदर्शक के रूप में जाऊँगा।''

''गुड फ्राइडे की कोई चर्चा नहीं की उन्होंने?''

''कल है गुड फ्राइडे। उसकी क्या चर्चा करनी है?''

''कल उन्हें किसी प्रकार की प्रार्थना करने चर्च जाना हो या शोक–दिवस होने के कारण गाने–बजाने अथवा हर्ष और उत्सव के किसी आयोजन में भाग न लेना हो।...''

''ह्वाट नॉनसेंस।'' वह चला गया, ''उन्होंने तो कभी ऐसी कोई बात कही नहीं। आप जाने क्या ले बैठे हैं।''

मैंने यह 'नॉनसेंस' अमृता तक भी पहुँचाया। वह प्रसन्न हो गयी, ''चलो ठीक है। मुझे तो शान्ति ने डरा ही दिया था।''

10

''पंडित जी, बटने के लिए भी कोई पूजा होगी क्या?''

''यह तो आपकी इच्छा पर है।'' पंडित जी बोले, ''हम वस्तुतः विवाह की विधि का आरम्भ कर रहे हैं। कोई भी शुभ काम करने से पहले प्रभु की स्तुति कर लेनी चाहिए। पहले विघ्नहर्ता गणपति की वन्दना कर लेते हैं। फिर गोपाल कृष्ण की स्तुति और फिर आपकी जो भी बटना सामग्री

है, उसमें गंगाजल की दो बूँदें डाल कर प्रभु की वन्दना कर लेंगे। तब आप अपना कार्यक्रम आरम्भ कर सकती हैं।''

पंडित जी ने गणेश जी की प्रतिमा और गोपाल कृष्ण की मूर्ति का शृंगार किया। कलश सजाया। थाली में गणेश जी को स्थापित किया और विभु को आने के लिए कहा। वह बैठ गया तो उसे तिलक कर उसकी कलाई में मौली बाँधी। श्लोकों के साथ पवित्र जल सब ओर छिड़का पूजा आरम्भ की। जिन लोगों में पूजा में प्रति आकर्षण था, वे निकट आ बैठे और शेष लोग अपनी रुचि के अनुसार परस्पर गोष्ठियाँ करने में व्यस्त रहे।

आज पंडित जी अपने साथ गुरद्वारे से एक ज्ञानी जी को भी पकड़ लाये थे। जिन लोगों को बरात में अपने महत्त्व के अनुसार पगड़ियाँ बाँधनी थीं, वे एक–एक कर ज्ञानी जी के सामने बैठ कर पगड़ियाँ बँधवाने लगे। अमृता का विचार था कि आज अपनी–अपनी पगड़ी बँधवा कर सब लोग उन्हें सँभाल कर रख लेंगे और कल अवसरानुकूल उन्हीं पगड़ियों को अपने सिर पर धारण कर लेंगे। ...एक आशंका सबके ही मन में थी कि जाने कल तक वे पगड़ियाँ क्या आकार ले लेंगी। फिर भी बारी–बारी पगड़ियाँ बँधवा कर सब ने ही, सिर से उतार कर वहीं मेज़ पर सजा दीं। ...मेरे सामने उनका भविष्य पूरी तरह से स्पष्ट, था। यहाँ से उठा कर जब वे पगड़ियाँ कहीं सँभाली जाएँगी, तो कल किसको स्मरण रहेगा कि किसकी कौन–सी पगड़ी थी : और जो सोचा था कि पगड़ियों में पिन खोंस कर उनको कुछ पुष्ट आधार दिया जाएगा, वह तो हुआ ही नहीं था। न तो ज्ञानी जी अपने साथ पिन लाये थे, न हमने ही उसका कोई प्रबन्ध किया था।...

और जब तक ज्ञानी जी उठ कर जाने लगे, तब तक पगड़ियों ने अपने आकार को शिथिल करना आरम्भ कर दिया था। ऐसा लग रहा था कि कोई व्यक्ति जो बहुत देर से किसी बाध्यता में कसा बैठा हो, शरीर को आराम देने के लिए अब वह अपने पैर पसार रहा हो। शरीर को ढील दे रहा हो।

पंडित जी भी आज का अपना काम पूरा कर उठ खड़े हुए थे।

''ज्ञानी जी को उनकी सेवा का पारिश्रमिक दे दें।'' पंडित जी ने कहा, ''आखिर उन्होंने सेवा की है।''

''पाँच सौ दे दूँ?'' मैंने पूछा।

"आपका जो मन हो।"

"अरे नहीं। नहीं। मैंने ऐसा क्या किया है।" ज्ञानी जी बोले।

पर मैंने उन्हें पाँच सौ का एक नोट दे ही दिया। अब उससे कम कोई क्या देता। ...कल आराधना, मेहँदी वाले से आज का समय तय करने गयी थी। उसने एक हथेली पर मेहँदी लगाने के 35 रुपये माँगे थे; और जैसे ही उसे मालूम हुआ कि विवाह का अवसर है और हथेली दुल्हन की है, उसका भाव बढ़ गया।

"दुल्हन की हथेली के 5100 रुपये।" उसने कहा।

"दिमाग़ ठीक है तुम्हारा।" आराधना के मुँह से निकल गया।

"विवाह का अवसर है। ये तो शगुन के पैसे होते हैं।" वह बड़े शान्त भाव से बोला, "सारा बाज़ार घूम जाओ, कोई एक रुपया भी कम ले ले तो मैं मुफ़्त में कर दूँ।"

वही हाल मेकअप वाली का था। अमृता वर्षों से अपनी केश सज्जा इत्यादि उसी से कराती थी। आज वह भी दुल्हन के मेकअप के बीस हज़ार माँग रही थी और फिर बहुत अहसान चढ़ाती हुई अट्ठारह हज़ार पर आयी।

विभु वहीं बैठा था, जहाँ पंडित जी उसे छोड़ गये थे; किन्तु अब मंच माँ, भाभियों, ताइयों, चाचियों और बहनों ने सँभाल लिया था। लिज़ा के घर वाले और उसकी सहेलियाँ उत्सुकतावश उठ आयी थीं कि अब क्या होना है।

सबसे पहले अमृता ने विभु के हथेली की पीठ पर उबटन लगाया। फिर वह सीधे उसके गालों पर आ गयी।

"माँ।" उसने एक प्रकार का निवेदन किया।

"चुप बैठ।" अमृता ले लाड़ दिखाया, "मैं तो फिर लिहाज़ कर दूँ, पर तेरी भाभियाँ तुझे छोड़ेंगी क्या।"

"यह क्या होली का ही कोई और रूप है?" शैला ने पूछा।

"यह एकतरफा होली है।" मैंने कहा, "सारी महिलाएँ पहले दूल्हे के साथ होली खेलेंगी और उसके पश्चात् दुल्हन के साथ। न दूल्हा किसी को रंग लगाएगा, न दुल्हन। आप इसे देखिए और फिर आप लिज़ा के साथ ऐसी ही होली खेलेंगी।"

"बट वाय ऑल दिस।"

"यह भी उनके श्रृंगार का एक रूप है। इसके पश्चात् वे नहाएँगे

और उनका रूप और भी निखरेगा। फिर दुल्हन मेकअप के लिए ब्यूटी पार्लर जाएगी।''

वही हुआ। माँ हटी तो भाभियाँ आ जुटीं। बहनें आयीं। ताइयाँ–चाचियाँ। मुहल्ले की आंटियाँ। उसके कपड़े नहीं उतरवाए; किन्तु जितने समेटे जा सकते थे, समेट कर उसे उबटन से लेप दिया। विभु हँसता रहा। अच्छा था कि इसे एक तमाशा मान कर चुपचाप स्वीकार कर लिया जाए, नहीं तो रंग में भंग पड़ जाता।

लिज़ा बैठी विभु की दुर्दशा देखती रही और हँसती रही। जब उसे मंच पर आने के लिए कहा गया, तब उसे पता चला कि उसके साथ भी वही होना है। उसे उबटन लगाने वाली महिलाओं की संख्या बहुत बढ़ गयी थी; वर–वधू दोनों पक्षों की महिलाएँ उसे उबटन लगा रही थीं और वह वैसे ही प्रसन्न थी, जैसी होली वाले दिन थी। मैं यह देखकर हैरान था कि इस विदेशी लड़की को इस प्रकार की किसी गतिविधि से वितृष्णा नहीं होती थी। जबकि अनेक भारतीय लोग ही इस पर नाक–भौं चढ़ाने लगे थे। लिज़ा की सहेलियों के लिए यह मनोरंजन था। वे खूब आनन्द से लिज़ा को पोत रही थीं। ...अंग्रेज़ी फ़िल्मों में मुँह पर केक मलने जैसा।

और तभी हॉल के एक कोने में शोर मच गया। पता चला कि मेहँदी लगाने वाले दो लड़के आ गये हैं। मैं मेहँदी को भूले बैठा था। दुल्हन की हथेलियों पर मेहँदी नहीं रचेगी, यह तो मैंने नहीं सोचा था; किन्तु एक हथेली के 5100 रुपये।... मैंने आराधना से जिज्ञासा की तो पता चला कि कल सन्ध्या समय ही वह बाज़ार में इन लड़कों से टकरा गयी थी। उनके पास दुकान नहीं थी; किन्तु काम वे भी यही करते थे। उनकी शर्त थी कि यदि इस बात को गोपनीय रखा जाए तो वे पैंतीस रुपये प्रति हथेली मेहँदी लगा देंगे। दूसरी शर्त थी कि कम–से–कम बीस हथेलियों का ऑर्डर होना चाहिए। आराधना उनको आज आने के लिए कह आयी थी।

मैं सोच ही रहा था कि बीस हथेलियाँ कौन–सी होंगी कि देखा, वहाँ तो लाइन लग गयी थी। वहाँ उपस्थित प्रत्येक महिला को मेहँदी लगवानी थी : छोटी बच्चियों को भी और वृद्धाओं को भी। इतने ग्राहक देखकर मेहँदी लगाने वाले उन लड़कों की आँखों में भी चमक आ गयी थी।

इधर सारी महिलाएँ मेहँदी रचाए, हथेलियाँ फैलाए बैठी थीं कि उधर खाना लग जाने का सन्देश आ गया। पुरुष खाने की ओर बढ़ गये। ...पर खाना तो महिलाओं को भी था। उनकी विवशता देख कर ''तेरे

हाथों पर मेहँदी लगी है'' मुहावरा समझ में आ रहा था। पर कितनी देर... कोई–न–कोई उनकी सहायता को आ गया। किसी को उसका पति खिला रहा था, किसी को उसका भाई। मोहन भैया की पोती को उसकी नौकरानी खिला रही थी। ...शैला ने समझदारी की थी। उन्होंने पहले भोजन कर लिया और फिर मेहँदी लगवाने वालियों की पंक्ति में जा बैठीं।...

उधर दूल्हा और दुल्हन भी बटने से मुक्त हो कर नहा–धो आये थे। लिज़ा को बहुत समझाया कि वह पहले भोजन कर ले किन्तु वह नहीं मानी। लाइन तोड़ कर वह मेहँदी लगवाने जा बैठी। दुल्हन को कौन मना करता। उसे बारी दे दी गयी। उसकी मेहँदी भी विशेष थी। बहुत सारे बेल बूटे बनने थे। कुहनियों तक भुजाओं पर भी चित्रकारी होनी थी। समय भी अधिक लगना था। ...कारण अनेक थे। वह बैठी मेहँदी लगवाती रही और जैसे ही वह उठी उसे स्मरण हो आया कि उसे तो बेहद भूख लगी है। यदि वह अपने उबटन और मेहँदी में न उलझी होती तो शायद अब तक दो बार कुछ खा चुकी होती। चारों ओर खाद्य पदार्थों की भरमार थी और उसे भूख लगती ही रहती थी। ...किन्तु अब? न वह अपनी हथेलियों की मेहँदी ख़राब कर सकती थी, न और भूखी रह सकती थी। ...उसने देखा कि अनेक लड़कियाँ किसी और की सहायता से खा रही हैं। तो वह भी...माँ तो मेहँदी की लाइन में थी। उन्हें उठाना उचित नहीं होगा। डैड से कैसे कहती, वे तो अपना खाना खाते हुए भी बहुत कुछ अपने कपड़ों पर गिरा लेते थे। वेलेज़िली में अपने घर पर खाना खाते हुए, वे अपने गले में लम्बा एपरन बाँध लेते थे। किन्तु यहाँ...यहाँ वह सम्भव नहीं था। उसकी दृष्टि माइकेल पर पड़ी। वह शायद भोजन कर चुका था, इसलिए खाली बैठा शून्य में घूर रहा था।

''खाना खा लिया?'' वह माइकेल के पास आयी।

माइकेल ने स्वीकृति में सिर हिला दिया।

''मैंने नहीं खाया और मैं खा नहीं सकती।'' लिज़ा ने उसके सामने मेहँदी वाली हथेलियाँ फैला दीं।

माइकेल समझ नहीं पाया, इसलिए उसकी आँखें पूछ रही थीं, ''तो?''

''क्या तुम मुझे खाना खिला दोगे?'' वह बोली, ''तुम्हारी पत्नी तो यहाँ है नहीं, कि आपत्ति करे।''

''छोटी बच्ची हो तुम?'' वह हँस रहा था।

''तुमसे तो छोटी ही हूँ।'' लिज़ा बोली, ''और इस समय असमर्थ हूँ।''

''तो आ जा। बता, क्या–क्या खाएगी।'' वह उठ खड़ा हुआ, ''लोग हँसेंगे, तो मुझे दोष मत देना।''

''नहीं दूँगी।''

''तुमने भी मॉम के समान पहले खा कर फिर मेहँदी क्यों नहीं लगवाई?''

''मॉम दुल्हन नहीं हैं। वे खाली थीं और मैं उबटन लगवा कर नहाने गयी थी।'' वह हँसी, ''मैं तुम्हें दुल्हन को खाना खिलाने का सम्मान दे रही हूँ।''

''चल बैठ फिर।''

माइकेल उसे खाना खिलाता रहा और अपना बचपन स्मरण करता रहा, जब वह लिज़ा के लिए ऐसे ही कितने छोटे–बड़े काम कर दिया करता था ।...उसकी वह छोटी–सी बहन अब बड़ी हो गयी है और उसका विवाह होने जा रहा है। उसने स्वयं ही एक भारतीय इंजीनियर को चुन लिया है। वेलेज़िली हिल्स से दूर, सियैटल में। वह पाँच वर्ष वियैना में रही। वहाँ उसे कोई जर्मन लड़का पसन्द नहीं आया। यूरोप के किसी और देश का लड़का पसन्द नहीं आया। लौट कर अमरीका आयी और अपने घर से इतनी दूर सियैटल चली गयी। वहाँ उसने इस लड़के को पकड़ लिया। कुछ ही दिनों में निर्णय कर लिया कि वह उसके साथ विवाह के बिना नहीं रहेगी। विवाह करेगी और उसकी पत्नी बन कर रहेगी। ...इसमें महत्त्वपूर्ण बात तो यह है कि जब विभु वेलेज़िली आया तो सारे परिवार को पसन्द आ गया। मॉम को अवश्य समय–समय पर स्मरण आता रहा कि वे रोमन कैथोलिक हैं और लड़का हिन्दू है। ...पर फिर भी उन्होंने अपनी स्वीकृति दे दी ।...वैसे सौभाग्यशालिनी है लिज़ा। किसी अमरीकी को चुनती तो पैसे और आय को ले कर एक प्रकार का मतभेद बना रहता। और यह हिन्दू लड़का है कि हीरे की अँगूठी ख़रीद कर भेंट कर देता है। लैपटॉप ख़रीद देता है। नयी कार ख़रीद देता है। ...और उसके बाद भी अपना क्रेडिट कार्ड उसे थमा देता है कि जो कुछ ख़रीदना है, ख़रीद। वह दिल्ली में भी उसी के क्रेडिट कार्ड पर चीज़ें ख़रीदती फिर रही है। ...भारत में पति–पत्नी का इस प्रकार एक होना, बड़ा ही विचित्र मामला है। पति–पत्नी के पैसों में कोई अलगाव नहीं है। पत्नी कमाए न कमाए, वह पति की आय की स्वामिनी है।... माइकेल का ध्यान अपनी ओर चला गया। उसे भी जैनेट पसन्द आयी थी। वह सात साल जैनेट के साथ रहा

था। जब वह गर्भवती हो गयी तो विवाह की बात मन में आयी, नहीं तो वैसे ही चलता रहता। जैनेट उसकी सखी रही, उसकी प्रिया रही। अब उसकी पत्नी है; किन्तु वह माइकेल के पैसों की स्वामिनी नहीं है। ...भारत विचित्र देश है। लिज़ा की सास ने भी उसे कितने ही कपड़े और गहने ख़रीद कर दिये हैं। वे मानते हैं कि लिज़ा उनके परिवार का अंग है और परिवार में कोई बँटवारा नहीं होता।...

***

चाय के प्याले के पश्चात् संगीत का कार्यक्रम था।

गणेश स्तुति के लिए अमृता ने विशेष रूप से अपने कॉलेज की गायिकाओं को बुलाया था। मैं लोगों की भीड़ देख कर कुछ हैरान था। शायद इस अवसर पर बुलाया भी अधिक लोगों को गया था। ज़फ़र ढोलक ले कर मंच पर बैठ गया था। वह मुम्बई से केवल इस संगीत के लिए आया था। ढोलक भी वही ख़रीद कर लाया था।

मैंने उसे रोका भी था; किन्तु उसका उत्तर था, "भैया का विवाह हो और मैं ढोलक भी न बजाऊँ।"

यह तो मुझे बाद में ज्ञात हुआ कि वह ढोलक को विभु के लिए उपहार स्वरूप छोड़ गया था।

अमृता ने माइक्रोफ़ोन ले कर बड़े सम्मान के साथ राधा जी का परिचय दिया और उनसे गणेश स्तुति करने का अनुरोध किया।...

यहाँ यह कार्यक्रम चल रहा था। मुझे बताया गया था कि इसके बाद माइक्रोफ़ोन शिशिर के हाथ में आ जाएगा। उसे उद्घोषणा करने का खासा अभ्यास था। कठिनाई यही थी कि गायकों और गायिकाओं से उसका परिचय नहीं था और उनका परिचय उसे ही देना था।...

***

मुझे चिन्ता थी कि विवाह–स्थल पर वेदी बनी भी है या नहीं। बनी है तो कैसी बनी है। ऐसा न हो कि कल प्रातः जा कर देखें कि वह इवेंट मैनेजर अभी बल्लियाँ ही गड़वा रहा है। ...मैंने इधर–उधर देखा, किसे भेजा जाए, जो जाकर देखे और स्थिति की ठीक–ठीक सूचना दे सके।...

''रामनिवास।''

''जी सर।'' वह मेरे पास आ गया।

''भई, यहाँ तो ठीक है। लोग गा–बजा भी लेंगे और खा–पी भी लेंगे; किन्तु वहाँ वेदी बनी है या नहीं, यह भी तो देखना है।''

''चलिए।''

''बाहर देखो ज़रा, वहाँ गाड़ी और ड्राइवर हैं क्या?''

''छोड़िए गाड़ी–ड्राइवर को।'' वह बोला, ''विक्रम को ले चलते हैं।''

''हाँ। आइए सर।'' विक्रम ने अपनी गाड़ी का दरवाज़ा खोल दिया।

रामनिवास उसके साथ आगे जा बैठा। मैं पीछे बैठा।

विक्रम ने गाड़ी पार्क की तो गाड़ी में से ही दिखायी दे गया कि काम ज़ोर–शोर से चल रहा था। ...हम पास आये तो इवेंट मैनेजर की सहयोगिनी हमारे निकट आ खड़ी हुई।

चोपड़ा स्वयं को 'इवेंट मैनेजर' कहता था और रामनिवास उसे 'फूल वाला' कहता था।

''चोपड़ा साहब नहीं हैं?''

''वे अभी–अभी यहाँ से गये हैं।''

''कैसा चल रहा है?''

''हम रात को आठ बजे तक अपना काम पूरा कर देंगे।'' वह बोली।

मैंने दृष्टि उठा कर देखा कि बन क्या रहा है। ...इतना ही समझ में आया कि पूरे लॉन में एक बड़ा–सा ढाँचा खड़ा हो रहा है। उसका अन्तिम रूप क्या होगा, मेरी समझ में नहीं आया। ऊपर से पूरी तरह ढका हुआ पंडाल बनना नहीं था, फिर भी धूप से बचने के लिए छाया का प्रबन्ध करना था।

सहायिका ने लैपटॉप खोल लिया, ''सर ने कहा था कि आपसे पूछ लूँ कि बाहर की ओर झालर में गुलाब के ही फूल लगने हैं, या सीज़नल फूल लगा दें?''

मैं उसके प्रश्न का अर्थ समझ रहा था। यह बात पहले भी हो चुकी थी। मार्च का महीना समाप्त हो रहा था। बाज़ार में गुलाब बहुत कम आ रहे थे।

''गुलाब लगाने से बिल कितना बढ़ जाएगा?''

''बीस हज़ार रुपये।''

''नहीं। तुम साधारण फूल लगा दो।'' मैंने कहा।

मैं जानता था कि विभु ने गुलाब माँगे थे, पर कल जब हम यहाँ आएँगे, वह दृष्टि उठा कर भी नहीं देखेगा कि उस ऊँचाई पर कौन–सा फूल लगा है और उससे वेदी के सौन्दर्य में क्या अन्तर पड़ रहा है। उसके लिए मैं बीस हज़ार रुपये देने के लिए तैयार नहीं था। मुझे रामनिवास की बात भी याद आ रही थी। उसने सुधेश जी से कह दिया था कि हम सारा बिल पचास हज़ार से अधिक नहीं देंगे। ...मैं तो तीस हज़ार पर ही अटका हुआ था; किन्तु रामनिवास ने पचास हज़ार कह दिया था तो मैं उससे पीछे नहीं हट सकता था। बार–बार मेरे मन में आता था कि यदि हमने सुव्रतो पार्क वाले लॉन लिए होते तो वे सत्तर हज़ार में थे और उसमें पक्की वेदी और हवनकुंड सब कुछ उपलब्ध था।... किन्तु सजावट तो उसमें भी करनी ही पड़ती। वहाँ फूल और बत्तियों वाले लाख–दो लाख माँग लेते तो...? वस्तुतः दोष तो मेरी सूचनाओं का था। मैं अपने मन में जाने किस समय के मूल्य जमाए बैठा था। मेरे हिसाब से तो खाने का मूल्य भी पाँच सौ रुपये प्रति व्यक्ति से अधिक नहीं होना चाहिए था और यहाँ वह पन्द्रह सौ से दो हज़ार था। मैं प्राचीन काल का व्यक्ति हो गया लगता था और अब समय बहुत आगे बढ़ गया था। समय बढ़ा हो या न बढ़ा हो, दाम बहुत आगे बढ़ गये थे।

सहायिका के लैपटॉप में मंडप बहुत सुन्दर लग रहा था। पर चित्रों का क्या है। चित्रों में तो सब कुछ सुन्दर लगता है।

''मंडप ठीक ऐसा ही बनेगा, जैसा तुम्हारे लैपटॉप में है?'' मैंने पूछा।

''लैपटॉप में वह सुन्दर है; किन्तु उसका ग्रेंड्योर आप बनने पर ही देखेंगे।'' वह बोली, ''चित्र में कोई भी चीज़ थ्री डायमेंशनल नहीं होती।''

मन–ही–मन मैं उसकी बात से सिद्धान्ततः सहमत था।...

''हम कल ठीक दस बजे यहाँ आ जाएँगे।'' रामनिवास ने कहा, ''हमें मंडप पूरी तरह से तैयार मिलना चाहिए।''

''हम आपको मंडप आज रात को आठ बजे तैयार कर देंगे।'' वह लड़की पूरे विश्वास से बोली, ''कोई इंस्ट्रक्शन है तो अभी बता दीजिए; क्योंकि हम अपना काम कर चले जाएँगे। सम्भव है आपसे भेंट ही न हो।''

रामनिवास और विक्रम ने मेरी ओर देखा। मैं क्या बताता : मेरी तो समझ में ही नहीं आया था कि क्या बन रहा है।

''नहीं। ठीक है। आप बनवाइए।''

''चलें?'' मैंने रामनिवास की ओर देखा।

"चलिए।" उसने मुझे कहा, और फिर उस लड़की की ओर मुड़ गया, "समय से पूरा–पूरा तैयार कर देना, चाहे सारी रात काम करना पड़े। हम समय के बहुत पक्के हैं।"

लड़की ने कोई उत्तर नहीं दिया।

***

संगीत समाप्त हो गया था और खाना–पीना चल रहा था। मेरे साथ विचित्र बात यह थी कि अपने घर के आयोजनों में मुझे न भूख लगती थी और न खाने की इच्छा होती थी।

"आपके खाने के लिए कुछ लाऊँ?" विक्रम ने पूछा।

"तुम लोग खाओ। मैं थोड़ी देर में लूँगा।"

"आप अब चिन्ता छोड़ दीजिए।" रामनिवास ने कहा, "अब तक सब कुछ सुचारु रूप से चल रहा है। कल का पूरा दिन भी ठीक ही रहेगा।"

"तुमने कैसे मान लिया कि मैं चिन्तित हूँ।"

"चिन्तित न होते तो अभी आप पकौड़े और जलेबी खा रहे होते... कॉफ़ी पी रहे होते..." उसने कहा।

मैं हँस पड़ा, "ठीक कह रहे हो। अब कल का दिन भी निपट जाए।"

काउंटर के पास आकर मैंने जोसफ को ढूँढ़ा। वह स्वयं ही मेरे निकट आ गया।

"सब ठीक है डॉ. साहब?"

"अभी तक तो ठीक है।" मैंने कहा, "कल का दिन ज़रा कठिन है। प्रातः नाश्ता चाहिए, उसके पश्चात् सेहराबन्दी है। नौ बजे हम यहाँ से निकल पडना चाहते हैं, ताकि दस बजे विवाह–स्थल पर पहुँच जाएँ।"

"हो जाएगा डॉ. साहब। कठिन क्या है।"

"कठिन।" मैं बोला, "नाश्ता करने वालों को समय से यहाँ लाना कठिन है। वे तैयार होने में ही देर कर देंगे तो कोई क्या कर लेगा।"

"आप समय से बस चला दीजिएगा।" रामनिवास ने कहा, "जो रह जाएँगे, उन्हें मैं बाद में ले आऊँगा।"

मैं सोचता रह गया। यह भी एक विकल्प है।

पर मैं कुछ बोला नहीं।

11

प्रातः लिज़ा को ब्यूटी पार्लर भेजना था। साथ अमृता को जाना था। इधर नाश्ता भी होना था और विभु की सेहराबन्दी भी। अमृता को वहाँ भी रहना था।

इतनी सुबह कौन–सा ब्यूटी पार्लर खुलता; किन्तु अमृता ने पार्लर की मालकिन को मना लिया था। बात तो पैसे की ही थी। वह घर से ही लिज़ा को कुछ खिलाकर ले गयी थी, अन्यथा वहाँ उसे भूख लगती तो वह क्या करती। कुछ फल भी साथ ले गयी।

यहाँ मैंने जोसफ को पकड़ा। वह सब कुछ घर से ही तैयार कर लाया था। बस मेज़ों पर लगाना भर था। ...अब मैंने कई लोगों को सूचना देने के लिए भगाया, ''सबके दरवाज़े पीट कर बताओ कि नाश्ता लग गया है और यह भी कह देना कि बस नौ बजे चली जाएगी। उसके बाद जो छूट गया, वह छूट गया।''

मुझे अधिक निराश नहीं होना पड़ा। लोग आते जा रहे थे, ''हमने देर तो नहीं की न?''

''नहीं। पर अब जल्दी से नाश्ता कर लीजिए।'' मैंने कहा, ''आज मेरे समय से चलिए, कल से आप अपने मन से चलने को स्वतन्त्र होंगे।''

पंडित जी आ गये थे।

''नाश्ता। पंडित जी।''

''नहीं। मैं घर से कुछ खा आया हूँ।'' वे बोले, ''मैं सेहराबन्दी की तैयारी करता हूँ, आप दूल्हे को तैयार करवा लीजिए।''

विभु आ गया था। वह सेहराबन्दी के लिए तैयार था। सेहराबन्दी का सारा सामान आराधना के जिम्मे था। वह भी ले आयी थी। सब कुछ पंडित जी के पास रख दिया गया था।

''पिता जी।'' विभु धीरे से बोला, ''लिज़ा के भाई माइकेल की फ्लाइट आज रात की है। उसे रिसेप्शन से ही एयरपोर्ट जाना होगा। वहाँ के लिए टैक्सी बुक कर ली है?''

विभु जिस दिन से आया था, उसके प्रति सबको यही शिकायत थी कि उसे केवल अपने ससुराल वालों की ही चिन्ता थी। उन लोगों को किसी प्रकार की असुविधा हो, इसकी वह कल्पना भी नहीं कर सकता था। शेष लोग जैसे उसके अतिथि ही नहीं थे। मैं उसके मन को टटोलता तो पाता

कि उसे अन्य लोगों की आवश्यकता ही नहीं थी। उसने निमन्त्रण पत्र भेजते समय भी कहा था कि जिन लोगों को बुलाया जा रहा है, उनमें से वह पाँच प्रतिशत को भी नहीं जानता है।

मैं हँसा था, "विवाह तुम्हारा हो रहा है, ठीक है; किन्तु आयोजन तो तुम्हारे माता–पिता का है। विवाह हम कर रहे हैं। हम जिस समाज में रहते हैं और वर्षों से जिनसे हमारा व्यवहार है, जिनके घर के उत्सवों में हम सम्मिलित हुए हैं, उन सबको हम इसलिए न बुलाएँ, क्योंकि तुम उन्हें नहीं जानते। विवाह विभु का नहीं हो रहा पुत्र। विवाह तो हमारे पुत्र का हो रहा है। इसलिए हम पर सबकी जिम्मेदारी है।"

"टैक्स बुक हो गयी है?" वह पूछ रहा था।

"नहीं।" मैंने कहा, "माइकेल को समझा देना कि वह अपना सामान साथ लेकर चले; और वहाँ सबसे पहले खाना खा ले। हम उसे वहीं से अपनी गाड़ी में एयरपोर्ट भेज देंगे।"

"ठीक है।"

"मेरी भी आज रात की ही गाड़ी है।" शिशिर भी वहीं खड़ा था।

"तुम भी वही करो। सामान साथ रख लेना और खाना खाते ही वहाँ से निकल जाना। ज़्यादा औपचारिकताओं में मत पड़ना।"

सेहराबन्दी का काम आरम्भ हो गया था। पंडित जी श्लोक पढ़ रहे थे; सारी बहनें और भाभियाँ एकत्रित हो गयी थीं। किसी को सेहरा बाँधना था और किसी को दूल्हे को सुरमा लगाना था। ...लिज़ा दिखायी नहीं पड़ी थी। पता नहीं वह पार्लर से लौटी भी थी या नहीं। ....अमृता और आराधना आ गयी थीं। इसका अर्थ था कि लिज़ा भी आ गयी होगी।

मैंने फ़ोन किया, "राकेश, कहाँ हो?"

"मैं तो बाहर खड़ा हूँ बाऊ जी।"

"पार्लर का काम हो गया?"

"जी।"

"तो जल्दी से नाश्ता करो और चलने की तैयारी करो।"

"जी।"

फिर मैंने प्रभु को फ़ोन किया, "तुम कहाँ हो?"

"बाहर अपनी गाड़ी के पास हूँ।"

"गाड़ी सज कर आ गयी?"

"जी।"

''नाश्ता कर लिया?''

''जी।''

''तो अपनी बड़ी मासी के परिवार को भी देख लो। वे लोग तैयार हैं या नहीं।''

मेरे मन में सबसे अधिक चिन्ता अमृता की बड़ी बहन चेतना और उसके परिवार को लेकर ही थी। प्रभु के विवाह में उन्होंने मुझे काफ़ी उलझन में डाला था। वे समय के साथ नहीं चलते थे, समय को अपने साथ चलाना चाहते थे। पर आज बरात और दूल्हे को ही नहीं ले जाना था; दुल्हन और उसके घर वालों को भी समय से ले जाना था। ...आज का दिन बहुत ही घनीभूत हो गया था। अब लग रहा था कि विवाह और रिसेप्शन दोनों एक ही दिन में रख कर मैंने गलती की थी।

तभी सूर्या और भास्कर ने प्रवेश किया।

''आओ भाई आओ।'' मैंने कहा।

भास्कर आकर गले मिला।

सत्य तो यह था कि मैं उन लोगों के आने–न आने की बात को भूल चुका था।

''मैंने यह निश्चय कर लिया था कि आज तो मुझे विवाह में पहुँचना ही है। देखो पहुँच गये।'' सूर्या की यह श्रेय लेने वाली मुद्रा मुझे पसन्द नहीं आती थी। किन्तु वह अपना स्वभाव कैसे बदलती।

''हम लोग प्रभु के विवाह पर नहीं आ सके थे। उसकी भी तो क्षतिपूर्ति करनी थी।''

और मैं सोच रहा था कि प्रभु के विवाह पर तो मैंने अपने अनेक मित्रों को निमन्त्रित किया था, किन्तु कोई नहीं आया। इस बार मेरा ऐसा कोई इरादा नहीं था। यह तो संयोग ही था कि सूर्या और भास्कर इन दिनों दिल्ली में ही थे। उनके दिल्ली में रहते उन्हें आमन्त्रित न करना, अभद्रता होती। तो निमन्त्रित कर दिया। उसपर भी निश्चित नहीं था कि वे आएँगे या नहीं। सूर्या को दिल्ली में कहीं भी जाना, जैसे दूसरे ग्रह तक जाने की यात्रा लगती है।

''कैसे आये?''

''टैक्सी लेनी पड़ी।'' सूर्या ने जताया। स्वर से स्पष्ट था कि जैसे वह विमान चार्टर कर, पहाड़ लाँघ कर आयी हो।

मुझे उसकी यह शैली बहुत चुभती थी...

भास्कर जब भी दिल्ली आता था अपने साथ अनेक काम ले कर आता था। वह गाँधी शान्ति प्रतिष्ठान में कमरा लेता था और वहीं बैठ कर अपना काम करता रहता था। उसकी पुस्तकों के प्रकाशक वहाँ से पास थे। नाटक देखना हो तो मंडी हाउस भी दूर नहीं था। कनॉट प्लेस में घूमना–फिरना हो जाता था। नयी दिल्ली रेलवे स्टेशन भी पास था और सूर्या की बहन ऊषा का घर भी निकट ही पहाड़गंज में थी...फिर भी वह एक दिन मेरे लिए निकाल लेता था। प्रातः नाश्ता कर वह मुझसे मिलने चल पड़ता था। उसने कभी नहीं चाहा कि मैं उससे मिलने के लिए गाँधी शान्ति प्रतिष्ठान जाऊँ। घर में हर प्रकार की सुविधा थी...भोजन, चाय–पानी, पुस्तकें, पत्रिकाएँ, एकान्त...इसलिए न कभी उसने मुझे अपने डेरे पर बुलाया, न मैं गया।

जब पहली बार सूर्या भी उसके साथ आयी तो घर में प्रवेश करते ही उसने शोर मचाना आरम्भ कर दिया कि कनिष्क का घर इतनी दूर है कि यह यात्रा नहीं, महायात्रा लगने लगती है। मैंने उसे कई बार समझाने का प्रयत्न किया कि यह दूरी केवल बारह–चौदह किलोमीटर की थी, जो दिल्ली के विस्तार में बहुत लम्बी दूरी नहीं मानी जा सकती। पर वह कहाँ सुनती...वह जितनी देर मेरे घर बैठी, आधा समय उसके घर के दूर होने और वहाँ तक की लम्बी यात्रा का राग अलापती रही।... मेरे मन में कई बार आया कि कहूँ कि कोई बात नहीं, अगली बार उससे मिलने के लिए हम ही आ जाएँगे। किन्तु गाँधी शान्ति प्रतिष्ठान में जाकर मैं उन्हें संकट में नहीं डालना चाहता था। वहाँ की कैंटीन में चाय तक का समय भी बँधा हुआ था। अपनी इच्छानुसार आप वहाँ कुछ भी प्राप्त नहीं कर सकते थे। उसके पास वहाँ न जाने की क्षतिपूर्ति मैं जमशेदपुर जाने पर कर देता था। उनसे मिलने का काफ़ी समय निकाल लेता था। उनके घर के भी दो–तीन चक्कर लगा लेता था। भास्कर चाहता था कि मैं जब भी उनके घर पर जाऊँ, भोजन वहीं करूँ; किन्तु मैं जानता था कि इतना काम सूर्या के लिए भारी हो जाता था; इसलिए वह एक समय का भोजन करा कर ही स्वयं को कृतकृत्य मानती थी।...

ऐसी ही थी वह। उसके घर जाओ तो स्वयं उसे कहना पड़ता था कि कॉफ़ी तो पिला दो। एक बार तो भास्कर घर पर नहीं था। सूर्या ने उत्तर दिया था कि वह अपनी चाय पी चुकी थी और उसकी काम वाली बाई बर्तन धो गयी थी। वह रसोई समेट चुकी थी; इसलिए चाय–कॉफ़ी

कुछ भी बनाना मुश्किल था। एक अन्य अवसर पर मेरे सामने ही उन दोनों में कहा–सुनी हो गयी थी। बिना किसी पूर्व कार्यक्रम के मैं भास्कर के साथ समय बिताने के लिए उससे बातें करते हुए उसके घर जा पहुँचा था। सूर्या ने कॉफ़ी तो पिला दी किन्तु भास्कर की इच्छानुसार वह खाना खिलाने के लिए तैयार नहीं थी। भास्कर का विचार था कि भोजन का समय हो गया था इस समय अब वापस जाकर मैं गेस्ट हाउस में कहाँ खाना खोजता। इसलिए जो कुछ घर में उपलब्ध था, सब मिल कर वही खा लेते हैं। किन्तु सूर्या का कहना था कि बिना किसी तैयारी के वह मुझे साधारण–सा भोजन नहीं करवाएगी। कल मैं भोजन के लिए निमन्त्रित तो हूँ ही। वह भोजन करा देगी।

उनकी इस खिट–पिट में मुझे हस्तक्षेप करना पड़ा, "सूर्या ठीक कह रही है। कल खा लूँगा। अभी मुझे उतनी भूख भी नहीं है।"

बात तीनों को समझ में आ रही थी; किन्तु अन्तर इतना ही था कि भास्कर और मैं दोनों ही समझ रहे थे कि सूर्या का व्यवहार सर्वथा अशालीन था; किन्तु सूर्या उसमें कोई दोष नहीं देख पा रही थी। वह अपने सिद्धान्त पर अटल थी।

पिछली बार सूर्या और भास्कर दोनों दिल्ली आये थे। सूर्या की आँख का ऑपरेशन होना था...मोतिया का। ऑपरेशन हो गया और सूर्या ने तय किया कि वह हर समय आँखों पर काला चश्मा चढ़ाए रखेगी और सिवाय अस्पताल के और कहीं नहीं जाएगी। अब उसका हाल–चाल पूछने तो जाना ही था। मैंने और अमृता ने तय किया कि हम उनके कमरे में उनसे मिलने जाएँगे। ज़रा लम्बा बैठेंगे। कैंटीन का ही खाना खा लेंगे; नहीं तो भागते–दौड़ते घर आना पड़ेगा और ढंग से बैठ भी नहीं सकेंगे। ...मैंने भास्कर को फ़ोन कर दिया था कि हम लोग लगभग ग्यारह बजे उनके पास कमरे में आएँगे। इससे कुछ अधिक कहना मैंने उचित नहीं समझा। जब ग्यारह बजे पहुँचेंगे तो स्पष्ट था कि खाना तो खाएँगे ही। ...यह कहने की क्या आवश्यकता थी।...

हमारे वहाँ पहुँचने पर भास्कर फलास्क लेकर कहीं से कॉफ़ी का प्रबन्ध करने गया। किन्तु आस–पास कहीं कॉफ़ी मिली नहीं। वह खाली हाथ लौट आया। खाने की कोई बात ही नहीं हुई। अमृता ने पानी माँगा तो भास्कर ने उठ कर जग में से पानी भर कर दिया। ...मैं पहले तो कुछ चौंका किन्तु फिर समझ गया कि वे सूर्या के अतिथि थे; और सूर्या

अपनी प्रकृति के अनुसार ही चलेगी। भास्कर भी उसमें कोई परिवर्तन नहीं ला सकता था।

बारह बजे हम लोग उठ गये। अमृता आगे–आगे सीढ़ियाँ उतर गयी। भास्कर उसके साथ चला गया। शायद वह चाहता था कि मैं सूर्या से अकेले में भी बात कर लूँ।... सूर्या हमें विदा करने के लिए सीढ़ियों तक तो आयी, ''आज पहली बार तुम हमारे कमरे में आये हो। पहले कभी नहीं आये।''

मुझे उसके स्वर में हमारे आने के लिए आभार कम, पहले न आने के लिए उपालम्भ अधिक सुनाई पड़ा।

''घर पर मिलना कितना सुविधाजनक है। देखो, यहाँ कॉफ़ी भी नहीं मिली।'' मैंने कहा।

''तुम्हारा घर कितनी दूर है। आधा दिन निकल जाता है। बस में धक्के खाते–खाते आधे प्राण निकल जाते हैं।'' वह बोली, ''तुम्हारा क्या है, गाड़ी में पैर रखा और चले आये।''

मैं स्तब्ध–सा उसे देखता रह गया। बड़े प्रयत्न से बोला, ''दिल्ली में टैक्सी कहीं से भी मिल जाती है। जब चाहो, टैक्सी मँगाओ और मेरे समान आराम से आ जाओ।''

''टैक्सी मुफ़्त में मिलती है क्या?'' सूर्या बोली, ''ढेर सारे रुपये लगते हैं।''

मेरी आँखें जैसे फटी की फटी रह गयीं। बोला, ''गाड़ी भी मुफ्त में नहीं चलती।''

और मैं सीढ़ियाँ उतर कर नीचे आ गया।...

***

आज सूर्या टैक्सी में आयी थी।

''टैक्सी छोड़ दी है न?''

''हाँ। तो क्या रात तक रोके रखते।''

''नहीं। यहाँ से हमारे साथ बस में चलो।''

मैंने, लिज़ा और उसके माता–पिता को विक्रम की गाड़ी में बैठा दिया। वैसे तो लिज़ा को विभु वाली सजी हुई गाड़ी में भेजा जा सकता था, किन्तु वह बरात की गाड़ी थी, उसमें दुल्हन विवाह के बाद ही बैठती

तो अधिक शोभा होती। ...प्रभु ने विभु को फूलों से सजी अपनी गाड़ी में बैठाया। साथ ही अपने मौसेरे भाइयों को बैठा लिया। गाड़ियाँ और भी थीं, उनमें लोग अपने–अपने अधिकार से बैठ गये थे। वे लोग मुझे गाड़ी में बैठने के लिए पुकारते ही रहे; किन्तु मैं तय कर चुका था कि मैं अपने अतिथियों के साथ बस में जाऊँगा। एक तो बस के ड्राइवर को गन्तव्य तक का रास्ता बताना था और दूसरे किसी भी अतिथि को यह न लगे कि उसे कम महत्त्व देने के कारण बस में भेजा गया है। मैंने पंडित जी को भी अपने साथ बस में ही बैठाया था। अमृता भी उसी बस में थी। सूर्या और भास्कर भी हमारे ही साथ थे।...

***

'ब्लू सैफायर' में आकर बस रुकी तो मैंने शेष लोगों को भी आँखों ही आँखों में देखा : सब पहुँच गये थे; और तब मेरी आँखें वेदी की ओर उठीं : वेदी न केवल बन कर तैयार थी, काफ़ी भव्य लग रही थी। काफ़ी ऊँचाई पर जाकर कपड़ा इस प्रकार लपेटा गया था कि आकाश दिखायी भी दे और धूप छन कर भी न आ सके। फिर वेदी थी जिसमें विवाह की विधि होनी थी।

मैं स्वयं पीछे रह गया और रामनिवास और विक्रम से कह कर सबको भीतर भेज दिया। भीतर, हल्के से जलपान का प्रबन्ध था। सुधेश जी से कह दिया था कि दो कमरे खुलवा दें : एक लड़की और उसकी सहेलियों के लिए और दूसरा लड़के और उसके मित्रों के लिए।

पौने ग्यारह बजे वर पक्ष के लोगों को भीतर से निकालकर बाहर वेदी–क्षेत्र में पहुँचा दिया गया। तब डी–फाज़ियो दम्पति को बाहर बुलाया गया। माना यह गया कि बरात उनके घर आयी है और वे बरात की अगवानी करने बाहर निकले हैं। यह 'ब्लू सैफायर' का मुख्य द्वार था। उसकी पहली सीढ़ी पर टोरी खड़े थे। मैं आगे बढ़ा। एक सीढ़ी नीचे खड़े होकर मैंने संकेत किया। टोरी को एक माला दी गयी। यह पिता की मिलनी थी। मैं सोच रहा था कि परम्परा के अनुसार तो टोरी ही मुझे पहले माला पहनाते; किन्तु जाने वे उसका क्या अर्थ समझें ।

"नाऊ वी हैव टू एक्सचेंज गार्लैंड्स। दिस इज़ मीटिंग बिटवीन फादर्स ऑफ़ ब्राइड एंड ग्रूम।" और मैंने पहले माला पहना दी।

"नाऊ यू डू इट।"

टोरी ने भी मुझे माला पहना दी। हम दोनों गले मिले।

अब माताओं की मिलनी थी; और तब वर और वधू आये। उनकी जय–माल भी हो गयी। लिज़ा को ले जाकर वेदी के पास के मंच पर बैठाया गया, जहाँ उसकी चारों सहेलियाँ उसके साथ थीं। डी–फाज़ियो दम्पति और विभु हवन–कुंड के निकट, आमने–सामने बैठे। और पंडित जी ने अपनी विधि आरम्भ कर दी।

मैंने अपनी भारी भरकम माला उतारी ही थी कि रामनिवास ने मेरा हाथ पकड़ लिया, "यह आपको किसी सभा में पहनाई गयी माला नहीं है। आपके पुत्र का विवाह है। जब तक विवाह की विधि चल रही है, माला धारण किये रहिए।"

मैं उसका आदेश टाल नहीं सका। मैं स्वयं को नहीं देख पा रहा था; किन्तु अमृता, टोरी, शैला तथा वर–वधू को देख रहा था। माला और पगड़ी से सबका व्यक्तित्व कुछ विशिष्ट ही लग रहा था। वर–वधू की माला का रंग तो अद्‌भुत था।... रामनिवास ने ठीक ही कहा था। मुझे माला पहने रखनी चाहिए थी।

लगभग बारह बज रहे थे। किसी–किसी समय मंडप की छत बने उस कपड़े के मध्य से थोड़ी धूप झाँक जाती थी और उसके पश्चात् फिर से बादल आ जाते थे। हवा चल रही थी, जो सुखद रूप से ठंडी थी।... मैंने पहले दिन से ही कहा था कि 27 मार्च की होली थी, तो विदेशी पंचांग कुछ कहता रहे, भारतीय गणना के अनुसार, होली तक ऋतु ठंडी रहती थी। मौसम उसके बाद ही बदलता था। विवाह तीस मार्च का था, तो तीन दिनों में कोई ऐसी गर्मी नहीं हो जाएगी कि कष्टकारक हो। धूप थोड़ी–सी झलक दिखा भी जाए, तो उसमें प्रकाश हो सकता है, ताप नहीं होगा। मेरा अनुमान एकदम ठीक था। फिर भी यह छितराया–छितराया–सा मंडप सुन्दर भी था और सुहावना भी।

विभु ने अमरीका में रहते हुए ही हिन्दू विवाह पद्धति सम्बन्धी पुस्तकें मँगवा ली थीं। उनको पढ़ कर उनका अंग्रेज़ी में अनुवाद भी कर लिया था। अपनी ओर से उसने पूरा प्रयत्न किया था कि अपने अमरीकी सम्बन्धियों को विवाह सम्बन्धी प्रत्येक श्लोक का अर्थ समझा दिया जाए, ताकि उन्हें किसी प्रकार का न कोई सन्देह रहे और न कोई विरोध हो।... फिर भी मेरे मन में सन्देह थे।

"कन्यादान में उनको आपत्ति नहीं होगी? आज कल तो भारत में ही ऐसे लोग पैदा हो गये हैं, जो कहते हैं कि कन्या कोई पदार्थ है क्या, जिसका दान कर दिया जाए।"

"भारत के लोगों को तो ऐसे प्रश्न उठाने की आदत है, पर उन्हें आपत्ति क्यों होगी?" उसने भी पूछा था, "उनके विवाह में क्या होता है। पिता अपनी पुत्री को लेकर आता है और अपनी कन्या का हाथ वर के हाथ में दे देता है। इसको कहते हैं "टू गिव अवे योर डॉटर इन मैरेज।" शब्द कुछ भी हों किन्तु बात तो एक ही है। कन्या, वर को सौंप दी जाती है और वह उसका अभिभावक बन अपने साथ ले जाता है।"

"और जब पंडित जी दुल्हन के पिता को दूल्हे के पैर धोने को कहेंगे, तब?"

"हम पंडित जी को समझा देंगे कि वे पैरों पर जल ढालने को कहें, हाथ से छूने या मलने को न कहें।"

वही हुआ था। पंडित जी के निर्देशानुसार डी–फाज़ियो दम्पति सब कुछ शान्त भाव से करते जा रहे थे। बीच–बीच में विभु अंग्रेज़ी में उन्हें कुछ समझा देता था। लिज़ा तो मुग्ध भाव से विभोर सी विवाह की रीतियाँ पूरी कर रही थी। जिस ढंग से हाथ जोड़ कर आँखें बन्द कर प्रणाम करती थी, वह तो विस्मयकारी था। वह विभु से भी अधिक आस्था से उन आदेशों का पालन कर रही थी।...

मेरे मन में बार–बार आ रहा था कि वेदी पर बैठी हुई कोई भी भारतीय वधू इस प्रकार विभोर दिखायी नहीं पड़ती। लिज़ा ने तो जैसे संकुचित होना जाना ही नहीं था। प्रकट रूप से वह प्रसन्न थी। उसका विवाह हो रहा था। उसे प्रसन्न होना ही चाहिए था। भारत में वधुओं का कुछ अपना संकोच होता है, कुछ समाज सिखाता है। उसके साथ ये दोनों ही बन्धन नहीं थे।

वेदी के निकट गद्दे लगे हुए थे। उन पर केवल घरवाले ही बैठे थे–मैं, अमृता, प्रभु, आराधना और उनके बेटे–नचिकेता और भृगु। शेष सब लोग पंडाल की परिधि पर लगे सोफ़ों पर बैठे थे। वहाँ बैठने में उन्हें सुविधा थी। विभु को भी सुविधा थी। उसने पहले ही कह दिया था कि विवाह में केवल उन्हें ही आमन्त्रित किया जाए, जो शान्ति से विधि को देखें और श्लोकों को सुनें। उसे किसी प्रकार का विघ्न पसन्द नहीं था। मैं भी पूजा को पूजा का सम्मान देना चाहता था। मैंने विवाह की अवधि में सारा खान–पान बन्द

करवा दिया था। सिवाय पानी के और किसी पेय की भी अनुमति नहीं थी, नहीं तो बैरे बीच में घूमते रहते, प्रत्येक व्यक्ति से पूछते रहते। लोग अपनी पसन्द बताते रहते और आवागमन विघ्न बना ही रहता।

बिना किसी विघ्न–बाधा के, बिना शोर–शराबे या कोलाहल के, विवाह सम्पन्न हो गया। वर–वधू ने वेदी से उठ कर माता–पिता और गुरुजनों के चरण छूकर आशीर्वाद लिया। अब भोजन के लिए भीतर, रेस्ट्रां में जाना था। मैंने घड़ी देखी : एक बज रहा था। समय ठीक–ठीक मेरे साथ चल रहा था। ग्यारह बजे से एक बजे के बीच विवाह सम्पन्न हो गया था। अब एक घंटे में भोजन हो जाना चाहिए था; और उन्हें तीन बजे तक घर पहुँच जाना चाहिए था।

भीतर की ओर चलते हुए, घास का लॉन समाप्त होने और रोड़ी आरम्भ होने से ठीक पहले लिज़ा की एक सहेली जैनिफर जैसे रास्ता रोक कर खड़ी हो गयी। उसके हाथ में विभु के जूते थे और वह हिन्दी फ़िल्म का गाना गा रही थी।...

"विभु, पैसे दे दो, जूते ले लो।"

तब अचानक सबका ध्यान उधर गया। किसी ने सोचा भी नहीं था कि लिज़ा की अमरीकी सहेलियाँ भी सालियाँ बन कर नये–नये बने जीजा के जूते चुरा लेंगी। ....सारा दृश्य परिवर्तित हो गया। शालीन बना बैठा विभु एकदम बदल गया। उसने झपटकर जैनिफर को अपनी भुजाओं में जकड़ लिया और उससे जूते छीनने का प्रयत्न करने लगा। जैनिफर को जूते बचाने ही थे; उसके लिए उसे उत्पात करना ही था।...

जूते माँगना अथवा लेने का प्रयत्न करना एक बात थी; किन्तु सबके सामने विभु का जैनिफर से लिपट जाना और जूते छीनने का प्रयत्न करना मुझे तनिक नहीं भाया।

"जैनिफर, जूते दे दो। मैं पैसे दे रहा हूँ।" और मैंने हज़ार रुपये का एक नोट निकाल कर उसकी ओर बढ़ा दिया।

"यह आपने क्या किया पिता जी।" विभु बोला, "पैसे तो मुझे देने थे। दिये भी तो सीधे ही हज़ार रुपये दे दिये।"

"तुमने दिये या मैंने दिये, एक ही बात है। हज़ार हों या ग्यारह सौ। ये जूतों का मूल्य नहीं, शगुन के पैसे हैं। इतनी दूर से आयी तुम्हारी इस साली को इससे कम क्या देता।" मैंने कहा, "हमारे पास समय कम है। इसलिए झगड़ा जल्दी निबटा दिया।"

वैसे मैं चकित था कि कैसे इस अमरीकी लड़की ने परिधान के साथ–साथ भारतीय रीति–रिवाज भी सीख लिए थे; और हिन्दी फ़िल्म का गाना गा रही थी...

रेस्ट्रां में पर्याप्त स्थान था; क्योंकि लोग अधिक नहीं थे। मेरी गिनती के हिसाब से साठ से अधिक व्यक्ति नहीं होने चाहिए थे। फिर भी लाइन लग गयी थी। लोग अपना–अपना भोजन ले कर मेज़ों पर बैठते जा रहे थे। ...मेरी वही स्थिति थी। मुझे भूख नहीं थी। न खाने की इच्छा हो रही थी; जबकि प्रातः से सारे काम मेरे निश्चित समय के अनुसार ही हो रहे थे।

बस अब तीन बजे, घर पर चाय थी और सात बजे सबके साथ बस को रवाना करना था–इंडिया इंटरनेशनल सेंटर। आठ बजे से रात का भोजन था। वहाँ मुझे कुछ नहीं करना था। लोगों से मिलना–जुलना था। बधाई स्वीकार करनी थी। हाथ मिलाना, पधारने के लिए अतिथियों का आभार प्रकट करना।

मैं जानता था कि वहाँ पहुँचते ही मेरी सारी थकान दूर हो जाएगी...

रेस्ट्रां का प्रबन्धक आया, "पचास प्लेटें हो गयी हैं। और कितनी लगा दूँ?"

"मेरा विचार है कि और पच्चीस काफ़ी होंगी।" मैंने कहा, "जितनी आवश्यक हों, लगा दीजिए। मुझसे पूछने की आवश्यकता नहीं है। अन्त में गिनती बता दीजिएगा।"

बैठने से पहले मैं देख आया कि अमृता अपने पोतों के साथ बैठी कुछ खा–पी रही थी। क्या खा रही थी, यह मैंने नहीं देखा। मैं भी एक मेज़ पर आ बैठा। शिशिर आकर मेरे साथ बैठ गया, "आपके लिए कुछ ला दूँ?"

"थोड़े से चावल, दाल और कोई एक सब्ज़ी ला दो। मैं कुछ भी भारी नहीं खाना चाहता।"

शिशिर मेरे पाचन–तन्त्र की समस्या जानता था। इसलिए उसने कोई आग्रह नहीं किया। जो हल्के से हल्का हो सकता था, वह ले आया।

"विभु कहाँ है?" मैंने पास से निकलते प्रभु से पूछा।

"दोनों लॉबी में चित्र खिंचवा रहे हैं। फ़ोटो सेशन।"

चित्र तो बहुत हो गये थे...पर फ़ोटोग्राफर को अपना बिल भी तो बनाना था। पैंतीस हज़ार रुपये तय थे। उतने का काम तो उसे करना ही था।...

छविकार से उन्हें मुक्त करा कर खाने की मेज़ पर बैठाया। वैसे मैं

जानता था कि विभु और लिज़ा का मन अभी नहीं भरा था। उन्हें छविकार को छोड़ना अच्छा नहीं लग रहा था। उनका वश चलता तो वे सन्ध्या समय तक चित्र खिंचवाते रहते; किन्तु मैं उन्हें इतनी छूट नहीं दे सकता था। उन्हें खाना खिला कर घर ले जाना था। वहाँ से चाय पी कर लिज़ा को पार्लर जा कर रिसेप्शन के अनुकूल सँवरना था। वह कहती थी, ''आई हैव टू पुट–अप माई मेकअप।'' मुझे उस वाक्य में सत्य झलकता दिखायी देता था। मेकअप को चेहरे पर चिपकाना ही तो था। उसे पोतना भी कह सकते हैं। वह शरीर का अंग तो नहीं था। मुखौटा था; इसीलिए तो विभिन्न अवसरों के अनुसार मुखौटा बदलना होता था।

दूल्हा–दुल्हन की मेज़ पर अन्य लोग भी आ बैठे थे। वे उनसे बातें करना चाहते थे, अपनापन दिखाना चाहते थे, ''और कुछ लाऊँ?''

रेस्ट्रां का मैनेजर भी आ गया था, ''पचहत्तर लोग हो चुके हैं। पर लोग अभी लाइन में हैं।''

मैंने दृष्टि उठा कर देखा : उनमें से मैं किसी को भी नहीं पहचानता था। वे मेरे आमन्त्रित अतिथि नहीं थे। मैं एक के पास खड़ा हो गया, ''आप?''

''जी मैं फरीदाबाद वालों का ड्राइवर हूँ।''

फरीदाबाद से मेरा भतीजा आया था। तो यह उसका ड्राइवर था। मुझे याद आया : घंटाभर पहले अजित ने कहा था, ''यहाँ आसपास कोई ढाबा इत्यादि नहीं है। मैं अपने ड्राइवर को खाना...।''

''यहीं खाएगा और कहाँ जाएगा।''

किन्तु और किसी ने न अनुमति माँगी थी, न सूचना दी थी। कम–से–कम दस ड्राइवर लाइन में लगे थे। बारह सौ रुपयों की एक प्लेट थी, दस ड्राइवर भी खा लेंगे तो बारह हज़ार का ख़र्च हो गया। इसी को कहते हैं, विवाह का ख़र्च।...

मैंने फ़ोन निकाला, ''राकेश, कहाँ हो?''

''बाहर गाड़ी के पास हूँ बाऊजी।''

''बस के ड्राइवर और क्लीनर को भी साथ ले लो और आकर खाना खा लो। फिर हमें चलना है।''

''ठीक है।''

वह आज तक सीख नहीं पाया था कि ऐसे अवसर पर ''अच्छा जी।'' कहते हैं; ''ठीक है।'' नहीं।

12

हम लोग डेरे पर आ गये थे। बस ड्राइवर से मैंने स्वयं बात कर ली थी। सन्ध्या के कार्यक्रम के विषय में उसे समझा दिया था। ठीक सात बजे इंडिया इंटरनेशनल सेंटर के लिए चलना था। रात का भोजन वहीं करना था। ड्राइवर ने कहा था कि वह कहीं नहीं जा रहा है। वह सात बजे तक यहीं रुकेगा। मैं बस को और उसे यहीं पाऊँगा।

मेरा मन काफ़ी हल्का हो चुका था। तीन बज रहे थे और हम डेरे पर आ चुके थे। जो चाय पीना चाहे, चाय तैयार होगी। केटरर–एंथनी–अब तक समय का पाबन्द रहा था। वैसे अभी–अभी तो वे लोग दोपहर का भोजन कर के आये थे। चाय और पकौड़ों की भूख किसको होगी। लिज़ा को चाय पिला कर अमृता उसे पार्लर ले गयी थी। शेष लोगों में से प्रौढ़ लोग अपने–अपने कमरों में आराम करने चले गये थे। कुछ जोड़ियाँ सामुदायिक भवन में जा बैठी थीं।

मुझे भी आराम की आवश्यकता लग रही थी; किन्तु मन हो रहा था कि एक बार सामुदायिक भवन में भी झाँक आऊँ कि वहाँ सब ठीक–ठाक था या नहीं। ...वह आवश्यक लगा। जाकर देखा कि चाय–कॉफ़ी तैयार थी। कुछ जोड़े खा–पी भी रहे थे और अपनी पसन्द के लोगों से बातें भी कर रहे थे। वैसे थकान तो प्रत्येक चेहरे पर थी। एंथनी का कर्मचारी भुनभुना रहा था कि उसने इतना कुछ तैयार कर के रखा था; किन्तु वहाँ इतने कम लोग थे और वे भी ढंग से खा–पी नहीं रहे थे।

मैं समझ रहा था कि दोपहर का भोजन पचाए बिना कोई पकौड़े और समोसे कैसे खा सकेगा। फिर भी सामने आ जाएँ तो हाथ आगे बढ़ ही जाता है। एक कप काफ़ी पीकर मैं घर की ओर चल पड़ा। अब एक ही चिन्ता थी कि कहीं रात का भोजन करने वालों की संख्या तीन सौ से अधिक न हो जाए। इंडिया इंटरनेशनल सेंटर के रॉक गार्डन में तीन सौ लोगों से अधिक की अनुमति नहीं थी। संकट में वे पच्चीस और लोगों का प्रबन्ध कर देते थे; किन्तु उससे अधिक नहीं।

मैं कल्पना करता था तो मेरी आँखों के सामने एक दृश्य आ जाता था कि मेरे अतिथि आये खड़े हैं और भोजन के काउंटर से उन्हें कहा जाता है कि संख्या पूरी हो चुकी है। अब और लोगों के लिए भोजन नहीं है। मैं देख रहा था कि घर में और किसी को भी उसकी चिन्ता नहीं थी। मेरे

समान कोई भी चिन्तित या डरा हुआ नहीं था। ...हो भी कैसे सकता था? अतिथियों की सूचियाँ मैंने ही बनायी थीं। निमन्त्रित मैंने किया था। मैं जब गणना करता था तो मेरी समझ में नहीं आता था कि किस परिवार से दो व्यक्ति आएँगे और किस से छह। केवल पति–पत्नी को बुलाने की परम्परा नहीं है, अपने यहाँ; और यदि मैं लिफ़ाफ़े पर श्रीमती और श्री लिख भी देता तो उससे क्या। कोई रुक जाता क्या? ...और दूसरी ओर संकट यह था कि कहीं ऐसा न हो कि लोग कम आएँ। कोई भी कारण हो सकता था। मैं तीन सौ लोगों के पैसे अग्रिम रूप से दे चुका था। लोग कम हुए तो एक हज़ार रुपये प्रतिव्यक्ति व्यर्थ जाता।...

सामने से डॉ. क्षेत्रपाल अपनी पत्नी के साथ आ रहे थे।

''अरे, ये इस समय?''

उन्होंने हाथ मिलाया, ''मैं आपके घर गया था, पता चला कि आप सामुदायिक भवन में गये हुए हैं। सोचा, आप से वहीं मिल लें।''

मेरे मन में घंटी बजी, ''ये रात के भोजन पर नहीं आने वाले। दो व्यक्ति तो ये ही कम हो गये।''

''आइए, आपको चाय पिलाएँ।'' मैं सामुदायिक भवन की ओर मुड़ा।

''अरे नहीं।'' डॉ. क्षेत्रपाल बोले, ''अब घर के इतने पास आकर वहाँ कहाँ जाना। आप घर ही तो जा रहे थे। वहीं चलिए।''

''कैसा चल रहा है?'' के बाद डॉ. साहब ने बताया कि रात को क्लिनिक से लौटते–लौटते उन्हें दस बज जाएँगे। ऐसे में यदि वे डिनर के लिए इंडिया इंटरनेशनल सेंटर पहुँचे भी तो कोई मज़ा नहीं आएगा। भागदौड़ मची होगी। लोग या तो लौट रहे होंगे, या लौटने की तैयारी में होंगे। अर्थात् मेला उखड़ चुका होगा। इसलिए सोचा कि घर चल कर ही बधाई और शगुन दे आते हैं।''

मुझे स्मरण था कि डॉ. क्षेत्रपाल के पुत्र का विवाह था। वे तीन महीने पहले ही निमन्त्रण–पत्र दे गये थे, ताकि उस दिन मैं किसी प्रकार का कोई और कार्यक्रम न बना लूँ; किन्तु तब उन्हीं दिनों विभु अमरीका से आ गया था और वह चाहता था कि हम लोग छुट्टियों में मैसूर और बेंगलुरु जाएँ। अमरीका से आये अपने बेटे को मैं मना नहीं कर सकता था। वह कौन रोज़–रोज़ आता था। परिणामतः मैं तीन महीने पहले मिले निमन्त्रण का तिरस्कार कर बेंगलुरु चला गया और डॉ. क्षेत्रपाल के पुत्र के विवाह में सम्मिलित नहीं हो सका था। ...यह तो स्पष्ट था कि डॉ. क्षेत्रपाल उसका

बदला नहीं ले रहे थे; किन्तु यह भी स्पष्ट था कि वे विवाह को उतना महत्त्व भी नहीं दे रहे थे कि अपना क्लिनिक एक शाम के लिए बन्द कर देते, अथवा समय से कुछ पहले उठ जाते। मैं अनासक्त हो कर सोचता हूँ तो मानता हूँ कि एक शाम क्लिनिक बन्द होने से पचास–पचपन रोगी तो निराश लौटेंगे ही। सम्भव है कि उनमें कोई गम्भीर रोगी भी हो। ...तो क्या करें? अन्ततः मैंने डॉक्टर साहब का धन्यवाद कर उन्हें विदा कर दिया।

***

बहुत प्रयत्न करने पर भी हम लोग आठ बजे से पहले इंडिया इंटरनेशनल सेंटर पहुँच नहीं पाये। पहुँच कर देखा कि खाना लगा हुआ था। सजावट की ओर ध्यान ही नहीं गया। कुछ अतिथि आ चुके थे; शेष आते जा रहे थे। हमारे पास रॉक गार्डन आठ बजे से ग्यारह बजे तक था। इसलिए मैंने सबको आठ बजे का ही समय दिया था। रात का समय था और लोग दूर–दूर से आते थे। अधिकांश लोग खाना खाकर दस बजे तक अपने घर पहुँच जाना चाहते थे। मेरा आरम्भ से ही यह विचार रहा था कि जिन लोगों को हम इतने सम्मान से बुलाते हैं, हमें उनकी सुविधा का भी ध्यान रखना चाहिए। यह नहीं कि सात बजे का समय दे कर दस बजे खाना खोलें, ताकि जल्दी खाना खा लेने के प्रयत्न में लोग अभद्रतापूर्वक खाने पर टूट पड़ें, जैसे बेचारों को कभी खाने को ही न मिला हो।... परिवार में से ही कई लोगों ने मेरा विरोध किया था कि आठ बजे जल्दी है। खाने का समय नौ बजे का होना चाहिए। वैसे मुझे लोगों के विरोध का सामना करने की आदत थी। समझदारी का कोई भी काम करो तो लोग विरोध करते ही हैं। नौ बजे से दस बजे तक–सब लोगों के खाने के लिए मात्र एक घंटे का समय। क्योंकि प्रायः लोग दस बजे तक विदा हो जाना चाहते हैं। एक घंटे में तीन सौ व्यक्ति खाएँगे तो अफरातफरी तो मचेगी ही। लोग शालीन ढंग से कैसे खाएँगे। नहीं, यह उचित नहीं होगा। घर पर भी तो अनेक लोग आठ बजे खा लेते थे। हमारे अपने घर में भी रात के भोजन के लिए आठ से साढ़े आठ बजे का समय नियत था। वैसे ही जो लोग दस बजे खाते थे, वे यहाँ भी दस बजे खा सकते थे।...

लोग आते रहे, मिलते रहे, बधाई और शगुन देते रहे और खाना खाते रहे। अधिकांश लोग विभु को नहीं पहचानते थे। उनका उससे

मिलना भी आवश्यक नहीं था; किन्तु जिन्होंने उसे इधर कई–कई वर्षों से नहीं देखा था, वे अवश्य कहते थे कि बेटे और बहू से तो मिला दो। कइयों को तो यही उत्सुकता थी कि अमरीकी लड़की भारतीय बहू के रूप में कैसी लगती है। लिज़ा ने विवाह के समय साड़ी पहनी थी। इस समय वह लहँगे में थी। उसकी चारों सहेलियाँ चूड़ीदार और कुर्ते में थीं। माइकेल भी कुर्ते–पाजामे में था; हाँ उसके माता–पिता अमरीकी परिधान में थे। टाई और सूट तो हमारे यहाँ भी सामान्य–सी बात है; किन्तु शैला का परिधान अवश्य ही शेष लोगों से भिन्न लग रहा था। मैं देख रहा था कि मेरे अनेक अतिथि अत्यन्त उत्साह से अपने अमरीकी मेहमानों से मिल रहे थे। वे लोग कुछ क्षणों के लिए भी अकेले नहीं हुए और न ही अलग–थलग पड़े। दूल्हा–दुल्हन भी हर समय घिरे हुए दिखायी पड़ रहे थे। छविकार के पास बहुत काम था।...

मेरी दृष्टि इस बात से भी नहीं चूकी कि कमल, सीता कान्त, मनोज, सुग्रीव...जैसे अनेक मित्र नहीं आये थे। उनके आने की आशा भी नहीं रही थी। कैसे हो गया? इससे साहित्यकारों की उपस्थिति काफ़ी कम दिखायी दे रही थी। प्रमोद आये तो, किन्तु बहुत देर से आये।

''अब आ रहे हैं, जब मेला उठने को है।''

''अरे भाई, 'प्रभात प्रकाशन' वालों के यहाँ से हो कर आ रहा हूँ। उनके यहाँ भी तो समारोह है।''

मेरा माथा ठनका।

''वहाँ और कौन–कौन है?''

प्रमोद ने अनेक नाम गिना दिये। उनमें वे सारे भी थे, जिनको मैंने बहुत आग्रह से बुलाया था और जो आने का वचन दे कर भी नहीं आये थे।

''लेखकों में प्रकाशक के प्रति बड़ा मोह है।'' मेरा स्वर वक्र हो गया था।

प्रमोद ज़ोर से हँस पड़े, ''प्रकाशक के प्रति मोह नहीं है। वहाँ अनेक राजनीतिक नेता आमन्त्रित थे, उनको भी तो अपना मुखड़ा दिखाना था।''

''ओह!''

मैं कुछ बोला नहीं, किन्तु मेरे मन में अमृता की बात गूँज रही थी। उसने कितनी ही बार निमन्त्रण के लिए अनेक राजनीतिक नाम सुझाए थे। उसका आग्रह था कि उनके आने से आयोजन की शोभा बढ़ती है। ...मैं भी जानता था कि शोभा बढ़ती है। मैंने निमन्त्रण पत्र डाक से भेज दिये थे; किन्तु न फ़ोन किये थे और न ही उनसे मिलने का प्रयत्न किया था।

विवाह के सन्दर्भ में मेरे कन्धों पर पहले ही इतना काम था, मैं अपना बोझ बढ़ाना नहीं चाहता था।... अब मैं उसका परिणाम देख रहा था।... कोई बात नहीं। पाँच–सात साहित्यकार नहीं आये तो हमारा आयोजन फीका तो नहीं हो गया। पूरा रॉक गार्डन भरा हुआ था। चारों ओर चहल–पहल थी। ...हाँ साहित्यकारों की मैत्री और राजनीति से निर्लिप्तता का रहस्य मेरी समझ में आ गया था।...

माइकेल को हवाई अड्डे तक पहुँचा कर ड्राइवर वापस आ गया था; किन्तु अब तक शिशिर की गाड़ी का समय हो चला था। मैंने शिशिर को उसी समय विदा कर दिया।...

अतिथियों में सबसे अन्त में डॉ. मखीजा आये थे। मेरे मन में एक ही बात थी कि कहीं भोजन समाप्त न हो जाए। अभी कोई प्रबन्धक आकर कह दे कि उनके अतिथि पूरे हो गये हैं, तो? मैंने डॉ. मखीजा के परिवार को भोजन की ओर धकेल दिया। मन में दोनों पक्ष आँखमिचौली खेल रहे थे।... और किसी को आना हो तो आ जाए। और यदि अतिथियों की संख्या पूरी हो गयी है तो कोई न ही आये...आरम्भ में खाने के दो काउंटर थे। अब एक ही रह गया था। वह भी कहीं सिमट न जाए...

किन्तु डॉ. मखीजा के पश्चात् कोई नहीं आया।...

और तब प्रबन्धक आ गया, ''सर, और किसी को न आना हो तो हम खाना समेट दें?''

''समेट दो।'' मैंने कहा, ''कितनी प्लेटें लगीं?''

''अभी आपकी बीस प्लेटें बाकी हैं।'' वह बोला।

''ठीक है।'' मैं मुस्कराकर हट गया; किन्तु मेरा मस्तिष्क कहीं गणित में लगा ही रहा...मैं बीस हज़ार रुपये मुफ्त में इंडिया इंटरनेशनल सेंटर को दान दे रहा था। पर कर ही क्या सकता था। संख्या बढ़ने के भय से कुछ लोगों को मैंने स्वयं निमन्त्रित नहीं किया था और कुछ निमन्त्रित लोग स्वेच्छा से नहीं आये थे। इंडिया इंटरनेशनल सेंटर का तो कोई दोष नहीं था।....

साढ़े दस हो रहे थे। घर पहुँचने में घंटा भर तो लगेगा ही। प्रातः ही लिज़ा और उसके माता–पिता को ईस्टर के लिए चर्च जाना था।... माइकेल वापस जा चुका था। उसका ईस्टर तो आकाश में उड़ते विमान में ही हो जाएगा। ...मुझको थोड़ा आश्चर्य हुआ कि लिज़ा की चारों सहेलियों में से किसी ने भी ईस्टर के लिए चर्च जाने की इच्छा प्रकट नहीं की थी।

शायद वे कैथोलिक नहीं थीं, किन्तु ईसाई तो थीं। किन्तु हो सकता है कि वे उतनी धार्मिक न हों। नॉन चर्च गोइंग क्रिश्चियंस।...

मैंने सबको समेटना आरम्भ किया। सबसे पहले तो प्रभु को कहा कि वह विभु, लिज़ा और अपने बच्चों को लेकर चले। फ़ोन कर राकेश को भी गाड़ी गेट पर ले आने को कहा। टोरी और शैला को गाड़ी में बैठा दिया। शेष सबको बस में बैठाया और चल पड़े। ...अमृता कुछ प्रसन्न नहीं लग रही थी। पूछा, ''क्या हुआ?''

''आपकी इस बस में चढ़ते समय ही झटका लग गया था। सारा समय ही कमर में कष्ट रहा है। पार्टी में ढंग से लोगों से मिल भी नहीं सकी। एक ही जगह कुर्सी पर जमी बैठी रही।''

''ओह!''

मैं प्रायः भूल जाता हूँ कि अमृता के लिए अब बस में चढ़ना–उतरना भी कठिन हो गया है। उसे अपनी किसी गाड़ी में ही भेजना चाहिए था। किन्तु मैं अपने मन का क्या करता। सोचा था कि यदि परिवार के लोग गाड़ियों में जाएँगे तो बस में जाने वाले किसी भी व्यक्ति को लगेगा कि उसकी उपेक्षा की गयी है। बेटे का विवाह था। सारे रिश्तेदार ऐंठे रहते थे। बहुत सँभल कर चलना पड़ता था। ...अमृता ने थोड़ा रोष इस बात के लिए भी दिखाया था कि मैंने प्लेट उठाई और खाना खा लिया। उससे पूछा भी नहीं गया। वैसे भी यदि मैं अपने परिवार के लिए एक मेज़ अलग से लगवा देता तो जो बात होती, वह ऐसे ही चलते–फिरते खाने में कहाँ थी। ...मैं उसकी बात को ठीक मानते हुए भी यह सोचे बिना नहीं रह सका कि यह काम वह भी तो करवा सकती थी। मुझे ही कह देती, मैं एक मेज़ परिवार के लिए क्यों, उस अकेली के लिए ही लगवा देता; किन्तु क्या वह अपनी बहनों और भांजे–भांजियों, अपनी सहेलियों से अलग इस प्रकार खा लेती? उसका स्वभाव ही ऐसा था। समय पर कहेगी नहीं और बाद में रोष प्रकट करती रहेगी...स्त्री के मन को समझ पाना बड़ा कठिन होता है। शायद वह चाहती है कि उसके कहे बिना ही उसके मन को पढ़ लिया जाए...और उसकी इच्छा पूरी की जाए...

***

घर लौटकर, गाड़ियाँ लगवा कर बस वाले को बस का किराया और पाँच

सौ रुपये टिप दे कर विदा किया। जब मैं घर में घुसा तो देखा कि लिज़ा आलू का पराँठा खा रही थी।

"अरे, यह क्या? वहाँ खाना नहीं खाया?"

"वहाँ खाने ही किसने दिया।" विभु बोला, "एक कौर खाते थे तो किसी से मिलना होता था। किसी के पैर छूने होते थे। किसी से हाथ मिलाना होता था। किसी से बातें करनी होती थीं।"

"तुम लोगों को अभी तक खाना खाते हुए लोगों से मिलना नहीं आया।" मैंने कहा, "हम भी सबसे मिले और खाना भी खाया।"

विभु से तो नहीं कहा किन्तु मन को कोई कोंचता रहा कि कैसे हैं ये लोग, ढंग से खाना खा कर भी नहीं आये और मैं बीस सहस्र रुपये व्यर्थ ही दे आया। पर विभु ने तो गोवा में भी 'पटियाला पेग' से निकल कर यही कहा था कि वह भूखा ही उठ आया। समय पर क्यों नहीं कहता कि उसका खाना पूरा नहीं हुआ है।...

अगली सुबह वह घाव फिर छिला जब ड्राइवर राकेश ने आकर कहा कि रात को इतनी देर हो गयी थी कि उसे आजादपुर में ढाबे पर खाना खाना पड़ा और किराए का स्कूटर ले कर घर जाना पड़ा।...

"अरे तो रात को वहाँ क्यों नहीं खाया?"

"मैं तो पहले हवाई अड्डे गया। फिर नयी दिल्ली रेलवे स्टेशन गया। लौट कर आया तो आपने फ़ोन कर दिया कि गेट पर गाड़ी लगा दो। खाना खाने को तो आपने कहा ही नहीं।"

मैंने उसे दो सौ रुपये पकड़ाये, "ले भाई।"

मैं समझ रहा था कि सबकी शिकायतें अपनी जगह सही थीं। पर मैं अपने मन का क्या करता, जो सदा ही उतावला रहता था, घबराहट को गले लगाये रहता था। ...मैं तो इस बात से ही प्रसन्न था कि विवाह का सारा काम बिना किसी झगड़े–झमेले के निबट गया। अब जाल समेटा ही करना था।

***

विभु प्रातः ही अपने ससुरालियों को लेकर चर्च के लिए निकल गया था। वे लोग वहाँ प्रातः की प्रार्थना में सम्मिलित होना चाहते थे।...मैं स्मरण कर रहा था कि प्रभु का विवाह हुआ था तो मैं बरात को चला, बेटे को

ले कर पहले मन्दिर गया था। वहाँ प्रणाम करवा कर हम विवाह के लिए गये थे। जब डोली लेकर आये थे तो पुत्र और पुत्रवधू को रात को ही घर में बने मन्दिर में श्रीकृष्ण की प्रतिमा के सम्मुख खड़ा कर दिया था, "प्रणाम करो।"

अब यह विभु का विवाह है कि न जाने से पहले मन्दिर में सिर झुकाया और न ही लौट कर प्रभु को प्रणाम किया। अब प्रातः उठ कर ईस्टर की प्रार्थना करने चर्च चला गया है। ...मेरा मन हुआ कि ज़ोर से हँस पड़ूँ। टोरी के पूर्वज इटली से आये थे। शैला के पूर्वज आयरलैंड से। उनकी बेटी अमरीकी थी। मैं भारतीय था। पंजाब में जन्म हुआ था, उस स्थान पर जिसे महाभारत में मद्रदेश कहा गया है। अब वह पाकिस्तान में है। इस समय मैं दिल्ली में हूँ। जिसे महाभारत में इन्द्रप्रस्थ कहा गया है। विभु का जन्म ही दिल्ली में हुआ था और अब वह सियैटल जा पहुँचा था। ...लिज़ा अपने माता–पिता को वेलेज़िली में छोड़ कर आस्ट्रिया चली गयी थी...पाँच–छह वर्ष यूरोप में व्यतीत कर एक छात्रवृत्ति पर सियैटल आ गयी थी। और वहाँ उसकी भेंट विभु से हुई थी। पृथ्वी बहुत छोटी हो गयी थी। अपनी पुत्री का विवाह करने टोरी और शैला दिल्ली आये थे, तो घर पहुँचते ही बोले थे, "ए ड्रीम कम ट्रू।" वैसे उन्होंने कभी स्वप्न में भी नहीं सोचा होगा कि वे अपनी पुत्री का विवाह करने सुदूर भारत में, दिल्ली जाएँगे। ...कैसी उथल–पुथल थी। सारी मानवता को प्रकृति कहाँ से कहाँ ले जा रही थी। मानव रक्त का मिश्रण था, मानव मन का मिलन था, विभिन्न धर्मों का सम्पर्क था। लगता था प्रकृति किसी प्रकार का आलोड़न–विलोड़न था। इसे ही संसार कहते हैं।...

विभु कह रहा था चर्च में जा बैठो तो पादरी आरम्भ तो अपने धर्म की श्रेष्ठता के प्रचार से ही करता है; किन्तु थोड़ी देर कान बन्द किये रखो और तब सुनो, तो लगभग वे ही बातें कह रहा होता है, जो हम कहते हैं।

वे लोग घर लौटे तो प्रसन्न थे। ईस्टर की प्रसन्नता उनके चेहरों पर थी; और फिर वे तो ईश्वर के घर से उपदेश सुन कर आये थे।

"बेचारा माइकेल।" शैला ने कहा, "वह अभी आकाश में उड़ ही रहा होगा। चर्च नहीं जा पाया।"

"हमारा परम पिता आकाश में रहता है, तो माइकेल हमारी तुलना में उसके अधिक निकट है।" टोरी ने कहा, "वह विमान में से ही प्रार्थना कर सकता है।"

"किन्तु जीसस तो क्रॉस से उतर कर पृथ्वी पर ही आये न।" शैला ने उन्हें स्मरण कराया।

"अब तो पृथ्वी पर नहीं हैं।" टोरी ने कहा, "अब तो वे भी अपने आसमानी पिता के ही पास हैं।"

वे लोग भक्ति भाव से विभोर थे। सातवें आसमान पर रहने वाले अपने परमपिता और उसके प्रिय पुत्र की चर्चा कर रहे थे; और मेरे मन में कहीं पढ़ा एक संवाद गूँज रहा था।...

"यह सृष्टि किसने रची?"

"ईश्वर ने।"

"ईश्वर कहाँ रहता है?"

"सातवें आसमान पर।"

"तो सातवाँ आसमान बनाने से पहले वह कहाँ रहता था?"

इसका उत्तर किसी के पास नहीं था। यदि मैं उनसे पूछता तो वे भी कोई उत्तर नहीं दे पाते। वे कह सकते थे कि ईश्वर का इतिहास कौन जानता है। कौन बता सकता है कि अपना मकान बनाने से पहले वह कहाँ रहता था। उसने कब मकान बदला और इस मकान में आया। वैसे भी उसका डाक का पता किसके पास था। उसका राशन कार्ड तो कभी बना ही नहीं है। आधार कार्ड भी नहीं है, पैन कार्ड भी नहीं। हो सकता है कि वे इस प्रश्न को ही ईशनिन्दा मानते....

उन्हें आज रात को ही वापस जाने के लिए उड़ान पकड़नी थी। उन्हें प्रातः तीन बजे घर से जाना था। वे सीधे बॉस्टन नहीं जा रहे थे। यहाँ से म्यूनिख जाएँगे। अपने एक मित्र के घर ठहरेंगे। अगले दिन वहाँ से बॉस्टन की उड़ान पकड़ेंगे। इस प्रकार वे एक लम्बी उड़ान की थकान से बच जाएँगे।

हवाई अड्डे के लिए एक टैक्सी बुक कराने के लिए उन्होंने विभु से कह दिया था। साथ ही बहुत बलपूर्वक कहा था कि उन्हें पहुँचाने के लिए कोई साथ नहीं जाएगा। किसी को उस समय जागने की भी आवश्यकता नहीं है। वे अपने आप चले जाएँगे। बाहरी द्वार में नाइट लैच लगा था, वे बाहर से ही बन्द कर जाएँगे।

...किन्तु मैं जानता था कि यह सब कहने का कोई लाभ नहीं था। लिज़ा तो अपने माता–पिता को विदा करने के लिए उठेगी ही; वह उठेगी तो विभु भी उठेगा।... और मैं अपने विषय में जानता था कि जागना तो

दूर, मैं सारी रात शायद सो ही नहीं पाऊँगा। अमृता भी उठेगी ही। ...पर मैं यह सब टोरी और शैला को कैसे समझाता कि वे एक भारतीय परिवार से विदा हो रहे हैं। यहाँ ऐसा सम्भव ही नहीं है कि उनको विदा करने के लिए द्वार पर कोई हो ही नहीं।

वही हुआ। जब डी–फाज़ियो दम्पती तैयार हो कर जाने के लिए नीचे उतरे तो उन्होंने देखा कि सब लोग जगे हुए थे। उनका सामान विभु ले गया और टैक्सी में रख आया। वे पहले लिज़ा से मिले और फिर विभु से। अमृता से विदाई ली और फिर मेरी बारी आयी। अब तक वे लोग मुझसे हाथ ही मिलाते थे; किन्तु विदा होते हुए शैला ने गले मिलने के लिए बाँह फैला दीं। मैं मानता था कि स्त्रियों से इस प्रकार गले मिलने की विधि का मुझे ठीक–ठीक ज्ञान नहीं है। फिर भी इस समय मैं हाथ जोड़ कर नमस्ते कर किनारा नहीं कर सकता था। मैंने भी हाथ बढ़ा दिये। फिर भी उसमें वह गर्मजोशी नहीं थी। और तब मैंने अनुभव किया कि शैला ने अपना सिर मेरे सिर पर टिका दिया है। ...मैं सोचता ही रह गया कि पुरुष तो पुरुषों से हाथ मिला कर अलग हो जाते हैं; किन्तु एक स्त्री और पुरुष मिलते हैं तो वे 'हग' करना क्यों आवश्यक मानते हैं। मैं नहीं जानता था कि इस सन्दर्भ में अब मुझे किस–किस से गले मिलना पड़ेगा।...

टैक्सी चली गयी।

***

एक–एक कर अतिथि विदा हो रहे थे। लिज़ा की सहेलियाँ जाने लगीं तो बड़े संकट में खड़ी दिखायी दीं।

''पिता जी, ये समझ नहीं पा रही हैं कि आपको क्या कह कर विदाई लें। वे जानती हैं कि आप भारतीय ढग से हाथ जोड़ कर नमस्ते करते हैं। इनसे आप हाथ मिलाएँगे क्या? और ये पसन्द करेंगी कि आप उनको एक बार 'हग' करें।''

मैं अतिथियों की इच्छा पूरी करने के लिए, अपना संकोच छोड़ कर जैसे अपने व्यक्तित्व के बन्धनों से बाहर निकल आया। मैंने हाथ जोड़ कर नमस्कार कहा; फिर हाथ बढ़ा कर हाथ मिलाया और फिर कहा, ''लो हग भी।'' और मैंने टैसी को कन्धों से पकड़ कर गले लगा लिया। टैसी जैसे हक्की–बक्की खड़ी रह गयी।

मुझे सहसा वह दिन स्मरण हो आया : मैं रामकथा पर बोलने के लिए गया था। व्याख्यान के पश्चात् भोजन के लिए एक कक्ष में पहुँचे तो संस्था के सचिव ने कहा कि उनकी पत्नी आपके लेखन और भाषण से बहुत प्रभावित हैं। वे आपका बहुत सम्मान करती हैं। वे आपसे कुछ कहना चाहती हैं।

''कहिए।'' मैंने कहा था।

''आप मुझे एक बार अपने चरण स्पर्श करने की अनुमति दें।'' वे महिला बोलीं।

महिला प्रौढ़ अवस्था की थीं। फिर भी यह कोई नयी बात नहीं थी। अनेक बार मैं इस प्रकार की परिस्थितियों से गुज़र चुका था। बोला, ''मैं इस योग्य नहीं हूँ। फिर भी आपकी इच्छा पूरी हो। आइए।''

वे आयीं। उन्होंने चरण छूए। मैंने उनके शीश पर हाथ रख कर, उन्हें सुखी रहने का आशीर्वाद दिया; किन्तु महिला वापस नहीं गयीं। खड़ी रहीं। मैंने उनकी ओर देखा।

''एक निवेदन और है।'' वे बोलीं।

''कहिए।''

''मैं एक बार आपको 'हग' करना चाहती हूँ।''

मैं अभी प्रकृतस्थ भी नहीं हो पाया था कि वे महिला मेरे कंठ से लग गयीं। मैं कुछ समझ नहीं पाया। स्तम्भ सरीखा खड़ा रहा। ...सचमुच उन महिला के मन में मेरे प्रति श्रद्धा रही होगी, तभी तो वे अपने पति तथा इतने लोगों के सामने मेरे गले से लग पाने का साहस कर पाई थीं। श्रद्धा का कोई अन्त नहीं है। डिट्रायट में जर्मन भाषा की एक अध्यापिका ने स्वामी विवेकानन्द से हाथ मिलाया था और तीन दिनों तक हाथ नहीं धोए थे कि कहीं स्वामी का स्पर्श धुल न जाए...किन्तु इन महिला की यह श्रद्धा राम जी के प्रति रही होगी, जिसे वे रामकथा की चर्चा करने वाले लेखक के गले से लग कर प्रकट कर रही थीं; और बहुत सम्भव है कि अपने मन की इस बात को वे स्वयं भी न जानती हों।

***

...विभु ने अपने जाने से पहले मुझे सूचना दी कि वे लोग सियैटल में अपने मित्रों को एक पार्टी देंगे; किन्तु उनका एक विवाह ईसाई पद्धति से

प्रॉविंस टाउन में वहाँ के चर्च में भी होगा। वह पूरी तरह से विवाह होगा। डी–फाज़ियो परिवार के सारे सम्बन्धी आएँगे। और उसने मेरे सामने एक प्रश्न रख दिया था, ''हमारे परिवार में से कौन–कौन वहाँ आएगा?'''

''तुम क्या चाहते हो?''

मेरा यह प्रश्न अपने उत्तर को टालने के लिए था। मैं कोई उत्तर नहीं दे पाया था। मैंने अभी–अभी तो उसका विवाह पूरे समारोह के साथ किया था। मैं थका हुआ था। इतनी लम्बी यात्रा करने का उत्साह नहीं था। ...और फिर कितना व्यय हुआ था। अमरीका जाने का व्यय करना उतना आसान नहीं था। ...और मैं जानता था कि मेरा वीज़ा भी समाप्त हो चुका था...

''मैंने लिज़ा के माता–पिता को कहा था कि हमारे परिवार से शून्य से ले कर छह लोग आ सकते हैं।'' विभु बोला, ''छह से तात्पर्य था आप दोनों, भाई, भाभी और दोनों बच्चे। किन्तु अब मैंने शून्य का विचार छोड़ दिया है। आखिर वे लोग भी तो बेटी का विवाह करने के लिए इतनी दूर आये हैं, ऐसे में वहाँ के विवाह में मेरे परिवार का कोई व्यक्ति भी सम्मिलित न हो, यह बिल्कुल शोभनीय नहीं होगा।''

''तो तुम चाहते हो कि हम आएँ।''

''सात जून का विवाह निश्चित हुआ है। मैं चाहता हूँ कि आप दोनों तो आएँ ही। शेष आप देख लें।''

''विवाह चर्च में होगा?''

''रोमन कैथोलिक चर्च में; किन्तु वहाँ बपतिस्मा नहीं होगा।'' विभु मेरे मन की बात भाँप गया था, ''उन लोगों ने बिशप से अनुमति ले ली है कि एक नॉन क्रिश्चियन के साथ भी पादरी विवाह का अनुष्ठान कर देंगे। हमने भी तो हिन्दू रीति से विवाह किया है; किन्तु लिज़ा की शुद्धि का प्रश्न नहीं उठाया।''

मैं सोचता रहा।... मैं आरम्भ से ही मानता था कि कोई भी इतनी दूर दो–तीन दिनों के लिए नहीं जाता। डेढ़–दो महीने तो लग ही जाते हैं। हम अपना दिल्ली का घर दो महीने किसके भरोसे छोड़कर जाएँगे? छह लोगों की तो टिकट ही छह लाख रुपये हो जाएगी। बच्चों का पासपोर्ट भी बनवाना पड़ेगा। प्रभु, आराधना और बच्चे इतनी लम्बी छुट्टी कैसे लेंगे।...

मैंने प्रभु से पूछा, ''क्या विचार है तुम्हारा?''

"आप दोनों चले जाइए। न्यूयॉर्क से चाचा–चाची और उनका परिवार आ जाएगा। एडिसन से हरीश और स्नेहा भी आ जाएँगे। छह–आठ लोग तो हमारी ओर से भी हो जाएँगे।"

उसके मन में और भी बहुत कुछ था; किन्तु उसने कहा नहीं। वस्तुतः विभु के विवाह से पहले भी उसके सपरिवार अमरीका जाने की चर्चा कई बार चली थी। वह मानता था कि बच्चे अभी छोटे हैं। अभी तो हठ कर रहे हैं; किन्तु बड़े होते–होते उन्हें अमरीका का कुछ भी स्मरण नहीं रहेगा। यह भी भूल जाएँगे कि वे कभी अमरीका गये भी थे। वैसे भी बच्चों का पासपोर्ट बहुत कम समय के लिए बनता है। उनके बड़े होने तक जाने कितनी बार बनवाना पड़ेगा। फिर इतने पैसे ख़र्च कर, अमरीका जा कर केवल विभु के घर में सप्ताहभर रह कर लौट आने का कोई अर्थ नहीं होता और यदि यह माना जाए कि अमरीका में जहाँ कहीं किसी और के घर में टिकने का ठिकाना हो, वहाँ भी जाया जाए तो यात्रा में ही लाखों रुपये लग जाएँगे। होटल का ख़र्च तो उनकी बिसात से बाहर होगा। माँ और पिताजी का क्या है, दोनों सेवानिवृत्त हो चुके हैं। जितना समय लगाना चाहें, लगा सकते हैं। वह, आराधना और बच्चे अधिक समय भी नहीं निकाल पाएँगे। ऐसे में यह गुनाह बेलज्जत हो जाएगा। वह अकेला जाना चाहे तो जब चाहे जा सकता है; किन्तु वह शोभनीय नहीं होगा।... वैसे वह विभु की कठिनाइयाँ भी समझता है। उसके पास इतना बड़ा घर नहीं है कि छह अतिथियों को एक साथ आराम से ठहरा सके। गाड़ी भी छोटी है, जिसमें इतने लोग एक साथ बैठ नहीं पाएँगे। और अब तो उसके साथ उसकी पत्नी भी है। ऐसे में सबका जाना उसके लिए कठिनाई पैदा करना ही होगा।...

सोच–विचार के पश्चात् मुझे यही उचित लगा कि इस बार मैं और अमृता ही चले जाएँ। पुत्र का विवाह हो रहा हो, चाहे वह मेरी दृष्टि से मात्र एक औपचारिकता ही थी, फिर भी माँ उसमें सम्मिलित होना चाहेगी। मैं जानता था कि वहाँ विभु को न दूल्हा बनना था, न सेहरा बाँधना था और न घोड़ी चढ़ना था। वह सूट पहनेगा, टाई बाँधेगा और जैसे दफ़्तर जाते हैं, वैसे ही विवाह के लिए चर्च चला जाएगा। फिर भी...विवाह तो विवाह ही था। ...मैं अमृता को उसके इस सुख से वंचित करना नहीं चाहता था...और न ही यह कह सकता था कि वह अकेली चली जाए। इसलिए हम दोनों को ही जाना होगा।

मैंने विभु को अपना निर्णय बता दिया।

"और जब लोगों को निमन्त्रण–पत्र भेजो, तो न्यूयॉर्क में चाचा जी को भी भेजना और फ़ोन कर उन्हें आने का आग्रह भी करना।" विभु का उत्तर मेरे लिए सर्वथा अनपेक्षित था, "पर चाचा जी तो मेरी सूची में ही नहीं हैं।"

"मेरी सूची में तो हैं।" मैंने कहा, "न्यूयॉर्क के इतने निकट मेरे पुत्र का विवाह हो और मैं अपने भाई को न बुलाऊँ, यह कैसे सम्भव है।"

विभु कुछ क्षणों तक चुप रहा, फिर बोला, "आपको अमरीकी विवाह के विषय में कुछ सूचनाएँ देना चाहता हूँ।"

मैं उसकी ओर देखता रहा।

"भारत में लड़के या लड़की का विवाह उनके माता–पिता करते हैं। इसलिए सारा ख़र्च भी वे ही उठाते हैं, सबको निमन्त्रण भी वे ही भेजते हैं।"

"तो वहाँ कौन करता है?"

"वहाँ विवाह लड़का और लड़की स्वयं करते हैं। इसलिए ख़र्च भी वे ही उठाते हैं। उनके पास अधिक धन नहीं होता, इसलिए वे लोगों को निमन्त्रित करते हैं। लोग अपने ख़र्च पर आते हैं, अपने ख़र्च पर होटल में कमरा बुक कराते हैं और जब तक ठहरना चाहें, ठहरते हैं। आप चाहते हैं तो मैं चाचा जी को आमन्त्रित कर लूँगा और उनके ठहरने का प्रबन्ध भी कर दूँगा।"

"यह तो विचित्र बात है कि तुम्हारे विवाह में सम्मिलित होने के लिए कोई आये और अपने ख़र्च पर होटल में रुके।"

"वहाँ का यही प्रचलन है। लिज़ा की कोई विशेष कमाई नहीं है, इसलिए उसके हिस्से का भी बहुत सारा ख़र्च मुझे ही उठाना पड़ेगा।"

"क्यों? उसके माता–पिता कुछ नहीं देंगे?"

"उन्होंने कहा है कि जो कुछ वे कर सकेंगे, कर देंगे।"

मैं समझ रहा था कि वहाँ का अधिकांश व्यय विभु को ही करना पड़ेगा। किन्तु मैं यह नहीं चाहता था कि अजित अपने ख़र्च पर शादी में आये। मेरे पुत्र का विवाह प्रॉविंस टाउन में हो और मैं न्यूयॉर्क में रहने वाले अपने भाई को निमन्त्रित न करूँ... और यदि निमन्त्रित करूँ तो उससे कहूँ कि वह अपने ख़र्च पर आये और होटल में रहे। ... इसलिए जब विभु कह रहा था कि चाचा जी उसकी सूची में नहीं थे, तो मुझे उसका भाव समझना चाहिए था।

"तुम चाचा जी को बुलाओ।" मैंने कहा, "कमरे इत्यादि का ख़र्च मैं दे दूँगा।"

"नहीं। ऐसी कोई बात नहीं है। आप चाहते हैं तो मैं उनको निमन्त्रण भेज दूँगा। और कमरा भी बुक करवा दूँगा। आपके पैसे और मेरे पैसे पृथक् नहीं हैं।"

"हाँ, मैं चाहता हूँ कि तुम उसे अच्छी तरह निमन्त्रित करो। विवाह वहाँ हो और मैं यहाँ से निमन्त्रण भेजूँ, यह कुछ उचित नहीं लगता।"

"ठीक है, मैं ही निमन्त्रित करूँगा।"

***

विवाह में बहुत सारे उपहार आये थे। अधिकांश तो नकद रुपये ही थे; किन्तु उपहारों की संख्या भी कम नहीं थी। ऐसे अवसरों पर अनेक द्वन्द्व उभरते हैं। उपहार तो सारे एक स्थान पर एकत्रित हो गये थे; किन्तु रुपयों के लिफ़ाफ़े अभी बिखरे हुए थे। उपहारों का मोह किसी को नहीं था; किन्तु विभु उन सारे उपहारों को अपने साथ कैसे ले जाएगा? वैसे भी जो कुछ उसे पसन्द न हो, वह ले जाने का कोई अर्थ भी नहीं था। मैंने और अमृता ने यही सोचा था कि वे सारे उपहार विभु को सौंप दिये जाएँ; वे लोग छाँट लें कि क्या-क्या ले जाना है। किन्तु विभु के पास समय ही नहीं था। और जब तक वह छाँट न ले, शेष उपहारों को सँभाला भी नहीं जा सकता था।...

नकद रुपयों को लेकर मैं कुछ द्वन्द्व में था। जिस प्रकार वे सारे उपहार विभु और लिज़ा को दे देना चाहता था, उसी तर्क के आधार पर नकद पैसे भी उन्हें ही दे देने चाहिए थे...किन्तु यहाँ का सारा ख़र्च तो हमने स्वयं किया था। जिन लोगों ने ये राशि शगुन के रूप में दी थी, वे सब हमारे ही मित्र और मिलने-जुलने वाले लोग थे, उनके घर के उत्सवों में मैंने और अमृता ने ही उपहार दिये थे। विभु और लिज़ा तो उन्हें जानते भी नहीं थे। ...अभी मैं अपने द्वन्द्व से उबरा भी नहीं था कि विभु ने कुछ लिफ़ाफ़े ला कर मुझे दे दिये, जो लोगों ने उसे या लिज़ा को दिये थे।

"ये...लोगों द्वारा दिये गये शगुन के रुपये हैं।"

"लोगों ने तुम्हें दिये हैं, तुम रखो।"

"जब सारा ख़र्च आपने किया है, तो इन पर भी आपका ही अधिकार है। जो व्यय हुआ है, उसके एक अंश की भरपाई हो जाएगी।"

"किन्तु ये तो तुम्हारा शगुन है।"

"है तो। किन्तु आप रखिए। विवाह के व्यय में मैंने कोई योगदान नहीं किया है। यही सही।"

"अच्छा वे शेष उपहार देख लेना, जो ले जाने हों, ले जाना।"

जब तक वह उपहार देखने आया, तब तक अमृता उनको छाँट चुकी थी। उसने सारे उपहार दिखा दिये।

"ये कुछ चीज़ें ऐसी हैं, जो तुम्हारे लिए बेकार हैं और यह साड़ी भी लिज़ा के पहनने योग्य नहीं है। इसे वह कभी नहीं पहनेगी।" अमृता ने कहा, "इसे मैंने अलग रख दिया है।"

विभु का स्वर कुछ शुष्क ही नहीं अवमाननापूर्ण भी हो गया था, "चुनाव तो आप उसी पर छोड़ दीजिए। वह आप क्यों कर रही हैं।"

शेष लोग चकित रह गये।

"उसने जीवन में कभी साड़ी पहनी नहीं। साड़ियाँ कभी बाँधी नहीं। उसके विवाह तक की साड़ियाँ और लहँगा मैंने स्वयं चुना। अब वह मुझसे अधिक पारखी हो गयी?" अमृता बोली।

"बात पारखी होने की नहीं है।" विभु बोला, "पसन्द की है। उसके उपहार हैं। उसे पसन्द करने का अवसर दिया जाना है।"

"रख तो दिये सारे उपहार तुम्हारे सामने। कहो तो कैश भी साथ रख दें।" अमृता के स्वर में रोष था, "हमारे घर में तो वैसे भी सामान रखने का स्थान नहीं है। जो अच्छा लगे, ले जाओ। हम प्रसन्न ही होंगे।"

मुझे भी विभु का यह व्यवहार अच्छा नहीं लगा। मैं समझ रहा था कि अमृता ने वह साड़ी इसलिए नहीं रखी थी कि वह बहुत अच्छी थी और उसे वह अपने लिए पसन्द थी। वह समझती थी कि लिज़ा का दैनन्दिन परिधान तो अमरीकी वस्त्र ही होंगे। कभी–कभी किसी भारतीय उत्सव में सम्भव हुआ तो वह भारतीय वस्त्र पहनेगी। उसके लिए उसे दो–चार अच्छी साड़ियाँ चाहिए थीं और यह साड़ी इस योग्य नहीं थी; किन्तु विभु कुछ इस प्रकार कह रहा था, जैसे उसकी पत्नी की सम्पत्ति छीनी जा रही हो। दो दिन विवाह को हुए नहीं और वह माँ का अधिकार अपनी पत्नी को देना चाहता था।...

मैं उसे समझाना चाहता था कि माँ और पत्नी के अधिकारों को वह सन्तुलित कर के ही चले; किन्तु नवविवाहित प्रेमी पति को ऐसा समझाने का प्रयत्न संकटपूर्ण था।

"उपहारों में से तुमने जो कुछ भी छाँटा है, उसे यहीं रख दो। विभु और लिज़ा उसे देख लें। यदि वे कुछ न ले जाना चाहें तो उसे बाद में सँभाल लेना।"

"ठीक है। ऐसा ही करती हूँ। आप भी नकद आये शगुन के लिफ़ाफ़े यहीं रख दें।"

"नकद की तो बात हो चुकी।" विभु तत्काल बोला, "वह सब आपका है। वैसे तो मेरी इच्छा थी कि यहाँ हुए ख़र्च में अपना कुछ अंशदान करूँ; किन्तु अभी वहाँ होने वाले विवाह के व्यय का मुझे अनुमान नहीं है, इसलिए चुप बैठा हूँ।"

अमृता वह सब कुछ ले आयी थी, जो उसने उपहारों में से अलग किया था।

"अभी देख लो। मैं बार–बार यह सब नहीं सँभाल सकती। तुम सब कुछ उठा कर अपने कमरे में ले जाओ। जो न ले जाना चाहो, वह आराधना को दे देना। वह सँभाल लेगी।"

वह चली गयी। विभु भी कुछ शान्त हुआ, "माँ तो एकदम नाराज़ हो गयीं।"

वह अभी तक समझ नहीं पाया था कि आज तक जब कभी वह माँ के विरुद्ध गया था, उसे माँ ने उसी का दोष माना था; किन्तु अब वह विवाहित है, अतः माना जाएगा कि उस विरोध के पीछे उसकी पत्नी है। सास–बहू का सम्बन्ध ही कुछ ऐसा है। वह अपनी माँ के विरुद्ध अपनी पत्नी का पक्ष जो ले रहा था।

***

हवाई अड्डे तक जाने के लिए वे गाड़ी में बैठने लगे। तो पहले लिज़ा आयी, "पिता जी आई नो, यू लाइक चरण स्पर्श। आई विल डू दैट, बट आई लाइक ए हग।"

उसने झुक कर पैर छुए। मैंने उसके सिर पर हाथ रखा, "सुखी रहो, प्रसन्न रहो। यशस्वी बनो।"

वह उठ खड़ी हुई तो मैंने भी उसे गले से लगाने के लिए अपने हाथ बढ़ा दिये। वह किलकारी मार कर मेरी ओर बढ़ी और गले से लग गयी, "आई एम सो ग्लैड पिता जी।"

"गॉड ब्लैस यू माई चाइल्ड।"

विभु ने पैर छुए। मैंने उसे भी सहज भाव से वक्ष से लगा लिया।

"सुखी रहो। प्रसन्न रहो। अमित यश पाओ।"

विभु माँ, भाई–भाभी और भतीजों से मिल कर पुनः लौटा, "पिता जी, हमारा पुनर्विवाह सात जून को प्रॉविंस टाउन में होगा। आप दोनों को उसके लिए आना ही है। मैं और लिज़ा इकत्तीस मई को वेलेज़िली पहुँच जाएँगे। आप उसके अगले ही दिन वहाँ आ जाएँ। हर्ष के पास आपकी रेल की टिकटें छोड़ दूँगा। लिज़ा के माता–पिता चाहते हैं कि आप लोग उनके घर पर पाँच–छह दिन उनके साथ रहें। पाँच जून को हम लोग प्रॉविंस टाउन के लिए चल पड़ेंगे।... आप वहाँ होने वाले व्यय की चिन्ता न करें। यात्रा के ख़र्च के लिए पैसे की आवश्यकता हो तो बता दीजिएगा। मैं भेज दूँगा। किन्तु आपको आना अवश्य है।"

"तुम कह रहे हो तो अवश्य आएँगे।" मैं कुछ भावुक हो उठा। "पैसे की चिन्ता मत करो। मेरे पास राम जी का दिया हुआ पर्याप्त है।"

"माँ को भी आना है।"

"वह तो आने को तड़प रही है। हम दोनों ही आएँगे। तुम दोनों अपनी गृहस्थी बसा लो; फिर प्रभु और आराधना भी आएँगे।"

"एक बात और। लिज़ा के पिता जी यहाँ के विवाह में अपना योगदान करने की भी सोच रहे हैं। सम्भव है कि वे हज़ार–दो हज़ार डॉलर दें। उससे आपका वहाँ का ख़र्च निकल आएगा।"

"ठीक है। वह सब वहाँ आकर देखेंगे।"

वह पुनः चरण स्पर्श कर चला गया। गाड़ी स्वयं प्रभु चला रहा था। उसके साथ आराधना भी हवाई अड्डे तक जा रही थी। गाड़ी में स्थान की कमी के कारण वे लोग ड्राइवर को ले कर नहीं जा रहे थे।

***

"मैं सोच रही हूँ कि हम अमरीका जाएँगे। लिज़ा के मायके भी जाएँगे। उनके चर्च वाले विवाह में भी सम्मिलित होंगे, तो क्या खाली हाथ जाएँगे?" अमृता ने कहा।

"आदमी खाली हाथ आया है, खाली हाथ जाएगा।" मैं हँसा।

"फिर वही...।"

अमृता ने स्वयं को सँभाल लिया। नहीं सँभालती तो यह एक ऐसा विषय था, जिसका कोई ओर–छोर नहीं था।

"मैं सोच रही हूँ कि लिज़ा के लिए एक हल्का–सा ही सही किन्तु हीरे का सेट ले जाऊँ।"

"ले लो।"

"किन्तु ऐसे में आराधना को अच्छा नहीं लगेगा। अत; उसको भी वैसा ही एक सेट ले दें। आखिर देवर के विवाह पर उसको भी तो कुछ मिलना चाहिए।"

"ठीक सोच रही हो।" मैं बोला, "तुम अपना यह मोर्चा सँभालो। मैं कल पासपोर्ट तथा वीज़ा की पड़ताल करूँगा। मेरा विचार है कि हमारे पासपोर्ट और वीज़ा दोनों की अवधि समाप्त हो चुकी है।"

"तो? "

"नये बनवाने होंगे।"

अमृता ने कुछ नहीं कहा। वस्तुतः यह मेरा विभाग था। मैं स्वयं यह सब करूँगा; इसमें अमृता को न कुछ कहना था और न कुछ करना था।

मेरी नींद जैसे उड़ ही गयी थी। मैं स्मरण करने का प्रयत्न कर रहा था कि पिछला पासपोर्ट कब बना था? वीज़ा दस वर्षों का था और मैं समझ रहा था कि वे दस वर्ष समाप्त हो गये थे। फिर भी कागज़ देखे बिना क्या कहा जा सकता था। जब स्वयं को और नहीं रोक सका तो उठ कर गया और अलमारी से पासपोर्ट निकाले। दोनों पासपोर्ट दस जुलाई के बाद तक वैध थे। किन्तु वीज़ा समाप्त हो चुका था। ...ठीक है अब पासपोर्ट बनवाने की आवश्यकता नहीं थी। कल प्रातः प्रभु से कहेंगे कि वह नेट से वीज़ा के फार्म निकाल कर उन्हें भरे। ऐसे काम वही करता था। मैंने फार्म भरने का कभी प्रयत्न ही नहीं किया था।

प्रातः मैंने प्रभु से कहा और उसने फार्म नेट से डाउनलोड कर मुद्रित कर दिये। मैंने ढंग से उन्हें पढ़ा तो चौंक गया। उसकी एक शर्त यह भी थी कि आप जिस तिथि तक अमरीका में रहेंगे, उसके डेढ़ महीने बाद तक आपका पासपोर्ट वैध होना चाहिए। मेरा पासपोर्ट तो जुलाई के दूसरे सप्ताह तक ही वैध था। अब या तो हम जून के अन्त तक भारत लौट आएँ या फिर पासपोर्ट भी नये बनवाएँ। ऐसी स्थिति में जब तक हमारे नये पासपोर्ट नहीं बनते, हम वीज़ा के लिए फार्म भी नहीं भर सकते थे।

13

छोटा, सुन्दर और साफ़–सुथरा–सा स्टेशन था–मेट्रोवाक। बाहर टिकट बेचने वाली मशीन थी। पर हमें टिकट नहीं ख़रीदनी थी। वह तो महीनेभर पहले ही विभु ने हर्ष को भेज दी थी। वह जानता था कि हम मशीन से टिकट नहीं ख़रीद पाएँगे। बीसियों तो बटन दबाने पड़ते हैं; और जो लिखे हुए निर्देश आएँगे, वे हमसे पढ़े नहीं जाएँगे। पढ़ लेंगे तो समझ नहीं पाएँगे।

स्टेशन के अन्दर, खाने–पीने की एक नन्ही–मुन्नी दुकान थी। आठ–दस लोगों के बैठने का स्थान था। और फिर प्लेटफ़ार्म तक जाने का मार्ग था।

हमारी गाड़ी आने में दस–बारह मिनट शेष थे। और मुझे दिख रहा था कि प्लेटफ़ार्म के लिए सीढ़ियाँ चढ़ कर ऊपर जाना था।

मैंने अपने स्वभावानुसार टिकट को ध्यान से देखा। टिकट 'मेट्रोवाक' स्टेशन से शुरू होती थी। विभु ने बताया था कि हमें वेलेज़िली हिल्स तक जाना था। लिज़ा के माता–पिता वहीं थे। विभु और लिज़ा वहाँ पहुँच गये थे। और वे हमारी अगवानी के लिए स्टेशन पर आने वाले थे। ...यहाँ हमारे साथ हर्ष के मित्र, ये दो लड़के थे, जो सामान को गाड़ी में चढ़ा देंगे। किन्तु यदि विभु वहाँ प्लेटफ़ार्म पर न मिला तो गाड़ी के उन दो मिनटों के ठहराव में मैं तो सामान को घसीटकर गाड़ी से उतार नहीं पाऊँगा। मैं दोनों अटैचीकेस घसीट कर दरवाज़े तक तो ले आऊँगा। किन्तु प्लेटफ़ार्म पर कोई तो होना चाहिए, जो सामान को सँभाल सके...टिकट पर गन्तव्य पर पहुँचने का समय तो लिखा था–एक बज कर दस मिनट किन्तु स्टेशन का नाम वेलेज़िली हिल्स कहीं नहीं लिखा था। ...मेरा घबराना स्वाभाविक था। गैंने आज तक किसी रेलगाड़ी की ऐसी टिकट नहीं देखी थी, जिस पर यह तो लिखा हो कि यात्रा आरम्भ कहाँ से होगी किन्तु यह न लिखा हो कि उसका अन्त कहाँ होगा।

मैं घबराया। गणेश को कहा कि वह विभु को फ़ोन करे। मेरे पास अमरीकी फ़ोन नहीं था। मेरा भारतीय फ़ोन यहाँ काम नहीं करता था।

गणेश ने अपना फ़ोन मिलाया। मैंने फ़ोन उसके हाथ से ले लिया। "हमें उतरना किस स्टेशन पर है?" मैंने पूछा।

"वेलेज़िली।"

"पर टिकट पर तो कहीं वेलेज़िली लिखा ही नहीं है।"

उसने उत्तर नहीं दिया। शायद वह लिज़ा से पूछ रहा था।

"स्टेशन का नाम 'रूट 128' है।" थोड़ी देर में उसने कहा।

मन में आया कि उससे कहूँ कि वह यह तो बताता रहा कि कहाँ कितने डग चलना है; पर यह नहीं बताया कि किस स्टेशन पर उतरना है। मैं कल्पना भी नहीं कर सकता था कि संसार में किसी रेलवे स्टेशन का नाम 'रूट 128' भी हो सकता है। मुझे तो अभी भी विश्वास नहीं हो रहा था। किन्तु यह उससे तर्क करने का समय नहीं था। गाड़ी आ रही थी। ...और मैंने देख लिया था कि टिकट पर रूट 128 लिखा हुआ था।

***

"आप लोग आराम से बैठ जाइए।" गणेश ने कहा, "अभी गाड़ी आने में समय है।"

मुझे दिख रहा था कि गाड़ी आने में दस मिनट थे। दो भारी–भारी अटैचियाँ हमारे साथ थीं। लकड़ी की सीढ़ियाँ चढ़नी थीं। जो सामान के साथ न मुझसे चढ़ी जाएँगी, न अमृता से। गणेश हो या कोई और। ये लड़के वृद्धावस्था के असामर्थ्य को नहीं समझ सकते।

"गाड़ी पीछे से आनी है और केवल दो मिनट रुकेगी।" मैंने अपनी कठिनाइयों का संकेत किया, "दरवाज़ा खुलते ही भीतर घुसना होगा...और यह सामान।"

"सामान की तो आप चिन्ता न करें।" इस बार आशीष बोला, "सामान तो हम चढ़ा ही देंगे। बस आप सँभल कर गाड़ी में चढ़ जाइएगा।"

"गाड़ी कम समय रुकती है; इसलिए हम कोच के अन्दर जा कर, आपका सामान ऊपर वाले छज्जे पर नहीं चढ़ा पाएँगे। पर कोच में तो चढ़ा ही देंगे।"

"यही मैं कह रहा हूँ।" मैंने कहा, "गाड़ी केवल दो मिनट रुकती है। अच्छा हो कि हम सामान समेत ऊपर पहुँच जाएँ और प्लेटफ़ार्म पर पहुँच कर ही बातचीत करें।"

"उसकी आप चिन्ता न करें।" आशीष बोला, "यह अमरीका है। यहाँ छोटे से छोटे स्टेशन पर भी लिफ्ट और एक्सिलेटर होते हैं।"

"तो भी।" मैंने ऊपर चलने का संकेत किया।

दोनों ने एक–एक अटैची उठा ली। उनके चेहरे बता रहे थे कि उन जवान लड़कों के लिए भी अटैची भारी पड़ रही थी। 50 पाउण्ड की तो थी ही। एयरलाइन इतना ही भार टिकट के शुल्क में ले जाने की अनुमति देती थी, अन्यथा ये और भी भारी हो सकती थीं। मनुष्य का लोभ कभी भी मर्यादित नहीं होता...

वे लपक कर 'लिफ्ट' तक आये। अमरीका में लिफ्ट कोई नहीं समझता। वे उसे एलिवेटर कहते हैं। ...वहाँ बड़े–बड़े अक्षरों में लिखा था, 'आउट ऑफ़ ऑर्डर'।

उन्होंने एक–दूसरे की ओर देखा : एक प्रकार की लज्जा् का भाव था कि उनके देश अमरीका में भी एलिवेटर ख़राब था। वे मुख से बोले नहीं, नहीं तो कहते, "यहाँ भी भारत के समान एलिवेटर ख़राब है।" उस भारी अटैची के साथ उनके लिए सीढ़ियाँ चढ़ना कठिन हो रहा था। चढ़ तो गये थे; किन्तु दोनों ही हाँफ रहे थे।

"तुम साथ न आये होते बच्चो! तो हम से तो यह सामान कभी न चढ़ता।" अमृता ने कहा।

"इसीलिए तो हम साथ आये मौसी।" गणेश ने कहा।

हर्ष के रिश्ता से वह भी अमृता को मौसी कहने लगा था।

हम उनके प्रति कुछ और आभार जताते, उससे पूर्व ही गाड़ी आ गयी। जो दरवाज़ा सामने पड़ा, हम उसी में घुस गये। वे हमारी अटैचियाँ कोच के कोने में खोंस कर, हाथ जोड़ कर बाहर निकल गये।

गाड़ी चली तो हमने अपने बैठने के लिए जगह खोजी। कोच बहुत खाली नहीं था और मुझमें इतना साहस नहीं था कि अपना सामान इस कोच में छोड़, किसी और कोच में चला जाता। वैसे भी मैं और अमृता अलग–अलग बैठे थे। सामान भी हमारे वियोग में कहीं दूर पड़ा रो रहा था। मैं सामान के लिए किसी पर भी भरोसा नहीं कर सकता था।... किसी एक स्टेशन पर मैंने एक महिला को अपना सामान खोजते और परेशान होते देखा था। जाने वह यह भूल गयी थी कि उसने सामान कहाँ रखा था, या कोई और उसे अपना सामान समझ कर, उसे ले कहीं इधर–उधर हो गया था।

दो एक स्टेशनों पर गाड़ी रुकी। कुछ लोग उतरे तो मुझे और अमृता को एक साथ बैठने के लिए जगह मिल गयी। यह कोच का दूसरा कोना था। कोच के अन्त में सामान रखने के लिए एक अलमारी सी बनी हुई

थी। मैं अपनी अटैची उठा कर सीट के ऊपर के छज्जे पर चढ़ा नहीं सकता था। आसपास कोई ऐसा व्यक्ति भी नहीं दिख रहा था, जिससे कोई सहायता माँगता। छोटी–छोटी चड्डियाँ पहने, माथे पर चश्मा चढ़ाए, गोरी–काली तन्वंगियाँ अपने आई–फ़ोन में डूबी पड़ी थीं। लम्बे–लम्बे केशों वाले या मुंडन कराए, गुंडे से लगने वाले लड़कों को कुछ कहते भी डर लगता था। उनकी वह अमरीकी अंग्रेज़ी भी मेरी समझ में नहीं आती थी।

यह अलमारी ठीक थी। जैसे–तैसे अपना सामान घसीट कर मैं वहाँ तक ले आया। अब हम दोनों एक साथ भी बैठे थे और हमारा सामान भी हमारी आँखों के सामने था।

तब मेरा ध्यान उन दो लड़कों की ओर गया, जो बेचारे हमारा सामान ढो कर लाये थे...

गणेश और आशीष, हर्ष के मित्र थे। उससे मिलने आये थे और हमारी समस्या से टकरा गये। हम भारत से आये हैं, जान कर उनकी रुचि जाग गयी। ...ऐसे में पहला प्रश्न तो यही होता है कि भारत में कहाँ से हो।

"इस प्रश्न का अब क्या लाभ अंकल।" गणेश ने कहा।

"क्यों। वहाँ कोई नहीं है।"

"हैं न। माता–पिता दोनों हैं। सदा बच्चों के समान एड़ियाँ रगड़–रगड़ कर खिलौने माँगते रहते हैं।" वह बोला, "भारत मेरे लिए अब एक ऐसा अस्तित्व है, जो मुझसे अपना पाउंड ऑफ़ फ्लैश माँगता रहता है।"

"इस बेचारे के साथ बहुत इमोशनल ब्लैकमेल होता है।" हर्ष ने बताया, "वे लोग बिना यह सोचे–समझे कि इसकी हैसियत क्या है, अपनी माँगों की सूचियाँ भेजते रहते हैं।"

"क्यों गणेश! तुम्हारी आर्थिक स्थिति ठीक नहीं है क्या।"

"यहाँ आर्थिक स्थिति का गोरखधन्धा बहुत विचित्र है, अंकल।" गणेश बोला, "रहने के लिए कोई स्थान तो लेना ही है। किराए पर लो तो कोई अच्छा स्थान नहीं मिलता। फिर किराए के रूप में दी गयी राशि तो पानी में ही जाती है। आदमी सोचता है कि वह मकान ख़रीद ही ले। गाड़ी के बिना यहाँ गुजारा नहीं है। सार्वजनिक परिवहन है ही नहीं। कहीं आ–जा ही नहीं सकते। गाड़ी भी ख़रीदनी ही पड़ती है। फिर घर में फ्रिज, बिजली का चूल्हा, टी.वी., कम्प्यूटर इत्यादि तो दैनन्दिन की आवश्यकताएँ हैं।... आप जानते ही हैं कि ये सारी चीज़ें एक सप्ताह में घर में आ जाती हैं, किन्तु उनकी किस्तें तो वर्षों तक पीछा नहीं छोड़तीं। अपने लिए

कमाओ न कमाओ, किस्तों के लिए तो कमाना ही पड़ेगा।'' वह चुप हो कर मेरी ओर देखता रहा और फिर जैसे किसी पीड़ा के दबाव में बोला, ''माता–पिता को, घरवालों को मकान दिखता है, गाड़ी दिखती है; किन्तु उसके पीछे की किस्तें नहीं दिखतीं। उन्हें एक धनी पुत्र दिखता है, ऋण में फँसा उसका गला नहीं दिखता। प्रश्न यह नहीं है कि मैं कितना कमाता हूँ। प्रश्न यह है कि कितना कमाना मेरी बाध्यता है। उतना न कमाऊँ तो किस्तें कैसे दूँ। किस्तें न दूँ तो अपनी क्रेडिट–हिस्ट्री ख़राब कर लूँ। इस देश में अपना नाम काले रजिस्टर में लिखवा लूँ।...''

''तुम अपने माता–पिता को यह सब बताते क्यों नहीं?''

''वे मेरा विश्वास नहीं करते। वे मानते हैं कि मैं झूठ बोल रहा हूँ। मैं उनकी आर्थिक सहायता नहीं करना चाहता।'' वह बोला, ''अम्मा को अपनी पड़ोसिनों से बतियाना होता है, पर उनको उसके लिए आई–फ़ोन चाहिए। वे अपनी पड़ोसिनों का चेहरा उस पर देखना चाहती हैं किन्तु पड़ोसिन के पास तो आई फ़ोन नहीं है न। खिड़की से झाँकेंगी तो पड़ोसिन दिख जाएगी। किन्तु उनको आई–फ़ोन चाहिए...पैंतालीस हज़ार रुपये का है आई फ़ोन।''

मैं उसकी बाध्यता समझ रहा था; पर उसकी कोई सहायता कर नहीं सकता था। असमर्थ माता–पिता का पुत्र अमरीका चला आया था। वे उसे धन्ना सेठ मान बैठे थे और उसे अपने पड़ोसियों और सम्बन्धियों के सम्मुख प्रमाणित भी करना चाहते थे।''

''मैं तुम्हारी स्थिति समझता हूँ, किन्तु मन में एक प्रश्न है...''

उसने मेरी ओर देखा।

''उनकी माँग गलत है।'' मैं बोला, ''मैं समझता हूँ किन्तु यदि तुम एक आई–फ़ोन ले दोगे तो क्या तुम्हारी स्थिति बहुत बिगड़ जाएगी?''

''अम्मा को लेकर दूँगा तो अप्पा को भी चाहिए। वे अपनी पत्नी से पीछे नहीं रहना चाहते।'' वह बोला, ''फिर उनकी सूची पर आई–पैड भी है, फिर टेब्लेट, उसके बाद कौन जानता है कि उन्हें कम्प्यूटर चाहिए होगा या कार। कार आ जाएगी तो मकान भी तो बनाना है। तब तक छोटी बहन बड़ी हो जाएगी। उसका विवाह आ जाएगा। इस सूची का कोई अन्त नहीं है अंकल और इस बीच यदि कहीं मैं अपना विवाह कर बैठा तो मेरे लिए संकट ही आ जाएगा। मेरी पत्नी को भी सब कुछ चाहिए होगा। सब कुछ उसका होगा, बस क्रेडिट कार्ड मेरा होगा।...''

मैं कहना चाहता था कि मैं उसका संकट समझ रहा हूँ, किन्तु संकट समझने का लाभ क्या होगा।

"तुम अपनी करुण गाथा जिनको सुना रहे हो, इन्होंने भी अपने बेटे से कम्प्यूटर माँगा है..." हर्ष ने कुछ वक्रता से कहा।

मैं चकित भाव से उसको देखता रहा। यह मेरा कौन–सा रूप सामने ला रहा है। पर वह मुस्करा रहा था, "किन्तु उसका मूल्य ये स्वयं ही चुकाएँगे। और यदि बेटा माँगे तो उसको भी कम्प्यूटर ख़रीदने के पैसे दे देंगे।... तुम्हें मालूम है, इन्होंने अमरीका आने के लिए अपने बेटे से कभी टिकट नहीं माँगी, जो तुम्हारे अप्पा सदा ही माँगते रहते हैं।"

"आपका पुत्र बहुत भाग्यशाली है।" वह बोला।

"हाँ है।" मैंने कहा, "क्योंकि राम जी ने उसके माता–पिता को समर्थ बनाया है।"

"और उनके मन में से अमरीका की मुफ्तिया यात्रा का लोभ भी निकाल लिया है।" हर्ष बोला, "इस आशीष के पिता के पास भी धन की कमी नहीं है; किन्तु इसकी समस्या कुछ और है।"

"क्या?"

"इसके पिता इसकी माँ को ख़र्च करने को एक पैसा भी नहीं देते।" हर्ष ने बताया।

"यदि मैं भेज भी दूँ तो वे उसे बैंक में जमा करवा देंगे; और फिर कभी निकालने नहीं देंगे।" आशीष ने कहा, "मुझे लगता है कि इस प्रकार के इस डोमेस्टिक वायलेंस से मेरी माँ मेंटली कुछ डीरेल हो गयी हैं। पिता जी ने बड़ी कृपा की है कि उनका उपचार तो करवाया है किन्तु अपना व्यवहार उन्होंने कभी नहीं बदला। मुझे लगता है कि वे अपने व्यवहार से माँ को पुनः पागलपन की ओर धकेल कर ही रहेंगे। ...मेरे भाग्य में न माँ नॉर्मल हैं, न पिता।"

"तुम्हारे पिता का हाथ तंग रहता है क्या?"

"हाथ तो तंग ही है। सारा पैसा तो ज़मीन में, प्लॉट में, शेयर्स में, फिक्स्ड डिपॉजिट में। हाथ में तो कुछ रहता ही नहीं। माँ को एक साड़ी लेनी हो तो महीनों निकल जाते हैं, उनके पास पैसे नहीं होते। किसी विवाह इत्यादि में जाना हो तो गहना–कपड़ा उनकी लड़ाई का कारण हो जाता है। माँ को अपने रिश्तेदारों में उन्हीं वर्षों पुराने कपड़ों में जाना पड़ता है, जो उन्हें अच्छा नहीं लगता।"

"तुमने अपने पिता से कभी पूछा नहीं कि वे इतने पैसे जमा कर क्या करेंगे।"

"उनका एक ही उत्तर है कि पैसे सँभाल कर रखने चाहिए।"

***

कुछ परेशान तो मैं था ही। जाने प्लेटफ़ार्म किस ओर आएगा—दायें या बाएँ। मुझे अपने सूटकेस घसीट कर उस द्वार के निकट लाने थे, ताकि गाड़ी रुके और दरवाज़ा खुले तो तत्काल एक सूटकेस विभु को पकड़ा कर दूसरा उतारने का प्रयत्न करूँ। सम्भव है कि उतरने के लिए अमृता की भी सहायता करनी पड़े। यदि इस स्टेशन 'रूट 128' पर दो प्लेटफ़ार्म हुए और विभु दूसरे प्लेटफ़ार्म पर हुआ तो?

ऐसी आशंकाएँ मेरे स्वभाव में थीं। कोई दुर्घटना हो या न हो, मैं समय से पूर्व ही उसकी कल्पना कर उसमें से कई बार गुज़र लेता था। मैं अपने विषय में यह सब जानते हुए भी उससे कभी मुक्त नहीं हो पाया था। मैं उसको समझ सकता था और उस क्षण के आने की प्रतीक्षा कर सकता था।

गाड़ी धीमी हुई और मैंने दूर से ही देखा कि छोटा—सा स्टेशन था और प्लेटफार्म एक ही ओर था। अर्थात दरवाज़ा उसी ओर खुलेगा। स्टेशन का नाम 'रूट 128' लिखा हुआ भी दिखायी दे रहा था। यदि मैं कोच का दरवाज़ा खोल सकता तो अवश्य ही उसे खोल कर बाहर झाँक कर देखता कि विभु प्लेटफ़ार्म पर है या नहीं। किन्तु आधुनिक प्रकार की इन गाड़ियों के कपाट भी गाड़ी के ड्राइवर की इच्छा से खुलते थे। सिवाय प्रतीक्षा के और कोई विकल्प नहीं था।

मैं अपने दोनों सूटकेस घसीट कर दरवाज़े के निकट ले आया था।

गाड़ी रुकने और दरवाज़ा खुलने से पहले ही मुझे विभु दिखायी दे गया था। बहुत प्रयत्न करने और हाथ हिलाने पर भी वह मुझे देख नहीं पाया था। किन्तु दरवाज़ा खुलते ही वह मेरे सामने खड़ा था। मैंने सूटकेस उसकी ओर धकेल दिया। तब तक लिज़ा भी आ गयी थी। दूसरा सूटकेस उसने पकड़ लिया। सूटकेस भारी था; किन्तु अब उसकी चिन्ता उसका काम था। मैंने अमृता का हाथ पकड़ कर उसे नीचे उतरने में सहायता की। विभु ने दोनों सूटकेस सहेजकर हम दोनों के पैर छूए। लिज़ा ने भी

वैसे ही पैर छूए तो मैंने उसे आशीर्वाद दिया। मुझे दिल्ली से उसका विदा होना याद आ रहा था।

"मुझे मालूम है पिता जी कि आपको मेरा पैर छूना अच्छा लगता है; किन्तु मेरे पिता तो मुझे गले ही लगाते हैं।" उसने कहा था।

मैंने आशीर्वाद का हाथ उसके सिर पर रखा था और फिर भावुकता में उसे गले लगा लिया था।

"आप लोग ठीक हैं।" विभु ने पूछा।

"सामान हर्ष के मित्रों ने वहाँ चढ़ा दिया था। लिफ्ट काम नहीं कर रही थी। अतः सामान भी सीढ़ियों से ही चढ़ाना पड़ा। बेचारों को पसीना आ गया। यहाँ तुमने उतार लिया। हमारे लिए तो काफ़ी भारी है।"

"आइए चलें।" वह बोला, "माँ गाड़ी तक चल लेंगी न। बड़ी गाड़ी लानी पड़ी है। इसलिए कुछ दूरी पर पार्क करनी पड़ी।"

"चल लूँगी।" अमृता ने कहा।

गाड़ी बड़ी थी। सात लोग बैठ सकते थे। सामान के लिए भी अच्छी जगह थी। विभु और लिज़ा आगे जा बैठे। गाड़ी लिज़ा ही चला रही थी। "यह गाड़ी लिज़ा के पिता की है। वे ही चलाते हैं। छोटी गाड़ी इसकी माँ की है। इसको भी उसी का अभ्यास है। पर छोटी गाड़ी में सामान नहीं आता। इसलिए बड़ी गाड़ी लानी पड़ी।"

विभु दो–चार वाक्य हिन्दी में बोल लेता तो उसका सार–संक्षेप अंग्रेज़ी में कर लिज़ा को समझा देता। वह नहीं चाहता था कि हिन्दी न समझने के कारण उसके मन में हमारे वार्तालाप अथवा भावों के प्रति किसी प्रकार का कोई संशय पैदा हो।...

सड़क कम चौड़ी और पुरानी थी। दोनों ओर हरियाली थी। सुन्दर और छोटा–सा पुराना नगर था–नीडम। अगले चौराहे पर किसी प्रकार का छोटा–सा मेला लगा हुआ था। ...मैं पहले भी अमरीका आ चुका था। घूमना–फिरना भी काफ़ी हुआ था; किन्तु इस बार बात कुछ भिन्न ही थी। किसी अमरीकी परिवार में अतिथि बन कर जाने का यह पहला ही अवसर था और वह भी सम्बन्धियों के रूप में। सम्बन्धी ही क्यों, समधियों के रूप में।

मैंने प्रायः अनुभव किया है कि कहीं आने–जाने का कार्यक्रम मैं स्वयं बहुत कम बनाता हूँ। इतना बड़ा संसार है और लोग अपनी–अपनी जगह पर बैठे कुछ–न–कुछ करते रहते हैं। और उसी में मैं भी लपेट में

आ जाता हूँ। इस बार यह काम विभु के माध्यम से हो गया था। हमारे विचार से तो उसका विवाह दस वर्ष पूर्व ही हो जाना चाहिए था; हमने प्रयत्न भी किया था; पर वह माना ही नहीं। उसने अपने मन की बात बहुत स्पष्ट शब्दों में कह दी थी। वह विवाह तो करेगा; किन्तु विवाह के लक्ष्य से किसी लड़की को मिलने अथवा देखने नहीं जाएगा। यदि कोई लड़की मिल गयी, मन को भा गयी, विवाह का मन हुआ तो विवाह कर लेगा।

वर्षों तक चली उसकी इस हठ को देखते हुए, हमारे मित्रों और पड़ोसियों का विचार था कि उसने कोई लड़की पसन्द कर रखी है; किन्तु किन्हीं कारणों से वह बताना नहीं चाहता। कदाचित माता–पिता के विरोध का भय है उसको। कुछ लोग और भी आगे बढ़ गये थे, उनका विचार था कि उसने अमरीका में विवाह कर लिया है किन्तु बता नहीं रहा है। किसी एक दिसम्बर के महीने में, जब वह हम से मिलने आया हुआ था, हमारे पड़ोसी धाम साहब मिलने आ गये थे। अपने अनुमान को सत्य सिद्ध करने और मेरे विश्वास को झुठलाने के लिए उन्होंने मेरे सामने ही कह दिया, "बेटा, यदि तुम्हें अपने पिता से भय लगता हो अथवा कोई संकोच हो तो मुझे सच्ची बात बता दे। कोई लड़की चुन रखी है क्या?"

मेरे मन में जैसे कोई उबाल उठा, "धाम साहब, यदि वह मुझे नहीं बताता और आपको बता देता है तो हममें पिता–पुत्र का सम्बन्ध ही क्या हुआ। हमारा वर्षों का विश्वास कहाँ गया। आप समझते हैं कि यदि ऐसा कुछ हुआ तो मुझे प्रसन्नता होगी?"

किन्तु टल जाएँ तो धाम साहब ही क्या। पहले से भी अधिक बलपूर्वक बोले, "आपको कैसे बताएगा। यदि किसी अमरीकी लड़की से विवाह करना चाहेगा तो आप मान जाएँगे। क्या करेंगे आप।"

"अमरीकी लड़की से करे अथवा अंग्रेज़ से।" मैंने भी उनके ही तौल पर स्वर रख कर उत्तर दिया, "आशीर्वाद दे दूँगा।"

धाम साहब मेरा मुँह देखते रह गये। उन्होंने ऐसी कल्पना भी नहीं की होगी कि भारतीयता और हिन्दुत्व का पक्षधर मैं एक विदेशी और विधर्मी लड़की से विवाह की बात को इस सुविधा से मान जाऊँगा।

"आप जानते भी हैं कि आप क्या कह रहे हैं। आप अपने बच्चों को उकसा रहे हैं।"

"नहीं, वैसा कुछ नहीं कर रहा हूँ। मैं केवल अपने बेटे की प्रसन्नता

देख रहा हूँ।" मैंने कहा, "वैसे मेरा बेटा भी जानता है कि हमारे परिवार को क्या स्वीकार्य है और क्या स्वीकार्य नहीं है।"

वस्तुतः विवाह के सन्दर्भ में दूरी ने मुझे कभी नहीं डराया था। ब्रज के कृष्ण ने विदर्भ की रुक्मिणी से विवाह किया था और इन्द्रप्रस्थ के अर्जुन ने मणिपुर की चित्रांगदा से विवाह किया था। मुझे अपना सहपाठी और पड़ोसी सुरेन्द्र भी स्मरण आ रहा था, जो चन्द्रगुप्त मौर्य से इसलिए प्रसन्न था, क्योंकि उसने एक ग्रीक कन्या कार्नेलिया से विवाह किया था। उसके लिए तो राजीव गाँधी की भी सबसे बड़ी उपलब्धि यही थी कि उसने एक इतालवी कन्या से विवाह कर उसे भारत की वधू बना लिया था।

पर धाम साहब यह सब नहीं जानते थे। मैंने उन्हें कुछ बताया भी नहीं; किन्तु उनके जाने के पश्चात् विभु से पुनः पूछा कि धाम साहब के अनुमानों में कोई सत्य तो नहीं है।

"नहीं पिता जी, ऐसा कुछ होता तो मैं सबसे पहले आपको ही बताता।" वह बोला, "मुझे आपकी अनुमति चाहिए, धाम अंकल की नहीं।"

"जब कुछ होगा तो मुझे ही बताना, धाम साहब को नहीं।"

"आप मेरा विश्वास कीजिए।"

मैंने उसका विश्वास कर लिया।

इस विश्वास को सँजोए हुए हम चुपचाप बैठ गये थे।

सहसा लिज़ा ने पुकारा, "पिता जी, यह पार्क देख रहे हैं। इसका नाम है–डी–फाज़ियो पार्क। यह मेरे पिता के चाचा के नाम पर है। उनकी यहाँ काफ़ी सम्पत्ति है।"

"इसका अर्थ है कि तुम्हारा कुटुम्ब यहाँ काफ़ी बड़ी संख्या में बसा हुआ है।"

"हाँ, कुछ ऐसा ही समझिए। मेरे पिता के पड़दादा यहाँ आये थे और तब से उनकी सन्तानों में से कोई भी बहुत दूर नहीं गया है। वैसे मेरे अपने पिता की एक बहन ही है। भाई कोई नहीं है। मेरा भी एक ही भाई है। किन्तु डी–फाज़ियो नाम से अनेक लोग हैं। उनमें से कुछ लोग डी–फैज़ियो भी लिखने लगे हैं।"

"तुममें से कोई इतालवी भी बोलता है?" मैंने पूछा।

"ऊं" उसने सोचने की मुद्रा बनायी। जब उसे तत्काल कोई उत्तर नहीं देना होता है तो वह ऐसी ही मुद्रा बनाती है, "नहीं, शायद कोई नहीं बोलता। मेरे पिता जब अपने कुछ सम्बन्धियों से मिलने इटली गये थे तो

कह रहे थे कि वहाँ के लोग एक प्रकार की शिकायत करते हैं कि हम लोग अंग्रेज़ी क्यों बोलते हैं, इटालियन क्यों नहीं बोलते। हमें इटालियन बोलनी चाहिए।"

"क्यों नहीं बोलते?"

"क्योंकि हम अमरीकी हैं, इटालियन नहीं।" वह बोली।

"छोड़िए भी पिता जी।" विभु ने हिन्दी में कहा, "अमरीका में लोग विभिन्न देशों से आकर बसे हैं। सब अंग्रेज़ी ही बोलते हैं।"

मैं जानता था, उसे जैसे ही लगता था कि मैं लिज़ा से कोई अटपटा प्रश्न करूँगा अथवा किसी प्रकार का उपदेश देने लगूँगा, वह उसे बचा लेने के लिए हस्तक्षेप कर बैठता था।

"वैसे मैं जर्मन बोल लेती हूँ, क्योंकि मैंने आस्ट्रिया में पढ़ाई की है। मामा बहुत अच्छी तरह स्पेनिश बोलती हैं। वे स्पेनिश में पीएच.डी. हैं।" वह बोली, "माँ आप थक गयी होंगी। आपने पाँच–छह घंटों की यात्रा की है।"

"नहीं, मैं ठीक हूँ।" अमृता ने कहा, "ट्रेन काफ़ी सुविधाजनक थी।"

"वैसे अब हम घर आ ही गये हैं।" उसने कहा, "आशा है, खाना तैयार ही होगा।"

"नहीं। अभी खाना नहीं खाएँगे। स्नेहा ने काफ़ी कुछ बना कर साथ दे दिया था। हमने ट्रेन में खा लिया है। चाय पी लेंगे। तुम स्नेहा को जानती हो न?"

"हाँ। मैं उससे एडीसन में मिल चुकी हूँ।" वह बोली, "स्नेहा बहुत अच्छी लड़की है। खूब सत्कार करती है।"

"यह खाने की बात कर तो रही है; किन्तु न इसको कुछ पकाना आता है, न इसकी माँ को। वस्तुतः ये लोग कुछ पकाते ही नहीं। इन लोगों के यहाँ घर पर खाना पकाया ही नहीं जाता।" विभु धीरे–से हिन्दी में बोला।

लिज़ा ने चौड़ी सड़क छोड़ कर गाड़ी एक छोटी सड़क पर मोड़ ली। और थोड़ी ही देर में वह एक घर के सामने खड़ी थी। घर पर दृष्टि बाद में ठहरती थी, पहले सामने खड़े एक बड़े से पेड़ पर पड़ती थी। पेड़ की एक ऊँची डाल पर एक झूला पड़ा था। लम्बी ऊँची रस्सी थी। बड़े परिश्रम से एक पक्का झूला तैयार किया गया था। मुझे सावन का महीना याद आ रहा था। किन्तु न तो यह भारत था और न सावन का महीना; किन्तु दृश्य वैसा ही था।

"यह वह स्थान है, जहाँ मैं पली और बड़ी हुई।" लिज़ा ने कहा।

लगा उसका शैशव लौट आया था।

घर चारों ओर से खुला था। थोड़ी–थोड़ी दूरी पर पेड़ों के पीछे कुछ और घर भी बने हुए थे। चारों ओर ऊँचे घने वृक्ष थे। लगता था, जैसे वन में कुटीर न बना कर आधुनिक घर बना लिए गये हों। हम दिल्ली में ऐसे घर में रहने की कल्पना भी नहीं कर सकते। इतनी खुली भूमि कहाँ मिलेगी। ये लोग आज के युग में भी ऐसे स्थान पर रह रहे हैं। जाने कितनी दूर तक इनका अपना अधिकार है और कहाँ से वन आरम्भ हो जाता है।

"आप लोग लिज़ा के साथ भीतर चलें, मैं सामान लेकर आता हूँ।" विभु ने कहा।

लिज़ा अपने घर आकर चहक–सी रही थी, "मॉम, हम आ गये हैं।"

न्यूयॉर्क में मेरे एक मित्र हैं–राहुल। एक बार हम लोग उनके घर पर थे कि राहुल की बेटी भी अचानक ही आ गयी थी। उसकी आवाज़ काफ़ी तीखी थी और वह ज़ोर से बोल रही थी।

"चिड़िया आ गयी है।" राहुल ने कहा था और मुझे लगा था कि सचमुच ही उनके बन्द फ्लैट में कोई चिड़िया आ गयी थी।... मेरे मन में पंजाबी के अनेक लोक–गीत गूँजने लगे थे, जिनमें लड़कियों को 'चिड़िया' कहा गया था।

मैंने अमृता की ओर देखा। वह अभी गाड़ी के ही पास खड़ी थी।

हम लोग भीतर आ गये। विभु भी सामान ले कर आ गया था।

"पिता जी, आइए आपको पहले घर दिखा दूँ फिर सामान ऊपर ले जाऊँगा।" वह बोला, "आप जानते ही हैं कि अमरीकी घरों में शयनकक्ष ऊपर ही होते हैं। इनके पास भी ऊपर पाँच कमरे हैं। जब लिज़ा और उसके भाई–बहन छोटे थे, तब ये चार कमरे उनके लिए बने होंगे। बड़ा कमरा उनके माता–पिता का है। आइए आपको आपका कमरा दिखा दूँ।"

लिज़ा की माँ–शैला डी–फाज़ियो–भी आ गयी थीं। अब तक लिज़ा उन्हें हमारे विषय में आवश्यक सूचनाएँ दे चुकी होगी।

"गुड आफ्टरनून।" उन्होंने कहा।

"गुड आफ्टरनून।" अमृता ने आगे बढ़ कर हाथ मिलाया।

मैं अपनी नमस्ते पर टिका था। दिल्ली में भी यही होता था। हम दोनों एक–दूसरे के सम्मान में नमस्ते भी करते थे और गुड मार्निंग भी।

वे अपना अभ्यास नहीं छोड़ पाती थीं और मैं उन्हें भूलने नहीं देता था कि हम भारतीय एक–दूसरे का अभिवादन करते हुए नमस्ते कहते हैं।

"इस छोटे कमरे में लियो सोया है।" उन्होंने बन्द दरवाज़े की ओर संकेत किया, "माइकेल का आज फुटबॉल का मैच है। इसलिए वह अपना यह दायित्व मुझ पर डाल गया है। उसकी पत्नी जैनेट चार बजे अपने काम से लौटेगी तो इसे ले जाएगी।"

"हाँ, इस वय में नानी और दादी का धर्म भी तो निभाना पड़ता है।" अमृता ने कहा।

"हाँ, "शैला भी हँसीं, "जब कभी इनकी बेबी सिटर नहीं आती तो मैं हूँ न। मुझे अपने ये बच्चे प्यारे हैं; किन्तु मैं भी इनका यह काम छुट्टी के दिन ही करना चाहती हूँ।"

मैं पूछना चाहता था कि उनका एक दिन का वेतन अधिक था अथवा बेबी सिटर की फ़ीस। किन्तु मैंने पूछा नहीं। मेरी यह स्वाभाविक जिज्ञासा उनके स्वाभिमान को आहत कर गयी तो...और फिर विभु को एकदम अच्छा नहीं लगेगा कि मैं उसकी सास से ऐसा प्रश्न करूँ।

"आप लोग इस समय आराम करना चाहेंगे या चाय पीने के लिए नीचे आएँगे?" शैला ने पूछा! इससे पहले कि मैं कोई उत्तर देता अमृता ने कहा, "थोड़ा आराम कर लें तो अच्छा रहेगा।"

विभु और लिज़ा भी सहमत थे।

वे लोग हमें हमारे कमरे में छोड़ कर नीचे उतर गये।

14

मुझे नींद नहीं आ रही थी। अमृता भी जाग ही रही थी। इतने नये परिवेश में दोपहर के समय बिना भोजन किये, नींद कैसे आती। सत्य तो यह था कि मैं थका हुआ भी नहीं था। नींद न आये तो बिस्तर पर लेटे रहना मेरे लिए कठिन काम था; किन्तु मैं इस समय और करता भी क्या? अमृता को पीठ सीधी करनी थी। वह गाड़ी में भी बैठी रही थी और स्टेशन 128 से वेलेज़िली तक आध–पौन घंटे की यात्रा भी की ही थी।...

तभी विभु ऊपर आया, "लिज़ा के पिता आ गये हैं। आप लोग उनसे मिलने के लिए नीचे आएँगे या कह दूँ कि आप लोग सो रहे हैं।" भारत होता तो मैं कह देता कि वे ऊपर हमारे कमरे में आ जाएँ; किन्तु अमरीका

में लोग किसी के शयनकक्ष में नहीं जाते। इसलिए हमें ही नीचे जाना था। हम थोड़ा विश्राम कर लेते तो अच्छा होता; किन्तु मिलने के लिए नीचे न उतरना अशालीनता होती।

"चलो, हम आ रहे हैं।"

टोरी डी–फाज़ियो ने हमें देखते ही नमस्ते के लिए हाथ जोड़ दिये, "देखिए कैसे एक स्वप्न सत्य हुआ है। किसने सोचा था कि हम अपने घर में आपका स्वागत कर सकेंगे।"

"ठीक कह रहे हैं आप। एक स्वप्न ही सत्य हुआ है।" मैंने कहा।

यह उनका ड्राइंगरूम था; किन्तु उसमें इतनी पुस्तकें और उनसे सम्बन्धित दूसरी चीज़ें थीं कि समझ में नहीं आता था कि उसे ऑफ़िस कहें या कुछ और। कई प्रकार के नक्शे और ग्लोब भी थे। एक ओर एक स्टैंड पर बड़ा–सा ड्राइंगबोर्ड भी रखा हुआ था।

"आइए।" वे हमें उस बोर्ड के निकट ले गये...

अरे यह क्या! ये तो विभु और लिज़ा के दिल्लीवाले विवाह के चित्र थे। उसमें इतने रंग थे कि उसके सामने शेष कमरा फीका पड़ गया था।

"मैंने सुना था कि चर्च में विवाह होने तक दिल्ली में हुए विवाह की चर्चा को गोपनीय ही रखना है। इसे प्रचारित नहीं करना है।" मैंने कहा।

वे हँसे, "कल हमारी बड़ी बेटी, मारिया के घर आप लोग आमन्त्रित हैं। कुछ मित्र और सम्बन्धी भी बुलाए गये हैं। हम इस बोर्ड को वहाँ प्रदर्शित करेंगे। फिर दिल्ली के विवाह की गोपनीयता क्या रह जाएगी।"

"तो फिर वह गोपनीयता किस सन्दर्भ में है?" मैंने पूछा।

"प्रॉविंस टाउन के जिस चर्च में इनका विवाह होना है, वहाँ के पादरी को यह मालूम नहीं होना चाहिए कि पहले भी इनका विवाह हो चुका है।"

"यह बोर्ड आपने तैयार किया है?" मैंने पूछा।

वे हँसे, जिसमें स्वीकृति का संकेत था।

"आप भी अच्छे–खासे आर्टिस्ट हैं।"

हम उनसे मिलने के लिए नीचे आये थे; किन्तु अब उनको छोड़कर ऊपर चढ़ जाना मुझे उचित नहीं लगा। वे भी तब से खड़े ही थे।

"आप आराम करना चाहेंगे?" मैंने पूछा।

वे हँस पड़े, "यात्रा करके तो आप आये हैं। आइए चाय पीते हैं।"

मैंने लिज़ा की ओर देखा, "कॉफ़ी।"

"ऑफकोर्स।" उसने अपनी माँ की ओर देखा, "पिता जी टेक्स कॉफ़ी ओनली; बट विथ इक्वल एंड लॉट्स ऑफ़ मिल्क।"

"नॉट विथ शुगर, बट विथ शुगर फ्री।"

"आई हैव सीन इन डेल्ही। आई विल मेक इट।" शैला ने कहा।

मैंने कुछ चकित भाव से विभु की ओर देखा : उसने घर में प्रवेश करते हुए कुछ ऐसी सूचना दी थी कि न माँ कुछ पकाती है, न बेटी। उन्हें पकाना आता ही नहीं है। मैंने जानना चाहा था कि फिर खाते क्या हैं। देख लीजिएगा, उसने कहा था। पेट भरने को खाना तो मिल ही जाता है। लिज़ा को चाय बनाते तो मैंने देखा था; किन्तु इस समय कॉफ़ी बनाने का प्रस्ताव शैला ने किया था।

हम पहली बार उनके ड्राइंगरूम को पार कर भोजन–कक्ष में आए। एक बड़ी–सी मेज़ पर बहुत सारी बोतलें और शीशियाँ रखी थीं। बड़ा–सा फ्रिज था। एक माइक्रोवेव ओवन था। दूसरी ओर गैस का चूल्हा भी था। कुछ अलमारियाँ थीं, जिनमें विभिन्न प्रकार के खाद्य पदार्थ थे।

उन्होंने चाय और कॉफ़ी बना कर मेज़ पर रखी। ब्रेड भी टोस्ट कर ली थी। मक्खन, जैम, हैम और कुछ और चीज़ें भी थीं। सैंडविच अच्छे बन सकते थे। पर मैंने सैंडविच नहीं बनाया। मक्खन ही लगाया था कि लिज़ा ने टर्की लाकर रख दी, "पिता जी, यू कैन टेस्ट; दिस टू।"

विभु ने धीरे–से कहा, "यह टर्की है पिता जी। शायद आपको पसन्द न आये; किन्तु चख कर देख लीजिए।"

चाय इत्यादि पी कर टोरी ने भोजनकक्ष की शीशे की दीवार एक ओर खिसका दी। हम वहाँ से बाहर निकलकर लकड़ी वाले फ़र्श के वरांडे में आ गये थे। लकड़ी की दो बेंचें और प्लास्टिक की कुर्सियाँ रखी थीं। वहाँ अधिक लोगों के बैठने की व्यवस्था थी।

"लियो को ले जाने के लिए अभी इसकी माँ, जैनेट भी आ जाएगी।" टोरी ने कहा, "अपना मैच समाप्त कर माइकेल भी आ जाएगा। यहाँ अधिक लोग बैठ सकेंगे।"

वैसे यह स्थान घर का वरांडा ही था; किन्तु सारा मकान तहखाने (बेसमेंट) के ऊपर बना हुआ था, इसलिए एक दृष्टि से यह स्थान मचान के समान लगता था। हम कुछ ऊँचाई पर थे। भूमि नीचे थी। नीचे उतरने के लिए एक ओर लकड़ी की सीढ़ियाँ थीं।

मेरा मन हो रहा था कि मैं विभु को बताऊँ कि आज अमृता का जन्म

दिन है। प्रथम जून। यदि हम यहाँ भी किसी प्रकार का समारोह कर सकें और आज की सन्ध्या को उत्सवमयी बना सकें तो कितना अच्छा हो। दूसरी ओर मैं अमृता से भी कहना चाहता था कि हम दिल्ली से लिज़ा के लिए जो हीरे का सेट लाये हैं, वह उसके माता–पिता के सम्मुख उसे सौंप दिया जाए, तो सन्ध्या अपने आप उत्सवमयी होने लगेगी। जाने क्यों मुझे लग रहा था कि दिल्ली में उसे जो कुछ हमें देना था, वह तो हम उसे वहीं दे चुके थे; किन्तु यह उसके अमरीकी विवाह के लिए बहुमूल्य उपहार था। पता नहीं वे उसका मूल्य समझ पाएँगे भी या नहीं। नहीं समझेंगे तो विभु के माध्यम से उनको समझाना होगा। इतना महँगा गहना तो अमृता ने स्वयं कभी नहीं पहना था, जितना वह अपनी बहुओं को दे रही थी।...

ऊपर के कमरे में सोया हुआ उनका पोता, लियो जाग गया था। शायद वह रोया भी था। उसकी आवाज़ शैला ने सुन ली थी और वे उसे लाने के लिए ऊपर चली गयी थीं। मेरा ध्यान अमृता की ओर चला गया था। उसके प्राण भी अपने पोतों में बसते थे। कोई आश्चर्य नहीं कि शैला भी वैसी ही दादी हों, चाहे वे अमरीकी थीं। ...मुझे लगा कि हमने आज तक शायद उन अमरीकियों के विषय में ही जाना और सुना है, जिनकी रुचि परिवारों में नहीं थी। वे अपने लिए ही जीते थे।... किन्तु यहाँ हम एक ऐसे परिवार के साथ थे, जो पति–पत्नी प्रायः पैंतालीस वर्षों से अपना दाम्पत्य जीवन निबाह रहे थे। घर का प्रबन्ध पत्नी के हाथ में था और पति उसकी प्रत्येक बात मानता था। किन्तु वह केवल मुस्कराता था, कोई शिकायत नहीं करता था। उनका एक बेटा और तीन बेटियाँ थीं। लिज़ा सबसे छोटी थी। अब चारों ही विवाहित थे। सबसे बड़ी मारिया, यहीं पड़ोस में रहती थी। उसका पति पोलैंड से आया अमरीकी था–पीटर। उनके दो बच्चे थे : एक बेटा और एक बेटी।

लिज़ा की दूसरी बहन मेरी, अपने पति और दो बच्चियों के साथ कोलाराडो में रहती थी। वह शायद कल आ जाएगी। विवाह के प्रति वितृष्णा अथवा निष्ठाहीनता कहीं दिखायी नहीं देती थी। बच्चों के प्रति भी उतना ही प्रेम था, जितना हम भारतीय परिवारों में देखते हैं। उनको पालने के तरीके भिन्न हो सकते हैं; किन्तु प्रेम तो एक–सा ही था।

शैला, लियो को लेकर नीचे आ गयी थीं और उसको बहलाने का प्रयत्न कर रही थीं। विभिन्न बोतलों में पानी, दूध और कुछ और पेय पदार्थ थे। छोटे–छोटे बिस्कुटों के आकार का कुछ चना–चबेना भी था।...

कुछ खिलौने भी थे। ...जिस मचान रूपी वरांडे पर हम बैठे थे, वह उससे नीचे उतरना चाहता था। भूमि पर जाना चाहता था। शैला का सारा ध्यान उस ओर था। उन्होंने एक कुर्सी से सीढ़ियों को रोक रखा था और स्वयं उस कुर्सी पर बैठी थीं; किन्तु फिर भी लगातार कुछ–न–कुछ तो करना ही पड़ता था।

अमृता अपने स्वभावानुसार लियो से खेलने का प्रयत्न करती रही और जब वह उसके प्रति मैत्री स्वीकार कर रहा था कि उसकी माँ जैनेट आ गयी। ...वह हमें वहाँ देखकर तनिक भी चौंकी नहीं थी। उसे पता ही होगा कि आज हम आने वाले हैं। उसने हम दोनों से हाथ मिलाया और लियो को सँभालने में लग गयी।

इस बीच माइकेल भी आ गया। वह बहुत गर्मजोशी से मिला। हमने भी उसके मैच में पूरी रुचि दिखायी; किन्तु उसने बताया कि बावजूद अच्छा खेलने के वे लोग मैच हार गये थे। मुझे वह पूरा खिलाड़ी लगा। हार–जीत से वह पूरी तरह निस्पृह लग रहा था। बस उसे तो खेलना था। उसका उत्साह देखकर मुझे उसके विषय में उसके परिवार की धारणा का ध्यान आ गया। वे लोग कहते थे कि वय और शरीर की दृष्टि से तो वह बड़ा हो गया है; किन्तु मन से अभी पूरी तरह बच्चा ही है।...मस्तिष्क के विषय में कोई कुछ नहीं कहता।

चलते–चलते उसने यह तो कहा कि कल मिलेंगे; किन्तु अपने घर आने की बात उसने नहीं कही। मुझे लगा कि उसका दृष्टिकोण अमरीका की नयी पीढ़ी का सा था। उनके विषय में कहा जाता था कि वे अपने घर से बाहर ही मिलना पसन्द करते थे। उसने हाथ मिलाया; किन्तु उसकी पत्नी गले मिली। दिल्ली में विभु के विवाह के अवसर पर आयी अमरीकी महिलाओं से मैंने 'हग' करना सीख लिया था; किन्तु माइकेल की पत्नी जैनेट ने उस सामान्य हग करने से कुछ अलग, अपने ढंग से गालों से गाल भी छुआए। मैंने मान लिया कि वह इन लोगों से कुछ भिन्न है। वह मैक्सिको में पली थी और अपने–आपको स्पेनिश मानती थी। ध्यान से देखने पर उसके चेहरे की बनावट अमरीकियों से कुछ भिन्न थी। वर्ण भी अलग दिखायी देता था। अधिक लाली वाला, तपे हुए ताँबे के समान। अंग्रेज़ी का उच्चारण भी वैसा नहीं था, जैसे इस क्षेत्र के आम अमरीकी का होता है।

वे लोग चले गये तो हम घर के लोग ही रह गये थे। मैं सोच ही रहा

था कि अमृता को कुछ स्मरण कराऊँ और विभु को भी बुलाऊँ कि लिज़ा और विभु घर के भीतर से आ गये। लिज़ा के हाथ में एक केक था और विभु के हाथ में उपहार के रूप में बँधा हुआ एक डब्बा।

"हैप्पी बर्थडे माँ।" लिज़ा ने केक अमृता के सामने एक तिपाई पर रख दिया। अमृता इतनी उत्साहित हो उठी कि उसने खड़ी हो कर लिज़ा को गले से लगा लिया, "थैंक्यू माई चाइल्ड। इट इज़ सो वंडरफुल यू रिमेंबर्ड इट।"

"मैनी हैप्पी रिटर्न्स ऑफ़ द डे।" विभु ने वह डब्बा उसकी ओर बढ़ा दिया, "आपका कैमरा माँ।"

"धन्यवाद मेरे बच्चे पर यह तो मुझे ख़रीदना है।"

"अब आपको ख़रीदने की आवश्यकता नहीं है। इट इज़ ए गिफ्ट फ्राम लिज़ा एंड विभु।"

"सुखी रहो मेरे बेटे।"

लिज़ा ने केक पर एक मोमबत्ती लगा दी थी।...

मैं नहीं जानता था कि शैला और टोरी को इसका समाचार पहले से था या नहीं। शायद नहीं था। वे भी विस्मय से सब कुछ देख रहे थे। उनकी बेटी अब अपने ससुराल की हो गयी थी। वे अपने माँ–बाप से भी कुछ बातें छुपा कर रख सकती थी।

"मोमबत्ती जलाऊँ?" लिज़ा ने पूछा।

"अभी रुको।" अमृता ने कहा, "यहाँ आकर मेरे सामने बैठ जाओ।"

लिज़ा बैठ गयी।

अमृता ने अपने पर्स को खोल कर उसमें से गहनों का डब्बा निकाला। उसे खोल कर नेकलेस निकाला। वह उसने लिज़ा के गले में डाल दिया।

"गो एंड लुक एट इट इन द मिरर एंड शो इट टू योर पेरेंट्स टू।"

वह अपने स्थान से उठी ही थी कि शैला ने आगे बढ़कर उसे दोनों कन्धों से थाम लिया। भर नज़र देखा और कहा, "इट इज़ ब्यूटीफुल। इट मस्ट बी प्रिटी एक्सपैंसिव। दे आर डायमंड्स?"

अमृता ने सिर हिला दिया।

"शो टू योर डैड।" शैला ने कहा।

टोरी भी आगे बढ़ आये। उन्होंने एक पुरुष की दृष्टि से देखा, "ब्यूटीफुल।"

विभु उल्लसित था। उसे मालूम नहीं था कि हम लिज़ा के लिए क्या

ला रहे हैं। किन्तु स्पष्ट था कि वह अपनी माँ की इस भेंट पर प्रसन्न था।

लिज़ा भीतर चली गयी। स्वयं को शीशे में देख कर आयी और विभु के सामने खड़ी हो गयी, "यू डिड नॉट सी इट। इट गोज सो वैल विथ माई वेडिंग गाउन। हाउ कुड यू नो माँ दैट आई एम वेयरिंग दैट गाउन।"

"इट इज़ ए मदर्स इंट्यूशन।"

"अब हम माँ का जन्मदिन मना लें।" विभु ने मोमबत्ती जला दी।

ऐसे प्रत्येक अवसर पर–भारत हो या अमरीका–मैं सोचता हूँ कि वह दिन कब आएगा, जब हम बिना मोमबत्ती बुझाए और केक काटे, बिना हैप्पी बर्थडे गाये किसी का जन्मदिन मनाएँगे।... हम मोमबत्ती बुझाने के स्थान पर दीपक जला सकते हैं। हैप्पी बर्थडे टू यू के स्थान पर भारतीय भाषाओं में "आज तुम्हारे जन्मदिवस की मंगल वेला आयी है..." जैसी कोई पंक्ति गा सकते हैं। किन्तु हमारा समाज कब उसको स्वीकार करेगा? इसके बिना तो उन्हें लगता है कि उनका जन्मदिन ही नहीं मनाया गया।

अमृता का जन्मदिन भी वैसे ही मनाया गया।

अमृता तो इस बात से ही प्रसन्न थी कि अपने जिस जन्मदिन को वह भूला–बिसरा मान रही थी, वह घर से इतनी दूर भी हर्षोल्लास से मनाया गया। दिल्ली में मनाया गया होता तो परिवार के लोगों के साथ कुछ मित्र भी उपस्थित होते; किन्तु यह भी तो एक परिवार था। बेटा भी था, बहू भी थी और नये–नये समधी भी थे। एक कैमरा ख़रीदने की इच्छा कब से उसके मन में थी। इसीलिए विभु को कह रखा था कि वह एक अच्छा–सा कैमरा देख रखे। उसने देख ही नहीं रखा था, ख़रीद कर उसके हाथों में दे दिया था।... लिज़ा अपने नैकलेस पर मुग्ध थी। वह बार–बार उसको अपने हाथों से टटोल कर जैसे एक माँ के समान अपने बच्चे को सहला रही थी।

शैला ने उसे देखा, "अभी पहने रहो किन्तु सोने से पहले इसे सँभाल लेना। इट कॉस्ट्स ए लॉट।" फिर वे अमृता की प्रशंसा पर उतर आयीं, "आपके पास कोई दिव्य शक्ति है, जिसने आपको बताया कि आपकी बहू का वेडिंग गाउन कैसा होगा। बिल्कुल मैचिंग नैकलेस लायी हैं आप।"

"रात के भोजन का प्रबन्ध करें?" टोरी ने पूछा, "आपने दोपहर को भी कुछ नहीं खाया है।"

"अभी तो इतना ढेर सारा केक खिला दिया है, लिज़ा ने।"

"फिर भी।..." और टोरी ने अपना काम आरम्भ कर दिया।

मैं समझ रहा था कि भोजन के लिए मेज़ पर बर्तन इत्यादि लगाना टोरी के दायित्वों में ही था। प्लेटें, कटोरियाँ, गिलास, चम्मच, पानी, दूध, जूस, लेमोनेड इत्यादि कुछ पेय पदार्थ कई प्रकार की ब्रेड, मक्खन, जैम, टर्की, हैम इत्यादि लगा दिये गये; और तब शैला मकई के बड़े–बड़े भुट्टे ले आयीं। ...मेरा मन हँसना चाहता था : कोई रात के भोजन में भी भुट्टा खाता है? पर वे लोग खाते थे। हम उसे सुखा कर, उसके दाने अलग कर, उसे पीस कर मकई का आटा बनाते हैं और फिर उसकी रोटियाँ सिंकती हैं। हम उसे सरसों के साग पर मक्खन डाल कर स्वाद से खाते हैं। वे भुट्टे को ही माइक्रोवेव कर उस पर मक्खन लगा लेते हैं और खा लेते हैं।

मैं भुट्टे का नाप देख कर डर गया था। इसलिए मैंने आधा भुट्टा लिया। पर उसे चखते ही लगा कि वह काफ़ी मीठा था। हमारे भुट्टे उतने मीठे नहीं होते, इसलिए उसे रोटी बनने तक की प्रक्रिया में से गुज़रना पड़ता है। सारे खाद्य पदार्थ हमारे भोजन से इतने भिन्न थे कि समझ में नहीं आ रहा था कि कौन–सी चीज़ कितनी खानी है। रोटी का तो अनुमान था–एक या दो।...

"अच्छा कल मारिया के घर में एटहोम है। हम प्रातः वहीं जाएँगे, ब्रेकफास्ट के बाद। वहाँ आप अनेक नये लोगों से मिलेंगे।"

इसी वार्तालाप में पता चला कि मारिया का पति पीटर एक प्रकार का बिल्डर है। उसका अधिकांश काम लकड़ी का है। अमरीका में घर लकड़ी के ही होते हैं। उसका एक आरा डी–फाज़ियो के घर के नीचे के तहखाने में था। आधा तहखाना उसके अधिकार में था। उसमें प्रवेश के लिए बाहर से एक द्वार था। वह उसी में से आता–जाता था। उसके छोटे ट्रक थे, जिनमें छोटी सीढ़ियाँ तथा कुछ औज़ार रखे हुए थे। उसका आना–जाना इतना चुपके से होता था कि किसी को पता भी नहीं लगता था। लिज़ा से बड़ी बहन मरीना जब आएगी, वह मारिया के घर में ही ठहरेगी; क्योंकि हमारे आने के पश्चात् यहाँ विशेष स्थान नहीं रह गया था। कल शायद लिज़ा की एक मौसी भी आ जाएगी। वह स्कूल में अंग्रेज़ी पढ़ाती रही है और अब रिटायर होने को है या हो गयी है। अविवाहित है और बेहद बातूनी है। ...इस घर में एक छोटा कमरा उसके लिए भी बचा कर रखा गया है।

15

अगले दिन प्रातः टोरी हमें वेलेज़िली घुमाने निकले। पहाड़ी क्षेत्र था। सड़कों में उतार–चढ़ाव बहुत था। पुराने ढर्रे पर बना हुआ सुन्दर–सा कस्बा था। एक मुख्य सड़क थी। वही मुख्य बाज़ार भी था। सारी दुकानों पर अमरीका के छोटे–छोटे राष्ट्रीय झण्डे लगे हुए थे। पिछले सप्ताह यहाँ से किसी प्रकार की परेड निकली थी। उसी अवसर पर ये झंडे लगाये गये थे।

"पहले मैं आपको वेलेज़िली कॉलेज दिखा दूँ।" टोरी ने कहा, "वैसे तो यह लड़कियों का कॉलेज है; किन्तु कुछ पाठ्यक्रम ऐसे भी हैं, जिन में विशेष परिस्थितियों में पुरुषों को भी प्रवेश मिल जाता है। सीनियर हो जाने पर विशेष प्रकार की सुविधाएँ हैं। मैंने स्वयं यहाँ के कला संकाय में एशियाई कला पर अनेक पाठ्यक्रम किये हैं।"

विचित्र है यह व्यक्ति, मैं सोच रहा था। एक ओर यह कहता है कि वह अमरीकी नौसेना में था। जब वह अमरीका के स्पेनिश भाषी क्षेत्र पोर्तोरिको में नियुक्त होने जा रहा था तो वह स्पेनिश पढ़ने गया था। शैला उस समय वहाँ के उस स्कूल में स्पेनिश पढ़ाती थीं। वह था तो उनका छात्र ही किन्तु अवस्था में तो बड़ा था। उसे शैला ने आकृष्ट किया तो वह उसके पीछे पड़ गया। जाने कौन किसके पीछे पड़ा; किन्तु उनका विवाह हो गया और पहली बच्ची मारिया पोर्तोरिको में ही पैदा हो गयी थी।

और अब वह व्यक्ति बता रहा है कि वह वेलेज़िली विमेंस कॉलेज में एशियाई कला के सन्दर्भ में शिक्षा ग्रहण करता रहा है।

कॉलेज का क्षेत्र बहुत विशाल था। अनेक भवन अत्यन्त कलात्मक ढंग से बने हुए थे। प्रयत्न यही था कि उनमें पुरानी वास्तुकला की झलक बनी रहे।

वर्षा ज़ोर पकड़ रही थी। टोरी हमें टेढ़ी–मेढ़ी, ऊँची–नीची सड़कों पर घुमा रहे थे। और भवनों की विशेषताएँ और इतिहास बता रहे थे। साइकिल स्टैंड पर साइकिलें खड़ी थीं। पार्किंग में अनेक गाड़ियाँ खड़ी थीं; किन्तु सड़कों पर इक्का–दुक्का छात्र ही दिखायी पड़ता था। ...मेरे मन में भारत के स्कूल, कॉलेज और विश्वविद्यालय थे, जहाँ पैर रखने को स्थान नहीं था।

सहसा मैंने पूछा, "टोरी, आपको भारत में सबसे अद्‌भुत क्या लगा। भारत के विषय में सोचने पर आपके मन में कौन–सा चित्र उभरता है–ताजमहल?"

"ताजमहल तो उभरता ही है, किन्तु उससे अधिक उसे देखने आने वाली भीड़ उमड़ती है। ओह माई गॉड, मैंने अपने जीवन में कभी एक स्थान पर इतनी भीड़ नहीं देखी।"

"आप ठीक कह रहे हैं।" किन्तु मैं अपने मन की बात कह नहीं पाया : कहीं भीड़ है और भूमि नहीं है; दूसरी ओर जहाँ भूमि है, वहाँ भीड़ नहीं है।

मार्ग में उन्होंने हमें लड़कियों का वह हाई स्कूल भी दिखाया, जहाँ लिज़ा ने अपनी पढ़ाई की थी।

"किन्तु यह नयी बिल्डिग है। जिसमें वह पढ़ी थी, वह पुरानी बिल्डिग थी। जब वह तोड़ी जा रही थी तो लिज़ा कितना रोयी थी। और भी लड़कियाँ रोयी होंगी; किन्तु हम उस पुरानी बिल्डिग को बचा नहीं सके, बचा नहीं सकते थे।"

सहसा उनकी गाड़ी एक अहाते में प्रवेश कर गयी।

"यह हमारा टाउन हॉल है। यहीं से सारे नगर का प्रशासन होता है। पहले जब वेलेज़िली में इतने लोग नहीं होते थे तो हम लोग यहाँ एकत्रित होकर चुनाव कर लेते थे। प्रत्येक वयस्क को मत देने का अधिकार था। अब लोग अधिक हो गये हैं, इसलिए एक साथ तो इस हॉल में समा नहीं पाते। मतपत्रों के माध्यम से काम होता है..."

"सारा प्रशासन यहाँ से होता है।" मैंने पूछा, "पुलिस किसके अधीन है?"

"वैसे तो पुलिस सरकारी विभाग है; किन्तु वे हमारे परामर्श पर ही चलते हैं। फिर भी हम उनको नगर प्रशासन के अधीन नहीं मान सकते।"

वे अपनी गाड़ी की ओर मुड़े, "अब मैं आपको अपने ऑफ़िस ले चलता हूँ।"

मुख्य सड़क पर थोड़ी दूर चल कर वे बाज़ार में लौट आये थे। गाड़ी को एक किनारे लगाते हुए उन्होंने इंजन बन्द कर दिया, "यही हमारा ऑफ़िस है–डी–फाज़ियो बिल्डिग।"

"आपने अपनी गाड़ी दूसरी दुकान के दरवाज़े के सामने लगा दी है।" मैंने कहा।

"कोई बात नहीं।" वे बोले, "उस दुकान का दरवाज़ा भी मैं ही खोलता हूँ। आप देख रहे होंगे, वह दुकान अच्छी हालत में नहीं है। वस्तुतः यह वह शैड है, जिसमें मेरे पिता ने एक छोटा–सा प्रेस आरम्भ किया था। एक ट्रेडल मशीन से। मैं आपको वह भी दिखाऊँगा।" वे रुके, "शैला भी काम पर जाते हुए अपनी गाड़ी यहीं पार्क करती है। मैं उससे इसका कोई किराया भी नहीं लेता।"

वे हँस रहे थे और मैं सोच रहा था : यह अमरीका है, कोई भरोसा नहीं कि यहाँ पति अपनी पत्नी से पार्किंग का भी शुल्क लेता हो। ...पर नहीं वे शायद परिहास में ही कह रहे थे।

उन्होंने बाहर खड़े हो कर आकाश को देखा, "ओह यह वर्षा फिर से आरम्भ हो गयी।"

उन्होंने फुर्ती से गाड़ी में से एक बड़ी छतरी निकाली और हमें वर्षा से बचाने के लिए हम पर तान दी। वे दुकान का दरवाज़ा खोल कर खड़े हो गये, "आप लोग भीतर चलिए, मैं आता हूँ।"

भीतर प्रवेश करते ही सबसे पहले उस ट्रेडल मशीन पर दृष्टि पड़ती थी। मैंने ऐसी मशीनें पहले भी देखी थीं। मैं परिचित था कि कहाँ प्लेट लगती थी, कहाँ स्याही लगाई जाती थी, कहाँ काग़ज़ लगाया जाता था।... पर वह सब अब किसी और युग की बातें लगती थीं।

"इस मशीन से इस प्रेस का जन्म हुआ था।" टोरी भीतर आ गये थे, "इसे मेरे पिता ने आरम्भ किया था। प्रेस का विकास भी हुआ; किन्तु आप जानते हैं कि अब छपाई की पद्धति एकदम बदल गयी है। मैंने माइकेल को भी इसमें लगाना चाहा था; किन्तु इस व्यवसाय का प्रसार होने के स्थान पर इसका संकोच होने लगा था।" उन्होंने एक विज़िटिंग कार्ड उठा कर मेरे हाथ में दे दिया था। मैंने उस पर दृष्टि डाली : वह माइकेल डी–फाज़ियो का कार्ड था, जो इस प्रेस का वाइस प्रेज़िडेंट था।

"अब प्रेस कैसा चल रहा है?"

"बस नाममात्र का।" वे बोले, "प्रेस को बन्द होते देख माइकेल ने अपना काम खोज लिया और शैला को भी नौकरी करनी पड़ी। मैं प्रेस देखता हूँ और डी–फाज़ियो बिल्डिंग के किराएदारों का ध्यान रखता हूँ।"

"कितने किराएदार हैं।"

"कभी दस कभी बारह।" वे बोले।

"शैला को नौकरी करनी पड़ी," यह वाक्य ही काफ़ी कुछ कह रहा

था। उनकी आर्थिक स्थिति के विषय में विभु ने पहले ही काफ़ी कुछ बता दिया था। उसका विचार था कि इस किराए और शैला के वेतन से ही उनका गुज़ारा चलता है। जब वे नौसेना में थे, तब की जमा–पूँजी और पेंशन इत्यादि के विषय में पूछना शिष्टाचार विरोधी था। किन्तु उनका रहन–सहन ऐसा नहीं था कि कहा जाए कि वे किसी प्रकार की तंगी में थे। रहने के लिए अच्छा–खासा घर था। दो–दो गाड़ियाँ थीं। चारों बच्चे अपनी जगह ठीक–ठाक जीवन जी रहे थे।

टोरी ने अपना ऑफ़िस, अपना आराम करने का स्थान, ग्राहकों से मिलने का कमरा आदि दिखाया और बोले, "आइए, आपको कुछ और भी दिखाऊँ।"

उनके ऑफ़िस की पिछली पूरी दीवार पर कुछ ऐसे चित्र थे, जैसे पुराने समाचार–पत्र चिपकाये गये हों। निकट जा कर देखने पर पता चला कि वे कुछ चित्र, पुराने किस्म के फ़ोटोग्राफ थे।

"ये मेरे पड़दादा हैं, जो इटली से यहाँ आये थे। उस समय वेलेज़िली बहुत छोटा–सा स्थान रहा होगा। निकट का नगर 'नीडम' ही था।"

"हाँ, स्टेशन से आते हुए हमने मार्ग में देखा था।"

"तब यहाँ बहुत कम मकान और बहुत कम दुकानें थीं।" उन्होंने अपनी अंगुली दूसरे चित्र पर रखी, "यह उनकी फलों और सब्ज़ी की दुकान थी। दुकान छोटी–सी है; किन्तु ठीक थी और यह वह घोड़ा गाड़ी है, जिसमें वे बॉस्टन से सब्ज़ियाँ और फल लाया करते थे। परिश्रम का काम था। किन्तु यदि वे कोमल होते तो इटली से यहाँ तक कैसे आते।"

मैंने उस व्यक्ति के चित्र को ध्यान से देखा : उस चेहरे में मेरे पिता से कोई समानता तो नहीं थी? 1947 में देश के विभाजन के पश्चात् नये भारत में आकर मेरे पिता ने भी फल बेचने की ही सोची थी। उन्होंने हमें बताया था कि उनके पास किसी प्रकार का व्यापार करने के लिए पूँजी ही नहीं थी। जो राशि थी, वह प्रतिदिन क्षीण होती जा रही थी। जब उनकी जेब में दस–बारह रुपये रह गये तो उन्होंने जाने–अनजाने स्वयं को फलों की मंडी के आस–पास मँडराते हुए पाया। एक आढ़ती के पास जा बैठे और उसे अपनी कथा सुनाई। उसने सहायता तो कोई नहीं की किन्तु मार्ग सुझा दिया, "सन्तरों की एक टोकरी और केलों की एक काँदी ले जा। दस–बारह रुपयों में और कुछ नहीं मिल सकता। उधार तुझे कोई देगा नहीं। जा कर सड़क किनारे कहीं बैठ जा। कुछ बेच सके तो कल फिर आ जाना।..."

मैं अपने पिता की स्मृति से उस पहले डी–फाज़ियो तक आ पहुँचा, "वे इटली से अकेले ही आये थे या कोई बड़ा समूह वहाँ से एक साथ निकला था।"

"जहाँ तक मैं जानता हूँ यह यात्रा व्यक्तिगत ही थी। देखिए, न तो वहाँ कोई आक्रमण हुआ था, जिसके कारण उन्हें घर छोड़ कर भागना पड़ा हो। न कोई युद्ध हुआ था और न ही कोई प्राकृतिक आपदा आयी थी।" टोरी ने कहा, "वह युग ही ऐसा था कि यूरोप के लोग और एशिया में से भी कई देशों के लोग विभिन्न कारणों से अपने देश को छोड़ एक नये और स्वतन्त्र देश में अपना भाग्य आजमाने आ रहे थे।"

"तो वे इटली में प्रसन्न और सम्पन्न नहीं रहे होंगे।"

"यह तो मैं नहीं जानता। इस प्रकार की चर्चा हमारे परिवार में कभी नहीं हुई। किन्तु इतना तो हम समझ ही सकते हैं कि वे वहाँ सम्पन्न नहीं रहे होंगे, अन्यथा रेढ़े में ढोकर फल बेचने के लिए, संकटपूर्ण लम्बी समुद्री यात्रा कर, घर से इतनी दूर, वेलेज़िली में क्यों आते। सम्पन्न होते और अमरीका में आ भी जाते तो अपनी पूँजी से बॉस्टन अथवा मैनहैटन के किसी फ़ैशनेबल बाज़ार में बड़ी–सी दुकान खोलते अथवा आयात–निर्यात का व्यापार करते। बॉस्टन से रेढ़े में फल भर कर वेलेज़िली की गलियों में क्यों बेचते। भारत यदि प्रो. हरगोविन्द खुराना को किसी अच्छे विश्वविद्यालय में प्रोफ़ेसर की नौकरी दे देता तो वे अमरीका क्यों आते। अधिकांशतः अपने देश में असफल लोग ही नये संसार की खोज में बाहर निकलते हैं।"

मुझे स्मरण हो आया कि अब्दुल्ला से पिट कर ही बाबर ताशकन्द से निकला था।

"आप ठीक कह रहे हैं।" मैंने सहमति जताई, "किन्तु उन दिनों में विभिन्न देशों में पासपोर्ट और वीज़ा का झंझट नहीं था। क्या?"

"कभी सुना तो नहीं।" टोरी बोले, "मेरी कल्पना है..." वे रुके, "यह मेरा ज्ञान नहीं, केवल कल्पना है कि उस समय यूरोप के देशों में तो विदेशी भूमि पर अधिकार जमाने की होड़ ही मची हुई थी। अपनी विभिन्न प्रकार की योजनाओं के लिए उन्हें श्रमिक और सहायक भी चाहिए थे। इसलिए वे अन्य देशों से आने वालों के मार्ग को रोकना नहीं चाहते थे अथवा अमरीका जैसे महादेश की सीमाओं को वे रोक नहीं सकते थे। वैसे भी यूरोपीय देशों से आने वाले गोरे लोगों से उनका कोई विरोध

नहीं था। इसलिए मेरे पड़दादा को यहाँ आने में कोई कठिनाई नहीं हुई होगी।"

टोरी गर्व से अपने पड़दादा के चित्र को देख रहे थे।

मैं अपने–आपसे पूछ रहा था कि मैंने या मेरे परिवार ने कभी अपने उस पिता पर गर्व किया जो नव–निर्मित पाकिस्तान में से सारे संकटों को झेल कर अपने परिवार को बचा कर लाये थे और सारी प्रतिकूल परिस्थितियों में भी उन्हें विकास और सुखमय जीवन का एक आधार बना कर दिया था।

"और यह देखिए, क्या है।" टोरी एक दूसरा चित्र दिखा रहे थे।

मैंने देखा, "यह तो कोई बड़ा–सा घंटा दिखायी दे रहा है।"

"घंटा ही है।" टोरी बोले, "यह वह घंटा है, जो वेलेज़िली के कैथोलिक चर्च में स्थापित किया गया है। इसे मेरे दादा इसी उद्देश्य से इटली से लेकर आये थे।"

"कैसे" मैंने कुछ चकित भाव से पूछा, "इतना भारी–भरकम घंटा किसी जलपोत में ही आया होगा।"

"हाँ। वे शिप में ही लाये थे।" टोरी बोले, "उनका विचार था कि वेलेज़िली में कैथोलिक धर्म के प्रचार के लिए इस पवित्र घंटे की बहुत आवश्यकता है।"

"अब यह किसकी सम्पत्ति है।"

"सम्पत्ति तो यह चर्च की ही है। दान दे देने के पश्चात वह आपकी सम्पत्ति नहीं रह जाती। किन्तु सारा वेलेज़िली जानता है कि चर्च में लगा यह घंटा डी–फाज़ियो परिवार के द्वारा चर्च को भेंट किया गया है और यह अमरीका में नहीं बना है, इटली में बना है, जहाँ रोम है और जहाँ पोप रहते हैं।"

टोरी की आँखों में गर्व का भाव था। जाने किस–किस बात का गर्व था। उनके पड़दादा ने इटली से आकर अपने कुटुम्ब को एक नये संसार में स्थापित किया था। यहाँ डी–फाज़ियो इस प्रकार से बसे थे, जैसे यह उनकी बस्ती ही नहीं थी, यहाँ शासन भी उनका ही था।

"यह भवन आपके पड़दादा ने बनवाया था?"

"नहीं, भवन की कहानी अलग है और मेरे दादा–पड़दादा की कहानी उससे कुछ भिन्न है।" वे रुके, "यह बना था 1889 में, मेरी पी. ऑस्टिन के लिए, जो यहाँ की पहली पोस्ट मिस्ट्रेस थीं। 1890 से 1952 तक

यह वेलेज़िली हिल्स पोस्ट ऑफ़िस था। 1894 से 1907 तक यह यहाँ का पहला टेलिफ़ोन एक्सचेंज था। 1923 से 1928 तक यह वेलेज़िली हिल्स का पहला बैंक था। 1900 में इसे वेलेज़िली एसोसिएट नाम की एक कम्पनी ने ख़रीद लिया और इसका कुछ विकास किया। 1920 में 9 नवम्बर को इसे मेरे दादा सैल्वाटोर डी–फाज़ियो ने ख़रीद लिया। किन्तु तब यह एक जला हुआ खँडहर था। 1952 में मेरे माता–पिता सैल्वाटोर डी–फाज़ियो जूनियर ने इसका जीर्णोद्धार कराया। तब से यह होम ऑफ़ डी–फाज़ियो मार्किट और विंडसर प्रेस इंक रहा है। उसकी स्थापना 1929 में हुई थी। 2005 में मैंने इसकी मरम्मत कराई और इसे अच्छी तरह स्थापित किया। सैल्वाटोर डी–फाज़ियो–III ने अर्थात् मैंने।" उसके स्वर में कुछ गर्व का भाव था।

"मेरे मन में एक प्रश्न है।" मैंने कहा, "वह इस भवन से कुछ भिन्न है। पूछूँ? बुरा तो नहीं मानेंगे?"

उनके चेहरे पर एक असमंजस था, किन्तु बोले, "पूछिए। आपके प्रश्न का बुरा क्या मानना।"

"प्रश्न अपमानजनक नहीं है; किन्तु व्यक्तिगत है। अमरीका में लोग प्राइवेसी पर बहुत बल देते हैं।"

"नहीं। आप पूछिए।"

"आपके दादा, आपके पिता और आपका नाम एक ही है। आप तीसरे सैल्वाटोर हैं। तो आपका पुत्र माइकेल चौथा सैल्वाटोर क्यों नहीं है?"

"इस नाम के लिए मुझ पर मेरे पिता का बहुत दबाव था। वे अपनी परम्परा की रक्षा करना चाहते थे; किन्तु मैंने अपने पुत्र को इस बोझ से मुक्त कर दिया है। अब हम अमरीकी हैं तो वह अमरीकी बन कर ही जिए। उसकी पत्नी मैक्सिकन है।"

"अच्छा, यह भवन आपके दादा ने ख़रीदा था। वे फलों का व्यापार करते थे।" मैंने कहा, "फिर इतना धन कहाँ से आ गया कि...उन्होंने अपने व्यापार में बहुत कमाया?"

"फलों का व्यापार मेरे परदादा ने आरम्भ किया था। यह जला हुआ मकान मेरे दादा ने ख़रीदा था। उसका जीर्णोद्धार मेरे पिता ने करवाया था। पैसा ख़रीदने पर भी लगा होगा और जीर्णोद्धार पर भी। थोड़ी लिपाई–पोताई मैंने भी करवाई है। आजकल भी इसकी मरम्मत चल रही है।"

"पर यह भवन जला कैसे?"

टोरी की आँखों में एक भयंकर दृश्य जागा।

"देखिए, वह पुरानी बात है। मैंने वह दृश्य देखा नहीं है। सुना बहुत है। उसी के आधार पर मेरी कल्पना ने उस दृश्य को बुना है।" वे रुके, "थोड़े संकोच से बता रहा हूँ। मैं एक प्रकार का लेखक भी हूँ। बहुत सारे दृश्यों को बुन कर अपनी डायरी में लिख लेता हूँ। यह स्टिल फ़ोटोग्राफी है। मैं कभी मूवी नहीं बना पाया।"

उन्होंने आगे बढ़ कर एक कुर्सी सीधी की और बोले, "आप इस पर बैठिए। मैं आपको अपनी डायरी देता हूँ।" वे जाते–जाते रुक गये, "यह मत सोचिएगा कि मैं अपनी लिखी चीज़ें पढ़वाने को उत्सुक, लीचड़ किस्म का लेखक हूँ। बस आपकी जिज्ञासा की शान्ति कर रहा हूँ।"

...वेलेज़िली में उसी सड़क पर उसी स्थान पर एक बड़ा–सा भवन था। यह वही भवन है, जिसमें आज हम बैठे हैं। उसके एक कमरे में दो बालक खेल रहे थे। अपने खिलौनों को छोड़ कर उनमें से एक बालक बिजली की तारों की ओर बढ़ गया। दूसरा भी उसके पीछे–पीछे आ गया।

"क्या कर रहे हो?"

"मैं देखना चाहता हूँ कि इन तारों के भीतर क्या है।"

"मेरा विचार है कि उनमें कुछ नहीं है। वे खाली हैं, या खोखली हैं।"

"देखो, पानी की पाइप में पानी होता है। वाष्प की नली में वाष्प होता है। तो ऐसा कैसे हो सकता है कि इन तारों के भीतर कुछ भी न हो। इन्हें बिजली की तारें कहा जाता है, तो निश्चित रूप से इनमें बिजली होगी। मैं देखना चाहता हूँ कि बिजली कैसी होती है।"

"कहीं कोई गड़बड़ मत कर देना।" दूसरे लड़के ने कहा।

"मैं कभी गड़बड़ नहीं करता हूँ। मैं वैज्ञानिक हूँ। खोज करना मेरा काम है।" पहले लड़के ने गर्व से कहा।

वह कई प्रकार के औजार ले आया था और बिजली की तारों से खेल रहा था। दूसरा लड़का उससे कुछ दूरी पर ही खड़ा, उत्सुकता से उसकी ओर देख रहा था।...

जाने क्या हुआ। दूसरे लड़के की समझ में कुछ नहीं आया। उसने केवल यह देखा कि ज़ोर का धमाका हुआ और जैसे एक बिजली–सी चमकी। पहला लड़का वहाँ से भाग गया था। दूसरे ने इतना तो देखा कि वहाँ आग लग चुकी थी। किस चीज़ में आग लगी थी और क्या जल रहा

था, यह सब उसने नहीं देखा। वह भी भाग गया। उसके मन में केवल एक ही बात थी कि क्या वह इस घटना की चर्चा किसी से नहीं करेगा। क्या वह किसी को बताएगा कि उसका बड़ा भाई बिजली को देखने का प्रयत्न कर रहा था और आग को देख कर भाग गया था?

आग बुझाई नहीं जा सकी और उस भवन का काफ़ी बड़ा भाग जल गया।

"वस्तुतः यह भवन जल गया था और किसी को भी उसकी कोई उपयोगिता नहीं लग रही थी। उसका कोई दाम नहीं था। मुझे मालूम नहीं है कि उस समय उस भवन का स्वामी कौन था। मुझे केवल वही मालूम है, जिसका सम्बन्ध मेरे परिवार से था। ...प्रथम डी–फाज़ियो ने उस जले हुए भवन को देखा। बहुत कुछ सोचा और फिर उसके स्वामी की खोज आरम्भ कर दी।"

"मेरे दादा ने प्रयत्न किया और बहुत सस्ते में सौदा कर लिया। वे वास्तविक व्यापारी थे। उस जले हुए भवन में बहुत कम बचा था और जो कुछ वे बचा सकते थे, उसे बचाया। उसमें उन्होंने अपना फल, सब्ज़ी और ग्रोसेरी का बाज़ार आरम्भ किया।..."

"उनके पास और भी तो बहुत सारी सम्पत्ति थी।" मैंने डायरी से दृष्टि उठा कर टोरी की ओर देखा।

"हाँ। कुछ उन्होंने कमाया और कुछ मेरी दादी के मायके से आया।"

मन तो हुआ कि दादी के मायके का क़िस्सा भी पूछ लूँ; किन्तु अपने आपको रोक लिया। कितने भी खुले हुए हों किन्तु टोरी हैं तो अमरीकी ही। कहीं उन्हें कुछ चुभ गया तो उन्हें अच्छा नहीं लगेगा। एक बार बच्चों का विवाह हो जाए, फिर देखा जाएगा।...

16

लिज़ा की बड़ी बहन मारिया ने अपने घर के द्वार पर हमारा स्वागत किया। उसका क़द–काठ लिज़ा से काफ़ी अधिक हृष्ट–पुष्ट था। उसे मोटी भी कहा जा सकता था। वह अपनी माँ से एकदम भिन्न थी। शैला इस उम्र में भी पतली और तन्वंगी थीं। वे लम्बी दिखायी देती थीं। मारिया अपनी चौड़ाई के कारण लम्बी नहीं, विराट लगती थी। वह अपनी माँ पर तो नहीं गयी थी। सम्भव है पिता से क़द–काठी ली हो। प्रकृति ने उसे

माइकेल की सी प्रवृत्ति दी होती तो उसे भी खिलाड़ी बनना चाहिए था; किन्तु वह तो साधारण घरेलू महिला बन गयी।... मेरे विषय में वह कुछ नहीं जानती थी कि मैं नमस्ते करना पसन्द करता हूँ; इसलिए वह अपने समाज के प्रचलन के अनुसार आकर मेरे गले लग गयी। अमृता से भी गले मिली और बड़ी गर्मजोशी से उसका हाथ पकड़ कर अपनी प्रसन्नता प्रकट करती रही। इसी दौरान वह विभु की प्रशंसा भी कर गयी और बताया कि उसके माता–पिता और भाई दिल्ली से लौट कर कितने प्रसन्न थे। उसने उनसे होली के विषय में भी बहुत कुछ सुना था।

वह हमें घर की बायीं ओर की सँकरी–सी गली से घर के पिछवाड़े में ले गयी। वहाँ एक बड़ा–सा खुला दालान था, जिसमें विभिन्न प्रकार के उपकरणों से धूप से बचने के लिए छोटी–छोटी छतरियाँ बनायी गयी थीं। सारे दालान में मेज़ और कुर्सियाँ लगी हुई थीं। एक अस्थायी से कमरे में खाने–पीने के सामान की मेज़ें लगी हुई थीं। उसकी बायीं ओर एक कुआँ–सा था। मैंने पास जा कर देखा, उसे भर दिया गया था। अब वहाँ एक मुँडेर मात्र थी। उसी के पीछे दीवार से लगा कर वह बोर्ड खड़ा कर दिया गया था, जिस पर दिल्ली में हुए विवाह के ढेर सारे रंगीन चित्र लगे थे। वह वहाँ एक बड़ा आकर्षण था। भारतीय परिधान में सजी हुई असंख्य नारियाँ और उनके परिधानों में रंगों की जो बहार थी, वह अमरीका में कहाँ थी। सैकड़ों स्त्रियों को देख जाएँ, कोई दो महिलाएँ एक जैसी साड़ी में दिखायी नहीं देंगी। होली से भी अधिक रंगदार होती हैं हमारे यहाँ की शादियाँ। वहाँ आया हुआ प्रत्येक व्यक्ति उन चित्रों को देखने जाता था और फिर हमारे पास आकर उनकी प्रशंसा करता था।

अभी तक अधिक लोग नहीं आये थे। धीरे–धीरे आ रहे थे। नये आये लोगों को हमारे पास ला कर उनका परिचय कराया जाता और पुरुष हाथ मिलाते थे, महिलाएँ गले लग जाती थीं। पहले मैंने सोचा था कि बहुत आत्मीय लोगों से ही गले मिला जाता है; किन्तु यहाँ तो लिज़ा के साथ कपड़ों की दुकान पर विक्रय कर्मचारी रही हुई महिलाएँ भी गले ही मिल रही थीं और लिज़ा बताती थी, "पिता जी, वी सर्व्ड टुगेदर ऑन द क्लोद्स शॉप ऑन द मेन रोड।"

हमारे पास बात करने को कुछ नहीं था। दो–एक औपचारिक बातों के पश्चात् वे आगे बढ़ जातीं।

मारिया पीने के लिए एक ट्रे में सजा कर बहुत से गिलास ले आयी थी।

मैं ध्यान से ट्रे को टटोल रहा था कि मारिया बोली, "दिन के समय हार्ड ड्रिंक कोई नहीं लेता और आप निश्चिन्त रहें, हमारे परिवार में वैसे भी कोई अल्कोहल नहीं लेता।"

मुझे आश्चर्य हुआ, "कोई नहीं?"

"कोई नहीं। हमारे परिवार में अल्कोहल के लिए ज़ीरो टॉलरेंस है।"

इससे पहले मैंने कभी कल्पना भी नहीं की थी कि कोई अमरीकी परिवार ऐसा भी होगा, जो शराब बिल्कुल न पीता हो।... मैंने एक गिलास उठा लिया, पर तभी माइकेल आ गया।

"हैलो डॉ. कात्यायन।"

मुझे उससे हाथ मिलाने के लिए गिलास मेज़ पर रखना पड़ा, नहीं तो वह छलक अवश्य जाता।

"सो इट इज़ आवर वैशाली।" वह हँसा।

तो उसने होली वाले दिन एकत्रित हुए हमारे मित्रों को याद रखा था। हमारी वैशाली कैसी थी, वह जानता था।

"जैनेट नहीं आयी?" मैंने पूछा।

"वह थोड़ी देर में लियो को लेकर आएगी।"

वह चला गया और फिर थोड़ी ही देर में एक लम्बे और पतले–दुबले युवक को ले कर आया, "इनसे मिलिए। ये हमारी बुआ के पुत्र हैं। इनके पिता लॉ लायब्रेरी में लायब्रेरियन थे। हैं तो ये भी लायब्रेरियन; किन्तु इनकी विशेषता यह है कि ये रेयर बुक्स के लायब्रेरियन हैं।"

मैंने उनसे हाथ मिलाया और अपनी दृष्टि से उसकी ऊँचाई नापने का प्रयत्न किया : वह व्यक्ति छह फ़ीट तीन–चार इंच लम्बा तो अवश्य ही होगा। अधिक भी हो सकता है।

"आप असाधारण रूप से लम्बे हैं।" मैंने कहा।

"हाँ। किन्तु मेरे पिता मुझसे भी दो इंच ऊँचे हैं।" वह बोला, "मुझे बताया गया है कि आप प्रोफ़ेसर थे और अब केवल लेखक ही हैं।"

"पढ़ाना मेरी नौकरी थी और लिखना मेरा जीवन है।"

"क्या लिखते हैं?"

"मुख्यतः कथाकार हूँ। वैसे गद्य की प्रत्येक विधा में कुछ–न–कुछ लिखा ही है। जैसा भी लिखा हो; किन्तु अभी उनकी गिनती रेयर बुक्स में नहीं हो पायी है। इसलिए वे आपके पास नहीं पहुँची हैं।"

"वे रेयर क्यों नहीं हैं—जानते हैं?" वह हँसा, "क्योंकि वे बाज़ार में उपलब्ध हैं और लोग उन्हें ख़रीद कर पढ़ते हैं।"

"आपके पास भी आएँगी; किन्तु तब मैं इस संसार से जा चुका हूँगा।"

"चलिए, आपकी बात मान ली कि आप जा चुके होंगे और मैं अपने संसार में ही होऊँगा।" वह बोला, "किन्तु वह भविष्य की बात है। वर्तमान की बात करें...अगस्त में दिल्ली में रेयर बुक्स के विषय में एक अन्तर्राष्ट्रीय मीटिंग हो रही है और मैं उसमें सम्मिलित होने के लिए आ रहा हूँ। आप उन दिनों दिल्ली में हुए तो आपसे भी मिलूँगा।"

"अवश्य, अवश्य।" मुझसे पहले अमृता बोली, "हमें प्रसन्नता होगी। कहना चाहिए कि हम आपकी प्रतीक्षा करेंगे।"

लिज़ा आयी, "मारिया पूछ रही है, आपने हमारे इस घेर को अच्छी तरह देख लिया है?"

"देख तो लिया है।" मैंने कहा।

"आइए, मैं आपको दिखाऊँ।"

वह हमें घेर के अन्त तक ले गयी। ...ओह... यह तो मैंने सोचा भी नहीं था कि इस तीन फ़ीट ऊँची दीवार के नीचे इतनी गहरी खाई होगी।

"यह ऐसा ही नहीं था।" अब तक मारिया भी आ गयी थी, "वह जो बन्द कुआँ है न, उसके बाद से ही ज़मीन की ढाल थी। मेरे पति ने पहले तो यह दीवार बनवायी। दस—बारह फीट तो होगी ही। फिर इसकी भराई करायी और इस सारे क्षेत्र को समतल बनाया। अब वे इसको एक गार्डन बनाना चाहते हैं। अगली बार आप जब कभी भी आएँगे, मुझे पूरा विश्वास है कि यहाँ एक गार्डन होगा।"

"तुम्हारे पति साधारण बिल्डर नहीं, पूरे टाउन प्लैनर हैं।"

वह प्रसन्न थी, "वह कैसे?"

"वे वन को आँगन में और पहाड़ों की ढाल को समतल में बदल सकते हैं।" मैं बोला, "यहाँ कितनी मिट्टी डालनी पड़ी?"

"बेहिसाब।" वह बोली, "लगता था कि उसका कभी अन्त ही नहीं होगा; किन्तु उन्होंने कभी हिम्मत नहीं हारी।..."

लिज़ा की एक और सहेली आ गयी थी। उसने लिज़ा के साथ विएना में 'नाटक' की पढ़ाई की थी। वे उसे ग्रेजुएशन कहते हैं। मैं थोड़ा चकित होता हूँ। उस देश में प्राइमरी स्कूल का बच्चा भी ग्रेजुएशन करता है, मेरा मन होता है कि कहूँ कि तुम्हारे देश में तो प्रत्येक व्यक्ति

डबल ग्रेजुएट या ट्रिपल ग्रेजुएट होता है। पर हमारे हिसाब से होता वह बी.ए. पास ही है।

"तुम भी ऐक्ट्रेस हो?" मैंने पूछा।

विभु ने मुझे टोक दिया, "पिता जी, यहाँ उसको भी ऐक्टर ही कहते हैं।"

"चलो ऐक्टर ही सही। क्या तुम भी ऐक्टर हो?"

"नहीं। अभी ऐक्टर नहीं बन पायी। एक नाटक कम्पनी के लिए फंड्स इकट्ठा करने का काम करती हूँ।" वह बोली।

"तुम्हें अच्छा लगता है?"

"नहीं। अच्छा तो नहीं लगता; किन्तु बार–गर्ल या सेल्स–गर्ल की तुलना में तो यही अच्छा है। कम–से–कम इसका सम्बन्ध थियेटर से तो है।"

पिछली बार हम जब विभु के पास सियैटल आये थे तो उसने बताया था कि लोग अपनी रुचि के कारण साहित्य, इतिहास अथवा दर्शन की डिग्रियाँ प्राप्त कर लेते हैं और उसके बाद नौकरी के नाम पर प्लेटें धोने, मेज़ साफ़ करने या स्टोर में नया आया सामान अलमारियों में लगाने का काम मिलता है। ...उसने यह भी कहा था कि यदि वह थियेटर में नहीं आता तो कदाचित उसे पढ़े–लिखे बैरों से मिलने का अवसर ही नहीं मिलता। ...यह लड़की भी थियेटर में ग्रेजुएशन कर लोगों से चन्दा इकट्ठा करने का काम कर रही थी। उसके काम में जाने कितना उसका कौशल था, कितना उसका रूप–रंग था और कितना अंश दाता की दयालुता का था। पर चलिए वह काम कर तो रही थी।

"दे टॅल मी दैट यू आर ए स्कॉलर। आई हैव ए क्वेस्चन फार यू।"

"पूछो। स्कॉलर ऑर नो स्कॉलर।"

"ये बहाई कौन होते हैं?"

"यह पन्थ ईरान में आरम्भ हुआ और मैं समझता हूँ कि उनकी पृष्ठभूमि इस्लाम की है।"

"पर विभु कहता है कि उनका इस्लाम से कुछ लेना–देना नहीं है।"

"विभु के यह कह देने से मैं गलत तो नहीं हो जाता।"

"बात आपके या मेरे गलत होने की नहीं है पिता जी।" विभु बोला, "महत्त्वपूर्ण यह है कि इस लड़की को उसके प्रश्न का ठीक उत्तर मिले।"

"प्रश्न का सही उत्तर पूछने से न मिले तो पढ़ना पड़ेगा।" मैंने कहा,

"जॉन मिल की माँ सदा कहा करती थी, 'सन, रीड एंड यू विल नो।' "

अब शैला हमारे पास आ गयी थीं। बोलीं, "मैं बच्चों में व्यस्त रही। इसलिए आपके पास आ नहीं सकी। अब देखा है कि आप लोग बातों में ही लगे हैं। कुछ भी खा नहीं रहे। लिज़ा, तुम अपनी सहेलियों को ला कर मिलवा रही हो, किन्तु कुछ खिलाना–पिलाना भी तो चाहिए। तुम्हारे सास–ससुर डायटिंग पर नहीं हैं।"

"मेरी एक जिज्ञासा है शैला।" मैंने कहा, "आपका और हमारा सम्बन्ध क्या है? उस सम्बन्ध का नाम क्या है?"

"यू आर माई डॉटर्स फादर इन लॉ।"

"लिज़ा का मैं ससुर हूँ, जैसे आप विभु की सास हैं; किन्तु आप मेरी क्या हैं? मैं आपका क्या हूँ?"

वे सोचती रहीं, "मेरा विचार है कि अंग्रेज़ी में उसके लिए अलग से कोई शब्द नहीं है। ...सम्भव है कि यूरोप की किसी अन्य भाषा में हो। किन्तु यह भी सम्भव है कि किसी भी भाषा में न हो। हाँ। हिन्दी में क्या शब्द है?"

"हिन्दी में हम उसे समधी और समधन कहते हैं। जिसका अर्थ होता है, समान धी अर्थात् बुद्धि वाले।" मैं बोला, "शब्द का अर्थ तो वह है किन्तु व्यवहार में वही हो, यह आवश्यक नहीं है।"

"गुड।" वे बोलीं, "वी शुड एडाप्ट इट इन इंग्लिश।" वे घूमीं, "मारिया, लिज़ा। खाने के लिए कुछ लाओ।"

खाने के लिए सारा सामान बेकरी से आया था, जो हम प्रातः से ही टूंग रहे थे। उसे खाकर पेट भरना हमारे अभ्यास में नहीं था, बस भूख को बहलाना ही था। वहाँ कितने ही लोग ऐसे भी थे–माईक भी उनमें से एक था–जो केवल तरल पदार्थों पर ही निर्भर थे। उन्हें खाने के लिए कुछ भी ठोस नहीं चाहिए था।

"पिता जी, आप समधी का अंग्रेज़ी शब्द पूछ रहे हैं। मेरा विचार है कि अंग्रेज़ी में सारे ही सम्बन्धों के लिए मोटे तौर पर एक ही शब्द है।" विभु ने कहा, "चाचा, ताया, मासड़, मामा, फूफा इन सबके लिए एक ही शब्द है–अंकल। साला, बहनोई, साढू, जेठ, देवर सब ही ब्रदर–इन–लॉ हैं। साली, सलहज, भाभी, ननद सब सिस्टर इन लॉ हैं। भांजा, भतीजा नेफ्यू हैं। उन्हें रिश्तों की पहचान बहुत कम है। अब किसी अमरीकी से पूछेंगे कि पंजाबी में जेठ का बेटा जठीया होता है, अंग्रेजी में क्या होता है। उन्हें जेठ ही नहीं पता तो जठीया कैसे जानेंगे।"

मैं सोच रहा था कि वह ठीक ही कह रहा था। इस विषय पर एक पूरी पुस्तक लिखी जा सकती है।

***

प्रातः ही विभु ने बताया कि आज टोरी बहुत व्यस्त हैं। परसों विवाह है न। उसकी तैयारियाँ हो रही हैं। ...वे लोग, अर्थात् लिज़ा और विभु, प्रातः के समय खाली थे। वे हमें आसपास का कुछ क्षेत्र दिखा देंगे और विशेष रूप से कॉनकोर्ड, जहाँ अमरीकियों और अंग्रेज़ों में पहली लड़ाई हुई थी। ...कॉनकोर्ड...मेरे मन में यह नाम गूँजने लगा। अत्यन्त परिचित था यह नाम। ...पिछली बार जब हम अमरीका आये थे और दो रातें चेम्सफोर्ड विलेज में आनन्द साहब के घर पर ठहरे थे, तो वे भी हमें कॉनकोर्ड दिखाने लाये थे। पर उस समय मेरी रुचि अंग्रेज़ों और अमरीकियों के युद्ध में नहीं थी। स्वामी विवेकानन्द के सन्दर्भ में मैंने कैथेरिन सैनबोर्न के विषय में पढ़ा था। स्वामी उनके घर 'ब्रीज़ी मेडोज़' में ठहरे थे। कैथेरिन के चचेरे भाई फ्रैंकलिन बैंजामिन सैनबोर्न उस समय इस क्षेत्र के सामाजिक विज्ञान की संस्था के सचिव थे। सबसे पहले उन्होंने ही स्वामी विवेकानन्द की प्रतिभा को पहचाना था और अपनी बहन से कहा था कि इस मेधावी पुरुष की प्रतिभा को यहाँ–वहाँ भाषण करवा कर नष्ट मत करवाओ। श्री सैनबोर्न ही स्वामी को प्रो. हैनरी जॉन राइट से मिलवाने ले गये थे। डॉ. सैनबोर्न, कॉनकोर्ड के ही रहने वाले थे। तभी मुझे ज्ञात हुआ था कि यह स्थान अंग्रेज़ों के साथ युद्ध करने के लिए ही नहीं, अपने विद्वानों के लिए भी प्रसिद्ध था। ...तो लिज़ा हमें वह स्थान दिखाना चाहती थी। मुझे देखने में क्या आपत्ति होती। इसी बहाने फिर घूम आएँगे। स्वामी विवेकानन्द की कुछ स्मृतियाँ ताज़ा कर आएँगे।...

आज लिज़ा के पास शैला की छोटी गाड़ी थी, इसलिए वह शान्त मन से मज़े में गाड़ी चला रही थी। खुली सड़कें थीं। गाड़ियों की संख्या अधिक नहीं थी। दिल्ली की तुलना में तो एकदम नगण्य थीं।

आधे–पौने घंटे के पश्चात् जहाँ उसने गाड़ी रोकी, वह कोई ढंग का कस्बा भी नहीं था। यह कोई सराय थी। उस पर बड़े–बड़े अक्षरों में रोमन लिपि में लिखा था–'इन'।

"यह उन्हीं दिनों की सराय है, जब अंग्रेज़ों और अमरीकियों में लड़ाई हो रही थी।"

हमने उस सराय में बैठ कर कॉफ़ी पी। वहाँ चीज़ें बेहद महँगी थीं। किन्तु हम तो उस प्राचीन सराय को देखने गये थे। कॉफ़ी पीना हमारा लक्ष्य नहीं था। उस सराय को उसके मूल रूप में रखने का पूरा प्रयत्न किया गया था। मैं नहीं जानता कि मध्यकालीन यूरोप कैसा था; किन्तु उस सराय को देखकर यही लगता था कि हम मध्यकालीन यूरोप में बैठे हैं। हम पैसे कॉफ़ी के नहीं, मध्यकालीन यूरोप को आज के युग में जीवित रखने के दे रहे थे।

"ये लोग अपनी पुरानी चीज़ों को बहुत सहेज कर रखते हैं; किन्तु उसे सहेजने का ख़र्च ग्राहकों से वसूलते हैं।" विभु ने हिन्दी में कहा। उस वाक्य का उसने अंग्रेज़ी में अनुवाद नहीं किया। स्पष्टतः वह नहीं चाहता था कि लिज़ा उसके इस विचार को सुने और समझे।... मुझे प्रभु याद आ रहा था। वह जब पुर्तगाल से लौटा था तो ऐसी कितनी ही कहानियाँ सुनाता था। अपने देश की संस्कृति, इतिहास और सौन्दर्य को सहेजने के लिए वह उनके प्रयत्नों की भी प्रशंसा करता था; किन्तु उनको देखने के लिए इतना भारी शुल्क देना उसे भी अखरता था। हमें अपने देश का अभ्यास था। भारत में ऐसे स्थान देखने के लिए या तो कोई शुल्क नहीं था या फिर नाममात्र का था। परिणामतः उन संस्थाओं के पास पैसे की कमी होती थी और राष्ट्र की सम्पत्ति की ठीक से देखभाल नहीं हो सकती थी। आज भी किसी स्थान पर किसी महान् व्यक्ति की मूर्ति लगाई जाती थी तो उसके रखरखाव के लिए पैसों की कमी पड़ जाती थी, क्योंकि उस मूर्ति को देखने के लिए किसी प्रकार का शुल्क नहीं लगाया जाता था।...

कॉफ़ी पीकर हम बाहर निकले। पास के एक मैदान में एक प्रदर्शनी लगी हुई थी। प्रदर्शनी अमरीकियों के स्वातन्त्र्य–युद्ध के सन्दर्भ में थी। वहाँ उसी विषय पर एक छोटी–सी फ़िल्म भी दिखायी जा रही थी। प्रदर्शनी में मेरी कोई विशेष रुचि नहीं थी; किन्तु वह फ़िल्म मैं देखना चाहता था। उसके आरम्भ होने में अभी दस मिनट शेष थे। दस मिनट हम सब घूमते रहे। कुछ चीज़ें देखने की थीं, कुछ बिक भी रही थीं। मेरी रुचि की चीज़ें नहीं थीं। बच्चों को स्मृति के रूप में देने के लिए कुछ लिया जा सकता था। किन्तु एक सूई को भी हाथ लगाओ तो वह एक या दो डॉलर की तो होगी ही। मेरा मन तत्काल उसे रुपयों में बदल देता था : पचास या सौ रुपये। पचास या सौ रुपयों में कोई सूई क्यों ख़रीदे।... यदि विभु को कहता तो वह ले देता। उसके लिए दो–चार डॉलर महत्त्व नहीं

रखते थे। किन्तु वह तो और भी लीचड़पन लगता। डॉलर तो डॉलर ही था, मेरा होता अथवा मेरे बेटे का। इसलिए कुछ नहीं ख़रीदा।...

फ़िल्म का समय हो गया था। हम जाकर थियेटर में बैठ गये। छोटा–सा थियेटर था। कठिनाई से पच्चीस–तीस लोग बैठ सकते थे। मंच के दोनों कोनों पर सीढ़ियाँ बनी हुई थीं। उन्हीं सीढ़ियों में से युद्ध के दिनों का परिधान पहने हुए एक युवक नीचे उतरा। उसने बताया कि गाँव में ज़ोरों का युद्ध चल रहा है। एक ओर इंग्लैंड की प्रशिक्षित सेना थी और दूसरी ओर गाँव की मिलीशिया। मिलीशिया वालों को यह सुविधा थी कि वे किसी भी घर में जा छिपते थे और अंग्रेज़ सेना उन्हें ढूँढ़ती रहती थी। पर वे प्रशिक्षित थे। उनके पास अच्छे शस्त्र थे; किन्तु वे अपनी नौकरी कर रहे थे और मिलीशिया वाले अपने ग्रामों, अपने घरों और अपने परिवारों को बचाने में लगे थे।... वह लघु फ़िल्म उन दिनों की एक झलक मात्र थी।

एक आलेख प्रदर्शित किया गया था, जिसमें कुछ और बातें थीं। मैंने उसी में से विद्वानों के नाम पढ़े। रॉल्फ वाल्डो इमर्सन, नेथेनियल हाथहॉर्न, ब्रानसन एल्कॉट, हेनरी डेविड थूरो और हेनरी जेम्स का कॉनकोर्ड के साथ कोई–न–कोई सम्बन्ध था। कोई वहाँ जन्मा था, कोई वहाँ आकर बसा था, किसी ने वहाँ बैठकर अपना लेखन किया था। यही कारण था कि वह विद्वानों का कस्बा कहलाता था।

"अब?" मैंने लिज़ा की ओर देखा।

"आइए। अब हम नहर पर बने उस पुल को देखें, जिसको जीतने के लिए दोनों पक्षों में आमने–सामने युद्ध हुआ था।"

बायीं ओर एक कच्ची सड़क जा रही थी। दूर से ही दिख रहा था कि पुल पर नहर से पहले एक सिपाही की मूर्ति बनी हुई थी।

हम निकट आये। वह सचमुच एक सामान्य सिपाही की मूर्ति थी और आलेख कह रहा था कि यह वह स्थान है, जहाँ हमारा पहला शत्रु गिरा था। मैं फिर कुछ चौंका... अब तक प्रायः यही पढ़ा था कि हम यहाँ विजयी हुए। और यह आलेख कह रहा था कि हमारा शत्रु यहाँ गिरा था।...

हम उस नहर, पुल और उस मूर्ति का निरीक्षण कर लौट रहे थे। मैं और अमृता दोनों ही थके हुए थे।

गाड़ी में बैठते हुए लिज़ा ने कहा, "इस प्रकार अपना रक्त बहा कर हमने अपना राष्ट्र पाया है, शायद इसीलिए हमारी संस्कृति में हिंसा का महत्त्व है।"

मैंने उसकी ओर देखा, कहा कुछ भी नहीं किन्तु मेरा मन लगातार एक रिकार्ड बजा रहा था...जब यूरोप के विभिन्न देशों से लोग यहाँ आये थे, तब भी यहाँ एक राष्ट्र बसता था। अब वे नहीं हैं या न के बराबर हैं। वह नरसंहार किसने किया था? अफ्रीका और एशिया के देशों से लोगों को शृंखलाओं में बाँध कर कोड़े मार–मार कर उन्हें दास बना कर कौन लाया था। उस रक्तपात और राक्षसी व्यवहार के पश्चात् ही यह राष्ट्र बना था...

लिज़ा से यह सब कहना मुझे अच्छा नहीं लगा। वह मेरी पुत्रवधू थी। उसे बचपन से यही पढ़ाया गया था। अमरीकी बच्चों को उनके पूर्वजों के विषय में कैसे बताया जा सकता था कि वे डाकू, लुटेरे, दासों का व्यापार करने वाले मानव–तस्कर और हत्यारे थे। यदि मैं ऐसा कुछ कहता तो लिज़ा को दुख होता। लिज़ा को चोट पहुँचा कर मुझे क्या मिलता। सत्य क्या है, वह तो संसार के इतिहास ग्रन्थों में अंकित है। मेरे कहने न कहने से क्या अन्तर पड़ेगा।...

***

विवाह में एक दिन बचा था। आज लिज़ा की बहन, फूफी और मौसी को भी आ जाना था। उसकी बहन मॉरीन, अपनी बड़ी बहन के साथ ठहरने वाली थी; क्योंकि अब इस घर में कोई कमरा खाली नहीं था। एक छोटा कमरा, जिसमें एक ही पलँग लग सकता था, वह लिज़ा की मौसी के लिए था। उनके विषय में बताया गया था कि वे स्कूल में पढ़ाया करती थीं। अभी–अभी नौकरी से अवकाश ग्रहण किया है। लिज़ा के फूफा लॉ यूनिवर्सिटी के लायब्रेरियन हुआ करते थे। कल हम रेयर बुक्स के जिस लायब्रेरियन से मिले थे, वह उन्हीं का बेटा था। बुआ और फूफा पास के किसी होटल में ठहरने वाले थे।

हम ऊपर अपने कमरे में थे, जब यह सूचना मिली कि मॉरीन आ गयी है। उसके साथ उसकी दो छोटी बच्चियाँ थीं। नीचे से उनकी ऊँची और प्रसन्न आवाज़ें आ रही थीं। उत्साहपूर्ण और उत्तेजित आवाज़ें।

अमृता ने मेरी ओर देखा, "नीचे चलें? मॉरीन से मिल आएँगे।"

मैं द्वन्द्व में था, "थोड़ी प्रतीक्षा करते हैं। वे लोग परस्पर मिल लें फिर कोई–न–कोई तो समाचार ले कर आएगा ही।"

हम प्रतीक्षा करते रहे; किन्तु कोई नहीं आया। नीचे से आवाज़ों का आना भी बन्द हो गया था। शायद वे लोग कहीं चले गये थे।

थोड़ी देर में विभु आया, "आइए। खाना खा लें।"

हम नीचे आ गये। खाने की मेज़ पर न लिज़ा थी, न मॉरीन, न उसकी बच्चियाँ।

"लिज़ा कहीं गयी है क्या?"

"वह मॉरीन के साथ पार्लर गयी है। कल समय नहीं मिलेगा। इसलिए दुल्हन बनने की सारी तैयारी आज पूरी कर देनी है। हजामत और पोताई इत्यादि।" विभु ने हिन्दी में कहा।

मैंने ध्यान दिया, वह हेयरकट और मेकअप के स्थान पर हमारे परिवार में प्रचलित मुहावरा बोल रहा था।

"मुझे उसका वेडिंग ड्रेस भी तैयार करना है।" शैला के स्वर में शिकायत थी, "दो बार प्रेस कर के उसे दे चुकी हूँ; किन्तु वह सँभाल कर रखती ही नहीं। मोड़–तोड़ कर उसकी प्रेस ख़राब कर देती है। आज उसे प्रेस कर के मैं अपने पास ही रखूँगी। कल प्रॉविंस टाउन भी मैं ही ले कर जाऊँगी। नहीं तो वहाँ फिर से प्रेस करने का काम करना पड़ेगा।"

वे विवाह के कार्यों में व्यस्त थीं; और अतिथि भी आ गये थे। उनकी देखभाल में बेटी सहायता क्या करती, वह तो विवाह के अपने कपड़े भी नहीं सँभाल पा रही थी। वैसे भी शैला निपुण और दक्ष गृहिणी थीं। दिनभर सूचियाँ बना–बना कर कहीं–न–कहीं चिपकाती रहती थीं। अलग–अलग लिफ़ाफ़ों में विभिन्न प्रकार की चीज़ें डाल कर सँजोती रहती थीं। ...लिज़ा का ध्यान भी इन चीज़ों की ओर नहीं होगा। परसों उसका विवाह था। कल प्रॉविंस टाउन जाना होगा। लिज़ा और विभु हमारे आने से पहले ही एक चक्कर प्रॉविंस टाउन का लगा आये थे। ठहरने के लिए होटल के कमरे, खाना खाने के लिए रेस्ट्रां, फोटोग्राफर और पादरी...बहुत कुछ निश्चित करना था उनको। ...चर्च में एक नॉन–कैथोलिक का विवाह बड़ी समस्या थी। उसके लिए उसे चर्च के किन–किन अधिकारियों से अनुमति लेनी पड़ती थी।...

मैं उसका सरल मार्ग भी जानता था। विभु बपतिस्मा लेने को तैयार हो जाता तो किसी पादरी और किसी चर्च को शिकायत नहीं होती। दिल्ली में उनके विवाह से पहले हम भी कई मन्दिरों और कई संस्थानों में घूमे थे। कई प्रकार की शर्तें हमारे सामने भी आयी थीं। लड़की अमरीकी

है, सुनते ही विवाह–अधिकारी सावधान हो जाते थे। उसकी शुद्धि करनी होगी अथवा नहीं। उसके माता–पिता की अनुमति है या नहीं। बिरला के लक्ष्मी नारायण मन्दिर के अधिकारी ने तो यहाँ तक कह दिया कि इस विवाह के लिए लड़के और लड़की दोनों के ही माता–पिता को एफिडेविट देना पड़ेगा कि विवाह उनकी सहमति से हो रहा है। मैंने उससे तर्क करना चाहा, "वे जब सशरीर स्वयं विद्यमान होंगे तो..."

"एफिडेविट फिर भी देना होगा।" वह बोला, "यह हमारा नियम है। उसके बिना हम विवाह नहीं करवाएँगे। और विवाह का प्रमाण–पत्र हम नहीं देते हैं।"

हमारे पास एक सुविधा यह थी कि उन मन्दिरों या संस्थाओं में विवाह करवाना अनिवार्य नहीं था। हमने अपने चुने हुए स्थान पर पंडित जी को बुला कर विवाह करवा दिया। ...विभु कह रहा था कि डी–फाज़ियो परिवार ने भी कोई व्यवस्था कर ली थी और प्रॉविंस टाउन के चर्च के पास्टर ने अपनी स्वीकृति दे दी थी।...

***

शाम को चाय के लिए हम नीचे उतरे तो लिज़ा की मौसी भी आ चुकी थी; और उसकी बूआ सबसे मिलने आयी हुई थी।

"दोपहर को लिज़ा की बहन आयी थी और सन्ध्या समय टोरी और शैला की बहनें भी आ गयी हैं।" मैंने कहा।

"हाँ। अब सब लोग आ चुके हैं।" विभु ने बताया, "अब कल प्रातः प्रॉविंस टाउन चलने की तैयारी करनी है।"

हमारे आने से पहले लिज़ा की मौसी दिल्ली की शादी के चित्रों का एलबम देख रही थीं। वे अपनी बहन शैला के समान न तो उतनी लम्बी थी और न ही दुबली–पतली। गठा हुआ कुछ मर्दाना शरीर था। वह अमृता के पास ऐसे आ बैठीं, जैसे कोई बच्चा अपनी पुस्तक ले कर अपने प्रश्नों का समाधान पाने के लिए किसी जानकार के पास आ बैठता है। वे चित्रों के माध्यम से भारतीय विवाह–पद्धति और रीति–रिवाजों को समझने का प्रयत्न कर रही थीं। वे वस्त्रों के रंगों पर मुग्ध थीं। और विधि–विधान का अर्थ समझने का प्रयत्न कर रही थीं।

लिज़ा के फूफा मुझसे भारतीय राजनीति की चर्चा करना चाहते थे। मैं

इस नये–नये सम्बन्ध में अपने समधियों के जामाता को रुष्ट करना नहीं चाहता था; और ऐसा सम्भव नहीं था कि किसी अमरीकी से राजनीति पर चर्चा हो और संवाद में कोई कटुता न आये। उनसे एक ही प्रश्न पूछा जाए कि अमरीका पाकिस्तान को इतना धन और हथियार क्यों देता है, जबकि वह जानता है कि पाकिस्तान उसका उपयोग भारत के विरुद्ध आतंकवादियों की सहायता के लिए करेगा?

अमरीका क्या उत्तर देगा। उसके पास कहने को है ही क्या? वह कहेगा, "हम पाकिस्तान की सहायता करेंगे, फिर भी तुम हमें अपना मित्र मानो। पाकिस्तान हमारे दिये हुए हथियारों से तुम पर आक्रमण करता है तो अपने बहते हुए रक्त को पोंछ कर मुस्कराओ। ...हम जानते हैं कि वह संसारभर के आतंकियों की सहायता करता है। फिर भी आतंकवाद से संघर्ष के नाम पर हम उन्हें करोड़ों डॉलर देते हैं। तुम यह सब देखो और अपनी आँखें बन्द कर लो।"

वस्तुतः अमरीका कोई संवाद नहीं करता। वह स्वयं को संसार का स्वामी मान कर केवल आदेश देता है। फिर उससे क्या चर्चा की जाए।

लिज़ा अभी तक आयी नहीं थी। जाने वह अपनी बहन के साथ किस प्रकार की ख़रीददारी में व्यस्त थी। वह अपने विवाह के संसार में होगी। मैंने भी जीवन में यही जाना है कि प्रेम–सम्बन्धों में कामना से आरम्भ हो कर उपलब्धि तक का कालखंड ही जीवन का सबसे सुहाना समय होता है।

17

लिज़ा और विभु प्रातः ही बॉस्टन चले गये थे। वहाँ से वे स्टीमर पर सीधे प्रॉविंस टाउन जाने वाले थे। उनका विवाह था और उनको ही प्रबन्ध करना था और अगवानी करने वाले भी वे ही लोग थे।

शैला प्रातः से ही अपनी बहन के साथ व्यस्त थीं। मुझे उनका व्यवहार कुछ शुष्क और अवज्ञापूर्ण लग रहा था। ऐसे में मेरा दम घुटने लगता है। इच्छा होती है कि यथाशीघ्र वहाँ से निकल जाऊँ; किन्तु विवाह को, वह भी अपने पुत्र के विवाह को छोड़ कर कैसे निकल जाऊँ। विभु के पक्ष के लोग ही कितने होंगे। यदि ऐसे अवसर पर सन्तान के लिए माता–पिता की उपस्थिति इतनी महत्त्वपूर्ण न होती तो न तो लिज़ा के माता–पिता

दिल्ली आये होते और न ही मैं और अमृता यहाँ आये होते। किन्तु मैं अपने मन का क्या करता? वह क्षण–क्षण अवसाद में डूबता जा रहा था।

जाने से पहले शैला ने अपनी बहन डॉली कार्गन की सहायता से बहुत सारा सामान अपनी गाड़ी में रखा, अपने पति को अनेक निर्देश दिये, सामान की एक लम्बी सूची गिना दी, जो उन्हें अपनी गाड़ी में ले कर आना था। ...और हमारी ओर बिना कोई ध्यान दिये, वे दोनों बहनें अपनी गाड़ी में बैठ कर चली गयीं।

इस बीच टोरी ने भी बहुत सारा सामान ढो लिया था। उन्होंने डिक्की खोल कर एक छोटी–सी तिपाई निकाली और पिछली सीट पर बैठने की सुविधा के लिए उसे गाड़ी के साथ टिका दिया।

"आइए।" उन्होंने अमृता से कहा।

यह व्यक्ति भी अद्भुत जुगाड़िया है। गाड़ी थोड़ी ऊँची है तो डिक्की में एक तिपाई भी रखेगा। वर्षा में छतरी भी उसकी गाड़ी में होती है। चार बूँदें पड़ीं नहीं कि वह आपके गाड़ी से उतरने से पहले ही छतरी के साथ दरवाज़े पर उपस्थित।

अमृता ने हँस कर उसका धन्यवाद किया और गाड़ी में बैठ गयी।

"आपको तो यह उपकरण नहीं चाहिए?" टोरी ने एक वक्र मुस्कान के साथ मुझसे पूछा।

"नहीं। धन्यवाद।" मैंने कहा और आगे का दरवाज़ा खोल कर गाड़ी में बैठ गया।

टोरी ने तिपाई डिक्की में रखी और आकर ड्राइवर की सीट पर बैठ गये।

गाड़ी मैसाचूसे के जिन क्षेत्रों से जा रही थी, उसमें से बहुत सारे नाम मुझे परिचित लग रहे थे। स्वामी विवेकानन्द इस सारे क्षेत्र में कितना घूमे थे। उनके विषय में पढ़ते और लिखते हुए, मैं भी उनके साथ–साथ ही घूमा था।

सहसा एक नगर का नामपट और उस दिशा का संकेत करता हुआ बाण देखकर मेरी उत्सुकता और भी जाग उठी, "यह प्लाईमाऊथ यहाँ से कितनी दूर है?"

"क्या?" टोरी ने पूछा।

"प्लाईमाऊथ।"

"नेवर हर्ड ऑफ़ इट।"

मैं मौन रह गया। जाने क्या कारण था कि इतने प्रसिद्ध स्थान के विषय में यह व्यक्ति कुछ जानता ही नहीं।

"डॉक्टर, यह सागर–तट हमको केप–कॉड तक ले जाएगा। यहाँ सबसे अधिक मात्रा में कॉड मछली ही पायी जाती है। इसीलिए इसे 'केप–कॉड' कहते हैं। मछली के व्यापारियों ने स्थान–स्थान पर सागर–तट को भ्रष्ट कर दिया है। उनसे बचाने के लिए हमारे एक प्रेज़िडेंट ने सागर के एक टुकड़े को घेर कर उसे राष्ट्रीय धरोहर घोषित कर दिया है। वहीं एक कल्चरल सेंटर भी बना दिया है। हम वहीं रुक कर कॉफ़ी पिएँगे।" टोरी ने कहा।

मैंने आगे–पीछे दृष्टि दौड़ाई : शैला की गाड़ी कहीं दिखायी नहीं दे रही थी।

टोरी ने मेरी खोज का लक्ष्य समझ लिया, "शैला वहाँ पहुँच गयी होगी। मैं गाड़ी धीरे चलाता हूँ। वह तेज़ तो नहीं चलाती; किन्तु मुझसे तेज़ चलाती है।"

थोड़ी ही देर में टोरी ने गाड़ी दायीं ओर मोड़ दी, "हमारा पहला स्टॉप आ गया है।"

शैला और उनकी बहन गाड़ी को पार्क कर फाटक के निकट छाया में खड़ी हमारी प्रतीक्षा कर रही थीं।

वाशरूम जाने और कॉफ़ी पीने के पश्चात् थोड़ी देर के लिए हम सब बिखर गये। देखने को बहुत कुछ था। सागर–तट था। शीशे के अलग–अलग प्रकार के बर्तनों में विभिन्न जाति की मछलियाँ थीं। उनके नीचे बर्तन पर उनकी प्रजाति का नाम लिखा हुआ था। एक संग्रहालय था। कुछ दुकानें थीं। एक छोटा–सा हॉल भी था। वहाँ कोई फ़िल्म चल रही थी।

"यह शो पूरा हो जाए तो हम अगली फ़िल्म देख सकते हैं।" टोरी ने कहा।

"मेरी रुचि नहीं है। मुझे प्रॉविंस टाउन पहुँचने की जल्दी है और अभी हम रास्ते में लंच के लिए भी तो रुकेंगे।" शैला ने अपना मत प्रकट कर दिया।

"मैं लॉब्स्टर लूँगी।" उनकी बहन ने कहा, "सबसे अच्छे लॉब्स्टर यहीं मिलते हैं।"

मैं सोच रहा था कि मैं क्या लूँगा? मांसाहारी होते हुए भी मैं बहुत

सारे जीव नहीं खा सकता था। यह समुद्री झींगा जाने क्या चीज़ थी। मैं तो मछली ही ले लूँगा।

"तो आओ, चलें।" टोरी गाड़ी की ओर चल पड़े।

शैला अभी तक कुछ तनी हुई लग रही थीं। फिर भी प्रातः की तुलना में कुछ सहज थीं। जाने क्या बात थी। प्रबन्ध की चिन्ताओं के कारण तनाव में थीं या...प्रातः तो लगा था कि शायद लिज़ा से ही रुष्ट थीं, जो सारा दायित्व अपनी माँ के कन्धों पर डाल कर स्वयं विभु के साथ स्टीमर से प्रॉविंस टाउन चली गयी थी। अब...

इस बार लम्बी यात्रा नहीं करनी पड़ी। थोड़ी ही दूर चल कर टोरी ने गाड़ी सड़क किनारे के एक ढाबे के निकट ले जा कर खड़ी कर दी। यह ढाबा हमारे यहाँ के एक बड़े से शेरे पंजाब ढाबे के ही समान था। किन्तु यह सागर–तट का ढाबा था। अनेक प्रकार की मछलियों, केकड़ों, झींगों तथा अन्य समुद्री जीवों के बड़े–बड़े चित्र बने हुए थे। कुछ जीवों की हड्डियाँ और त्वचा ही प्रदर्शित की गयी थी। एक काला अमरीकी, काउंटर के पीछे खड़ा, गाने के शोर पर झूम रहा था।

हम पाँचों शीशे की खिड़की के साथ लगी मेज़ को घेर कर बैठ गये और काउंटर वाला लड़का अपना झूमना छोड़ कर हमारे पास आ गया। उसने अपने चमकते दाँत दिखाए, "क्या लेंगे आप?"

मेरे लिए यह प्रश्न काफ़ी कष्टप्रद था ...क्या लेंगे आप? मेरी समझ में ही नहीं आता कि मैं क्या लूँगा, विशेष रूप से तब, जब खाद्य पदार्थ ही मेरे लिए अपरिचित हों।

"मैं तो लॉब्स्टर लूँगी।" लिज़ा की मौसी ने कहा।

"गुड। हमारे जैसा लॉब्स्टर सारे अमरीका में कहीं नहीं मिलता।" उस लड़के ने कहा और जाने वह उनकी क्या–क्या विशेषताएँ गिनाता चला गया।

"क्या लेंगे आप?" अमृता ने मेरी ओर देख कर हिन्दी में पूछा।

"न केकड़ा लूँगा, न झींगा। मुझे तो तुम मछली ही मँगवा दो।" मैंने कहा।

"आप लॉब्स्टर चखना भी नहीं चाहेंगे?" टोरी ने पूछा।

"नहीं। मछली, केवल मछली।" मैंने कहा।

ढाबेवाले लड़के को ऑर्डर दे दिया गया। हम दोनों के लिए मछली और उन तीनों के लिए झींगा।

उस समय के भोजन का एक चित्र मेरी स्मृति में धँस गया था।...

लिज़ा की मौसी बड़े ज़ोर–शोर और शौक़ से अपना झींगा खा रही थी। हड्डियों को तोड़कर उसके भीतर के पदार्थ को खाना...मैं अपनी पीठ थपथपा रहा था...मैंने अच्छा किया, मछली मँगवा ली। मैं यह तान्त्रिक भोजन नहीं कर सकता था।

खा कर सबसे पहले लिज़ा की मौसी उठी और काउंटर पर चली गयी। उसने बिल चुकता किया और कुछ जानकारियाँ प्राप्त करती रही। टोरी और शैला ने उसके बिल चुकाने पर औपचारिक आपत्ति भी नहीं की। हाँ, उसका धन्यवाद अवश्य किया।

***

सागर–तट पर स्थित प्रॉविंस टाउन के इस बड़े से होटल का नाम भी 'इन' ही था। हमारे ठहरने का प्रबन्ध यहीं किया गया था। टोरी हमें उतार कर गाड़ी को पार्किंग में ले गये। विभु हमें काउंटर पर ही मिल गया था।

"लिज़ा कहाँ है?"

"उसके ठहरने का प्रबन्ध दूसरे होटल में किया गया है।"

"कहाँ?"

"यहीं है। सड़क पार।"

"वह हमारे होटल से अच्छा है?"

"पता नहीं। महँगा ज़रूर है।"

"अलग क्यों ठहराया है?"

"यह भी इनकी रीति का मामला है। शादी से एक दिन पहले लड़का और लड़की साथ नहीं रह सकते। वह वहाँ अपनी बहन मॉरीन के साथ रहेगी और कल प्रातः चर्च में मिलेगी।"

हम अपने कमरे में आ गये। हमारा और डी–फ़ाज़िगो दम्पती का कमरा शेष कमरों से बड़ा था। शेष कमरे सामान्य थे और उनका किराया अतिथियों को स्वयं ही देना था।

"चाचा जी के लिए कमरा बुक कराया है?" मैंने पूछा।

"हाँ। दो कमरे बुक कराए हैं। वे इतने बड़े नहीं हैं और पहले तल पर हैं। रात को जब समुद्र चढ़ेगा तो उनके कमरे के कपाट पर दस्तक नहीं देगा।"

तभी मुझे अजित और नीरा भी दिखायी दे गये।

"आ गये?"

"ले, आना नहीं था क्या? हाँ सड़क मार्ग से आने के कारण समय अधिक लगा।"

"आना तो था ही। पहुँच गये हो, मुझे सन्तोष हुआ।"

"कण्व कमरे बुक कराने गया है। मीरा उसके साथ ही है।"

"किन्तु कमरे तो विभु ने बुक कराए हुए हैं।"

"कण्व यहाँ के प्रचलन के अनुसार अपने कमरे स्वयं बुक कराएगा। वह अमरीका में रहते–रहते, काफ़ी अमरीकी हो गया है।"

मैं समझ रहा था कि यह अज़ित का दमित आक्रोश था। वह दिल्ली आकर भी हमारे घर नहीं, अपने एक मित्र के घर ठहरा था।

"तो फिर मैं आपके नाम के कमरे कैंसिल करा देता हूँ।" विभु ने तत्काल निर्णय लिया।

वह चला गया और अजित मुझे बता रहा था, "यह सागर–तट का बहुत महँगा और फ़ैशनेबल टूरिस्ट स्पॉट है। यहाँ अत्यन्त धनी लोग ही सैर करने आते हैं। मैं नहीं जानता कि विभु ने अपने विवाह के लिए यह स्थान क्यों चुना।"

"विभु ने तो नहीं चुना होगा। यह डी–फाज़ियो परिवार का चुनाव होगा। किन्तु वे लोग यहाँ क्यों आये? वे कोई बहुत धनी लोग तो नहीं हैं।"

"पूछना विभु के ससुर से।"

कण्व अपने माता–पिता को अपने कमरे में ले गया और हम भी विभु के साथ, अपने कमरे में आ गये।

"मैं अभी तक समझ नहीं पाया हूँ कि यह 'केप कॉड' है या 'प्रॉविंस टाउन'।" मैंने कहा।

"यह केप है–अन्तरीप। यहाँ से भूमि का एक टुकड़ा अटलांटिक महासागर में बहुत दूर तक अन्दर चला गया है। इस सारे क्षेत्र में 'कॉड' मछली बहुत पायी जाती है, इसलिए उसी के नाम पर यह केप कॉड है; किन्तु नगर का नाम प्रॉविंस टाउन है। यहाँ सैलानी बहुत आते हैं। महँगा है। ...पर पिता जी।" वह रुक गया, "यह समलैंगिक लोगों की राजधानी है। यहाँ उनका कार्यालय भी होगा और उनका झंडा भी लगा होगा। उनकी हरकतों को देख कर परेशान मत होइएगा।"

"तो डी–फाज़ियो परिवार विवाह के लिए यहीं क्यों आया है?"

"यह टोरी की दादी का मायका है। उनकी कुछ सम्पत्ति यहाँ थी।

अब नहीं है किन्तु दादी की क़ब्र और उनका बनवाया हुआ गिरजा यहीं है। लिज़ा विवाह के पश्चात् प्रार्थना करने अपनी दादी की क़ब्र पर भी जाएगी।"

द्वार की घंटी बजी। वहाँ टोरी खड़े थे।

"कंफर्टेबल?"

"फुल्ली।"

"अच्छा। आपको यह पुस्तिका देनी थी।"

मैंने पुस्तिका पकड़ ली। उसका शीर्षक था, "वाय वी आर हेयर।"

मैंने धन्यवाद कर पुस्तक पकड़ ली। इसमें मेरे बहुत सारे प्रश्नों के उत्तर होंगे।...

***

"पिता जी, आज रात का भोजन, साथ के एक रेस्ट्रां में है। आप लोग तैयार हो जाएँ; हम लोग वहीं चलेंगे। वहाँ सब इकट्ठे होंगे। अभी हर्ष और स्नेहा भी नहीं आये हैं। वहीं आएँगे। ये लोग हमेशा ही देर कर देते हैं।"

"तो अपने पिछले वरांडे में बैठ कर ज़रा समुद्र तो देख लें।" अमृता ने कहा, "लौटने पर तो अँधेरा हो जाएगा, कुछ दिखायी भी नहीं पड़ेगा।"

हम कमरे का पिछला दरवाज़ा खोल कर बाहर निकल आये। वहाँ कुछ अच्छी और आरामदेह कुर्सियाँ भी पड़ी थीं। हम बैठ गये। साथ के कमरों में ठहरे हुए कुछ और लोग भी बाहर दिखायी दे रहे थे। कुछ लोग तो रेत पर उतर आये थे और फुटबॉल खेल रहे थे। समुद्र वहाँ से बहुत दूर था, जैसे रूठ गया हो।

"तुम तो कह रहे थे कि समुद्र की लहरें रात को दरवाज़ों पर दस्तक देती हैं।" मैंने कहा।

"रात को चन्द्रमा आकाश में उठेगा और समुद्र गें शी ज्वार आएगा। तब लहरें आपके पास भी आएँगी।" विभु बोला, "अब चलिए, साथ वाले रेस्ट्रां में चलें, जहाँ रात का भोजन करना है।"

***

हम रेस्ट्रां में आये। प्रायः लोग हमसे पहले ही आ चुके थे। पर अजित और उसका परिवार अभी नहीं आया था।

मुझे और अमृता को लिज़ा की फूफी एमिली मूलर और फूफा एडोल्फ मूलर की मेज़ पर स्थान मिला। या कहें कि सम्मानपूर्वक ला कर वहाँ बैठाया गया। हम दोपहर को उनसे मिल चुके थे। फूफा जर्मन मूल के थे। उनकी बेटी और दामाद भी आ चुके थे; किन्तु जाने इस समय कहाँ थे। एमिली, डॉ. मूलर को कोई मीठा पेय पिला रही थी।

"क्या हुआ? आप उनको मीठा पेय पिला रही हैं।"

"इनकी शुगर बहुत लो (कम) हो चुकी है। मैं ध्यान न देती तो ये गिर ही पड़े होते।"

"इनका तो बहुत ध्यान रखना पड़ता होगा।"

"बहुत।" वे बोलीं, "ध्यान न दो, तो मिनट भर में कुछ का कुछ हो जाए। ये अपना ध्यान भी नहीं रख सकते, मेरा तो क्या रखेंगे। बस पुस्तकालय की पुस्तकों का ध्यान रख सकते हैं।"

शैला अपनी एक अन्य भाभी को साथ ले कर आयी थीं, "ये मेरी छोटी भाभी हैं। कोलाराडो से आयी हैं। ये इंडियन ऑथर से मिलने को बहुत उत्सुक थीं।"

मैं उठ खड़ा हुआ। वह न केवल मेरे गले से लग गयी : उसने अपना दायाँ गाल मेरे बायें गाल पर अच्छी तरह रगड़ा।

"दिस इस बिगनिंग ऑफ़ अमेरिकनाइज़ेशन फॉर यू।"

मैं समझ रहा था कि वह मेरे संकोच को पहचान कर उसका परिहास कर रही थी।

"हमारे पास कोलाराडो में एक बड़ा–सा घर है।" उसने हँस कर अमृता से हाथ मिलाया, "इतना बड़ा कि हमारे घोड़ों के पास भी अपना–अपना ड्राइंगरूम है। अमरीका छोड़ने से पहले हमारे पास अवश्य आइएगा। आपको किसी प्रकार का कोई कष्ट नहीं होगा।"

"हम आये तो आपको अपने किसी घोड़े का ड्राइंगरूम हमारे लिए खाली कराना पड़ेगा।" मैंने कहा।

"कोई बात नहीं, हम उसे किसी होटल में ठहरा देंगे।"

और जैसे हथेली की ओट कर शैला मुझसे कह रही थीं, "डॉ. कात्यायन बुरा नहीं मानिएगा। मेरी भाभी बहुत ही नॉटी है। उसने आपको बहुत आसानी से छोड़ दिया है। पीछे पड़ जाए तो हालत ख़राब कर देती है। खुली हुई और मुँहफट है किन्तु एज ए पर्सन बुरी नहीं है। वेनेज़ुअला की है न।"

टोरी आ गये थे। उन्होंने इधर–उधर देखा और हमारे पास आये, "इस समय, अर्थात् विवाह के पूर्व के डिनर के समय निकट के सम्बन्धी कुछ वक्तव्य देते हैं। आप कोई वक्तव्य देना पसन्द करेंगे?"

"नहीं। मुझे कुछ नहीं कहना है।"

"कल प्रातः चर्च में बोलेंगे?"

"नहीं। मैं देखना ही अधिक पसन्द करूँगा।"

"अच्छी बात है।" टोरी ने एकत्रित लोगों को सम्बोधित किया, "आप सब जानते ही हैं कि यह अवसर एक भाषण का है। बेटी के विदा होने से पहले उसका पिता अपने उद्‍गार व्यक्त करता है। मैंने सोचा कि मैं अपनी ओर से कुछ कहने के स्थान पर लिज़ा के बचपन की कुछ घटनाएँ आपके सामने रखूँ।" उन्होंने अपनी दाहिनी भुजा ऊपर उठाई। उनके हाथ में कुछ काग़ज़ थे।

"ये सारे काग़ज़ लिज़ा के हैं। उसके शैशव के समय के। इसमें मेरा योगदान इतना ही है कि मैंने ये काग़ज़ सँभाल कर रखे हैं।"

"मैं कह रहा था न कि इस व्यक्ति में इतिहासकार के सारे गुण हैं।" मैंने धीरे–से अमृता से कहा, "अपनी बेटी के बचपन के काग़ज़ भी सँभाल कर रखे हैं और आज कितने उपयुक्त समय पर उन्हें खोज निकाला है। नहीं तो सँभले काग़ज़ सँभले ही रह जाते हैं और उपयुक्त अवसर पर कभी नहीं मिलते।"

टोरी पुनः बोले, "उसने हमें हमारे विवाह की वर्षगाँठ पर एक उपहार दिया था। साथ में यह नोट था, 'इट इज़ ए गिफ्ट फॉर यू। इफ यू डोंट लाइक इट, इट इज़ योर प्रॉब्लम।' " वे रुके और पुनः बोले, "यह दूसरा काग़ज़ एक पत्र है, जो उसने हमको लिखा था। हम दोनों कहीं बाहर गये थे और उसे घर में रुकने के लिए कह गये थे। लौट कर आये तो वह घर में नहीं थी। हमारे लिए यह पत्र छोड़ गयी थी। पत्र में लिखा है : 'मॉम एंड डैड, मैं घर में नहीं रुक सकी। झूला झूलने जा रही हूँ। आप लोग ऐसे आदेश ही क्यों देते हैं, जिनका पालन बच्चों के लिए सम्भव नहीं होता। आदेश देने से पहले थोड़ा बच्चे की ओर से भी सोच लेना चाहिए।' "

टोरी ने काग़ज़ तह कर जेब में रख लिया। पढ़ने की ऐनक उतार कर कोट की जेब में डाल ली और बोले, "कल प्रातः उसका विवाह हो जाएगा। अपने जीवन साथी के रूप में उसने लड़का स्वयं चुना है। हमारे

परिवार में विभिन्न देशों के लोग हैं। किन्तु अब तक कोई एशियन नहीं था। अब विभु न केवल एशियन है, वरन् भारतीय है। भगवान करे कि उनको परस्पर किसी कारण से कोई शिकायत न हो; किन्तु यदि हम कोई शिकायत करेंगे तो उसका उत्तर होगा। 'दैट इज़ योर प्रॉब्लम।' वैसे ही यदि लिज़ा ने कोई शिकायत की तो हम कहेंगे, 'दैट इज़ योर प्रॉब्लम।' '' वे रुक कर हँसे, ''डिनर सर्व हो रहा है। प्लीज़ एंजॉय इट एंड इफ इट इज़ नॉट अपटू योर टेस्ट। दैट इज़ योर प्रॉब्लम।' ''

''टोरी काउंटर पर जा कर कुछ निर्देश देने लगे थे।

मैं देख रहा था कि अजित का परिवार अभी तक नहीं आया था। खाना आरम्भ हो गया था। बाद में उसे शिकायत न हो कि उसकी प्रतीक्षा नहीं की गयी। पर यह कह कर मैं खाना परोसने से मना तो नहीं कर सकता था। ...अभी हर्ष और स्नेहा भी नहीं आये थे। अपने बराती होने का प्रमाण दे रहे थे।

खाने में कई प्रकार की चीज़ (पनीर), केक, बन, ब्रेड, टर्की, मुर्गा, मछली और सलाद था। मेरे लिए उनका खाना स्वादिष्ट नहीं था। सब कुछ सूखा–सूखा लगता था। किन्तु भूखा रहना सम्भव नहीं था। जो कुछ खा सकता था, थोड़ा–थोड़ा खाता गया।

अब विभु, हर्ष और स्नेहा भी आ गये थे। वे एक अलग मेज़ पर बैठ गये थे।

डॉ. मूलर अब काफ़ी सहज हो गये लगते थे।

''आपकी भाषा हिन्दी है या पंजाबी?''

''पंजाबी बोलने तक और शेष सारे काम हिन्दी में।''

''और अंग्रेज़ी?''

''अंग्रेज़ी हमारी मजबूरी की भाषा है। अब आपके साथ मैं किसी और भाषा में तो वार्तालाप कर नहीं सकता। अंग्रेज़ी वालों को कोई दूसरी भाषा तो आती ही नहीं।''

''हाँ। मैंने सुना है कि भारत में करोड़ों हिन्दी भाषा–भाषी हैं। आपके यहाँ किसी पुस्तक का प्रिंट ऑर्डर कितने का होता है?''

''हिन्दी–भाषी हैं; किन्तु वे हिन्दी केवल बोलते हैं। लिखते–पढ़ते हिन्दी में नहीं हैं।'' मैंने कहा, ''और वैसे भी प्रत्येक मनुष्य पुस्तकें पढ़ने के लिए ही तो जन्म नहीं लेता।''

''फिर भी एक संस्करण में संख्या क्या होती है?''

"आप जानते ही हैं कि पुस्तक–मुद्रण की विधि बदल गयी है।" मैंने कहा, "कोई प्रकाशक बड़ी संख्या में पुस्तकें छापकर गोदाम में नहीं रखता। गोदाम का किराया भी बहुत होता है। नया संस्करण छपने में समय ही कितना लगता है। फिर इस पर निर्भर करता है कि लेखक कौन है। विषय क्या है। विषय क्या है। ऐसे में हम मान लें कि एक बार में एक हज़ार प्रतियाँ छपती हैं। महत्त्वपूर्ण यह है कि वे कितनी बार छपती हैं और कितने वर्षों तक छपती जाती हैं।"

"यू आर राइट।" वे बोले, "आपका अपनी पुस्तकों के विषय में क्यां अनुभव है?"

"मेरी पुस्तकें 1965 में छपने लगी थीं। अब तक लगभग सौ पुस्तकें हैं। दो चार के संस्करण नहीं हुए, अन्यथा शेष आज तक छप रही हैं, तो बिक भी रही हैं।"

"ग्रेट। हाफ ए सेंचुरी।"

टोरी आकर खड़े हो गये, "हाउ आर यू एंजॉइंग डॉक्टर। मैं देख रहा हूँ कि डॉ. मूलर आपसे बातें करने में व्यस्त हैं। अन्यथा कहा जाता है कि वे अपनी पुस्तकों के अतिरिक्त और किसी से बात ही नहीं करते।"

"उनकी कृपा है।"

भोजन हो गया। प्लेटें सिमट गयीं। कुछ मेज़ें भी हटा दी गयी थीं। हम उठ कर द्वार तक आ गये तब देखा : अजित का परिवार सीढ़ियाँ चढ़ रहा था।

ओह मैं घबरा गया...अब?

मैंने टोरी को खोजा और समस्या बताई।

"नो प्राब्लम।" वे बोले।

मेरी जान में जान आयी। यदि उन्होंने कह दिया होता, "दैट इज़ योर प्रॉब्लम।" तब क्या होता?

दो मेज़ें लगाई गयीं। बर्तन और भोजन लाया गया।

अजित बैठ गया और उसने अपनी शैली में बात आरम्भ की, "हमारे लिए रुक नहीं सके।"

"यह डिनर मेरी ओर से नहीं है। डी–फाज़ियो परिवार की ओर से है। उनके कितने ही अतिथि हैं। कार्यक्रम उनके अनुसार चलेगा। तुम क्या अब तक मछलियाँ मार रहे थे?" मैंने कहा।

मेरा वाक्य "झख मारने" के तौल पर था।

"कमरे में थोड़ा आराम कर रहे थे। मेरा विवाह तो नहीं है, कि आराम से न चलूँ।"

"हम लोग तो जा ही रहे थे।"

"तो क्या हो गया। हम खाना अपने पैसों से खा लेते।"

अजित शिकायत और मतभेद का कोई–न–कोई मार्ग निकाल ही लेता था। देर उसने की थी; किन्तु दोष मेरा था कि हमने उसके लिए प्रतीक्षा नहीं की थी। ...और उस पर रौब कि वह खाना अपने पैसों से खा लेता। टाँग उसी की ऊपर रहनी चाहिए थी। जाने क्यों और कैसा विरोध वह मेरे लिए अपने मन में पाले हुए था, जिसका प्रदर्शन वह निरन्तर करता ही रहता था।

"भैया के साथ झगड़ा मत करो।" उसकी पत्नी नीरा ने कहा, "मैं तो कह ही रही थी कि चलो, सबके साथ खाना खाएँगे। ये ही पसरे हुए थे।"

"चलो। कोई बात नहीं।" वह बोला, "हमको तो आदत ही है चलती हुई ट्रेन को दौड़ कर पकड़ने की।"

"आज तो तुमने उड़ते हुए विमान को लपक कर पकड़ा है।"

"चलो छोड़ो। कार्यक्रम क्या है?"

"इस भोजन के पश्चात् सब स्वतन्त्र हैं। कमरे में जाएँ, बाज़ार में घूमें, सागर–तट का आनन्द लें।" मैंने कहा, "कल प्रातः नाश्ते के पश्चात् ग्यारह बजे सड़क पार के चर्च में उपस्थित होना है। वहीं विवाह होगा। विवाह के पश्चात् लंच उसी होटल में है, जहाँ हम ठहरे हैं। लंच के पश्चात् नृत्य। जिसको जितना नाचना हो नाच ले। उसके बाद घूमना–फिरना, खाना–पीना और लौटना हो तो लौट जाना। कोई विशेष कार्यक्रम नहीं है।"

18

मैंने कमरे में आकर टोरी द्वारा दी गयी पुस्तिका निकाल ली : "वाय आर वी हेयर।"

उसका आरम्भ तो किसी उपन्यास के समान था। जाने किसने उसे लिखा था। हो सकता है स्वयं टोरी ने ही उसे तैयार किया हो।

"...जोसफ साओसा सिल्वा अपने बिस्तर पर लेटे थे। जब वे अपने बिस्तर पर लेटते थे तो प्रायः उनका सिर खिड़की की ओर होता था और

पैर प्रवेश–द्वार की ओर। पीछे से समुद्र की लहरों की ध्वनि उनकी चेतना को थपकियाँ देती थी और सामने से कमरे में प्रवेश करने वाले का चेहरा दिखायी देता था। किन्तु आज उन्होंने हठपूर्वक अपने बिस्तार की दिशा बदलवाई थी। ...जाने क्यों आज मन में इतनी व्याकुलता थी कि मन सागर की ध्वनि से सन्तुष्ट नहीं होना चाहता था। आँखें सागर के जल को देखना चाहती थीं। उनकी खिड़की से सागर का जल तो दिखायी पड़ता था; किन्तु लहरें और विशेषकर ऊँची लहरें तो एकदम दिखायी नहीं देती थीं। ...कोई समय था जब दूर से आती लहरें दिखायी देती थीं। मार्ग में कोई चट्टान आ जाये तो वे उससे टकरा कर आत्महत्या कर लेती थीं या फिर रेत पर बिखर कर झाग और जल–सब कुछ विलीन कर देती थीं। किन्तु वे बातें अब बहुत पुरानी लगने लगी थीं। यह तो तब था, जब वे प्रॉविंस टाउन की ओर आये ही आये थे। तब समुद्र में दूर–दूर से छोटी और बड़ी नौकाएँ आया करती थीं। कुछ खाली हो कर जाती थीं और कुछ मछलियाँ भर कर ले जाती थीं। कभी–कभी कुछ सवारियाँ भी आती थीं। ...क्रमशः वह नौकाओं का घाट बनता गया। जल तो दिखायी देता था; किन्तु समुद्र दूर होता गया। ...पर आज जाने क्यों समुद्र उनके बहुत निकट आता जा रहा था। वे समझ रहे थे कि यह उनकी कल्पना ही होगी; किन्तु उनको लग रहा था कि उनका अपना द्वीप उनके बहुत समीप आता जा रहा था। उनको वह धुँधला–धुँधला दिखायी भी देने लगा था। ...वह आकर्षक मोहक द्वीप ग्रेशिओसा–जिसका अर्थ ही है मनमोहक। वह श्वेत द्वीप भी कहलाता था। वह एज़ोर द्वीपों के मध्य से उत्तर में था। दस मील लम्बा और सात मील चौड़ा। ठंडे लावे की छाप आज भी वहाँ है।

जोसफ ने सुना था कि पुर्तगाली नाविकों ने ग्रेशिओसा को पन्द्रहवीं शताब्दी के आरम्भ में खोज निकाला था। कब हुआ, इसका किसी के पास कोई प्रमाण नहीं है; किन्तु 2 मई 1450 को ही वह दिन मान लिया जाता है, जब पुर्तगाली नाविकों ने उस धरती पर पाँव रखे थे। कहते हैं कि प्रिंस हेनरी के आदेश से इस द्वीप पर पहले सूअर और भेड़–बकरियों को छोड़ा गया था। उनके जीवित रहने पर ही मनुष्य को वहाँ बसाया जा सकता था।... जाने कौन लोग यहाँ सबसे पहले आकर बसे थे। सम्भावना तो यही है कि दासों को ही बसाया गया होगा, ताकि वे अपने स्वामियों के बसने के लिए पृष्ठभमि ही तैयार न करें, वे उनके लिए सुविधाएँ भी जुटाएँ। उस भूमि और जलवायु में जोसफ ने यह अवश्य सुना था कि

पन्द्रहवीं शताब्दी के मध्य तक कोई वास्को गिल सोडरे अपने परिवार और नौकरों के साथ वहाँ आ चुके थे। उन्हें वहाँ जनसंख्या बढ़ाने और नयी बस्तियाँ बसाने वाला माना जाता था।

पहले तो लोग कारापाचो में ही बसे होंगे। इस द्वीप के दक्षिणपूर्व के भाग में। समुद्र से आते हुए, सबसे पहले यहीं उन्हें भूमि के दर्शन हुए होंगे। किन्तु वह भूमि अधिक उपजाऊ भी नहीं थी और वहाँ बसने वालों के लिए सागर की लहरों से कोई बचाव भी नहीं था। इसलिए लोग आगे बढ़ते गये होंगे। जोसफ सोचते हैं तो उन्हें लगता है कि मछुआरे सागर–तट पर बसते गये होंगे और कृषक समुद्र से दूर हटते गये होंगे। कुछ ही वर्षों में इस सारे क्षेत्र का केन्द्र उत्तरी सागर–तट के पास बारा और सांताक्रूज़ में बन गया था। यहाँ ज्वार में आये पानी से बने कुएँ और तालाब थे, जिन्हें ढँक कर साफ़ रखने का प्रयत्न किया गया था। ...यही बस्ती बाद में सांताक्रूज़ डा ग्रेशिओसा ग्राम बन गयी थी।

जोसफ ने भी कई बार नाविक बन संसार की यात्राएँ करने के स्वप्न देखे थे; किन्तु वे एक मछुआरे के घर में पैदा हुए थे, अतः मछुआरे ही बने। उनका यह द्वीप आरम्भ से ही कृषि और मदिरा उद्योग पर निर्भर रहा। जहाँ भूमि उपजाऊ थी जलवायु अनुकूल थी, वहाँ स्थानीय लोग गेहूँ, बार्ली, मदिरा इत्यादि का उत्पाादन और निर्यात करते थे। टेरेसीरा (Terceira), जो उस समय वहाँ सबसे बड़ी बन्दरगाह थी, के साथ उन लोगों का व्यापार जोर–शोर से चलता था। टेरेसीरा सबसे बड़ी बन्दरगाह ही नहीं, टार्चिपेला (tarchipela) में व्यापार तथा प्रशासन का केन्द्र भी था। इस द्वीप की स्थिति तथा टेरेसीरा की निकटता ने ग्रेशिओसा (Graciosa) को एटलांटिक पार जाने के लिए बहुत महत्त्वपूर्ण स्थान बना दिया था। उसके कारण प्रत्येक व्यक्ति सागर को पार कर, एक नये संसार में जाने के लिए ललचाता रहता था। संसार के कितने ही प्रसिद्ध पुरुष और नाविक यहाँ से गुज़रे। कोर्वो (Corvo) के निकट अपने जलपोत के दुर्घटनाग्रस्त हो जाने के कारण फादर एंटोनियो वियेरा (Father António Vieira) को भी सांताक्रूज़ के जल में से यात्रा करनी पड़ी। 1791 में फ्रांसीसी लेखक फ्रैंकोइस रिने डि चेटियोब्रियांड (François-René de Chateaubriand) भी उत्तरी अमरीका की ओर यात्रा करते हुए, यहाँ से हो कर ही निकले थे। वे फ्रैंसिसकैन कॉन्वेंट (Franciscan Convent) में रुके थे और जोसफ ने सुना था कि बाद में उन्होंने इस द्वीप की प्रशंसा

में भी कुछ लिखा था। 1814 में प्रसिद्ध कवि आलमीडा गैरेट (Almeida Garrett) भी जब वे पन्द्रह वर्षों के थे, अपने चाचा से मिलने आये थे। उनके चाचा सांताक्रूज़ के जज थे।

पर जोसफ ने इस द्वीप के दुखों और कष्टों के विषय में भी सुना था। प्रकृति कितनी ही बार आपदा बन कर टूटी थी इस द्वीप पर। लोगों को कष्ट भी हुए और कई लोगों ने अपने प्राण भी गँवाए। 1844 की गर्मियों में ऐसी लू चली कि खेतों में खड़ी फ़सल सूख गयी। पशुओं और मनुष्यों के प्राणों पर गम्भीर संकट मँडराता रहा। कहते हैं कि आँग्रा डो हिरोइज़्मो (Angra do Heroísmo) प्रदेश के प्रशासक, जोसे सिलवेस्तरे राइबेरियो (José Silvestre Ribeiro) ने काठ के 90 बैरेल पानी से भर कर भेजे और आज्ञा दी कि यथासम्भव अधिक–से–अधिक कुएँ, बावड़ियाँ और खाइयाँ खोदी जाएँ, जिनमें पहाड़ों से बह कर आया पानी जमा हो जाए। इन उपायों से द्वीप की स्थिति में कुछ सुधार हुआ।

किन्तु 1837 में ऐसा नहीं हुआ। 12 जनवरी और फ़रवरी के अन्त में धरती ने करवट ली और पेराइया (Praia) के प्रायः सारे ही घरों को रौंद दिया। लूज़ (Luz) का चर्च धराशायी हो गया और कितने ही लोग दब कर मर गये। पता नहीं सारे शव निकाले भी जा सके या नहीं। जोसफ ने सुना था, उसके बाद भी अनेक भूचाल आये थे और वहाँ की बहुत क्षति हुई थी। ...ऐसा था उनका वह द्वीप।

जोसफ को स्मरण है कि एटलाण्टिक महासागर पार कर उत्तरी अमरीका की ओर जाने वाले लोगों की संख्या बढ़ने लगी थी। बड़े–बड़े जलपोतों के आवागमन से द्वीप के लोगों का मछली व्यापार बहुत मन्दा पड़ गया था। आये दिन लोग अपना घर छोड़कर अपनी नौका–डोंगी लेकर निकल पड़ते थे और किसी बड़े जलपोत का सहारा लेकर दूर चले जाते थे।

उस दिन जोसफ साओसा सिल्वा अपने घर के बाहर चिन्तित से बैठे थे।... कल यहाँ भूकम्प के कुछ हल्के झटके लगे थे। पड़ोसी कह रहे थे कि द्वीप के दूसरे सिरे पर कुछ कच्चे घर गिर भी गये थे। अभी यह पता नहीं लगा था कि कोई दब कर मरा भी था या नहीं। ग्रेशिओसा का कुछ क्षेत्र सम्पन्न था और कुछ विपन्न हो चला था। जोसफ का ग्राम छोटा–सा ही था। गाँव क्या था, निर्धन लोगों की बस्ती थी। घर कम थे, झोंपड़ियाँ ही अधिक थीं। उनका अपना घर भी कुछ ऐसा ही था। कह नहीं सकते थे कि घर था या झोंपड़ी। कभी कुछ मछलियाँ हाथ लग

जाती थीं तो कुछ खाने और कुछ बेचने के काम आ जाती थीं। और वहाँ मछलियाँ ख़रीदने वाला भी कौन था। सभी तो उनके समान गरीब मछुआरे थे। उनसे अपनी पकड़ी हुई मछलियाँ तो बिकती नहीं थीं, जोसफ की मछलियाँ कौन ख़रीदता।...

उन्होंने देखा, उनका पड़ोसी जैकब उसी ओर आ रहा था। जैकब तो कुछ दिन पूर्व अपनी नाव लेकर चला गया था। इधर कितने ही दिनों से दिखायी नहीं पड़ा था। आज फिर लौट आया है।

''कहाँ चले गये थे?''

''सागर पार।''

''क्या मतलब?''

''देख। हम समझते हैं कि हमारे द्वीप के पार पानी है और वह पानी अनन्त है; किन्तु ऐसा नहीं है। यदि सागर का आरम्भ होता है तो उसका अन्त भी होता है। इस सागर के पार भी एक नया संसार है। लगभग 2400 मील दूर एक नया देश है। उसे सामान्यतः उत्तरी अमरीका कहा जाता है। वह मुक्त संसार है। बहुत सारी सम्पदा है वहाँ। कोई काम करना हो कर लो। न हो तो मछलियाँ ही पकड़ लो। ...कोई रोकने वाला नहीं है, कोई टोकने वाला नहीं है। जगह घेरनी हो, जगह घेर लो। मकान बनाना हो, मकान बना लो।...''

जैकब ने और भी बहुत कुछ बताया।

''तुम वहाँ जा कर लौट आये।'' जोसफ ने कहा, ''वहाँ कोई शासन–प्रशासन नहीं है। कोई भी जाए और लौट आये।''

''हाँ, अभी कोई नहीं है वहाँ। कुछ समय पहले कुछ लोग इंग्लैंड से वहाँ आये थे। शायद वे इंग्लैंड के राजा के अधीन अपने धर्म का स्वतन्त्र रूप से पालन नहीं कर पा रहे थे। वे राजा से विद्रोह कर के आये थे; और अपने लिए एक स्वतन्त्र संसार चाहते थे, जहाँ वे किसी राजा की प्रजा बन कर नहीं, स्वतन्त्र नागरिक बन कर रहें। वे स्वयं को तीर्थयात्री कहते थे। उन्होंने किसी प्रकार का एक नागरिक शासन स्थापित करने का प्रपंच किया है। देखें, कब तक चलता है।''

''जब वहाँ सब कुछ इतना सुखदायी है, तो तुम यहाँ वापस क्या करने आये हो?''

''मैं अपना यहाँ का घर बेच कर सदा के लिए प्रॉविंस टाउन चला जाना चाहता हूँ।''

"घर क्यों बेच रहे हो?" जोसफ ने पूछा।

"तो क्या उसे ज्वालामुखी में जलने के लिए छोड़ दूँ।"

"मेरे घर से तो कई गुना बड़ा है। बना हुआ भी अच्छा है। मछलियों के भंडारन के लिए भी पर्याप्त स्थान है। इसे बेच दोगे तो..."

"देखो जोसफ, मैंने वहाँ 'केप कॉड' में अपना घर बना लिया है। एक लड़की भी मिल गयी है। अत्यन्त स्वतन्त्र हैं वहाँ की लड़कियाँ। हमारे यहाँ के समान माता–पिता की अंगुलियाँ पकड़कर नहीं चलती हैं। वह विवाह के लिए तैयार है। विवाह कर लूँगा और वहीं रहूँगा। मैं यहाँ लौट कर आने वाला नहीं। तो अपना घर यहाँ क्यों छोड़ूँ, ताकि ज्वालामुखी जब भी फूटे, इसे जला दे।"

"तुम्हें नहीं रहना है तो मुझे दे दो। मैं रह लूँगा। ज्वालामुखी में जलने नहीं दूँगा।"

"ज्वालामुखी फूटेगा तो उसमें एक बाल्टी पानी डाल दोगे।" डेविड हँसा, "या स्वयं भी उसमें भस्म हो जाओगे। यहाँ रखा ही क्या है। तुम्हारा घर पिछले भूचाल में ध्वस्त हो चुका है और तुम अभी तक उसे बना नहीं पाये हो। मेरा कहना मानो, तुम भी मेरे साथ चलो। पहले मेरे साथ रह लेना, फिर अपना ठिकाना कर लेना।"

"और काम?"

"मैं मछलियाँ पकड़ता हूँ। तुम भी मछलियाँ पकड़ो। नाव और जाल का प्रबन्ध मैं कर दूँगा। अच्छा दाम मिल जाता है।..."

जोसफ सोचते रहे। अन्ततः उन्हें जैकब का सुझाव ठीक लगा। जैकब को अपने घर के लिए ग्राहक मिल गया था। जोसफ का घर ख़रीदने वाला तो वहाँ कोई था नहीं। अपने पड़ोसी के हवाले कर, वे भी जैकब के साथ चल पड़े।

19

आज अपने बिस्तर पर लेटे हुए जोसफ की आँखों के सम्मुख वह दृश्य साकार हो रहा था, जब वे प्रॉविंस टाउन में जैकब की नौका से उतरे थे।

उनके सामने वहाँ खुला समुद्र था। महासागर। एटलांटिक महासागर। मछलियाँ पकड़ने पर कोई रोकटोक नहीं थी। कहीं आने–जाने पर कोई रोकटोक नहीं थी। एक दिन वे जैकब की नौकाओं पर मछलियाँ पकड़ने

गये। मछलियों के साथ–साथ कितने ही प्रकार के अन्य समुद्री जीव आ जाते थे। व्यापारी उन्हें हाथों–हाथ ख़रीद लेते थे और संसार की विभिन्न मंडियों की ओर चल पड़ते थे।

अपनी नौका ख़रीदने में उन्हें अधिक दिन नहीं लगे थे। वह तो जैसे खेल ही था। उन्होंने एक नौका ख़रीदी, दूसरी ख़रीदी, तीसरी ख़रीदी। न्यू फाउंडलैंड के दक्षिणपूर्व में ग्रैंड बैंक्स में उन्होंने अपने लिए स्थान बना लिया। मित्र की सहायता की अधिक आवश्यकता नहीं पड़ी। समय ने उनका साथ दिया और कुछ ही दिनों में उन्होंने अपनी छोटी डोंगी के बल पर एक–एक कर तीन जलपोतों का बेड़ा बना लिया।....

और जोसफ की बूढ़ी आँखों के सामने एक नया चित्र उभरा। शायद उनके जीवन का सबसे सुन्दर और सुहाना चित्र। ....लुइसा रिच विलियम्स। उन्हें बताया गया था कि लुइसा की माँ प्रॉविंस टाउन में आने वाली दूसरी पुर्तगाली महिला थी। लुइसा पुर्तगाली बोलती थी। उसकी पुर्तगाली जोसफ की भाषा से कुछ भिन्न थी। पर थी पुर्तगाली ही। पढ़े–लिखे लोगों की पुर्तगाली। वह कुछ गाती भी थी। उसे पुर्तगाली नृत्यों का भी कुछ ज्ञान था। ...इस स्वतन्त्र निर्बन्ध संसार में भी वह अपने पुर्तगाली अस्तित्व की रक्षा कर रही थी। वह जैसे अपने साथ सारी पुर्तगाली जीवन शैली को ही सँभाले हुए थी। जैसे अपने वक्ष से लगाए, उसकी रक्षा कर रही हो।

जोसफ, लुइसा के घर गये। पुर्तगाली खाना खाया। पुर्तगाली संगीत सुना। उनका बहुत मन था कि वे लुइसा के साथ नृत्य भी करें; किन्तु उसका साहस नहीं कर सके। वे कामना हृदय में छुपाए हुए लौट आये। अगली बार जाएँगे तो बड़े–बड़े लॉब्स्टर ले जाएँगे। मछलियाँ तो वे नौका भर कर ले जा सकते थे; किन्तु उसका क्या होता। यहाँ तो बस कॉड मछलियाँ ही मिलती थीं। स्थान का नाम ही केप कॉड था। लॉब्स्टर ही ठीक रहेंगे। ...वे लॉब्स्टर और कुछ आकर्षक उपहारों की बात ही सोचते रहे और लुइसा की माँ ने उन्हें पकड़ कर बैठा लिया।

"तुम्हें ग्रेशिओसा वापस जाना है या अब यहीं रहना है।"

"ग्रेशिओसा में अब क्या रखा है माई।" उनके मुख से अनायास ही निकल गया, पर उसके आगे कुछ और बोल नहीं पाये। अधर चिपक गये। मुख सिल गया।... वे कहना चाहते थे कि अब तो उसका जीवन यहीं है। खुला समुद्र है, खुली भूमि है, किसी राजा अथवा सेनापति का शासन नहीं

है।... और फिर लुइसा यहीं थी। वे ग्रेशिओसा जा कर क्या करेंगे। किसी मछली से विवाह करेंगे या भूचाल को दुल्हन बनाकर अपने घर लाएँगे अथवा प्यार आने पर ज्वालामुखी की गोद में जा बैठेंगे।...

वे अकबकाये से लुइसा की माँ की ओर देखते रहे।

"तो यहीं रहोगे?"

"हाँ।"

"किसी लड़की से विवाह भी करोगे या मछलियों से बच्चे पैदा करोगे।"

जोसफ की समझ में कुछ नहीं आया कि लुइसा की माँ यह सब क्यों पूछ रही हैं।

"लुइसा कैसी लगती है तुम्हें?" उनके कुछ बोलने से पहले ही माँ ने पूछ लिया।

"अच्छी लगती है। मैं उससे विवाह करना चाहता हूँ।" जाने वे कैसे बोल गये।

"शाबाश! इस बार तुमने मर्दों वाली बात की है।" लुइसा की माँ ने प्रसन्न होकर कहा, "नहीं तो यह भी पूछना पड़ता। अच्छा यह बताओ, विवाह का प्रस्ताव किया है तुमने लुइसा से।"

"नहीं। अभी नहीं किया। आपसे डर रहा था।"

लुइसा की माँ ज़ोर से हँसीं, "विवाह लुइसा से करना है और डर मुझसे रहा है। ऐसा लड़का तो मैंने यहीं देखा है।..." वे रुकीं, "अच्छा अब जाओ। वह घर के पिछले आँगन में तुम्हारी प्रतीक्षा कर रही है। इससे पहले कि कोई बलिष्ठ लड़का उसे उठा ले जाए, जाकर उससे विवाह का प्रस्ताव करो।..."

जोसफ धन्यवाद करने के लिए भी नहीं रुके। वे पिछले आँगन में पहुँचे और लुइसा के सामने घुटने के बल बैठ गये।

लुइसा सब कुछ समझ गयी और मुस्कराई। उसने अपना हाथ आगे बढ़ा दिया।

जोसफ ने उसका हाथ पकड़ कर चूम लिया, "मुझे मालूम होता कि यह सब इतनी जल्दी हो जाएगा तो अँगूठी ख़रीद कर ले आता। शाम तक ले आऊँगा। प्रतीक्षा करना।"

"करूँगी।"

वे भागते हुए माँ के पास पहुँचे, "मैं शाम को अँगूठी ले कर आऊँगा।"

"यहाँ बैठ जा पागल लड़के।" माँ ने कहा, "विवाह के बाद लुइसा को ले कर रहेगा कहाँ। मछलियाँ पकड़ने वाली नौका में।"

"नहीं, अच्छा–सा घर बनवाऊँगा।"

"मछलियों की दुर्गन्ध से दूर और समुद्र के निकट।"

"प्रॉविंस टाउन रेलवे स्टेशन से लगती ब्रेडफोर्ड स्ट्रीट पर एक बहुत अच्छा स्थान देखा है मैंने।"

"तो जा फिर, अँगूठी भी ख़रीद और वह भूमि भी ख़रीद ले, ताकि किसी और की दृष्टि उस पर न पड़े।"

***

30 दिसम्बर 1873 को जोसफ और लुइसा का विवाह निश्चित हुआ; किन्तु उनके निकट प्रॉविंस टाउन में कहीं कोई चर्च नहीं था। विवाह के लिए उन्हें कुछ दूर जाना पड़ा। और तब ही जोसफ ने निश्चय किया कि उनके बच्चों का विवाह प्रॉविंस टाउन में ही होगा।

जोसफ और लुइसा के प्रयत्नों से उनके विवाह के पश्चात् एक वर्ष के भीतर ही, 11 अक्तूबर 1874 को वहाँ सन्त पीटर दि अपोस्टल चर्च की स्थापना हुई। वे लोग उसके आरम्भिक सदस्य ही नहीं महत्त्वपूर्ण सदस्य थे।

जोसफ और लुइसा नये घर में आ गये थे। वह स्थान मछलियाँ पकड़ने वाली नौकाओं के घाट से बहुत दूर नहीं था। वे एज़ोर से आयी पुर्तगाली जीवन–शैली का निर्वाह कर रहे थे और वहाँ के रंग–बिरंगे त्योहारों का पूरा आनन्द लेते थे। उस राग–रंग के साथ स्थानीय भोजन का अच्छा मेल होता था।

दोनों का ही ध्यान इस बात पर था कि उनके बच्चे शिक्षित हों, अपने धर्म में आस्था रखें और उनके भीतर जो भी प्रतिभा थी, उसका विकास हो। लुइसा ने जोसफ को भी एक छोटे से अनाम गाँव का गरीब मछुआरा नहीं रहने दिया था। उनके बच्चे संगीत सीख रहे थे। एल्मिना ने पियानो सीखा, मैथियो वायलन बजाता था और जॉन ट्रंपेट वादक था। उनकी सबसे बड़ी बहन मेरी एक सिद्धहस्त चित्रकार थी। उनके दस बच्चों में से ये चार ही अपना शैशव पार कर जीवित रह पाये।

एल्मिना पियानो में अपनी शिक्षा जारी रखने के लिए बॉस्टन गयी। बॉस्टन स्ट्रींट रेलवे में यात्रा करते हुए उसकी भेंट एक लम्बे ऊँचे आयरिश

पुरुष माइकेल एडविड टोयबिन से हुई। वह अवस्था में उससे 19 वर्ष बड़ा था। माइकेल और एल्मिना एक–दूसरे से प्रेम करने लगे और उनका विवाह 19 अक्तूबर 1908 को प्रॉविंस टाउन में सन्त पीटर्स चर्च में हुआ।

18 जुलाई 1909 को उनकी पुत्री मेरी एल्मिना का जन्म रिवेरि (मैसाचूसे) में हुआ। एल्मिना का स्वास्थ्य बिगड़ गया। अच्छा उपचार मिलने से पहले ही अगले दिन उसका देहान्त हो गया। माइकेल पागल हो उठा। उसकी पत्नी का देहान्त हो गया था और बच्ची को देखने वाला कोई नहीं था। उसे और कोई मार्ग दिखायी नहीं दे रहा था। बालिका मेरी एल्मिना को यदि उसके नाना–नानी रख लें, इसका पालन–पोषण वहीं हो जाए। लुइसा और जोसफ सिल्वा को उसमें कोई आपत्ति नहीं थी। माइकेल, बेबी एल्मिना को ट्रेन से पालन–पोषण के लिए उसके नाना–नानी लुइसा और जोसफ सिल्वा के पास प्रॉविंस टाउन ले आया।

मेरी एल्मिना ने अपने नाना–नानी को कभी नाना–नानी नहीं कहा। वह उन्हें मॉम और डैड ही कहती थी। यह तो उसे बड़ी हो जाने पर पता चला कि वह उनकी बेटी नहीं, दौहित्री है।... वह भी अपनी माता के समान पियानो बजाने में दक्ष निकली और 1927 में प्रॉविंस टाउन हाई स्कूल में अपनी शिक्षा पूरी कर न्यू इंग्लैंड कंज़र्वेटरी ऑफ़ म्यूज़िक में उच्च शिक्षा पाने के लिए बॉस्टन आ गयी। वहाँ एक क्लास पिकनिक में उसकी भेंट वेलेज़िली के सैल्वाटोर डी–फाज़ियो द्वितीय से हुई।...

मैंने पुस्तिका रख दी।

तो यह टोरी के माता–पिता की कहानी हुई। टोरी के पिता इतालवी थे किन्तु उनकी माँ की रगों में पुर्तगाली और आयरिश रक्त था। उसकी माँ का देहान्त हो गया था किन्तु उसके पिता तो जीवित थे। उनकी कहीं कोई चर्चा नहीं थी। लगता था कि अपनी बच्ची को उसके नाना–नानी को सौंप कर वे निश्चिन्त हो गये थे। वे बच्ची के कारण बँधे रहना नहीं चाहते होंगे। सम्भव है कि उन्होंने दूसरा विवाह कर लिया हो और कहीं और जा बसे हों। यह भी सम्भव है कि लुइसा और जोसफ भी अपनी दौहित्री के पालन–पोषण में माइकेल का कोई हस्तक्षेप न चाहते हों। बेटी की मृत्यु के पश्चात् वे अपने जामाता से सारे सम्बन्ध तोड़ बैठे हों। यह शिकायत तो उनके मन में रही ही होगी कि उनके जामाता ने उनकी बेटी के लिए प्रसव–काल में किसी अच्छे चिकित्सक का प्रबन्ध नहीं किया। वह स्वार्थी निकला।

मेरी और सैल्वाटोर डी–फाज़ियो–2 का विवाह प्रॉविंस टाउन में सन्त पीटर चर्च में हुआ। यही तो जोसफ और लुइसा चाहते थे। उनके बच्चों के विवाह उनके द्वारा स्थापित किये गये चर्च में हों। उनके जन्म, विवाह और जीवन के उत्सव प्रॉविंस टाउन में हों। अपने लिए भी उन्होंने प्रॉविंस टाउन में स्थायी प्रबन्ध कर लिया था। अपनी मृत्यु के पश्चात् वे कहाँ रहेंगे...उन्होंने यहाँ के क़ब्रिस्तान में अपने लिए स्थान निश्चित कर दिया था।

***

अब मेरे सामने डी–फाज़ियो परिवार का प्रॉविंस टाउन के साथ सम्बन्ध स्पष्ट हो गया था। वह लिज़ा की पड़नानी का घर था। उसकी नानी भी वहीं पली थी किन्तु उसका देहान्त हो गया था। वह उसकी दादी का मायका था। वह भी तो वहीं पली थी। उसके दादा–दादी का विवाह इसी चर्च में हुआ था। उसकी दादी की क़ब्र भी चर्च के पीछे वाले क़ब्रिस्तान में थी।

टोरी की दृष्टि से देखें तो वह उनकी माँ का मायका था–उनका ननिहाल। उनके माता–पिता का विवाह यहीं हुआ था। और उनकी माँ की क़ब्र यहीं के क़ब्रिस्तान में थी। ...इसलिए वे अपनी पुत्री का विवाह करने यहाँ आये थे।

मेरी एल्मिना ने एक पुत्र सैल्वाटोर डी–फाज़ियो–तीन, और एक पुत्री को जन्म दिया। अब दस–दस सन्तानों का समय नहीं रह गया था।

लुइसा का देहान्त 1936 में हुआ। जोसफ का देहान्त पहले ही हो चुका था। तब तक उसके बच्चों में से केवल एक ही जीवित था। मेरी एल्मिना। टोरी की माँ, लिज़ा की दादी। अपने नाना–नानी की सारी सम्पत्ति उसी को प्राप्त हुई।

***

...मैं अच्छी तरह समझ चुका था कि वे लोग प्रॉविंस टाउन में क्यों आये थे। किन्तु अभी कुछ बातें सुलझाने को थीं। ...टोरी ने मुझे यह नहीं बताया था कि उसके दादा के पास धन कहाँ से आया था, जिससे वेलेज़िली में

डी–फाज़ियो बिल्डिग का जीर्णोद्धार हुआ। यह धन जोसफ सिल्वा का होगा। उनकी पुत्री या दोहती उस सम्पत्ति को प्रॉविंस टाउन में रख कर क्या करती। उसने या उसके पति ने उसे बेच दिया होगा। इसीलिए अब उनके पास प्रॉविंस टाउन में अपना घर नहीं था। यह वही घर रहा होगा, जिसके विषय में लिज़ा की बुआ ने बड़े उल्लास से चर्चा की थी। वे बचपन में अपनी दादी के पास जाती थीं। घर के पिछले द्वार से दौड़ती थीं तो सीधे समुद्र तक पहुँच जाती थीं।...

तो टोरी में पुर्तगाली और इटालियन रक्त तो था ही, उनके वास्तविक नाना माइकेल एडविड टोयबिन आयरिश थे। तो उनकी रगों में आयरिश रक्त भी था। ....

मैंने फिर से पुस्तिका उठा ली।

पुस्तिका का अन्त करते हुए यह सूचना भी दी गयी थी कि सैल्वाटोर डी–फाज़िया–तीन और शैला कार्गन का विवाह सन्त ज़ेवियर फ्रांसिस चर्च में, शैला के गृह नगर सिकस्टन, मिसौरी में हुआ। अर्थात् शैला भी आयरिश मूल की थीं।... तो हम अपनी बहू लिज़ा को चाहे इटालियन मूल की मान रहे थे किन्तु उसमें तो पुर्तगाली, इटालियन और आयरिश रक्त का मिश्रण था और अब वह एक भारतीय से विवाह कर रही थी। विवाह कर क्या रही थी, विवाह तो हो चुका था। वह विभु की पत्नी थी। अब तो सामाजिक दृष्टि से उसके माता–पिता उसका चर्च वाला विवाह कर रहे थे। ताकि उनके अपने समाज में भी उसे विवाहिता की मान्यता मिले।

मेरा ध्यान फिर से एक बार पीछे लौट गया।... लिज़ा हमारे साथ जब गोवा गयी थी तो वह सन्त ज़ेवियर को माथा टेकने के लिए बहुत उतावली थी ।...उसके माता–पिता का विवाह सन्त ज़ेवियर फ्रांसिस चर्च में हुआ था। और वह भी शैला के गृह नगर में। तो सन्त ज़ेवियर फ्रांसिस के प्रति उनकी निष्ठा स्वाभाविक ही थी। इसीलिए लिज़ा को वहाँ माथा टेकने का विशेष निर्देश मिला था।

20

प्रातः हम जल्दी जाग गये थे। विवाह के सम्बन्ध में उत्सुकता और आतुरता थी।... कमरे का पीछे का कपाट खोला तो देखा, सागर रात को हमारे पिछले वरांडे के पास तक आकर लौट गया था।

तभी श्रीमती मूलर अपने कमरे से निकलीं।

"आप रात को सो पाये या नहीं?"

"क्यों? क्या हुआ था रात को? हम तो मज़े से सोते रहे।"

उन्होंने कमरों के साथ-साथ अपनी आँखें घुमाईं।

"आपका कमरा कुछ ओट में पड़ता है। हमारा सागर की सीध में है। रात को जब ज्वार आया तो सागर की लहरें हमारे दरवाज़े को पीटने लगी थीं। बिल्कुल लगता था कि वह दरवाज़ा क्या दीवार भी तोड़ देंगी और सागर का जल हमारे कमरे में घुस आएगा। मैं तो पलँग पर चढ़ कर बैठ गयी थी। आगे का दरवाज़ा भी खोल लिया था कि पानी आया तो आगे से भाग जाऊँगी।"

मैं हँस पड़ा, "मैं आपकी जगह होता श्रीमती मूलर तो पिछला दरवाज़ा खोल कर सागर का वह भयंकर रूप देखता। हमारे कवि निराला ने कहा है, 'जल राशि, राशि जल पर चढ़ता खाता पछाड़।' "

"इसका क्या अर्थ है?"

"जल का एक पर्वत, जल के दूसरे पर्वत पर आक्रमण करता है और फिर धराशायी हो जाता है। जल से पहाड़ बना था, पहाड़ से जल बन जाता है।" मैंने कहा, "इसे भी देखना चाहिए कि प्रकृति के भयंकर रूप का सौन्दर्य कैसा होता है।"

"आप कवियों वाली बातें कर रहे हैं। मेरे भय को नहीं समझ रहे हैं। मैंने इस प्रॉविंस टाउन में अपने शैशव में समुद्र के अनेक रूप देखे हैं। हमारे नाना-नानी का घर, मेरी दादी का मायका, तो जैसे सागर पर ही था।"

टोरी भी अपने कमरे से निकल आये थे, "कमिंग फॉर ब्रेकफास्ट?" वे अपनी बहन को देखकर रुक गये, "तुम यहाँ क्या कर रही हो। तुम्हारी भतीजी का विवाह है। जल्दी तैयार हो जाओ।"

"मैं इन्हें बता रही थी कि रात को समुद्र ने हमें कितना डराया। यह निर्दयी किसी भूत के समान हमारे कपाट पीट-पीट कर हमें डराता रहा।"

टोरी हँसे, "तुम भी।"

"आप लोगों को तो कोई कष्ट नहीं हुआ?" वे हमारी ओर मुड़े।

"हमें तो पता भी नहीं चला।" मैंने कहा, "हमारे द्वार पर आया होता तो हम कपाट खोल कर उसका स्वागत तो करते।"

"चाहे सारा कमरा पानी से भर जाता?" वे हँसे, "होटल वालों की क्षतिपूर्ति करनी पड़ती।"

"ओह! यह तो मैंने सोचा ही नहीं।"

"देखते तो सोचना नहीं पड़ता। पानी आपके पलँग पर होता और आप नीचे पानी में होते।" वे बोले, "यह बचपन में भी समुद्र से बहुत डरती थी। बचपन में नानी के घर जाती थी तो अवश्य पूछ लेती थी कि समुद्र ज्वार की स्थिति में है या भाटा की स्थिति में।"

"झूठे।" श्रीमती मूलर ने अपने भाई की पीठ पर एक मुक्का जमाया।

"आओ। ब्रेकफास्ट के लिए चलें।" टोरी ने बहन को अपनी बाँह में भर कर आगे धकेला।

***

...ब्रेकफास्ट, होटल के बड़े हॉल में लगा हुआ था। भीड़ भी बहुत थी। किन्तु उसी अनुपात में मेज़ें और खाद्य पदार्थ भी सजाए गये थे।

मैंने विदेशों के बड़े होटलों में नाश्ता कर यह सीखा है कि वहाँ अधिकांश वस्तुएँ हमें लुभाने के लिए होती हैं। उनके रूप के मायाजाल में नहीं फँसना चाहिए। अपने परिचित फल ही खाने चाहिए। कभी–कभी तो उसमें भी धोखा हो जाता है। विदेशों में मांसाहारी पदार्थ बहुत होते हैं। किन्तु मेरे जैसे मांसाहारी भी समझ नहीं पाते कि उसमें क्या–क्या होता है। इसलिए उसे खाने का कभी साहस नहीं किया। पारामारिबो (सूरीनाम) के होटल में मछली के पकौड़े अवश्य खाए थे। जोहान्सबर्ग में सन्तरे का रस इतना खट्टा था कि लगा कि यदि उसे वाश–बेसन में गिराऊँगा तो वह भी अम्ल के प्रभाव से जल जाएगी। अतः सन्तरे के रस से भरा हुआ एक बड़ा–सा गिलास अपनी मेज़ पर ही छोड़ दिया था। वह गिलास बैरे ने भर दिया था, नहीं तो मैं पहले दो घूँट भर, उसका स्वाद चख कर ही और रस लेता। फलों में सेब, पपीता या तरबूज ही लेता हूँ। अनानास को भी चखना पड़ता है। फिर मैं अपने घर के नाश्ते पर लौट आता हूँ, दो मक्खन लगे टोस्ट और दो तले हुए अंडे। उसके पश्चात् गर्म कॉफ़ी। बुफे के रूप में सजे हुए पदार्थों में बेकरी की चीज़ें भी बहुत सारी होती हैं...केक, पेस्ट्री, बन और ब्रेड। मैं उस ओर जाता ही नहीं। उससे अधिक का लोभ नहीं करता हूँ। यही कारण था कि उसके पश्चात् जहाँ लोग दोपहर का भोजन टालना चाहते हैं, मुझे उसकी आवश्यकता होती है।

मेरे चुनाव में एक कठिनाई थी। उबले हुए अंडे तो वहाँ रखे ही होते

हैं; किन्तु तले अंडे (एग फ्राई) माँगने और बनवाने पड़ते हैं। उसमें भी कोई विशेष कठिनाई नहीं थी किन्तु सूआ (फिजी) में उसने तले अंडे देने से साफ़ इनकार कर दिया। "क्यों" के उत्तर में उसने कहा कि उसके लिए अलग से पैसे लगेंगे। मैंने हाँ कर दी। बिल पर हस्ताक्षर ही तो करने थे। भुगतान तो दूतावास को ही करना था। ...किन्तु रोचक प्रसंग तो जोहान्सबर्ग का ही है। हम वहाँ रात को पहुँचे थे और होटल के कमरे में पहुँचते–पहुँचते डेढ़ बज गये थे। जाते ही औंधे मुँह बिस्तर पर गिर पड़ा।

प्रातः जल्दी तैयार हो कर गोष्ठी में जाना था। ब्रेकफास्ट के लिए पहुँचा तो हॉल के बाहर मेज़ लगा कर, और कंप्यूटर लेकर एक युवती बैठी थी।

"रूम नम्बर प्लीज़।"

और मुझे कमरे का नम्बर स्मरण नहीं था। आज हैरान होता हूँ कि कमरा खोलने के लिए जो कार्ड (जिसे वे चाबी कहते थे) उन्होंने मुझे दिया था, क्या उस पर कमरे की संख्या नहीं लिखी थी? ऐसा कैसे हो सकता है। पर मैंने उससे कहा था कि मुझे स्मरण नहीं है। उसने मुस्कराकर मुझे देखा, "वर्ल्ड हिन्दी कान्फ्रेंस?"

मैंने स्वीकृति में सिर हिला दिया।

"नाम बताइए।"

मैंने नाम बता दिया। उसने सूची देख कर कमरा खोज निकाला और मुझे बता दिया।

"517।"

"मुझे एक कागज़ पर लिख दीजिए अन्यथा मैं फिर भूल जाऊँगा।"

उसने लिख दिया।

अगले दिन प्रातः मैं जब नाश्ते के लिए पहुँचा तो वही महिला द्वारपाल बनी बैठी थी। मुझे देखते ही बोली, "पाँच सौ सत्रह।"

मैं हँस पड़ा, "आपको याद हो गया। मुझे तो आज भी स्मरण नहीं है; किन्तु आज मेरे पास लिखा हुआ है।"

उसने सूची में संख्या को चिह्नित कर दिया और मुझे प्रवेश का संकेत किया।

आज हम प्रॉविंस टाउन में थे। यहाँ अंडे फ्राई करने को तो कह दिया किन्तु ब्रेड को टोस्ट भी स्वयं ही करना था। मैंने टोस्टर में ब्रेड लगा दी। टोस्ट घूम कर आ गये किन्तु वे अच्छी तरह सिंके नहीं थे। मैंने

उन्हें पुनः टोस्टर पर लगा दिया। इस बार वे ठीक सिंके...वेरी वेलडन। प्रतीक्षा में साथ ही खड़े एक अपरिचित अमरीकी ने पूछा, "आपने इतने अच्छे कैसे सेंक लिए?"

मैंने बता दिया, "दूसरी बार डाले हैं।"

"टोस्टेड ट्वाइस। थैंक यू।"

उसने भी वही किया।

बारी–बारी लोग आते रहे और मिलते रहे; किन्तु सब ही जल्दी में थे। अधिक चर्चा रात को समुद्र की लहरों द्वारा कमरे के कपाट पीटने की ही थी। कुछ लोग तो अब तक डरे हुए थे।

लिज़ा की कोलाराडो वाली मामी भी आयी, "वांट टू हैव ए चीकिंग सेशन।"

मैं घबरा गया। वह आज फिर गाल रगड़ना चाहती थी। पर उससे पहले ही शैला उसकी बाँह पकड़ कर उसे घसीट कर ले गयीं, "डोंट बी सो चीकी।"

***

हम ग्यारह बजे चर्च में पहुँच गये। विभु भी हमारे साथ ही था। हर्ष और स्नेहा भी भागते–दौड़ते हमारे पीछे–पीछे आ गये थे।

कन्या पक्ष से अभी कोई नहीं आया था। महिलाएँ अभी तैयार नहीं हुई होंगी।

अजित का परिवार भी आ गया था। हम लोग दायीं ओर के बेंचों पर सबसे आगे बैठ गये। मैं जानता था कि हमें कुछ नहीं करना था। मैंने विवाह से पहले भाषण करने से कल ही मना कर दिया था। विवाह के पश्चात् पादरी से मिलने वाला प्रसाद भी उन लोगों के लिए था, जो ईसा की शरण में जा चुके थे।

पिछले प्रवेश–द्वार पर हलचल हुई। पता चला कि कन्या के पिता, अपनी पुत्री को ले कर आ गये हैं। सबकी गर्दनें उधर ही मुड़ गयीं। लिज़ा की माँ, बहनें, सहेलियाँ सब उसके पीछे–पीछे थीं। वे लोग शायद बाहर एकत्रित हो कर अब एक साथ हॉल में प्रवेश कर रहे थे।

पिता और पुत्री सधे हुए पगों से आगे बढ़ रहे थे। लिज़ा की बड़ी बहन जल्दी–जल्दी चलती हुई मंच पर चढ़ गयी। लिज़ा का नाट्य से

सम्बन्धित एक भारतीय मित्र न्यूयॉर्क से आया था। उसे भी कोई दायित्व सौंपा गया था। वह भी मंच पर चला गया। पादरी भी आ गये थे।

मैंने विभु की ओर देखा।

"जा रहा हूँ।"

उसके साथ–साथ हर्ष भी चला गया। उन्हें मालूम था कि उन्हें कहाँ जाना है। दोनों अपने स्थान पर खड़े हो गये। टोरी और लिज़ा भी आकर उनके समानान्तर खड़े हो गये। मुझे ऐसा लगा कि टोरी ने पादरी की ओर देखा और पादरी ने स्वीकृति में सिर हिला दिया। टोरी और लिज़ा एक डग आगे बढ़ गये। विभु भी उनके साथ ही था। टोरी ने मुस्करा कर उसकी ओर देखा और धीरे–से कुछ कहा। उन्होंने लिज़ा का हाथ, विभु के हाथ में दे दिया और स्वयं पीछे हट गये। विभु और लिज़ा मंच की ओर बढ़े। हर्ष विभु के साथ–साथ था और लिज़ा के साथ जुड़ी हुई उसकी मँझली बहन मॉरीन थी।

वे मंच पर सीधे खड़े थे और पादरी ने बाइबल में से एक प्रसंग पढ़ा। लिज़ा की बड़ी बहन ने भी बाइबल का एक पृष्ठ पढ़ा और अन्त में न्यूयॉर्क से आये पटेल ने बड़े नाटकीय ढंग से एक और पृष्ठ पढ़ा। पटेल अभिनेता था और न्यूयॉर्क में रहता था। वह कभी लिज़ा का सहपाठी रहा था। पिछले दिनों लिज़ा और विभु न्यूयॉर्क कोई नाटक देखने गये थे तो उससे भी भेंट कर के आये थे। समान रुचि होने के कारण वे मित्र थे। फिर वह भारतीय मूल का था। हिन्दी नहीं बोलता था; किन्तु शायद थोड़ी गुजराती बोलता था। उसे विवाह का निमन्त्रण दिया गया तो वह प्रॉविंस टाउन आ गया। अब उसे विवाह में कुछ महत्त्व देने के लिए, यह पृष्ठ पढ़ने का काम सौंप दिया गया होगा।

स्पष्ट दीख रहा था कि वह बाइबल का एक पृष्ठ नहीं पढ़ रहा था वह अपने अभिनय से उसमें जान डालने का प्रयत्न कर रहा था। जबकि वह पृष्ठ एकदम नाटकीय नहीं था।

पादरी ने कुछ पंक्तियाँ बाइबल से पढ़ कर लिज़ा और विभु से पूछा कि क्या वे स्वेच्छा से, बिना किसी बाहरी दबाव के एक–दूसरे को अपना वैधानिक पति–पत्नी स्वीकार करते हैं। दोनों ने अपनी औपचारिक स्वीकृति दे दी। पादरी ने उन्हें ईश्वर की दृष्टि में पति–पत्नी घोषित कर दिया और परस्पर चुम्बन लेने की अनुमति दे दी। पता नहीं वह अनुमति थी या आदेश अथवा उन दोनों के मध्य की कोई स्थिति।

मैं सोचता रहा कि हम कहते हैं कि तुम्हारा विवाह हो गया है, अब तुम माता–पिता और परिवार के वृद्धों के चरण छूकर उनका आशीर्वाद लो; और वह कह रहा है कि अब तुम एक–दूसरे का चुम्बन ले सकते हो। विभु के लिए हमारे सामने, सार्वजनिक चुम्बन सरल नहीं रहा होगा। कौन जाने इस समाज में रह कर वह उसका अभ्यस्त हो गया हो। या विवाह की एक रीति मान कर बिना किसी भावना से पादरी के आदेश का पालन कर रहा हो।... या उसे नाटक का कोई दृश्य मान कर उसका अभिनय कर रहा हो।

तब प्रसाद बाँटने की बारी आयी। पादरी ने कहा कि जो ईसा पर ईमान रखते हैं वे प्रसाद लेने के लिए दायीं ओर पंक्ति में खड़े हो जाएँ। शेष लोग अपने स्थान पर बैठे रहें। हमें कोई असुविधा नहीं थी; न ही कोई आपत्ति थी।

हम अपने स्थान पर बैठे रहे। शायद पादरी के जीवन में भी इस प्रकार का यह पहला विवाह होगा, जिसमें वह दुल्हन को तो प्रसाद देगा और दूल्हा...उसने दूल्हे के कन्धे पर हाथ रख कर उसे आशीर्वाद दिया।

हमें मालूम ही नहीं था कि मंच पर एक गायक और उसका एक यन्त्र भी था। उसने दो एक गीत गाये; किन्तु लगा कि किसी की भी रुचि उसके संगीत में नहीं थी। विवाह हो गया था। पादरी भी जा चुके थे। दूल्हा–दुल्हन भी मंच से नीचे आ चुके थे।... लोग एक–एक कर हॉल से बाहर निकलने लगे थे।

पटेल मेरे निकट आया। मैंने सोचा, औपचारिक परिचय न होने पर भी वह समझ ही गया होगा कि मैं विभु का पिता हूँ। निर्णय किया कि शालीनता दिखाने के लिए उससे कुछ बातें कर ली जाएँ।

"तुम्हें बाइबल का एक पृष्ठ पढ़ने का काम सौंपा गया था...।"

"हूँ।" मुझे उसकी मुद्रा में दम्भ दिखायी दिया।

"तुम बाइबल के ज्ञाता हो या तुम्हारा पाठ बहुत आकर्षक है?"

"मैं ऐक्टर हूँ।" उसने मेरी ओर देखा, "मैं किसी भी स्थिति को अंगीकार कर अपने भीतर बसा सकता हूँ। पाठ करते हुए किसी के भी भावों को अपनी वाणी और अपनी मुद्राओं से जीवन्त बना सकता हूँ। मैं उन उच्चरित शब्दों का अनुभव कर सकता हूँ।"

"स्वामी विवेकानन्द ने कहा है कि यदि एक व्यक्ति को भिक्षुक का अभिनय करना हो तो वह जब तक मंच पर है, स्वयं को भिक्षुक मानता है,

अनुभव करता है, तो अच्छा अभिनेता है। किन्तु यदि वह भिक्षुक के साथ इतना तादात्म्य कर लेता है कि मंच से नीचे उतर कर भी भिक्षुक का सा ही व्यवहार करता है, तो उसे पागल माना जाएगा।..."

उसने मेरी ओर देखा अवश्य किन्तु कुछ बोला नहीं। मैं समझ गया कि मैंने उसके अहंकार को ठेस पहुँचाई है।

विभु और लिज़ा ने हमारे पास आकर हमारे पैर छूए। हमने आशीर्वाद दिया।

विभु बोला, "पिता जी, यहाँ नवविवाहित लोग कोई–न–कोई नौटंकी करते हैं। हम भी करने जा रहे हैं। आपको विचित्र लगेगा किन्तु यहाँ का यही प्रचलन है। हम न करें तो हमारे मित्र हमें नहीं छोड़ेंगे। लिज़ा और उसकी बहनों को भी दुख होगा।"

"जाओ। यहाँ की रीति–नीति का निर्वाह करो।"

वे लोग आगे बढ़ गये।

हम जब तक चर्च के अहाते से बाहर आये, वहाँ सड़क पर एक साइकिल रिक्शा आ गया था। उसके पहियों के साथ टीन के खाली डिब्बे बाँधे गये थे, ताकि वह ढोल–नगाड़े बजाये। वे दोनों बड़ी कठिनाई से उसमें बैठने का प्रयत्न कर रहे थे। शायद लिज़ा कभी भी साइकिल रिक्शा में नहीं बैठी थी। विभु भी कहाँ बैठा होगा। जिन्हें जन्म से ही गाड़ी मिल जाए, वे साइकिल रिक्शा में क्यों और कैसे बैठेंगे।

कहाँ तो हम दिल्ली में उनके लिए अच्छी से अच्छी, महँगी से महँगी गाड़ी का प्रबन्ध कर रहे थे और कहाँ ये साइकिल रिक्शा ढूँढ़ कर लाये हैं। युवाओं की अच्छी–खासी भीड़ जमा हो गयी थी और सब ऐसे प्रसन्न थे, जैसे कोई अद्‌भुत पदार्थ आकाश से पृथ्वी पर उतार लाये हों।

हल्की–हल्की वर्षा होने लगी थी। लिज़ा की किसी बहन ने कहीं से एक छतरी उनको उपलब्ध करा दी थी। उसमें दोनों के सिर भी नहीं समा रहे थे। किन्तु इसे भी नवविवाहितों का एक चोंचला मान लिया गया।

वे अपना टीन–कनस्तर पीटते हुए सड़क पर चले गये। यह प्रत्येक आने–जाने वाले के लिए सूचना थी कि उनका विवाह अभी–अभी हुआ है।

हम होटल की ओर मुड़े।

"अब?" मैंने टोरी की ओर देखा।

"बाज़ार में घूमना चाहते हैं तो एक चक्कर लगा आइए। नहीं तो कमरे में जा कर आराम कीजिए। एक बजे लंच के लिए होटल के बड़े

डाइनिंग हॉल में आ जाइएगा।" वे रुके, "आप कुछ भीग भी चुके हैं। आपको तो कपड़े भी बदलने होंगे।"

पहली बार मेरा ध्यान उधर गया कि मैं भीग चुका हूँ। कुर्ते–पाजामे में वर्षा से बचने के लिए मेरे पास कोई वस्त्र नहीं था। होटल के भीतर–ही–भीतर जाना हो तो कोई बात नहीं थी। किसी–न–किसी प्रकार की छत सब स्थानों पर थी। किन्तु बाहर निकलने के लिए...मैं घुटनों से नीचे तक का एक वैदर कोट दिल्ली से लाया था; किन्तु इस हल्की फुहार में वह कोट कुछ ज़्यादा ही भारी–भरकम और लदा हुआ लगेगा।

हम जब पिछली बार अमरीका आये थे तो हर्ष और स्नेहा के साथ न्याग्रा जलप्रपात देखने गये थे। वहाँ भी मौसम कुछ ऐसा ही हो गया था। न तो ज़ोर की वर्षा थी कि कोई वैदर कोट या बरसाती पहनता और न ओस की बूँदों जैसी उस वर्षा में भीगने से बचा जा सकता था। हवा ठंडी थी। ...तभी सोचा था कि मैं भी एक हल्का–सा विंडचीटर खरीदूँगा। वहाँ अनेक लोग वैसा ही विंडचीटर पहने घूम रहे थे। मैं वर्षों से एक बड़ा कोट ढूँढ़ रहा था; किन्तु कितने ही कोट और जैकेट ख़रीद कर भी मेरी आवश्यकता पूरी नहीं हुई थी। मौसम की विविधता और लोगों को उसके अनुकूल वस्त्र पहने देख कर अपने वस्त्र पर्याप्त और अनुकूल नहीं लगते थे। तब न्यूयॉर्क से सियैटल आने पर मैंने विभु से अपनी आवश्यकता की बात कही थी। उसका उत्तर था कि शीत ऋतु बीत जाने के कारण अब बाज़ार में कोई ढंग की अच्छी चीज़ नहीं मिलेगी। मिल गयी तो बहुत महँगी होगी। फिर भी देखने में कोई हर्ज नहीं था।

हम बाज़ार गये थे और अमृता के लिए एक के स्थान पर दो जैकेट ख़रीद लाये थे। मेरी पसन्द का कुछ नहीं मिला। कुछ दिखता तो वह विभु को पसन्द नहीं आता था। वस्तुतः मैं बहुत उतावला था। मन में आ गया तो तत्काल ही कुछ न कुछ कर डालना चाहता था। ...साथ ही यदि कोई अपनी अनिच्छा प्रकट कर दे तो मेरा सारा उत्साह समाप्त हो जाता था। मुझे हतोत्साहित करना तनिक भी कठिन नहीं है।

सियैटल से चार दिनों के लिए हम विक्टोरिया गये थे। चन्दा के पास। चन्दा दिल्ली में कभी अमृता के साथ उसके कॉलेज में पढ़ाया करती थी। अब वह विक्टोरिया में अपने पति के साथ रहती थी। उसके पति वन–विभाग में ऊँचे अधिकारी थे। उन्हीं के साथ मटरगश्ती करते हुए, एक बाज़ार में, मुझे घुटनों तक का एक गहरे नीले रंग का नाइलॉन

का कोट पसन्द आ गया था। वह पानी को भी रोक सकता था और हवा को भी; किन्तु वह ऊनी नहीं था। मैंने उसे पसन्द कर लिया। पहन कर देखा, नाप में भी पूरा था। उनके पास वह अन्तिम कोट था, इसलिए घटे हुए मूल्य पर बिक रहा था।

मैं उसका भुगतान करने लगा तो चन्दा ने मेरा हाथ पकड़ लिया, "डॉ. कात्यायन, आपके पास अमरीकी डॉलर हैं, उन्हें कैनेडियन डॉलर में बदलवाना भी पड़ेगा और उसका परिवर्तन–शुल्क भी देना पड़ेगा।"

"तो?"

"यहाँ भुगतान मैं कर देती हूँ। घर जा कर हम हिसाब कर लेंगे। कन्वर्जन फ़ीस बच जाएगी।"

पंक्ति में खड़े उस भीड़ में मैं न विवाद कर सकता था, न शालीनता दिखा सकता था। उस द्वन्द्व की स्थिति में उसने भुगतान कर दिया।

घर लौटे तो डॉ. कुशवाहा ने भी कोट को सराहा। किन्तु जब मैंने उसका मूल्य चुकाने का प्रयत्न किया तो संकट खड़ा हो गया। उनका कहना था कि वे हमें कोई उपहार देने की सोच ही रहे थे। यह तो अच्छा हुआ कि मैंने स्वयं ही एक चीज़ पसन्द कर ली। अब मैं उसे उनकी ओर से भेंट ही समझूँ।

काफ़ी झगड़ा–झंझट हुआ और मैं वे पैसे वहीं मेज़ पर छोड़ कर ऊपर सोने के लिए चला गया।

किन्तु प्रातः भी वे पैसे वहीं पड़े हुए थे; और अन्त में मुझे उनकी बात माननी ही पड़ी। वे मुझसे कहीं अधिक हठी थे।

विक्टोरिया से लौटते हुए, जलपोत में ही अनेक लोगों के जैकेट देख कर मेरी समझ में आ गया कि मैंने कुछ लम्बा कोट ख़रीद लिया था। सबने कमर के ऊपर तक ही जैकेट पहने हुए थे। मेरा कोट पोत के सारे यात्रियों के जैकेटों से लम्बा था और उस परिवेश में अलग–सा लग रहा था।

और आज फिर मैं उसी उलझन में फँस गया था। खैर, अभी तो विवाह के लंच में जाना था। विभु और लिज़ा अपने समय से पहुँच ही जाएँगे। इस समय तो हर्ष और स्नेहा भी मेरे और अमृता के ही साथ थे।

"क्या सोचा?" मैंने हर्ष से पूछा।

"मैं तो इसी सूट में लंच के लिए जाऊँगा।" वह बोला, "स्नेहा को कपड़े बदलने हों तो बदल ले।"

"बाज़ार जाने का विचार तो नहीं है?"

"नहीं। वर्षा हो रही है। वैसे भी मासड़ जी..." स्नेहा के मायके वाले उत्तर प्रदेश के थे, इसलिए वह हर्ष के समान मुझे मासड़ जी न कह कर मौसा जी कहती थी, "यह प्रॉविंस टाउन है। न्यूयॉर्क से भी बहुत महँगा स्थान है। आपको कुछ विशेष ख़रीदना है क्या?"

"बच्चों के लिए कुछ पिक्चर पोस्ट कार्ड ले जाऊँगा।"

"उसके लिए बाज़ार जाने की आवश्यकता नहीं है। होटल में भी कुछ दुकानें हैं।"

***

...हम जब होटल के डाइनिंग हॉल में पहुँचे तो हर्ष तथा स्नेहा पहले ही वहाँ थे। दीवार के साथ कितनी ही मेज़ों पर फल और बेकरी की चीज़ें लगी हुई थीं। पीने के लिए पेय पदार्थ थे।

"क्या लेंगे?" स्नेहा ने पूछा।

"क्या लूँ।" मैं देख रहा था कि यह सब तो समय काटने के लिए था। खाने के लिए दूसरी ओर गोल मेज़ें लगी हुई थीं। प्रत्येक कुर्सी पर नाम लिख कर लगाए गये थे। हमारे मेज़ पर मैं, अमृता, डी–फाज़ियो दम्पती, विभु और लिज़ा के नाम लिखे हुए थे। हमारी दाहिनी ओर अजित और उसके परिवार के लोगों के नाम थे। उसके पोते के लिए भी अलग कुर्सी थी और उस पर उसका नाम लिखा हुआ था। ...तभी तो विभु कह रहा था कि हमें होटल वालों को प्रत्येक अतिथि का नाम देना है। उतनी ही कुर्सियाँ लगेंगी। उतनी ही प्लेटें आएँगी और प्रति प्लेट मूल्य चुकाना होगा। ...मैंने उससे पूछा नहीं कि प्रति प्लेट क्या दाम था, पूछने का साहस नहीं हुआ। जिस प्रकार वह प्लेटें गिन रहा था, उसका अर्थ था कि भोजन महँगा था।

अजित ने दाहिने ओर के खिड़कीनुमा काउंटर को देखा, "ओपन बार है?"

मैं ठीक–ठीक अर्थ नहीं समझा; किन्तु इतना समझ गया कि वह सुरापान करना चाहता है।

"है या नहीं, तुम ले लो।"

उसने खिड़की पर जा कर कुछ ऑर्डर किया और अपने बेटे को भी संकेत किया, "ले लो।"

मैं जानता था कि डी–फाज़ियो परिवार में कोई सुरापान नहीं करता। अतः स्पष्ट था कि उनकी सूची में मदिरा नहीं रही होगी; किन्तु अजित पीना चाहता था तो पी ले। पैसे मैं दे दूँगा।

विभु मुझे मेरी कुर्सी तक ले आया। अमृता पहले ही अपनी कुर्सी पर बैठ चुकी थी। तभी विभु चुपके से आकर मेरे कान के पास फुसफुसाया, "पिता जी, अभी शैंपेन खुलेगी। आपको भी दी जाएगी। वह एक प्रथा मात्र है। आप न पीना चाहें तो उस गिलास को होंठ लगा कर छोड़ दें।...पर उसे मना मत कीजिएगा।"

अब जब प्रथा थी तो मैं क्या करता। वैसे बाद में लिज़ा ने बताया कि यदि मैं शैंपेन नहीं लेना चाहता था तो वह प्रथा पानी से भी पूरी की जा सकती थी। किन्तु यह सूचना तो मुझे शैंपेन खुलने के बाद मिली थी।

उसके पश्चात् खाना परोसा गया।

पहली प्लेट में सिरके में डूबे कुछ पत्ते थे। उसे वे सलाद कह रहे थे। ...मुझे अपने होस्टल के दिनों का पहला स्पेशल डिनर स्मरण हो आया था। ...रामजस कॉलेज के होस्टल में आने से पहले मैं घर से बाहर कहीं कम ही रहा था...या कहना चाहिए कि नहीं रहा था...और बाहर का खाना...भारतीय खाना भी बाहर कहीं कम ही खाया था, विदेशी खाने की तो बात ही क्या। छुरी काँटे से खाना भी होस्टल में ही सीखा था।...तो उस दिन होस्टल में किसी विदेशी दूतावास के किसी अधिकारी को बुलाया गया था। इसलिए खाना भी विदेशी ही था। ...पहले सूप आया। मैंने चखने के लिए दो चम्मच पी लिए। लगा, उसमें साबुन घुला हुआ है। मैंने प्लेट सरका दी। उसके पश्चात् रोस्टेड चिकन आया। उस प्लेट में आलू के कुछ चिप्स भी थे और कुछ मटर के उबले हुए दाने। मैंने चिकन खाने का प्रयत्न किया। वस्तुतः उससे पहले मैंने कभी रोस्टेड चिकन भी नहीं खाया था। वह मुझे बहुत सूखा लगा। उसे चबाना प्लास्टिक चबाने जैसा था। मुझसे वह खाया नहीं गया। मैंने उसे भी छोड़ दिया। कुछ और भी आया होगा; किन्तु मैंने खाया नहीं। और तब मीठा आ गया। शायद कस्टर्ड में फल थे।

मैंने बैरे की ओर देखा, "खाना?"

"हो तो गया। यह स्पेशल डिनर है। दाल–रोटी नहीं आएगी।"

एक बार और भी ऐसा हुआ था।

हम अजित के विवाह के पश्चात्, दिल्ली से जमशेदपुर जाते हुए, उसके

पास धनबाद गये थे। संयोग से उस दिन उसके मकान–मालिक के पोते का अन्नप्राशन था। उनका आग्रह था कि अजित हमें भी अवश्य ही साथ ले कर आये। हम ऊपर अपनी गैलरी से दिनभर देखते रहे थे कि उनके आँगन में भोज की तैयारी हो रही थी। मांस भी था, मछली भी और मुर्गा भी। हवा में सुगन्ध थी। हम दिनभर रात के भोज की प्रतीक्षा करते रहे।

रात को जाकर पंगत में बैठे। हमारे पत्तल पर बैंगन, कुंद्रू और परवल जैसी कई सब्ज़ियाँ परोसी गयीं। बूँदी का रायता दिया गया। हम एक–दूसरे का मुँह देखते रह गये। वह जो सुबह से पक रहा था, वह कहाँ गया? हम किसी गलत पंक्ति में तो नहीं बैठ गये? ...यह तो बाद में अपने मित्रों से ज्ञात हुआ कि बंगाली भोज में आरम्भ में आयी हुई कुछ चीज़ें तो "चाई ना। (नहीं चाहिए)।" कह कर लौटा देनी चाहिए। उसके पश्चात् स्वादिष्ट भोजन आता है।

यहाँ प्रॉविंस टाउन में इस होटल में भी कहीं बंगाली भोज की परम्परा तो प्रचलित नहीं है? नहीं ऐसा नहीं हो सकता।

मैंने मछली खा ली। दो सलाइस ब्रेड के भी खा लिए। एक पेस्ट्री खा ली। ...भोजन में कोई कमी नहीं थी; किन्तु मुझे वह सब खाने का अभ्यास नहीं था। मेरे जैसे घर–घुस्सू के साथ तो यह होना ही था।...

खाने के पश्चात्, उसी हॉल के दूसरे कोने में नृत्य की व्यवस्था थी। पहला नृत्य दुल्हन अपने पिता के साथ करती है। लिज़ा ने अपने पिता के साथ नृत्य किया। दूसरा नृत्य पति के साथ था। मैं बैठा वह भी देखता रहा। ...अब जाने कौन किस–किसके साथ नाचने वाला था। इतना तो स्पष्ट था कि मुझे नहीं नाचना था। ...और मुझे नींद भी आ रही थी। घर पर तो मैं दोपहर के भोजन के पश्चात् सोता ही हूँ।

"मैं कमरे में जा रहा हूँ।" मैंने अमृता से कहा।

"बेटे की शादी का नृत्य भी नहीं देखेंगे।"

"बेटे–बहू को नाचते देख लिया। अब और किसको देखना है? और मुझे स्वयं नाचना नहीं है। कभी नाचा ही नहीं। नाचना आता ही नहीं।"

मैं उठ कर खड़ा हो गया।

"शायद ही संसार में कोई और ऐसा पिता होगा जो अपने पुत्र के विवाह के दिन अपने कमरे में सोता मिलेगा।" उसने धीरे से कहा।

***

सन्ध्या समय चाय के लिए अपने कमरे से निकले तो मारिया का पति सामने पड़ गया। मेरी उससे बातचीत तो हुई थी; किन्तु मैंने उसका नाम तक नहीं पूछा था। किसी और ने बताया हो तो मुझे स्मरण नहीं रहा। अमृता से चर्चा करने पर वह मारिया का पति ही कहलाता था।

मैंने देखा : वह एक जैकेट पहने हुए था। जैकेट कमर से थोड़ी ही नीची थी; और हल्की थी, विंड चीटर जैसी। बड़ी बात यह थी कि उस पर 'केप कॉड' लिखा हुआ था।... मैं होटल से बाहर निकलने की ही सोचता रहा और ये महाशय बाज़ार जा कर क्रय भी कर आये। मेरे मन में आया कि ऐसी ही जैकेट मुझे भी चाहिए थी। यहाँ के मौसम तथा परिवेश के अनुकूल भी थी और 'केप कॉड' की स्मृति भी रहेगी।... किन्तु यह महँगा नगर है। बाज़ार भी महँगा होगा।...

मुझे अपनी अमरीका की पहली यात्रा स्मरण हो आयी। ...मैं प्रत्येक वस्तु के मूल्य को रुपयों में बदलता था तो वह बहुत महँगी हो जाती थी। एक डॉलर का एक पिक्चर पोस्टकार्ड अर्थात् पचास रुपयों का एक कार्ड। और फिर उस पर जो चित्र था, उसका मेरे देश के गौरव से कोई सम्बन्ध नहीं था। कोई बड़ी चीज़ तो मैं क्या ख़रीदता एक पोस्टकार्ड ख़रीदना भी कठिन था। न्यूयॉर्क के बाज़ार में घूमते हुए एक जगह एक डॉलर में पाँच कार्ड मिल गये। वे मैंने ख़रीद लिए।

वस्तुतः बात यह थी कि मेरे भारत से चलने से पहले, बड़े भैया ने कह दिया था कि जहाँ–जहाँ जाओगे वहाँ के चित्र हमें भेजते रहना, हम भी तुम्हारे साथ संसार घूम लेंगे।

उस समय मैं भाई के प्रेम में बँधा उनकी बात को 'बात' न मान कर अपना संकल्प बना बैठा। और जब विभु ने उन्हें डाक के डब्बे में डालने के पश्चात् उसका शुल्क बताया तो मैंने निश्चय किया कि वे कार्ड भारत पहुँच कर, अपने हाथों से लोगों को दूँगा। ...यह सब तो बाद में ज्ञात हुआ कि उन्होंने भी यूँ ही कह दिया था। न उनकी बात में कोई गम्भीरता थी और न उनकी उन चित्रों में कोई विशेष रुचि थी।

"यह कहाँ से ख़रीद ली? मिस्टर..." मैंने उससे पूछ ही लिया।

"पीटर" वह बोला, "आयम पीटर।"

"ओह पीटर, मैं तो अभी होटल से निकला भी नहीं हूँ।"

"मैं भी नहीं निकला हूँ।" उसने कहा।

"तो फिर यह कहाँ से ली?"

"होटल में ही एक दुकान है। उसे एक रिटायर्ड व्यक्ति चलाता है, पैसे के लाभ के लिए नहीं, अपना समय काटने के लिए। इसलिए सस्ती ही मिल गयी।" पीटर ने बताया, "वह जितनी जैकेट लाता है, प्रातः ही बिक जाती हैं। शाम तक कुछ बचता ही नहीं।"

"ओह!"

मैंने उससे विदाई ली और चाय पीने के स्थान पर उस दुकान की खोज में निकल गया।... वह दुकान का दरवाज़ा खोल ही रहा था।

"आइए।"

"मुझे एक जैकेट चाहिए, जिस पर केपकॉड लिखा हो।"

उसने एक ओर संकेत कर दिया। वहाँ कई रंगों की विभिन्न नापों की जैकेट हैंगर पर टँगी थीं।

मैं उनमें कुछ टटोल रहा था; किन्तु मेरी समझ में कुछ नहीं आ रहा था। दुकानदार को मेरी कठिनाई समझ में आ गयी थी।

"यू शुड हैव कम विथ योर वाइफ।"

"आई हैव कम।" मैंने देखा, अमृता भी मेरे साथ ही खड़ी थी।

"कब आयीं?"

"अभी आयी हूँ। जानती थी आप यहीं होंगे।"

मुझे तो पहली जैकेट ही पसन्द आ गयी; किन्तु अमृता का विचार था कि और भी देखी जाएँ। पहन कर नाप भी देख लें और फिर अलग–अलग रंगों को भी देखा जाए। मैंने सब कुछ किया; किन्तु जो मुझे पहले पसन्द आ गयी थी, वही अन्त में भी पसन्द आयी।

अमृता और भी बहुत कुछ देख रही थी।

"अब क्या देख रही हो?"

"शायद बच्चों के लिए कुछ पसन्द आ जाए।"

मैं थोड़ा खीजा, "कितनी बार तो देख चुकी हो कि तुम्हारी लाई हुई चीज़ें बच्चों को पसन्द नहीं आतीं या उनकी माँ को। फिर क्यों समय लगा रही हो। पैसे भी बेकार ही जाते हैं। दिल्ली में उनको साथ ले कर बाज़ार जाना और जो पसन्द आ जाए, ले देना।"

पर वह एक के बाद एक चीज़ निकलवाती रही। वह बूढ़ा भी धैर्यपूर्वक दिखाता रहा। अन्त में उसे कुछ कहे बिना, अमृता सारा कुछ छोड़कर बाहर निकल गयी, "आइए।"

"सॉरी।" मैंने दुकानदार से कहा।

"नेवर माइंड। दैट इज़ द वे, लेडीज़ शॉप।"

***

चाय पी कर हम अपने कमरे में आये। विभु और लिज़ा भी हमारे साथ आ गये थे; किन्तु विभु ने लिज़ा को वहाँ टिकने नहीं दिया।

"तुम अपने मायके वाले कमरे में जाओ। वहाँ तुम्हारे सारे रिश्तेदार हैं। कल दोपहर तक ही तो हम यहाँ हैं। वे बुरा मानेंगे। तुम्हारे मामा, मामी, मौसी, बुआ, उनकी बेटियाँ। जाओ और देखो, आज डिनर का क्या प्रबन्ध है।"

वह जाना नहीं चाह रही थी; किन्तु विभु ने उसे धकेल ही दिया।

"चाचा जी कहाँ हैं?" विभु ने पूछा।

"शायद अपने कमरे में हो या बाज़ार में घूम रहा हो। वह बाज़ार का शौक़ीन है।"

"पर मैंने देखा है कि चाची थोड़ा–सा भी चल नहीं पातीं।"

"जितना गाड़ी में घूम सकेंगे, घूम लेंगे; नहीं तो सागर–तट पर इतनी नौकाएँ लगी हुई हैं। जो घूमना चाहते हैं, वे कोई–न–कोई माध्यम और मार्ग ढूँढ़ ही लेते हैं।"

"वे रुष्ट नहीं होंगे कि आपने उनके साथ यहाँ थोड़ा–सा भी समय नहीं बिताया।"

"यहाँ से जब न्यूयॉर्क जाएँगे, तो उनके पास पूरा एक सप्ताह रहेंगे। यहाँ का समय मैंने समधियों के नाम कर दिया है।"

तभी कपाट खटखटा कर लिज़ा भीतर आयी, "मॉम ने बुलाया है। उन्होंने डिनर का प्रबन्ध अपने कमरे में किया है।"

"सबके लिए?"

"सबका तो पता नहीं। हम दोनों के लिए और माँ तथा पिता जी के लिए तो प्रबन्ध वहीं है।"

मैंने विभु की ओर देखा, "अब क्या कहते हो? अजित को फ़ोन करूँ क्या?"

"यहाँ की प्रथा है कि विवाह के बाद के एक भोजन का दायित्व हमारा था। उसके पश्चात् सब लोग स्वतन्त्र हैं।"

"और ब्रेकफास्ट?"

"वह तो कमरे के साथ होटल की ओर से कंप्लीमेंट्री है।"

"चलो। उठो फिर।"

"कमरा मैं बन्द कर दूँगी।" लिज़ा ने चाबियाँ उठा लीं, "आप लोग चलिए।"

"आइए। आइए।" टोरी ने हमारा स्वागत किया।

"हैव योर डिनर।" शैला ने काग़ज़ की एक बड़ी–सी प्लेट में पीज़ा का एक बड़ा–सा टुकड़ा परोस दिया। यह एक चौथाई टुकड़ा था, तो पूरा पीजा निश्चित रूप से बहुत बड़ा रहा होगा।

मैंने विभु की ओर देखा : उसका ध्यान मेरी ओर नहीं था। मैंने उसे कुछ कहा नहीं। कहने की इच्छा भी नहीं हुई; किन्तु मुझे स्मरण हो आया कि पिछली बार हम उसके घर, सियैटल गये थे तो एक दिन अमृता ने पीज़ा खाने की इच्छा प्रकट की थी। उसने न केवल उसके लिए मना कर दिया था, वरन् टिप्पणी भी कर दी थी, "पीज़ा भी कोई खाने की चीज़ है। मैं डिनर में आपको कोई अच्छी चीज़ खिलाऊँगा।"

अमृता का मन पीज़ा खाने का था तो था, वह अड़ गयी और विभु भी अपने स्थान पर अडिग था। मैं मन–ही–मन डर रहा था कि कहीं दोनों में ज़ोर का झगड़ा ही न हो जाए। मैं अमृता से कहना चाहता था कि यदि आज विभु की इच्छा नहीं है तो न सही। फिर किसी दिन खा लेंगे। जब विभु कहीं गया होगा तो पास के किसी रेस्ट्रां में जाकर खा लेंगे। और विभु से कहना चाहता कि यदि उसकी माँ की इच्छा है तो उसे उसका सम्मान करने में क्या कष्ट है। वह न खाना चाहे तो न खाए। माँ को तो खिला देना चाहिए।

मैं दोनों में से किसी को भी समझा नहीं पाया। और वे दोनों एक- दूसरे से रूठे रहे।

आज विभु की सास, विवाह की रात के भोज में पीज़ा खिला रही है, तो उसे नहीं लगता कि पीज़ा खाने की चीज़ नहीं है। सास का विरोध क्यों नहीं करता। पर अच्छा ही है कि सास का विरोध नहीं कर रहा, नहीं तो जैसे माँ से लड़ पड़ा था, वैसे ही सास से भी लड़ पड़ता। ...वह तनिक भी शोभनीय नहीं होता। वैसे भी सास से कुछ कहने से पहले लिज़ा से कहना पड़ता। ....और अपनी कान्ता से कुछ कहना, वह भी विवाह की रात को...कठिन काम था। बड़े–बड़े नहीं कर पाये, तो...। हमारा तो सारा साहित्य ही "कान्ता सम्मित उपदेश" है। तो वह लिज़ा से क्या कहता।

***

अगले दिन प्रातः नाश्ते के पश्चात् टोरी हमें प्रॉविंस टाउन दिखाने निकले थे।

आज दोपहर तक होटल का कमरा हमारे पास था। दोपहर के पश्चात् और सन्ध्या से पहले उसे खाली करना था।

होटल में कल और आज के परिवेश में बहुत अन्तर था। कल लोग आते जा रहे थे। होटल अटा पड़ा था। चारों ओर गाड़ियाँ ही गाड़ियाँ थीं। पार्किंग के लिए कहीं स्थान खोजना कठिन था; और आज लोग गाड़ियों में सामान भर कर निकलते जा रहे थे। आती हुई एक भी गाड़ी नहीं दिखी। लौटने की ऋतु थी। आज डायनिंग हॉल भी जल्दी खाली हो गया था। कल शनिवार था और आज रविवार। सारा अमरीका ऐसे ही चलता था। वीक डेज़ और वीकएंड।

"यह उन तीर्थयात्रियों का स्मारक है।" टोरी ने बताया।

हम प्रॉविंस टाउन की मुख्य सड़क पर खड़े थे। सड़क के साथ लगता यह एक छोटा–सा बागीचा था। हमारे नगर में होता तो हम उसे बच्चों के खेलने के लिए छोड़ देते। पर यहाँ किन्हीं अनाम तीर्थयात्रियों का स्मारक बना दिया गया था।

"तीर्थयात्री। कौन–से तीर्थयात्री।" कई लोगों ने एक साथ पूछा।

"वह इंग्लैंड से यहाँ पहुँचने वाला पहला जत्था था। वे लोग अपने लिए किसी सुरक्षित स्थान की खोज में, एक बड़ी–सी नाव 'मेफेयर' में इंग्लैंड से भाग कर आये थे। वह खुली नाव थी। न ऊपर छत थी, न कोई कमरा था। मौसम के विभिन्न रूपों को झेलते हुए लगभग दो–ढाई महीनों लम्बी यात्रा के पश्चात् उनकी नौका यहाँ तट पर आ लगी थी। और उन्होंने यहाँ अपनी बस्ती बसाने का मन बनाया। पर यहाँ पहले भी तो लोग बसते होंगे। यह स्थान मनुष्य–शून्य तो नहीं लगता। ...सहस्रों वर्षों से खाली तो नहीं पड़ा होगा। वहाँ रहने वाले लोगों या किसी के न रहने के विषय में कोई नहीं जानता। कब से कोई नहीं रहता, यह भी कोई नहीं जानता। हमारे पास उनका कोई इतिहास नहीं है।..." टोरी ने अपने श्रोताओं की ओर देखा।

"किन्तु यहाँ रहने वाले लोगों के पास तो अपना इतिहास होगा।"

"वे होते तो उनके पास अपना इतिहास भी होता; किन्तु वे ही नहीं रहे।"

"और तीर्थयात्री?" किसी ने पूछा।

"आधे तीर्थयात्री तो यात्रा की अवधि में ही विभिन्न प्रकार के रोगों तथा अन्य कारणों से मृत्यु को प्राप्त हो गये थे। जो यहाँ तक जीवित आ गये थे, उन्हें जीवित रहने के लिए भोजन और रक्षा के लिए साधनों की आवश्यकता थी। उसके लिए उन्हें नाव छोड़कर धरती पर उतरना ही था।

"तीर्थयात्री जब नाव से उतर कर धरती पर आये तो उन्हें कोई मनुष्य अथवा पशु दिखायी नहीं दिया। किन्तु वहाँ किसी के रहने के प्रमाण दिखायी दे रहे थे। गुफाओं जैसे कुटीर, जिन्हें घास से ढँक कर छिपाने का प्रयत्न किया गया था, वहाँ उपस्थित थे। इसका अर्थ था कि वहाँ कुछ लोग रहते तो थे किन्तु वे इस समय कुछ कारणों से सामने नहीं आना चाहते थे, अत; पीछे हट कर कहीं छिप गये थे। वे नये आये लोगों के प्रति मैत्री का भाव नहीं रखते होंगे। उनसे डरते होंगे। उन्हें अपना शत्रु मानते होंगे। कुछ कुटीरों में तीर्थयात्रियों को भोजन की सामग्री भी मिल गयी। उस पर उन्होंने अधिकार कर लिया। कुछ सामान उठा कर वे अपनी नौका पर ले आये।...

"आरम्भ में तो तीर्थयात्री धरती पर जाते थे और फिर अपनी नौका में लौट आते थे। इस प्रकार पहले तो कुटीरों में संचित सामान नाव में आया और उसके पश्चात् वे नौका को छोड़ कर स्वयं धरती पर आ गये और उन कुटीरों पर आधिपत्य जमा लिया। वे उन्हीं में बस गये।...

"तीर्थयात्रियों के इस प्रकार अधिग्रहण के पश्चात् वे पूर्व–निवासी प्रकट हुए। उन्हें भी अपनी धरती और अपने सामान की आवश्यकता थी। तीर्थयात्रियों के साथ उनका संघर्ष हुआ। होना ही था। तीर्थयात्री बस्ती बसा कर ही सन्तुष्ट नहीं थे। वे उस सारी भूमि पर अधिकार कर लेना चाहते थे, एक साम्राज्य से भी विशाल। उनके राजा के साम्राज्य से भी बड़ा भूभाग। और उनको रोकने वाला भी वहाँ कौन था। ये आदिवासियों के यूथ, कबीले, ट्राइब, जिनके पास कोई आधुनिक शस्त्र नहीं था, कोई सुशिक्षित सेना नहीं थी। कोई सैनिक अभ्यास नहीं था।..."

"किन्तु वे तो मात्र तीर्थयात्री थे। वे भी तो सैनिक नहीं थे।" किसी ने टोरी से कहा।

"अच्छा प्रश्न है। उनका इतिहास तो यह कहता है कि वे इंग्लैंड के राजा से अपनी रक्षा करने के लिए नीदरलैंड में आ टिके थे। कुछ दिन वहाँ रहे भी; किन्तु अपनी धार्मिक स्वतन्त्रता की रक्षा करने के लिए एक

स्वतन्त्र संसार की खोज में 'केप कॉड' में आ पहुँचे थे। वे ही जानें कि वह संयोग ही था या किसी योजना के अन्तर्गत वहाँ आये थे।...वे जानते थे कि अज्ञात देशों–प्रदेशों में वहाँ के लोगों से उनका युद्ध हो सकता है। वे आत्मरक्षा के लिए आग्नेय शस्त्रों से लैस थे। उन्हें शस्त्र–परिचालन का भी अभ्यास था। वे शत्रु का सामना कर सकते थे। उनके पास आत्मरक्षा के साधन थे।"

"किन्तु तीर्थयात्री का क्या अर्थ हुआ?"

"उन्हें यह नाम उनकी अगली पीढ़ियों ने दिया था, उनके उत्तराधिकारियों ने, जिन्होंने उनका यह स्मारक बनाया है।"

"किन्तु कोई कारण भी तो होना चाहिए।"

"कारण बहुत स्पष्ट तो नहीं है। किन्तु इतना तो मैं जानता हूँ कि इंग्लैंड में मान्य तथा प्रचलित धर्म से वे कुछ भिन्न हो गये थे। वह भिन्नता क्या थी, यह जानने का प्रयत्न कर रहा हूँ; अभी तक कुछ ज्ञात नहीं हुआ है। पर ऐसा कुछ तो था कि वे उस राजा की प्रजा बन कर सुख से नहीं रह सकते थे; और प्रभु ने उन्हें एक नया संसार बसाने के लिए यहाँ पहुँचा दिया था।

"उन्होंने यहाँ अपना गणतन्त्र बनाया। अपने नियम बनाये। दण्ड–विधान बनाया। ...किन्तु वह सब उनके अपने धर्म और चिन्तन के अनुकूल था। उसमें वहाँ के पूर्व–निवासियों के लिए कोई स्थान नहीं था। वे एक–दूसरे की भाषा भी नहीं समझते थे; विचार और जीवन–पद्धति को समझना तो दूर की बात थी।"

"आरम्भ तो आलुओं के गोदाम से ही हुआ था, धर्म से नहीं।"

"हाँ। मनुष्य धर्म के बिना जीवित रह सकता है, भोजन के बिना नहीं। उसी भोजन की खोज में अकस्मात् ही एक दिन तीर्थयात्रियों को एक कुटीर में मिट्टी में दबाया गया आलुओं का गोदाम मिल गया। उन्होंने पहले तो सोचा कि उन आलुओं को अपनी नौका में पहुँचा दें; किन्तु फिर विचार आया कि कब तक नौका में रहेंगे। अब भूमि पर अपने घर बनाने आरम्भ कर दें। और वैसे भी कहीं कोई विरोधी दिखायी नहीं दे रहा था।

"वे कुटीर से बाहर निकले तो अकस्मात् एक बाण कहीं से उड़ता हुआ आया और भूमि पर गिर पड़ा। उससे कोई घायल नहीं हुआ; किन्तु यह तो समझ में आ गया कि इस भूमि के पूर्व निवासी आस–पास हैं। वे देख रहे हैं कि उनकी सम्पत्ति, भूमि, घरों और अन्न पर कोई अधिकार

जमा रहा है। यह बाण उनके विरोध का प्रमाण था। बाण और बन्दूक में कोई तुलना नहीं थी; किन्तु प्राण तो बाण भी ले सकता था।

"उन्होंने अपनी बन्दूकें निकाल लीं और व्यूहबद्ध हो कर बैठ गये। दूर कहीं पेड़ों के पीछे कुछ हलचल दिखायी दी और उन्होंने अपनी बन्दूकों से गोलियाँ दाग दीं। पेड़ों के पीछे बैठे लोगों में कुछ हलचल हुई और वहाँ से कुछ घोड़ों के दौड़ने का आभास हुआ। ...अर्थात् बन्दूक की एक ही गोली ने उन्हें भगा दिया था। वे अभी तक धनुष–बाण के युग में थे। उनके पास आग्नेयास्त्र नहीं थे। निश्चित था कि वे तीर्थयात्रियों से नहीं लड़ सकते थे। धनुष–बाण चलाने में वे कितने भी निपुण क्यों न हों, वे बन्दूकों का सामना नहीं कर सकते थे। हाँ, उनके पास घोड़ों का होना चिन्ता का विषय था। तीर्थयात्री नाव में आये थे। उनके पास घोड़े नहीं थे और धरती पर युद्ध करने के लिए घोड़े बहुत उपयोगी थे।

"वे व्यूह बाँध कर आगे बढ़े। वृक्षों के पीछे अब कोई नहीं था। हाँ, एक घायल घोड़ा अवश्य गिरा हुआ था। ...तो गोली इस घोड़े को लगी थी और वे उसे छोड़ कर भाग गये थे। तीर्थयात्रियों के पास अपने घोड़े नहीं थे। पूर्व–निवासियों से आलू ही नहीं घोड़े भी छीनने होंगे। उन्होंने निश्चय किया कि रात के अन्धकार में वे आसपास उन्हें खोजेंगे। यदि उनका कोई ग्राम या समूह मिल गया तो उसपर आक्रमण करेंगे, उनके घरों को आग लगा देंगे; और उनसे उनके शस्त्र और घोड़े छीन लेंगे।"

टोरी ने अपनी कथा समाप्त कर दी थी।

"उसके बाद की घटनाएँ जानने के लिए आपको अमरीका का इतिहास पढ़ना चाहिए।" टोरी ठीक ही कह रहे थे। उसके बाद उन तीर्थयात्रियों ने स्थानीय लोगों के साथ क्या–क्या किया कि उनकी जनसंख्या ही समाप्त हो गयी। फिर अमरीका में आ गये अंग्रेज़ों का अपने मूल देश के शासकों से ही संघर्ष हो गया। मुझे तो आश्चर्य होता है कि अंग्रेज़ अपने ही राजा, अपनी ही अर्थात् इंग्लैंड की सेना से कैसे लड़े होंगे। वैसे उसका कुछ रूप हम कॉनकॉर्ड में देख आये थे।

"जर्मन और दूसरे यूरोपीय देशों के लोग अंग्रेज़ों से स्वभावतः लड़े होंगे; किन्तु अंग्रेज़ अपने राजा और अपनी सेना से कैसे लड़े होंगे?" मैंने विभु से चर्चा की थी।

"पहली बात तो यह कि वे इंग्लैंड को छोड़ आये थे और अब उसको

अपना देश नहीं मानते थे। न उस राजा को अपना राजा और न उस सेना को अपनी सेना मानते थे।" उसने कहा था, "और यह दो देशों या दो सेनाओं का युद्ध नहीं था। यह तो धन का लोभ था, जो दोनों ओर से लड़ रहा था। इंग्लैंड का राजा उन लोगों से कर माँग रहा था, जिनके लिए अब वह कुछ नहीं करता था। और अमरीका में बसे अंग्रेज़ उस राजा को कर देने को एकदम तैयार नहीं थे, जिससे वे अपना सम्बन्ध पूर्णतः तोड़ चुके थे। वे मानते थे कि वह राजा उन पर अपना आधिपत्य स्थापित करना चाहता था। इसलिए वे उसे स्वतन्त्रता का युद्ध कहते हैं।"

अमरीका का इतिहास केवल इंग्लैंड से स्वतन्त्रता का इतिहास ही नहीं था। वह संसारभर के देशों से दासों को ख़रीदने और बेचने का भी इतिहास था। उस सारे इतिहास को आज का अमरीकी नागरिक स्मरण भी नहीं करना चाहता, स्वीकार करना तो दूर की बात है।...

***

तीर्थयात्रियों का स्मारक दिखाने के पश्चात् टोरी के पास भी दिखाने को कुछ नहीं था। वे चर्च के पीछे के क़ब्रिस्तान में जाना चाहते थे। उनकी माँ और नानी की क़ब्रें वहीं थीं। मुझे उन क़ब्रों में कोई रुचि नहीं थी। हाँ, उसी सड़क पर उनका टाउन हॉल था। हम टाउन हॉल देखने चले आये, यद्यपि वहाँ देखने को कुछ नहीं था। कुछ युवक–युवतियाँ उसको सजा रहे थे। सन्ध्या समय वहाँ उनका कोई संगीत का कार्यक्रम था। वे चाहते तो हमें घुसने ही न देते। घुस गये थे तो वे हमें निकाल सकते थे और दरवाज़ा बन्द कर सकते थे। किन्तु वे अपना काम करते रहे और हम टाउन हॉल से अधिक उन्हें ही देखते रहे।

मैं देख रहा था कि वहाँ लड़कों और लड़कियों में कोई अन्तर नहीं था। एक समान कपड़े थे और एक समान ही कार्य थे। एक लड़की अपने कन्धे पर एक सीढ़ी उठाए हुए आयी। उसे खड़ा किया और उस पर चढ़ गयी। पतलून की पिछली जेब में से प्लास निकाला और कील ठोंकने और उखाड़ने लगी। कोई लड़का उसकी सहायता के लिए आगे नहीं आया। वे सब अपने–अपने काम में लगे हुए थे।

सड़क पार टाउन हॉल के ठीक सामने एक मैक्सिकन रेस्ट्रां था। टोरी हमें वहीं ले आये।

"आप सब यहाँ भोजन करें। मैक्सिकन भोजन पसन्द न हो तो कहीं और भी जा सकते हैं। इसी सड़क पर अनेक रेस्ट्रां हैं।" वे बोले, "मैं आपको यहाँ लाया, क्योंकि मूल रूप से यह हमारा ननिहाल था। मेरी माँ अपनी नानी के पास यहीं पली थीं। मेरी नानी का मेरी माँ के जन्म के समय ही देहान्त हो गया था। माँ की नानी ने यह घर मेरी माँ को दिया था।... किन्तु अब यह बिक चुका है।..."

"मेरा ध्यान टोरी द्वारा सुनाई गयी डी–फाज़ियो परिवार के इतिहास की ओर चला गया। मैं पूछ नहीं पाया था कि उनके परिवार के पास वेलेज़िली में वह जला हुआ मकान ख़रीदने के लिए धन कहाँ से आया था। ...आज मैं स्वयं ही वे तार जोड़ रहा था।

"इस सम्पत्ति का अनुमानतः क्या मूल्य होगा?" मैंने विभु की ओर देखा।

"क्या कह सकता हूँ।" वह बोला, "यह बहुत महँगा नगर है। फिर यह यहाँ की मुख्य सड़क है। मुख्य बाज़ार है। सामने टाउन हॉल है। डाउन टाउन। काफ़ी महँगा होना चाहिए।"

मैंने अपने मन में टोरी की कथा की कड़ियाँ जोड़ लीं। उनके पिता को यह सम्पत्ति अपनी पत्नी की ओर से मिली होगी। उन्होंने उसे बेच कर वेलेज़िली के उस जले हुए भवन का पुनर्निर्माण करा लिया होगा। पर वह मकान उनके पिता ने बनाया था या दादा ने? विचित्र भूलभुलैयाँ थीं।

"आप क्यों पूछ रहे हैं?" विभु ने मेरी ओर देखा, "कुछ ख़रीदना है क्या?"

"मुझे लगता है कि टोरी के पिता ने इस मकान को बेच कर ही वह डी–फाज़ियो बिल्डिंग ख़रीदी होगी।"

"सम्भव है।" उसने कहा, "उनकी सम्पत्ति थी। उन्हें जो उचित लगा, वह उन्होंने किया। किन्तु तब न बेचते तो आज इसका बहुत अधिक मूल्य उन्हें मिलता। अब तो यहाँ भूमि का मूल्य आकाश छू रहा है।"

लिज़ा की बुआ–श्रीमती मूलर–हमारे सामने बैठी थीं। वे निरन्तर रेस्ट्रां के पिछले द्वार की ओर देख रही थीं। वह खुला था और स्पष्ट देखा जा सकता था कि उसके पीछे खुले मैदान में भी मेज़ें लगी हुई थीं और लोग वहाँ बैठे खाना खा रहे थे। किन्तु श्रीमती मूलर उनके भी पार देख रही थीं। उसके पश्चात् रेत थी और फिर सागर का जल, जहाँ अनेक नौकाएँ बँधी हुई थीं।

"जब हम छोटे थे और हमारी नानी जीवित थीं तो मैं और टोरी अपनी माँ के साथ उनके पास छुट्टियाँ मनाने आते थे। वे हमारी भी नानी थीं और हमारी माँ की भी।" श्रीमती मूलर बोलीं, "तब यहाँ ऐसी भीड़भाड़ नहीं थी। न इतने लोग थे और न ही इतनी नौकाएँ। यह सागर–तट हमारे घर के आँगन के समान था। हम दौड़ते हुए घर से निकलते थे और रेत पर से होते हुए, सीधे सागर के जल में डुबकियाँ लगाने लगते थे। माँ डर जाती थीं और हमें मना करती थीं। पर हम कहाँ मानने वाले थे। तब वे नानी से कहतीं कि वे हमें रोकें। नानी हँस कर कहतीं, बच्चे हैं, खेलने दो। सागर कभी किसी का अहित नहीं करता।"

टोरी भी हमारे वार्तालाप में सम्मिलित हो गये, "यह तो ऐसे कह रही है, जैसे तैर कर यूरोप तक जा पहुँचती हो। ...इतना डरती थी तब। मैं इसे पकड़ कर पानी में डुबकियाँ लगवाता था। और यह रोने लगती थी।"

"झूठे कहीं के।" श्रीमती मूलर ने टोरी को मारने के लिए चम्मच उठाया।

"ज़रा मेरी औषधि निकाल दो।" उनके पति ने कहा। बात आगे नहीं बढ़ी; किन्तु इतना तो मैं समझ गया कि इस परिवार का इस स्थान से कितना घनिष्ठ सम्बन्ध था।

विभु ने हमारे लिए खाने का आदेश दे दिया। मेरे लिए वैसे भी चुनाव कठिन होता है और मैक्सिकन खाने से तो मेरा कोई परिचय ही नहीं था। कोई आदेश कर देता था और मैं बिना जाने–बूझे, बिना कोई स्वाद लिए यह मान कर खा लेता था कि वह किसी पराये देश का खाना था, जो ऐसा ही होता था।

अमृता को वह खाना नहीं भाया और उसके लिए वह विभु से रुष्ट थी। वह उसे अपना चुनाव करने का अवसर क्यों नहीं देता। वह अपने लिए चुनाव करने में समर्थ थी। पर अब तो खाना आ गया था। जैसे भी हो उसे खाना ही था।

खाने के पश्चात् बाज़ार में निरुद्देश्य घूमना था। विभु और लिज़ा, स्टीमर से सीधे बॉस्टन चले गये थे, जहाँ से वे सियैटल के लिए विमान पकड़ लेंगे। हमें हर्ष और स्नेहा के साथ न्यूजर्सी जाना था। अभी कुछ समय तक हम अपने समधियों के साथ थे। अजित ने मुझे दो–एक बार बुलाया भी कि मैं उसके साथ सैर करूँ। ...किन्तु मुझे यह जँचा नहीं। मैंने उससे कहा कि न्यूयॉर्क में हम उसके साथ पूरा एक सप्ताह रहेंगे। ये

दो–एक घंटे अपने समधियों के साथ व्यतीत कर लें; यहाँ से विदा होने के पश्चात् हम उनके घर तो जाएँगे नहीं। फिर जाने कब मिलना हो।

उसे मेरा यह समधी–प्रेम अच्छा नहीं लगा। बोला, "तो फिर हम जा रहे हैं, अब भेंट तब ही होगी, जब तुम हमारे घर आओगे।"

***

प्रॉविंस टाउन में अब कोई आकर्षण नहीं रह गया था। मैंने हर्ष से बात की। वह भी लौट जाने की ही सोच रहा था। स्नेहा अपना कैमरा लिए हुए, सागर–तट पर भटकती फिर रही थी। उसने सहस्रों चित्र खींच डाले थे किन्तु उसका मन नहीं भरा था।

"बात सुन।" हर्ष ने उसे समझाया, "हमें बहुत दूर जाना है। रास्ते में एक स्थान पर रुकना भी है।"

"कहाँ?"

"मणि के घर रुकेंगे। वहीं चाय भी पिएँगे।"

"उसे बताया है।"

"नहीं। पर रास्ते में उसे फ़ोन कर देंगे।"

इतनी देर में स्नेहा ने हर्ष के ही दसियों चित्र खींच डाले।

21

प्रॉविंस टाउन से निकले, तो दो–तीन बातें मालूम हुईं।

हर्ष को ज्ञात था कि हम दोनों का सामान कुछ अधिक था, वह उसकी अपनी गाड़ी में नहीं समाता। इसलिए उसने किराए पर एक बड़ी गाड़ी ले ली थी, ताकि हमारा सामान सुविधा से लाया जा सके। स्नेहा प्रसन्न नहीं थी। उसको उतनी बड़ी गाड़ी चलाने का अभ्यास नहीं था। इसलिए एडिसन तक गाड़ी को चलाने का काम हर्ष का ही था। ....फिर वह अपनी नयी बी एम डब्ल्यू में प्रॉविंस टाउन आयी होती तो जलवा ही और होता। किराए की पुरानी खटारा गाड़ी में आने का क्या रौब।...

और यह जो मणि था, वह हर्ष का नहीं, स्नेहा का ही मित्र था। ये बातें धीरे–धीरे खुलीं कि हर्ष के अपने स्वभाव और परिस्थितियों के कारण उसके मित्रों की संख्या बहुत कम थी। स्नेहा का परिवार दो पीढ़ियों से

पुणे में बसा हुआ था। उसकी पढ़ाई भी मराठी माध्यम से हुई थी, इसलिए उसे मराठी बोलने का बहुत अच्छा अभ्यास था, लगभग अपनी मातृभाषा के समान। और एडिसन में ही नहीं, पूरे न्यूजर्सी में मराठीभाषियों का अच्छा–खासा समाज था। वे सब ही स्नेहा के मित्र थे; क्योंकि वह मराठी बोलती थी। हर्ष न कभी उनमें घुल–मिल पाया था; और न पंजाबियों का कोई समूह बना पाया था। किन्तु स्नेहा के पति के रूप में वह मराठी समूह को भी स्वीकार्य था। मणि भी महाराष्ट्रियन ही था। शायद किसी समय वह प्रीति का सहपाठी भी था; किन्तु इंजीनियरिंग की पढ़ाई में वह हर्ष से टकरा गया था और वे दोनों एक–दूसरे को पसन्द करने लगे थे। अब वह उन दोनों का ही मित्र था।...

अमृता, लिज़ा की किसी सम्बन्धी के विषय में बता रही थी कि वह गणित नहीं पढ़ाती थी। उसका विषय था, गणित कैसे पढ़ाया जाए।

"यह भी कोई विषय हुआ?" मैंने कहा।

"जब वह पढ़ा रही है तो विषय हो ही गया।"

"ऐसे तो संसार के प्रत्येक विषय को दो भागों में बाँटा जा सकता है।" मैंने कहा, "एक वह विषय और दूसरा, उसे कैसे पढ़ाया जाए।"

"अच्छा है न।" हर्ष बोला, "विषय दोगुने हो जाएँगे तो उनको पढ़ाने वालों की संख्या भी दोगुनी हो जाएगी। कितने लोगों को आजीविका मिल जाएगी। इसमें एक विषय और जुड़ जाएगा कि उन अध्यापकों का प्रशिक्षण कैसे हो।"

"अच्छा–अच्छा। सामने देख कर गाड़ी चलाओ। लहराओ मत।" स्नेहा ने उसे टोका।

मुझे विभु याद आ गया।

उसने बताया था कि जब वह डलास में नौकरी कर रहा था तो एक रात को काम करते हुए बहुत देर हो गयी। थक गया था, इसलिए रात के डेढ़ बजे ऑफ़िस के स्विमिंग पूल में घुस गया। ऑफ़िस में और कोई था नहीं। ख़ूब मज़े से नहाया। नहा कर निकला। ऑफ़िस बन्द किया और गाड़ी में सड़क पर आ गया। इस सड़क से वह कितनी ही बार गुज़रा था; किन्तु आज रात को दो बजे वह नयी सी लग रही थी। आज पहली बार उसे ज्ञात हुआ कि इस सड़क पर किस–किस कम्पनी का कार्यालय था। सड़क की बायीं ओर एक कम्पनी का बोर्ड देखा तो मन हुआ कि यह भी देखे कि दायीं ओर कौन–सी कम्पनी है।

उसकी गाड़ी दायें से बायें और बायें से दायें लहराने लगी। कितने ही नये बोर्ड देखे...और सहसा उसके सामने पुलिस की गाड़ी आ गयी। उसने उसे रुकने का संकेत किया। वह रुक गया।

पुलिसवाले ने अपने ढंग और अपने उपकरणों से उसकी जाँच की। पुलिसवाले को सन्देह था कि उसने मदिरा पी रखी है। वह टुन्न है और उससे गाड़ी सँभल नहीं रही है। किन्तु मदिरा का वहाँ कण भी नहीं था। जब जाँच करते–करते पुलिसवाला थक गया तो उसने पूछा, "कितने पेग?"

"मैंने शराब नहीं पी है।"

"तो गाड़ी क्यों झूम रही थी। पेट्रोल के टैंक में शराब डाल रखी है?"

"ओ नहीं। मैं तो सड़क की दायीं ओर बायीं दिशा में दुकानों के बोर्ड पढ़ रहा था।"

"क्यों?"

"मैं यहाँ से जब भी गुज़रा, दिन के समय गुज़रा। आज पहली बार रात को दो बजे सड़क खाली मिली तो बोर्ड पढ़ने का अवसर भी मिला। बस उन्हें देखने लगा।"

"नेवर डू इट अगेन। अदरवाइज़ आई विल अरेस्ट यू विदाऊट एनी प्रूफ।"

"वाय?"

"बिकाओस आई हैव गॉन मैड टू फ़ाइंड द रीज़न।"

पुलिसवाला चला गया।

आज हर्ष गाड़ी को लहरा रहा था। और यह तो दिन का समय था। सड़क पर काफ़ी गाड़ियाँ थीं। साथ में पत्नी बैठी हो तो वह ठीक से गाड़ी चलाने के निर्देश अवश्य देती है। स्नेहा ने पत्नी–धर्म का निर्वाह कर दिया था।

फिर हर्ष ने गाड़ी इतनी ज़ोर से घुमाई कि हम डर ही गये; किन्तु वह सड़क छोड़ चुका था और मणि के घर के अहाते में आ गया था।

मेरे लिए इस प्रकार किसी के घर जाना बहुत सुखद नहीं होता था। मेरा वहाँ कोई अस्तित्व नहीं होता था। यहाँ भी मैं हर्ष की मौसी का पति था। मौसी का पति खुल कर उन लोगों के वार्तालाप में भाग नहीं ले सकता। उसे मासड़ बन कर एक शिष्ट व्यक्ति के रूप में बैठा रहना होता है। आतिथेयों के घर की, खान–पान की, उनके बच्चों की, यहाँ तक कि

यदि घर में कुत्ता हो तो उसकी भी प्रशंसा करनी होती है। मैं उसके लिए तैयार था। इस पराये देश में जहाँ कोई डॉ. कनिष्क कात्यायन को जानता ही नहीं था, वहाँ किसी से पहचान की माँग कैसे की जा सकती थी।

पुरानी बात है, मैं अपने भांजे के विवाह में गया हुआ था। मेरी बहन ने भांजे के एक मित्र से पूछा, "इन्हें जानते हो?"

"हाँ।" वह बोला, "मामा जी।"

वह मना कर देता तो मुझे अधिक प्रसन्नता होती। यह क्या पहचान हुई "मामा जी।"

"वह तो ठीक है।" मेरी बहन ने कहा, "किन्तु वे एक प्रसिद्ध लेखक हैं।"

"यह तो विनय ने हमें कभी बताया ही नहीं।"

"विनय स्वयं यह जानता है क्या?" मेरे मुख से अनायास ही निकल गया।

वही स्थिति यहाँ भी थी। मैं डॉ. कनिष्क कात्यायन न हो कर "मासड़ जी" था। मणि से इसी रूप में मेरा परिचय कराया गया था।

पता चला कि उसकी पत्नी घर के किसी काम से बाहर गयी हुई थी और वह बच्चों की देखभाल करने के लिए घर में अकेला ही था।

"अरे हम तो चाय पीने आये थे।"

"चाय तो मैं पिला ही दूँगा।" मणि बोला, "तुम्हारे घर में भी तो चाय तुम्हारे ही हाथ की मिलती है। निर्मला घर में होती भी तो चाय तो मैं ही बनाता। हाँ, वह अपनी मुस्कानें परोसती और कहती, तुम चाय बहुत अच्छी बनाते हो।"

मैं इस प्रकार की चर्चाएँ अमरीका में बहुत सुन चुका था। घर में कौन कितना काम करता है, यह उनका घरेलू मामला है। बिना झगड़ा किये यदि वे अपनी गृहस्थी चला लेते हैं तो वही बहुत है, नहीं तो वर्षभर भी साथ रहना कठिन हो जाता और "ब्रेक–अप"।

हर्ष और मणि अपने कॉलेज की बातें करते रहे। स्नेहा उसके बच्चों के साथ खेलती रही। मैं 'मासड़ जी' बना बैठा रहा। जाने अमृता क्या सोच रही थी।

थोड़ी देर में निर्मला आ गयी। हँस कर सबसे मिली और बच्चों को लेकर अपने कमरे में चली गयी। मणि अब चाय बनाने लगा था।

मुझे कई बार, अमरीका में रहने वाले भारतीय परिवारों को देख कर लगा कि भारत से जो लड़कियाँ यहाँ आती हैं, वे अमरीकी लड़कियों को

देख कर वैसी ही बन जाना चाहती हैं। पतियों से काम कराती हैं। उनके पैसे ख़र्च कराती हैं। अपना रौब जमाए रखती हैं। शेरनियों के समान उनसे लड़ती हैं। उन्हें छोड़ देने की धमकियाँ देती हैं। कानून भी उनका पक्ष लेता है और उनको उड़ा ले जाने के उद्देश्य से उनके आस–पास मँडराने वाले लोगों की भी कमी नहीं होती। विवाह उन्हें करना नहीं होता। साथ रहना उन्हें महँगा नहीं लगता।

उनके पति उनके रंग–ढंग देख कर डरने लगते हैं कि कहीं वे सचमुच ही उन्हें छोड़ न जाएँ। उन्हें तो दूसरी लड़की मिलेगी नहीं, और वे किसी का भी हाथ पकड़ कर चल देंगी। लगता है कि पति इस बात से डरता है कि वह चली गयी तो बच्चों की देखभाल कौन करेगा।....फिर अपने समाज में बदनामी का भय। ...हरिशंकर परसाई की रचना है न, "जिनकी छोड़ भागी हैं।"

मणि चाय बना लाया था।

मैंने देखा कि वे कप अच्छे थे। फाइन चाइना के। पिछली बार विभु की एक सखी के घर गये थे तो क्रॉकरी उनकी अलमारियों में ही सजी रह गयी थी। उसने काग़ज़ की प्लेटों में खाना खिलाया था। क्रॉकरी में खाना खिला कर उनको धोने का कष्ट कौन करता। काग़ज़ की प्लेटों और गिलासों को तो वैसे ही कूड़े में डाल दिया जा सकता था। मणि ने वह नहीं किया था। निर्मला ने भी उसे नहीं टोका था। टोकने की आवश्यकता ही क्या थी। कप तो मणि को ही धोने थे।

और मेरी अपनी चचेरी बहन सन्तोष।... बहुत पहले, हम उसके पास कोलकाता गये थे तो वह अलमारी में सजी, इंग्लैंड से लाई गयी क्रॉकरी हमें दिखाती रही और खाने के समय मेज़ पर पुरानी, दरकी हुई प्लेटें लगा दीं। मैंने उसका ध्यान उस ओर खींचा तो उसने मेरी प्लेट स्वयं ले ली और अपनी प्लेट मुझे दे दी, जो दरकी या टूटी हुई तो नहीं थी किन्तु अपनी वृद्धावस्था की झुर्रियाँ अवश्य दिखा रही थी।... और मैं स्वभावतः उन लोगों में से था, जो होस्टल में भी दरकी प्लेट सामने आ जाए तो उसे पटक कर तोड़ देता था और उसका जुर्माना भर देता था।

***

एडिसन तक पहुँचते–पहुँचते मुझे नींद आने लगी थी। मन–ही–मन मैं

डर रहा था कि कहीं हर्ष को भी नींद न आने लगे। किन्तु वह एकदम सजग था।

वह गाड़ी अपनी पार्किंग की ओर मोड़ रहा था तो मुझे ध्यान आया, "यह किराए की गाड़ी अब लौटाने जाओगे।"

"नहीं। आज नहीं। कल जाऊँगा।" वह बोला, "गैरेज को सूचित कर दिया है कि हम लौट आये हैं। यदि उसे बहुत जल्दी हो तो अभी लौटा दें। उसने कहा है कि ऐसी भी कोई जल्दी नहीं है। कल दोपहर बारह बजे तक लौटा दूँ।"

गाड़ी गैरेज में खड़ी हो गयी। अब समस्या हमारा सामान उतारने की थी। मेरे मन में संकोच था कि इतना भारी सामान हर्ष को ही घसीटना पड़ेगा। मेरे और अमृता के वश का कुछ नहीं था। फिर भी मैं हर्ष के साथ लगा और दोनों अटैचियाँ डिक्की से बाहर निकालीं। जहाँ तक वे पहियों पर घिसट सकीं, वहाँ तक तो कोई कठिनाई नहीं हुई; किन्तु सीढ़ियों से ऊपर चढ़ाना भारी काम था। सीढ़ियाँ तीन ही थीं। उसके पश्चात् ड्राइंगरूम था। वहाँ हम अटैची खोल कर उसका सामान निकाल कर उसे हल्का कर सकते थे। फिर सामान किस्तों में ऊपर, बेडरूम तक ले जाया जा सकता था।

इन कामों से निबटने के बाद ध्यान गया कि स्नेहा आस–पास कहीं नहीं थी।

"स्नेहा?" मैंने हर्ष की ओर देखा।

"खाने का प्रबन्ध कर रही होगी।"

"पर वह रसोई में तो नहीं है।"

"मासड़ जी! अमरीका में खाने का अधिकतम प्रबन्ध रसोई के बाहर ही होता है।"

मैं कुछ समझ नहीं पाया; किन्तु मैंने अपनी प्रश्नावली आगे नहीं बढ़ायी।

थोड़ी देर में वह बाहर गाड़ी से उतरती हुई दिखायी दी। घर में घुसी तो पसीना–पसीना हो रही थी। लगता था काफ़ी भाग–दौड़ कर के आयी है।

"मैंने सोचा था कि बाज़ार में उसकी कोई दुकान होगी।" वह हर्ष को बता रही थी, "किन्तु वह अपने घर से ही काम करती है। अपने घर का पता वह बताना नहीं चाहती थी। सड़क के नुक्कड़ पर ही बुलाती है।

ऐसे में किसी को पहचानना कठिन हो जाता है। उसे खोजने–खोजने में ही दम निकल गया।"

"क्या लायी हो?"

"फुल्के हैं। वह औरत गुजराती है। पता नहीं फुल्के अच्छे हों या न हों।"

"तो फिर इतनी भाग–दौड़ करने की क्या आवश्यकता थी?"

"सोचा, मासी और मासड़ जी को इतने दिनों से रोटी नहीं मिली है। आज ज़रा देसी खाना खा लें।"

"ले आयी हो तो ठीक है," मैंने कहा, "वैसे मैं रोटी को कभी तरसता नहीं हूँ। महीनों रोटी के बिना रह सकता हूँ।"

"पर मासी की तो इच्छा थी।"

"हाँ अमृता दो–तीन दिनों के पश्चात् रोटी को स्मरण करने लगती है।"

गुज़रातन की बनायी हुई रोटियों का पैकेट खुला तो रोना आ गया। किसी काम की रोटियाँ नहीं थीं। कुछ कच्ची, कुछ जली हुई। इन रोटियों के दो–दो डॉलर। मैं तो उनका धेला भी न दूँ। तभी तो वह अपने घर का पता नहीं बताती। कोई पीटने ही न पहुँच जाए।

अमृता ने रोटियों को फिर से सेंक कर कुछ सुधारने का प्रयत्न किया। अब वे कुछ खाने योग्य हुई थीं। स्नेहा खाती भी रही और स्वयं को कोसती भी रही।

***

"तो विभु का विवाह तो हो गया और अच्छी तरह हो गया।" हर्ष बोला, "अब आपका और क्या कार्यक्रम है? किसी से मिलना है?" वह रुका और बोला, "अरे, आपको वर्मा साहब के घर भी तो जाना है।"

"हाँ, जाना तो है। किन्तु ले कर जाने का काम भी तो तुमको ही करना होगा। तुम्हारे पास समय है?"

"इन दिनों तो मेरे पास समय ही समय है। जहाँ कहिए, ले चलूँ। नया प्रॉजेक्ट पकड़ लिया तो कठिनाई हो जाएगी।" वह रुका, "और अभी आप न्यूजर्सी में हैं। एडिसन से वैएन जाने में समय ही कितना लगेगा। एक बार न्यूयॉर्क चले गये तो फिर आपके लिए वैएन जाना कठिन हो

जाएगा। और विभु के पास सियैटल चले गये तो फिर वैएन और वर्मा साहब को भूल ही जाइए।"

"तो कल चलें?"

"चलिए।" वह बोला, "आपको और मासी को अपनी नयी बी एम डब्ल्यू में सैर भी करा दूँगा।" वह रुका, "मेरी तो इच्छा थी कि हम प्रॉविंस टाउन उसी में जाते। थोड़ा रौब रहता किन्तु स्नेहा नहीं चाहती थी कि आपके सामान के साथ छोटी गाड़ी में जाएँ। चलो वह तो हो गया। अब बी एम डब्ल्यू में चलते हैं।"

मैं कुछ सोच रहा था।

"अब सोचना और चर्चा बन्द।" वह बोला, "कल का कार्यक्रम पक्का।"

22

शायद हम वर्मा साहब के घर के सामने ही खड़े थे; पर न तो कहीं उनका नाम–पट्ट था और न ही कोई व्यक्ति दिखायी पड़ रहा था।

हर्ष ने फ़ोन मिलाया। वर्मा साहब का स्वर आया, वे हमें अपने घर तक पहुँचने का मार्ग बता रहे थे। उन्होंने अपने घर के कुछ लक्षण भी बताये। हम वहीं खड़े थे। यहाँ तक कि घर के सामने उनका बताया हुआ खाद का ढेर भी पड़ा था।

"हम आपके घर के सामने ही खड़े हैं।" हर्ष ने कहा, "आप बाहर आ जाएँ तो हम आश्वस्त हों।"

"मैं आ रहा हूँ।"

बाहर आने में कुछ अज्ञात कारणों से उनको पाँच–एक मिनट लगे। उनके पीछे–पीछे श्रीमती वर्मा भी थीं। उनका नाम रमेश कुमारी था; किन्तु उन्होंने कुमारी हटा दिया था। अब 'कुमारी' कौन लिखता है। वह तो सत्तर वर्ष पहले, जब उनका जन्म हुआ था, तब उनके माता–पिता ने उनका नाम रख दिया था। मैंने उन्हें पहले भी बिना माँगे यह परामर्श दिया था कि रमेश, रमा के ईश को कहते हैं, जो पुरुषोचित नाम है। इसलिए वे अपना नाम रमा ही रख लें। 'कुमारी' से भी मुक्त हो जाएँगी और नाम भी स्त्रीलिंग हो जाएगा। किन्तु निःशुल्क परामर्श को कौन मानता है।

वर्मा साहब हाथ मिलाने के पश्चात् गले मिले; श्रीमती वर्मा तो अमृता से चिपक ही गयीं।

"मेरी सहेली। मेरी बहन।"

वे भावुक महिला हैं। अमरीका में रह कर भी अभी काफ़ी भारतीय हैं; इसलिए मेरे गले नहीं लगीं, नहीं तो अमरीका में तो लगता है कि मिलने की एक ही पद्धति है। विभु के विवाह के सन्दर्भ में स्त्रियों से गले मिलने का शतक तो मैं भी बना ही चुका था।

वे हमें अपने गैरेज में से ही भीतर ले आये; किन्तु चेतावनी देते आये कि यह गैरेज है, अतः इसमें बहुत कूड़ा है। उधर ध्यान मत दीजिएगा।

कमरे में प्रवेश से पहले जूते उतार दिये। पहले भी वहाँ जूते रखे हुए थे। हमने उन्हें संकेत माना और उसका आदर किया।

ड्राइंगरूम के बाहर एक कोने में गणपति की बड़ी–सी मूर्ति रखी थी। मैंने उनको प्रणाम किया और भीतर प्रवेश कर गया। गणपति से अनुमति ले ली थी, इसलिए वर्मा साहब से अनुमति की आवश्यकता नहीं थी। सुन्दर–सा सजा सजाया ड्राइंगरूम था। मैंने अपने मनोकूल आसन का चयन किया और स्थापित हो गया। हर्ष और अमृता उनके अनुरोध पर बैठे।

"कैसे हैं?"

"राम जी की कृपा है।" मैंने कहा, "आपके गणपति बहुत सुन्दर हैं।"

वर्मा साहब प्रसन्न हो गये। उन्होंने उस प्रतिमा को प्राप्त करने की पूरी कथा सुनाई। वे बहुत शान्त स्वभाव के व्यक्ति हैं और अपनी बात को सहज भाव से जम कर सुनाते हैं। बीच में उनकी पत्नी ही उनको टोक दे तो टोक दे, अन्यथा किसी और के लिए सम्भव नहीं है कि उनको विचलित कर दे।

जहाँ तक मुझे स्मरण है, श्रीमती वर्मा हमें पहली बार दिल्ली में हमारे घर पर ही मिली थीं। तब उन्होंने अपना परिचय मेरी पाठिका के रूप में ही दिया था। इतना अवश्य बता दिया था कि वे दिल्ली की ही रहने वाली थीं। यहीं उनकी पढ़ाई हुई थी। यहीं विवाह हुआ। उनके ससुराल का परिवार अभी भी दिल्ली में ही था। वे अपने पति की नौकरी के सन्दर्भ में अमरीका चली गयी हैं। वे अब भी भारत से प्यार करती हैं। भारतीय साहित्य पढ़ती हैं। भारतीय शैली से रहती हैं।...

उन्होंने बहुत आग्रह किया था कि जब कभी भी हम अमरीका आएँ,

उन्हें अवश्य सूचित करें। वे चाहेंगी कि हम उनके घर पर ही टिकें। वे हमें बहुत आराम से रखेंगी। हमें किसी प्रकार की असुविधा नहीं होने देंगी।...

वे विदा हो गयीं और मैं सोचता रहा कि कोई पूर्णतः अपरिचित व्यक्ति कैसे पहली ही बार में इस प्रकार अपने घर आने और रहने का निमन्त्रण दे सकता है। ...औपचारिकता ही सही, पर फिर भी...ये तो स्वामी विवेकानन्द की कथा की मिस केट सैनबोर्न निकलीं।

संयोग ही था कि हम जब विभु से मिलने के लिए अमरीका आये तो न्यूयॉर्क होते हुए गये। न्यूयॉर्क में अजित था। कुछ मित्र भी थे। और फिर अमरीका आते और न्यूयॉर्क न आते, यह कैसे हो सकता था। उसी सन्दर्भ में हमने श्रीमती वर्मा को भी सूचित कर दिया। वे बड़े उत्साह से हमसे मिलने आयीं और फिर उनके घर जाने का भी कार्यक्रम बन गया।

उनके घर आकर उनके पति और परिवार से भी परिचय हुआ और मालूम हुआ कि वे हमसे अपरिचित नहीं थीं। वे अमृता की अनेक सहेलियों से परिचित थीं और साहित्यकारों के माध्यम से भी वे हमें जानती थीं। वे यह भी जानती थीं कि हमारा छोटा बेटा अमरीका में था और हम लोग उसके विवाह के लिए उपयुक्त साथी को खोज रहे थे।

वे मेरे साहित्य की प्रशंसिका थीं। किन्तु उसका विश्लेषण उन्होंने कभी नहीं किया। यही कहा कि आप बहुत अच्छा लिखते हैं। बहुत गहराई से लिखते हैं।...

वस्तुतः हमारे पाठक इससे अधिक कुछ कहते ही नहीं अथवा कह नहीं पाते। हमारे एक पढ़े-लिखे मित्र हैं। उनकी पत्नी भी अर्थशास्त्र में एम.ए. हैं। वे मराठी, हिन्दी और अंग्रेज़ी का साहित्य पढ़ती हैं। तुलना भी करती हैं। एक बार वे मेरे एक उपन्यास की प्रशंसा कर रही थीं।

"बहुत अच्छा लगा।"

उनसे सम्बन्ध अनौपचारिक थे, इसलिए मैं भी कह बैठा, "अब ज़रा इसका विश्लेषण करें कि आपको उसमें क्या अच्छा लगा।"

उत्तर उनके पति ने दिया, "अपनी प्रशंसा में आप क्या सुनना चाहते हैं।"

मैंने सोचा भी नहीं था कि मेरे अन्तरंग मित्र मेरी बात का यह अर्थ निकालेंगे। चुप रह गया। तब से अब तक किसी को विश्लेषण करने को कभी नहीं कहा। जहाँ हमारा शोधकर्ता भी लेखक से ही पूछता हो कि "कृपया बताएँ कि आपकी इस रचना में नया और मौलिक क्या है।" वहाँ किसी और से क्या अपेक्षा करें।

चाय इत्यादि पी ली तो श्रीमती वर्मा ने आवाज़ लगायी, "बेटा सादगी, ज़रा अंकल आंटी से मिल तो लो।"

"कमिंग मॉम।"

थोड़ी देर में ऊपर से सादगी नीचे उतरी। उसने हाथ उठा कर 'हाय' किया।

मेरे मुँह में ही था कि तुम नमस्ते भी नहीं कहतीं कि मेरे विवेक ने मुझे थाम लिया। न्यूयॉर्क में उतरते ही मेरी भारतीयता ने जो झटका मुझे दिया था, मैं उसे भूला नहीं था।

हम श्यामलाल के घर दोपहर के भोजन के लिए गये थे। उन्होंने अपने बेटे–बहू को भी हमसे मिलने के लिए बुलवा लिया था। मैं भी आतुर था मिलने को। उसके इस बेटे को बहुत पहले देखा था, छोटा–सा था तब। अब वह नौकरी और पत्नी वाला हो गया था। श्यामलाल ने बताया था कि बहू बड़े धनी परिवार से थी; और पूरी तरह से पढ़ी–लिखी थी। चाहती तो ऊँचे पद और मोटे वेतन वाली नौकरी कर सकती थी। किन्तु उसने 'होम मेकर' बनने का निर्णय किया।

मेरे मन में श्यामलाल से तनिक भी दूरी नहीं थी। उसके बेटे–बहू के प्रति मेरा भाव भी पितृतुल्य ही था। उसकी बहू से पहली बार मिल रहा था।

वह आयी और उसने अपना हाथ मेरी ओर बढ़ाया, "हाय। आयम नीतू।"

मैंने अपना हाथ नहीं बढ़ाया। ससुर बन कर कहा, "पैर छूओ और आशीर्वाद लो।"

वह आगे बढ़ने के स्थान पर पीछे मुड़ गयी। और फिर लौट कर मेरे सामने नहीं आयी। मेरे विवेक ने मुझे तत्काल टोक दिया। वह अमरीका में जन्मी–पली अमीर बाप की बेटी, जिसने शायद किसी को नमस्ते भी न की हो और मैं स्वयं–नियुक्त भारतीय ससुर उससे क्या अपेक्षा कर रहा हूँ। उसने मेरे इस व्यवहार को एक उजड्ड भारतीय की अशिष्टता ही माना होगा।

मुझे तभी जमशेदपुर का बलविन्दर सिंह याद आ गया। अक्षरकुम्भ के समापन समारोह में वह मुझे अपने परिवार के एक–एक सदस्य से मिलवा रहा था। यहाँ तक कि अपनी होने वाली पुत्रवधू से भी। अंग्रेज़ी स्कूल में पढ़ी उस लड़की ने भी हाथ मिलाने के लिए, अपना हाथ आगे बढ़ा दिया था। बलविन्दर ने उसी समय उसे टोका था, "पैर छू। मेम न बन।"

लड़की ने पैर छू दिये और मैंने उसके सिर पर हाथ रख कर उसे आशीर्वाद दे दिया। किन्तु श्यामलाल की पुत्रवधू और बलविन्दर की बहू में अन्तर था। वह जमशेदपुर था और यह न्यूयॉर्क था। यहाँ कोई बलविन्दर नहीं था, जो उसे आदेश दे सकता कि वह मेरे पैर छूए। उसने तो शायद कभी श्यामलाल क़े भी पैर नहीं छूए होंगे। मैं नया–नया भारत से आया था और मेरे भीतर पूरी तरह से भारत का गौरव बसा था।

अब मेरे सामने वर्मा साहब की बेटी थी। वह 'हाय' कर रही थी। ऐसे में मैं मुस्करा ही सकता था। ये अमरीका निवासी भारतीय हाथ जोड़ कर नमस्ते करना नहीं सीख सके और हमसे अपेक्षा करते हैं कि हम 'हाय–हाय' करें।... न तो मैं हाय कर सका, न कुछ और कह सका। बस मुस्कराकर रह गया। वैसे मेरा मन भीतर–ही–भीतर 'हाय–हाय' कर रहा था।

श्रीमती वर्मा ने बताया कि बच्ची ने पढ़ाई पूरी कर ली है और दवाइयों की किसी कम्पनी में काम कर रही है।

"कौन–सी कम्पनी है बेटा?" मैंने पूछ लिया।

"जॉनसन एंड जॉनसन।" उसने कहा।

मैंने मन–ही–मन राम जी को हाथ जोड़े कि उस 'अमरीका–पली' लड़की ने 'मल्टीनेशनल' या एम.एन.सी. नहीं कहा था।

"तुम चूँकि उस क्षेत्र में हो, इसलिए पूछ रहा हूँ कि रक्तचाप नापने के लिए किस कम्पनी की मशीन अच्छी है।"

उसने मेरी ओर देखा, जैसे मेरी बात न समझी हो।

"ब्लड प्रेशर नापने का अपरेटस।" श्रीमती वर्मा ने बात स्पष्ट की।

"ओह।" लड़की ने कहा, "वह तो हमारी कम्पनी ही बहुत अच्छी बनाती है। आपको चाहिए क्या।"

"मैं सोच रहा हूँ कि अमरीका आया ही हूँ तो एक ख़रीद लूँ। ब्लड प्रेशर मुझे है ही और मुझे नापना भी पड़ता है।"

"वह तो मैं आपको देती हूँ।"

वह ऊपर गयी और गत्ते के डब्बे में बन्द वह उपकरण ले आयी।

"नहीं। मैं तो ख़रीदने की बात कर रहा था।" मैंने कहा, "तुम इसे रखो।"

"मैं कम्पनी से कंप्लिमेंट्री ही लायी थी, मामा जी के लिए। अब उनको इसकी नीड नहीं है। मैंने इसके पैसे भी नहीं दिये हैं। आप ले जाइए। यहाँ तो ऐसे ही पड़ी है।"

श्रीमती वर्मा ने अपने स्थान से उठ कर, बेटी के हाथ से ले कर, वह उपकरण अमृता के पर्स की ज़िप खोल कर उसमें डाल दिया, "आप कहाँ औपचारिकता में पड़े हैं, डॉक्टर साहब! बेटी इतने प्यार से दे रही है, ले जाइए।"

मुझे अभी भी संकोच था। पहली बार किसी के घर जाओ और उससे उपहार लेने लगो। जाने इस उपकरण का मूल्य क्या है। हम इसके बदले में क्या दे सकते हैं।

पर श्रीमती वर्मा ने वह उपकरण अमृता के पर्स में डाल दिया था और अमृता ने किसी प्रकार का प्रतिरोध भी नहीं किया था। मैं श्रीमती वर्मा का विरोध तो कर सकता था; अमृता का विरोध कैसे करता।

लड़की फिर से ऊपर चली गयी थी। श्रीमती वर्मा उस ओर देखती जा रही थीं, जब उन्हें विश्वास हो गया कि वह अपने कमरे में चली गयी है और उनकी आवाज़ उस तक नहीं पहुँचेगी, तो बोलीं, "अब पढ़ाई भी हो गयी, नौकरी भी लग गयी, तो फिर माता–पिता की चिन्ता तो उसके विवाह की ही होती है न।"

"जी।"

"पर आजकल के ये बच्चे किसी की सुनते ही कहाँ हैं।" वे बोलीं, "भारत जाने को तो यह तैयार ही नहीं है। कहती है कि भारत ही भेजना था तो फिर यहाँ पढ़ाया–लिखाया क्यों। यहाँ का जीवन क्यों दिखाया। इसका अर्थ है कि इनके लिए लड़का भी यहीं खोजो। या भारत में ऐसा लड़का खोजो, जो यहाँ आने को तैयार हो।..."

"हाँ, व्यक्ति जहाँ रहता है, वहाँ से उसको लगाव हो ही जाता है।" मैंने कहा।

"बात जगह की ही हो तो ठीक है जी, पर इनके हज़ार नखरे हैं। भारतीय लड़का होगा तो हिन्दी बोलने को कहेगा। माँ–बाप के पैर छुआएगा। मन्दिर जाने को कहेगा। रामायण पढ़ने को कहेगा। क्या भरोसा है कि वैस्टर्न ड्रेस पहनने ही न दे। साड़ी बाँधने को कहे। कौन जाने किस–किस बात में हिन्दू धर्म और भारतीयता के नाम पर कैसे–कैसे बन्धन लगा कर इनका जीवन नष्ट कर देगा।"

मुझे हँसी आ गयी, "साफ़ तो कह रही है, उसे अमरीकी लड़का चाहिए।"

"राम का नाम लो जी।" वे बोलीं, "इन अमरीकियों का क्या भरोसा

है, वह गोमांस खिलाएगा। कौन जाने चर्च ले जाए। ईसाई बनने को कहे।... और कल को तलाक ही ले ले, दूसरी शादी कर ले। राम जी ऐसा दिन न दिखाएँ।"

मैं उनकी इन बातों का क्या उत्तर देता। वे कोई एक पक्ष तो ले नहीं रही थीं। दोनों ओर से बोल रही थीं। फिर बेटी उनकी थी। उससे तो वे ही निबट सकती थीं।

"आप ऐसा समझती हैं तो आपकी बेटी भी समझ जाएगी।" अमृता ने कहा था।

"क्या समझेगी।" वे बोलीं, "कभी कहती है, वे सिर ढँकने को कहेंगे। माँग में सिन्दूर भरने को कहेंगे। पैर में आलता लगाने को कहेंगे।" वे मेरी ओर मुड़ीं, "आपके घर में भी घूँघट का प्रचलन है क्या?"

मैं हँस पड़ा, "मेरी माँ शुद्ध देहात से आयी थीं। वे हमारे दादा से घूँघट करती थीं। एक दिन हमारे दादा उनकी ओर देखे बिना यह पूछते रहे कि क्या उन्होंने दादा के लिए पानी गर्म होने के लिए चूल्हे पर रख दिया है। वे चूल्हे पर पानी रख कर बैठी उसके गर्म होने की प्रतीक्षा कर रही थीं। किन्तु दादा के सामने बोलती नहीं थीं; इसलिए उनके पूछने पर बिना कुछ बोले, हाथ से चूल्हे की ओर संकेत करती रहीं। दादा को जब कोई उत्तर नहीं मिला तो वे बहुत क्रुद्ध हुए। आँख उठा कर देखा तो गूँगी बहू के संकेत को समझ कर और भी नाराज़ हुए और पिता जी को कहा कि आज से बहू न तो घूँघट करेगी न संकेतों की भाषा में बात करेगी।" मैं रुका, "वह दिन है और आज का दिन श्रीमती वर्मा, हमारे घर में किसी बहू ने घूँघट नहीं किया। अब तो यह तीसरी पीढ़ी है।"

"आपका बेटा क्या चाहता है?" उन्होंने पूछा।

"अरे वह कुछ बोले तो सही।" अमृता ने उत्तर दिया।

"ओह! तो वही बात है। वह कुछ ऐसा चाहता है, जो शायद आप लोग अनुमति न दें।"

मेरे मन में खीझ उठी, "यह औरत अपने आपको समझती क्या है। अपनी दुष्कल्पनाओं को हम पर आरोपित किये जा रही है। वह हमको और हमारे पुत्र को जानती ही कितना है। दिल्ली में एक बार घंटे भर को हमारे घर आयी थी। तब तो मेरी प्रशंसिका थी। विभु को तो उसने देखा भी नहीं है। फिर यह ऐसे दिखा रही है, जैसे वह उसके मन की बातें जानती है।"

"अमरीका में यह बड़ी मुसीबत है।" वर्मा साहब शायद पहली बार बोले थे, "और आपके विषय में यह प्रसिद्ध है कि आप कट्टर हिन्दू हैं।"

मैंने अपनी खीझ को रोका, "मैं हिन्दू तो हूँ। आप हिन्दू नहीं हैं।"

"मैं इनसान हूँ। मेरा इनसानियत में विश्वास है।"

"आप कहना क्या चाहते हैं।" मेरा स्वर ऊँचा उठ गया, "हिन्दू होने से व्यक्ति इनसान नहीं रहता।"

"नहीं, मैं यह कहना चाहता हूँ कि आदमी को अच्छा इनसान होना चाहिए, धर्म वह कोई भी मानता हो।"

"तो हिन्दू धर्म में कब यह कहा गया कि व्यक्ति अच्छा इनसान न बने।" मैंने कहा, "और आप यह बताएँगे कि कट्टर हुए बिना कोई व्यक्ति अपने सिद्धान्तों का पालन कर सकता है क्या। जो व्यक्ति अपनी सुविधानुसार सच–झूठ बोलता रहे, वह तो आपकी दृष्टि में इनसान हुआ और जो संकल्पपूर्वक सदा सत्य बोले, वह कट्टर हिन्दू हो गया।"

"नहीं। जो माथे पर तिलक लगाना आवश्यक मानता हो, जो लांग वाली धोती बाँधता हो–वह कट्टर हिन्दू हुआ।" वर्मा साहब बोले।

"तो आपको मेरे माथे पर तिलक दिखायी दे रहा है क्या या मैंने लांग वाली धोती बाँध रखी है।" मेरी हँसी में भी मेरा आक्रोश था, "और मैं आपको बता दूँ कि वेशभूषा और परिधान अपनी जलवायु तथा परम्परा से आते हैं, धर्म से नहीं। मुझे तो हिन्दुओं के किसी धर्मग्रन्थ में यह लिखा नहीं मिला कि क्या पहनो और क्या न पहनो..."

"इनकी बातें छोड़िए डॉ. कात्यायन। ये तो ऐसे ही कहीं भी बहक जाते हैं।" श्रीमती वर्मा बोलीं, "आप यह बताइए कि आपने न्यूयॉर्क में क्या–क्या देख लिया।"

"जो देख सकते थे, वह देख लिया।" अमृता ने कहा, "बाकी सारा नगर कौन देखता है। आपने यहाँ रह कर भी सारा न्यूयॉर्क नहीं देखा होगा।"

"नहीं, ऐसा दावा हम नहीं कर सकते।" श्रीमती वर्मा ने कहा, "किन्तु एक स्थान देखने वाला है। यदि आपने न देखा हो तो अवश्य देखें। आप चाहें तो हम आपको वहाँ ले चलें। यह बात पक्की है कि वह स्थान आपकी रुचि का है और बड़े–बड़े न्यूयार्कियन्स ने उसे नहीं देखा है। वरन् वे उसके विषय में जानते भी नहीं होंगे।"

मेरी उत्सुकता श्रीमती वर्मा ने जगा दी थी, "कौन–सा स्थान है?"

"यहाँ से लगभग सौ मील है–रिजली। देखा है आपने।"

वे देखने की बात कर रही थीं और मैंने उस स्थान के विषय में किसी से सुना भी नहीं था।

"क्या है वहाँ।"

"वह स्वामी विवेकानन्द के एक मित्र की एस्टेट है। स्वामी जी वहाँ कई बार रुके थे। उनके समय की बहुत सारी चीज़ें उसी रूप में वहाँ सँभाल कर रखी गयी हैं।"

मैं विस्मय में था। मैंने रिजली के विषय में न पढ़ा था न सुना था। यदि श्रीमती वर्मा की सूचना ठीक थी तो मुझे वहाँ अवश्य ही जाना चाहिए था। पर सौ मील कैसे जाया जाएगा।

"श्रीमती वर्मा," मैंने कहा, "यदि स्वामी जी वहाँ सचमुच ठहरे थे और उनके समय की एक भी चीज़ वहाँ है तो मैं उसे देखना चाहूँगा। किन्तु वहाँ तक जाने का साधन..."

"उसकी चिन्ता आप न करें।" वे बोलीं, "क्यों वर्मा जी।"

वर्मा जी ने कुछ नहीं कहा।

"शनिवार या रविवार, जिस दिन आप चाहें। शनिवार अधिक अनुकूल रहेगा। पिकनिक की पिकनिक हो जाएगी और आप वह स्थान देख पाएँगे जो स्वामी जी को बहुत प्रिय था।"

श्रीमती वर्मा के स्वर में बहुत उल्लास था किन्तु वर्मा साहब का चेहरा वैसा ही काठ–सा उदासीन था। मैं समझ नहीं पा रहा था कि वे सहमत थे भी या नहीं।

"आपकी अपनी भी स्वामी विवेकानन्द में कोई रुचि है या केवल हमें घुमाने के लिए ही यह कार्यक्रम बना रही हैं।" मैंने कहा, "सौ मील जाना और सौ मील आना। वर्मा साहब के लिए ड्राइव करने का बोझ..."

"आप उसकी चिन्ता न करें।" वर्मा साहब के स्वर में पहली बार कुछ जान आयी, "मैं रमेश की प्रसन्नता के लिए इससे दस गुना अधिक ड्राइव करने को तैयार हूँ। ...और स्वामी जी के प्रति मेरे मन में भी बहुत श्रद्धा है।"

"मेरे मन में स्वामी जी के लिए पहले भी बहुत आकर्षण था; किन्तु जब से उनके विषय में आपका उपन्यास पढ़ा है। उनकी भक्त हो गयी हूँ। मेरे लिए तो रिजली जाना एक प्रकार का तीर्थ है।" श्रीमती वर्मा बोलीं।

मेरे लिए यह निश्चय करना कठिन हो रहा था कि कौन–सी श्रीमती वर्मा वास्तविक श्रीमती वर्मा थीं। ये जो मुझे दिल्ली में मिली थीं और मेरी पुस्तकें पढ़ती थीं। वे जो हर बात में माता पर निर्भर थीं; या वे जो अपनी बेटी के विवाह के सन्दर्भ में अभी भारतीय लड़कों के दोष गिना रही थीं।

मुझे थोड़ा संकोच भी था। किसी के सौजन्य का इतना लाभ नहीं उठाना चाहिए। पराया सुख अन्ततः कष्ट ही देता है। यदि मुझे ही कोई कहे कि मैं उसके लिए दो सौ मील गाड़ी चलाऊँ तो मैं कभी तैयार नहीं होऊँगा...बेचारा वर्मा। पत्नी ने कह दिया तो अब चलना ही पड़ेगा। फँस गया। मैंने अपने संकोच को धिक्कारा...ऐसा अच्छा अवसर मिल रहा था और यह संकोच का बच्चा व्यर्थ ही टाँग अड़ा रहा था। कभी संकोच के बोझ तले दब कर मैंने कुछ अच्छे अवसर भी गँवाए हो सकते होंगे; किन्तु आज तो मैं तुला हुआ था कि संकोच ने टाँग अड़ाई तो उसकी टाँग तोड़ दूँगा। सारा जीवन लँगड़ाता फिरेगा।

***

हम रिजली जाने का कार्यक्रम पक्का कर उठ खड़े हुए।

श्रीमती वर्मा ने बेटी को आवाज़ लगाई, "बेटी, अंकल–आंटी जा रहे हैं, आकर मिल जाओ।"

"आयी मॉम " पर वह नहीं आयी। मैं जानता था कि उसे हममें कोई रुचि नहीं थी। यह उसकी भलमनसाहत थी कि वह शब्दों में यह कह नहीं रही थी।

"अगली बार आएँगे तो मैं आपको बिटिया के हाथ का बना खाना खिलाऊँगी। क्या पसन्द है आपको?"

क्या कहता मैं। मुझे इस प्रकार की बातों से खीझ होती है। स्पष्ट था लड़की हमको विदा करने के लिए भी नहीं आना चाहती थी। पर उसने रक्तचाप नापने का उपकरण कितनी सुविधा से लाकर पकड़ा दिया था। मैं उसके किस रूप को वास्तविक मानूँ। ठीक कहता है विभु इन ए.बी.सी.डी. (अमेरिका बॉर्न कन्फ्यूज़्ड देसीज़) लड़कियों को जानना बड़ा कठिन है। कोई नहीं जानता कि कब वे देसी हो जाएँगी और कब पलट कर अमरीकी बन जाने का दावा करेंगी। इनसे तो अमरीकी लड़कियाँ ही बेहतर हैं, जिनके विषय में यह तो पता है कि वे अमरीकी हैं। उनका

दिमाग़ अमरीकी है। वे एक विशेष प्रकार के चिन्तन और जीवन–शैली में गढ़ी गयी हैं।

मुझे अमरीका की एक देसी संस्था याद आ रही थी।... उन्होंने फ़ोन कर बड़े समारोहपूर्वक मुझे अपने एक आयोजन में आमन्त्रित किया था। बताया कि यह भारतीय समाज का बहुत बड़ा आयोजन है। लगभग दो सहस्र लोग होंगे। आपके आने से हम सब गौरवान्वित होंगे।

मैंने सहमति दे दी, "आ जाऊँगा किन्तु कितनी दूर है?"

"बीस मील।"

"मेरे आने–जाने की क्या व्यवस्था होगी?"

"वह तो आपको स्वयं ही करना पड़ेगा। अमरीका में भारत के समान सत्कार के नाम पर यह सब नहीं होता।"

"मुझे लगता है कि मुझे यह सब अनुकूल नहीं पड़ेगा।" मैंने कहा।

"अगला शनिवार रख लें। वह अनुकूल पड़ेगा।"

"नहीं। वह भी नहीं।"

"तो।"

"मुझे लगता है कि मैं नहीं आ पाऊँगा।"

बात समाप्त हो गयी किन्तु घंटे भर बाद मुझे अमरीका के एक वरिष्ठ हिन्दी लेखक का फ़ोन आया, "आपने मना क्यों कर दिया?"

"वे मेरे आने–जाने की भी व्यवस्था नहीं कर रहे थे। यदि सचमुच बड़ा आयोजन है तो वे मेरे लिए एक गाड़ी की भी व्यवस्था नहीं कर सकते थे?"

"तो आपने उनसे यह बात कही क्यों नहीं?"

"हम माँग कर कुछ नहीं लेते।" मैंने कहा, "आपने वह शे'र सुना होगा।"

"कौन–सा?"

"कैसे किस के सामने करें दस्त–ए–तमा दराज़। वह हाथ सो गया है सिरहाने धरे–धरे।"

"देखिए डॉ. कनिष्क! यह अमरीका है। यहाँ भारतीय सत्कार नहीं मिलता। लोग अमरीकी हो गये हैं।"

मैं हँसा, "तो अमरीकियों के समान लेखक की फ़ीस दे दें। यह तो अच्छा तमाशा है, न भारतीयों के समान सत्कार करेंगे, न अमरीकियों के समान फ़ीस देंगे। काफ़ी कन्फ्यूज़्ड हैं आप लोग। एक तरफ़ क्यों नहीं हो जाते।"

ख़ैर बात तो श्रीमती वर्मा की बेटी की थी। शायद लड़की तो समझ रही थी कि उसे क्या चाहिए; किन्तु उसके माता–पिता के लिए यह समझना कठिन हो रहा था।

चलते–चलते वर्मा साहब ने पूछ ही लिया, "आजकल भारत में पढ़े–लिखे लोग भी लड़की वालों से दहेज माँगते हैं क्या?"

"कई लड़के वाले माँगते हैं और कई लड़की वाले भी अपने धन से उन्हें लुभाते हैं। कोई नियम तो है नहीं वर्मा साहब।" मेरा स्वर सामान्य नहीं था।

"क्या मतलब?"

"मतलब यह कि जब लड़की वाले समाचार–पत्रों में विवाह के लिए विज्ञापन निकलवाते हैं तो लड़की के माता–पिता की सम्पत्ति का ब्योरा तो देते ही हैं। यह लिखना भी नहीं भूलते कि लड़की कितना कमाती है और उसके नाम पर कितनी सम्पत्ति है। इन सबका लक्ष्य क्या होता है।"

वर्मा साहब एक लम्बी–सी "हूँ" करके रह गये।

***

अपने ठिकाने की ओर लौटते समय अमृता ने मेरी ओर देखा, "क्या आपको भी लगा कि वे अपनी बेटी के लिए हमारे विभु में रुचि ले रहे हैं।"

"निश्चित रूप से कह नहीं सकता। किन्तु कुछ–कुछ लगता तो मुझे भी है।" मैंने कहा, "पर हमें थोड़ा सावधान होकर सोचना चाहिए।"

"क्या।"

"हम अपने बेटे के लिए लड़की खोज रहे हैं तो यह न मान लें कि दुनिया की सारी लड़कियों के माता–पिता हमारे बेटे को अपना जामाता बनाने की सोचे बैठे हैं।" मैंने कहा, "लड़के की माँ बनकर ही सारी लड़कियों को मत देखो।"

"मैंने तो बस एक बात कही थी।" अमृता ने अनख से कहा, "वैसे आपको कैसी लगी वह लड़की?"

"ठीक–ठाक है, पर मेरा विचार है कि वह भी समझ रही थी कि उसकी माँ चाहती है कि हम उसे अच्छी तरह देख लें।"

"आखिर हमारे आने से पहले भी माँ–बेटी में कुछ बातें हुई होंगी।"

"अवश्य हुई होंगी। माँ ने समझाया होगा और लड़की ने विरोध करते

हुए कहा होगा कि विवाह के लिए चुनी जाने के लिए एक अनजाने लड़के के माता–पिता के लिए वह अपनी प्रदर्शनी नहीं लगाएगी। किसी भी लड़की को यह अच्छा नहीं लगता; और यह तो अमरीका में जन्मी–पली है।"

"एक बार विभु इसको देख लेता।" अमृता ने कहा।

"न वह इसे देखने यहाँ आएगा और न यह उसे देखने सियैटल जाएगी। हज़ारों मीलों की दूरी है।"

"क्यों, उस टोकियो वाली लड़की ने नहीं कहा था कि यदि विभु दिल्ली से सियैटल जाते हुए टोकियो में उससे मिलने के लिए रुक जाए तो वह उसके वीज़ा और स्थानीय सत्कार का प्रबन्ध कर देगी।"

"कहा तो था," मैं बोला, "वह विवाह के लिए पूरी तरह तैयार थी। इसलिए उसके लिए अपनी ओर से प्रयत्न करने के लिए सहमत थी। ...और फिर वह अमरीका में जन्मी–पली नहीं थी।..."

"और यह लड़की।"

"इसने अभी विवाह करने का निश्चय नहीं किया है। और यह भी सम्भव है कि वह कुछ लड़कों के विषय में पहले से ही विचार कर रही हो।"

***

अगली बार अमरीका आना दो वर्ष बाद हुआ था।

दिल्ली छोड़ने से पहले अपने सारे सम्पर्कों को सूचित कर दिया था कि हम किन तिथियों में न्यूयॉर्क पहुँच रहे हैं। इस बार कुछ ऐसा हुआ था कि जाबाला के माध्यम से कोलम्बिया, येल और न्यूयॉर्क विश्वविद्यालयों में मेरे वक्तव्यों का कार्यक्रम रखा गया था। पिछली बार ऐसा कुछ नहीं हो पाया था क्योंकि हम मई में न्यूयॉर्क पहुँचे थे, जबकि सारे विश्वविद्यालयों में छुट्टियाँ हो चुकी थीं। इस बार इस कार्यक्रम को ध्यान में रखते हुए हम अप्रैल के अन्त में ही यहाँ आ गये थे।

सूचना यह थी कि श्रीमती वर्मा भी एक कॉलेज में हिन्दी पढ़ाने लगी हैं; और जाबाला का विचार था कि वे भी अपने कॉलेज में एक कार्यक्रम रख देंगी।...

वर्मा दम्पती हमसे मिलने के लिए हर्ष के घर आये थे।

श्रीमती वर्मा ने बताया कि वे कॉलेज में पढ़ा अवश्य रही हैं; किन्तु न तो उनकी नौकरी पक्की है, न पूर्णकालीन। वैसे भी वे सबसे कनिष्ठ अध्यापिका हैं। उनकी कौन सुनेगा। इसलिए वे अपने कॉलेज में कोई कार्यक्रम करने का वचन नहीं दे सकतीं।... पर ख़ैर, वे यह कहने नहीं आयी थीं। वे तो अपनी सहेली और बहन अमृता से मिलने आयी थीं। ...मुझे उनकी अमृता की बहन बन जाने के सन्दर्भ में कोई आभास नहीं था। ...वैसे मेरे लिए यह कोई नयी बात नहीं थी। कई महिलाओं से हमारा ऐसा ही सम्बन्ध था, मैं साहित्यकार था और अमृता उनकी सहेली या बहन थी; इसलिए वे मेरा सम्मान करती थीं, अमृता से प्यार करती थीं।...

तो वे भी अपनी बहन को अपने घर आकर दो–चार दिन रहने के लिए निमन्त्रित करने आयी थीं। मैं इस प्रकार के निमन्त्रण स्वीकार करने के पक्ष में नहीं था; किन्तु यदि अमृता को मना लिया जाता तो मेरी अनुमति की आवश्यकता नहीं रह जाती थी।

"भांजे के घर सप्ताह भर रहोगी, बेटे के पास दो महीने और बहन के घर दो दिन भी नहीं रहोगी। ऐसी कठोरता तो अच्छी बात नहीं है।" वे कह रही थीं।

मैं जानता था कि अमृता के लिए ऐसे स्नेह–प्रदर्शन का प्रतिरोध करना कठिन हो जाता था। जब वह डाँवाडोल होती दिखायी दे रही थी, श्रीमती वर्मा ने एक और बाण छोड़ दिया, "इन तीन दिनों में सादगी भी घर आएगी। उससे भी मिल लोगी।"

बात चाहे शब्दों में कही नहीं गयी थी; किन्तु भाव स्पष्ट था। अभी सादगी का न तो विवाह हुआ था, न बात पक्की हुई थी। विभु की भी वही स्थिति थी। श्रीमती वर्मा शायद अभी भी उस सम्बन्ध की सम्भावना देख रही थीं। ...और हमारे लिए भी उसमें कुछ भी आपत्तिजनक नहीं था। किन्तु अभी तक दोनों ही ओर से प्रस्तावित कुछ नहीं हुआ था।

"आप चाहेंगे तो हम एक दिन रिजली चलने का कार्यक्रम बना लेंगे।" वर्मा साहब ने कहा। उनके स्वर में इस बार पहले की तुलना में कहीं अधिक उत्साह था।

मुझे लगा कि इस बार शायद वे कोई निश्चय किये बैठे हैं। हम भी दो वर्षों से कोई–न–कोई प्रयत्न कर ही रहे थे; किन्तु विभु था कि हमारे किसी भी प्रयत्न को सफल होने देना तो दूर, उस ओर उन्मुख भी नहीं होता था।

पिछली बार जब दिल्ली आया था तो हमारी उससे बहुत खुल कर बात हुई थी। उसने बहुत स्पष्ट शब्दों में कहा था कि वह विवाह करने से मना नहीं कर रहा है। किन्तु वह उस ढंग से विवाह नहीं करेगा, जिस ढंग से आजकल विदेशों से आकर लड़के विवाह कर रहे हैं। माता–पिता उनके आने से पहले ही पाँच–सात लड़कियाँ चुन कर रखते हैं। लड़का हवाई अड्डे पर उतरता है और वे उसे उन लड़कियों से मिलवाना आरम्भ कर देते हैं। जो कुछ अच्छी लगी, उससे वह दो–तीन बार मिल सकता है। और एक सप्ताह के भीतर उसे 'हाँ' करनी पड़ती है। शेष दो सप्ताहों में विवाह हो जाता है और लड़का पत्नी को ले कर अथवा उसके बिना ही अमरीका लौट जाता है।

"तो तुम कैसे विवाह करोगे।" मैंने पूछा था, "भारत तो तुम आते ही तीन सप्ताहों के लिए हो। अधिक समय चाहिए तो तुम्हें अमरीका में ही लड़की चुननी पड़ेगी।"

"मैं अमरीका अथवा भारत की बात नहीं कर रहा।" उसने कहा था, "मैं केवल सिद्धान्त की बात कर रहा हूँ। विवाह के लिए लड़की देखने नहीं जाऊँगा।"

"लड़की देखने नहीं जाएगा तो विवाह कैसे करेगा। लड़की देखे बिना।"

"नहीं। जब कोई लड़की मिल जाएगी। अच्छी लगेगी। विवाह योग्य लगेगी तो विवाह करूँगा।"

यह सब कुछ वह कह चुका था, पर हम मानते थे कि बातों का क्या। सुन्दर–सी लड़की चुन कर उसके सामने बैठा दो, फिर देखेंगे।

श्रीमती वर्मा भी हमारे सामने दाना डाल रही थीं...सादगी भी उन दो–तीन दिनों में घर आएगी...

"तो सादगी आपके साथ घर पर नहीं रहती।" मैंने पूछा।

"यहाँ कौन–सा बच्चा नौकरी करते हुए अपने माँ–बाप के साथ रहता है। समीर भी हमारे साथ नहीं रहता। साथ रहने का तो रिवाज ही नहीं है।" वे बोले, "और वह तो काम भी न्यूयॉर्क में ही करती है। घर से दूर पड़ता है। रोज़ वेएव से न्यूयॉर्क जाएगी तो घंटों या तो ड्राइव करेगी या फिर ट्रेन में आधा दिन बिताएगी। इसलिए न्यूयॉर्क में ही रहती है।"

मैं भी विचित्र जन्तु हूँ। मैं आज तक यही समझता रहा कि वे लोग भी न्यूयॉर्क में ही रहते हैं। 'वेएव' को मैं उनके मुहल्ले का नाम मानता

रहा। अब वे बता रहे हैं कि वेएव नगर है। वह न्यूजर्सी प्रदेश में पड़ता है। और न्यूयॉर्क केवल एक नगर ही नहीं है, वह एक प्रदेश का भी नाम है। इस प्रकार वे लोग न न्यूयॉर्क नगर में रहते हैं, न न्यूयॉर्क प्रदेश में।

मैंने सब सुन और समझ लिया। वर्मा दम्पती का आग्रह और अमृता का झुकाव भी मेरी समझ में आ गया था।

"तो हम एक दिन आपके पास आ जाएँगे। कोई भी दिन रख लीजिए।"

"कोई भी दिन नहीं चलेगा।" श्रीमती वर्मा बोलीं, "वर्किंग डे होगा तो वर्मा साहब घर पर नहीं होंगे। मुझे भी अपने कॉलेज जाना होगा। डॉ. साहब रखना तो वीक एंड ही होगा। हमारी भी छुट्टी हो और सादगी की भी। हमें रिजली भी जाना है। एक दिन तो उसके लिए चाहिए। और यदि सादगी, किसी एक दिन न आ सके तो हमें उसे दूसरे दिन का विकल्प तो देना ही पड़ेगा। नहीं तो वह आपसे कैसे मिल पाएगी। समीर भी बाहर गया हुआ है। हम चाहते हैं कि वह भी आप से मिले। आप देखेंगे, यहाँ रहते हुए भी वह कैसा भारतीय है। बड़ों के पैर छूना सिखाया है उसे मैंने।"

"ठीक है, हम तेरी इच्छा पूरी करेंगे।" मेरे कुछ कहने से पहले ही अमृता एकदम सहेलियों के 'तू–तड़ाक' पर उतर आयी, "शुक्रवार की शाम को हर्ष हमें तुम्हारे घर छोड़ देगा। शनिवार और रविवार–दोनों दिन पूरी तरह तुम्हारे।"

"यह हुई न बात बहनों वाली।" श्रीमती वर्मा उठ कर अमृता से लिपट गयीं।

***

दो–ढाई दिनों के लिए आये थे तो कुछ सामान लाना अनिवार्य हो गया था।

वे हमारा सामान ऊपर उस कमरे में रखवा आये, जो कभी समीर का हुआ करता था। कमरा अच्छी तरह तैयार किया गया था। आवश्यकता की प्रत्येक चीज़ वहाँ थी। उसके पश्चात् भी श्रीमती वर्मा ने दस बार पूछा होगा, "किसी और चीज़ की आवश्यकता हो तो बोलो। कोई असुविधा न हो। अपनी बहन के घर आयी हो, असुविधा में क्यों रहो। यह समीर का

कमरा है न। आता है तो यहीं रहता है। अब लड़कों को तो तुम जानती ही हो। कोई चीज़ ढंग से नहीं रखते।" वे रुकीं, "साथ का कमरा सादगी का है। कोई तुलना कर के देख ले। लड़कियाँ सलीके से रखती हैं अपने कमरे को, अपनी चीज़ों को, ठीक से रखती हैं। माता रानी सबको ऐसे ही बच्चे दे।..."

जाने वे अपने बच्चों के किन गुणों के कारण यह कामना कर रही थीं कि भगवान सबको ऐसे ही बच्चे दे।

नीचे उतर कर ड्राइंगरूम में आते–आते उनका राग एकदम बदल गया था। लगता था किसी प्रकार का दौरा ही पड़ गया था। उनके दोनों बच्चों का विवाह नहीं हो रहा था। वे उनकी चिन्ता में सूखती जा रही थीं, "हम इस देश में आ गये तो उसका यह दण्ड मेरे बच्चों को मिलेगा। एक तो मेरे बेटे को किसी लड़की की शक्ल पसन्द नहीं आती। फिर वह कहता है, माँ किसी लड़की को लाकर तेरे सामने खड़ा कर दूँगा तो तुम पूछोगी कितनी पढ़ी–लिखी है। मैं कहूँगा कि वह बास्केट बॉल में एम.ए. है। तुम कहोगी, यह भी कोई पढ़ाई हुई। अरे, सारी लड़कियाँ साहित्य में तेरे समान एम.ए., पीएच.डी. नहीं होतीं।"

सहसा उनके वाग्प्रवाह में वर्मा साहब चट्टान बन गये, "जी, असल में आज समीर कनाडा गया हुआ है, एक लड़की को देखने। पंजाब के लोग हैं। नये–नये आये हैं। कुछ वीज़ा का घपला भी लगता है। इसलिए उन्होंने यहाँ आने से साफ़ मना कर दिया। रमेश को लगा कि यह लड़की भी हाथ से निकल गयी तो उसका बेटा तो सदा के लिए कुँवारा ही रह जाएगा। इसलिए बेटे को भेज दिया...लड़की सुन्दर न भी हो। पढ़ी–लिखी भी न हो, पर तुम हाँ कर आना। उन्हें शिकायत का मौक़ा न देना। यह रिश्ता हो ही जाना चाहिए। डेस्पेरेट हो चुकी है यह।..."

श्रीमती वर्मा ने आकाश की ओर देखकर हाथ जोड़ दिये, "जय हो माता रानी अपनी कृपा बनाये रखना।"

"आपके बेटे को भी कोई लड़की पसन्द नहीं आती?" वर्मा साहब ने पूछा।

"किसी लड़की को देख कर मना करे, तो मैं यह मानूँ भी कि लड़की पसन्द नहीं आयी। वह तो किसी लड़की को देखने ही नहीं जाता।"

"आपकी समस्या भी वही है।" वर्मा साहब बोले, "एकदम हमारे जैसी। अमरीका में आकर बच्चों के सोचने का ढंग ही बदल जाता है।"

मैं वर्मा साहब के घर मेहमान के रूप में बैठा था, उनकी किसी बात का विरोध करना मुझे शोभा नहीं देता था। नहीं तो मैं उनसे पूछता कि उनकी और हमारी समस्या एक जैसी कैसे है। उनका बेटा लड़की को देखने कनाडा गया है और हमारा बेटा लड़की देखने के बहाने कर्कलैंड से बेलव्यू तक नहीं जाता।

किन्तु उनका रिकार्ड वहीं अटक गया था, "आप समझते नहीं हैं डॉ. कात्यायन। इंडिया में रहते हैं न। यहाँ की बात ही और है। यहाँ के बच्चे किसी की नहीं सुनते। नहीं तो मैं कब से इन दोनों के विवाह कर फुर्सत पा गया होता। ये इस समय तक बैठे मेरा ख़ून न पी रहे होते।"

"ऐसी बात मत कहो जी। कौन आपका ख़ून पी रहा है।" श्रीमती वर्मा बोलीं, "जैसा देस वैसा भेस। अब जब यहाँ का चलन यही है तो अपने बच्चों को दोष क्यों दें।"

"आपका कहना तो ठीक है कि जैसा देस, वैसा भेस।" मैंने कहा, "किन्तु यदि ये आपकी बात मान कर, आपकी पसन्द के लड़के–लड़की से विवाह कर लें तो क्या इनको पुलिस पकड़ लेगी। या इनको अमरीका से निकाल दिया जाएगा।"

"यही बात आप अपने बेटे को क्यों नहीं समझाते।" वर्मा साहब कुछ कड़वाहट से बोले।

"मेरे बेटे की समस्या यदि अमरीका में रहना और यहाँ का प्रचलन होता, तो उसे अवश्य समझाता।" मैंने कहा, "यह तो आप माने बैठे हैं और मुझे समझा रहे हैं कि हम दोनों की समस्या एक ही है। जहाँ तक विवाह की बात है, समस्या एक ही है; किन्तु अमरीका में रहने के कारण उनकी सोच वैसी हो गयी है–मैं इस बात से सहमत नहीं हूँ।..."

***

श्रीमती वर्मा के फ़ोन की घण्टी बजी।

"सादगी का फ़ोन है।" उन्होंने हमें बताया, "हाँ बेटा।"

उधर से कुछ उत्तर आया और श्रीमती वर्मा विचलित हो उठीं, "ऐसा कौन–सा काम आ पड़ा।"

बेटी का उत्तर सुन कर वे भड़क उठीं। भूल गयीं कि हम भी वहाँ बैठे हैं, "बात नहीं माननी तो मत मान, पर बहाने मत बना। और ये दोस्तों

की पार्टियाँ मुझे एकदम पसन्द नहीं हैं। बॉस। भाड़ में गया बॉस। कल चुपचाप घर आ जा। ऐसा न हो कि मुझे न्यूयॉर्क आना पड़े।"

श्रीमती वर्मा ने फ़ोन बन्द कर दिया। उनका चेहरा अब भी तमतमाया हुआ था और मूड बिगड़ा हुआ था।

"मैंने तुमसे पहले भी कहा है कि उसे धमकियाँ मत दिया करो।" वर्मा जी ने कहा, "आजकल के बच्चे धमकियों से नहीं डरते।"

"आप ही ने बिगाड़ रखा है उसे।" श्रीमती वर्मा तेज़ आवाज़ में बोलीं, "कह रही है, न्यूयॉर्क छोड़कर कहीं और चली जाऊँगी।"

"बच्ची है। उसकी बातों को इस प्रकार गम्भीरता से मत लिया करो।" वर्मा जी बोले, "तुमने डॉक्टर साहब से कोई साहित्यिक चर्चा तो की ही नहीं। ये चले जाएँगे तो फिर पछताती रहोगी।"

श्रीमती वर्मा की मुद्रा कुछ बदली। बोलीं, "अरे हाँ। यह तो मैं भूल ही गयी। यह लड़की मेरा दिमाग़ ख़राब कर देती है।" उन्होंने उठ कर बड़ी आत्मीयता से अमृता की बाँह पकड़ ली। "मैं एक कहानी सुनाती हूँ। अभी–अभी लिखी है। अभी किसी को भी नहीं सुनाई है।"

वे अपने बेडरूम की ओर चली गयीं।

मेरे साथ ये दोनों ही घटनाएँ कई बार बीत चुकी थीं। या तो यही होता था कि जब तक मैं उपस्थित हूँ, इधर–उधर की बातें होती रहती थीं और मेरे जाने के पश्चात् वे या तो फ़ोन पर कहानी सुनाना चाहती थीं या फिर डाक से भेज देती थीं।... और साहित्य चर्चा का अर्थ ही था, अपनी कहानी सुनाना। अपनी कविता सुनाना और उसकी प्रशंसा सुनने की आतुरता। जिस–जिसको खरी–खरी सुना दी, उसने फिर न कभी मेरा चेहरा देखा, न अपना दिखाया।

श्रीमती वर्मा अपने हाथ में कुछ काग़ज़ ले कर नीचे उतर आयीं।

वे अमृता के साथ सट कर बैठ गयीं थीं। न मेरे पास आयीं, न मुझे पास आने को कहा। स्पष्ट था कि वे अमृता को कहानी सुनाना चाहती थीं। यदि मन में यह इच्छा हो भी कि मैं भी कहानी सुनूँ; तो उसे प्रकट करने में उन्हें संकोच था।

मुझे कई बार लगा था कि उनके समान कहानी लेखिकाएँ अपने साहित्य और अपने सहेलपने को पृथक् नहीं कर पाती थीं। वे जिस प्रकार अपनी सहेलियों के साथ गप्पें मारती थीं, उसी शैली में उन्हें अपनी लिखी कहानी भी सुना देती थीं।

कहानी लम्बी थी। वे काग़ज़ में सिर गड़ाए सुनाती रहीं। बीच में दो–तीन बार सिर उठा कर मेरी ओर देखा भी; किन्तु न तो मुझसे सुनने के लिए अनुरोध अथवा आग्रह किया, न न सुनने की शिकायत की। शायद वे चाहती थीं कि मैं वर्मा साहब के साथ बातें करता रहूँ और वे अमृता को अपनी कहानी सुनाती रहें।... किन्तु वर्मा साहब कोई बात नहीं कर रहे थे। शायद वे चाहते थे कि वे कहानी सुनने और सुनाने में किसी प्रकार की बाधा न बनें। मेरी तन्मयता उनके लिए आवश्यक हो न हो, अपनी पत्नी का विरोध आमन्त्रित करने की उनकी कोई इच्छा नहीं थी।...

और मैं सोचता रहा कि कैसी लेखिका है यह, जिसको अपनी कहानी के विषय में मेरी टिप्पणी की आवश्यकता ही नहीं लगती।... फिर भी चाहते न चाहते, जाने–अनजाने, मेरे मन में कुछ विचार तो उमड़ते–घुमड़ते ही रहे। मुझे लग रहा था कि वह एक ऐसा थान है, जिसमें से कपड़ा काट कर कमीज़ की सिलाई करनी है। वह कच्ची सामग्री थी। घटनाओं का अनवरत प्रवाह। पर सामग्री तो वह थी ही। यदि मैं उस सामग्री को हाथ लगाता तो उपन्यास लिखने की ही सोचता। कहानी लिखने की कोई बाध्यता थी तो वह एक नहीं, तीन–चार कहानियों की सामग्री थी। लेखिका उस सारी सामग्री को कोई आकार नहीं दे पायी थी।

...पर मैंने उनसे कुछ कहा नहीं। वे प्रशंसा सुनने के लिए कहानी सुना रही थीं; और मैं प्रयत्न कर के भी दो–चार प्रशंसात्मक वाक्य सोच नहीं पाया था; और प्रोत्साहन के नाम पर झूठ बोलना मेरा स्वभाव नहीं है। आज तक बोल ही नहीं पाया, चाहे किसी से अनबन ही हो गयी हो।... मन में प्रशंसा का भाव न हो और लिख कर अथवा बोलकर प्रशंसा करना, मेरे लिए जैसे एक संकट का विषय हो जाया करता है।...

एक पड़ोसी का देहान्त हो गया था। उनके घर आना–जाना था। परिवार से परिचय था। सहसा उनके पुत्र ने अपनी भावना प्रकट कर दी कि उनका परिवार चाहता है कि उनकी शोक–सभा में मैं उनको श्रद्धांजलि दूँ। अधिक समय नहीं था, वे लोग मुझे पाँच ही मिनट दे सकते थे। मैं उस पुत्र को कैसे मना कर देता, जिसके पिता का दो दिन पहले देहान्त हुआ था और वे लोग मुझे अपना मित्र भी मानते थे।... पर यह मैं ही जानता हूँ कि शोक–सभा के पहले के वे दो–तीन दिन मैंने किस यातना में व्यतीत किये थे। उस व्यक्ति की प्रशंसा में कहने को मेरे पास एक भी वाक्य नहीं था। मैंने उसे जितना और जिस रूप में जाना था,

उसमें एक भी अच्छाई नहीं थी। झूठ वह बोलता था, वचन–भंग करना और दूसरे को भ्रम में रखना उसका स्वभाव था। प्रथम श्रेणी का चाटुकार और स्वार्थी था। ...क्या बोलता मैं उसकी प्रशंसा में। किन्तु किसी दिवंगत व्यक्ति की शोक–सभा में यह सब तो नहीं कहा जा सकता न।...

***

श्रीमती वर्मा की कहानी सुनकर अमृता ने दो–चार वाक्य प्रशंसा के कहे और याद दिलाया कि अब हमें सो जाना चाहिए। काफ़ी देर हो गयी है। श्रीमती वर्मा का मन अभी सोने का नहीं था। वे अभी कहानी पर चर्चा करना चाहती थीं।

"मैं जल्दी सोने की आदी नहीं हूँ।" वे बोलीं, "सोना चाहूँ भी तो मुझे जल्दी नींद नहीं आती।..."

"तुम जल्दी सोती नहीं हो तो जल्दी जागती भी नहीं हो।" वर्मा साहब बोले, "कल यदि रिजली जाना है, तो हमें प्रातः जल्दी तैयार होना पड़ेगा।..."

"और सादगी घर आ गयी तो हम रिजली नहीं जाएँगे।" श्रीमती वर्मा को आशा थी कि उनकी पुत्री उनकी बात मान कर कल घर आ जाएगी।

मेरा मन कहने को हो रहा था कि यदि स्वामी जी हमें रिजली बुला रहे हैं तो उनकी बेटी कल घर नहीं आएगी। ...किन्तु यदि ऐसा कुछ कह देता तो श्रीमती वर्मा के मन के टुकड़े ही नहीं होते, वह पूर्णतः चूर्ण हो जाता।...

हम सोने के लिए ऊपर समीर वाले कमरे में आ गये थे। तभी वर्मा साहब आ गये, "आपको थोड़ा–सा डिस्टर्ब करूँगा।" वे बोले, "रमेश कुछ ऐसी दवाएँ लेती है, जिनके कारण वह प्रातः देर तक सोती है; पर मैं प्रातः जल्दी उठ जाता हूँ। आप लोग जितने बजे भी उठें, मैं आपको सेवा में मुस्तैद मिलूँगा। मुझे निस्संकोच बता दें कि आपको क्या–क्या चाहिए, सब तैयार होगा ...सुबह की सैर, बेड टी, चाय, नाश्ता, एनीथिंग। यह सब मेरी ज़िम्मेदारी है।"

वे चले गये।

थोड़ी देर में श्रीमती वर्मा आ गयीं, "वैसे मैंने बिस्तर में दो कम्बल लगा दिये हैं। पर ठंड लगे तो अलमारी में और कम्बल भी हैं। निकाल

लेना। नहीं तो साथ का कमरा सादगी का है। वहाँ सब कुछ है जो कुछ चाहिए हो, वहाँ से ले लेना। अच्छा...प्रातः मिलते हैं...।"

वे चली गयीं।

"बेचारे कितना चाहते हैं कि हम सादगी को देख लें, पर वह घर ही नहीं आती। अब देखें, वह कल भी आती है या नहीं।" अमृता ने कहा।

"तुम अब भी सोचती हो कि वह हमारे रहते घर आएगी।" मैंने पूछा।

"नहीं आएगी तो इन लोगों ने हमें यहाँ ठहरा क्यों रखा है।" अमृता ने कहा।

"मामला कुछ संभ्रम का है।" मैंने कहा, "वे यह भी समझते हैं कि उनकी बेटी को भारतीय तौर–तरीके रास नहीं आते, फिर भी वे चाहते हैं कि सादगी का सम्बन्ध विभु से हो जाए। मैंने कहा, "वे हमसे बात करना चाहते हैं सादगी के सम्बन्ध की; और लगातार चर्चा करते रहते हैं समीर के विवाह की। वैसे अभी तक एक बार भी हमसे सीधे इस सम्बन्ध के विषय में कुछ कहा तो नहीं है। हम अनुमान ही तो भिड़ा रहे हैं।"

"ठीक कह रहे हैं आप। किन्तु इन्होंने एक बार विभु को जाबाला के घर देखा है और उसकी स्मार्टनेस की प्रशंसा करते रहते हैं। फिर निरन्तर सादगी के विवाह, उसकी पसन्द–नापसन्द की चर्चा, और फिर बार–बार का प्रयत्न कि हम उसे देख लें। यह सब क्या है। एक बार सीधे बात कर क्यों नहीं लेते।"

"क्योंकि उन्होंने पहले तो अपनी बेटी को इतना अमरीकी बना दिया है कि उसे कोई भारतीय चीज़ पसन्द ही नहीं आती और अब प्रयत्न कर रहे हैं कि उसे भारतीयता प्रेमी एक परिवार का लड़का पसन्द आ जाए।"

अमृता ने कुछ सोचा, "साथ का कमरा सादगी का है। कमरे में उसके कुछ चित्र होंगे। चल कर देखें, कैसी है।"

"अरे नहीं! वे लोग अभी जाग ही रहे होंगे।" मैंने कहा, "बेटी के कमरे की बत्ती जलती देख कर आ गये तो। अभी सो जाओ। प्रातः देखा जाएगा।"

***

प्रातः हम तो समय से जाग गये थे। लगता था वे लोग अभी नहीं जागे हैं। बहाने से हम साथ वाले कमरे में जा कर सादगी के कई चित्र देख आये। प्रायः चित्रों में स्कूल की यूनिफार्म, खेलने के कपड़ों या मित्र मण्डली के

साथ थी। अकेली का कोई चित्र नहीं था। वैसे भी वे चित्र उसके स्कूल और कॉलेज के दिनों के थे। इससे अधिक बड़ी तो वह तब ही लगी थी, जब दो वर्ष पहले कुछ क्षणों के लिए उसे देखा था। इन चित्रों से यह जानना बहुत कठिन था कि आजकल वह कैसी लगती है।

"यह सब अनावश्यक परिश्रम है।" अपने कमरे में लौट कर मैंने कहा, "अभी तो समस्या सादगी की है। उससे हम मिल भी लेंगे तो उसे विभु से कैसे मिलाएँगे। व्यर्थ है..."

"जो भाग्य में होगा, हो जाएगा। अभी से निराश क्यों हो रहे हैं।" अमृता ने कहा।

नहा–धो कर हम नीचे उतर आये। वर्मा साहब वहाँ बैठे कोई पुस्तक देख रहे थे और श्रीमती वर्मा, जैसी कि अपेक्षा थी, वहाँ नहीं थीं।

"क्या पढ़ रहे हैं सवेरे–सवेरे।" मैंने पूछा, "कोई धार्मिक पुस्तक?"

"हाँ, धार्मिक पुस्तक ही समझिए।" वे बोले, "आज का धर्म पैसा है। पढ़ रहा हूँ कि रिटायरमेंट के बाद अपने पैसे और समय की क्या व्यवस्था करनी होगी।"

"अच्छा। यह भी पढ़ना पड़ता है।" मैंने कहा।

"आप नहीं पढ़ते?" उन्होंने चकित भाव से मुझे देखा, "आप कब रिटायर हो रहे हैं"

"कौन–सा वर्ष है यह–2006।" मैंने कहा, "मैं 1995 में रिटायर हुआ था।"

"इंडिया में किस उम्र में रिटायरमेंट होती है।"

"वे लोग तो 65 वर्ष की अवस्था में रिटायर करते हैं।" मैंने कहा, "मैंने 55 वर्ष की अवस्था में स्वैच्छिक अवकाश ले लिया था।"

"वह क्या होता है?"

"वॉलेंट्री रिटायरमेंट।" मैंने उनके लिए अनुवाद कर दिया।

"तो...तो...कैसे करते हैं?" वे अकबकाए, "मेरा मतलब है, समय कैसे काटते हैं?"

"घूमता–फिरता हूँ। अमरीका की सैर करता हूँ।" मैं हँस पड़ा।

"फाइनांस?" वे बोले।

"जिसके घर जाऊँगा, वह खाना नहीं खिलाएगा क्या।"

"क्यों परेशान कर रहे हैं वर्मा साहब को।" अमृता बोली, "वर्मा साहब गम्भीरता से पूछ रहे हैं।"

"बता तो मैं भी गम्भीरता से ही रहा था।" मैंने कहा, "लीजिए, जहाँ

तक समय व्यतीत करने की बात है, वह इतना होता ही नहीं कि उसकी चिन्ता की जाए।"

"सबके लिए एक दिन में चौबीस घंटे होते हैं। उनका क्या करेंगे।"

"लेखक हूँ। लिखता हूँ। जितनी देर लिख सकूँ, लिखता हूँ। थक जाता हूँ तो गप्पें मारता हूँ। उससे भी थक जाऊँ तो सो जाता हूँ।" मैंने कहा, "किसी गम्भीर उपन्यासकार के लिए दिन में चौबीस घंटे काफ़ी नहीं होते।"

"दिन में कितने घंटे लिखते हैं?"

"जितने घंटे लिख सकूं। पाँच, छह, सात, आठ..."

"और...और...फाइनांस।"

"राम जी देते हैं। पेंशन है, पत्नी कमाती है, पुस्तकों की रायल्टी आती है। दो–दो भारतीय पुत्र हैं। आवश्यकता होने पर कोई भी कुछ भी दे देगा।"

वर्मा साहब का मुँह खुला का खुला रह गया। उन्होंने स्वयं को सँभाला, "मैं अपने बच्चों से तो कुछ माँग नहीं सकता न।"

"मैंने कब कहा कि मैं उनसे माँगता हूँ।" मैंने कहा, "यदि आवश्यकता होगी तो वे अपने आप ही देंगे। देने वाले तो राम जी हैं। किसी को भंडारी बना कर भेज दें और वह दे देगा।"

"मुझे आपकी बात समझ में नहीं आ रही।..."

"इनकी बातें रहने दीजिए।" अमृता ने कहा, "आप चाय–वाय पी चुके या मैं बनाऊँ। ...रमेश कब तक जागेगी?"

"जाग चुकी होगी। तैयार हो कर अभी आ जाएगी। मैं आपको कॉफ़ी देता हूँ और फिर आपका नाश्ता बनाता हूँ।... आप लोग कॉफ़ी में चीनी लेते हैं क्या।"

"आपके पास शुगर फ्री, स्पलैंडा, इक्वेल या ऐसी ही कोई चीज़ हो तो ठीक है, नहीं तो आधा चम्मच चीनी ही डाल दीजिए। कड़वी कॉफ़ी तो मैं नहीं पी सकता।"

"आप चीनी भी ले लेते हैं।" वे चकित थे, "आप डायबैटिक हैं न।"

"मैं डायबैटिक हूँ किन्तु मीठा खाना सर्वथा छोड़ नहीं दिया है। आलू और चावल भी खाता हूँ और मीठे फल तथा मिठाई भी खा लेता हूँ। आप उसकी चिन्ता न करें। मैं अपनी दवा और भोजन के सन्तुलन के साथ ठीक–ठाक हूँ। कोई कष्ट नहीं है मुझे।"

"और आप ब्रेकफास्ट में क्या लेते हैं।" अमृता ने उनसे पूछा।

"मैं दूध के साथ सीरियल ले लूँगा। एक–आध फल ले लूँगा।"

मैंने देखा, वर्मा साहब ने हमारे लिए दो अलग–अलग फ्लास्कों में चाय और कॉफ़ी बना रखी थी। वह बड़े–बड़े अमरीकी मगों में डालकर हमें दे दी।

"आप टोस्ट के साथ अंडा किस रूप में लेंगे।" उन्होंने पूछा।

"ऑमलेट बना दीजिए, सबके लिए हो जाएगा।"

"ओ.के. फाइन।"

वे अपने काम में जुट गये। लगता था वे इन कामों के अभ्यस्त थे। उन्होंने अंडा तोड़ा और उसकी ज़र्दी सिंक में बहा दी। दूसरा तोड़ा और उसकी ज़र्दी भी बहा दी...

"यह क्या कर रहे हैं आप?" मुझसे रहा नहीं गया।

मैं आकर उनके पास खड़ा हो गया।

"नयी रिसर्च कहती है कि अंडे की ज़र्दी नहीं खानी चाहिए। उससे कैलस्ट्रोल बढ़ता है। आपने कभी अपना कैलस्ट्रोल टेस्ट कराया है।"

"नहीं। मैंने उस नयी रिसर्च के विषय में कुछ नहीं पढ़ा है, इसलिए ज़रूरत नहीं पड़ी।"

"ज़रूरत का क्या मतलब।" वे कुछ भड़के से अन्दाज़ में बोले, "टेस्ट तो कराते रहना चाहिए।"

"वर्मा साहब।" मैंने कहा, "हमें कोई शारीरिक कष्ट होता है, तो हम अपने डॉक्टर के पास जाते हैं। डॉक्टर के कहने पर टेस्ट कराते हैं। ऐसे ही जा कर प्रयोगशाला में खड़े नहीं हो जाते कि टेस्ट कर दो।"

"अमरीका में हम लोग तो करवाते हैं। ऐसे तो आपका कैलस्ट्रोल बढ़ा भी होगा तो आपको पता नहीं चलेगा।"

"आप तो अपनी हेल्थ इंश्योरेंस का सदुपयोग करने जाते हैं। हम कोई कष्ट होने पर डॉक्टर के पास जाते हैं। और कैलस्ट्रोल कम हो, बढ़ जाए या कुछ और हो जाए तो हमारा शरीर हमको बता देता है।"

"इंडिया में कोई हेल्थ इंश्योरेंस नहीं होता। आपका हेल्थ इंश्योरेंस नहीं है?"

"हेल्थ इंश्योरेंस तो होता है, किन्तु मेरा कोई इंश्योरेंस नहीं है। हमारी चिन्ता हमारी यूनिवर्सिटी का हेल्थ सेंटर करता है। और भी कई योजनाएँ हैं। नहीं तो सरकारी अस्पताल हैं, हमारा बटुआ है और हमारा डॉक्टर है।"

मैं समझ रहा था कि मैं उनकी दृष्टि में एक अत्यन्त दयनीय व्यक्ति था, जो अंडे की ज़र्दी भी खाता था। अपना कैलस्ट्रोल भी टेस्ट नहीं कराता था और जिसके पास कोई हेल्थ इंश्योरेंस स्कीम भी नहीं थी। कुल मिलाकर मैं काफ़ी अज्ञानी या पिछड़ा हुआ व्यक्ति था।

"आप जिम इत्यादि भी जाते हैं या वह भी नहीं। कोई व्यायाम करते हैं। घर में ट्रेडमिल इत्यादि कुछ...?"

"वर्मा साहब आप हमें नाश्ता करा रहे हैं या ट्रेड मिल खिला कर ही रहेंगे।"

"बस भी कीजिए।" अमृता ने मुझे टोका।

वर्मा साहब मुँह बाए मुझे देखते रहे। उन्हें मेरी बात समझ में नहीं आयी थी।

"आपने जो कुछ बनाया हो, हमें दे दें। हम खा कर मुक्त हों। भोजन के समय रोगों, औषधियों और डॉक्टरों की चर्चा नहीं करनी चाहिए।" मैंने कहा, "कुछ मीठी बातें करनी चाहिए। आपको यह तो नहीं लगता कि डायबैटिक व्यक्ति को मीठी बातें भी नहीं करनी चाहिए। उससे शुगर लेवल बढ़ जाता है।"

"अब आप बस भी कीजिए।" अमृता ने फिर से कहा।

मेरा जीवनभर का अनुभव है कि जब पत्नी अपने पति से बस करने को कहती है तो उसका अर्थ एकदम वह नहीं होता। वह तो कह रही होती है कि चले चलो। सही जा रहे हो।

"अच्छा। वर्मा साहब, कुछ दूसरी बातें कर लें। पहली बात तो यह है कि बताएँ कि सादगी आज घर आएगी या नहीं? हमें उसकी प्रतीक्षा करनी है या रिजली जाने की तैयारी करनी है।" मैंने कहा।

"ठीक–ठीक तो रमेश ही बताएगी; क्योंकि सादगी से उसी की बात हुई है।" वे बोले, "किन्तु मुझे लगता नहीं कि वह आज भी आएगी। उसकी इंगेजमेंट्स पहले से ही तय हो जाती हैं; और उनमें किसी का हस्तक्षेप उसे पसन्द नहीं है।... वैसे..." वे रुके, "आप बुलाएँ तो आपका बेटा शादी के सिलसिले में बात करने के लिए न्यूयॉर्क आ जाएगा।"

"लगता तो नहीं।" मैंने कहा, "मेरा विचार है कि अब उसके विवाह के सन्दर्भ में हम कुछ विशेष कर नहीं सकते। जिस दिन वह ही किसी लड़की को लाकर हमारे सामने खड़ा कर देगा, उस दिन से हमारा काम आरम्भ होगा कि हम उसके विवाह का प्रबन्ध करें।"

"यही तो कहता हूँ मैं भी कि आपकी और हमारी समस्या एक ही है। अमरीका में बच्चों का सोचना एक ही प्रकार का है।"

"आप कह रहे हैं, तो आपका विरोध मैं क्यों करूँ; किन्तु वर्मा साहब, मैं तो केवल यह जानता हूँ कि मेरा बेटा क्या सोचता है। शेष अमरीकी बच्चे या जवान क्या सोचते हैं, यह तो मैं जानता ही नहीं। आपके बच्चों सादगी और समीर से तो मैं मिला ही नहीं हूँ। आपने भी उनकी सोच के विषय में कुछ विशेष बताया नहीं है। मैं तो केवल यह जानता हूँ कि आपकी इच्छा के अनुसार सादगी आपके घर नहीं आ रही है और आपका समीर आपकी इच्छा के अनुसार एक अनजान लड़की को विवाह के सन्दर्भ में देखने या मिलने के लिए कनाडा गया है। यह बिल्कुल वैसा ही है, जैसा भारत में होता है।... समझ रहे हैं आप मेरी बात। मैं किसी निष्कर्ष पर पहुँच नहीं पा रहा हूँ। आपसे सहमत होऊँ या न होऊँ।"

"आप अपने बच्चे को समझने की कोशिश करें।" वर्मा साहब बोले, "पता लगाएँ कि वह क्या चाहता है।"

"देखिए, आपके पास पहले ही काफ़ी समस्याएँ हैं। अपने दोनों बच्चों के विवाह की, अमरीका के बच्चों की सोच की, आपकी रिटायरमेंट की, आपके हैल्थ प्लैन की। आप उसके साथ मेरे बेटे और उसकी सोच की समस्या न जोड़ें। क्यों अपना बोझ बढ़ा रहे हैं।"

"मैं अपना बोझ बढ़ा नहीं रहा हूँ। आप मेरी बात समझ नहीं पा रहे हैं। हम दोनों की समस्या एक ही है। सुलझ गयी तो दोनों की सुलझ जाएगी।" वे बोले।

"तो सुलझाइए।" मैंने कहा, "मैं आपका तनिक भी विरोध नहीं करूँगा। भला आपसे अच्छा मित्र कहाँ मिलेगा, जो अपनी समस्या सुलझा पाये, न सुलझा पाये किन्तु मेरी समस्या सुलझाने पर तुला हुआ है।"

"तो फिर दीजिए वचन कि यदि मैंने आपके बेटे को समझा लिया तो आप बीच में किसी प्रकार का कोई प्रॉब्लम खड़ा नहीं करेंगे।"

मुझे लगा कि मेरे सामने एक और धाम साहब बैठे हैं, जो मेरे बेटे को अपने अधिक निकट पाते हैं। जो उसपर मुझसे भी अधिक अपना अधिकार मानते हैं।... अभी न उससे कभी ढंग से मिले हैं, न उसको जानते हैं। उसकी प्रेमिकाओं 'नाटक' और 'मंच' को जानते भी नहीं हैं; और दावा कर रहे हैं कि उसे समझा...और यदि कहीं इन्होंने मेरे ही समान उसे उपदेश देने का प्रयत्न किया तो इनको ज्ञान का वह प्रकाश प्राप्त होगा कि ये बुद्ध ही हो जाएँगे।

"दिया वचन।" मैंने कहा, "आप उसे समझाइए। उसका विवाह पक्का कीजिए। हमें सूचना दीजिए, हम आशीर्वाद देने को आ जाएँगे।" मैं बोला, "या फिर आप ऐसा कीजिए कि उसका विवाह करा ही दीजिए। हम आशीर्वाद के साथ–साथ रिसेप्शन भी दे देंगे। विवाह के ख़र्च के सारे बिल भी चुका देंगे...।"

"देखिए, अमरीका में वे आपको चेक देंगे और आप बिल चुकाएँगे।" वे बोले, "किसी भी रेस्टॉरेंट में बेरा आपको जो काग़ज़ ला कर देगा, उसे वह चेक कहता है और आप जो पैसे चुकाएँगे, उसे बिल कहा जाता है।"

"कोई आश्चर्य की बात नहीं।" मैंने कहा, "अमरीका में जिसे 'पार्क वे' कहते हैं, उस पर आप गाड़ी पार्क नहीं कर सकते और जिसे 'ड्राइव वे' कहते हैं, उस पर आप गाड़ी ड्राइव नहीं कर सकते।... किन्तु हमारी समस्या, अमरीका की अंग्रेज़ी नहीं, अपने बच्चों का विवाह है।"

"हाँ, वह तो है ही। मैं यूँ ही बहक गया। सोचा कि आपको अमरीका से परिचय करा दूँ। आपके लिए लाभदायक रहेगा।"

"अमरीका में मुझे कोई ऐसा व्यक्ति तो मिला ही नहीं, जो मुझे अमरीकी बोध कथाएँ सुना कर अधिक बुद्धिमान न बनाना चाहता हो। वस्तुतः वह मुझे कुछ नहीं समझा रहा होता, वह केवल अमरीका में रहने के कारण अपनी श्रेष्ठता जता रहा होता है। किन्तु मेरा मन है कि जानकारी तो प्राप्त कर लेता है, पर उनकी श्रेष्ठता के सामने अपना सिर झुकाता ही नहीं। जहाँ तक भाषा का प्रश्न है, वह इंग्लैंड और अमरीका का झगड़ा है। हम उसमें कहीं नहीं आते। यदि इंग्लैंड के बिस्कुट को अमरीका में कुकीज कहते हैं तो उससे हमारे भाषा–ज्ञान को कोई ठेस नहीं पहुँचती...।"

श्रीमती वर्मा ऊपर से उतर आयी थीं।

हमारी "नमस्ते" का उत्तर दे कर उन्होंने वर्मा साहब को सम्बोधित किया, "सादगी का कोई सन्देश तो नहीं आया न?"

"नहीं। न सादगी का, न समीर का।"

"समीर तो रात को आकर ही बताएगा कि क्या हुआ।" वे बोलीं, "तो हम रिजली का कार्यक्रम ही रखें।"

"तुम चाय इत्यादि लो। मैं गाड़ी बाहर निकाल कर उसमें सामान लगाता हूँ।"

***

मैं और अमृता बैठे देखते रहे। लगता था, रिजली की तैयारी तो रात को ही हो गयी थी। सादगी के घर आने की आशा तो एक मृगतृष्णा थी, जिसने उन्हें रोक रखा था। ...और मैं सोच रहा था कि वर्मा दम्पती हमें रिजली क्यों ले जा रहे हैं। उनकी बेटी का सन्देश तो स्पष्ट था...फिर हमें अपने घर पर रोकना, देखी हुई रिजली को दोबारा दिखाना...

शायद वे अब भी इस भ्रम में थे कि उनकी बेटी मान जाएगी और हमसे मिलने के लिए चली आएगी। वर्मा साहब तो इतने आशावान थे कि वे हमारे बेटे को भी मना लेंगे और यह सम्बन्ध हो ही जाएगा। वे हमें किसी भी प्रकार बाँधे रखना चाहते थे। ऐसे आशावादी लोग भी संसार में विरले ही होते हैं, जो विरोधी सत्य को सामने देखकर भी अपनी आशा और इच्छा को उससे अधिक सत्य मानते हैं।

हम दो वर्ष बाद रिजली आये थे। कुछ अधिक परिवर्तन नहीं हुआ था। वर्मा साहब ने अपने पहले स्थान पर ही गाड़ी पार्क की थी। वे जाकर कार्यालय में सूचित कर आये थे कि हम लोग आये हैं। सन्ध्या समय तक रहेंगे। और स्वामी जी के पास समय हो तो वे आकर भारत से आये दम्पती को थोड़ा ज्ञान दे जाएँ।

हम थोड़ी देर तक आस–पास के क्षेत्र में घूमते रहे। जब भी स्वामी विवेकानन्द यहाँ आते होंगे, वे इसी प्रकार इस क्षेत्र में घूमते होंगे। इन पौधों और वृक्षों को निहारते होंगे। सामने लगा हुआ 'स्वामीस पाइन' पिछली बार से कुछ बड़ा हो गया था। दो वर्षों में आदमी का बच्चा कितना बड़ा हो जाता है, यह तो वृक्ष है। अब उसकी छाया में बैठा भी जा सकता है। उसे देख कर मुझे बोधगया के बोधिवृक्ष का स्मरण हो आता है। जिस प्रकार उसके पूर्वज के नीचे महात्मा बुद्ध ने ध्यान किया था, वैसे ही इस पाइन के पूर्वज की छाया में स्वामी ने ध्यान लगाया था। उस मूल वृक्ष की शाखा से यह वृक्ष लगाया गया था। उसके साथ जोसोफिन मैक्लाउड की स्मृतियाँ जुड़ी हुई थीं और इस स्थान के साथ तो सारे लैगेट परिवार का ही घनिष्ठ सम्बन्ध रहा है।...

थोड़ी देर में मन्दिर के प्रबन्धक संन्यासी भी आ गये। ...मैं थोड़ा चौंका। पिछली बार वे संन्यासी एक अमरीकी पुरुष थे। इस बार संन्यासी नहीं संन्यासिनी थीं। उनके साथ एक सहायिका भी थी।

थोड़ी–सी सामान्य चर्चा के पश्चात् उन्होंने अपनी सहायिका के हाथ से लेकर, जिल्दबँधी बड़े आकार की एक पुरानी–सी पुस्तक मेरी ओर बढ़ाई, "यह स्वामी जी के समय का एक एलबम है। इसमें उनके अनेक चित्र हैं, उस समय के समाचार–पत्रों की कतरनें भी हैं। यह सब स्वामी जी से सम्बन्धित है; किन्तु यह एलबम मिशन की नहीं, लैगेट परिवार की सम्पत्ति है। आप इसे देख सकते हैं; किन्तु न इसकी प्रतिलिपि करा सकते हैं, न इसे ले जा सकते हैं। आशा है आपको इस एलबम से महत्त्वपूर्ण सूचनाएँ मिलेंगी।"

मैंने एलबम थाम लिया। मन में आया कि इसकी प्रतिलिपि कराने की अनुमति मिल जाती तो मेरे लिए यह कितने काम की चीज़ होती।... किन्तु मैं जानता था कि यदि प्रतिलिपि करने की अनुमति दी गयी होती तो यह एलबम अब तक चीथड़ों में परिणत हो चुका होता। इसकी रक्षा के लिए ही ये प्रतिबन्ध लगाये गये हैं।

"मन्दिर में आइए। प्रसाद ग्रहण कीजिए।" संन्यासिनी मन्दिर की ओर चल पड़ीं।

मुझे लगा कि फ्रांसिस लैगेट के समय यह स्थान, इस भवन के ड्राइंगरूम के सामने का वरांडा रहा होगा, जिसे अब शीशे की दीवार से घेर कर मन्दिर बना दिया गया है। मन्दिर का अर्थ था, एक कमरा, जिसे परमहंस रामकृष्ण देव, माँ शारदा और स्वामी विवेकानन्द के चित्रों से अलंकृत कर दिया गया है। वहाँ पूजा होती है, यह तो स्पष्ट ही था। धूप, दीप तथा पुष्प इत्यादि उसका प्रमाण थे। संन्यासिनी ने हमें प्रसाद दिया और भूमिष्ठ हो तीनों चित्रों को प्रणाम किया।

हम उनके पीछे–पीछे बाहर निकल आये।

"आपकी इच्छा हो तो आप मन्दिर में अपना समय व्यतीत कर सकते हैं। स्वामी जी का स्मरण कर सकते हैं।" वे बोलीं, "यह एलबम भी आपके ही पास है। थोड़ी देर में मैं किसी को भेज दूँगी, वह आप से एलबम ले जाएगा।" वे वर्मा साहब की ओर मुड़ीं, "वर्मा साहब एलबम का ध्यान रखिएगा। आपके विश्वास पर छोड़ रही हूँ।"

वे चली गयीं।

इतना तो स्पष्ट ही था कि वे लोग वर्मा साहब से परिचित थे और उन पर विश्वास करते थे। वर्मा साहब प्रायः यहाँ आते होंगे...किन्तु आश्चर्य मुझे इसी बात का था कि रिजली से इतना सम्बन्ध रखने वाला व्यक्ति कभी स्वामी विवेकानन्द की चर्चा तक नहीं करता था।

संन्यासिनी को विदा कर वर्मा–दम्पती ने अपनी गाड़ी में से बैठने और खाने का सामान निकाला। एक वृक्ष के नीचे बैठने की व्यवस्था की और हमें भोजन के लिए आमन्त्रित किया।

मैं यह देख कर चकित था कि श्रीमती वर्मा ने सर्वांग सुन्दर प्रबन्ध किया था। यहाँ किस–किस चीज़ की आवश्यकता हो सकती है, वह सब कुछ वे ले कर आयी थीं। .... और मैं समझता रहा कि वे प्रातः बहुत देर तक सोने वाली आलसी महिला हैं। बहुत सम्भव है कि वे रात को देर तक काम करती रही हों।

जो बात मुझे बार–बार कोंच रही थी, वह स्वामी जी से उन लोगों का सम्बन्ध था। वे लोग रिजली में तीर्थयात्रा की दृष्टि से आते थे अथवा इस सुन्दर प्राकृतिक परिवेश में केवल पिकनिक मनाने आते थे। उनके घर में मैंने स्वामी जी का एक भी चित्र नहीं देखा था। उनके मुख से एक बार भी स्वामी जी की चर्चा नहीं सुनी थी।....

"वर्मा साहब! आप रिटायरमेंट के बाद समय व्यतीत करने की चर्चा कर रहे थे।"

"जी।"

"आपके पास तो समय व्यतीत करने का इतना अच्छा माध्यम है।"

"यह स्थान हमारे घर से सौ मील दूर है।" वे बोले, "और कोई आदमी पिकनिक में कितना समय व्यतीत कर सकता है।"

"उतना तो कर ही सकता है, जितना वह अपने बच्चों के विवाह की चिन्ता करने में करता है।" मैंने कहा, "रिजली तो बस एक माध्यम है। यह वह स्थान है, जहाँ स्वामी विवेकानन्द तीन बार आकर ठहरे थे। आप इसके माध्यम से स्वामी जी और उनके विचारों का चिन्तन–मनन–ध्यान कर सकते हैं। उनकी कितनी ही स्मृतियाँ यहाँ से जुड़ी हुई हैं।"

"देखिए।" वर्मा साहब सामान्य से कुछ अधिक ही तन गये थे, "मैं स्वामी जी का बहुत सम्मान करता हूँ। वे संन्यासी थे, संन्यासी का धर्म निभाते थे। मैं गृहस्थ हूँ। मुझे गृहस्थ का धर्म निभाना है। मेरे बच्चे हैं, उनके विवाह की चिन्ता मुझे करनी है।... और जहाँ तक रिटायरमेंट के बाद के समय का सम्बन्ध है, मैं कोई ऐसी विधि खोज रहा हूँ, जिससे कुछ आय भी हो सके। केवल समय व्यतीत करना कोई समस्या नहीं है। समय को सार्थक रूप से व्यतीत करना समस्या है।"

मेरा मन 'सार्थक' शब्द पर अटक गया। अर्थ सहित अर्थात धन सहित।

समय सार्थक तभी हो सकता था, जब वह धन का उपार्जन करे। किन्तु... मैंने स्वयं को सँभाला...वर्मा साहब के माध्यम से मैं स्वयं स्वामी के स्थान पर सांसारिक विषयों का ध्यान करने लगा हूँ। ...वर्मा साहब से सौ मील दूर है–रिजली। वे जब चाहें, यहाँ आ सकते हैं। मेरे लिए वह सम्भव नहीं है। मुझे जो अवसर मिला है, उसका लाभ उठाना मेरा धर्म है। ...अपने स्वार्थ का त्याग। सेवा के माध्यम से अपना परिष्कार। धर्म को प्रत्यक्ष करने का प्रयत्न। स्वयं को जानने का प्रयत्न। इस चंचल मन को नियंत्रित करने का प्रयत्न। ...मैं क्यों वर्मा साहब से उलझ रहा हूँ। इस से तो अच्छा है कि मैं स्वयं को सुलझाऊँ।... स्वामी जी ने कहा था, तुम अमृत की सन्तान हो। उपनिषद भी कहते हैं कि मैं वही हूँ, जो अमृत है। जो मरता है, मैं वह नहीं हूँ। मैं तो उसका अंग हूँ, जो कभी नष्ट नहीं होता। अंग हूँ या स्वयं वही हूँ, उसका प्रतिबिम्ब हूँ अथवा उसकी छाया हूँ। उसने इस संसार का निर्माण किया है, अथवा वह स्वयं ही इन सारे रूपों में प्रकट हुआ है।... मैंने अपने स्वप्नों से अपने उस मूल स्वरूप को ढँक दिया है। इसलिए वह मुझे दिखायी नहीं देता। मैं उसे भूल गया हूँ। ...ये दुख और सुख यथार्थ नहीं हैं; ये तो उस एक स्वप्न के अंग हैं, जो मैंने स्वयं बुना है। मुझे इस स्वप्न को आगे नहीं बुनना है। उस स्वप्न को सत्य नहीं मानना है। उस स्वप्न से दुखी नहीं होना है। सुख की कामना नहीं करनी है। ये दुख और सुख–दोनों ही यथार्थ नहीं हैं। मुझे इन दोनों से उदासीन–उत् आसीन–हो जाना है। उनसे ऊपर उठ जाना है। क्योंकि मैं तो वह हूँ, जिसका स्वरूप ही आनन्दमय है। मैं बार–बार क्यों यह भूल जाता हूँ...

***

सन्ध्या समय हम एक प्रकार की पिकनिक मना कर वर्मा साहब के घर लौट आये। सादगी घर नहीं आयी थी। समीर का समाचार आ गया था कि वह सन्ध्या के बाद किसी भी समय न्यूयॉर्क लौट आएगा।

वर्मा दम्पत्ति के चेहरे पर मैं द्वन्द्व का भाव देख रहा था। मैं उनके मन को पढ़ने का प्रयत्न कर रहा था। सादगी नहीं आयी थी और वे उसे हम से मिलवाने का मोह अभी तक छोड़ नहीं पाये थे। दूसरी ओर वे अपने पुत्र से मिलने को व्याकुल थे। जाने वह क्या समाचार लाया था।

मेरा मन निश्चित रूप से जानता था कि यदि हम उनके घर एक

मास भी ठहरे रहें तो भी सादगी घर नहीं आएगी। स्पष्टतः वह जानती थी कि उसके माता–पिता के मन में क्या है और वह उसे स्वीकार्य नहीं था। कारण मैं नहीं जानता। जब वे उसके अमरीकी जीवन–शैली में ढल जाने की चर्चा करते थे तो मुझे लगता था कि उन्होंने स्वयं ही हमारी भारतीयता का हौआ दिखा कर उसे डरा दिया था। वह मुँह से कहे बिना अपनी शैली में अपने माता–पिता ही नहीं, हमें भी बता रही थी कि उसे यह सम्बन्ध स्वीकार नहीं है। ...तो फिर हमारा उनके घर में टिके रहने का कोई अर्थ नहीं था।

मैंने बहुत स्पष्ट शब्दों में वर्मा साहब से कह दिया कि वे हमें हर्ष के घर पहुँचा आएँ और वे अपनी हठ पर अड़े रहे कि हम एक रात और रुक जाएँ। ...श्रीमती वर्मा हमें बहुत अच्छा खाना खिलाएँगी। ...अब मैं उनसे क्या कहता कि मैं खाने का इतना व्यसनी नहीं हूँ। भोजन मैं उतना ही करता हूँ, जितना आवश्यक है। मीठे का शौक़ीन अवश्य हूँ; किन्तु वह तो मैं कहीं भी प्राप्त कर सकता हूँ।...

अमृता समझ रही थी कि अब मैं वहाँ और टिकने वाला नहीं हूँ। यदि वर्मा साहब हठ करेंगे तो कटुता भी अंकुरित हो सकती है। वह जानती है कि किसी की हठ से मैं पिघलता नहीं हूँ। उसे अनधिकार चेष्टा मानता हूँ और मेरा मूड बिगड़ता जाता है।...

"आप लोगों को समीर से मिलने भी जाना है।" अमृता ने उन्हें स्मरण कराया।

"ओह हाँ।"

उसके पश्चात् उन्होंने हमें रोकने का अधिक प्रयत्न नहीं किया।

23

आज हम तीसरी बार उनके घर आये थे, लगभग सात वर्षों के पश्चात्। इस बीच उनके बेटे और बेटी दोनों का ही विवाह हो गया था, इसलिए पिछली बार का सारा समय जिस विषय में चर्चा करते बीता था, वह विषय सिरे से ही ग़ायब था। समीर का विवाह कनाडा की उसी सिख लड़की से हो गया था और सादगी ने अपने लिए एक अमरीकी ईसाई लड़का चुन लिया था। उसकी एक बेटी भी हो गयी थी और श्रीमती वर्मा नानी बन कर परम प्रसन्न थीं।

"तो बेटे का विवाह कर आये।" श्रीमती वर्मा उल्लास प्रकट कर रही थीं।

"विवाह तो दिल्ली में ही हो गया था; शेष जो यहाँ होना था, वह भी हो गया।" मैंने कहा।

"यहाँ तो सरकारी रजिस्ट्री होनी थी, वह आप आते न आते हो ही जानी थी।" वर्मा साहब ने कहा।

"उस रजिस्ट्री के लिए तो हम आये नहीं।" मैंने कहा, "हम तो उनकी शादी के लिए आये। दिल्ली की शादी के लिए उसके माता–पिता, उसका भाई और उसकी चार सहेलियाँ आयी थीं। वे लोग न भी आते तो विवाह तो हो ही जाता; किन्तु हमारे रिश्तेदारों, भाई–बन्धुओं, मित्रों, पड़ोसियों और समाज ने देखा कि उसके माता–पिता ने स्वयं आकर कन्यादान किया था। न हमारा बेटा उसे भगा कर लाया था, न वह लड़की भाग कर आयी थी।"

"तो यहाँ आकर चर्च में उसका दूसरी बार विवाह करने का क्या अर्थ था?" वे बोले।

"उसके माता–पिता को भी अपने सम्बन्धियों और अपने समाज के सामने यह प्रमाणित करना था कि धर्म के नियमों और समाज की सहमति से उन्होंने अपनी बेटी विवाह में अपने जामाता को सौंपी है। वह किसी पुरुष के साथ बिना विवाह के ऐसे ही नहीं रह रही है।"

"हमारे समधी तो बहुत अच्छे निकले।" श्रीमती वर्मा ने कहा, "बोले, हमारे यहाँ विवाह का कोई विधि–विधान नहीं है। सरकारी दफ़्तर में रजिस्ट्री करा लो और जो मन में आये, जैसे आये, वैसे कर लो। पर वे कनाडा वाले बोले कि हम तो आनन्द कारज ही करेंगे। हमने कहा, आनन्द कारज कर लो, हमें क्या फ़र्क़ पड़ता है। हमें तो बहू चाहिए।"

"अरे, वह उसके वीज़ा की कुछ समस्या थी न। उसका क्या हुआ?" मैंने कहा।

"हो गया पर बड़ी मुसीबत हुई।" वर्मा साहब बोले, "भारत होता तो कुछ दे–दिलाकर कर लेते। किन्तु इस देश में करप्शन नहीं है।"

वर्मा साहब ने मेरी दुखती रग छेड़ दी थी, "हम तो जन्म से अब तक भारत में ही रहते आये हैं। हमने तो आज तक कभी रिश्वत दे कर किसी का वीज़ा नहीं बनवाया।"

"मैंने तो सुना है कि वहाँ बिजली का बिल जमा कराने के लिए भी रिश्वत देनी पड़ी है।" उनके चेहरे पर एक निर्लज्ज हँसी थी।

"सुना ही है न। रिश्वत दी तो नहीं है।" मैंने कहा, "वर्षों हो गये, मेरा बिजली और टेलिफ़ोन का बिल मेरे बैंक से जाता है। न मैं उनको रिश्वत देता हूँ और न मेरा बैंक उनको कोई रिश्वत खिलाता है। खिलाता तो वे पैसे भी मेरे खाते में से ही जाते।"

"पर मैंने तो सुना है।"

"आपने किसी एक व्यक्ति से सुना तो उसका विश्वास कर लिया कि सारा देश वही करता है।" मैंने कहा, "मैंने अपना मकान बनवाया। पहले उसका नक्शा पास करवाया घर के बाहर सड़क पर सामान डलवाने की फ़ीस दी और जो कुछ भी नियमानुसार करवाना आवश्यक था, वह करवाया। फिर मकान बनवाना आरम्भ किया। जब मकान बन रहा था, तो नगर निगम के सफाई विभाग वाले आये।

"बोले, 'ज़रा बाहर आ जाइए। दीवार के अन्दर की भूमि आपकी है, बाहर की हमारी है, उसके विषय में कुछ बात करनी है।'

"मैंने भी बड़े सभ्य और विश्वासपूर्ण ढंग से उत्तर दिया कि सच पूछिए तो बाहर की भूमि भी हमारी है। यह दूसरी बात है कि उसकी देखभाल के लिए हमने आपको नियुक्त किया है।"

वे समझ गये कि यहाँ हम कौन है। वह मैं नहीं था। कनिष्क कात्यायन नहीं था। वह भारत की जनता थी और इस समय भी भारत की जनता ही हमारे सामने खड़ी थी।

"और" मैंने कहा, "बाहर–भीतर में कोई अन्तर नहीं है। इसलिए आप हमारे अतिथि के रूप में घर के अन्दर आइए। जो कुछ आपको पूछना है, पूछिए। आराम से पूछिए। जो काग़ज़ देखने हैं, देखिए। हमारे साथ एक कप कॉफ़ी पीजिए और धन्यवाद ले कर विदा हो जाइए।"

सम्भव है कि उन्होंने भी समझा हो कि मैं रिश्वत देने के लिए भीतर बुला रहा हूँ। वे आये। बैठे। मैंने कॉफ़ी बनवाई।

उनमें से एक ने पूछा, "आपने मकान का नक्शा बनवाया है।"

"जी।" मैंने नक्शा उनके सामने रख दिया।

उन्होंने उसे देखा, परखा, "ठीक है। अब इसकी रसीद भी दिखा दीजिए।"

मैंने रसीद दिखा दी।

"यह सब तो ठीक है।" वे बोले, "अब बताइए कि बाहर सड़क पर जो आपने निर्माण–सामग्री डलवाकर सड़क घेरी है, उसका किराया दिया है।"

"जी दिया है।"

"रसीद दिखाइए।"

मैंने रसीद दिखा दी।

उन्होंने देख लिया था कि मैंने कुछ भी नियम विरुद्ध नहीं किया था। वे मुझे मेरे किसी काम के लिए दंडित नहीं कर सकते थे। अतः किसी दंड का भय दिखाकर मुझसे रिश्वत नहीं ले सकते थे।

वे धन्यवाद कर चले गये।

अगले दिन बिल्डिंग विभाग का एक चपरासी आ गया।

"हमारे जे. ई. ने आपको बुलाया है।"

"क्यों बुलाया है? क्या काम है?"

मैं जे. ई. के पास नहीं गया। अगले दिन वह चपरासी फिर आया, "आप जे. ई. साहब से मिलने नहीं आये।"

"नहीं।"

"क्यों।"

"मुझे उनसे कोई काम नहीं है। उनको काम हो तो यहाँ आ जाएँ।"

"काम आपका है। आप अपने नक्शे के अनुसार मकान नहीं बनवा रहे हैं।"

"क्या अनियमित बना है।"

"यह छज्जा नक्शे में नहीं है।"

"तो जब मकान बन जाए और मैं इसका नोटिस ऑफ़ कंप्लीयान आपके यहाँ जमा कराऊँ, तो आकर इसको तोड़ जाइएगा।"

"तोड़ने की बात कौन कह रहा है।"

चपरासी चला गया।

अगले दिन हमारे आर्किटेक्ट ने आकर बताया कि "जे. ई. पच्चीस हज़ार माँग रहा है। मैंने कहा कि पाँच–सात की बात करो तो मैं मालिक को कहूँ भी।"

"मैं एक धेला भी नहीं दूँगा।" मैंने कहा, "मैंने कह दिया है कि जो कुछ अवैध बनाऊँ, उसे तोड़ जाओ।"

"देखिए," आर्किटेक्ट ने कहा, "जब तक मकान बनता है, तब तक उसमें मालिक पैसा बहा रहा होता है। इसलिए जिस किसी को देखो, वही दौड़ा चला आता है कि मैं भी बहती गंगा में हाथ धो लूँ। आप अपनी जगह पर टिके रहिए, घबराइए मत। एक बार मकान पूरा हो गया, फिर कोई नहीं आएगा।"

"मैं अपनी जगह टिका हूँ।" मैंने कहा।

अगले दिन एक पुलिसवाला आ गया।

"मकान बनवा रहे हैं।"

"बनवा रहा हूँ।" मैंने कहा, "नक्शा दिखाऊँ।"

"जानते हैं, सड़क रोक रखी है आपने।"

"उसका भी किराया दिया है। रसीद दिखाऊँ।"

"मुझे तो सरकारी रसीद दिखाओ।" वह मुस्कराया।

"सरकारी रसीद का अर्थ यदि नोट से है तो वह मैं नगर निगम में जमा करा रसीद ले आया हूँ।" मैं बोला, "देखो, जो कुछ कर रहा हूँ। कानून के भीतर, कानून की अनुमति से कर रहा हूँ।"

"मन्ने कानून न पढ़ाओ।" वह बोला, "बहुत पढ़ रखा है मन्ने।"

मैंने निर्भीक भाव से उसकी ओर देखा, "इस नगर के कितने ही डी.सी.पी. और ए.सी.पी. हमारे ही पढ़ाए हुए हैं।"

"क्या करते हैं आप।" वह कुछ सहम–सा गया।

"अध्यापक हूँ। कॉलेज में पढ़ाता हूँ। हमारे ही पढ़ाए लड़के पुलिस के बड़े अफ़सर बनते हैं। अपने बच्चों को बड़ा आदमी बनाना चाहते हो तो उनको पढ़ने के लिए हमारे पास भेजो। पाप की कमाई से मत पालो उनको।" मैं रुका, "बैठ जाओ। चाय, कॉफ़ी कुछ लोगे।"

वह रुका नहीं, "नहीं साहब जी।" उसने अपनी आवाज़ ऊँची की, "ओए ठेकेदार! साहब जी का मकान ठीक से बनाना। और जल्दी बनाना। देख शिकायत का मौक़ा न आये।"

वह चला गया।

चार–पाँच दिनों में जब पीछे से उठता हुआ मकान अगली सड़क पर भी दिखने लगा, तो दो पुलिसवाले आये। एक ने साधारण–सी वर्दी पहन रखी थी और दूसरे ने सफारी सूट पहन रखा था। कांस्टेबल की वर्दी वाला सीढ़ियाँ चढ़ ऊपर मेरे पास आ गया।

"मकान बनवा रहे हो। चलो, नीचे इंस्पेक्टर यादव बुला रहे हैं।"

मैं थोड़ा हैरान हुआ। मैं तो समझ रहा था कि मैं पुलिसवाले को निबटा चुका था। फिर यह कहाँ से आ गया।

सीढ़ियाँ उतरते–उतरते उसने मुझे समझा दिया कि मैं चाहे नये कमरे बनवा रहा हूँ, वे अपनी रिपोर्ट में लिख देंगे कि मकान की मरम्मत हुई है। कुछ ले–दे कर निबटा लो। यादव साहब मान जाएँगे।

मैं कुछ खीझ उठा, "मैं कह रहा हूँ कि मैं मकान बनवा रहा हूँ और तुम कह रहे हो कि मरम्मत हो रही है।"

नीचे उतरकर उसने इंस्पेक्टर यादव को रिपोर्ट दी, "जी ये बिज़नेसमैन नहीं हैं। रिटायर्ड प्रिंसिपल हैं। कुछ ले–दे कर..."

"मैं रिटायर्ड प्रिंसिपल भी नहीं हूँ। मैं तो कॉलेज में पढ़ाता था। ये क्या लेने–देने की बात कर रहे हैं?"

"आपने नक्शा पास कराया है?"

"बेटा, नक्शा ला कर दिखाना इनको।" मैंने पास खड़े अपने बेटे से कहा।

मैं देख रहा था कि न तो यह हमारा बीट कांस्टेबल था और न ही इंस्पेक्टर वर्दी में था। हमारे थाने के तो ये लगते ही नहीं। तो फिर ये मकान बनने की रिपोर्ट कहाँ देगा।

"आपका ऑफ़िस कहाँ है।" मैं उससे पूछ बैठा, "कहाँ से कहाँ तक का क्षेत्र आपके अधीन है?"

इंस्पेक्टर थोड़ा चौंका, "इनकम टैक्स ऑफ़िस के पास है हमारा ऑफ़िस। वहाँ से यहाँ तक सारा इलाका अपना ही है। आपने नक्शा पास कराया है न?"

"दिखा तो रहा हूँ।"

"चल रे।" उसने कांस्टेबल से कहा, "इन्होंने नक्शा पास करा रखा है।" वह बाहर निकल गया।

"अरे कॉफ़ी तो पी जाइए।"

"फिर कभी।"

वह एक प्रकार से दौड़ता ही चला गया।

मुझे उसका व्यवहार कुछ विचित्र–सा लगा। ऐसा क्या हो गया कि वह भाग ही गया। ...और सहसा मेरा ध्यान अपने प्रश्नों और उसके उत्तरों की ओर गया। उसका कार्यालय कहाँ था और उसका क्षेत्र कितना बड़ा था और फिर वह इस प्रकार भाग गया। वह वर्दी में भी नहीं था और उसका कांस्टेबल भी ऐसा लग रहा था, जैसे कहीं से नाटक के लिए लाये गये कपड़े पहने हो। उसकी वह जल्दीबाज़ी...कुछ ले–दे कर, कर लीजिए...ऐसे तो कोई नहीं कहता।....

और तब मेरे मन में एक बात आयी...कहीं ऐसा तो नहीं कि ये पुलिस के लोग ही न हों। नकली पुलिसवाले बनकर वसूली पर निकले हों..."

मेरा वाक्य भी पूरा नहीं हुआ था कि वर्मा साहब जैसे झपट कर पड़े, "यही तो कह रहा हूँ, तब से। इंडिया में करप्शन बहुत है। बिना रिश्वत के एक काग़ज़ तक आगे नहीं बढ़ता।"

"आपने समझा कि यह सारी कहानी मैं भारत के भ्रष्टाचार के लिए सुना रहा हूँ।" मैंने उनकी ओर घूर कर देखा, "मैंने आपको बताया कि करप्शन है, किन्तु हम उसका सामना करते हैं। उसका प्रतिरोध करते हैं। उससे लड़ते हैं। उसको सुधारने का प्रयत्न करते हैं। आपके समान नहीं कि देश को छोड़े हुए चालीस वर्ष हो गये और आज तक उसको गालियाँ दे रहे हैं। वह हमारा देश है। हम उससे प्यार करते हैं। उसका सम्मान करते हैं, उसपर गर्व करते हैं। इसलिए उसकी निन्दा नहीं सुन सकते।..."

"देश तो हमारा भी है। हम भी उससे प्यार करते हैं। क्या समझते हैं आप।" वर्मा साहब कुछ तीखे पड़े।

"तभी तो उसकी प्रशंसा में एक शब्द भी कहने को तैयार नहीं। चालीस वर्ष हुए उसे छोड़े हुए; पर आज तक उसको गालियाँ दे रहे हैं। अपने उस देश को सुधारने के लिए क्या किया आपने? जीवन में एक बार भी वोट दिया? यहाँ से ले जा कर कस्टम वालों को शराब की बोतलें दीं। सामान में हेरा–फेरी की। मैंने चालान होने पर पुलिसवाले को चाय–पानी नहीं, चालान की पूरी राशि दी। अपने थोड़े–से पैसे बचाने के लिए न स्वयं करप्ट हुआ, न पुलिसवाले को करप्ट किया। वर्मा साहब पहले हम स्वयं करप्ट होते हैं और उसके बाद पुलिसवाले को करप्ट करते हैं। कौन करता है पुलिस को करप्ट। पैसे कौन देता है उसे?..."

"आइए डॉक्टर साहब, खाने की मेज़ पर चलें।" स्पष्टतः श्रीमती वर्मा इस विषय से पीछा छुड़ाना चाहती थीं, "खाना भी खाते हैं और साहित्य की चर्चा भी करते हैं।"

श्रीमती वर्मा की साहित्य–चर्चा से मैं बहुत डरता था। उनकी साहित्य चर्चा उनकी कहानियों की चर्चा से आरम्भ होकर उनकी कहानियों की प्रशंसा पर समाप्त हो जाती थी।

"टेबल पर आकर देखिए तो कि मैंने आपके लिए क्या–क्या पकाया है।"

अमृता मेज़ के पास आकर खड़ी हो गयी। उसने एक–एक कर उन चीज़ों का नाम पुकारना आरम्भ कर दिया, जो मेज़ पर लगी थीं। वह उनकी प्रशंसा तो करती ही सम्भव था कि उनको पकाने की विधि भी

पूछती। मेरा मन तो पिछली चर्चा से ही भन्नाया हुआ था। खाने में मेरी ऐसी भी रुचि नहीं थी कि मैं उसकी बारीकियों में जाता। खा मैं लेता था; किन्तु न उसकी रसभरी चर्चा करता था; न रसोई में जाता था, न पकवानों की पाक–कला में कोई रुचि लेता था।

श्रीमती वर्मा ने छह सब्ज़ियाँ बनायी थीं और मेज़ भर दी थी।

"अमृता, देखो भाई इसमें से डॉक्टर साहब को क्या पसन्द है। मैं जानती हूँ कि उनको नॉनवेज पसन्द है, पर वह हम खाते ही नहीं।" श्रीमती वर्मा ने कहा।

"इनकी भली कही।" अमृता ने कहा, "पहले बर्तन में जो सब्ज़ी देखेंगे, उसको परोस लेंगे और उसी से एक रोटी खा कर उठ जाएँगे। यह भी नहीं देखेंगे कि मेज़ पर और क्या रखा है।"

"तो ठीक है, डॉक्टर साहब को मैं परोस दूँगी, तब तो खाएँगे।" वे अपना महत्त्व जता रही थीं।

"वह कष्ट तो आप मत ही कीजिए।" मैंने कहा, "मैं स्वेच्छा से लूँगा और रस ले कर खा लूँगा। आप जितना खिलाने का प्रयत्न करेंगी वर्मा साहब उतना ही बताते चलेंगे कि वह खाने से कौन–कौन से रोग होते हैं।"

"मैं कुछ गलत थोड़ी कहता हूँ।" वर्मा साहब बोले, "इंडियन फूड होता ही अनहेल्दी है।"

"अच्छा आप यहाँ तक आ गये।" मैं बोला, "जो खाना करोड़ों लोग खा रहे हैं। शताब्दियों से खा रहे हैं, वह अनहेल्दी है और आप लोग जो कुछ खा रहे हैं, वह हेल्दी है।"

"जितना तेल और मिर्च–मसाला आप लोग खा रहे हैं, वह किसी को भी बीमार कर देता है।" वे बोले।

"जो लोग खा रहे हैं, वे पचा भी रहे हैं। जिसको नहीं पचता है, वह परहेज करता है। आप वह सब नहीं खाते हैं फिर भी हर रोज़ अपना ब्लड, अपना हार्ट, अपना कैलस्ट्रोल का टेस्ट कराते रहते हैं। आप यह सर्टीफिकेट देने वाले कौन होते हैं कि इंडियन खाना अनहेल्दी होता है। यदि अनहेल्दी होता है तो फिर आपके घर हम क्या करने आएँ। आपकी पत्नी हमें खाना खिलाने के लिए बुलाती हैं और आप हमें खाने नहीं देते हैं। मुझे तो लगता है कि यहाँ आकर आपका मस्तिष्क ही कुछ अनहेल्दी हो गया है।..."

"आप खाएँ न डॉक्टर साहब।" श्रीमती वर्मा बोलीं, "इनकी बातें रहने

दें। मैंने तो आपके लिए रसमलाई और बर्फी भी बनायी है। कुल्फी और आइसक्रीम भी है।"

"क्या कर रही हो तुम।" वर्मा साहब बोले, "वे डायबैटिक हैं और तुम उन्हें रसमलाइयाँ खिला रही हो।"

"देखा, डायबैटिक मैं हूँ और रसमलाई खाने के नाम से ही शुगर लेवल इनका ऊपर चढ़ता जा रहा है।" मैं बोला, "ऐसे में कोई क्या खाएगा। पिछली बार का भी मुझे याद है, ये हमें ऑमलेट बना कर खिला रहे थे और अंडे की ज़र्दी सिंक में बहा रहे थे। कोई ऑमलेट कैसे खाएगा।"

"मैं तो आपके स्वास्थ्य की रक्षा कर रहा था।" वर्मा साहब बोले, "और तब तो आप बोले नहीं।"

"तब तो..." मैं कहने ही जा रहा था कि हम सादगी की प्रतीक्षा में बैठे थे, ऐसे में सादगी के पिता को हम क्या कहते, चाहे वे कुछ भी कहते।... किन्तु मैंने कहा नहीं।

"समीर के ससुरालवाले आये थे। उनमें से किसी के पास मीलों किसी रोग का पता नहीं था; और ये ज़र्दी निकाल–निकाल कर सिंक में डाले जा रहे थे।" श्रीमती वर्मा बोलीं, "उनमें से एक ने कहा भी, 'अंकल जी आप यह क्या कर रहे हैं।' "

"कैलस्ट्रोल न बढ़े, उसका प्रबन्ध कर रहा था।" इन्होंने कहा।

"वह क्या होता है, मुझे तो पता भी नहीं है।" उसने कहा, "वैसे आप अपने लिए जो भी करना हो, करें, हमें तो पूरे अंडे का ऑमलेट ही दें।"

"अरे जो कैलस्ट्रोल का अर्थ ही नहीं जानते, उनका क्या कहना।" वर्मा साहब बोले, "आप लोग जितनी फैट खाते हैं..."

"हम फैट नहीं खाते। फैट खाते हैं अमरीकी लोग। आपने कभी आँख खोलकर देखा नहीं कि सड़कों पर मोटे अमरीकी चलते हैं तो सड़कें भी उनके बोझ तले कराहने लगती हैं। ...हम खाते हैं दूध, दही, मक्खन और मलाई।"

"वही वही।..." वर्मा साहब बोले, "उसमें कितना फैट होता है। यहाँ एक प्रतिशत, दो प्रतिशत तक वाला दूध बाज़ार में मिल जाता है। उसमें न उतना फैट होता है और न ही आदमी का कैलस्ट्रोल बढ़ता है... ।"

"वर्मा साहब, आपने कभी वीगन शब्द सुना है।"

"सुना क्यों नहीं। अमरीका में बहुत सारे वीगन हैं। वे न दूध पीते हैं, न दूध से बने पदार्थ खाते हैं।"

"क्यों?"

"आप बताएँ, क्यों?"

"मैं क्या जानूँ, आप बताएँ। प्रश्न आपने उठाया है।" वर्मा जी बोले।

"चलिए, मैं बताता हूँ।" मैंने कहा, "मेरी जिन लोगों से बात हुई, उनका कहना है कि गाय का दूध और मांस बेचने वाली कम्पनियाँ कम से कम पैसा ख़र्च कर अधिक–से–अधिक पैसा कमाना चाहती हैं; इसलिए गाय को इतनी छोटी जगह में रखा जाता है, जहाँ वह उठ–बैठ भी न सके, करवट भी न ले सके। उस स्थान की सफाई भी नहीं हो सकती। वह गन्दगी में रहती है, इसलिए हज़ार प्रकार की बीमारियों के कीटाणु वहाँ पनपते हैं। उनसे सुरक्षित करने के लिए कितने ही प्रकार की भयंकर कीटनाशक तथा दूसरे प्रकार की दवाइयाँ गाय के शरीर में इंजेक्ट कर दी जाती हैं। वे सारी दवाइयाँ उनके दूध में भी होती हैं। उनके मांस में भी होती हैं। चलिए हम गोमांस नहीं खाते, तो उससे बच सकते हैं किन्तु उसके दूध के रोगों से तो नहीं बच सकते। अपने बच्चों को वह दूध पिलाना, एक प्रकार उनको विष पिलाना है। इसलिए हम यहाँ का दूध और दूध के उत्पादों का उपयोग नहीं करते।"

"तो।"

"तो का अर्थ यह कि आप भारतीय भोजन को अनहेल्दी बता रहे थे। यहाँ के एक प्रतिशत और दो प्रतिशत मलाई वाले दूध की प्रशंसा कर रहे थे, तो आपको बता रहा हूँ कि यहाँ का भोजन कितना हेल्दी है।"

"रहने दीजिए आप।" वर्मा साहब बोले, "यहाँ की पुलिस साफ़–सफाई के लिए एक–एक रेस्टॉरेंट को चेक करती है। चालान करती है। वह गायों को इस प्रकार गन्दे स्थान पर रखने की अनुमति देगी?"

"मैंने भी पूछा था यह प्रश्न "मैंने कहा, "जो उत्तर मुझे मिला, वह यह है कि बाड़े में बँधी गाय मनुष्य का भोजन नहीं है, इसलिए पुलिस उसकी स्वास्थ्यकर जॉच नहीं करती। जिस दिन वह कट जाएगी और मनुष्य का भोज्य पदार्थ बन जाएगी, उसके बाद से पुलिस उसकी रोग–मुक्ति का ध्यान रखेगी।"

"जब तक मैं इसे देख न लूँ, मैं इसे मानूँगा नहीं।"

"तो जाइए, उसे देख आइए।" मैंने कहा, "और जब देख लें, तब मुझे भी बताइएगा।"

मेरे चुप होते ही, श्रीमती वर्मा ने एक रोटी मेरी प्लेट में डाल दी, "अरे कुछ खाइए भी कि बातें ही बातें करेंगे।"

"आपके पतिदेव कुछ खाने दें, तब न।" आपने अपनी खाद्य सामग्री बचाने का बहुत अच्छा प्रबन्ध कर रखा है। भोजन करने की मेज़ पर अपने पति को भी बैठा देती हैं, जो खाने के दोषों और न खाने के लाभ पर प्रवचन करते रहते हैं। यह तो बाइबल के निषिद्ध सेब की कथा है। सामने पेड़ पर भगवान ने सेब लगा दिया और कहा कि इसे मत खाना। आदम ने हव्वा के कहने पर खा लिया और भगवान ने उन्हें स्वर्ग से निकाल कर पृथ्वी पर पटक दिया। आप खाना लगा देती हैं। खाने का आग्रह करती हैं। ये मना करते रहते हैं और फिर भी हम खा लेते हैं। अब आपके द्वारा हमें घर से बाहर निकाला जाना ही शेष रह जाता है।"

"आप खाइए डॉक्टर साहब, आपको न कोई खाने से रोक रहा है, न घर से निकाल रहा है। अब बताइए कि मीठे में क्या लेंगे।"

"रसमलाई।" मैंने निस्संकोच कहा।

"सोच–समझकर खिलाना।" वर्मा साहब बोले, "डॉक्टर साहब डायबैटिक हैं।" उन्होंने अमृता की ओर देखा, "आप इन्हें मिठाई खाने की अनुमति देती हैं?"

"इन्होंने कभी अनुमति माँगी ही नहीं।" वह बोली, "वैसे नियमित रूप से अपनी दवा लेते हैं। भोजन में अधिक खाते नहीं। आप देख ही रहे हैं कि रमेश ने उनकी प्लेट में दूसरी रोटी परोसी है; किन्तु इन्होंने उसे हाथ भी नहीं लगाया है। उन्हें एक रोटी खानी है। वे एक ही खाएँगे। इसलिए शुगर नियन्त्रित ही रहती है।"

श्रीमती वर्मा ने रसमलाई की कटोरी मेरे सामने रख दी।

मैंने पहला चम्मच मुँह में डाला ही था कि वर्मा साहब बोले, "वैसे आप कैलोरीज़ बर्न करने के लिए कोई व्यायाम करते हैं। जिम इत्यादि में जाते हैं या घर में ट्रेडमिल रखी है। जॉगिंग करते हैं या तैरते हैं?"

"इनमें से कुछ भी नहीं करता हूँ।"

"तो क्या करते हैं सारा दिन।"

"कुर्सी पर बैठ कर कंप्यूटर के माध्यम से लिखता हूँ।"

"यही अन्तर है इंडिया और यू.एस. का।" वे बोले, "मैं रोज़ सवेरे जिम जाता हूँ। पिछले दिनों की बात है, मैं तैर कर निकलता था तो एक व्यक्ति मुझे मिलता था। नहाते–धोते, कपड़े बदलते उससे बात हो जाती थी। मैं समझता था कि वह पचहत्तर वर्ष का होगा किन्तु उसने बताया कि वह पचासी वर्ष का है। मुझसे दुगना तैरा करता था। स्वस्थ, चुस्त दुरुस्त।..."

"चुस्त–दुरुस्त रह कर वह काम क्या करता था?"

"काम क्या करना है। वृद्ध हो चुका है। अब क्या करेगा।"

"तो उसका स्वास्थ्य किस काम का। अपने लिए तैरने और अपने लिए दौड़ने के लिए स्वस्थ रहता है। देश और समाज के लिए क्या करता है।" मैंने कहा, "मैं लिखने के लिए स्वस्थ रहना चाहता हूँ। और उतना स्वस्थ मैं हूँ।"

वर्मा जी कुछ नहीं बोले।

"आपको मालूम है न कि जाबाला ने आपके आने पर एक साहित्यिक गोष्ठी का आयोजन किया है।" श्रीमती वर्मा ने कहा।

"मालूम है।"

"पर शायद आप यह नहीं जानते कि वह गोष्ठी उसने आपके लिए नहीं, अपने लिए रखी है। उसने उसमें अपना ही लाभ सोचा है।" श्रीमती वर्मा मेज़ के बर्तन समेट रही थीं।

"उसमें उसका क्या लाभ है?"

"आप आमन्त्रित लोगों की सूची देखिए। सब एक से एक बड़े लोग हैं, जिनसे उसको कोई लाभ हो सकता है। यूनिवर्सिटी के विभागों के अध्यक्ष, बड़े पदाधिकारी, जो कल उसके काम आ सकें। बुलाने को उसने लन्दन और वाशिंगटन से भी लोगों को बुलाया है; किन्तु क्या लोग आएँगे। नहीं आएँगे। केवल आपके सामने प्रदर्शन कर रही है।"

"आप समझती हैं कि विभागों के चपरासियों को निमन्त्रित करना चाहिए था।" मैंने पूछा, "कोई सार्वजनिक सम्मेलन तो है नहीं, जहाँ जनता–जनार्दन को बुलाया जाए। गोष्ठियों में महत्त्वपूर्ण लोगों को ही बुलाया जाता है। जितने महत्त्वपूर्ण लोग मेरी बात सुनेंगे, मेरे लिए उतना ही अच्छा होगा।"

"आप समझते हैं कि लन्दन और वाशिंगटन से कोई आएगा।"

"न आये। उनको सूचना तो मिलेगी कि मेरे सम्मान में न्यूयॉर्क में एक साहित्यिक गोष्ठी हुई। गोष्ठी हो और उसका प्रचार न हो, उसका कोई लाभ नहीं है।"

वे अमृता की ओर मुड़ गयीं, "तुझे पता है, मेरी पुस्तक पर गोष्ठी हुई। सबने इतनी प्रशंसा की, जाबाला के मुख से एक शब्द भी नहीं फूटा। होंठ भींचे बैठी रही। कैसी सहेली है वह! मैं तो उसके घर की किसी गोष्ठी में नहीं जाऊँगी। ऐसी सहेली का किसी को क्या करना।"

"मैं समझता हूँ कि..."

किन्तु वे मेरी बात सुनने के मूड में नहीं थीं, "वैसे उस दिन फादर्स डे है। सादगी ने अपने पति के साथ कहीं जाने का कार्यक्रम बनाया है। उसने अपने सास–ससुर को भी बुलाया है। हमें भी बुलाया है, मैंने उसे वचन दे रखा है कि मैं उसके साथ जाऊँगी..."

"श्रीमती वर्मा, कृपया मेरी एक बात सुन लीजिए।" मैंने ज़रा ऊँची आवाज़ में बोलकर उनको चुप करा दिया।

"जी।"

"आप अपनी सहेलियों की गोष्ठी और साहित्य को अलग रखें।" मैंने कहा, "यह आपका, अमृता और जाबाला का सखि–मिलन नहीं है। यह साहित्यिक गोष्ठी है, जो मेरे सम्मान में रखी गयी है। इसमें आपकी प्रशंसा और निन्दा का कोई प्रश्न नहीं है। आप आएँगी तो आपका स्वागत है। नहीं आएँगी तो उस सारी साहित्यिक चर्चा से आप वंचित होंगी। उस साहित्य–समाज से दूर रहेंगी और फिर शिकायत करती रहेंगी कि वे लोग आपको पसन्द नहीं करते।"

"पर मैंने तो सादगी को वचन दिया है। उसके साथ कार्यक्रम बना रखा है।"

"एक तरफ़ हो जाइए। या तो सीधी बात कीजिए कि आपने सादगी को वचन दे रखा है और आपको वचन का पालन करना होगा; या फिर जाबाला से अपने वैर–विरोध की बात कर लीजिए। दोनों बातों का घालमेल मत कीजिए। आपने कहा, जाबाला अपने लाभ के लिए गोष्ठी कर रही है, जिसका अर्थ है कि मुझे उसमें नहीं जाना चाहिए।"

"नहीं, मैंने यह नहीं कहा, किन्तु मैंने अपनी बेटी को वचन दे रखा है।"

"तो वचन का पालन कीजिए, उसमें जाबाला को मिलाने की आवश्यकता नहीं है।"

"मैंने गोष्ठी में जाने की बात की तो सादगी नाराज़ हो गयी। बोली, 'अपनी बेटी की कोई चिन्ता ही नहीं है। मैं अपनी नन्ही–सी बच्ची के साथ अपने पति और सास–ससुर का ध्यान करूँ और आप साहित्यिक गोष्ठियाँ करती फिरें।' "

"देखिए, यह आपकी मर्ज़ी है श्रीमती वर्मा। आप अपनी बेटी की सहायता कर लें या अपनी बेटी को समझा दें कि आपको भी अपने कॅरियर का विचार है। न्यूयॉर्क में कितनी स्तरीय साहित्यिक गोष्ठियाँ होती हैं।

उनमें सम्मिलित होने से आप कितना कुछ सीखेंगी। कितने लोगों के परिचय में आएँगी। आपको आगे बढ़ने के लिए, अपने लिए भी समय चाहिए या नहीं। आपकी बेटी भी आपके लिए कुछ करेगी या आप ही अपनी बेटी के लिए शहीद होती रहेंगी।''

24

जाबाला के घर पर साहित्यिक गोष्ठी थी; उसकी चर्चा श्रीमती वर्मा ने भी की थी। हम चाहते थे कि उसमें श्रीमती वर्मा भी सम्मिलित हों। हिन्दी में लिखने–पढ़ने वाले ही नहीं, उसे जानने–समझने वाले सारे लोग सम्मिलित हों। इसलिए कितना समझाया था उनको; किन्तु वे अपनी बात पर अड़ी रहीं कि वह गोष्ठी कोई साहित्यिक गोष्ठी नहीं थी, जाबाला के अपने लाभ के लिए लोगों का जमावड़ा था। ...मेरे मन में कई बार आया कि पूछूँ कि कोई अपनी खुशी के लिए अपने घर पर लोगों का जमावड़ा करे, तो हमें आपत्ति क्यों होनी चाहिए? ...किन्तु मैंने पूछा नहीं।

मुझे लगता था कि उस मनाही के पीछे उन दोनों की व्यक्तिगत स्पर्धा भी थी; दोनों के घरों की भौगोलिक दूरी तो थी ही। ...उनके घरों की दूरी याद आयी तो अपनी समस्या भी याद आ गयी। हम कैसे जाएँगे गोष्ठी में। एडिसन से भी तो कोलम्बिया विश्वविद्यालय उतना ही दूर था।

पर तभी जाबाला का फ़ोन आ गया कि न्यूजर्सी से सुभाष जी उस गोष्ठी में आ रहे हैं। वे हमें अपने साथ लेते आएँगे। उनके साथ उनकी पत्नी भी होंगी और मुम्बई से आयी हिन्दी की एक नव–लेखिका भी। हम दोनों को मिला कर पाँच लोग हो जाएँगे; किन्तु आशा है कि पाँच लोगों को एक गाड़ी में आने में बहुत असुविधा नहीं होगी। ...और मैं सोच रहा था कि यह तो एक वरदान था। असुविधा क्या थी। यह व्यवस्था न होती तो हमारा जाना एक बड़ी समस्या होती। हर्ष हमें निकट के रेलवे स्टेशन तक छोड़ आता। वहाँ से हम स्थानीय ट्रेन से न्यूयॉर्क पहुँचते। वहाँ से मेट्रो के माध्यम से कोलम्बिया विश्वविद्यालय और फिर थोड़ा पैदल चल कर जाबाला के घर। ...अब इस नयी व्यवस्था के अन्तर्गत सुभाष जी हमें हर्ष के घर से ले लेते और लौटते हुए भी वहीं छोड़ देते।

सुभाष जी की गाड़ी में बैठने के पश्चात् परिचयात्मक चर्चा में पता चला कि वैसे तो वे इंजीनियर हैं; किन्तु कविता से उन्हें प्यार है, विशेषकर

हिन्दी कविता से। इंजीनियरिंग तो अंग्रेज़ी में ही पढ़ी थी; किन्तु कविता वे हिन्दी में ही पढ़ते थे। लिखते भी अवश्य होंगे; किन्तु उसकी उन्होंने चर्चा नहीं की। मुझे लगा, यह व्यक्ति तो महान् है। उसने अपनी कविताओं की चर्चा तक नहीं की। नहीं तो कवि तो अपनी रचना सुनाने को इतना आतुर होता है कि कोई–न–कोई बहाना खोज कर कुछ तो सुना ही देता है।

मुम्बई की नव–लेखिका अनेक प्रकार से अपना परिचय देती रहीं, जिनमें उनके महत्त्व का उद्घाटन होता था। किन्तु उसका कोई लाभ नहीं हुआ। उनका परिचय मेरे लिए अपरिचय ही रहा और उनका महत्त्व भी मेरे लिए महत्त्वहीन ही रहा। उनका पुत्र यहाँ नौकरी करता था। वे उसी के पास आयी हुई थीं, तीन महीनों के लिए।... बहुत सारे भारतीय अपनी बेटी अथवा बहू के प्रसव के अवसर पर तीन या छह महीनों के लिए उनके पास आते थे। कभी–कभी वे भारत में अपनी समस्याओं से परेशान होकर भी आ जाते थे। पर सत्य कोई–कोई ही बताता था। वे यही कहते थे कि वे घूमने आये हैं। तो वे भी घूमने आयी हुई थीं। हमारे विषय में तो सबको ही पता था कि हम विभु के विवाह के सन्दर्भ में आये थे। न्यूयॉर्क रास्ते में था। अब हमें सियैटल जाना था।...

जाबाला ने बहुत लोगों को बुला रखा था। कोलम्बिया, न्यूयॉर्क, येल विश्वविद्यालयों के अध्यापक थे। कुछ गम्भीर विद्यार्थी भी थे। जाबाला की अपनी बहनें और भांजियाँ भी थीं।... प्रो. गेब्रियेला भी आयी हुई थीं और उर्दू की पाकिस्तानी प्रोफ़ेसर, डॉ. आयना मसूद भी। अमरीका के अपने पिछले चक्कर में हम गेब्रियेला से मिल चुके थे। वह न्यूयॉर्क विश्वविद्यालय के हिन्दी विभाग में थी। बल्गारिया की रहने वाली थी और अपने देश से संस्कृत पढ़कर आयी थी। उसे यहाँ सिखाया जा रहा था कि उसकी हिन्दी में संस्कृत की शब्दावली अधिक नहीं होनी चाहिए, जो कि थी। हम जब उसके विश्वविद्यालय में गये थे तो वह हमें दोपहर का भोजन करवाने एक भारतीय रेस्ट्रां में ले गयी थी। मुझे लगा था कि उसके पास अच्छी और समृद्ध शब्द–सम्पदा थी। पर जब अधिकारियों की ओर से नीति के रूप में उसे फारसी मिश्रित हिन्दी पढ़ाने को कहा जा रहा था, तो वह क्या करती। उसका दायित्व था कि वह अपने विद्यार्थियों को प्रसन्न रखे। आखिर उन्हीं के शुल्क से विभाग चलता था। वह बेचारी अपनी नौकरी बचाए रखने के लिए अपनी भाषा विकृत कर रही थी। उसके विद्यार्थी ऐसे थे, जो हिन्दी के साधारण शब्द भी नहीं समझते थे।

मैं यह मान रहा था कि वहाँ प्रत्येक विभाग के हिन्दी तथा उर्दू समझने और बोलने वाले विद्यार्थी ही नहीं, विभिन्न विभागों के सारे भारतीय छात्र, श्रोता के रूप में आये हुए थे। जब मैं व्याख्या न देने लगा तो मुझे पता चला कि भारतीय हों या अभारतीय, उनमें से किसी ने कभी भगवद्गीता का नाम भी नहीं सुना था। कोई उनको क्या बताता और क्या पढ़ाता। ...और गेब्रियेला थी कि अपने देश से उपनिषद पढ़कर आयी थी।...

डॉ. आयना मसूद से भी उसी व्याख्यान के अवसर पर भेंट हुई थी। वे सरायकी की भी प्रशंसक थीं और उर्दू की भी। शायद पंजाबी की भी जानकार हों। सरायकी उनकी मातृभाषा थी और उर्दू वे पढ़ाती थीं।

श्रीमती अवस्थी की कथा विचित्र थी। वे कोलम्बिया यूनिवर्सिटी में हिन्दी भी पढ़ाती थीं और आर्थिक कारणों से भारतीय समाज की शादियों में ढोल बजा कर, गा कर, चुटकुले सुना कर उनका मनोरंजन भी करती थीं। मेरे लिए यह समझना बड़ा कठिन था कि एक प्रोफ़ेसर, भांड कैसे हो सकती थी। पर वे कहती थीं कि वे यहाँ अपनी बाध्यताओं के कारण पैसा कमाने आयी हैं। जैसे भी बन पड़ेगा कमाएँगी।

पिछली बार की ही बात है।

वे अपने एक विद्यार्थी को वहाँ देख कर बोलीं, "हम तुम को बुलाए रहे..."

"मैंने आगे बोलने ही नहीं दिया। बोला, "डॉ. अवस्थी! आप जिन लोगों को हिन्दी पढ़ा रही हैं, उनके सामने तो स्वयं को आप 'मैं' ही कहें। स्वयं को बहुवचन में मत बोलिए। वैसे भी आप न नवाब हैं, न सम्राट्। आप 'हम' कैसे हो गयीं।"

"आदत है न।" वे बोलीं।

"आपकी तो आदत है, पर आपके विद्यार्थी तो आपकी इस आदत को ही हिन्दी का व्याकरण मान बैठेंगे। वे भ्रमित नहीं हो उठेंगे क्या?"

डॉ. मसूद बीच में कूद पड़ीं, "नवाब या बादशाह होने की क्या बात है। हमारी सरायकी में तो हम कितने प्यार से 'हमां' कहते हैं। कितना मीठा लगता है।"

"मैं यहाँ के हिन्दी के विद्यार्थियों की दृष्टि से, व्याकरण सम्बन्धी चर्चा कर रहा था। ये सरायकी नहीं पढ़ाती हैं।... वैसे भोजपुरी में भी 'मैं' का प्रयोग नहीं होता है; किन्तु खड़ी बोली में होता है।"

"अच्छी चीज़ कहीं से भी मिले, उसे स्वीकार करना चाहिए।" वे कुछ उग्र हो उठी थीं।

मैं, एक लगभग अपरिचित पाकिस्तानी महिला से लड़ कर अपना मूड ख़राब करना नहीं चाहता था। चुप रह गया। वैसे भी एक स्त्री और एक पुरुष में कहा–सुनी हो जाए तो पुरुष को ही दोषी माना जाता है। उसे उसकी अशिष्टता मानी जाती है।

आज वे सब जाबाला की गोष्ठी में उपस्थित थीं। गेब्रियेला छिपी–छिपी रही। बस नमस्ते भर करने को सामने आयी। फिर रसोई में धँस गयी। राहुल की सहायता के बहाने उसी के पीछे छिपी रही।

जाबाला ने मेरा संक्षिप्त–सा परिचय दिया और बोलने के लिए आमन्त्रित कर लिया। विषय भी सुझा दिया। वह चाहती थी कि मैं अपनी सृजन–यात्रा का इतिहास उनके सामने रखूँ। पौराणिक उपन्यासों और व्यंग्य लेखन के सम्मिलन की चर्चा करूँ। ...मुझे संकोच था। मुझे नहीं मालूम था कि वहाँ कितने लोग मुझे लेखक के रूप में जानते थे। किसी ने मेरी कोई कृति पढ़ी भी थी क्या। यदि वे लोग मुझसे परिचित ही नहीं हैं तो वे मेरी सृजन–यात्रा के इतिहास का क्या करेंगे।

फिर भी लेखक हूँ। बोलने लगा तो प्रवाह चल निकला। पर स्वयं को बाँध कर रखा। आधे घंटे से अधिक नहीं बोलना था। उसके पश्चात् यदि कोई प्रश्न पूछेगा तो देखा जाएगा।

डॉ. आयना बोलीं, "मुझे पहचाना आपने? आपसे एक प्रश्न करना है।"

"बाद में।" मैंने कहा, "पहले मैं पूछ लूँ?"

"पूछिए।"

"ज़फ़र की पंक्तियाँ हैं न :

'कितना है बदनसीब ज़फ़र, दफन के लिए।
दो गज ज़मीन भी न मिल सकी, तुझे कूए यार में।' "

"जी।"

"उसे दफनाया भी गया देश से बाहर। प्रश्न यह है कि जीवित रहते वह कैसे जानता था कि उसे कूए–यार में दो गज़ ज़मीन नहीं मिलेगी; और उसे विदेश में दफनाया जाएगा?"

डॉ. आयना कुछ सोचती रहीं। फिर अपने आस–पास देखा और धीरे से कहा, "मुझे कहीं कोट मत कीजिएगा, पर कुछ आलिम मानते हैं कि यह ग़ज़ल ज़फ़र की है ही नहीं।"

"लो। चार तो ग़ज़लें हैं ज़फ़र के नाम पर। वे भी उनकी अपनी लिखी हुई नहीं हैं।"

डॉ. आयना ने कुछ नहीं कहा।

खाना–पीना चलता रहा। कुछ चित्र खींचे गये। कुछ लोगों ने सेल्फी का लाभ प्राप्त किया। कुछ ऐसा याद पड़ता है कि कुछ लोगों ने मुझसे हस्ताक्षर भी माँगे थे।

मुम्बई की नव–लेखिका सुभाष जी के पीछे पड़ी हुई थी कि अब जल्दी चलें। बहुत दूर जाना था। उसके घरवाले उसकी प्रतीक्षा कर रहे होंगे। वैसे भी उसे वहाँ कोई कवयित्री के रूप में स्वीकार नहीं कर रहा था। मुझसे पूछे गये प्रश्नों में उसकी क्या रुचि हो सकती थी।...

जाबाला का बड़ा गम्भीर आग्रह था कि हम रात के लिए वहीं रुक जाएँ। पर वह तो हमारे कार्यक्रम में नहीं था।... राहुल ने बड़ी निराशा से कहा, "क्या यार इतनी–सी बात नहीं मान सकते।"

सत्य यही था कि हम नहीं मान सकते थे। परिणामतः मुम्बई की उस नव–लेखिका की ही जीत हुई। हमें अपनी इच्छा से भी जल्दी लौटना पड़ा।

सुभाष जी प्रसन्न थे कि हिन्दी के नाम पर इतने लोग एकत्रित हो गये थे।

"कोई–न–कोई गतिविधि होती रहनी चाहिए। विदेश में अपनी भाषा सुनने का सुख मिलता रहे।"

"ठीक कह रहे हैं आप।" मैंने कहा, "पर वे जो चार लोग यहाँ हैं, वे भी आपस में मिलकर नहीं बैठ सकते। परस्पर राग–द्वेष की कमी नहीं है।"

"वह भी है किन्तु लेखकों की महत्वाकांक्षाओं का क्या करेंगे। कोई किसी का महत्त्व मानना ही नहीं चाहता।" सुभाष जी ने कहा, "पता नहीं जाबाला जी ने इतने लोग कैसे इकट्ठे कर लिए।"

"शायद इसी कारण से अपने रिश्तेदारों को भी बुलाना पड़ा।"

"मैं सोच रही थी कि आप समकालीन साहित्य के विषय में कुछ कहेंगे; किन्तु आप तो अपने ही लेखन के विषय में बोलते रहे।" मुम्बई की उस अज्ञात कुलशीला ने अपनी हताशा का प्रमाण दे दिया।

"मुझे अपनी सृजन–यात्रा के विषय में बोलने के लिए कहा गया था।" मैंने उत्तर दिया, "क्या करता। मजबूरी थी।" और सहसा मेरा स्वर वक्र हो गया, "आपने मुझे टोक क्यों नहीं दिया या फिर प्रश्नोत्तर के समय ही पूछ लेतीं।"

"वह तो ठीक है किन्तु कुछ तो बोल ही सकते थे।"

संवाद यह हो नहीं सकता था; और विवाद का कोई लाभ नहीं था। एडिसन से मैनहैटन जाते हुए गाड़ी में उन्हें कोई महत्त्व न देने का शुल्क तो मुझे चुकाना ही था। उन्होंने मुझसे कुछ नहीं कहा। सुभाष जी से बोलीं, "आपको चाहिए था, कुछ लोगों से कविताएँ भी सुनवाते।"

"गोष्ठी नरेन्द्र जी पर केन्द्रित थी। वे भारत से आये थे और लोग उनको सुनना चाहते थे।" वे बोले, "बीच में कविता कैसे आ जाती।"

वे बाहर सड़कों को देखने लगीं, "कितनी अच्छी सड़क है न। मखमल जैसी। तभी तो गाड़ियाँ फर्राटे से चलती हैं। हमारे इंडिया में तो सड़क पर रोड कम गड्ढे अधिक होते हैं। गाड़ी में बैठना भी उड़नखटोले की सवारी जैसा हो जाता है।" वे रुकीं, "तभी तो लोग एक बार यहाँ आ जाएँ, तो अपने देश वापस लौटते नहीं हैं।"

"यह तो ग़ज़ब की देशभक्ति है कि पराये देश में सड़कें अच्छी देखीं तो अपना देश छोड़ दिया।" मैं बोला, "हम पेरिस गये थे तो हमारे शिष्ट मण्डल के एक साथी ने नगर देखते–देखते कामना कर डाली कि यदि उनका अगला जन्म हो तो पेरिस में ही हो।"

"तो भारत माता की जय का क्या होगा?" मैंने कहा था।

"वह तुम बोलना।"

सामने एक तीखा मोड़ था। सड़क अच्छी थी। आखिर अमरीका की सड़क थी। सुभाष जी ने गति धीमी नहीं की। सड़क के तीखे मोड़ के अनुरूप ही उन्होंने गाड़ी का स्टीयरिंग घुमा दिया। उसी गति में। सामने बीच सड़क के एक बड़ा–सा गड्ढा था। किसी को दिखायी नहीं पड़ा। अमरीका में लोग सड़क देख कर गाड़ी नहीं चलाते। आशंकित नहीं होते, इसलिए अनुमान पर चलते हैं। अनुमान क्या, यह मान कर चलते हैं कि मार्ग में कोई बाधा नहीं होगी।...

सड़क के उस गड्ढे को हमारी गाड़ी का टायर झेल नहीं पाया। मोड़ के कारण हम उसे देख नहीं पाये थे। टायर पंक्चर नहीं हुआ, बस अमरीकी शैली में तत्काल फट गया। प्रभु की कृपा यह रही कि गाड़ी उल्टी–पल्टी नहीं। सुभाष जी अच्छे ड्राइवर थे।

गाड़ी रोक कर हम बाहर निकले।

"अब?"

"सहायता की प्रतीक्षा करनी होगी।" सुभाष जी ने फ़ोन निकाला।

उनके मुँह की खटास और चेहरे का लटका हुआ रूप बहुत कुछ कह रहा था।

मेरा चुलबुला मन मचल–मचल कर कुछ कहना चाह रहा था। बहुत रोका किन्तु अन्ततः मुँह से फिसल ही गया, "कहने में चाहे कितना ही क्रूर क्यों न लगे; यहाँ खड़े हो कर जितना भी कष्ट सहना पड़े, किन्तु मैं कहूँगा कि मुझे यह देख कर खुशी है कि अमरीका में भी सड़कों में दिल्ली और मुम्बई के समान गड्ढे हैं।"

मन–ही–मन मैं एक विचित्र प्रकार की प्रसन्नता का अनुभव कर रहा था।

मुम्बई की नव–लेखिका का चेहरा बुझ गया था।

सुभाष जी ने फ़ोन जेब में रख लिया, "ये लोग भी इतने हरामी हैं कि..."

"क्या हुआ?"

"वैसे तो कहेंगे कि ऐसे अवसरों पर हम आपको दूसरी गाड़ी देंगे। सर्विस कार। अब कह रहे हैं कि दूसरी गाड़ी है नहीं। टायर ही तो फटा है, हम उसे फिक्स करने के लिए टीम भेज रहे हैं। आधा घंटा लगेगा। ...उल्लू के पट्ठे।"

"चलिए आधे घंटे में कर दें तो कोई घाटे का सौदा नहीं है।"

"आधा घंटा तो कहा है। आते–आते घंटा कर देंगे। फिर टायर बदलने में जो समय लगेगा..." वे रुके, "हम एडिसन से बहुत दूर नहीं हैं। मैं हर्ष को फ़ोन करता हूँ कि वह आकर आपको ले जाए। आप तो आराम से घर पहुँचिए।"

"और आप?"

"हम अमरीका की चिकनी सड़कों का सुख भोगेंगे।"

"और..."

"ये भी हमारे साथ ही जाएँगी। इनका घर वहीं है।"

उनका संकेत नव–लेखिका की ओर था।

25

आज हमको अमृता की ममेरी बहन के घर से होते हुए अजित के पास जाना था। मैं जानता था कि उसका झुकाव अपनी बहन की ओर रहेगा और मैं जल्दी–से–जल्दी अजित के घर जाना चाहूँगा।

बात तो यह हुई थी कि हम चपला के घर नाश्ता करेंगे और भोजन अजित के घर करेंगे; किन्तु लग नहीं रहा था कि ऐसा सम्भव हो पाएगा। चपला अमृता के छोटे मामा की बेटी थी। उसने अपने पराक्रम से मामा जी के अमरीका आने का प्रबन्ध कर दिया था। साथ ही मुन्नी भी यहाँ आ गयी थी, जो दिल्ली में मामा जी की देखभाल करती–करती जीवन से परेशान हो उठी थी। मामा जी अस्सी वर्षों से ऊपर थे और अस्वस्थ भी रहते थे। एक अकेली कुँवारी लड़की दिल्ली में उनकी देखभाल कैसे करती। यहाँ दोनों बहनें थीं। फिर चपला का पति और किशोर पुत्र भी था। सब मिल कर मामा जी की अच्छी तरह देखभाल कर रहे थे।

अमृता का उत्साह देखकर मुझे लग रहा था कि मेरा अजित के घर खाना खाने का और उसे उसकी सूचना दे देने का निश्चय गलत था। अमृता जल्दी जाना नहीं चाहेगी और मैं जल्दी जाने के लिए फड़फड़ाता रहूँगा।

प्रातः से ही तनातनी चल रही थी। और मेरा मन बुझता जा रहा था। बात इतनी सी थी कि हर्ष के घर अर्थात् एडिसन से एक बार अजित के घर लौंग आइलैंड चले जाने के बाद हम चपला के घर ब्लू फील्ड्स नहीं जा सकेंगे। अजित के घर से हमें सीधे विभु के पास सियैटल चले जाना था। इसलिए अमृता समारोहपूर्वक चपला के घर जाना चाहती थी; किन्तु तैयार होने में कोई जल्दी नहीं दिखा रही थी। देर होती जा रही थी।...

जैसे–तैसे हम चपला के घर पहुँचे थे।

सबसे पहले मुन्नी ही सामने पड़ी। उसने हमारा स्वागत किया। ढंग कुछ विचित्र था। वह अपना हाथ नचा–नचा कर मुझे जैसे "ससुर जी, ससुर जी" कह कर चिढ़ा रही थी। मुझे पता था कि वह थोड़ी झल्ली तो पहले से ही थी; किन्तु फिर भी ऐसी पगली तो नहीं थी ।... मेरा मन बुझा हुआ तो पहले से ही था। यह "ससुर जी। ससुर जी।" का राग सुन कर मैं खीझ उठा।

"ससुर तो मैं प्रभु के विवाह के बाद ही बन गया था। यह मेरी दूसरी बहू है।" मैं चिढ़ कर बोला, "और यह कैसा स्वागत है : न नमस्कार, न चमत्कार, न हालचाल। ससुर जी की रट लगा दी।"

"ओह सॉरी!" मुन्नी बोली, "कैसे हैं आप?"

"राम जी की कृपा है।" मैंने अपनी शैली में कहा।

वह जैसे स्तब्ध खड़ी रह गयी, "यहाँ भी राम जी की कृपा। अरे यहाँ तो जीसस क्राइस्ट की कृपा है।"

मैं समझ गया कि देशान्तर से उसके ईश्वर के रूप भी बदल जाते हैं। ईश्वरान्तर हो गया है उसका। वह यहाँ आते ही जीसस की भक्त हो चुकी है। राम जी को उसने भारत में सीमित कर रखा है। या उसे यहाँ राम दिखायी नहीं देते। चारों ओर ईसा का ही प्रभाव दिखायी देता है। वह सारी सृष्टि में एक ही ब्रह्म को नहीं देखती। अलग–अलग क्षेत्र विभिन्न देवी–देवताओं, अवतारों और सन्तों को बाँट रखे हैं। ...मुझे स्वामी विवेकानन्द स्मरण हो आये, जिन्होंने स्विट्ज़रलैंड में भी मरियम को फूल चढ़ाये थे और कहा था, यह भी माँ है। वह भी माँ है। माँ सब जगह है।...

मुन्नी को अभी किसी और देश का वीज़ा नहीं मिला था; नहीं तो वह कुछ और हो जाती।... वह भारत में हिन्दू थी, यहाँ आते ही ईसाई हो गयी।

मैंने बात आगे नहीं बढ़ाई।

"ख़ुश हो?"

"हाँ। बहुत ख़ुश। यहाँ काम पर जाओ, काम से लौट कर आओ। कोई घूरता नहीं। कोई सीटियाँ नहीं बजाता। कोई फ़ब्तियाँ नहीं कसता।"

वह सच कह रही है। जहाँ गोरी–चिट्टी सुन्दर लड़कियाँ लँगोटी बाँध कर झील किनारे अपने मित्रों की गोद में बैठी रहती हैं, सड़क किनारे उनसे लिपटी, उनको चूमती रहती हैं। वहाँ अर्चना जैसी पचास–पचपन वर्षों की साधारण नयन–नक्श की साँवली भरे शरीर की भारतीय नारी की ओर कौन देखता। ...अच्छा है, वह सुखी है।

मेरा मन पहले से ही खिन्न था। उसके व्यवहार से मैं लगभग खीज उठा था।

चपला रसोई में थी। मामा जी ड्राइंगरूम में थे। चपला के पति सुभाष, भी वहीं थे। उसका पुत्र कहीं बाहर गया हुआ था। ...सुन्दर तो चपला भी नहीं थी; किन्तु वह दूसरों की तुलना में कुशाग्रबुद्धि और क्षमतावान थी। उसकी पढ़ाई के विषय में मुझे ठीक–ठीक ज्ञान नहीं था किन्तु बी.ए. तो होगी ही। माँ का देहान्त हो चुका था। पिता बहुत सामर्थ्यवान और उद्यमी नहीं थे। बड़ी बहन ने पोलैंड में एक पोल से विवाह कर लिया था। उसके दो पुत्र थे और वह प्रसन्न थी। ...ऐसे में चपला ने व्यावहारिक दृष्टि से अमरीका में बस गये सुभाष से विवाह कर लिया था। ऐसे विवाह के संकट वह जानती थी किन्तु उसने अपने बल पर उस चुनौती को स्वीकार किया।

संयोग था कि उसका विवाह बिना किसी बड़ी समस्या के निभ गया। वह अपनी योग्यता और परिश्रम से अपने पति से भी आगे निकल गयी। घर अच्छी तरह सँभाल लिया। पति और पुत्र की देखभाल भी की किन्तु यह नहीं भूली कि दिल्ली में उसके अस्सी वर्षों के वृद्ध पिता हैं और उनकी देखभाल करने के लिए मुन्नी अकेली है। उसकी नौकरी भी छूट गयी है और उम्र भी बढ़ती जा रही है। उसके मन में एक ही बात थी कि वह अपने पिता और बहन को भी अमरीका बुला ले और उनकी कोई उचित व्यवस्था कर दे। काम कठिन था किन्तु वह उसमें लगी रही और अन्ततः उनके लिए आवश्यक काग़ज़ बनवाने में सफल हो गयी। अब मामा जी भी उसके पास थे और मुन्नी भी। पड़ोस में ही एक मकान मुन्नी के लिए किराए पर ले लिया था। मामा जी और मुन्नी उसी में रहते थे। दोनों बहनें सुभाष की सहायता से मामा जी की देखभाल कर रही थीं। चपला के प्रयत्न से यहाँ मुन्नी को एक साधारण–सी नौकरी भी मिल गयी थी।

अमृता को बहनों का भी आकर्षण था; किन्तु मामा जी से मिलना और उनकी अवस्था को जानना उसके लिए एक प्रकार से अनिवार्य हो गया था।

मामा जी एक छोटे बच्चे के समान नहला–धुला कर, अच्छे कपड़े पहना कर ड्राइंगरूम में सजा दिये गये थे। मुन्नी उनको छोटे बच्चों के समान बहला–खिला रही थी। कभी कोई घटना सुनाने को कहती कभी कोई कविता सुनाने को कहती। मूल रूप से तो वह ही सुना रही थी। आगे–आगे वह बोलती और फिर मामा जी दुहरा देते। वह तालियाँ बजाती, "देखा, आपको याद है। आपकी मेमोरी बहुत अच्छी है।"

बच्चा तुतला कर बोलता है अथवा अपनी रटी हुई कोई कविता सुनाता है तो घर आये प्रत्येक आगन्तुक को वह सुननी ही पड़ती है। माँ हठपूर्वक उसे वह सुनाने को बाध्य करती है। वही स्थिति मामा जी और मुन्नी की थी। हम आये थे तो हमें वह सब सुनना ही था; ताकि हम जान सकें कि मामा जी उतने असमर्थ नहीं थे, जितना कि हम उन्हें मान रहे थे।

मुझे इस सारे कार्य–कलाप में न कोई रुचि थी और न उससे मेरा कोई मनोरंजन हो रहा था। मेरे मन में स्पष्ट था कि एक शक्तिहीन वृद्ध को व्यर्थ ही कष्ट दिया जा रहा था, उसे हमारी आँखों में समर्थ सिद्ध करने का प्रयत्न किया जा रहा था। अरे हमें उनको कोई स्वास्थ्य प्रमाण–पत्र देना था। ...फिर मेरा मन तो पहले से ही खिन्न था। मैं बार–बार घड़ी देख रहा था कि कब अमृता यहाँ से चलेगी।

उधर मेज़ पर नाश्ता लग रहा था। नाश्ता तो कहने को था। वह भारी–भरकम भोजन था। मैं समझ नहीं पा रहा था कि अमृता ने ऐसा क्यों किया था। जब हमें भोजन अजित के घर करना था तो यहाँ यह तामझाम किसलिए? भोजन तो हम एक ही स्थान पर कर सकते थे।

हम भोजन की मेज़ पर बैठे तो ज्योति ने मेरी अन्यमनस्कता भाँप ली।

"क्या बात है जीजा जी?"

मैंने संक्षेप में उसे कुछ बताया और कुछ नहीं बताया; किन्तु यह तो बता ही दिया कि मुन्नी ने अपने स्वागत की शैली से मुझे चिढ़ा दिया है।

"पगली है वह तो! यहाँ आने की ख़ुशी ने उसे एकदम बच्ची बना दिया है। बच्चों के समान टापती रहती है।"

"वह तो ठीक है किन्तु मैं तो बच्चा नहीं हूँ न। मुझे अच्छा नहीं लगा।"

सौभाग्य से इस बीच मुन्नी अपने बचाव में कुछ नहीं बोली।

खाने के अनुरोध की चिन्ता मैंने नहीं की और हल्का–सा कुछ खा कर उठ गया।

26

अजित के घर 'लौंग आयलैंड' पहुँचने में समय लग गया। दोपहर के भोजन का समय कब से बीत चुका था। वे लोग खा–पीकर आराम कर रहे थे।

"तुमने फ़ोन कर दिया था, इसलिए हमने समय से खाना खा लिया।" अजित ने कहा।

"ठीक किया।" मैंने कहा, "बच्चे कहाँ हैं?"

"गीतू तो काम पर गयी है और कण्व नगर में नहीं है। न्यूयॉर्क से बाहर गया हुआ है। कल आ जाएगा।"

"और छोटा? अर्णव?"

"अर्णव।" नीरा ने उसे ऊँची आवाज़ में पुकारा, "यहाँ आओ। बड़े दादा और दादी आये हैं।"

अर्णव नहीं आया।

"हिन्दी नहीं समझता क्या?" मैंने पूछा।

"अच्छी तरह समझता है। वह तो आपसे झेंप रहा है।" नीरा ने कहा, "हिन्दी की कई कविताएँ सुनाता है। गायत्री मन्त्र बोलता है।"

"फिर तो वह संस्कृत भी जानता है।" मेरा स्वर भी सरल नहीं था।

"गायत्री मन्त्र तक।" अजित ने कहा।

"अर्णव।" अमृता ने उसे पुकारा, "कम हियर। आई हैव स्वीट्स फॉर यू। मिठाई।"

अर्णव झिझकता–झिझकता आ गया।

"देखो, यह अंग्रेज़ी ही समझता है।" मैंने कहा, "मुझसे नहीं झेंप रहा, हिन्दी से झेंप रहा है।"

"हाँ। पर हम तो उससे हिन्दी ही बोलते हैं।"

"तभी तो वह केवल अंग्रेज़ी समझता है।" मुझसे कहे बिना नहीं रहा गया।

"यू लाइक मिठाई?" अमृता ने पूछा।

उसने स्वीकृति में सिर हिला दिया; और अमृता ने सोन–पापड़ी का डब्बा उसके हाथ में दे दिया।

उसने डब्बा खोलने का प्रयत्न आरम्भ कर दिया।

"डोंट ओपन इट।" नीरा ने कहा, "फर्स्ट से थैंक्स टू दादी।"

"दादी तो तुम हो।" अमृता ने कहा, "मैं तो बड़ी दादी हूँ।"

"मैं तो दिद्दा हूँ।" नीरा ने हँस कर कहा, "वह मुझे 'दिद्दा' ही कहता है। अच्छा है दूसरों से कुछ भिन्न है।"

"हाँ। नहीं तो ग्रैनी कहता।" मैंने कहा।

"मैंने कहा न कि वह अच्छी तरह हिन्दी समझता है और बोलता है।" अजित कुछ झुंझला कर बोला, "ग्रैनी क्यों कहेगा।"

"झुंझलाओ मत।" मैंने कहा, "जब मुझसे हिन्दी में बात करेगा, तब मैं मान जाऊँगा कि उसे हिन्दी आती है।"

"उसके लिए तुम्हें यहाँ साल–छह महीने रहना होगा।"

"तुम रखने को तैयार हो तो मुझे रहने में कौन–सी कठिनाई है। दिल्ली में मेरी कौन–सी नौकरी या व्यापार है।"

"तो फिर तुम ग्रीन कार्ड के लिए एप्लाई कर दो।"

***

गीतू काम से आते ही रसोई में व्यस्त हो गयी।

"रात का भोजन तैयार करना नीतू के जिम्मे है क्या?" मैंने पूछा।

"नहीं कुछ भी किसी के जिम्मे नहीं है। जिसको समय मिलता है और जो काम वह कर सकता है, वह कर डालता है।" अजित ने कहा।

"तुम क्या करते हो?"

"रसोई को सामान से भरता रहता हूँ।" वह बोला, "जो समाप्त हो गया है या जो समाप्त होने वाला है, वह लाना मेरा काम है। गीतू और कण्व काम पर होते हैं। नीरा स्वयं कहीं आ–जा नहीं सकती। तो फिर रह कौन गया? मैं। मैं जाता हूँ और सामान ले आता हूँ। समय हो तो एक–आध सब्ज़ी भी बना डालता हूँ।"

गीतू रसोई से बाहर निकली तो मुझे बहुत सहज नहीं लगी।

"क्या बात है बेटा। तबीयत तो ठीक है।"

"हाँ। ताया जी। ठीक हूँ। आज बस मेट्रो में..."

"क्या हुआ मेट्रो में?"

"बैंक से काम समाप्त कर घर आने के लिए स्टेशन पर आयी तो पता चलता है कि रेल की किसी पटरी में कोई गड़बड़ हो गयी है और सारा का सारा रेलवे–तन्त्र पक्षाघात से पीड़ित हुआ पड़ा है। किसी लाइन पर कोई ट्रेन नहीं चल रही है। मुझे घर आने के लिए कोई मार्ग नहीं सूझ रहा था। भूमिगत रेलवे स्टेशन पर भीड़ बढ़ती जा रही थी। साँस लेना तक कठिन हो रहा था। मेरा मन रोने को हो रहा था; पर रोने से क्या होता।..."मैंने पापा को उनके ऑफ़िस में फ़ोन किया, पापा, मुझे यहाँ से आकर ले जाइए।"

पर पापा वहाँ तक कैसे पहुँचते। पापा गाड़ी ले कर वहाँ तक आ तो जाएँ, पर ट्रेन न चलने के कारण सड़कों पर कितनी भीड़ थी। पापा गाड़ी चला पाएँगे। ऐसा न हो कि पापा कहीं और ट्रैफिक में फँस जाएँ, वे मुझ तक तो पहुँच ही न पाएँ, उनका वापस घर आना भी कठिन हो जाए। मैं वहीं की वहीं फँसी रहूँ।...

"पापा, मुझे रोना आ रहा है।"

"बेटा बाहर निकल कर कोई टैक्सी ले लो।"

बाहर निकल कर पता चलेगा कि टैक्सी भी मिल सकती है या नहीं। मिल जाएगी तो सड़क पर उसके चलने के लिए जगह भी है या नहीं।

"पर पापा, मैं बाहर नहीं निकल सकती। लोग इस प्रकार अटे पड़े हैं कि हिल नहीं सकते। जिसने किसी कारण से ज़मीन पर से एक पैर

उठा लिया, वह वापस अपना पैर ज़मीन पर रख नहीं सकता। वहाँ किसी और का पैर जम चुका है। पापा, यहाँ इतनी भीड़ क्यों है। मैं अचेत हो जाऊँगी।"

"आखिर हुआ क्या है?"

"कोई एक–आध लाइन ख़राब हो गयी है। गाड़ी में तो भीड़ है ही। स्टेशन भी ऐसा ठसाठस भर गया है कि साँस तक लेने में कठिनाई हो रही थी। खड़े होने को भी जगह नहीं थी। जैसा भारत में होता है न।..."

मेरे भीतर एक उबाल–सा उठा।... उसे कष्ट हुआ न्यूयॉर्क में और वह उसका दोष भी भारत पर मढ़ रही है।

"फिर तुमने साँस कैसे ली?" मैंने परिहास से स्वयं को सँभालना चाहा।

मेरे मन में लगातार भारत से तुलना चल रही थी। भारत में स्टेशन पर भी भीड़ हो सकती थी। मेट्रो की कोई लाइन किसी समय किसी कारण से ख़राब भी हो सकती थी। सम्भवतः टैक्सी मिलने में भी कठिनाई होती। ...किन्तु उसके लिए वे भारत को गालियाँ देते। भारत को छोड़ कर अमरीका में बसने की घोषणा करते; किन्तु यहाँ वही सब होने पर उनके मन में न कोई विरोध जागता था। न अमरीका को छोड़ कहीं और जा बसने की बात आती थी। जहाँ जन्मे और पले थे और जहाँ उनकी पीढ़ियाँ सहस्रों वर्षों से रह रही थीं, उस धरती के प्रति उतना मोह नहीं था, जितना इस पराई धरती के प्रति हो गया था।

मैं नीरा को उतना दोष नहीं दे सकता था। वह जन्मी कहाँ थी, मुझे पता नहीं, किन्तु पली तो वह जांबिया में थी। कुछ दिन भारत में भी रही थी, फिर नेपाल चली गयी थी और नेपाल से अमरीका आ गयी थी।...और किसी देश में एक नगर में रहना और बात थी। उस सारे देश के भूत और वर्तमान को जानना और बात थी। इनमें से अधिकांश लोग वे थे, जो यदि गंगा को जानते भी थे तो भगीरथ को नहीं जानते थे। गंगा को जानते थे, किन्तु वह शिव की पत्नी है, यह नहीं जानते थे। भारत को जानना हो तो उसके भूगोल के साथ–साथ उसके इतिहास को भी जानना होगा, उसकी पौराणिक मान्यताओं को भी जानना होगा। उन मान्यताओं के तर्क को भी समझना होगा। कनॉट प्लेस या दिल्ली को भारत मानने से तो भारत से प्यार नहीं होगा। उसके लिए तो हिमालय से कन्याकुमारी तक, शायद अंडमान–निकोबार के भारत को, द्वारका से मणिपुर तक के भारत

को जानना होगा। वेद, पुराण, उपनिषद्, वाल्मीकि, व्यास, कालिदास, बाणभट्ट, तुलसी और सूर को जानना होगा। यहाँ, वे लोग एक ऐसे देश में हैं, जहाँ घर और नौकरी के अतिरिक्त कुछ जानने की आवश्यकता ही नहीं है। उन्हें किसी देश से प्रेम नहीं करना है। देश के लिए त्याग नहीं करना है। उन्हें तो बस लेना है, जिस देश से उन्हें कुछ मिलता नज़र आता है, वह उन्हें अच्छा लगने लगता है।

गीतू अब घर आ गयी थी। सब ठीक था। वह रसोई में कुछ काम भी कर आयी थी। उसने अजित को एक सूची दी थी। बाज़ार से कुछ लाना था। कल से अर्णव को स्कूल की ओर से एक कैम्प में जाना था। उसके लिए कुछ तैयारी भी करनी थी। बच्चे को प्रातः से सन्ध्या तक उस कैम्प में रहना था। जैसे वे रखें, वैसे ही रहना था। यही नियम था। स्कूल के नियम थे। उनके साथ करुणा का संयम नहीं था। नियम नियम ही थे। उन्हें मानना न मानना आपकी इच्छा के अधीन नहीं था। आप उनके अधीन थे।...

सहसा मेरी दृष्टि उस सूची पर पड़ी, जो यह बता रही थी कि बच्चे को किस समय क्या खाना है। मैं चौंका; उसके भोजन में गोमांस भी था। गीतू ने उस पर स्वीकृति का चिह्न लगाया था।

"यह गोमांस भी खाएगा?" मुझसे पूछे बिना नहीं रहा गया।

"हाँ।" वह बोली, "कण्व भी तो खाता है।"

"अच्छा। वह क्यों खाता है?"

"वह कहता है कि पशुओं में क्या अन्तर करना। जब हम एक पशु को खा सकते हैं तो दूसरे को क्यों नहीं खा सकते।"

मैं सन्नाटे में आ गया। वह पशुओं में भेद नहीं करता...यह नहीं सोचता कि सृष्टि की उगाई हुई सारी वनस्पति को हम नहीं खाते। उनमें से हमें जो लाभदायक लगती हैं, उन्हें चुन लेते हैं। वही स्थिति पशुओं की भी है। हम कुत्ता–बिल्ली नहीं खाते। हाथी, ऊँट, घोड़ा, गाय, भैंस नहीं खाते। वे हमारे लिए दूसरे प्रकार से उपयोगी हैं। ...वह उनमें भेद नहीं करता। ...मनुष्य की बुद्धि तो भेद पर ही चलती है। हम सारे मनुष्यों से अपना एक ही सम्बन्ध नहीं मानते। कोई मित्र है, कोई शत्रु है। कोई भाई–बहन हैं, कोई पति–पत्नी हैं। सबसे अलग–अलग सम्बन्ध हैं। वह उनमें भी भेद करेगा या नहीं...

मुझे अमृता की बड़ी बहन गंगा स्मरण हो आयी। वह लन्दन में रह रही थी। बच्चे छोटे थे; और वह अपनी नौकरी में व्यस्त थी। उसने कभी

नहीं देखा था कि उसके बच्चे स्कूल में क्या खाते हैं। वह तो उसकी सास भारत से आ गयी। उसने बच्चों से पूछताछ की तो पता चला कि स्कूल में दोपहर के भोजन में बच्चों को गोमांस दिया जाता है। दादी ने उन्हें मना किया, "हमारे धर्म में गोमांस खाना वर्जित है।" अगले दिन बच्चों ने स्कूल में अपनी अध्यापिका से वही कह दिया। उनकी अध्यापिका ने वह भोजन तो वापस ले लिया किन्तु उसे बदले में कुछ नहीं दिया। दिनभर के भूखे बच्चे शाम को घर लौटे तो आँसू बहाते हुए माँ से शिकायत की। गंगा का अपने धर्म और देश से वह सम्बन्ध नहीं रह गया था। उसने बच्चों को ही डाँटा, "तो जा कर दादी से माँगो, जो मना कर रही है। मुझे क्या कहते हो। जो कुछ स्कूल में मिलता है, चुपचाप खाते रहो।"

वह दिन था और आज का दिन, बच्चे सब कुछ खाते हैं। गंगा अपने घर की दीवारों पर हिन्दू देवी–देवताओं के बीसियों चित्र लगाती है। भारत में आती है तो जो भी धार्मिक पुस्तक मिलती है, ख़रीद कर ले जाती है; किन्तु उन सबका कोई प्रभाव उसके परिवार में दिखायी नहीं पड़ता। बड़ी बेटी ने एक अरब मुसलमान से विवाह कर लिया है, छोटी ने केरल के एक ईसाई से। अगली पीढ़ी का भगवान ही मालिक है। जिन लोगों ने जीवन में सुविधा को सब कुछ मान लिया है, वे सिद्धान्तों पर नहीं चल सकते।...

***

अजित बाज़ार जा रहा था। मुझे भी साथ ले गया।

मेरे मन में अब भी एक बात चुभ रही थी।

मैं कह ही बैठा, "तुम अपने बच्चों को गोमांस खाने देते हो?"

"क्या करूँ? मेरी नहीं चलती। इन सबके अपने विचित्र तर्क हैं।" वह बोला, "तुम्हें याद है, अपने फलशिंग वाले घर में नीरा ने टायलेट में देवी–देवताओं के चित्र लगा रखे थे। मना करने पर कहती थी कि वह स्थान भी तो भगवान का ही बनाया हुआ है। ...वैसे ही तर्क कण्व भी करता है। कल वह अपने बेटे को डाँट रहा था तो कह रहा था कि उसने उसे संसार का सबसे मूल्यवान उपहार दिया है। इसलिए उसे उसका कृतज्ञ होना चाहिए।"

"कौन–सा उपहार?"

"अमरीकी नागरिकता का। उसका जन्म अमरीका में हुआ है न।"

अजित ने कहा, "कण्व यहाँ के स्कूलों में पढ़ा है। जो कुछ यहाँ पढ़ाया जाता है, वही उसकी खोपड़ी में बस गया है। अब हमारी थोड़ी सुनता है, अपनी ही चलाता है। पर अभी इतना भारतीय वह है कि अपने माता–पिता के साथ एक ही घर में रहता है, नहीं तो अमरीकी परम्परा में तो वह चाहे पड़ोस में मकान ले लेता, किन्तु अपनी पत्नी और बच्चे के साथ हमसे अलग रहता।"

"अच्छा है कि उसमें इतनी भारतीयता बची है।" मैंने कहा, "वे दोनों तो दिनभर अपने काम से बाहर रहते हैं, बच्चा तुम लोगों के पास ठीक से पल रहा है। दादा–दादी उसकी अच्छी तरह देखभाल तो करते हैं। नहीं तो बेबी सिटर की दया पर होता।"

"ठीक है। निभ रही है।" वह बोला, "इस पराये देश में जैसी निभ जाए, वही ठीक है।" सहसा वह मेरी ओर मुड़ा, "तुम अपने देश का कोई दोष नहीं सुन सकते। लड़ पड़ते हो। नाराज़ हो जाते हो। हम किसके लिए लड़ें। हमारा तो अब यही देश है। हम वापस नहीं जाने वाले। मरने के बाद हमारी तो हड्डियाँ भी गंगा में नहीं जाएँगी।"

मैंने आश्चर्य से उसे देखा, "क्यों?"

"कौन ले जाएगा। यही सोच कर हम दोनों ने ही अपना शरीर–दान कर दिया है। हमारे बाद, वह यहाँ के किसी अस्पताल की सम्पत्ति हो जाएगा। वे उसके साथ जो करना चाहेंगे, करेंगे।"

मैंने बात को दूसरा मोड़ दिया, "ऐसा नहीं है कि मैं अपने देश के दोषों से परिचित नहीं हूँ; किन्तु यहाँ के रंग में रंगे आधे अमरीकी बन चुके भारतीयों के मुख से अपने देश की निन्दा नहीं सुनना चाहता। कहने को वे अब भी स्वयं को भारतीय कहते हैं। इसलिए मानते हैं कि भारत को गालियाँ देने का उनको पूरा अधिकार है। मैं इस बात से इनकार भी नहीं कर सकता कि वे आधे–अधूरे भारतीय हैं; किन्तु मेरी समझ से वे भारत माता की सौतेली सन्तानें हैं।"

***

अगली सुबह गीतू ने रसोई में कुछ बनाया, अपना नाश्ता लिया और काम पर चली गयी।

नीरा ने अर्णव को आवाज़ दी, "व्हाट विल यू हैव इन ब्रेकफास्ट?"

वह तो कह रही थी कि वह बच्चे से हिन्दी में संवाद करती है; किन्तु यह तो हिन्दी नहीं है। या शायद वे लोग इसी को हिन्दी मानते हैं।... मुझे समस्या की जड़ यहीं दिखायी देती थी। सारे भारतीय कहते थे कि वे अपने बच्चों से हिन्दी में बातें करते हैं पर बच्चा हिन्दी नहीं बोलता। चीनियों की पाँच–पाँच पीढ़ियाँ यहाँ रहकर भी चीनी बोलती ही नहीं, लिखती और पढ़ती भी हैं। उनके बच्चे दिन में अमरीकी स्कूल में जाते हैं और सन्ध्या समय चीनी स्कूल में। तभी तो वे अपनी भाषा को बचाए हुए हैं। भारतीय ऊपर से जो मन आये कहते रहें; किन्तु वे मन–ही–मन चाहते हैं कि उनके बच्चे अमरीकियों से अच्छी अंग्रेज़ी बोलें। ...लन्दन में रहने वाली मेरी साली के बच्चे जो अंग्रेज़ी बोलते हैं, वह गली–मुहल्ले की विकृत अंग्रेज़ी है, जो मेरी समझ में नहीं आती। उनसे पूछो कि वे पढ़े–लिखे लोगों की अंग्रेज़ी क्यों नहीं बोलते तो उनका उत्तर होता है, "ओ दैट पोश इंग्लिश।" उस उत्तर में छिपी घृणा अंग्रेज़ों के कलेजे भी छलनी कर देगी। ...कहाँ से सीखी वह अंग्रेज़ी? पढ़–लिख कर तो नहीं सीखी।...

"ब्रेड एंड बटर दिद्दा।" अर्णव ने कहा।

"नो अर्णव। नो ब्रेड एंड बटर।"

मेरी समझ में नहीं आया कि माजरा क्या था। बच्चे से पूछा गया कि वह क्या लेगा। उसने बता दिया है। अब उसे मना क्यों किया जा रहा है।

"क्यों मना कर रही हो?" मैंने पूछा।

"रोज़ मक्खन खाएगा तो मोटा हो जाएगा।"

मैंने अर्णव की ओर देखा : मुझे तो वह कहीं से मोटा दिखायी नहीं दिया। सुकड़ू–सा बच्चा था। मक्खन–रोटी खा कर कहाँ से मोटा हो जाएगा।

"हमारे कृष्ण–कन्हैया तो इतना मक्खन खाते थे। वे तो मोटे नहीं हुए।"

"वे अमरीका का मक्खन नहीं खाते थे। वृन्दावन का मक्खन खाते थे।"

"तो इसका अर्थ है कि अमरीका का मक्खन शक्ति नहीं, मोटापा देता है। और मोटापा एक रोग है। इसीलिए यहाँ लोग इतने मोटे हैं और अस्वस्थ हैं।"

"मैं मोटी हूँ न।" नीरा ने कहा, "यह भी मुझ पर चला गया तो मोटा नहीं होगा?"

कण्व मोटा नहीं है। गीतू मोटी नहीं है। तो यह कहाँ से मोटा हो जाएगा। ...पर नीरा से विवाद करने का कोई लाभ नहीं था। अरस्तू के समान उसका भी अपना तर्कशास्त्र था। वैसे भी यह अमरीका था। यहाँ के नये–नये तौर तरीके थे। मुझे वर्मा साहब याद आ गये, जो अंडे की ज़र्दी निकाल कर फेंक देते थे।

"मिठाई खाओगे? विल यू हैव मिठाई?" अमृता ने पूछा।

मैं डर गया। यह अमृता ने क्या छेड़ दिया। वे उसे टोस्ट–मक्खन नहीं खाने दे रहे थे और यह उसे सोन पापड़ी खिला रही थी।

"ओह येस मिठाई।" अर्णव प्रसन्न हो गया।

मैंने नीरा को देखा : वह कुछ नहीं बोली। ...किन्तु उसके चेहरे पर प्रसन्नता के भाव नहीं थे। स्पष्ट था कि उसे यह पसन्द नहीं था; किन्तु अपनी जेठानी का विरोध नहीं करना चाहती थी। घर आये मेहमान से क्या लड़ना।

जाने क्यों मेरा ध्यान फिर से कण्व की ओर चला गया : उसका कहना था कि उसने अपने पुत्र को "अमरीकी नागरिकता दी है।" कितना महान काम किया है...उसका ध्यान इस ओर नहीं जाता कि उसने उस बच्चे से क्या–क्या छीन लिया है। किन–किन चीज़ों से वंचित किया है। वह अपने पिता और अपना नाम भी शुद्ध नहीं बोल पाएगा। उसकी अंग्रेज़ी उसे 'ण' नहीं बोलने देगी। कण्व ने उसे उसकी सहस्रों वर्षों की उन सारी परम्पराओं से, उस सारे उत्तराधिकार से वंचित कर दिया है, जिनमें उसने जन्म लिया है। जिस परिवार, वंश, देश, परम्परा और संस्कृति में जन्म लिया। जो उसे सरकार से नहीं ईश्वर से प्राप्त हुआ था, कण्व ने उससे वह सब कुछ छीन लिया था।

मेरे सामने स्वामी विवेकानन्द, शिकागो की धर्म संसद में खड़े थे : उनका चेहरा आवेश से धधक रहा था। उन्होंने अपने सामने बैठे उन सारे श्रोताओं का सिंहावलोकन किया। लोगों की दृष्टि जैसे बँध गयी थी। ऐसा सन्नाटा छाया था जैसे आँधी आने वाली हो। सारा हॉल निःस्पन्द था।...

"मेरे अमरीकी भाइयो और बहनो!"

उनका वह सम्बोधन हॉल में जैसे विद्युत की धारा के समान बह गया। सारा हॉल तालियों की गड़गड़ाहट से गूँज उठा। लोग अपने स्थानों पर उठ कर खड़े हो गये। सुन्दरी युवतियाँ, फ़र्श पर स्थान न मिलने के कारण बेंचों पर चलती हुई स्वामी की ओर बढ़ती दिखायी दीं।

अध्यक्षद्वय—बॉनी और कार्डिनल—चकित हो कर एक—दूसरे की ओर देखते रह गये...यह क्या हुआ है...

स्वामी अकबका से गये। वे दो क्षणों तक आगे बोलने का प्रयत्न करते रहे किन्तु उस कोलाहल में कुछ भी बोलना सम्भव नहीं था। क्रमशः तालियाँ कुछ मन्द पड़ीं तो स्वामी ने बोलना आरम्भ किया :

''जिस सौहार्द और स्नेह से आपने हम लोगों का स्वागत किया है, उससे मेरा हृदय अकथनीय आह्लाद से भर उठा है। ...गौतम जिसके एक सदस्य मात्र थे, संसार की उस प्राचीनतम ऋषि परम्परा की ओर से, मैं आप सबका धन्यवाद करता हूँ। जैन और बौद्ध मत जिसकी शाखाएँ मात्र हैं, संसार के धर्मों की उस जननी की ओर से, मैं आपके प्रति आभार प्रकट करता हूँ। ...और सारी जातियों और सम्प्रदायों के करोड़ों हिन्दुओं की ओर से मैं आपके प्रति कृतज्ञता प्रकट करता हूँ।

''मुझे उस धर्म से सम्बन्धित होने का गर्व प्राप्त है, जिसने संसार को सहिष्णुता और सहनशीलता का पाठ पढ़ाया है। हम न केवल संसार में सबके प्रति सहिष्णुता में विश्वास करते हैं, वरन् सारे धर्मों को सत्य मानते हैं। मैं आपको यह बताते हुए गर्व का अनुभव कर रहा हूँ कि मेरा सम्बन्ध उस धर्म से है, जिसकी पवित्र भाषा संस्कृत में अंग्रेज़ी के शब्द 'एक्लूज़न' का अनुवाद ही नहीं हो सकता।''

हॉल में ज़ोर की तालियों की गर्जना देर तक होती रही। कोलाहल कुछ कम हुआ तो स्वामी पुनः बोले, ''मुझे उस राष्ट्र का सदस्य होने का गर्व है, जिसने संसार के सारे धर्मों और देशों के उत्पीड़ित और निराश्रित लोगों को अपने यहाँ आश्रय दिया है। आपको यह बताते हुए मुझे गर्व का अनुभव हो रहा है कि हमने इसरालियों के पवित्र अवशेषों को अपने हृदय में छिपा कर रखा है। वे उस समय हमारे पास आये थे, जब रोमन अत्याचारियों ने उनके पवित्र मन्दिर को ध्वस्त किया था। मुझे उस धर्म से सम्बन्धित होने का गर्व है, जिसने महान् ज़ोरोस्त्रियन राष्ट्र के अवशेषों को आश्रय दिया और आज भी उनका पालन कर रहा है।

''भाइयों मैं आपके सम्मुख एक स्तोत्र की कुछ पंक्तियाँ उद्धृत कर रहा हूँ, जिसका प्रत्येक हिन्दू बालक प्रतिदिन उच्चारण करता है। मैं अनुभव करता हूँ कि इस स्तोत्र, जिसका मैं अपने शैशव से आज तक जप करता आया हूँ, जिसका भारत में करोड़ों करोड़ लोग, नित्य जप करते हैं, आज जिसकी आत्मा अन्ततः साकार हो गयी है : विभिन्न स्रोतों से निकल कर,

अन्ततः समुद्र में मिलने वाली नदियों के समान, 'हे प्रभो! भिन्न–भिन्न रुचि के अनुसार, विभिन्न कुटिल अथवा सरल मार्गों से जाने वाले लोग, अन्त में आकर तुझमें ही मिल जाते हैं।'

"यह सभा, जो संसार की आज तक की सर्वश्रेष्ठ सभाओं में से एक है, अपने आपमें एक संकेत है, गीता में प्रचारित उस अद्‌भुत उपदेश की घोषणा है : 'हे अर्जुन, जो भक्त मुझे जिस प्रकार भजते हैं, मैं भी उनको उसी प्रकार भजता हूँ। क्योंकि सभी मनुष्य सब प्रकार से मेरे ही मार्ग का अनुसरण करते हैं।'

"साम्प्रदायिकता, धर्मान्धता, और उनकी भयंकर सन्तान कट्टरवादिता, इस संसार पर बहुत राज्य कर चुकीं। उन्होंने पृथ्वी पर हिंसा का तांडव किया है, संसार पर रक्त की वर्षा की है, सभ्यताओं का नाश किया है, और राष्ट्रों को हताशा के सागर में डुबोया है। किन्तु अब उनका अन्तकाल आ गया है और मैं पूरी निष्ठा से विश्वास करता हूँ कि आज प्रातः संसार के विभिन्न धर्मों के प्रतिनिधियों के सम्मान में जो घंटध्वनि हुई थी, वह कट्टरता की मृत्यु की घोषणा थी। वह खड्‌ग अथवा लेखनी से किये जाने वाले सारे अत्याचारों के लिए, और विभिन्न मार्गों से एक ही लक्ष्य की ओर जाते हुए भाइयों के मध्य वर्तमान कठोर भावों की मृत्यु की घोषणा थी।..."

विवेकानन्द जिस पर गर्व कर रहे थे, कण्व उसे त्याज्य मान रहा था। कण्व को अपने उस गौरवपूर्ण इतिहास का पता भी नहीं लग पाएगा और अमरीका अपना कलुषित इतिहास उन्हें कभी पढ़ाएगा ही नहीं। शायद स्वामी विवेकानन्द का नाम ही कभी उसके कानों में न पड़े।

***

अर्णव के स्कूल के बहाने अमरीका के स्कूलों की बात चली तो नीरा ने बताया, "यहाँ के टीचर बड़े स्मार्ट होते हैं, जैसे हमारे बाऊ जी थे।"

मैं चकित–सा बैठा सोचता रहा कि वह अपने बाऊ जी को किस कोण से स्मार्ट कह रही है। मैं उनके जीवनकाल में कई बार उनसे मिला था। बेचारे सीधे–सादे आदमी थे। चेहरे से, कपड़ों से, बातों से, ज्ञान से, किसी भी प्रकार कभी असाधारण और स्मार्ट नहीं लगे मुझे।

"टीचर तो हमारे भी बहुत स्मार्ट थे जमशेदपुर में।"

"क्या स्मार्ट थे।" वह तुनक कर बोली, "धोती–कुर्ते में भी कभी कोई स्मार्ट लगा है। हमारे बाऊ जी भी अध्यापक थे, जांबिया के शानदार अध्यापक। टाई बाँधते थे, सूट पहनते थे। इंडिया के फटीचर टीचरों के समान नहीं..."

मैं सोच रहा था कि यदि उससे पूछा जाए कि इंडिया के अध्यापकों को भी टाई बँधवा दी जाए, तो?... मेरे मन में पंजाब की पिछली पीढ़ी के कई चित्र घूम गये। लोग सलवार–कमीज़ और कुल्ले वाली पगड़ी के साथ भी टाई बाँधने लगे थे। अंग्रेज़ों के लिए टाई बाँधने के कई कारण थे। ठंडा देश होने के कारण टाई उन्हें कई प्रकार के कष्टों से बचाती थी। ईसाई धर्म के अनुयायी होने के कारण टाई उन्हें क्रास पर चढ़े ईसा का स्मरण कराती थी। भारत में उसका क्या काम? जांबिया जैसे गर्म देश में उसका क्या काम? किन्तु नीरा की कसौटी ही कुछ और थी। वे अध्यापक थे तो क्या हुआ, उसके बाऊ जी थे....

***

दोपहर के भोजन से पहले ही कण्व लौट आया था। वह हमसे ढंग से मिला और अपनी यात्रा का संक्षिप्त–सा विवरण दे कर बोला, "ताया जी, मैं नहा–धोकर अपने ऑफ़िस जाऊँगा। यहाँ मेरी अनुपस्थिति में बहुत सारा काम जमा हो गया है। कुछ तो आज निबटा ही दूँ।"

"और खाना?" मैंने पूछा।

"ऑफ़िस में ही कुछ खा लूँगा।"

"क्यों?" नीरा ने कहा, "गीतू प्रातः ही खाना तैयार कर गयी है। तुम नहा कर आओ, मैं खाना लगाती हूँ।"

उसने नहा कर आने में सचमुच देर नहीं लगायी। इतनी देर में नीरा ने खाना मेज़ पर लगा दिया था।

"आप लोग?" उसने हमारी ओर देखा।

"तुम खाओ।" अजित ने कहा, "तुम्हें जल्दी है। हम आराम से खाएँगे। हाबड़–ताबड़ में खाने का क्या मज़ा।"

उसने खड़े–खड़े ही दो फुल्के खाए और हाथ धो कर जाने को तैयार हो गया।

जाने क्या हुआ, उसी समय बिजली चली गयी।

"यह क्या हुआ?" अजित के मुँह से निकला।

"लो बिजली चली गयी, 'इंडिया' के समान। हम गाँव में रहते हैं क्या। इससे तो फलशिंग में ही अच्छे थे। वहाँ ऐसा कभी नहीं हुआ था।" कण्व बोला।

मुझसे भी चुप नहीं रहा गया।

"बिजली गयी, न्यूयॉर्क के लौंग आइलैंड में; किन्तु गाली भारत को ही दी जाएगी।"

कण्व ने कुछ नहीं कहा। शायद अपने कथन में उसे कोई दोष नहीं लगा था। वह फ्यूज़ देखने चला गया।

"इसमें भारत को गाली देने की बात कहाँ से आ गयी?" अजित ने मेरी ओर देखा।

"उसने कहा नहीं, 'इंडिया के समान'।' मैंने कहा, "यह जोड़ना आवश्यक था क्या। तथ्य यह है कि अमरीका में बिजली गयी है। उसी को स्वीकार क्यों नहीं कर लेते? भारत को कलंकित करने के लिए, बीच में क्यों घसीटते हो?"

"यार, तुम ज़रा–सी बात से चिढ़ जाते हो।"

"तुम लोगों के मन में भारत के लिए जो विष भरा पड़ा है, उसे देख कर चिढ़ता हूँ। तुम लोग भारत की चर्चा छोड़ो और अमरीका के गुण गाओ, मैं कुछ नहीं कहूँगा।"

"भाई साहब, इसमें चिढ़ने की क्या बात है।" नीरा बीच में बोल पड़ी, "क्या यह सच नहीं है कि इंडिया में तो रातभर बर्तन सिंक में सड़ते रहते हैं। मार्निंग में एक गन्दी–सी बाई आकर उन्हें गन्दे–मन्दे धोती है और एक गन्दे से कपड़े से उन्हें पोंछ जाती है।"

मेरे मन के आवेश ने मुझे चुप नहीं रहने दिया, "तुम भी बर्तनों को डिशवाशर में न डालो तो तुम्हारे बर्तन भी रातभर सड़ते रहेंगे। और हमारे घर में बर्तन सिंक में नहीं सड़ते। जूठे बर्तन तत्काल साफ़ किये जाते हैं।"

"आपके घर में फुलटाइम सर्वेंट है न, इसलिए।"

"तुम्हारा यह डिशवाशर भी तो फुलटाइम सर्वेंट ही है।" मैं बोला, "उसी समय धोकर बर्तनों को उसमें लगाते हो, नहीं तो वे भी सुबह तक सड़ें। पहले धोते हो, फिर मशीन में लगाते हो। दुनियाभर का पानी बहाते हो। फिर उन्हें सुखा कर पोंछते हो।"

"यहाँ फुलटाइम सर्वेंट नहीं मिलता।" उसका मुँह लाल हो गया था।

"पैसे दो तो यहाँ भी मिलता है और यदि नहीं मिलता तो उस पर इतना गर्व करने और भारत की निन्दा करने की क्या बात है।"

"यहाँ के लोगों को काम करने की आदत है। परिश्रमी हैं यहाँ के लोग। लम्बी उम्र तक काम करते हैं।"

"अभी दो पीढ़ियाँ पहले तो यहाँ भी अफ्रीका से ला–ला कर 'मनुष्यों' को पशुओं के समान बेचा जाता था और दासों के समान रखा जाता था। अब वे स्वतन्त्र हो गये हैं। तो भारत दोषी हो गया?"

नीरा कुछ कहने को थी कि अजित बोल पड़ा, "बहस मत करो नीरा।"

उधर से कण्व आ गया था।

"मैंने गाड़ी ड्राइव करनी छोड़ दी है कण्व। तुम्हारे पापा अब तक चलाते हैं और अभी कई वर्ष चलाएँगे। क्यों?" मैंने कहा।

"आपका क्या है। आपको वहाँ ड्राइवर मिल जाता है न। यहाँ मिले तो पापा तो क्या, मैं भी ड्राइव न करूँ।" उसने टेढ़ी आँखों से अपनी माँ को देखा, "माँ नहीं चलाती हैं। उनके पास ड्राइवर है।"

"चल भाग।" नीरा ने उसे धमकाया।

मुझे वह कृषक हाट याद आ गया : तब हम हर्ष के घर पर थे और वह हमें नायाग्रा दिखाने ले जा रहा था। रास्ते में हम एक कृषक हाट में नाश्ते के लिए रुके थे।

एक वृद्ध महिला कागज़ पेंसिल लिए हुए ऑर्डर लेने आयी।

मैंने उसे देखा। निश्चित रूप से अब उसकी काम करने की अवस्था नहीं थी। बेचारी प्रयत्नपूर्वक स्वयं को धकेल रही थी। हमने ऑर्डर दे दिया। वह चली गयी। इस बार आयी तो कॉफ़ी की केतली ले कर आयी थी। मुझे लगा कि केतली सँभालने के लिए उसे प्रयत्न करना पड़ रहा है। हाथ में कुछ कम्पन भी था। यदि वह अतिरिक्त रूप से सावधान न रहती तो केतली उसके हाथ से गिर सकती थी।

मुझे उस पर दया आ रही थी।

हमसे चौथे मेज़ पर कुछ प्रौढ़ाएँ बैठी नाश्ता कर रही थीं। युवतियाँ वे भी नहीं थीं किन्तु उतनी वृद्धाएँ भी नहीं थीं। वे बड़ी मौज में लग रही थीं। खा रही थीं और ठहाके लगा रही थीं। बोलतीं तो उनका स्वर प्रसन्नता के आवेश में कुछ ऊँचा उठ जाता था। ऐसे ही हम अपने कॉलेज के दिनों में तफरीह के लिए जाया करते थे।

मेरी दृष्टि फिर उस वृद्धा पर जा टिकी, "लगता है इस बेचारी का कोई नहीं है। इस अवस्था में भी उसे नौकरी करनी पड़ रही है।"

स्नेहा ने उसे देखा।

"मुझे यहाँ के लोगों की यही बात अच्छी लगती है। वे वृद्धावस्था में भी काम करते हैं। जितनी देर तक कर सकते हैं, करते हैं। इंडिया में लोग बहुत जल्दी जीना छोड़ देते हैं।" वह बोली।

"एक बात पूछूँ स्नेहा?"

"पूछिए।"

"यदि कभी तुम्हारी माँ यहाँ आएँ तो तुम क्या देखना चाहोगी?"

"क्या मतलब?"

"मेरी माँ आएँ तो मैं चाहूँगा कि वे उन प्रौढ़ महिलाओं के समान अपनी सहेलियों के साथ ग्राहक के समान बैठें, अपनी मनपसन्द चीज़ों का ऑर्डर करें और हँसती–मुस्कराती, गप्पें मारती, खाने का आनन्द लें।" मैंने उसकी ओर देखा, "मैं यह कभी नहीं चाहूँगा कि वे ऑर्डर लेने वाली उस वृद्ध महिला के समान अपने सामर्थ्य से भारी चीज़ उठा कर प्रत्येक टेबल पर ग्राहकों को पहुँचाएँ और अपनी काँपती टाँगों पर खड़ी होकर नौकरी करें।"

"वह तो मैं भी नहीं चाहूँगी।" वह बोली।

"तो तुम प्रशंसा किस बात की कर रही हो?" मैं बोला, "देख नहीं रही हो कि वह मजबूरी में नौकरी कर रही है, क्योंकि उसके पास और कोई उपाय नहीं है। लम्बी उम्र तक काम करने का यह अर्थ नहीं है। तुम यहाँ के लोगों की बाध्यता को उनका गुण बता रही हो।"

उसने कुछ नहीं कहा।

"मैं राहुल की माता जी से मिलने के लिए उनके ओल्ड होम गया था। वहाँ सब बूढ़े और असहाय लोग थे। किन्तु एक पुरुष जो शायद उतना बूढ़ा नहीं था या बूढ़ा हो कर भी असमर्थ नहीं था, अपने सहवासियों की सेवा कर रहा था। वह उसकी नौकरी नहीं थी। वह उसकी बाध्यता नहीं थी। वह भी कुर्सी पर बैठ कर ओल्ड होम के सदस्यों के समान आराम से सारी सेवाएँ ले सकता था, किन्तु उसमें काम करने की उमंग थी, अतः वह काम कर रहा था। यह वृद्धा बाध्य है, असमर्थ है और कष्ट में है।"

"आप ठीक कह रहे हैं।" स्नेहा ने विवाद नहीं किया।

मैं फिर से अजित के पास लौट आया। वह मुझसे ढाई वर्ष छोटा था;

किन्तु अब भी अंशकालिक (पार्ट टाइम) नौकरी कर रहा था। सप्ताह में तीन दिन कार्यालय जाता था। चार दिन घर के काम करता था। ...वह अपने परिवार की सेवा कर प्रसन्न था। उसने मुझे बताया था कि यह जो नया मकान ख़रीदा था, इसका सारा मूल्य चुकाने का दायित्व था। उसके लिए उसकी आय पर्याप्त थी। किन्तु वह चाहे भी तो नौकरी छोड़ नहीं सकता था और फिर छोड़ता भी क्यों। मुझे अपनी नौकरी से स्वैच्छिक अवकाश लिए हुए लगभग बीस वर्ष हो चुके थे। मैं नौकरी छोड़ चुका था किन्तु अपने मन से जितना काम करना चाहता था, करता था।... सुना था कि लेखक अपने जीवन के अन्तिम दिन तक काम करता है। मैं भी कर सका तो करूँगा...किन्तु बाध्यता कोई नहीं है; क्योंकि किसी से वेतन नहीं लेता हूँ।

"तुम्हें ऐसा क्यों लगता है कि हम लोग जान–बूझकर भारत की निन्दा करते हैं?" अजित ने मुझसे पूछा।

मैं उसकी ओर देखता रहा, "बता दूँ?"

"हाँ, बताइए।" नीरा ने कहा।

"तुम लोग हर्ष की उस सखी शीतल को जानते हो?"

"अच्छी तरह।"

"हम लोग हर्ष के साथ एक बार एक रेस्ट्रां में गये थे। उसने शीतल को भी बुला लिया था, ताकि वह हमसे मिल सके।" मैंने बताया, "वह अपनी माँ और बेटी के साथ आयी थी। वह तो पतलून पहनती ही थी, उसकी माँ, जो मुम्बई से आयी थी, वह भी पतलून पहने हुए थी। उस अवस्था की एक भारतीय या महाराष्ट्रिन महिला को उस रूप में, पतलून और चोटी के साथ देख कर मुझे कुछ अच्छा नहीं लगा; किन्तु जैसा देश, वैसा वेश।" मेरा मन लगातार यही प्रश्न पूछता रहा कि उसे माँ को पतलून ही पहनानी थी तो उसकी चोटी कटवा कर बाल छोटे क्यों नहीं करवा दिये? पर मुझे कोई अधिकार नहीं था कि मैं उनसे पूछता या उन्हें किसी बात के लिए टोकता। अमरीका में आकर लोग कुछ ज़्यादा ही स्वतन्त्र हो जाते हैं।

उसकी बेटी ने लँगोटी से भी छोटी एक चड्डी पहन रखी थी, जो उसकी कोमल जंघाओं में धँसी जा रही थी। निश्चित रूप से वह कोई सुखद परिधान नहीं था। बच्ची को जैसे रस्सियों में जकड़ दिया गया था। उसके मुख पर काले रंग से बिल्ली की सी मूँछें बनी हुई थीं।

"यह क्या है?"

"इसके स्कूल में एक शो था। वहाँ उसका ऐसा मेकअप हुआ था।"

"तो उसने मुँह धोया नहीं?"

"यहाँ शो के पश्चात् मुँह धोने का प्रचलन नहीं है। यह एक प्रकार का प्रचार है कि मैं स्कूल की गतिविधि में कितनी सक्रिय हूँ। लोगों को मालूम होना चाहिए कि बच्चे ने किसी शो में भाग लिया है।"

"यह खाना भी ऐसे ही खाएगी?"

"उसमें क्या बुराई है। खाना मुँह से खाना है, मूँछों से नहीं।"

कहने को तो मैं कह देता कि उसका मुँह गन्दा है। बिल्ली की सी मूँछों से लगता है कि चूहे खा कर आयी है। ...किन्तु मैंने कहा नहीं। अब मैं उसे क्या कहता। उसे न अपनी बूढ़ी माँ की पतलून के साथ बालों की चोटी में कोई बुराई लग रही थी, न बेटी की चड्डी में। अभी से समझा जा सकता था कि वह बच्ची बड़ी होकर कैसे कपड़े पहनेगी। शीतल अभी से उसे उसके लिए तैयार कर रही थी।

मैंने बच्ची से कुछ बात करनी चाही, किन्तु उसे हिन्दी एकदम समझ में नहीं आती थी और उसकी अंग्रेज़ी मेरी समझ में नहीं आती थी।

"यह हिन्दी नहीं समझती?" मैं पूछ ही बैठा।

"आई एम एन इंडियन बट माई डॉटर इज़ नॉट इंडियन।"

"क्यों?"

"क्योंकि वह अमरीका में पैदा हुई है। वह अमरीकी नागरिक है।"

"वह अमरीकी नागरिक है; किन्तु अमरीकी नहीं है। आज उसका अमरीकी पासपोर्ट फाड़ दिया जाए तो वह फिर से भारतीय हो जाएगी। उसके माता–पिता भारतीय हैं। उसका डी.एन.ए. भारतीय है। रक्त भारतीय है।"

"हम उसे नहीं मानते। व्यक्ति वही होता है, जो उसके पेपर्स कहते हैं।"

मैं समझ गया कि अमरीका में बहुत सारे ऐसे भारतीय माता–पिता हैं, जिनके बच्चे अमरीकी हैं। पता नहीं, मैं क्यों यह मानता था कि अमरीकी माता–पिता के बच्चे अमरीकी और भारतीय माता–पिता के बच्चे भारतीय होने चाहिए। किसी अन्य देश या प्रदेश में जन्म लेने से किसी की नस्ल तो नहीं बदल जाती।

"हाथ से मत खाओ।" शीतल की माँ अपनी दोहती को सिखा रही थी, "छुरी–काँटा किसलिए है।"

"भारत में तो हम लोग हाथ से ही खाते हैं।" मैंने कहा।

"भारत में तो लोग हाथों से ही खाना पकाते भी हैं।" वह जैसे तड़प कर बोलीं।

"तो?"

"उसमें कीटाणु होते हैं। वह खाना गन्दा होता है। उसे छूने का भी मन नहीं होता, खाए कौन।"

"सारे भारतीय खाते हैं।"

"तभी तो वहाँ इतनी बीमारियाँ हैं। सारे अस्पताल रोगियों से अटे पड़े हैं। लोगों के शरीर भी दुर्बल हैं।"

यह सब मुम्बई या पुणे या शायद कोल्हापुर से आयी हुई शीतल की माँ कह रही थी।

मैं उस बच्ची के भविष्य के विषय में सोच रहा था। तीन–तीन पीढ़ियों से लोग अपने बच्चों के मन में भारत के प्रति घृणा भर रहे थे। जिनके घर में अभी चम्मच ने भी प्रवेश नहीं किया था, वे हाथ से पकाने और हाथ से खाने से भोजन को विषाक्त मानने लगे थे। भारत के पक्ष में कहने के लिए एक भी बात उनके पास नहीं है। भारत का गौरव...जिसके लिए स्वामी विवेकानन्द ने संसार को हिला दिया, भारत का वह गौरव इनके लिए कोई अस्तित्व नहीं रखता था। शायद इनके लिए स्वामी विवेकानन्द ही कोई अस्तित्व नहीं रखते थे।

"आपको यह देश बहुत पसन्द है?" मैंने शीतल की माँ से पूछा।

"मुझे तो बहुत पसन्द है।"

"क्यों?"

"यहाँ मुम्बई के समान टूटी का पानी सूख नहीं जाता। सड़कों पर बड़े–बड़े गड्ढे नहीं हैं। चिकनी, मक्खन–सी मुलायम सड़कें।..."

मैं चुप हो गया। मैं उस नव–अमरीकी महिला को क्या बताता कि जब हम नायाग्रा गये थे तो उस विशाल और महँगे होटल में भी टूटी सूख गयी थी। हमारे ही स्नानागार में नहीं, सारे होटल में पानी नहीं था।"

"अरे, यह कब हुआ?" नीरा बोली, "एकदम असम्भव लगता है। अमरीका के होटल में पानी नहीं।"

"हाँ तुम्हें ही क्यों, अमरीका में बसे किसी भी भारतीय को इस पर विश्वास नहीं होगा। पर हमारे साथ तो हुआ।"

"क्या हुआ था?" कण्व ने पूछा, "आपके साथ यदि हुआ है तो अमरीकियों ने आपके साथ जान–बूझ कर शरारत की थी।"

"हाँ। शरारत तो मेरे साथ ही की थी; किन्तु वहाँ सैकड़ों अमरीकी भी उस शरारत की लपेट में आ गये थे।"

"हुआ क्या था?" अजित ने पुनः पूछा।

"पिछली बार जब मैं और अमृता अमरीका आये थे तो हर्ष के पास भी रहे थे। उसने हमें न्यूयॉर्क और फिलेडलफिया तो घुमाया ही था, नायाग्रा भी ले गया था।" मैंने बताया।

"फिर?" नीरा भी रुचि ले रही थी।

"स्नेहा ने यहीं से ऑन लाइन एक बड़े होटल में दो कमरे बुक कर लिए थे। भुगतान भी कर दिया था। हम लोग सन्ध्या समय वहाँ पहुँचे थे। घूमना–फिरना हुआ। उस ऊँचाई से तीन ओर से ऐसा पानी गिर रहा था कि प्रकृति के सामने नतमस्तक होने का मन हो आता था।... हम बरसातियाँ पहन कर उस नाव में भी गये, जो तीन ओर से गिरते हुए पानी के मध्य ले जाती थी। गये तो इसलिए थे कि वह सब कुछ निकट से देखेंगे; किन्तु वहाँ पानी की ऐसी बौछार थी और उसके कारण ऐसी धुन्ध बन रही थी कि कुछ देखना ही सम्भव नहीं था। लौट आये।" हर्ष ने कहा, "मासड़ जी, कनाडा की ओर से यह दृश्य और भी सुन्दर लगता है।"

"क्यों मुसीबत को आमन्त्रित कर रहे हो।" मैंने कहा।

"क्या मतलब?"

"यदि कनाडा की ओर से अधिक सुन्दर है तो उधर से दिखा दे भाई। कनाडा का वीज़ा ले, टिकट ले और उधर ले चल।"

"ओह हाँ! चलिए अगली बार सही।"

हम होटल में आकर खाना खा कर थके–थकाए सो गये। प्रातः उठ कर मैं शौच के लिए गया तो वहाँ नल में केवल गरम पानी था। कुछ समझ में नहीं आया। फिर भी सोचा शायद अभी ठीक हो जाएगा। उस पानी से नहाना तो कठिन था। मुँह–हाथ धो कर निकल आया।

उधर से हर्ष आ गया, "आपके बाथरूम में पानी है क्या? हमारे नल तो सूखे पड़े हैं।"

"रिसेप्शन को फ़ोन करो।" अमृता ने कहा।

"किया था। कहते हैं कि प्रबन्ध कर रहे हैं। पर हमें तो जल्दी है। उनके प्रबन्ध तक कौन रुके।"

अमृता बाथरूम से हो आयी थी। "वहाँ तो पानी ही नहीं है। न गर्म न ठंडा।"

"ओह! चलो नीचे।"

हम चारों नीचे आ गये। वहाँ पहले से ही भीड़ लगी हुई थी और लोग चिल्ला रहे थे। उनके शौचालयों में पानी नहीं था। पता चला कि सारे होटल में ही पानी नहीं है। काउंटर पर खड़ा व्यक्ति बौखलाया हुआ था। कभी कहता था कि वह प्लम्बर को फ़ोन कर रहा है और कभी मैनेजर का नम्बर खोजने लगता था। कर वह कुछ भी नहीं रहा था।

"हमारे पैसे लौटाओ।" स्नेहा ने कहा।

"आई कांट डू दैट।" और सहसा उसे कुछ स्मरण हो आया, "आई कैन गिव यू टैन पर्सेंट डिस्काउंट।"

"गिव इट।"

"यह क्या बकवास है।" हर्ष बीच में आ गया, "सारे पैसे वापस करो।"

"हर्ष।" स्नेहा ने कहा, "दस पर्सेंट ले लो। नहीं तो कुछ भी नहीं मिलेगा।"

"मिलेगा कैसे नहीं।" हर्ष क्रोध में था, "मैं घर पहुँचकर इनकी रिपोर्ट करूँगा और एजेंसी से सारे पैसे वापस लूँगा।"

"यह कुछ नहीं करेगा और फिर रिफंड क्लेम करने के लिए मेरी जान खाएगा।"

कोलाहल होता रहा; किन्तु बात कुछ नहीं बन रही थी।

"यू आर वेस्टिंग आवर टाइम।" अन्त में मैंने कहा।

अमरीकी रिसेप्शनिस्ट बिगड़ गया, "वेस्टिंग? योर टाइम?"

"येस। माई टाइम।"

"फिर हुआ क्या?" नीरा ने पूछा।

"होना क्या था। नायाग्रा का पानी झरने में बहता रहा। बाथरूम सूखा ही रहा। हमारे पैसे होटल के पास ही रहे। हमें कुछ नहीं मिला। और हर्ष तथा स्नेहा परस्पर लड़ते रहे।" मैंने बताया, "हमें एडिसन के मार्ग में पड़ने वाले डॉ. राम चौधरी के घर पहुँचना था। हमारा दोपहर का भोजन उनके यहाँ था। अतः हम सामान लाद कर चल पड़े।"

27

हमारी टिकटें दिल्ली से न्यूयॉर्क होते हुए, सियैटल की थीं। इसलिए कभी ध्यान ही नहीं दिया कि न्यूयॉर्क से सियैटल की उड़ान प्रातः कितने

बजे की है। वैसे भी टिकटें विभु ने कराई थीं। हमारी इस यात्रा में एक विचित्रता और भी थी। हम अन्तर्राष्ट्रीय यात्री थे और यह उड़ान अमरीका से आरम्भ होकर अमरीका में ही समाप्त होने के कारण उनकी घरेलू उड़ान थी। यदि वे हमें भी घरेलू यात्री मानेंगे तो हमें सामान के भार को ले कर बहुत समस्या होगी। खाने–पीने को ले कर भी ऐसा लगता नहीं था कि वे हमें अन्तर्राष्ट्रीय उड़ान के यात्री मान खाने को कुछ निःशुल्क देंगे। सामान के विषय में पता करने के लिए मैंने कण्व से कहा। उसने एयरलाइन को फ़ोन कर पता लगा लिया कि हम अन्तर्राष्ट्रीय यात्री के रूप में 36 किलोग्राम सामान प्रतिव्यक्ति ले जा सकेंगे। किन्तु खाने के विषय में न मैंने कहा, न उसने पूछा।

अब हमारी यात्रा का अन्तिम चरण था। हम विभु को अपनी गृहस्थी में बसता हुआ देखना चाहते थे। बहू चाहे अमरीकी थी किन्तु थी तो बहू ही, उसे भी नये घर में स्थापित होते देखना था। कुछ दिन उनके साथ रह कर आत्मीय होने का प्रयत्न भी करना था।

टिकटें देखीं तो पता चला उड़ान प्रातः सात बजे की थी। इसका अर्थ था, हमें पाँच बजे विमानपत्तन पर पहुँचना था। चार बजे घर से चलना था। तीन बजे उठ कर घंटे भर में तैयार होना था। मैं जानता था कि मुझे तो रातभर नींद नहीं आएगी। पर अजित के लिए यह परेशानी का कारण था। उसने मुझे कहा कि मैं विभु को फ़ोन करूँ कि वह टिकटों में कुछ परिवर्तन करा दे। उड़ान को आगे बढ़ा दे।

विभु का उत्तर आया कि उसमें दो टिकटों के बीस हज़ार भारतीय रुपये लग जाएँगे। क्या मैं दो घंटे देर से उठने का मूल्य बीस हज़ार रुपये चुकाना चाहूँगा?

अजित भुनभुनाता तो रहा; किन्तु उसने मुझे उसके लिए बाध्य नहीं किया। सारा काम हड़बड़ी में हुआ इसलिए प्रातः कुछ खाना भी है, इस ओर ध्यान ही नहीं गया। ...कण्व ने वेब–चैक कर हमारे बोर्डिंग पास हमें थमा दिये। पर सामान तो जमा कराना ही था। ...विमानपत्तन में जहाँ अजित ने हमें उतारा, वहीं एयरलाइन का सामान लेने का अतिरिक्त काउंटर लगा हुआ था। इससे अधिक सुविधा और क्या होती।

एक लड़की और एक लड़का टहल रहे थे। वे मेरी ओर बढ़े। मैंने अपना बोर्डिंग पास उन्हें दिखाया। लड़की ने उन पर एक उचटती–सी नज़र डाली और बोली, "इट डज़ नॉट मेक एनी सेंस टू मी।"

मैं हक्का–बक्का खड़ा रह गया, "वॉट डज़ नॉट मेक सेंस टू यू?"

"योर टिकट, चेंज्ड एयरलाइन एंड योर लगेज।"

"मैं जानता था कि यही सब होना है।" मैं मन–ही–मन बोला, "बिना परेशानी के यात्रा हो जाए तो यात्रा ही क्या।"

मैं काउंटर पर बैठी महिला की ओर बढ़ गया और वह लड़की उस लड़के के साथ सैर करने चल दी। महिला ने कम्प्यूटर में कुछ देखा और साथ खड़े व्यक्ति से बोली, "टेक हिज़ लगेज।"

काउंटर पर खड़े व्यक्ति ने मुझसे सामान ले लिया। वह उन पर चेपियाँ लगाता रहा और फिर मुझे समझाने लगा कि वहाँ से सामान अन्दर ले जाने में कितना कष्ट करना पड़ता है। परिश्रम का काम है। हाथ टूट जाते हैं और पसीना चूने लगता है...

मेरी समझ में कुछ नहीं आ रहा था। आखिर एयरलाइन ने वहाँ काउंटर लगाया ही क्यों था? पहले वह लड़की और अब ये चेपियों वाला व्यक्ति। कष्ट क्या होता है? ट्रॉली पर सामान लादा जाता है; और गन्तव्य तक ले जाया जाता है। और यदि कष्ट होता भी है तो मैं क्या कर सकता हूँ। वह अपनी एयरलाइन से वेतन लेता है और उसका काम करता है। उनके बीच में मैं कहाँ से आ गया। वह मुझे अपनी व्यथा–कथा क्यों सुना रहा है...

मैं उससे उलझा हुआ ही था कि अजित गाड़ी पार्क कर के आ गया।

उसने बिना कोई बात कहे या सुने, पाँच डालर उस व्यथित व्यक्ति के हाथ में पकड़ा दिये। उसका कष्ट–निवारण हो गया और वह एक मुस्कान और धन्यवाद के साथ दफा हो गया।

मैं अजित की ओर मुड़ा, "यह क्या?"

वह बोला, "यार कुछ समझा करो। अमरीका है तो क्या हुआ। मनुष्य तो मनुष्य ही है।"

"अब तक तो तुम लोग कहते थे, अमरीका में देवता ही बसते हैं, ऐसे रिश्वत माँगने वाले भारत में ही हैं।"

"यह रिश्वत नहीं, टिप है। बख्शीश।"

***

विमान उड़ा तो हमको अनुभव हुआ कि हम विमानपत्तन की उन सारी

बाधाओं की भीड़ तथा औपचारिकताओं को पार कर आये हैं; अमरीकी सुरक्षा जाँच भी पूरी कर आये हैं।... और अब छह–सात घंटों में हम सियैटल पहुँच जाएँगे। विभु आया ही होगा। वहाँ की समस्याएँ वह झेलेगा।

"ठीक हो?" मैंने अमृता की ओर देखा।

"हमसे एक बड़ी भूल हुई।"

"क्या हुआ?"

"हमें खाने के लिए कुछ साथ लाना चाहिए था। नीरा और गीतू को भी ध्यान नहीं रहा।" वह बोली, "प्रातः तीन बजे के उठे हुए हैं। अभी थोड़ी देर में ही भूख लगने लगेगी।"

"तो ये लोग कुछ नहीं देंगे क्या?"

"यह डोमेस्टिक फ्लाइट है। दे भी देंगे तो मूँगफली के कुछ दाने देंगे।"

"पर हम तो इंटरनेशनल पैसेंजर हैं। उन्होंने हमारा सामान ले लिया या नहीं।"

वह कुछ नहीं बोली। बस खाद्य पदार्थ सूची को खँगालती रही।

एयर होस्टेस आयी।

"कॉफ़ी।"

उसने कॉफ़ी दे दी। इससे उत्साहित होकर हमने सूची में से एक पदार्थ का चित्र उसके सामने कर दिया।

उसने रसीदबुक निकाली, "सेवेन डॉलर्स।"

"वी आर इंटरनेशनल पैसेंजर्स।" मैंने कुछ साहस किया।

"बट दिस इज़ ए डोमेस्टिक फ्लाइट।" वह बोली, "सेवेन डॉलर्स।"

मैंने अपना बटुआ निकाला।

"वी डोंट एक्सेप्ट कैश।" वह बोली, "कार्ड ओनली।"

"बट आई डोंट हैव एनी कार्ड।"

"स्ट्रेंज। आयम सॉरी।"

"टेक अवे द कॉफ़ी।"

"दैट इज़ कंप्लिमेंट्री।" वह चली गयी।

"यदि कॉफ़ी कंप्लिमेंट्री है तो इसके साथ कुछ और भी तो होगा।" अमृता ने कहा।

"तो वह उन्हें हमें बिना माँगे ही देना चाहिए न।"

हम दोनों एक–दूसरे का मुँह देख रहे थे। प्रश्न था, "अब क्या होगा? सियैटल तक भूखे ही जाना होगा?"

"कोई कहे कि वह कार्ड नहीं लेता, कैश लेता है, तो मेरी समझ में आता है। यह क्या औंधी खोपड़ी। कार्ड लेंगे। कैश नहीं लेंगे।..."

दूसरी ओर से एक लड़का आया। उन्हें एयरलाइन की भाषा में शायद फ्लाइट पर्सर कहते हैं।

हमारे पास थमा और बहुत मन्द स्वर में बोला, "क्या चाहिए?"

"आई डोंट हैव एनी कार्ड..." और मेरा ध्यान इस ओर गया कि वह हिन्दी बोल रहा था...

"क्या चाहिए?" वह पुनः बोला।

"सुबह का समय है। कुछ खाने को चाहिए और हमारे पास कोई कार्ड नहीं है।" इस बार मैं भी हिन्दी में बोला।

मैं समझ गया कि वह नहीं चाहता था कि आस–पास के लोग उसकी बात सुन सकें। वह यह भी चाहता था कि हम जान जाएँ कि वह भारतीय है और हमसे हिन्दी में बात करना चाहता है।

उसने दोहराया, "क्या चाहिए?"

"जो भी कंप्लिमेंट्री है दे दीजिए।"

वह चला गया।

इस बार लौट कर आया तो मुट्ठीभर छोटे–छोटे पैकेट हमारे सामने रख गया; और बिना कुछ कहे लौट गया।

हम प्रसन्न थे कि दिनभर एकदम भूखे तो नहीं रहना पड़ेगा। अभी हमने उसमें से कुछ खाया भी नहीं था कि वह फिर लौट आया! इस बार उसके हाथ में खाकी काग़ज़ का एक लिफ़ाफ़ा था, उसमें दो–तीन केले और एक सेब था! उसके साथ एक दही की डिबिया थी। इसका अर्थ था कि वह हमारे लिए रात तक के लिए खाद्य सामग्री ले आया था।

"जूस चाहिए?" उसने पूछा।

हम दोनों ने प्रसन्नता से सिर हिला दिया।

इस बार वह जूस लेकर आया।

"कुछ और चाहिए तो बताना।" उसने कहा और चला गया।

इस समय के लिए पर्याप्त हो गया था। फिर भी मन में कुछ और पाने का लोभ तो था ही। एक आश्वासन भी था कि यदि कुछ चाहिए होगा तो

मिल जाएगा। मुझे अब और कुछ नहीं चाहिए था; किन्तु एक कप कॉफ़ी की इच्छा तो कभी भी हो सकती थी।

वह लड़का फिर हमारे पास से गुज़रा और क्षणभर रुककर बोला, "आप गुजराती हैं? गुजराती बोल लेते हैं?"

हमें उसे निराश करना पड़ा, "नहीं भाई, हम न गुजराती हैं न गुजराती बोल सकते हैं।"

उसकी निराशा मैं समझ सकता था। सम्भवतः वह स्वयं गुजराती मूल का था। शायद अब तक वह हमें भी गुजराती समझ रहा था। मैं समझ रहा था यदि हम गुजराती बोल सकते, तो उसे प्रसन्नता होती। फिर भी भारतीय तो हम थे ही। शायद उससे भी उसे सुख मिला हो। उसके भीतर दबी भारतीयता को ऊष्मा मिली हो। तभी तो हमारी इतनी सेवा कर रहा था। पता नहीं उसे इसका अधिकार भी था या नहीं। सम्भव है कि वह नियम के विरुद्ध काम कर रहा हो। किन्तु हमारी विपत्ति तो उसने टाल ही दी थी।

बहुत देर से वह लड़का दिखायी नहीं पड़ा था।

जाने क्यों मुझे लग रहा था कि मेरे आस–पास के लोग उतरने की तैयारी में थे। फिर मुझे कुछ आवाज़ें इस प्रकार की सुनने को मिलीं कि डेनवर आने वाला है! यह लोग डेनवर में उतरने की तैयारी में थे।... किन्तु टिकट में तो इस प्रकार का कोई उल्लेख नहीं था कि यह विमान डेनवर में उतरेगा। सीधा सियैटल नहीं जाएगा। वह लड़का आ जाता तो मैं उससे पूछ लेता कि क्या यह विमान डेनवर में उतरेगा? वहाँ रुकेगा? हमें भी वहाँ उतरना है? विमान बदलना है?

मैं मन–ही–मन उलझता जा रहा था किन्तु कोई समाधान नहीं मिल रहा था। डेनवर में उतरने की घोषणा भी हो गयी थी। तभी पास से एक एयर होस्टेस निकली। वह जल्दी में थी, किन्तु मैंने उसका रास्ता रोक लिया, "एक्सयूज़ मी।"

"येस?"

"इज़ दिस प्लेन गोइंग फर्दर टू सियैटल?"

"आई विल फाइंड आउट एंड लेट यू नो।"

मैंने उसके लौटने की प्रतीक्षा नहीं की और दूसरी एयर होस्टेस से भी पूछा। उसने भी वही उत्तर दिया और चली गयी।

मैं अपने आपको समझा रहा था कि हम गलत विमान में नहीं बैठे हैं।

न्यूयॉर्क में कई बार पूछा था। एयरलाइन वालों ने भी तो हमारी टिकटें देखी थीं। किसी ने किसी प्रकार का सन्देह प्रकट नहीं किया था। यहाँ यह डेनवर में उतर रहा था और आगे जाने वाले यात्रियों के लिए कोई सूचना नहीं थी। वे दोनों एयर होस्टेस भी नहीं लौटी थीं।

मैंने अपने–आपको समझाया कि देखते हैं कि विमान के सारे यात्री उतरते हैं या कुछ बैठे भी रहते हैं।... मेरी इसी ऊहापोह में विमान भूमि पर उतर आया। उसके द्वार खुल गये। लोग उतरने लगे और पाँच–सात मिनटों में मैंने देखा कि एक युवा भारतीय जोड़े को छोड़ कर सब लोग उतर गये थे और विमान खाली हो गया था।

उस लड़के ने मुझसे पूछा, "यह आगे जाएगा क्या?"

वह भी घबराया हुआ था।

"कहाँ जाना है?"

"सियैटल।"

मैं कुछ आश्वस्त हुआ, "हमें भी सियैटल ही जाना है किन्तु कुछ समझ में नहीं आ रहा है।"

वह अपने स्थान पर जा बैठा।

तभी कर्मचारीनुमा एक व्यक्ति विमान में आया।

"गोइंग टू सियैटल?" मैंने पूछ ही लिया।

"ऑफकोर्स। अदरवाइज़ वाय शुड आई बी इन दिस प्लेन।" वह मुस्कराया, "हम आपको सियैटल पहुँचाएँगे।"

मेरी जान में जान आयी। ...किन्तु इस बात की घोषणा क्यों नहीं की गयी?

थोड़ी ही देर में नयी विमान परिचारिकाएँ आ गयीं और उनके पीछे यात्री भी आते चले गये।

अब बात पक्की थी। यह विमान यहाँ से नया बन कर सियैटल ही जा रहा था। पर उस बात की सूचना हमें क्यों नहीं दी गयी? कैसी एयरलाइन है यह।

28

सियैटल के विमानपत्तन पर विमान उतरा तो हम भी अपना केबिन–लगेज लिए हुए, लदे–फदे, भीड़ का अंग बने हुए उतर आये। एक गलियारे से

होते हुए, हम जहाँ पहुँचे, वह एक बड़ा–सा खुला हॉल था।... मुझे पहली बार अपना सियैटल आना याद आ गया। तब, जब इस हॉल में आये थे तो पता ही नहीं लग रहा था कि आगे कहाँ जाना है; या क्या करना है। बहुत संकोच से दो–एक लोगों से पूछा तो उन्होंने एक बोर्ड की ओर संकेत कर दिया।...

यहाँ लिखे को पढ़ने का प्रचलन अधिक था। पूछता कोई नहीं था; या मेरे जैसे बहुत कम लोग पूछते थे।... वहाँ बहुत कुछ लिखा हुआ था, जो हमारी समझ में नहीं आ रहा था।

हम अकबकाए से खड़े थे कि एक ट्रेन आकर रुकी और लोग उसकी ओर लपक पड़े। मैंने तो सोचा भी नहीं था कि इस हॉल में ट्रेन भी आती होगी। मैंने और अमृता ने आँखों ही आँखों में निर्णय किया कि हमें भी ट्रेन में चढ़ जाना चाहिए। भीड़ के साथ चलने का यह लाभ तो था ही।... चढ़ तो गये; किन्तु उतरना कहाँ था? मान लिया था कि हमें वहाँ जाना था, जहाँ हमारा सामान मिलेगा। "बैगेज" अथवा इस प्रकार के किसी शब्द का कोई बोर्ड या तीर का चिह्न इत्यादि कहीं कुछ नहीं था। इतने में पहला स्टेशन आ गया। हम दोनों एक–दूसरे का चेहरा देखते रह गये? उतरें? न उतरें? गाड़ी चल पड़ी और उतने में दूसरा स्टेशन भी आ गया। हम असमंजस में ही खड़े रह गये। तीसरे स्टेशन पर इतनी भीड़ उतरी कि हम भी उसके साथ उतर गये। देखा, ठीक जगह ही आ गये थे। बेल्ट पर सामान आ रहा था। पर यह हमारे ही विमान का सामान था या...तभी दृष्टि ऊपर उठायी तो देखा सीढ़ियों पर विभु खड़ा था। उसने हमारी ओर देख कर हाथ हिलाया और नीचे उतर आया। हमारे पैर छूए और सामान का प्रबन्ध करने लगा।... अब हम निश्चिन्त थे।

आज जब हम बैगेज–बेल्ट पर पहुँचे तो विभु वहाँ नहीं था।

किन्तु तभी उसका फ़ोन आया, "पिताजी मैं पार्किंग में हूँ। गाड़ी खड़ी कर के आ रहा हूँ।"

तो?... हमने ट्रॉली वाले एक लड़के को पकड़ लिया। न्यूयॉर्क में उसका अनुभव मैं कर चुका था। हर्ष पहुँचा नहीं था। सामान हमें ही उतारना था। वहाँ मैंने ऐसे लड़कों को रेढ़े जैसी बड़ी ट्रॉली के साथ देखा था। उसने ही पूछा था, "वांट एनी हेल्प?"

"हाऊ मच?"

"एनीथिंग अबव थ्री डॉलर्स।"

"ओके।"

उसने हमारा सामान उतारकर अपने रेढ़े पर रख लिया, "गो आउट?"

मैंने उसे बताया कि हमारी अगवानी करने वाला व्यक्ति अभी पहुँचा नहीं है। हम उससे फ़ोन पर सम्पर्क नहीं कर रहे हैं। इसलिए हम बाहर नहीं जा सकते।

उसने अपना फ़ोन निकाला। मैंने उसे हर्ष का नम्बर दिया। उसने नम्बर मिला कर फ़ोन मुझे थमा दिया, "टॉक।" हर्ष ने बताया कि अभी उसे पहुँचने में आधा घंटा लग जाएगा। हम अपने सामान के साथ बाहर आकर सामने के किसी बेंच पर बैठ जाएँ, वह हमें खोज लेगा।

मैंने रेढ़ेवाले को बता दिया। उसने हमारा सामान दरवाज़े के साथ बाहर की ओर टिका दिया। तीन डॉलर तो देने ही थे। फ़ोन पर बात भी की थी। मैंने उसे पाँच डॉलर का एक नोट दे दिया और स्वयं को उसे रुपयों में बदलने से रोका। नहीं तो मैं इतना–सा काम करने पर ढाई–तीन सौ रुपये नहीं दे पाता।

आज वाले लड़के ने बेल्ट से सामान उतारा और ट्रॉली पर रख कर हमें देखने लगा। मैं जानता था कि एक ट्रॉली का एक डॉलर लगता है। एक से हमारा काम नहीं चलेगा। दो तो लेनी ही पड़ेंगी। दो डॉलर उनका किराया होता और उन्हें ठेलने का परिश्रम भी करना पड़ता। पिछली बार के समान इस लड़के को चार–पाँच डॉलर देने पड़ेंगे। वह विभु के आने तक रुकेगा भी और शायद हमें पार्किंग तक पहुँचा भी दे।

"वेट। माई सन इज़ कमिंग। ही इज़ इन पार्किंग।"

उसने कुछ नहीं कहा।

विभु आ गया। उसने उस लड़के और सामान...दोनों को ही सँभाल लिया।

उसे बताया कि पार्किंग तक चलना है। वह सहज ही मान गया। कोई प्रश्न नहीं। कोई भाव–ताव नहीं।

हम, विभु को रास्ते की घटनाएँ सुनाते हुए चल रहे थे और वह उस लड़के को दिशानिर्देश दे रहा था।

"यदि वह गुजराती लड़का न मिल जाता तो हम अभी तक एकदम भूखे होते।"

"पूरी फ्लाइट के उन 250–300 यात्रियों में से एक भी ऐसा नहीं रहा

होगा जिसके पास कार्ड नहीं होगा। अमेरिका में कैश में लेन–देन एकदम नहीं होता, इसलिए सबके पास कार्ड होते हैं।''

मैंने ध्यान दिया कि उसने भी गाड़ी में सामान रखवाने के पश्चात् उस लड़के को पाँच डॉलर ही दिये थे। लड़का मुस्कराकर लौट गया था।...

***

घर पहुँचे तो एलिज़ाबेथ ने हमारा स्वागत किया। पहली बार ऐसा हुआ था कि घर का द्वार किसी और ने खोला था। नहीं तो विभु स्वयं ही दरवाज़ा खोलता था। अब घर में बहू आ गयी थी। तो वह मकान, घर हो गया था।

एलिज़ाबेथ ने हमारे चरण स्पर्श किये और स्वागत तथा आग्रह से पूर्ण मुस्कान के साथ कहा, ''पिताजी, आई लाइक ए हग।''

अब तक वह एक परायी लड़की थी; किन्तु आज हमारी बहू थी। उसमें अपनी इच्छा व्यक्त करने, अपना अधिकार माँगने का साहस आ गया था।

उसकी इच्छा के अनुसार मैंने उसे गले से लगाया। सोचा, बेचारी सोचती होगी कि बेटे को तो गले से लगा लेते हैं, मुझसे इतना परायापन, इतनी दूरी? वैसे भी अपने मायके में वह अपने पिता के गले ही लगती थी।... मैं उसे भारतीय बनाना चाह रहा था और वह मुझे अमरीकी तौर–तरीके सिखा रही थी। वैसे बेटी को गले से लगाना कोई इतना अभारतीय भी नहीं है।

भीतर आये तो हम एलिज़ाबेथ के साथ ड्राइंगरूम में बैठ गये और विभु हमारा सामान ले कर ऊपर चढ़ गया।

उसके घर को छोटा कहा जाए या बड़ा...मैं आज तक निर्णय नहीं कर सका। जब वह अकेला था तो उसकी आवश्यकताओं के लिए घर पर्याप्त था। दो शयनकक्ष और दो ही शौचालय–स्नानागार ऊपर थे। लिविंगरूम रसोई और एक शौचालय नीचे। इससे अधिक एक अकेले व्यक्ति को और क्या चाहिए। ऊपर के कमरों में बड़ा कमरा उसने अपना सोने का कमरा बनाया हुआ था और दूसरा कमरा ऑफ़िस के समान था। वैसे बेड–कम सोफ़ा उसमें भी था, जो किसी भी समय दो पलँगों में परिवर्तित हो जाता था। हम पहली बार आये थे तो उसने अपना कमरा हम दोनों को दे दिया था और स्वयं छोटे शयनकक्ष में चला गया था।

अकेले के लिए वह घर पर्याप्त था, किन्तु यदि चार व्यक्तियों का परिवार आ जाए तो कठिनाई होती थी। इसलिए हम कभी भी प्रभु और उसके बच्चों को साथ लेकर नहीं आये। अब उसका विवाह हुआ था। कल को सन्तान का जन्म भी होगा। तो उसे स्वयं ही यह घर छोटा लगने लगेगा।

उसका ड्राइंगरूम वैसा ही था जैसा पिछली बार हम देखकर गये थे। उसमें न कुछ नया आया था और न ही कोई चीज़ हटाई गयी थी। हाँ दीवार पर विष्णु का बड़ा–सा कलात्मक चित्र लगा हुआ था। यह शायद प्रमोद शास्त्री के परामर्श पर लगाया गया था। उसने दिल्ली में मेरे सामने ही कहा था कि यदि एलिज़ाबेथ प्रतिदिन विष्णु को प्रणाम करेगी तो उसे शीघ्र ही धन और यश के क्षेत्र में प्रगति दिखायी देगी।

''आपका सामान बड़े कमरे में है।''

मैंने आश्चर्य से उसे देखा, ''पिछली बार की बात और थी। तुम अकेले थे। अब तुम्हारी पत्नी भी है। उसे यह अच्छा लगेगा क्या कि हम तुम्हारे बेडरूम में आराम से रहें और तुम दोनों उन छोटे पलँगों पर ऑफ़िस रूम में रहो!''

वह मुस्कुराया, ''यदि आज नहीं सिखाया तो वह कभी नहीं सीखेगी। उसे भी तो पता होना चाहिए कि माता–पिता का स्वागत कैसे करते हैं।''

''उसके माता–पिता आये तो?''

''पिछली बार तो वे होटल में ही ठहरे थे। तब विवाह नहीं हुआ था। वे विवाह निश्चित करने आये थे।... अब आएँगे तो देखते हैं...!''

मैं क्या कहता। बात तो उसकी ठीक थी।

यदि कोई भारतीय लड़की होती तो मुझे कुछ कहने की आवश्यकता नहीं थी। एलिज़ाबेथ जिस परम्परा से आयी थी, वहाँ क्या होता था यह मैं नहीं जानता। किन्तु यदि विभु उसे सिखाना चाहता है तो मैं बाधा क्यों बनूँ?

हम सोफ़े पर बैठे थे। विभु ने कहा और शायद जानबूझकर अंग्रेज़ी में कहा, ''मैं कॉफ़ी बनाता हूँ।''

एलिज़ाबेथ ने हस्तक्षेप किया, ''आप बैठिए, मैं बनाती हूँ।''

''होशियार हो गयी है।'' मैंने कहा।

विभु हँस कर रह गया।

''रात को खाने के लिए बाहर चलें माँ?'' विभु ने पूछा।

"क्यों घर में ही कुछ हल्का–सा बना लेते हैं।" अमृता ने कहा।

"अरे, आज आप थकी हुई आयी हैं। आज ही चूल्हा–चौका सँभाल लेंगी क्या। आप जानती हैं आपकी बहू तो कुछ पकाना जानती ही नहीं है। आज बाहर खा लेते हैं, कल से घर में कुछ बना लिया करेंगे।"

मुझे अपना पहली बार उसके पास आना याद आ गया। पहली बार हम पूरे पन्द्रह दिनों के लिए उसके पास आये थे; और उसने पन्द्रह देशों के रेस्ट्रां में उन देशों का भोजन कराया था। कोई अच्छा लगा तो सोचा इसे फिर खाएँगे और अच्छा नहीं लगा तो सोचा कौन–सा दोबारा खाना है। उसका आग्रह यही था हम विभिन्न देशों के भोजन को जान जाएँ, उनका स्वाद देखें और आनन्द लें। दिल्ली में तो ऐसा सम्भव नहीं होगा।

आज फिर वह कहीं जाना चाहता था।

"चलिए आज लेबनानी रेस्टोरेंट में चलते हैं।" उसने कहा, "आपकी बहू को वह बहुत पसन्द है।" उसने सारी बात हिन्दी में कही थी और एक बार भी एलिज़ाबेथ का नाम नहीं लिया था कि कहीं उसके मन में कोई सन्देह न जाग उठे कि वह उसकी कोई शिकायत कर रहा है।

मुझे तो लेबनानी रेस्टोरेंट का या उनके खाने का कोई अनुमान भी नहीं था कि मैं अपनी कोई राय दे सकता। मैं चुप ही रहा। अमृता की ओर से भी कोई विशेष विरोध नहीं था और एलिज़ाबेथ को तो वह पसन्द था ही।

अन्ततः हम लेबनानी रेस्ट्रां में ही गये। चारों ओर लहसुन की गाँठें लटकी हुई थीं और हवा में लहसुन की तेज़ गन्ध थी।

"यह क्या?" मैंने पूछा।

"इनके यहाँ लहसुन का बहुत प्रयोग होता है।" विभु ने बताया।

हम एक मेज़ पर बैठ गये। विभु ने बैरे को आदेश दे दिया, जैसे वह पहले ही सब कुछ सोचकर आया हो।

थोड़ी देर में मेज़ प्लेटों से भरने लगा। सबसे पहले रुमाली रोटी की जाति के फुल्के आये और उनके साथ छोटे कटोरों में पतली मूँग की दाल थी।

"ये स्टार्टर है। सूप और ब्रेड।" उसने बताया।

"हमारे हिसाब से तो दाल–रोटी है।" अमृता ने कहा।

"मैं भी इसे दाल–रोटी ही कहूँगा।" मैंने कहा, "हाँ, दोनों ही बहुत पतली हैं। एलिज़ाबेथ को पसन्द है?"

"पिता जी। डिड यू आस्क एनीथिंग अबाउट मी?"

"येस। डू यू लाइक दिस सूप एंड ब्रेड?"

"ओह! आई लव इट।"

यह तो अमरीकी रोग है। 'पसन्द' के लिए भी लव और 'प्रेम' के लिए भी लव। प्रेमी और पति के लिए भी 'लव' और दाल के लिए भी 'लव'।

मन हुआ कि पूछूँ कि तुम लोग दाल से लव ही करते हो या उससे विवाह भी कर लेते हो।... पर अभी वह मुझसे इतनी खुली नहीं थी कि ऐसे परिहास करने का साहस करता।

जब तक भोजन आया, मैं दो रोटियाँ और दाल की दो कटोरियाँ खा चुका था और मुझे लग रहा था कि मेरा पेट भर चुका है।

भोजन में इतने चावल थे कि मेरे नाप से दस लोग भी खाते तो वे समाप्त न होते। और उसके ऊपर रोस्टड चिकन के बड़े–बड़े टुकड़े।... मन हुआ कि अब चावल क्या खाने, थोड़ा–सा चिकन ही खा लूँ।

"इतना खाना कौन खाएगा भाई?" मैंने विभु की ओर देखा।

"वे लोग अपने स्केल से परोसते हैं।" वह बोला, "वैसे आप चिन्ता न करें, जो कुछ बचेगा, हम बँधवा कर घर ले जाएँगे। खाएँगे तो हम ही। माँ को दो दिन खाना नहीं पकाना पड़ेगा।"

घर लौटने पर विभु ने मुझे बताया कि मेरे लिए उसने जिस लैपटॉप का आदेश किया था, वह आ गया है। उसमें उसने मेरे काम के सारे कार्यक्रम और उपक्रम भी डाल दिये हैं। मैं जब चाहूँ, उस पर काम कर सकता हूँ।

"इसी क्षण से?" मैंने पूछा।

"हाँ। अभी से। इसी क्षण से। राइट फ्रॉम दिस मोमेंट।"

"व्हाट इज़ इट?" एलिज़ाबेथ की उत्सुकता जाग उठी थी।

"नथिंग। पिता जी का नया लैपटॉप।"

मेरे लिए सियैटल में लैपटॉप एक बड़ा सहारा था। पिछली बार भी मैंने ऐसे ही एक लैपटॉप मँगवा लिया था। संकट केवल हिन्दी के अक्षरों का रहता था; किन्तु अब तो विंडोज़ में भी हिन्दी के एक से अधिक की–बोर्ड हैं। उनको स्थापित (इंस्टॉल) करने का काम विभु ही कर देता है। यूनिकोड होने के कारण और भी सुविधा हो गयी है।

पिछली बार जब मैं आया था तो बड़ी तैयारी से आया था। यह वह देश था, जहाँ से स्वामी विवेकानन्द ने सारे विश्व में भारत का महत्त्व स्थापित किया था। यहाँ उनसे सम्बन्धित अनेक स्थान और स्मृतियाँ थीं। उन स्थानों के निकट पहुँचते ही वे सारी घटनाएँ जैसे जीवन्त और साकार

हो जाती थीं। ...किन्तु जाने क्या हुआ कि वह तैयारी धरी की धरी रह गयी और मैं 'वसुदेव' लिखता रहा।

29

अगले दिन, प्रातः मैं नहा–धो चुका तो ध्यान आया, यहाँ मेरे लिए कोई पूजा–स्थल नहीं था। बिस्तर पर बैठ कर ही जो थोड़ा–बहुत सम्भव था, ध्यान–जप कर लिया।

नीचे उतरा तो देखा, अभी कोई भी नहीं आया था। जाग भी गये होंगे तो अपने कमरे या स्नानागार में होंगे। ...दिल्ली की बात और थी। अमृता देखती थी कि मैं मन्दिर से नीचे उतर आया हूँ तो वह सलोमी को संकेत कर देती थी। वह जानती थी कि मुझे नाश्ते में क्या चाहिए। जब तक मैं समाचार–पत्र में मुख्य समाचार देखता, तब तक वह नाश्ता बनाकर ले आती थी।

यहाँ तो अमरीकी ढंग से ही चलना होगा। भारतीय ढंग भी हो तो यह मेरा घर नहीं था। पुत्र और पुत्रवधू का घर था। तो चलेगा भी उनके ही ढंग से। बहुत अन्तर होता है, अपने और किसी और घर में...वह घर चाहे अपने पुत्र, भाई या किसी निकट मित्र का ही क्यों न हो। उससे अधिक तो आप किसी होटल में अपनी शैली से रह सकते हैं।

तो मैंने अपनी कॉफ़ी बनायी और एक आरामकुर्सी तथा एक तिपाई रख कर बैठ गया। अपने घर में मैं नाश्ते और कॉफ़ी के पश्चात् अपनी लिखने की मेज़ पर जा बैठता था। ...यहाँ सोचा, पहली बार ही यदि कुछ ढंग से नहीं लिख पाया तो टुकड़ों–टुकड़ों में जो भी विचार आएँगे उन्हें लिखता चलूँगा। एक प्रकार से नोट्स लेता रहूँगा और बाद में उन्हें क्रमशः रचना का आकार दे दूँगा।

अमृता ने पिछली बार कहा भी था कि मैं तो समझ रही थी कि हम घूमने–फिरने आये हैं; किन्तु देख रही हूँ कि आप तो अपना कार्यालय भी साथ ही लाये हैं।

उसकी घूमने–फिरने की, सैर–सपाटे की बात तो ठीक थी। किन्तु वह तो तभी हो सकता था, जब विभु खाली हो। विभु कार्यालय में हो अथवा घर से काम करे, उतनी देर तो हम खाली ही होते थे। तब मैं अपना काम कर ही सकता था।

पिछली बार 'वसुदेव' लिखा गया था। इस बार मन में कई प्रकार के विचार थे। इसलिए प्रसन्नता हुई कि बैठा–बैठा झींकता नहीं रहूँगा, कुछ काम कर लूँगा। खाली बैठना अथवा शैया–सेवन करना मेरे स्वभाव में नहीं था।

दो–एक अनुच्छेद लिखे होंगे कि ऊपर से एलिज़ाबेथ उतर आयी।

"नमस्ते।" मैंने कहा।

"व्हाट एम आई सप्पोस्ड टू से इन रेप्लाई?" उसने सहज भाव से पूछा।

"नमस्ते।" मैंने कहा।

उसने मुस्कराकर उत्तर दिया, "नमस्ते।"

"कैसी हो?" मैंने पूछा।

"कैसी हो।" उसने दोहरा दिया।

"ओह ना।" मैं हँसा, "कैसी हो मीन्स हाऊ आर यू? द रेप्लाई इज़ 'अच्छी हूँ।' दैट मीन्स 'आई एम फाइन।' "

उसने मेरी ओर देखा और बोली, "आप कैसी हो?"

"इट शुड बी आप कैसे हैं। एनी वे, दैट इज़ मैटर ऑफ़ ग्रामर। दैट वी विल सी टूमॉरो। इट इज़ इनफ फॉर टुडे।"

"मे आई से सेम थिंग्स टू माँ?"

"येस। यू कैन।"

"ओ. के. पिताजी शुड आई मेक कॉफ़ी फॉर यू?" उसने पूछा, "आई नो। यू टेक कॉफ़ी इन द मॉर्निंग।"

"नहीं। धन्यवाद। मैंने कॉफ़ी बना ली है।" मैंने कहा।

"वेरी स्मार्ट।" वह मुस्कराई।

"प्रातः मुझे जल्दी उठने की आदत है। तुममें से कोई नहीं जागा था। इसलिए मैंने अपने लिए कॉफ़ी बना ली। मुझे पता होता कि तुम भी आ रही हो तो मैं तुम्हारे लिए भी बना देता।"

"थैंक यू।" वह बोली, "मुझे पता होता तो मैं थोड़ा और जल्दी आ जाती। चलिए कल से सही। मैं अब अपने लिए ओट्स बनाऊँगी। विभु प्रातः कुछ नहीं खाता; किन्तु मैं बिना खाए नहीं रह सकती। कभी–कभी तो आधी रात को भी उठ कर ओट्स बनाती हूँ। मुझसे भूख सहन नहीं होती।"

मैंने फिर लिखना शुरू कर दिया।

"क्या लिख रहे हैं?" उसने पूछा।

"क्या लिखूँगा, मैं स्वयं नहीं जानता; किन्तु अपना अधूरा उपन्यास

पूरा करना चाहता हूँ। हो गया तो वह तुम्हारे विवाह में अमरीका आने का बोनस होगा।"

"आपके पास दिनभर का समय है। अभी से क्यों लिख रहे हैं?"

"पहली बात तो यह है कि प्रातः इस समय काफ़ी समय होता है और दूसरे, यह कि इस समय और क्या करूँ? बैठा आकाश के बादल देखता रहूँ। तुम्हारे यहाँ तो गौरैया और कौवे भी दिखायी नहीं पड़ते। बस एक मोटी–सी गिलहरी होती है।"

"हाँ। आप ठीक कह रहे हैं। अमरीका में वह सब दिखायी नहीं देता, जो भारत में दिखायी देता है।"

उसके ओट्स बन गये थे। मैंने उधर ध्यान नहीं दिया कि उसने कितने खाए और कितने डब्बे में डाल साथ ले जाने के लिए रख दिये।

"अच्छा। चलती हूँ। आई हैव टू पुट–अप माई मेकअप।"

वह चली गयी तो विभु उतरा। वह जाने के लिए तैयार था। उसने एक गिलास पानी पिया और एलिज़ाबेथ को पुकारा, "लैट्स गो।"

"कुछ खाना–पीना नहीं है?" मैंने पूछा।

"ऑफ़िस में कॉफ़ी। फिर लंच के समय दो सैंडविच। शाम को आप लोगों के साथ डिनर।"

ऊपर से अमृता उतर आयी, "रात के लिए चने बनाऊँ या राजमाँ?"

"जो इच्छा हो बना लीजिए। सब्ज़ी बनानी हो तो बना लीजिए। फुल्के मैं आकर बना दूँगा।"

वे दोनों चले गये।

"बड़ा आया फुल्के बनाने वाला। बहू तो वह लाया है, जो कुछ करती नहीं। कुछ कर सकती नहीं।" अमृता वापस ऊपर जाने के लिए मुड़ी, "मैं अभी आकर आपको नाश्ता देती हूँ।"

मैं लिखता रहा। वह ऊपर चली गयी।

थोड़ी देर में वह नीचे उतरी तो बोली, "मेरी सहायता कीजिए।"

मैंने लैपटॉप बन्द किया, "बोलो।"

"बोलो क्या प्लेटें निकालिए। जो सीरियल्स लेने हों, वे निकालिए। दूध ठंडा लेंगे या गरम? फ्रिज में से दूध निकालिए। अंडा लेंगे क्या?"

मैंने अंडा मना कर दिया। नहीं तो वह भी फ्राई करना पड़ता।

जो कुछ उसने कहा था। वह सब निकाल कर मेज़ पर लगा दिया।

मेरा मन फिर अपने देश की ओर दौड़ आया था।... किसी भड़भूंजे की

दुकान पर जा कर खड़े हो जाओ...शायद उसकी भी आवश्यकता न पड़े, कोई रेढ़ीवाला ही आ निकले, तो उसी के पास भुने हुए चने, गेहूँ, परमल, मकई, खील और कई प्रकार की गजक, एक साथ ही मिल जाएँ। वे ही चीज़ें डब्बों में बन्द हो कर यहाँ बिकती हैं और लोग बड़े गर्व से उन्हें सीरियल कह कर खाते हैं।.... हमारा देश इस डब्बे–बन्दी में ही मार खा गया। ये लोग उन्हीं चीज़ों को डब्बों में बन्द करते हैं। डब्बों पर तरह–तरह के विज्ञापन छाप कर उनसे पैसे कमाते हैं और डब्बे का मूल्य ग्राहक से वसूलते हैं। ...और फिर विकसित देश कहलाते हैं। कमाल है, डब्बों का भी...

इस समय तो मुझे अपने नाश्ते की चिन्ता करनी थी। ...मैंने गहरी प्लेट में दो–तीन डब्बों से थोड़ी–थोड़ी सामग्री उलटी। गर्म दूध मिलाया। और खाने लगा।...

"कॉफ़ी लेंगे?" अमृता ने पूछा।

"मिल जाएगी तो क्यों नहीं लूँगा।"

"दूध गरम कर दिया है। इसमें कॉफ़ी पाउडर घोल लीजिए।"

हम दोनों नाश्ता करते रहे। मौसम अच्छा था और शीशे के दरवाज़े में से विभु के द्वारा लगाए हुए गुलाब के फूल दिखायी पड़ रहे थे। छोटे–मोटे कुछ पौधे और भी थे। पीछे दीवार के साथ लगा हुआ एक ऊँचा पेड़ था। बिल्कुल ठूँठ नहीं था। उसमें कुछ विरल पत्ते थे, कुछ टूटी टहनियाँ भी अलग से दिखायी देती थीं; किन्तु पक्षियों के अभाव में वह सूना ही लग रहा था।

"यह कैसा वृक्ष है, जिसकी शाखाओं पर एक भी पक्षी नहीं है।" मैंने कहा।

"अमरीका में वृक्षों की शाखाओं पर पक्षी नहीं उगते।" अमृता ने कहा।

"न उगें; किन्तु जहाँ उगते हैं, वहाँ से उड़ कर तो आ सकते हैं। आखिर घोंसला तो उन्हें वृक्षों पर ही बनाना है। वे क्या वृक्ष के निमन्त्रण की प्रतीक्षा कर रहे हैं।"

"वे सरकार की घोषणा की प्रतीक्षा में हैं।"...

***

जाने कहाँ से एक विज्ञापन उड़ कर आ गया था। आसपास के कुछ–एक घरों में, उनके उद्यान महक रहे थे और वे लोग सर्वसाधारण को खुला निमन्त्रण दे रहे थे कि जो चाहे आकर फूलों के सौन्दर्य का आनन्द ले।

अमृता चाहती थी कि हम लोग उन्हें देखने जाएँ। मुझे फूल देखने में कोई आपत्ति नहीं थी वरन् प्रसन्नता ही होती; किन्तु वे सार्वजनिक उद्यान नहीं थे। किन्हीं अपरिचित लोगों के घरों के भीतर के निजी उद्यान थे। मुझे अपरिचित लोगों के घरों में जाने में संकोच था। मुझे वह अनावश्यक हस्तक्षेप लगता था। इसलिए मैं नहीं चाहता था कि मैं इस कार्यक्रम में भाग लूँ। मेरे नहीं जाने से अमृता की इच्छा भी संकट में पड़ गयी थी।

अमृता ने इसकी चर्चा एलिज़ाबेथ से कर दी।

वह हँसी, "पिताजी, आप क्यों नहीं जाना चाहते?"

मैंने अपनी आपत्ति बता दी।

"किन्तु उससे माँ भी उद्यान नहीं देख पाएँगी। आप उनके मार्ग की बाधा बन रहे हैं।"

"जानता हूँ।" मैंने कहा, "पर इसका अर्थ यह नहीं है कि अपनी पत्नी की इच्छा पूरी करने के लिए, अपनी इच्छा के विरुद्ध, अपना मन मार कर अपरिचित लोगों के घरों में घुसकर उनके फूल देखने जाऊँ।"

एलिज़ाबेथ ने अमृता को सान्त्वना दी, "आप चिन्ता न करें माँ! मैं आपको ले चलूँगी।"

"तुम्हारे पास समय है?" अमृता ने पूछा।

"आपकी इच्छा है तो मैं आपको अवश्य ले चलूँगी। समय तो निकालना ही पड़ता है।"

सन्ध्या समय एलिज़ाबेथ, अमृता को लोगों के घरों के उद्यान दिखा लायी।

अमृता प्रसन्न थी, "आप व्यर्थ ही संकोच कर गये! वैसा कुछ निजी सम्पत्ति का झगड़ा नहीं था! गृह–स्वामी प्रसन्नता से सबका स्वागत कर उन्हें अपनी उपलब्धि बता रहे थे।"

"ठीक है तुमने देख लिया। सास–बहू का सम्बन्ध कुछ और अधिक आत्मीय हो गया। सोचना चाहिए कि तुम्हें कैसी अच्छी बहू मिली है।"

"और वह सोचेगी कि उसे विचित्र ससुर मिला है।"

"कोई बात नहीं। मैं उसी की खुशी मना लूँगा।"

***

अभिनव शुक्ल अपनी पत्नी के साथ हमें निमन्त्रित करने आया था। वह

चाहता था कि हम एक रात का भोजन उसके घर करें! वैसे यह निमन्त्रण फ़ोन पर भी दिया जा सकता था, किन्तु वह भारतीय ढंग से, उसे अधिक सम्मानजनक बनाने के लिए, स्वयं आकर हमें आमन्त्रित करना चाहता था। हमें निमन्त्रण तो स्वीकार करना ही था। विभु ने भी भारतीय आग्रह की शैली में उनकी बाँह पकड़कर उन्हें भोजन के लिए रोक लिया। उस अवधि में हमें यह पता चला अभिनव की पत्नी दीप्ति ने अमरीका में गायों के पालन–पोषण और रखरखाव में कुछ इतनी क्रूरता और गन्दगी देख ली है कि वह उन गायों का दूध न पीना चाहती है न अपने बच्चों को पिलाना चाहती है। इसलिए वह वीगेन हो गयी है।

मुझे बड़ा आश्चर्य हुआ कि जिसके दो छोटे–छोटे बच्चे हों वह उनको शारीरिक और मानसिक विकास की इस अवधि में दूध भी नहीं पिलाएगी तो उन बच्चों में, उनके शरीर में, उनके मस्तिष्क में पूर्णता कैसे आएगी। बहुत सारी चीज़ों की कमी हो सकती है। कैल्शियम की, विटामिन की। उनका विकास स्वस्थ ढंग से नहीं हो पाएगा। पर वह हमारी बात सुनेगी?

मैंने अपनी ओर से संक्षेप में कुछ समझाना चाहा; किन्तु वह अपनी बात पर अड़ी हुई थी।

"अमरीका में बहुत सारे वीगन हैं। वे दूध अथवा दूध के किसी उत्पाद का उपयोग नहीं करते।" उसने मेरी ओर देखा, "वे सब स्वस्थ, बुद्धिमान और पूर्णतः विकसित लोग हैं। न शारीरिक रूप से अपंग हैं, न मानसिक रूप से अर्द्धविकसित।"

"पर यह अव्यावहारिक है।" मैंने कहा।

"नहीं। आप किसी भी वीगन बस्ती में जा कर देख आएँ कि वहाँ किसी प्रकार का अभाव नहीं है। वे हमसे अधिक स्वस्थ और बुद्धिमान हैं।"

पत्नी की नज़र बचाकर अभिनव ने मेरी ओर देखा, "कुछ दिनों की सनक है, ठीक हो जाएगी।"

"भगवान करें, ऐसा ही हो।" मैंने कहा।

***

मैं इतना तो उस दिन ही समझ गया था, जब वे हमें निमन्त्रित करने के लिए विभु के घर आये थे कि दूध और दुग्ध–उत्पाद त्यागने का निर्णय अभिनव का नहीं था। वह तो बस, घर में शान्ति बनाये रखने के लिए,

दीप्ति की इच्छा का विरोध नहीं कर रहा था। समझदार पति, पत्नी की इच्छा का विरोध नहीं करते। पर मैं पति नहीं था। एक समझदार, निःस्वार्थ वयोवृद्ध था। मैंने सोचा, मैं ही बीच में टाँग अड़ा दूँ, शायद कोई बात बन जाए। जानता था कि पति–पत्नी के बीच पड़ना कोई समझदारी की बात नहीं थी; पर कभी–कभी सिर पर छिपकिली सवार हो जाती है। हो गयी। मैंने उसी दिन दीप्ति से इस विषय में बात करने की ठान ली। शायद मेरे समझाने से वह कुछ समझ जाए।

उनके निमन्त्रण का सम्मान रखने के लिए, जब हम उनके घर गये तो मैंने अपनी ओर से बात आरम्भ की, "दूध का त्याग क्यों किया, ऐसे में तो तुम मुझको कॉफ़ी भी नहीं पिला सकोगी।"

"पिलाऊँगी।" वह बोली, "बादाम के दूध से वह कॉफ़ी बनाऊँगी, जो आपने आज तक कभी पी नहीं होगी। और जो कॉफ़ी आज तक आप पीते आ रहे हैं, उसे तो भूल ही जाएँगे।"

"बादाम का दूध।"

"हाँ।"

"प्रकृति ने दूध देने की क्षमता गाय–भैंस जैसे चौपायों को दी है। बादाम को नहीं। बादाम अपने बच्चों को भी दूध नहीं पिला सकता, तो तुम्हें क्या पिलाएगा।"

"गाय का दूध भी तो उसके बछड़े के लिए ही है। मनुष्य तो बलात उसे बछड़े के मुँह से छीनता है।" वह बोली, "मैं बछड़े के मुँह से छीन कर वह दूध अपने बच्चों को पिलाना नहीं चाहती।"

"पाप लगेगा।"

"ऐसा ही कुछ मान लीजिए।"

"मुझे पिलाओ। उस पाप को मैं झेल लूँगा।" मैंने उसकी ओर देखा, "मुझे तो यह बताओ कि तुम्हारा विरोध किसके लिए है?"

उसने मुझे विस्तार से सुनाया कि यहाँ गाएँ उनके मांस के लिए लायी जाती हैं। उनको मारने से पहले उनका दूध भी दुहा जाता है और तब तक उन्हें छोटे–से–छोटे स्थान पर, गन्दे स्थान पर इतने कष्ट में रखा जाता है कि उसे एक बार देख लेने पर न आपसे वह दूध पिया जाएगा और न उनका मांस किसी से खाया जाएगा। व्यापारी उस पर कुछ ख़र्च नहीं करना चाहता, उससे कमाना ही चाहता है। उसे वितृष्णा हो गयी थी उस सारे व्यापार से।

"पर यहाँ की पुलिस और खाद्य विभाग तो सफाई और हाइजिन का बहुत ध्यान रखता है।"

"उनको काटने के पश्चात् उनके मांस की सफाई का ध्यान रखा जाता होगा, किन्तु उनके जीवित रहते तो वे नरक से बुरी हालत में रखी जाती हैं। सफाई और रोगों से बचाने के लिए उन्हें दुनियाभर के इंजेक्शन दिये जाते हैं। वे दवाएँ उस दूध में भी जाती हैं। और हम पिएँगे तो हमारे शरीर में भी जाएँगी। मैं नहीं चाहती कि मेरा परिवार उन विषाक्त दवाओं का सेवन करे।" वह रुकी, "आप एक बार जा कर देख क्यों नहीं आते।"

मैंने दीप्ति की सारी बात धैर्य और तन्मयता से सुनी और पूछा, "तुमने उन गौवों की पीड़ा से आहत होकर यह त्याग का मार्ग चुना है।..."

"अपने बच्चों, अपने परिवार और अपने समाज के स्वास्थ्य के लिए भी।" वह बोली, "शायद बाज़ार में माँग न होने के कारण उन व्यापारियों में भी कुछ सुधार हो।"

"उन व्यापारियों के सुधार की बात तो मैं नहीं सोचता; क्योंकि यदि उनमें यह राक्षसी प्रवृत्ति न होती तो वे ऐसा काम ही नहीं करते।" मैंने कहा, "मैं तुम्हारी पीड़ा को भी सत्य मानता हूँ। उससे सहमत भी हूँ; और कहीं आहत भी। किन्तु तुम्हारा यह समाधान मैं हजम नहीं कर पा रहा।"

"क्यों?"

"दो कारण हैं। पहला तो यह कि एक तुम्हारे दूध न पीने से और दूध के बने पदार्थ न खाने से न तो बाज़ार में दूध की माँग कम होगी और न उन व्यापारियों की कोई हानि होगी। इसलिए तुम्हारा यह सारा प्रयत्न व्यर्थ जाएगा।..."

"और।"

"और दूसरा, तुम्हारे बच्चों के भोजन में उन सारे तत्त्वों की कमी हो जाएगी, जिनकी इस समय उनके शारीरिक और मानसिक विकास के लिए आवश्यकता है।"

"तो मैं अपने बच्चों के विकास की चिन्ता करती हुई राक्षसी बनी रहूँ। भगवान की बनायी हुई उन निरीह गौवों को उसी प्रकार कष्ट पाती और कटती हुई देखती रहूँ।"

"नहीं। तुम इनका विकल्प ढूँढ़ो। न तुम्हारे बच्चे पीड़ित हों, न गौवें पीड़ित हों।"

"ऐसा कोई मार्ग नहीं है। दोनों में से एक को तो कष्ट झेलना ही होगा।"

"नहीं। तुमको भागवत पढ़ने की आवश्यकता है।"

"मेरे भागवत पढ़ने से क्या होगा?"

"तुम्हारा परिचय माता यशोदा से होगा, जो गौवों से भी प्रेम करती थीं और अपने पुत्र कृष्ण कन्हैया से भी।" मैंने कहा, "वहाँ गौवों को छोटे–बाड़े में नहीं रखा जाता था। वे घर के सदस्य के रूप में रहती थीं। स्वयं कन्हैया उनको चराने के लिए वन में ले जाते थे और उनके मनोरंजन के लिए बाँसुरी भी बजाया करते थे।"

"सब कहानियाँ हैं।"

"तुम कृष्ण–भक्त होकर भी भागवत को कहानियाँ कह रही हो।" मैंने कहा, "कहानियाँ भी हों तो इतना नहीं समझ पा रहीं कि ये कहानियाँ संसार को गो–भक्षक और वीगन दोनों ही बनने से बचाने का मार्ग है।"

"किन्तु यह यहाँ अमरीका में कैसे होगा।"

"करने से तो यहाँ भी होगा; किन्तु अभी तुम भारत की ओर देखो। लोग अपने घरों में गाय या भैंस पालते हैं तो वह उनके परिवार का सुख होता है। मैंने चित्रकूट, वृन्दावन, महुआ, देवसंस्कृति विश्वविद्यालय हरद्वार तथा अन्य अनेक स्थानों पर गोशालाएँ देखी हैं; वहाँ कहीं भी उनके साथ किसी प्रकार का अत्याचार नहीं होता है; क्योंकि वे ये सारे कार्य, सेवा और विश्वकल्याण के लिए करते हैं।"

"ये सब ऊँची–ऊँची बातें हैं।"

"बातें तो ऊँची–ऊँची ही हैं। पर यथार्थ हैं। जाकर स्वयं देख आओ।..."

"देख कर क्या होगा?"

"देखकर तुम्हारी समझ में आएगा कि भारत इन समस्याओं के समाधान के लिए क्या सुझा रहा है। भारत और अमरीका का अन्तर क्या है।"

"चार महात्माओं ने अपने आश्रमों में गोशालाएँ स्थापित कर लीं तो सारी समस्याओं का समाधान हो जाएगा?"

"नहीं। बात चार महात्माओं की नहीं है।" मैंने कहा, "एक ओर अमूल और दिल्ली दुग्ध योजना जैसे बड़े–बड़े संगठन हैं, जो घरों और गोशालाओं से दूध एकत्रित करते हैं और दूसरी ओर हमारे देश में जैविक खेती जैसी जनकल्याणकारी योजनाएँ और कल्पनाएँ हैं।"

"यह क्या है।" उसने पूछा।

"एक निर्धन परिवार को एक गाय दी जाती है। परिवार उसको अपनी माता ही नहीं अन्नदाता के रूप में पालता है।" मैंने कहा, "गाय उनको दूध देती है। खेत में हल चलाने के लिए बछड़े देती है। खाद के लिए गोबर देती है। औषधियों के लिए मूत्र देती है। ये सब चौथी कक्षा में निबन्ध लिखने के लिए लाभ नहीं गिना रहा हूँ। यह सपना सचमुच भारत में साकार हो रहा है।"

"एक गाय क्या एक पूरे परिवार का आर्थिक बोझ उठा सकती है।"

"कोठी और बँगले और मोटरकारें नहीं होंगी। किन्तु एक किसान का परिवार अवश्य पलेगा। और देश को घातक कीटनाशकों से मुक्त अन्न, फल और सब्ज़ियाँ मिलेंगी।"

"भारत जाऊँगी तो देखूँगी और भागवत भी पढ़ूँगी। अभी तो आप बादाम के दूध की ही कॉफ़ी पिएँ।" वह बोली।

30

विभु और एलिज़ाबेथ अपने एक मित्र दम्पती से मिलने के लिए उनके घर जा रहे थे। वे चाहते थे कि हम भी उनके साथ उनके मित्रों के घर चलें।

मैंने तो आज तक यही सुना था अमरीकी लोग किसी के घर आते–जाते नहीं। किसी आयोजन पर जाते हों तो जाते हों, किन्तु दैनन्दिन साधारण जीवन में उनका पारिवारिक आवागमन और मिलना–जुलना प्रायः नहीं होता।

मैंने अपनी आपत्ति विभु के सामने रखी, तो वह हँस पड़ा।

"आपने कैसी–कैसी बातें अपने मन में बैठा रखी हैं। संसार में ऐसा भी कोई समाज होता है, जो परस्पर मिलता–जुलता नहीं। एक–दूसरे के सुख–दुख में सम्मिलित नहीं होता या एक–दूसरे के घर आता–जाता नहीं। ऐसे में वह समाज ही कैसे होगा।"

मेरे पास उसकी बात का कोई उत्तर नहीं था। उसके भारतीय मूल के मित्रों से तो हम कई बार मिले थे। उनके घर भी गये थे और उनके यहाँ भोजन भी किया था। किन्तु किसी अमरीकी मित्र के घर कभी नहीं गये थे। मेरी जिज्ञासा या आशंका स्वाभाविक थी।

उत्तर में उसने बताया कि ये दम्पती...दोनों ही अभिनेता हैं। विवाह

के दो वर्षों के बाद उनके यहाँ सन्तान हुई है...जुड़वाँ बच्चे हैं। इसलिए उनकी देखभाल के लिए दोनों ही अभिनय छोड़कर कुछ समय के लिए घर में बन्द हो गये हैं। बच्चे कुछ बड़े हो जाएँ तो शायद कोई प्रबन्ध करने की बात सोचेंगे और फिर से नाटक की गतिविधियाँ आरम्भ करेंगे।

"और पिताजी उन्होंने अभी–अभी एक नया घर लिया है। समझ लीजिए कि हम उनको नये घर की बधाई देने भी जा रहे हैं और उनके बच्चों को मिलने भी। पारिवारिक मामला है, इसलिए आप साथ होंगे तो और भी शोभनीय हो जाएगा। किसी प्रकार की कोई असुविधा नहीं है। हाँ, खाने के नाम पर वहाँ भोजन तो नहीं मिलेगा, पर कुछ चना–चबेना तो होगा ही। यदि उसके बाद भी भूख रही तो हम बाहर कहीं कुछ खा लेंगे।"

अमृता को तो वैसे भी कोई आपत्ति नहीं थी। मेरे प्रश्नों के उत्तर भी मिल चुके थे। हम जाने के लिए सहमत हो गये।

विभु ने मार्ग में एक छोटे–से गमले में नन्हा–सा पौधा ख़रीद लिया, जो उन मित्रों को भेंट करना था।

"गमला ही क्यों?" मैंने पूछा।

"नया मकान ख़रीदा है तो उसे सुसज्जित भी तो करना होगा।" वह बोला, "और पौधे से सुन्दर कौन–सी वस्तु हो सकती है।"

हम उनके घर पहुँचे तो वे लोग बाहर लॉन में बच्चों का स्विमिंग टब रखकर या तो उनके साथ खेल रहे थे, या उन्हें खेला रहे थे। बच्चे तो पानी में थे ही, इसलिए उनके कपड़े गीले थे। जॉर्ज के कपड़े उनकी देखभाल में गीले हो गये थे। हमें वहाँ बैठाकर वह अपने कपड़े बदलने भीतर चला गया।

कीरा हमारे साथ बाहर ही रही। जॉर्ज भी कपड़े बदल कर आ गया।

वे हमें विभिन्न प्रकार की सूचनाएँ देते रहे। अपनी भी, बच्चों की भी। और अपने आस–पड़ोस की भी। उन्होंने यह भी कहा कि इस प्रकार स्वयं को अभिनय और मंच से दूर रखने को बड़ी कठिनाई से झेल पा रहे हैं। जैसे जीवन की रस–धारा ही कहीं खो गयी हो। उनके भीतर का अभिनेता बार–बार उन्हें धक्के मारता था; किन्तु ये दोनों छोटे बच्चे उन्हें रोक लेते थे। उन्होंने भी स्वयं को समझा लिया था कि यह नाटक उन्हें अपने बच्चों के साथ ही करना था।...

मैं सोच रहा था कि यदि वे भारतीय होते तो उनकी सहायता के लिए कीरा या जॉर्ज के माता–पिता में से कोई तो आ ही गया होता। दोनों

के माता–पिता छह–छह महीने उनके साथ रह जाते तो उनका सालभर कट जाता।

विभु ने एक बार मुझसे कहा था कि जब भी वह सड़क पर किसी साड़ी वाली महिला को प्रैम लेकर बच्चे को घुमाते हुए देखता है तो समझ जाता है कि उसकी बेटी या बहू ने सन्तान को जन्म दिया है; और वह अपनी नानी या दादी की भूमिका का निर्वाह करने आयी हुई है।

कीरा और जॉर्ज के माता–पिता में से कोई भी नहीं आया था...यद्यपि उनके जुड़वाँ बच्चे हुए थे। यहाँ यह रीति ही नहीं थी। वे अपने कामों में व्यस्त रहे होंगे। उनका विचार होगा कि वे अपने बच्चों का पालन कर चुके हैं, तो अब कीरा और जॉर्ज भी अपना दायित्व निभाएँ। ...और वे निभा भी रहे थे। जितने दिन वे अभिनय और मंच से दूर रहेंगे, उतने दिन अपनी आय से भी दूर रहेंगे....

पर हमने एलिज़ाबेथ के मायके में तो दूसरा ही दृश्य देखा था। उसकी माँ तो अपने पोते को भी सँभालती थी और अपने दोहते को भी, ताकि उनका बेटा और बहू तथा बेटी और दामाद अपने–अपने काम पर जा सकें। ...फिर कीरा और जॉर्ज के माता–पिता...?

बच्चे पहले तो हमें देखते रहे। परिचय बढ़ाने के लिए अपनी तोतली अंग्रेज़ी में कुछ कहते भी रहे। मेरी समझ में तो कुछ आया नहीं। अमृता उनको किसी प्रकार वार्तालाप में लगाए हुए थी।

जॉर्ज पूछ रहा था हम वहाँ बाहर बैठकर वृक्ष की छाया का आनन्द लेना चाहेंगे या कमरे के भीतर जाना चाहेंगे।

हम तो बाहर ही प्रसन्न थे; किन्तु धूप चढ़ती जा रही थी, इसलिए छाया की ओर थोड़ा–थोड़ा खिसकना भी चल रहा था, जो कि निरन्तर बढ़ रहा था। फ़रवरी की धूप तो सबको पसन्द आती है; किन्तु जून की धूप तो छाया की याद दिला ही देती है।... सियैटल में प्रायः धूप नहीं निकलती। अधिकांशतः किसी भी समय हल्की–हल्की फ़ुहार पड़ रही होती है; या फिर आकाश पर बादल छाए हुए होते हैं। इसलिए विभु को धूप बहुत पसन्द थी।

विभु के सूर्य–प्रेम को देखकर मुझे हिन्दी के चेक विद्वान ओलोदेन स्मेकल की याद हो आती है। एक बार उन्होंने भारत के हिन्दी लेखकों, सम्पादकों, प्रकाशकों और पुस्तक विक्रेताओं से यह अनुरोध किया था कि वे हिन्दी की पुस्तकें उनके विश्वविद्यालय को निःशुल्क दें, ताकि उनके

विश्वविद्यालय में हिन्दी की पुस्तकों का अकाल दूर हो सके; और वे अपने देश में हिन्दी का अधिक प्रचार कर सकें। मैंने दिल्ली में चेक दूतावास को लिखा था कि मैं पुस्तकें देने को तैयार हूँ; किन्तु उन्हें प्राग (प्राहा) भेजने का प्रबन्ध उन्हें ही करना पड़ेगा। मैं उतना भारी–भरकम डाक–ख़र्च नहीं उठा सकता। दूतावास का त्वरित उत्तर आया था कि वे ऐसा कुछ नहीं कर सकते। मैं सीधे विश्वविद्यालय से ही सम्पर्क करूँ और उनको ही पुस्तकें भेजूँ।

मैंने यह सूचना डॉ. स्मेकल को दे दी थी।

उन दिनों वे स्वयं दिल्ली आये हुए थे। उनका फ़ोन आया कि वे जनपथ होटल में ठहरे हुए हैं। मैं अपनी पुस्तकें उन तक पहुँचा दूँ।

मैं पुस्तकें लेकर उनके कमरे तक पहुँचा। वे अपने कमरे के द्वार के बीचों–बीच, नंगे बदन, बाल्कॉनी में कुर्सी पर अधलेटे से बैठे हुए, धूप सेंक रहे थे।

"हमारे देश में धूप बहुत कम होती है। इसलिए मैं तो कमरे में बैठूँगा नहीं। आपकी जहाँ इच्छा हो, आप वहाँ बैठ जाइए।"

मैं हँसा, "हमारे पास पर्याप्त मात्रा में धूप है, इसलिए हमें उसका लोभ नहीं है। मैं कमरे में ही बैठ जाता हूँ। आप मन भर कर धूप सेंकिए और सम्भव हो तो जितनी चाहें, अपने साथ अपने देश के लिए भी ले जाइए।"

यहाँ भी स्थिति वही थी। मैं और अमृता धूप के विरोधी नहीं थे; किन्तु धूप कुछ तेज़ हो गयी थी। इसलिए वृक्ष की छाया अच्छी लग रही थी। बाहर खुलापन भी था और तेज़ धूप से बचने के साधन भी थे।

बच्चे अब कुछ–कुछ बातें करने का प्रयत्न कर रहे थे; किन्तु मैं देख रहा था कि उनके माता–पिता उन्हें भाषा से अधिक शिष्टाचार सिखा रहे थे। उनके लिए 'प्लीज़' और 'थैंक्यू' इतना अधिक आवश्यक था कि जैसे शब्दकोश में और कोई शब्द ही न हो। व्याकरण का कोई अस्तित्व नहीं था।... मेरे मन में एक बिम्ब जन्म ले रहा था।...

दोनों बच्चे बड़े हो गये थे और वे भी अभिनय के क्षेत्र में ही हाथ–पैर मार रहे थे। दोनों को ही एक रेस्ट्रां में बैरे की नौकरी की भूमिका मिली थी। वहाँ वे 'प्लीज़' और 'थैंक्यू' का ख़ूब उपयोग कर रहे थे।

बाहर के द्वार की घंटी बजी।

"लगता है, पापा आ गये।" कीरा ने कहा और वह द्वार खोलने चली गयी।

"आज रात कीरा की फ्लाइट है। वह दो दिनों के लिए न्यूयॉर्क जा

रही है।" जॉर्ज ने हमें बताया, "पीछे मैं अकेला दोनों बच्चों को कैसे सँभालूँगा, यह सोच कर उसके पिता मेरी सहायता के लिए उसके लौट आने तक यहीं रहेंगे।"

"और कीरा की माता?" मैंने पूछ लिया, "वे अकेली नहीं हो जाएँगी?"

जॉर्ज ने विभु की ओर देखा : पता नहीं वह उससे क्या पूछ रहा था।

"वैसे उन दोनों का वर्षों पहले तलाक हो चुका है।" जॉर्ज बोला, "पर दुर्भाग्य से उसकी मम्मी इन दिनों कैंसर से पीड़ित होकर अस्पताल में भर्ती हैं...।"

"तो उनकी देखभाल कौन करता है? अस्पताल वाले?" मैंने पूछा।

"वे तो करते ही हैं; किन्तु उनके अतिरिक्त कीरा के पिता आजकल उनकी सेवा कर रहे हैं।"

"आपने बताया कि उन दोनों का तलाक हो चुका है।" मेरे स्वर में आश्चर्य का भाव था।

"हाँ। वे पति–पत्नी नहीं हैं; किन्तु मित्र तो हैं ही। तो क्या मित्र की आवश्यकता में हम उनकी सहायता नहीं करते।"

मैं उससे क्या कहता। मैंने तो अपने देश में तलाक के पश्चात् पति–पत्नी में केवल कटुता का, वरन् शत्रुता का भाव ही देखा है। वे एक–दूसरे को जितना कष्ट दे सकते हैं, देते हैं। वे पति–पत्नी नहीं रहते तो मित्र भी नहीं रहते। वे शत्रु बन जाते हैं।

"आजकल कीरा के पिता का अधिक समय अस्पताल में ही बीतता है। कीरा की मम्मी के पास अब अधिक समय नहीं है। ऐसे में उसके पिता चाहते हैं कि वे उन्हें जितना आराम दे सकें, दें। पर आज के दिन की उन्होंने अस्पताल से छुट्टी ले ली है। वे हमारी सहायता के लिए यहाँ रहेंगे। कीरा न्यूयॉर्क से आ जाएगी तो वे फिर अस्पताल की ड्यूटी पर लग जाएँगे।"

मुझे लगा कि यह व्यक्ति कोई अलौकिक पुरुष ही है।

जो व्यक्ति जॉर्ज के साथ आया, वह पैंसठ और सत्तर वर्षों के बीच के वय का रहा होगा। अमरीका में उसे लम्बा नहीं कहेंगे। रंग भी बहुत गोरा नहीं था। गेहुआँ ही था।

"मुझे जॉर्ज ने बताया है कि आप लोग आये हुए हैं।" व्यक्ति हँसमुख लगा, "आयम डेविड। आशा है कि मेरा आना आपके लिए असुविधाजनक नहीं होगा।"

"नहीं। नहीं। बाधा कैसी। हमें आपसे मिलकर प्रसन्नता होगी।"

"अच्छी बात है।" वह बोला, "आपका समाज मुझे इस दृष्टि से बहुत अच्छा लगता है कि आप लोगों में विवाह–विच्छेद बहुत कम होते हैं और माता–पिता अपने बच्चों के साथ रहते हैं। हमारे यहाँ परिवार बहुत संक्षिप्त हो गया है। इसलिए हम एक–दूसरे की उतनी सहायता नहीं कर पाते। कुछ भी असामान्य हो जाए, तो हम स्वयं को अकेला पाते हैं।"

"आप आये तो हैं, अपने बच्चों के सहयोग के लिए।"

"हाँ, मैं आया तो हूँ और इसीलिए आया हूँ, क्योंकि ये दोनों अकेले रहते हैं। हमारा फैमिली सपोर्ट सिस्टम बहुत सबल नहीं है।" वे बोले, "आपके यहाँ जो काम परिवार करता है, हमारे यहाँ वह सरकार को करना पड़ता है। वस्तुतः अपने धन को ले कर हमारी मुट्ठी बहुत कसी हुई है। यहाँ धन व्यक्ति का है, परिवार का नहीं।"

मुझे कुशवाहा साहब स्मरण हो आये। वे कनाडा में रहते थे और उनके दो बेटे अपनी–अपनी प्रियाओं के साथ कनाडा के ही अन्य नगरों में रहते थे। वे मुझसे जानना चाहते थे कि मेरा अपने बेटों के साथ आर्थिक सम्बन्ध का स्वरूप क्या है। मैं काफ़ी प्रयत्न करने के पश्चात् भी उन्हें समझा नहीं पाया था कि हमारे बैंक खाते तो पृथक् हैं किन्तु धन का बँटवारा नहीं है। जिसको जैसी आवश्यकता होती है, उसको वह वैसे ही उपलब्ध हो जाता है। वे अन्त तक यही पूछते रहे कि "वाय शुड योर सन पे यू। ही इज़ नॉट लिविंग विथ यू।" मैं जब नहीं समझा सका तो यही कह कर पिंड छुड़ाया, "ओनली बिकॉस ही इज़ माई सन।"

"दिस हैज नथिंग टू डू विथ फाइनेंशियल मैटर्स।"

"यहाँ नहीं है; किन्तु भारत में है।"

अब यहाँ कीरा के पिता ये डेविड साहब आये हुए हैं, जो अपनी परित्यक्ता पत्नी की निःशुल्क सेवा कर रहे हैं और अब विवाहिता बेटी की सहायता के लिए यहाँ आये हुए हैं। बंजारा है यह व्यक्ति? इसका अपना घर नहीं है? या ताश का जोकर है, जो किसी भी रिक्त स्थान की पूर्ति करता रहता है।

"आप बहुत व्यस्त हैं आजकल।" मैंने कहा।

"वैसे तो पत्नी से तलाक हो गया और बेटी का विवाह हो गया तो मैंने मान लिया कि मैं मुक्त हो गया हूँ। एक बार येरुशलम हो आऊँगा। पर दायित्व कहाँ छोड़ते हैं। तो येरुशलम जाने के स्थान पर सियैटल में ही पड़ा हूँ।"

मैं येरुशलम के नाम पर चौंका।

"अपनी बेटी और दामाद को साथ ले जाने की नहीं सोचते?"

"एक तो इनके पास समय ही नहीं है। फिर जॉर्ज कैथोलिक है। पता नहीं वह येरुशलम जाना चाहेगा या नहीं।"

"क्यों? ईसाइयों के लिए येरुशलम का कोई महत्त्व नहीं है?"

"कुछ न कुछ महत्त्व तो है, नहीं तो उन्होंने उसे जीतने के लिए इतना रक्त न बहाया होता। अपने–अपने कारणों से यहूदी, ईसाई और मुसलमान उसे अपना तीर्थ मानते हैं; किन्तु वहाँ पहला और विराट साइनागॉग तो सुलेमान ने ही बनाया था, जिसके खँडहरों को हम यहूदी आज भी अपना पवित्र उत्तराधिकार मानते हैं।"

"मैंने तो सुना है कि येरुशलम यहूदियों, ईसाइयों और मुसलमानों–तीनों के लिए ही पवित्र स्थान है।" मैंने कहा।

"ठीक सुना है।" वे बोले, "यदि ये तीनों ही उसे अपना तीर्थ मान कर वहाँ दर्शन करने जाएँ, पूजा–उपासना करें तो कोई हर्ज नहीं है; पर तब उस पर कब्ज़ा करने की आवश्यकता नहीं है। समस्या तो यह है कि वे तीनों उसपर अपना आधिपत्य चाहते हैं। मेरा विचार है, वहाँ उतनी पूजा नहीं की गयी है, जितना रक्त बहाया गया है।" वे बोले, "हमें समझना चाहिए कि येरुशलम पर आधिपत्य का अर्थ ईश्वर पर आधिपत्य नहीं है। ईश्वर तो प्रेम से जीता जा सकता है।"

"मैं हिन्दू हूँ; किन्तु मेरा आपकी बात से विरोध नहीं है। ईश्वर की उपासना का तो अर्थ ही है, ईश्वर से प्रेम करना।" मैंने कहा, "हम अद्वैत के आधार पर मानते हैं कि हम ईश्वर को नहीं जानते किन्तु उसकी सन्तानों को तो जानते हैं। वह हमसे पृथक् नहीं हैं। मनुष्य से प्रेम करना ही ईश्वर से प्रेम करना है। उसके लिए किसी स्थान पर आधिपत्य की आवश्यकता नहीं है। पर फिर भी हम अपने पूजा स्थलों, तीर्थों और दूसरे प्रकार की भूमि के लिए लड़ते हैं।"

"पर क्यों लड़ते हैं?"

"मैं समझता हूँ कि वह भक्ति, धर्म या अध्यात्म का क्षेत्र नहीं है। वह किसी देश, राष्ट्र या समाज के सम्मान का क्षेत्र है। यदि सुलेमान द्वारा बनवाया गया सायनागॉग किसी विरोधी के द्वारा इसलिए तोड़ा गया क्योंकि वह सुलेमान के मत को नहीं मानता था, अथवा वह उसे नीचा दिखाना चाहता था, या वह अपनी श्रेष्ठता स्थापित करना चाहता था, तो सुलेमान के

पक्ष के लोग उसे न केवल रोकना चाहेंगे, वरन् उसकी भरपाई भी चाहेंगे; क्योंकि उनकी भावनाएँ आहत हुई हैं, उनका स्वाभिमान कुचला गया है।... किन्तु येरुशलम का यह सायनागॉग तोड़ा किसने?"

"यह तो मुझे भी नहीं मालूम। हम इतना ही जानते हैं कि वहाँ अनेक लड़ाइयाँ हुईं और वह सायनागॉग खँडहरों में बदल गया। उसे तीन बार बनाया गया; क्योंकि अब भक्ति का नहीं आत्मसम्मान का प्रतीक हो गया था। यह कहना कठिन है कि उसे धर्म के नाम पर ईसाइयों और मुसलमानों ने तोड़ा अथवा राज्यशक्ति के नाम पर विदेशी शासकों ने तोड़ा। पर किसी भी स्थिति में यह यहूदियों और इसराइल देश के लिए सम्मान का मामला बन गया है।" डेविड बोले, "पर अमरीका में ईसाइयों और यहूदियों में विरोध नहीं है; किन्तु इसराइल तथा उसके आस–पास के अरब देशों में मुसलमानों और यहूदियों में भयंकर विरोध है। वहाँ सदा ही मार–काट मची रहती है।"

"अमरीका के विषय में आपका क्या अनुभव है?" मैंने पूछा।

"अमरीका एक विचित्र देश है।" वे बोले, "यहाँ के मूल निवासी प्रायः अब नहीं हैं किन्तु संसार का शायद ही कोई देश, धर्म या जाति ऐसी हो जिसके लोग यहाँ न रहते हों। सारे महाद्वीपों के लोग, सारे धर्मों के लोग, सारी रेसेस के लोग...सब हैं यहाँ। उनमें कभी कोई अनबन न होती हो, मतभेद न होता हो, झगड़ा–फसाद न होता हो, ऐसा मैं नहीं कहता; किन्तु यह भी दिखायी देता है कि विभिन्न प्रकार के लोगों में सम्पर्क होता है, सम्बन्ध होता है। वे एक साथ मिल–जुल कर काम करते हैं। सबसे बड़ी बात तो उनका रक्त मिश्रण है।..." वे हँसे।

"क्या हुआ?" मैंने पूछा।

"कभी–कभी तो मुझे लगता है कि ईश्वर ने, या प्रकृति ने...जिसे भी आप सर्वशक्तिशाली मानते हों, ने अमरीका नामक एक ऐसी भट्ठी बनायी है, जिसमें सृष्टि की प्रत्येक धातु को गला कर एक नयी धातु बनायी जा रही है। एक नयी मानवता गढ़ी जा रही है। यदि सौ–दो सौ वर्ष ऐसा ही चलता रहा तो यहाँ जो जाति पाई जाएगी, उसमें सम्पूर्ण मानवता का अंश होगा और सबसे भिन्न होगी।"

मुझे लगा कि डेविड की बात में सच्चाई है। वे यहूदी, जो जाति, नागरिकता और धर्म की दृष्टि से अपने से भिन्न लोगों को न अपने में मिलाते थे और न अपने लोगों को बाहर जाने देते थे, आज ईसाइयों ही से नहीं हिन्दुओं और मुसलमानों से भी विवाह सम्बन्ध कर रहे हैं। स्वयं

डेविड की अपनी बेटी ने एक कैथोलिक से विवाह किया है। मेरे मित्र कृष्णा राव जी की बेटी ने भी एक यहूदी से विवाह किया है। राहुल की बेटी ने भी यहूदी से विवाह किया है। पाकिस्तान के क्रिकेटर इमरान खान की पहली पत्नी भी यहूदी थी। मेरे अपने पुत्र ने एक कैथोलिक लड़की से विवाह किया है, जिनके धर्मगुरुओं के अत्याचारों की कथाओं से गोवा तथा अन्य अनेक स्थानों का इतिहास भरा पड़ा है। वैसे तो यह मिश्रण सारे संसार में हो रहा है; किन्तु शायद अमरीका उन सबमें अग्रणी है...

डेविड ने अमरीका को तपती हुई भट्ठी कहा था, जिसमें कठोर से कठोर धातु पिघल कर अपना मूल आकार छोड़ देती है। वह गल कर आकारहीन हो जाती है।... किन्तु मेरे मन में सागर–मन्थन की कथा जीवन्त हो रही थी। मुझे लग रहा था कि यहाँ देव और दानव, यक्ष और नाग मिल कर, अपने–अपने लाभ के लिए सागर–मन्थन कर रहे हैं। ...और सागर–मन्थन से विष भी निकलता है और अमृत भी...। मैं यहाँ कितने ही भारतीय परिवारों से मिला हूँ, किन्तु इस धरती के सम्पर्क से उन सबका विष ही बाहर आया है। वे जैसे अपनी संस्कृति को भूल ही गये हैं। भारत का जो अमृत स्वामी विवेकानन्द यहाँ वितरित कर गये थे, वह तो कहीं दिखायी ही नहीं देता। पर हमारा योगदान तो वही होना चाहिए। निकलेगा...अमृत भी निकलेगा, किन्तु वह तो सबसे अन्त में निकलेगा।...

जो विष यहाँ से निकला है वह संसार के युद्धों के रूप में सामने आया है। अमृत के रूप में शायद वह मानवता सामने आएगी, जिसकी सम्भावना डेविड बता रहे हैं। अभी तो सारे देवता और दैत्य सागर से अपने लिए कुछ–न–कुछ माँग ही रहे हैं...जब सागर कुछ उगलेगा तो इन दोनों पक्षों में छोटी–छोटी या एक बड़ी लड़ाई भी हो सकती है। यह तो मन्थन है। जाने उससे विष निकलेगा या नवनीत...या शायद अमृत...

□□